輝石の空

N・K・ジェミシン

失われた〈月〉をふたたび取りもどし、数百年ごとに文明を滅ぼしてきた〈第五の季節〉を永久に終わらせて世界を正そうとする母エッスン。古代絶滅文明が遺した巨大な力を用い、憎しみに満ちた世界を決定的に破壊しようとする娘ナッスン。〈第五の季節〉が容赦なく猛威を振るう中、地球の裏側にある古代絶滅文明の遺跡都市をめざし、苛烈な運命に翻弄された母娘の最後の闘いがはじまる。前人未到、3年連続ヒューゴー賞長編部門受賞の三部作、『第五の季節』『オベリスクの門』につづく圧巻の完結編！　ヒューゴー賞・ネビュラ賞・ローカス賞受賞。

登場人物

エッスン……………オロジェンの女
ナッスン……………エッスンの娘
アラバスター………エッスンの元導師
シャファ……………ナッスンの守護者
トンキー……………地科学者
イッカ………………カストリマの女長《おさ》
レルナ………………ティリモ出身の医者
ホア
スティール
ガエア
ケレンリ
……石喰《いしく》い／調律師

輝石の空

N・K・ジェミシン
小野田和子訳

創元SF文庫

THE STONE SKY

by

N. K. Jemisin

生きのびた人々に――息をして。それでいい。もういちど。そう。
それで大丈夫。大丈夫ではないと思うかもしれないが、あなたは生きている。
それこそが勝利だ。

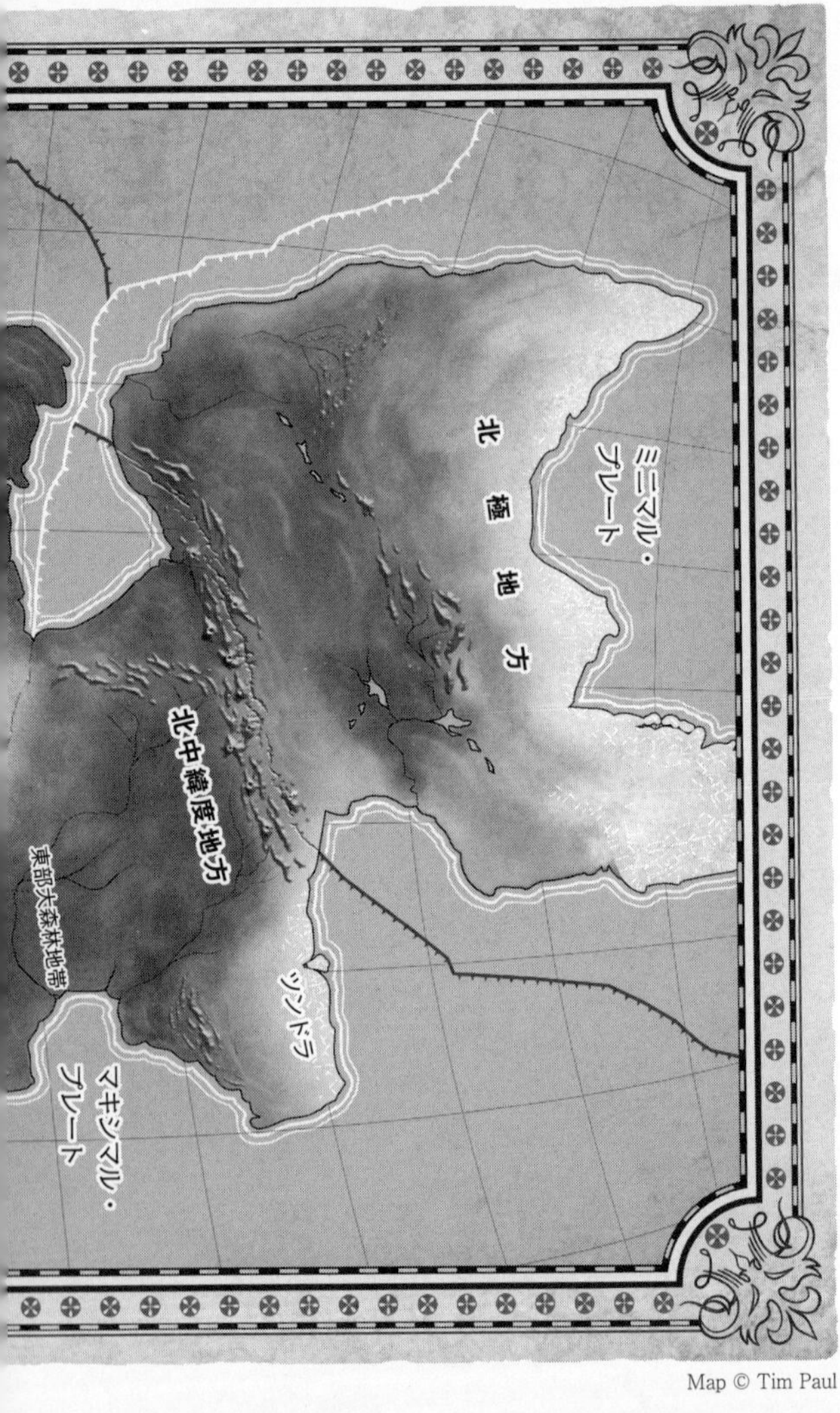
ミニマル・プレート
北極地方
北中緯度地方
東部大森林地帯
ツンドラ
マキシマル・プレート

Map © Tim Paul

スティルネス
距離（マイル）
0
1000
2000
西海岸地方
メルツ砂漠
断層
ユメネス
ユメネス－アライア高架道
東海岸地方
アライア
アレビド
ミオヴ
ティリモ
南中緯度地方
キアシュ・トラップ
テカリス湖
アコック山
南極地方
N
S
W
E

輝石の空

プロローグ　わたしがわたしだった頃のわたし

愛《いと》しい人よ、もう時間がない。世界のはじまりの話で終わらせようじゃないか。いいだろう？　よし。そうしよう。

とはいえ妙な具合なんだ。わたしの記憶は琥珀《こはく》に閉じこめられた昆虫の化石のようなものでね。遙《はる》か昔に命を失ってじっと固まってしまったものが完全な形を保っていることはめったにない。たいていは脚が一本だけとか薄い翅《はね》だけとか胸の下のほうだけとか——全体像はそんな断片から推し量るしかない、すべてはぎざぎざの汚れたひび割れの向こうにぼやけて見えるだけだ。目を細めて記憶をのぞきこむといろいろな顔や出来事が見える。わたしにとって意味があるもののはずだし、たしかにそうなんだが……ちがうんだ。じかに目撃したのはわたし、それなのにわたしではないんだ。

そういう記憶のなかでは、わたしは別人だった。スティルネスが別世界だったようにな。その頃と、いま。あんたと、あんた。

その頃。この大陸は、その頃、三つの大陸だった——が、その三つの位置は、その後スティルネスと呼ばれる大陸になっても実質的には変わっていない。〈季節〉がくりかえされるうちに両極の氷が増えていき、海の部分が少なくなり、あんたたちのいう〝北極〟と〝南極〟がより大きく、より寒くなっていった。だが、その頃――。

いま、その頃の自分を思い出すと、いまの自分のような気分になる、妙な具合というのはそういうことなんだ――。

いま、スティルネス以前の時代のことだが、ずっと北のほうとずっと南のほうはまっとうな農地だ。あんたたちが西海岸地方と考えている地域はほとんどが湿地帯や多雨林――これはつぎの千年で消え失せてしまう。北中緯度地方の一部はまだ存在せず、その後数千年のあいだ脈打つようにつづいた火山噴火で形成されることになる。パレラ、あんたが生まれた町だろう? パレラになる土地はまだ存在していない。大局的に見ればたいした変化はないのだが、それをいったら地殻変動という視点で見れば、いまは少しも過去のことではない。われわれは〝世界が終わった〟といったりするが、忘れてはいけない――それはたいていの場合、嘘《うそ》だ。惑星はいたって元気なのだから。

この〝いま〟の、この失われた世界のことを、スティルネスとは呼べないとしたら、どういえばいいんだ?

まずは、ある都市の話をさせてくれ。

あんたたちの基準からしたら、できそこないの都市だ。現代のコムだったら、壁が何マイルも必要になるという理由で許されないような形に不規則にひろがっているんだ。そしてこの都市のいちばん外側は川や物資の補給路に沿って枝分かれし、つぎつぎに小さな都市が生まれていった。栄養豊富な血管のようにのびる培地に沿って枝分かれし、ひろがっていくカビのようなものだ。それぞれの都市が近すぎる、とあんたは思うだろう。領土が重なりすぎる——つながりが強すぎる、この不規則にひろがった都市と、そこからうねうねのびた菌糸、どちらも一方から切り離されては生きのびられなくなってしまっている。

　ときにはそういう子都市にそのあたりだけで通用する独自の愛称がつけられることもある。とくに、かなり大きくなっていたり、それなりの古株になっていたりする子都市はその傾向が強い。だがこれはごく表面的なことだ。この大小の都市の結びつき方は、あんたが思っているとおりだ——みんなおなじ構造、おなじ文化、おなじひもじさと恐怖を共有している。それらの都市は事実上、ひとつの都市になっている。このいまにおけるこの世界は、この都市の名で呼ばれている——シル・アナジストという名で。

　スティルネスの子よ、国家というものにどれほどのことができるか、ほんとうにわかっているか？　古サンゼ——生まれては死んでいった幾多の〝文明〟のかけらをつなぎ合わせてできあがった古サンゼ全体をもってしても、シル・アナジストに比べれば無に等しい。古サンゼは怯《おび》えきった都市国家や自治体が、生きのびるために、ときに協力しあった寄り合い所帯にすぎない。ああ、〈季節〉が世界をそんなみじめな夢に矮小化《わいしょうか》してしまうんだ。

　しかし、いま、ここではなんの限界もない。シル・アナジストの人々は物質の力、そしてその構成を完全に把握し、支配していた。生命そのものを意のままにかたちづくっていた。そして天空の謎を探り尽くして飽きてしまい、興味を足元の大地に向けるようになった。シル・アナジストの人々は、あんたが必死に考えてもわかるかどうか、そんな活気あふれる道路、途切れることのない商取引、立ち並ぶ巨大な建物、そういうものに囲まれて暮らしている。ああ、すばらしい暮らしだ。建物の壁は模様のあるセルロース製だが、葉や苔《こけ》、草、房状に実った果物や塊茎《かいけい》に覆われていてほとんど見えない。いくつかの屋根には旗が風にたなびいている。その旗はじつは大きく開いた巨大なキノコの花だ。通りには、あんたが見ても乗りものとは認識できないかもしれないようなものがあふれていて、人やものを運んでいる。なかにはどっしりした節足動物を思わせる足で這《は》い進むものもあれば、共振力のクッションの上を滑走する屋根のないプラットホームのようなものもある――ああ、だがこれはあんたには理解できないだろうな。この乗りものは地面から数インチ浮きあがって走る、とだけいっておこうか。動物が引いているわけではない。蒸気や化学物質の燃料を使っているわけでもない。万が一なにかが、ペットや子どもが下を通り抜けようとすると、そのペットや子どもは一時的に存在しなくなり、反対側でふたたび動きだす。その動きも意識も一瞬たりと途切れてはいない。誰もこれを死とは考えない。

ここにひとつ、あんたにもわかるものがある。都市の中心にそそり立っているものだ。何マイル四方にもおよぶこの地域でもっとも高く、もっとも明るく輝いていて、あらゆる線路、あらゆる道がさまざまなかたちでそれとつながっている。あんたの旧友、アメシストの方尖柱《オベリスク》だ。まだ宙に浮かんではいない。完全に静止しているわけではないが、ソケットに収まっていて、ときおり脈動している。アライア以降、あんたにも馴染《なじ》みのものになるあの脈動だ。だがこれはアライアのより健全な脈動だぞ――アメシストは傷ついた死にかけの柘榴石《ガーネット》とはちがうからな。それでもやはりおなじようなものだという理由で震えがきたとしても、それはまっとうな反応といえるだろう。

三つの大陸中、シル・アナジストの充分に大きなノードの中心にはオベリスクがある。世界の顔面に点在する、二百五十六匹の蜘蛛《くも》。二百五十六の巣の中心にいて、それぞれの都市を養い、都市に養われている。

生命の網、と考えてもいい。生命はな、神聖なものなんだ、シル・アナジストでは。

さあ想像してみてくれ。アメシストの根元は六角形の複合建造物でぐるりと囲まれている。あんたがどんなに想像力を働かせようと、現実にはほど遠いだろうが、とにかくなにか美しいものを想像するんだ。それでいい。ここでそのなかのひとつ、オベリスクの南西側の縁に沿って建っている建造物、小さい丘の斜面に建っているやつ、それに近寄って、よく見てみよう。水晶の窓には桟が一本もないが、透明な素材の上にうっすらとレース模様のようなものが見えている。これは刺胞《しほう》という組織で、望ましくないものが窓に触れるのを防ぐ役割を果たしている――が、外からの侵入防止が目的だから、この組織があるのは窓の外面だけだ。刺胞は侵入しようとするものを刺すが、殺しはしない。（シル・アナジストでは生命は神聖なものだからな。）なかに入ると、どのドアにも見張り番はいない。見張り番などというものはどんな場合もたいして役には立たない。人々を監禁状態にしておいても、その連中に自分たちは協力しあっているのだと信じさせることができれば見張りなど必要ない、という人類の永遠なる真実を知っていた機関はフルクラムが最初ではない。

この美しい監獄のなかに独房がある。

独房には見えないとは思うが。そこに見事な彫刻がほどこされた家具がある。カウチといってもよさそうなものだが、背もたれはないし、いくつかの部分を房状に寄せ集めて、ひとつの形にしてある。ほかの家具はあんたにもわかるようなものだ——どんな社会にもテーブルと椅子は欠かせない。窓から見えるのはほかの建造物の屋上にある庭園だ。この時間、庭園には壮大な結晶を通り抜けて斜めに射《さ》しこむ陽光があふれている。庭園に咲いている花はこの効果を計算に入れて植えられ、育てられている。紫色の光が小道や花壇を照らし、花々はその色に反応してかすかに光っている。その小さな白い花明かりのいくつかはときおりちらちらと瞬《また》いて、花壇に夜空を思わせる煌《きら》めきをもたらす。

ここにひとり、少年がいて、窓から煌めく花々を見つめている。

少年というよりは若い男だ。見た目は大人だが、年齢不詳。じつは何歳なのか見かけでは判断がつかない。全体のつくりとしては、ずんぐりというよりぎゅっと詰まった感じ。顔は幅広で頬がぷっくりしていて、口は小さい。なにもかもが真っ白——肌も髪の毛も色がなく、目は氷白《ひょうはく》、優雅なドレープが入った服も白い。部屋のなかも白一色——家具も敷物もその下の床も白。壁は漂白したセルロース製だが、なにも生えていない。色があるのは窓だけ。この不毛の空間のなか、外から射しこむ紫色の反射光のなか、まちがいなく生きているのは少年だけだ。

そう、この少年はわたしだ。彼の名前はほとんど記憶にないが、やたらたくさんの錆《さ》び文字が並んでいたことだけは覚えている。だから彼のことはHo《ホ》wha《ア》と呼ぶことにしよう。耳で聞けばおなじだが、つづりには発音しない文字が含まれていて、そこには隠された意味もあったりする。充分に近いし、まさに象徴的な——。

ああ、必要以上に怒りの感情が出てきてしまったようだ。おもしろいものだな。ではもう少し穏やかなほうへ舵《かじ》を切ろうか。いずれ訪れるいま、そしてまったくちがうここへもどるとしよう。

いま、はスティルネスのいま、まだ〈断層生成〉の反響がこだましている、いまだ。ここ、は正確にはスティルネスとはいえないが、巨大な古代盾状《たてじょう》火山の大きなマグマ溜《だ》まりのすぐ上にある洞窟だ。あんたが比喩を好むなら、火山の心臓部といってもいい。そうでないなら、ここは〈父なる地球〉が初めてゲップをして以来、何千年かを経てもまだ冷え切っていない岩のまんなかにある深くて暗い安定しているとはいいがたい気孔だ。この洞窟のなかに、わたしは立っている。わたしの一部は岩のコブと融合しているので、崩壊の前兆となるわずかな摂動や大きな変形には気をつけていたほうがいいのかもしれない。が、その必要はない。わたしがここで推し進めていること以上に止めがたいものはほとんどないのだ。とはいえ、あんたがひとりぼっちで、つぎになにが起きるのか困惑し、恐れ、不安を覚える、その気持ちはわたしにもわかる。

あんたはひとりぼっちではない。あんたがそうなる道を選ばないかぎり、けっしてひとりぼっちになることはない。世界の終焉《しゅうえん》に直面しているいまこのとき、なにが重要なのか、わたしにはわかっている。

ああ、愛しい人よ。大惨事というのは相対的なものだ、そうだろう？ 大地が砕け散れば、大地をたよりに生きているものにとっては大災害だ――しかし〈父なる地球〉にとってはたいしたことではない。ひとりの男が死ぬとする。それは、かつてその男を〝父〟と呼んでいた少女にとっては衝撃的な出来事だろうが、その少女が何度も何度も怪物と呼ばれて、ついにはその呼び名を受け入れるようになってしまっていたら、男の死も無に等しいものでしかない。ひとりの奴隷が反逆したところで、後世その話を読む者たちにとっては、なにほどのものでもない。歴史の摩擦のなかですり減って薄くなった紙に書かれた薄っぺらい言葉でしかない。（「なるほど、あんたたちは奴隷だった、だからなんだ？」とかれらはつぶやく。まるでどうでもいいことのように。）しかし奴隷の反乱を生き抜いた者たちにとっては、反乱が勃発する瞬間までなにも知らずに自分たちが支配するのはあたりまえのことと思っていた連中、そして〝自分たちの居場所〟を確保したと思う間もなく世界が燃えるのを目撃することになる連中にとっては――。

エッスン、これは比喩ではないぞ。誇張でもない。わたしは世界が燃えるのをたしかに見たんだ。無辜《むこ》の第三者とか、いわれのない苦しみとか、冷酷な復讐《ふくしゅう》とか、そういうことはいわないでくれ。断層線の真上にあるコムで壁が崩れて死者が出てしまったからといって、壁を責めたりするか？ いや、しない――あんたが責める相手は、誰にしろ、自然の法則を永遠に無視できると思っているとんでもない愚か者だ。まあ、なかには苦痛の断層線の上に築かれ、悪夢に支えられている世界もある。そういう世界が滅びたからといって嘆くことはない。そもそも築かれたときから不運な最後は約束されていた、そのことに怒りの炎を燃やせ。

ということで、あの世界、シル・アナジストがどんな終わり方をしたのか話して聞かせよう。わたしがどう終わらせたか、あるいは少なくとも一からつくりなおさねばならない状態にしてやったか、話して聞かせよう。

わたしがどう〈門〉を開けて〈月〉を弾《はじ》き飛ばしたか、わたしがどんな笑顔を浮かべてそれをやりおおせたか、あんたに話して聞かせよう。

そしてのちに死の静寂が降りたとき、どんなふうにこの言葉をささやいたかも――。

いまだ。

いいまだ。

そして〈地球〉がどうささやきかえしてきたかも――。

燃えろ。

1　あんたは目覚めていながら、夢見ている

さて。おさらいをしておこうか。

あんたはエッスン、〈オベリスクの門〉を開けておきながら生きのびた世界でただひとりの造山能力者《オロジェン》だ。あんたがこれほど壮大な運命を担うことになるとは誰も思っていなかった。あんたはかつてはフルクラムの一員だったが、雪花石膏《アラバスター》のような期待の星ではなかった。あんたは荒野で発見された野生、ときおり偶然に生まれる平均的なロガよりすぐれた天賦の才を持っているというその一点だけが取り柄の野生のオロジェンだ。出だしは好調だったが、すぐに頭打ちになってしまった――理由ははっきりしない。新生面を開こうという意欲、あるいは抜きんでた存在になろうという意欲に欠けていたか、あるいはフルクラムの上級者たちが閉じられたドアの向こうでそう嘆いていた結果か。敏感すぎてフルクラムのシステムに適合できなかったのだろう。フルクラムのシステムがあんたに限界を課していたんだ。

それがよかった。そうでなければフルクラムがあんなふうに手綱をゆるめて、アラバスターとともに任務を果たす旅に送りだしたりはしなかったはずだからな。かれらは彼を錆《さ》び恐れていた。ところがあんたのことは……安全な部類、指示にしたがうように完全に調教されたやつ

で、まさかうっかり町をひとつ壊滅させてしまうようなやつとは想像もしていなかった。そのつけは何倍にもなってかれらに跳ねかえった——あんた、これまでにいくつの町を滅亡させた？　ひとつは、なかば意図的なものだった。ほかの三つは偶発的なものだったが、それがなんだというんだ？　死者にいわせれば、なんのちがいもない。

あんたはときどき、そういうことがぜんぶ起きていなかったら、と夢想する。アライアでガーネットのオベリスクに必死で手をのばしたりせず、守護者の黒曜石《こくようせき》ナイフで刺されて、黒砂の浜辺の波打ち際で楽しそうに遊んでいる黒い肌の子どもたちを見つめながら失血死していたら。アンチモンの手でミオヴに連れていかれることなく、フルクラムにもどってコランダムを産んでいたら。産んだあとコランダムを奪われることになっただろうし、イノンと出会うこともなかっただろう。それでも二人ともまだ生きていたにちがいない。（まあ、もしコランダムがノードに送りこまれていたら、〝生きている〟ということの価値は問われるだろうが。）しかしそうなると、あんたがティリモに住むことはなかったし、ユーチェを産むこともなく、ユーチェが父親に殴り殺されることもなければ、娘のナッスンを父親に連れ去られることもなく、あんたを殺そうとする隣人たちを壊滅させることもなかった。多くの命が救われたはずだ、あんたが自分の檻《おり》のなかにとどまっていさえすれば。あるいは、もとめられるままに死んでいさえすれば。

そしていま、フルクラムの規則正しく旧態依然たる拘束とは長いこと無縁で生きてきたあんたは、強くなっている。あんたはカストリマというコムを救うためにカストリマそのものを犠牲にした――敵が勝利していたら流されていたであろう血のことを考えたら、安いものだ。あんたは（あんたたちの）有史以前から存在し連綿とつながってきた不可解なメカニズムを持つ力を解き放って勝利を手にした――そしてあんたはあんたであるからして、この力をわがものにするすべを学ぶ過程で、アラバスター十指輪を殺してしまった。あんたにはそんなつもりはなかった。じつをいえば、彼はそうなることを望んでいたのではないかと、あんたは思っている。いずれにしても彼は死に、この一連の出来事を経て、あんたはこの惑星最強のオロジェンになってしまった。

　そしてそれはまた、あんたの最強パワーの保持に有効期限ができてしまったことを意味してもいた。なぜならアラバスターに起きたのとおなじことがあんたにも起こりはじめているからだ――あんたは石に変わりつつある。いまのところは右腕だけだが、進行する可能性はある。つぎにまた〈門〉を開けたら、あるいはアラバスターが魔法と呼んでいたあの奇妙な銀色の造《オロ》山能力《ジェニー》ではない力を操ったら、かならずや進行するにちがいない。しかしあんたに選択の余地はない。アラバスターの、そして生きものと〈父なる地球〉との古代からつづく戦いを終わらせようとひそかに努力している石喰い《いしく》いの曖昧模糊《あいまいもこ》とした一派のせいで、あんたはある仕事を引き受けることになってしまった。あんたがしなければならない仕事は二つのうちでは簡単なほうだと、あんたは思っている。〈月〉をつかまえればいいだけだ。そうすればユメネス断層は閉じる。何千年いや何百万年も前から予告されていた現在の〈季節〉がもたらす衝撃はなんとかしのげる程度のものにまで――人類が生きのびるチャンスをつかめる程度にまで――軽減される。〈第五の季節〉は永遠に過去のものになる。

だが、あんたがやりたい仕事は？　ナッスンを、娘を見つけることだ。あんたの息子を殺し、黙示録的惨事のさなかに世界を半周するほど遠くまで娘を連れ去った男から、娘を取り返すことだ。

そのことについては――いいニュースと悪いニュースがある。だが、ジージャのことはすぐにわかる。

あんたは本格的な昏睡《こんすい》状態に陥っているわけではない。あんたはある複雑なシステムの鍵となる部品だ。そのシステムは、ほとんどコントロールのきいていない大量の始動流を経験したと思ったら、充分なクールダウンの時間もおかずに緊急停止されたばかりで、神秘化学的位相状態抵抗を示し、突然変異誘発性のフィードバックを表出している。あんたには時間が必要だ……再起動するための時間が。

つまりあんたは意識不明の状態ではないということだ。なんというか、理屈には合わないかもしれないが、半分起きていて、半分寝ている段階にあるんだ。物事をある程度は意識できている。ぴくぴく動いたり、ときどき身体を揺すったり。食べものと水は誰かがあんたの口に運んでいる。さいわいなことに口に入ったものを噛《か》んで飲みこむ平静さは持ち合わせているんだ。世界の終わりに灰の積もった道路にいる身では経管栄養など望むべくもないからな。誰かの手があんたの服を引っ張る。なにかが腰に巻かれる――おむつだ。時と場所を考えればこれも大きな問題だが、誰かが進んで面倒を見てくれているし、あんたはなにも気にしていない。ほとんど気づいてもいない。誰かが食べものや飲みものをあてがってくれるまで、飢えも渇きも感じない——排泄《はいせつ》したからといってすっきりするわけでもない。命は粘り強いもの。必死にそうしなくとも、自然にそうなるのだ。

やがて覚醒と睡眠の周期がはっきりしてくる。そしてある日、あんたは目を開けて頭上の曇り空を見つめる。視線を前後に揺する。ときおり裸の枝にさえぎられたりはするが、雲の彼方《かなた》にうっすらとオベリスクの影が見える——尖晶石《スピネル》ではないか、とあんたは思う。アラバスターが死んでしまったいま、もとの形、大きさにもどって、ああ、寂しがりの仔犬のようにあんたのあとをついてきているんじゃないかと。

しばらくすると、あんたは空を見るのに飽きて、なにが起きているのか理解しようと頭をめぐらせる。あんたのまわりで人影が動いている。夢のなかのように、灰白色のものに包まれて……ちがう。ちがう、みんなふつうの服を着ている——それがうっすらと灰に覆われているのだ。何枚も重ね着している。寒いからだ——水が凍るほどではないが、それに近い寒さ。〈季節〉がはじまって一年半——太陽が見えなくなって一年半。〈断層〉は赤道周辺では大量の熱を吐きだしつづけているが、空にかかる巨大な火の玉の不在を補うにはほど遠い。とはいえ、〈断層〉がなかったら寒さはもっと厳しくなっていたはず——氷点に近いどころか、氷点をずっと下回る気温になっていたにちがいない。ささやかな恩恵だ。

とにかくその灰まみれの人影のひとつが、あんたが目を覚ましたことに気づく。あんたの体重のかかり方が変わったことに気づいたのかもしれない。マスクとゴーグルをかけた顔がくるりとふりむいてあんたを見る。そしてまたまえを向く。あんたのまえにいる二人のあいだでぼそぼそと言葉が交わされるが、なにをいっているのかあんたにはわからない。知らない言葉というわけではない。あんたはまだ半分夢のなかだし、言葉の一部は降りしきる灰に吸収されてしまうからだ。

誰かがあんたのうしろでしゃべっている。びっくりしてそっちを見ると、またマスクとゴーグルをした顔がある。この連中はいったい誰なんだ？（怖いという感情は湧いてこない。飢えとおなじで、そういう本能的なものとは少し距離を置いたところにあんたはいる。）そのときなにかがカチッとはまって合点がいく。あんたがいるのは担架の上だ。二本の棒に獣皮を縫い合わせたものを渡しただけの担架で、四人がかりで運んでいる。ひとりが大声でなにかいうと、遠くからいくつもの声が返ってくる。たくさんの声。たくさんの人。

どこか遠くからまたべつの声が返ってくると、あんたを運んでいる連中が足を止める。かれらは互いに顔を見合わせてあんたを下におろす。これまで何度も呼吸を合わせておなじ動作をくりかえしてきたのだろう。統一のとれた無理のない動きだ。あんたは担架がやわらかい粉のような灰の層、分厚い灰の層、たぶん道路に積もった灰の上におろされるのを感じる。担架を持っていた四人は担架から離れて荷物を開けながら腰をおろす。あんた自身、何カ月もの歩き旅で馴染《なじ》みになった一種の儀式。休憩時間だ。

この儀式のことはあんたもちゃんとわかっている。起きあがらなければならない。なにか食べなくては。靴に穴が開いていないか、小石が入りこんでいないか、靴擦《ず》れができかかっていないか、たしかめなくては。マスクはちゃんと――待てよ、マスクはしているのか？　ほかの誰もがしているのなら……。避難袋に入れてあったんじゃなかったか？　避難袋はどこだ？

薄暗い降灰の向こうから誰かが歩み出てくる。背が高くて、台地を思わせる広い肩幅、服やマスクではほかの連中と見分けがつかないが、あのちりちり縮れた長いたてがみのような灰噴《はいふ》き髪には見覚えがある。彼女がかがみこんで、あんたの顔のすぐそばでいう。「ふうん。けっきょく死ななかったのか。トンキーとの賭けは、わたしの負けらしいわね」

「フジャルカ」とあんたはいう。あんたの声は彼女のに輪をかけた嗄《しわが》れ声だ。

マスクが伸び縮みするのを見て、彼女、にやりとしたなとあんたは思う。彼女の笑顔には奥底に敵意を秘めた鋭く尖《とが》らせた歯がつきものだから、それなしで笑顔だと認識するのはなんだか妙な感じだ。「おつむのほうも大丈夫そうね。とりあえずイッカとの賭けはわたしの勝ちだわ」彼女がぐるりとあたりを見まわして、大声で呼ぶ。「レルナ！」

あんたは手をあげて彼女のズボンをはいた足をつかもうとする。まるで山を動かそうとしているみたいだ。あんたは山脈を動かすこともできるはずだから、集中して半分の高さまでもっていく――が、そこで、どうしてフジャルカの注意をひきたかったのか忘れてしまう。そのときフジャルカがふりむいて、さいわいなことにあんたの半分あがった手に気づく。あんたの手は力が入るあまりぶるぶる震えている。一瞬、考えてから、彼女は溜息《ためいき》をついてあんたの手を取り、きまり悪そうにそっぽを向く。

「なにが起きてる」とあんたはどうにか口にする。

「錆び、わたしが知るわけないでしょ。こんなに早くまた休憩するはずじゃなかったんだから」

あんたがもとめていた答えではなかったが、最後まで話すだけの力はない。だからあんたは横になったまま、手は彼女に預けたままだ。彼女はあきらかにほかにやることがあるはずだが、あんたへの思いやりから、こうして手を握っていてくれる。あんたには思いやりが必要と思っているからだ。あんたには必要ないことだが、彼女の気持ちはうれしい。

渦巻く灰の向こうから、さらに二つの人影があらわれる。どちらも体型だけで見分けがつく。ひとりは男で痩せぎす、もうひとりは女で枕のようにぷっくりしている。細長いほうがフジャルカと入れ替わってあんたの頭のそばにやってくると、かがみこんであんたのゴーグルをはずす。あんたは自分がゴーグルをつけていたことに初めて気づく。「石をください」と彼がいう。レルナだ。わけのわからないことをいっている。

「え？」とあんたはいう。

彼はあんたを無視する。もうひとりの人物、トンキーがフジャルカを肘でつつくと、フジャルカは溜息をつきながら自分の避難袋を探ってなにか小さいものを取りだす。そしてそれをレルナにさしだす。

彼はそれを高く掲げて、あんたの頬に手を置く。と、その物体が馴染みのある色調の白い光を放ちはじめる。カストリマ地下の水晶のかけらだ、とあんたは気づく――光りだしたのはオロジェンと接しているから、レルナがあんたと接しているからだ。よくできている。彼が身を乗りだし、この光を利用してあんたの目をのぞきこむ。「瞳孔は正常に収縮」と彼がひとりごとのようにつぶやく。あんたの頰に置かれた彼の手がピクッと動く。「熱もない」

「身体が重いのよ」とあんたはいう。

「あなたは生きています」と彼がいう。まるでこれが完全に理にかなった答えだとでもいうような口ぶりだ。きょうは誰も彼も、あんたには理解できないことばかりいっている。「運動機能、鈍い。認識力は……？」

トンキーが乗りだしてくる。「なにか夢を見た？」

石をください、とおなじくらい意味不明だが、あんたはなんとか答えようとする。頭がぼうっとしていて、答えるべきではないということすらわかっていないからだ。「都市があった」とあんたはつぶやく。睫毛《まつげ》に灰が落ちてきて、あんたはピクッと身を震わせる。レルナが、はずしていたゴーグルをまたつけてくれる。「都市は生きていた。上空にオベリスクがあったわ」上空に？「なか、だったような気もする」

トンキーがうなずく。「オベリスクが人間が住んでいるところの真上にいることはめったにないからね。第七大学にいた頃の知り合いで、それについてちょっとした理論を持っていたのがいてね。聞きたい？」

あんたはやっと、自分が愚かなことをしている——トンキーを活気づけている——ことに思い至る。そして懸命に力をかき集めてトンキーをにらみつける。「いいえ」

トンキーがちらりとレルナを見る。「知的能力に問題はなさそうよ。ちょっと鈍いかもしれないけれど、それはもともとそうだから」

「ええ、確認していただいてありがとうございます」レルナは、なにをしていたのかわからないが作業を終えて、地面に正座した。「エッスン、歩けるかどうか試してみますか?」
「それは早すぎるんじゃない?」とトンキーがいう。しかめっ面になっている。ゴーグルをしていてもわかる。「昏睡状態とかいろいろあったんだから」
「イッカには彼女の回復をそれほど悠長に待つ気はない。それは、あなただってよくご存じでしょう。早く動いたほうが彼女のためにもいいかもしれないし」
トンキーが溜息をつく。だが、レルナがあんたのわきの下に手をすべりこませてあんたを起こそうとしたとき、手を貸したのは彼女だった。ただ起きあがるだけなのに、延々、力を尽くさねばならない。起きあがったとたん、めまいに襲われるが、すぐに落ち着く。だが、なにかがおかしい。姿勢がゆがんだまま固まってしまったような気がするのは、その格好のままかなり長い時間すごしてきた証拠だ。右肩がずっしり沈みこんでしまうし、右腕はだらりと下がったままで、まるで
まるで
ああ。ああ。
なにが起きたのかあんたが気づくと、ほかの連中はなんの手だしも口だしもしなくなる。みんな、あんたが右腕をもっとよく見ようと肩をできるかぎり持ちあげるようすを見つめている。重い。あげようとすると痛む。関節はまだもとのままだが、重い腕に引っ張られて痛むのだ。腱《けん》の一部は変容してしまっているものの、まだ生きた骨にくっついている。なめらかに動くは

ずの球窩《きゅうか》関節のなかに、なにか砂利のようなものがある。だが、あんたが思っていたほどの痛みではない。あんたはアラバスターの苦しみようを見ていたからな。だから、これは驚くべきことだ。

右腕のほかの部分は、誰かがむきだしにするためにシャツと上着の袖を取ってしまったからわかるのだが、ほとんど見る影もないほど変わってしまっている。あんたの腕だ。それはまちがいない。あんたの身体にまだついているという事実だけでなく、形もあんたが見知っているもの――まあ、だいたいは。若いときほど先が細くて優美な感じではない。あんたは一時はがっしりした体型だったし、それはぬいぐるみのような前腕や上腕の下側のちょっとしたたるみに名残が見てとれる。手は拳を握っていて、腕全体を見ると肘のところでわずかに曲がっている。あんたは特別にむずかしいオロジェニーに力を注いでいるときは、いつもずっと拳を握っていたからな。

しかしホクロは、前腕のまんなかに小さな黒い標的のようにぽつんとあったホクロは、なくなっている。あんたは肘を見ようとするが、腕をねじることができないので、触ってみる。昔、転んだときにできたケロイド状の傷痕は、ほんとうは少し盛りあがっているはずなのだが、いまは凹凸が感じられない。その程度の些細《ささい》なちがいは、磨いていない砂岩のような、みっしり、ざらりとした質感に埋もれて消えてしまっている。自滅的な意識からだろうか、ゴシゴシこすってみるが、指先には砂粒ひとつつかない――みかけよりずっと硬い。色は濃淡のない灰色がかった黄褐色で、あんたの肌の色とはまったくちがう。

「ホアがあなたを連れてもどったときには、そうなっていました」と、あんたが腕を触っているあいだずっと黙っていたレルナがいう。いたって平静な声だ。「彼はあなたの許可が必要だといっています。つまりそのう……」

あんたは石の肌をこするのをやめる。ショックを受けたからかもしれない。恐怖がショックを消し去ってしまったからかもしれない。まったくなにも感じていないからかもしれない。

「では、教えて」とあんたはレルナにいう。身体を起こしているために努力し、腕を見るために努力したおかげで、少し理解力が増してきている。「あなたの、うーん、プロとしての見解では、わたしはどうするべきだと思う？」

「ホアにきれいさっぱり食べてもらうか、誰かに大槌でガツンとやってもらうかでしょうね」

あんたは思わず顔をしかめる。「それは大袈裟《おおげさ》なんじゃない？」

「ちゃちなものでは打ち跡ひとつつけられないと思いますよ。忘れたんですか、アラバスターにこれとおなじ変化が起きはじめたとき、さんざん調べたんですから」

あんたは唐突に、アラバスターが空腹を感じなくなって人にいわれないとなにも食べずにいたことを思い出す。いまの話とは関係ないのに、ふいに浮かんだのだ。「彼、黙って調べさせたの？」

「有無をいわせず調べました。だんだんひろがっていくようだったので、伝染性のものかどうか調べる必要があったんです。サンプルを採ると、彼はアンチモンが――あの石喰いが――返せというかもしれないと冗談をいっていました」

冗談ではなかったにちがいない。アラバスターは過酷な真実を口にするときはいつも微笑《ほほえ》んでいたから。「それで、返したの？」

「返しましたとも」レルナは髪に手をやってうっすら積もった灰を払う。「いいですか、夜は腕をなにかでくるんでおかなくてはいけません。そうしないと冷たくなって体温に響きますからね。肩の皮膚が引っ張られて肉割れができています。骨が変形したり、腱がのびたりしているんじゃないかと思います――これほどの重さに耐えられるようにはできていませんからね」ふと躊躇《ちゅうちょ》する。「いま割って落として、あとでホアにやることもできますよ。どうしても……彼のやり方でやらなければならないという理由はないように思いますが」

ホアはたぶんいまこの瞬間も足元のどこかで耳を澄ましているのだろうと、あんたは思う。それにしてもレルナはやけに腫れものに触るようないい方をしている。なぜだ？　あんたはずばり、いってみる。「ホアが食べたってぜんぜんかまわない」ホアのためだけにそういったわけではない。あんたは本気でそう思っている。「もしそれが彼にとっていいことで、それでわたしもこの重いのとおさらばできるなら、そうしたいわ」

レルナの表情がふっと揺らぐ。無表情な仮面がすべり落ち、いっきに嫌悪感があらわになる。ホアがあんたの腕を身体から嚙み切る場面を思い浮かべたのだ。まあ、そういういい方をすれば、概念としては本質的に忌まわしいものではある。だがそういうふうに考えるのは功利的すぎる。原初的すぎる。あんたはアラバスターの変容していく肉体の細胞や微粒子の狭間《はざま》を何時間も探っていたから、自分の腕になにが起きているのか十二分にわかっている。腕に目をやれいる物質の魔法の銀の糸が見える。銀の糸はあんたを構成しているいくつかの部分がこっちの部分とおなじ経路をたどってのびていくように動かし、注意深く引き締めて、すべてをつなぎ合わせる格子をつくっていく。これがどんな作用であるにせよ、非常に精密で、非常にエネルギッシュで、偶然の産物ではありえない——ホアの摂取物という見方をするにしても、たんにレルナの目に映るようなグロテスクなものとして片付けることはできない。だがあんたはそれをどう説明すればいいのかわからないし、たとえわかっていたとしてもそうするだけのエネルギーがない状態だ。

「立ちあがらせて」とあんたはいう。

トンキーがこわごわ石の腕を持って、へんな角度になったり、バタンと落ちたりして肩がねじれてしまわないよう支える。彼女はじーっとレルナをにらみつけている。レルナはやっと自分を取りもどしてあんたのわきの下に腕を差しこむ。二人にはさまれてあんたはなんとか立ちあがろうとするが、すんなりとはいかない。最後には肩で息をしているし、膝は見るからにぐらぐらというありさまだ。血液は理屈についていけず、あんたは一瞬めまいを覚えてふらつく。するとレルナが間髪《かんはつ》を容《い》れずいう。「よし、すわらせよう」ふいに、あんたはまたすわった姿勢になっているが、こんどは息が切れている。腕が肩を妙な角度に持ちあげたかたちになっているので、トンキーが直してくれる。じつに重い物体だ。

（あんたの腕のことだぞ。〝物体〟ではない。あんたの右腕だ。あんたは右腕を失ってしまった。そのことをあんたは自覚しているし、すぐに失った悲しみも湧いてくるのだが、いまはあんた自身とは別個の物体と考えるほうが楽だ。まるで使えない義手。切除する必要のある良性の腫瘍。どれもみんな正しい。そしてまたあんたの錆び腕でもある。）

あんたがすわったまま肩で息をしながら、世界よ、ぐるぐる回るのをやめてくれと祈っていると、誰かが近づいてくる音が耳に入る。この人物は全員に向かって、荷物をまとめろ、休憩は終わりだ、暗くなる前にあと五マイル進まなければならない、と大声で呼びかけている。イッカだ。彼女が近くまでやってくると、あんたは顔をあげる。そしてその瞬間、あんたは自分が彼女を友だちと考えていることに気づく。そう気づいたのは、彼女の声を聞き、渦巻く灰の向こうから徐々に見えてくる彼女の姿を目にして、うれしいと感じたからだ。この前、彼女を見たのは、カストリマ地下に襲いかかってきた敵対する石喰いたちに彼女が殺されてしまうかもしれないという深刻な危機に見舞われていたときのことだ。それもあんたが反撃に出た理由のひとつだった。あんたはカストリマ地下の水晶を使って敵を陥れた。あんたは彼女にも、カストリマのほかのオロジェンたちにも、ひいてはそのオロジェンたちをたよりにしているカストリマの人々にも、生きていて欲しかったんだ。

だからあんたは微笑む。弱々しい微笑みだ。あんたは弱っている。だからイッカがあんたのほうを向き、そのくちびるがまちがいなく嫌悪感をにじませてきゅっと引き締まるのを見たとき、あんたは実際に痛みを感じる。

彼女は顔の下半分を覆っていた布をおろしていた。眼鏡のまわりに灰よけの布きれを巻いて急ごしらえしたゴーグルをしているので、たとえ世界が終わろうと絶対にやめないであろうグレーとコール墨のアイメイクは見えるものの、目の表情はわからない。「くそ」と彼女がフジャルカにいう。「結果を聞かせる気はないってこと?」

フジャルカが肩をすくめる。「全額払ってもらうまではね」

あんたはイッカを見つめている。おずおずと浮かんでいた微笑みがあんたの顔から冷ややかに去っていく。

「完全に回復すると思いますよ」とレルナがいう。事務的な口調だが、慎重にそうしているのだとあんたは直感する。溶岩チューブの上を歩くときの、あの慎重さだ。「しかし、しっかり歩けるようになるにはあと何日かかかるでしょうね」

イッカは溜息をつき、片手を腰に当てて考えている。まちがいない、なにをいうべきかくまなく探っているのだ。そしてついに出てきた言葉もまた事務的なものだ。「わかった。担架を持つ人間のローテーションを延長しよう。でも、できるだけ早く歩くようにさせて。このコムじゃ、みんな自分のものは自分で背負っているんだ。さもないと置いていかれるんだからね」そういって彼女は踵《きびす》を返し、去っていく。

「ああ、つまりね」声が聞こえないところまでイッカが遠ざかると、トンキーが低い声でいう。「彼女、あなたが晶洞《しょうどう》を壊してしまったから、ちょっと腹を立ててるのよ」

あんたは思わず身を縮める。「壊した――」ああ、でも。あんたはあの石喰いたちをぜんぶ水晶のなかに閉じこめた。みんなを救いたかったからだが、カストリマは機械だ――あんたには理解のおよばないとても古い、とても繊細な機械。そしていまあんたは地上にいて降灰のなかをのろのろと進んでいる……。「ああ、錆び地球、たしかにわたしがやったんだわ」

「え、わかってなかったの？」フジャルカがふふっと笑う。棘《とげ》のある笑いだ。「わたしたちみんな、錆びコムの住人がひとり残らず地上にいて、灰が降るなか北へ向かって旅しているのは楽しいからだと本気で思ってたの？」彼女は首をふりながら大股で去っていく。腹を立てているのはイッカだけではなかった。

「そんな……」あんたは、そんなつもりはなかった、といいかけてやめてしまう。あんたにはそんなつもりはまったくなかったが、けっきょくはそのつもりがあったかなかったかなんて、なんの関係もないことだからだ。

レルナがあんたの顔を見つめて小さい溜息を洩《も》らす。「コムを壊したのはレナニスですよ、エッスン。あなたじゃない」彼はあんたが横になるのに手を貸してくれるが、あんたと目を合わせることはない。「コムは、窮余の一策で沸騰虫《ふっとうむし》をカストリマ地上に蔓延《まんえん》させたときに終わっていたんです。沸騰虫はそのままいなくなるわけではないし、テリトリーのなかに餌食になるものを残すようなこともしない。わたしたちはどう転んでも晶洞のなかにとどまっていたら悲惨な運命をたどることになっていたんですよ」

そのとおりだ。完全に筋が通っている。だが、イッカの反応は理屈がすべてではないことを示している。あんなふうに急激に、劇的に、故郷を、安心感を、人から奪ってはいけない。腹を立てる前に、いろいろまずい要因が重なっていたということをじっくり考えろといいたいかもしれないが、そんなことを期待してはいけないのだ。

「かれらもいずれわかりますよ」あんたは、レルナが自分を見ているのに気づいて目をしばたたく。彼の眼差《まなざ》しは澄み切っていて、表情にはなんの陰りもない。「ぼくができたんだから、かれらにもできる。ただちょっと時間がかかるだけです」

彼がすでにティリモでの出来事を乗り越えていたことに、あんたは気づいていなかった。

彼はあんたがじっと見つめているのを無視して、そばに集まっていた四人の人間に身ぶりで合図する。あんたはもう横になっているから、レルナは石の腕をあんたのわきにきちんと収めて毛布でしっかり覆う。担架係の四人が仕事を再開すると、あんたはオロジェニーをぎゅっと押さえつけなければならなくなる。あんたが目覚めたので、身体が揺れるたびにオロジェニーはそれを大地の揺れととらえて反応しようとするのだ。一行が動きだすと、あんたの視界にトンキーの顔がぬっと入りこんでくる。「ねえ、大丈夫だからね。わたしを嫌ってる人なんて山ほどいるんだから」

まったく安心材料にならない。それに自分が気にしていること、それを他人もわかっているということが苛立《いらだ》たしい。前は鋼鉄の心の持ち主だったのに。

だが、どうしてそうなってしまったのか、あんたは突然、気づく。

「ナッスン」とあんたはトンキーにいう。

「え?」

「ナッスン。あの子がどこにいるかわかるの、トンキー」あんたは右手をあげて彼女の手をつかもうとすると、肩に痛みのような、ふわっと浮かんでいるような感覚がくりかえし走る。はっきり音も聞こえる。ひどく痛いわけではないが、あんたは右腕のことを忘れていた自分に心のなかで悪態をつく。「見つけにいかなくちゃ」

トンキーが担架係の連中に、そしてイッカが去っていった方向に素早く視線を走らせる。

「声が大きい」

「え？」あんたが娘を捜しにいきたがっていることはイッカも充分承知している。そもそも初めて会ったときにあんたがそういったのだから。

「道端に捨てていかれたいんだったら、そのまま話をつづけなさい」

そういわれて、あんたは口をつぐみ、オロジェニーを抑える努力をつづける。ああ。イッカはそれほど怒っているということだ。

灰が降りつづいている。あんたのゴーグルが曇っていく。あんたには灰を払い落とす力がないからだ。その結果、視界が灰色にかすんでいき、あんたはふたたび眠りに落ちる――身体が回復する必要性がすべてに優先されたのだ。つぎに目が覚めると、あんたは顔についた灰を払い落とす。あんたは地面におろされていて、腰のくびれに石か木の枝のようなものが当たってきている。片肘をついて身体を起こす。まだそれ以上のことはできないが、動きが楽になってきてはいる。

すでに夜の帳《とばり》がおりている。数十人が森とはいいがたいまばらに生えた木立のまんなかにある露頭に腰をおろしている。あんたはカストリマの周囲をオロジェニーで地覚《ちかく》して探っていたから、この露頭はなじみのものだ。おかげで自分の居場所の見当がつく――ここはカストリマの晶洞の北、百六十マイルほどのところにある地殻構造があらたに隆起した部分。つまりカストリマからの旅はほんの何日か前にはじまったばかりということだ、とあんたは思う。大人数の集団はそう速くは動けない――そして北へ向かっているからには目的地はひとつしかない。レナニスだ。どういうわけか、みんなレナニスが空っぽで人が住める状態だということを知っているのにちがいない。でなければそうであってくれと期待しているだけで、それ以外に望みはないということなのかもしれない。まあ、あんたとしては少なくともその一点は請け合ってやれる……みんながあんたの言葉に耳を貸す気があるならばだが。

あんたのまわりの連中は焚《た》き火の設営やら料理用の金串の準備やら便所用の穴掘りを進めている最中だ。野営地内に数カ所、カストリマの水晶のゴツゴツしたかけらが積み重ねられてあたりを照らしている――そうできるだけの数のオロジェンが生き残っているということになる。これは朗報だ。慣れない作業では効率の悪い動きをしている部分もあるが、おおむね統率はとれている。カストリマには旅暮らしのコツを心得ている者が比較的多いという事実が、吉と出ているようだ。だが担架係の四人はあんたをおろしたところに置きっぱなしにしてどこかへいってしまった。もしかしたらあんたのそばで火を起こすとか食べものを持ってくるとかするつもりなのかもしれないが、まだそういう動きは見えない。あんたとおなじように横たわっているのが何人かいて、そのまんなかにレルナがひざまずいているのが目に入るが、彼も手いっぱいだ。ああそうだ――レナニスの兵士が晶洞に入ってきたあと、大勢の怪我《けが》人が出たにちがいない。

まあ、あんたは焚き火が欲しいわけではないし、腹が減っているわけでもないから、誰も気にかけてくれなくても困りはしない。気分的には引っかかるが。ほんとうに気になるのは自分の避難袋が見当たらないことだ。あれはスティルネス大陸を半分横断するあいだ、ずっと持っていた。オロジェンの位をあらわす古い四つの指輪を密《ひそ》かにしのばせていたこともあったし、ある石喰いがあんたの家で変身したときには焼け焦げて粉塵《ふんじん》になってしまいそうなところをあやうく救いだしたりもした。あんたにとっていまだに大事なものが詰まっているというわけではないが、あの袋そのものが、いまとなっては、ある種、感傷的な価値を持ってしまっている。

とはいえ。誰もがなにかを失っているのだ。

突然、あんたはすぐそばに山が生じたような重みを感じる。こんな状況だというのに、あんたは自分が微笑んでいることに気づく。「いつあらわれるのかと思っていたわ」

ホアがそばに立ってあんたを見おろしている。この姿の彼――小柄な子どもではなく中肉中背の大人で、白い肌ではなく黒地に白や銀の筋が入った大理石の彼――を見ると、いまだに気持ちがざわつく。だがそうはいっても、なぜか彼が前から知っていたホアとおなじ人物だと――おなじ顔立ち、おなじ忘れがたい氷白《ひょうはく》の虹彩《こうさい》、おなじいわくいいがたい異様さ、おなじ奇矯さを秘めた雰囲気の持ち主だと――前よりはすんなり認められるようになっている。なにが変わったのか？　あんたにとって石喰いはもはや異質の存在には見えないということか？　変わったのは彼の見かけだけ。そしてあんたのすべてだ。

「気分は？」と彼がたずねる。

「よくなってきたわ」彼を見あげようと姿勢を変えると、右腕があんたを引っ張る。こうして重みを感じるたびに、あんたは二人のあいだで交わされた文字には書かれていない契約を思い出す。「レナニスのことをみんなに話したのはあなた？」

「そうだ。わたしが道案内している」

「あなたが？」

「イッカが耳を傾けてくれる範囲で、ということになるが。彼女は石喰いを積極的な味方というよりは潜在的な脅威と考えているようだ」

そう聞いてあんたは思わず疲れた笑い声をあげる。とはいえ。「ホア、あなたは味方なの？」

「かれらにたいしてはちがう。だがそれはイッカも承知している」

そうだ。だからたぶんあんたはまだ生きていられるのだ。イッカがあんたを守り、養っているかぎり、ホアはイッカたちに力を貸す。あんたはまた旅暮らしで、またなにもかもが錆び取引の世界だ。カストリマだったコムは生きながらえているが、もはやほんとうの意味での共同《コミュニ》体《ティ》ではなく、生きのびるために協力し合っている目的を一にする旅人の集団だ。いずれまた守るべき家を得たらほんもののコムにもどるかもしれないが、いまはイッカがなぜ腹を立てているのかあんたにも理解できる。なにか美しくて健全なものが失われてしまったのだ。

とにもかくにも。あんたは自分の身体を見おろす。あんたはもう完全な状態ではないが、残った部分は強化できる——すぐにナッスンのあとを追えるようになる。だがまずは片付けるべきことから。「これ、する？」

ホアはひと呼吸おいて、「いいのか?」とたずねる。

「この腕はこのままじゃ、いいことなんてひとつもないから」

かすかに音がしている。石と石がゆっくりと容赦なく擦り合わされる音。ずっしりと重い手が、あんたの半分変容した肩に置かれる。その重さにもかかわらず、あんたはそれが石喰いの基準からすれば繊細な触れ方なのだと感じている。ホアはあんたを気遣っているのだ。

「ここではしない」と彼はいい、あんたを地中に引きこむ。

ほんの一瞬の出来事だ。彼はこの地中の旅はいつも素早くすませるようにしている。たぶん長引くと呼吸が苦しくなったり……正気を保てなくなったりする恐れがあるからだろう。今回はあたりがぼやけるような動きの感覚があり、ふっと揺らぐ闇が見え、つんとくる灰よりも豊かなロームの匂いが鼻をくすぐっただけだ。そしてあんたはべつの露頭に横たわっている——たぶんカストリマのほかの連中が野営しているのとおなじ岩だろう。野営地から少し離れただけのところのようだ。ここには焚き火はない。見える明かりは頭上の分厚い雲に照り映える〈断層〉の赤い光だけだ。目はすぐに慣れるが見えるのはただ岩と近くの木々の影。そしてあんたの横でうずくまる人影。

ホアはあんたの石化した腕を両手でそっと持っている。ほとんどうやうやしく、といってもいいほどだ。あんたはわれ知らず厳粛な思いにとらわれる。厳粛な瞬間に決まっている。これはオベリスクが要求する犠牲なのだから。娘の血の債務のあがないとして支払わねばならない一ポンドの肉なのだから。

「これはあんたが考えているようなものではない」とホアがいい、あんたは一瞬、心を読まれたのかといぶかしむ。が、たぶん彼はあんたの表情を読んだのだろう。なにしろ掛け値なしに山々とおなじくらい年を取っているのだから。「われわれは失ったものもあるが、得たものもある。これは思ったほど醜悪なものではないんだ」

どうやら彼はあんたの腕を食べる気らしい。あんたとしてはそれはかまわないのだが、どういうことなのか理解しておきたい。「じゃあ、なんなの？　なぜ……」あんたはなにをたずねればいいのかさえわからず首をふる。もしかしたらなぜはどうでもいいことなのかもしれない。あんたには理解できないことなのかもしれない。あんたでなくてもいいのかもしれない。

「これは食べものではないんだ。われわれが生きるために必要とするのは命だけだ」

あとのほうは意味不明だから、あんたは最初のほうを取っかかりにする。「食べものでないのなら……？」

ホアがまたゆっくりと動きだす。かれらは、石喰いは、そうしばしばこんなふうに動くわけではない。動くと、人間そっくりでありながらとてつもなくかけ離れているという不気味な特徴が強調されてしまう。いっそのこともっと異質な存在なら、もっと簡単な話なのだが。かれらがこんなふうに動くと、そのかつての姿があんたたちの脳裏に浮かび、それはあんたたちのなかの人間的な部分にとって脅威となり、警告となる。

とはいえ。われわれは失ったものもあるが、得たものもある。

彼は両手であんたの手を持ちあげていく。片方の手はあんたの肘に添えられ、もう片方の手の指であんたの固く閉じた、ひびの入った拳を軽く支えている。ゆっくり、ゆっくりと持ちあげていくので、肩は痛まない。彼の顔まであと半分という高さまできたところで、彼はあんたの肘に添えていた手を上にずらして二の腕を下から包むように持つ。彼の石があんたの石とこすれる音がかすかに聞こえる。あんたは官能的なものを感じる。なにも感じることはできないはずなのに。

つぎの瞬間、あんたの拳に彼のくちびるが触れている。彼がくちびるを動かすことなく胸の奥からいう。「怖いか?」

あんたは長いこと考える。怖がってはいけないのか? しかし……。「いいえ」

「よかった」と彼が応じる。「これはあんたのためなんだよ、エッスン。なにもかもあんたのためだ。信じてくれるか?」

すぐには判断がつかない。あんたは衝動的にまともなほうの手をあげて、彼の硬くて冷たくてきれいに磨かれた頬に指を走らせる。闇のなかで黒い肌は見分けがつきにくいが、親指が眉を探り当て、鼻をなぞっていく。鼻は大人らしい形で、子どもの姿のときより長い。彼はかつてあんたに、こんな奇妙な身体をしているが自分のことは人間だと思っている、といったことがある。あんたは遅まきながら、自分も彼を人間として見る道を選んでいたことに気づく。そしてそう気づいたことで、これは捕食とはちがうなにかだと思い至る。ではなんなのかはっきりとはわからないが、なにか……贈りもののような気がしてくる。

「ええ」とあんたはいう。「信じるわ」

彼の口が開く。大きく、さらに大きく、人間の口ではありえないほど大きく。かつてあんたは彼の口が小さすぎると案じたものだ――それがいまは拳も楽に入るほど大きくなっている。そしてあの歯だ。小さくて粒揃《つぶぞろ》いの透きとおったダイヤモンドの歯が、宵の赤い光を受けて美しく輝いている。その歯の奥には闇があるだけだ。

あんたは目を閉じる。

§

彼女は不機嫌でした。彼女の子どものひとりが、年のせいだといっていました。彼女は、困難な時代がやってくるということを聞きたくない人々にたいして警告を発するストレスのせいだといっていました。彼女が丁寧な対応という偽りの仮面をつけなかったのは、不機嫌だったからではなく、年の功のなせる業だったのです。

「この物語には悪人は出てこないのよ」と彼女はいいました。わたしたちは庭園ドームのなかで椅子にすわっていました。ただのドームです。彼女がそこがいいといって譲らなかったので。シル懐疑論者はいまだに物事が彼女がいったとおりに進んでいった証拠はないと主張していますが、これまで彼女の予測がはずれたことは一度もありませんし、彼女のほうがかれらよりずっとシルですからね。彼女はまるで化学物質に真実の印をつけるかのように安《あん》を飲んでいました。

「これと指させるような悪がひとつあるわけではないし、なにもかもがここで変わったといえるような瞬間があるわけでもない」と彼女は先をつづけました。「物事はまず悪化し、さらにひどいことになり、と思うと少しよくなり、また悪くなり、それがまた起こり、くりかえされていく。誰も止めなかったからよ。何事も……調整が利くのです。よい時期を少しでも長く保ち、予測し、過酷な時期を少しでも短くする。多少悪い状態に甘んじることで、より過酷な状態になることを防ぐ。あなたたちを止めようとしても無駄。もうあきらめているわ。ただ子どもたちに、忘れるな、学べ、生きのびろ……誰かがこの悪循環を止めてくれる日まで生きのびろと教えただけよ」

これには当惑しました。「〈焼尽〉のことをいっているのですか?」けっきょくのところ、わたしはこの話をしにいったのです。百年、と彼女は予測していました。五十年前に。それ以外、大事なことなどないでしょう?

彼女はただ微笑んでいました。

——シナシュ〈革新者〉ディバースによりタピタ高原廃墟《はいきょ》#七二三にて発見されたインタビュー書き起こし(オベリスク建造者Cよりの翻訳)。日時未詳、書き起こし人未詳。推測：最初の伝承学者か? 個人的メモ——バスター、あなたはここを見なくては。そこらじゅう歴史的宝物だらけ、ほとんどは解読できないほど劣化してしまっているけれど……それでもやはりあなたがここにいたらと思わずにはいられない。

2　ナッスン、解き放たれた気分

ナッスンは父親の死体を見おろしている。散乱した宝石のかけらを死体と呼べればの話だが。彼女は少しふらついている。肩の傷——父親に刺された傷——からの出血がひどくてめまいを覚えているのだ。刺されたのは父親に選びようのない選択を迫られた結果だ。父親は彼女に自分の娘であることか、オロジェンであることか、どちらかを取れと迫った。そして彼女は自身の存在をみずから抹殺することを拒んだ。彼はオロジェンが生きるのを許容することを拒んだ。あの最後の瞬間、どちらの胸にも悪意はなかった。ただ不可避という名の冷酷な暴力があっただけだ。

この活人画の片側にはシャファが、ナッスンの守護者が立ち、ジージャ〈耐性者〉ジェキティの残骸を驚きと冷ややかな満足感とがないまぜになった表情で見おろしている。ナッスンの反対側には彼女の石喰《いしく》いスティールがいる。いまは彼女の、と呼ぶのが適切だろう。なぜなら彼は彼女が必要とするときにあらわれたからだ——助けるためではない、それは絶対にない、がそれでも彼女になにかを与えてくれる。彼がさしだすもの、彼女がついに自分にとって必要だと気づいたもの、それは目的だ。シャファでさえ彼女に目的を与えてはいなかった。が、それはシャファが彼女を無条件で愛しているからだ。彼女はその愛も必要としている。ああ、どれほど必要としていることか。だが、いまこの瞬間、心が完膚なきまでに壊れ、思考がちりぢりばらばらになってしまったこの瞬間、彼女はそれ以上のなにか、もっと……確たるものを渇望していたのだ。

彼女はその欲しているものを得ることになる。そのために戦い、殺すことになる。なぜならこれまで何度も何度もそうせざるを得ず、それが習い性になっていたからだ。それが得られたら死んでもかまわないと思っている。けっきょくのところ、あの母にしてこの娘あり、ということなのだ――そして死を恐れるのは自分に未来があると思っている者だけだ。

ナッスンの傷ついていないほうの手のなかで長さ三フィートの結晶の破片が単調な音を響かせている。深い青色で美しく面取りされ、先にいくほど細くなっていき、下のほうの端は柄《つか》のような形に変形している。この奇妙な長ナイフはときおり瞬《また》いて半透明の、現実の状態なのかどうか議論のわかれる、漠としたものになる。これはまちがいなく現実の状態――ナッスンが父親のように色とりどりの石に変わってしまわずにいられるのは、ひとえに彼女がそこに意識を集中させているからにすぎない。彼女は、もし出血多量で意識を失ったらどうなってしまうのかと恐れていて、早く青玉《サファイア》を空に送り返してもとの形、もとの大きさにもどしたいと思っている――が、できない。いまはまだできないのだ。

その理由は寮のそばにいる二人、アンバーとニダ。〈見いだされた月〉の守護者だ。二人は彼女を見ている。そして彼女の視線が二人をとらえると、二人のあいだに漂うレース編みのような銀の巻きひげがちらちらと明滅する。二人は視線も言葉も交わしていない。交わされたのは、ナッスンがナッスンでなければとらえられないはずの、無音の心のやりとりだけだ。どちらの守護者の足元を見ても地中から繊細な銀のつなぎ綱がうねうねと立ちのぼって、かれらの足に入りこみ、神経や血管の微光と接続して脳に埋めこまれた小さな鉄片までつながっている。この植物の主根めいたつなぎ綱は前からずっとあったのだが、どちらの守護者の光のラインもこんなに太いとは気がつかなかった。たぶんいまのナッスンの緊張状態のせいで、これほどはっきり見えているのだろう――シャファと大地とをつないでいるものよりずっと太い。それがなにを意味しているのか、ナッスンにもやっとわかった――アンバーもニダももっと大きな意思の操り人形にすぎないということだ。彼女はこれまで二人のことをもう少しいいふうに、しっかり自分というものを持った人たちだというふうに考えようとしてきたが、事ここに至ってサファイアを手にし、足元に死んだ父親が転がっているいまとなっては……こんな勝手の悪い季節でも、成長すべきものは成長するのだ。

だからナッスンは地中深くに根ざす円環体を発生させる。なぜなら二人がこれに気づくとわかっているからだ。これはフェイント――彼女には大地のパワーは必要ないし、おそらく二人もそのことは知っているはず。それでも二人は反応する。アンバーは組んでいた腕をおろし、ポーチの手すりに寄りかかっていたニダは背筋をのばす。シャファも反応して視線を横に動かし、彼女と目を合わせる。アンバーとニダは当然ながらこれに気づくが、どうしようもない――ナッスンの脳内にはコミュニケーションを容易にする〈邪悪な地球〉のかけらは埋めこまれていないのだから。まずい事態になったのなら、手当してやればいい。シャファが、「ニダ」という。ナッスンにはそのひとことで充分だった。

アンバーとニダが動く。速い――とても速い。それぞれの銀の格子のなかで骨が強化され筋肉の腱《けん》が引き締められて、常人の肉体ではなしえない動きができるようになっているからだ。かれらのまえでナッスンの地覚器官《ちかく》の主葉《しゅよう》の働きを打ち消す脈動が発生し、容赦なく嵐のように襲いかかってくるが、ナッスンはすでに防御態勢に入っている。身体的にということではない――戦いのその領分ではかれらにはかなわないし、そもそも立っているのがやっとの状態だ。彼女に残されているのは意思の力と銀だけ。

だからナッスンは――身体は不動、心は荒れ狂った状態で――自分の周囲の空気から銀の糸をひっつかみ、目の粗い、しかし効力は充分な網を織りあげる。（こんなことをするのは生まれて初めてだが、そんなことはできないと誰かにいわれたこともない。）その網の一部でニダを包みにかかる。アンバーは無視する。シャファがそうしろといったからだ。そしてつぎの瞬間、彼女はなぜシャファが守護者二人のうちひとりだけを相手にしろといったのかを悟る。ニダは蜘蛛《くも》の巣につっこむ虫のように網にからめとられると思いきや、まえのめりになって動きを止め、笑いながら体内から銀とはちがうなにかの糸をくりだす。糸はくるくると湾曲しながら空気を鞭打《むちう》ち、彼女のまわりの網をずたずたに切り裂いていく。彼女はふたたびナッスンに向かって突進するが、ナッスンは――守護者の返報の速さと持てる効力にぎくりとしながらも――地中から石をひっつかんでニダの足を下から釘付けにする。ニダは少しスピードを落としたものの、足を貫く石の破片を打ち砕き、ブーツに破片が刺さったままで猛然と突き進む。片手を鉤爪《かぎづめ》のように曲げ、もう片方の手は指をまっすぐのばした手刀。どちらの手が先にナッスンに届くかで、彼女がナッスンを素手でどう引き裂いていくかが決まることになる。

ここでナッスンは突然、恐怖を覚える。ほんのわずかだ。そうでないとサファイアをコントロールできなくなってしまう――が、いくらかは感じている。彼女はニダから出ている銀の糸がむきだしの飢えた、混沌《こんとん》とした脈動を響かせているのを感じとっている。これまで知覚したことのないものだ。そしてそれがなぜか突然、恐ろしいものに思える。もしニダの身体の一部でも素肌に触れたら、その脈動がどんな影響をおよぼすのか、ナッスンは知らない。（だが彼女の母親は知っている。）彼女はサファイアの長ナイフがニダとのあいだに入ってニダの攻撃を防いでくれますようにと念じながら一歩さがる。彼女の手はまだサファイアの柄に置かれているので、一見、彼女が震える手でゆるゆるとこの武器をふりかざそうとしているように見える。ニダがまた甲高い、いかにも楽しげな笑い声をあげる。彼女も、そしてナッスンも、たとえサファイアでも彼女を止めることはできないとわかっているからだ。ニダは、ナッスンが大きくふるった長ナイフを蛇さながらに身をくねらせてかわしながら、鉤爪のように曲げた手をふりかざし、指をひろげ、ナッスンの頬に迫り――

ナッスンがサファイアを落として悲鳴をあげ、彼女の地覚器官の働きは鈍り、なすすべもなく収縮し――

しかしその場にいる守護者たちはみな、ナッスンにはもうひとり彼女を守護する者がいることを忘れていた。

スティールは動いているようには見えない。いまこの瞬間、彼はジージャの残骸に背を向け、静かな表情、ものうげな立ち姿で北の地平線のほうを向いている。数分前からそうだった。そしてつぎの瞬間、彼はナッスンのすぐ横にいる。移動速度があまりにも速いので、ナッスンには空気が押しだされた鋭いパシッという音が聞こえるだけだ。そしてニダの前方への動きがふいに止まる。スティールがかかげた手でつくった輪で喉をギュッとつかまれてしまったからだ。

ニダが甲高い叫び声をあげる。ナッスンはニダがひらひらはためくような声で何時間もとりとめもなくしゃべるのを聞いたことがある。だから彼女にはピーピーチュンチュン鳴く無害な小鳥のイメージを重ねていた。だがこの声は猛禽《もうきん》のそれだ。獲物に飛びかかろうとするのを阻まれて獰猛《どうもう》さが怒りに変わった猛禽の声。彼女は皮膚や腱がちぎれる危険もかえりみず身をよじって逃れようとするが、スティールのグリップは石のようにがっしりとゆるがない。ニダは身動きがとれなくなっている。

うしろから音がして、ナッスンはビクッとふりむく。彼女が立っているところから十フィート先でアンバーとシャファが素手で戦っているのだが、二人の姿はぼやけている。なにが起きているのか彼女の目ではとらえきれない。二人とも凄《すさ》まじい速さで動きながら素早く激烈なパンチをくりだしている。彼女の耳がパンチの音を処理しおえる頃には、二人はすでにつぎの構えを取っている。彼女にはなにがどうなっているのかわからない――が、怖い、とても怖い、シャファのことが心配でならない。アンバーの体内の銀は川のように流れていて、あの輝く主根からパワーがつねに供給されている。ところがシャファの体内の銀の流れはアンバーより細く、急流になったり詰まったりが荒っぽくくりかえされていて彼の神経や筋肉をグイッと引っ張ったり、彼の気をそらせようとするかのように予期せぬときにパッと燃えあがったりしている。ナッスンはシャファが集中した表情をしているのを見てとり、彼はまだコントロールを失っていないこと、そしてそれこそが彼を救ってきたのだと悟る——彼の動きは予測不能で、戦略的で、よく考え抜かれている。とはいえ。彼がまだ戦えるということ自体、驚異的としかいいようがないのだが。

シャファが片手で下からアンバーの顎を貫き手首までめりこませて戦いに終止符を打ったそのさま。これはぞっとする光景だ。

アンバーが凄まじい声をあげ、ガクッと足を止める——が、つぎの瞬間、彼の手がふたたびシャファの喉めがけてのびる。ぼやけるほどのスピードだ。シャファが喘《あえ》ぐ——ほんの一瞬のことでただ息を吸っただけとも思えるが、ナッスンはそこに警報音を聞きとる。シャファは攻撃をよけるが、アンバーはまだ動いている。完全に白目を剝《む》き、動きもぎごちなくなっているのに倒れはしない。それを見て、ナッスンは悟る——アンバーはもはやここにはいない。なにかほかのものが彼の手足を動かしている。大事な接合部が定位置にあるかぎり、動かしつづけることができるのだろう。そしてついに——ひと呼吸おいて、シャファはアンバーを地面に投げ飛ばしてめりこんでいた手をはずし、敵の頭を踏みつける。

ナッスンはもう見ていられない。バリバリバリッという音が聞こえる——それだけで充分だ。アンバーが身体をひきつらせる音が聞こえる。だんだん弱々しくはなるが延々つづく。シャファがかがみこむ衣擦《きぬず》れの音が聞こえる。そして彼女は、母親が三十年以上前にフルクラムの守護者棟の小部屋で聞いた音を聞くことになる——骨が砕け、軟骨が裂ける音。シャファがアンバーの折れた頭蓋骨の下の部分に指をめりこませていく音だ。

ナッスンは耳を閉じることができない。だから代わりにニダに意識を向ける。ニダはまだスティールの破壊不能のグリップにとらわれたままだ。

「わたしは——わたしは——」ナッスンはなんとか伝えようとする。心臓の鼓動がほんのわずかゆっくりになる。手のなかでサファイアが激しく震える。ニダはまだ彼女を殺したがっている。スティールはかろうじて味方といえそうな立場に立ってはいるが、確実に味方というわけではなく、彼がグリップをゆるめればナッスンは死ぬことになる。しかし。「わたしはあなたを殺したくな、ない」とナッスンはなんとか口にする。しかもこれは本音なのだ。

ニダが突然、動きを止め、おとなしくなる。彼女の顔に浮かんでいた怒りがしだいに薄れて、まったくの無表情になる。「それはこの前もしなければならないことをした」と彼女がいう。

ナッスンはなにかが、なにか漠としたものが変化したのに気づいてぞっとする。鳥肌が立つ。なんなのかはわからないが、これはもうニダ本人とは思えない。ナッスンはごくりと唾を飲む。

「なにをしたの？　誰が？」

ニダの視線がスティールに落ちる。スティールの口がかすかにジャリジャリと音を立てて湾曲し、歯をむきだしにした大きな笑みへと変わる。そしてナッスンがつぎの質問を考えつくより早く、スティールの手が動きだす。グリップをゆるめてはいない――人間の動きを真似た（いや、からかっているのかもしれないが）あのゆっくりとした動きで回転していく。腕を身体に引き寄せ、手首を回転させてニダの背中が自分のほうを向く位置にもっていく。ニダのうなじが彼の口元にある。

「それは怒っている」ニダがいう。もう顔はスティールとナッスンのほうを向いてはいないのだが、先をつづける。「しかしそれでも喜んで妥協し、許す用意はある。それは正義をもとめているのに――」

「正義はすでに千回も二千回もなされてきた」とスティールがいう。「これ以上、応じるつもりはない」そういうと彼は大きく口を開ける。

ナッスンはふたたび目をそらす。父親を粉々にしてしまった朝、その場に残されたのは、子どもには見るに堪えないほど忌まわしいものだった。が、とりあえずスティールが手をはなしてしまえば、地面に落ちたニダは二度と動くことはない。

「もうここにはいられない」とシャファがいう。ナッスンが大きく息を呑《の》んで彼に焦点を合わせると、彼はアンバーの死体をまたいで立ち、その点々と血糊《ちのり》がついた手になにか小さな尖《とが》ったものを持っている。そしてその物体を、殺そうと決めた相手に注ぐのとおなじ超然とした冷ややかな視線で見つめている。「ほかの者たちがやってくる」

死に瀕《ひん》した興奮状態で思考が明晰《めいせき》になっているのか、ナッスンは彼がほかの汚染された守護者たちのことをいっているのだとすぐに悟る。シャファはかれらとちがって半分汚染されているだけだから、自由意志もある程度は維持できている。ナッスンはぐっと唾を飲んでうなずく。もう積極的に彼女を殺そうとする者はいないから、気分も落ち着いてきている。「ほ、ほかの子たちはどうするんですか？」

当の子どもたちのうち何人かは寮のポーチに立っている。ナッスンがサファイアを呼んで長ナイフの形にしたときの衝撃で目を覚ましてしまったのだ。かれらはすべてを目撃していた。ナッスンもそのことに気づく。死んだ守護者を見て泣いている子が二、三人いるが、ほとんどの子はあまりの衝撃にただ黙ってナッスンとシャファを見つめている。小さい子がひとり、ポーチの階段の横で吐いている。

長いことかれらを見つめていたシャファが横目ですっとナッスンを見る。まだ冷ややかさがいくらか残っているが、出てきた言葉はけっして冷たいものではなかった。「あの子たちもすぐにジェキティを離れなければならない。守護者がいなければ、コムの住人はあの子たちの存在を容認してはくれないだろう」でなければ、シャファが殺すという方法もある。これまで出会ったオロジェンで彼がコントロールできない者はひとり残らずそうしてきた。彼のものになるか、彼の脅威になるか、二つにひとつなのだ。

「いや」とナッスンは口走る。彼がいったことにたいしてではない。あたりを支配する冷たい沈黙にたいしていったのだ。その冷たさがほんのわずか増す。シャファはナッスンが否定の言葉を口にするのを好まない。ナッスンは深々と息を吸いこみ、もう少し冷静さをかき集めていいなおす。「お願い、シャファ。わたしはただ……もう耐えられないの」

これはまったくの偽善だ。ナッスンがついいましがた、父親の遺骸をまえに密《ひそ》かに誓ったことは、この言葉とは矛盾している。彼女がなにを選択したのか、シャファには知りようがないが、視界の片隅でスティールが血塗られた微笑《ほほえ》みをいつまでも浮かべていることを彼女は痛いほど意識している。

彼女は固く口を結んで、とにかくそうなのだとだめ押しをする。嘘《うそ》ではないのだ。残忍な行為は、果てしない苦しみは、もうたくさん——それがすべてなのだ。彼女がやるつもりのことは、なにはさておき一瞬で終わる慈悲深いものになるはずだ。

シャファは暫時ナッスンをじっと見つめる。そして小さくピクッと身体をひきつらせてたじろぐ。ここ数週間、ナッスンがしばしば目にしている姿だ。痙攣《けいれん》がおさまると、シャファは笑みを浮かべてナッスンのそばにやってくるが、その前にアンバーから取りだした金属片を持っている手をしっかりと握りしめる。「肩の具合はどうだ？」

ナッスンは手で触れてみる。寝間着は血で濡れているが、ぐっしょりというほどではないし、腕を動かすこともできる。「痛いわ」

「しばらくは痛むかもしれないな」シャファはあたりを見まわすと、アンバーの死体のところへ向かう。そしてアンバーのシャツの袖をひきちぎる——それほど血が飛び散っていないほうの袖で、ナッスンはなんだかほっとする。シャファはナッスンのもとにもどってくると彼女の寝間着の袖をたくしあげ、彼女が肩の傷に布きれを巻き付けるのを手伝う。これが適切な処置で、こうしておけばたぶん傷を縫わなくてすむということはナッスンもわかっているが、一時的に痛みが強まって、ふとシャファに寄りかかってしまう。彼はそれを許し、あいているほうの手で彼女の髪をなでる。血糊がついたほうの手はあの金属片をしっかり握りしめていることをナッスンは意識する。

「それをどうするんですか？」とナッスンはシャファの握りしめた手を見ながらたずねる。そこにはなにか悪意を持ったものがあると、どうしても考えてしまう。巻きひげをくねらせて、〈邪悪な地球〉の意思を染みこませることのできる相手を探しもとめるなにかが。

「さあ、どうするかな」シャファが深く響く声でいう。「わたしにとってはなんの危険もないが、記憶があるんだ。昔……」彼は一瞬、顔をしかめる。消えてしまった記憶のありかを探っているのだ。「昔は、どこだったか、どこかほかのところではこれをふつうに再利用していた。ここでは、どこか外界から隔絶された捨て場所を見つけなければならないだろうな。そして当分のあいだ誰かが偶然に出くわしてしまわないことを祈るだけだ。おまえはそれをどうする気だ？」

ナッスンが彼の視線をたどると、そこにはサファイアの長ナイフがある。ナッスンの手を離れた長ナイフは彼女のうしろにまわりこんで宙に浮かび、彼女の背中からちょうど一フィートのところでホバリングしている。彼女が動くと、それに合わせてかすかにブーンと唸《うな》りながら位置を微調整する。それがどうしてそんなことをしているのかナッスンにはわからないが、その威圧的な静かなる力強さにはいくらか慰めのようなものを感じている。「もとにもどさなければと思っています」

「いったいどうやってこの形に……?」

「ただ必要だったから。これはわたしがなにを必要としているかわかっていて、わたしのために変わってくれたんです」ナッスンは小さく肩をすくめる。言葉で説明するのはとてもむずかしい。彼女は怪我《けが》していないほうの手でシャファのシャツをつかむ。シャファが質問に答えないのはよい兆候ではないとわかっているからだ。「ほかの子たちは、シャファ」

シャファは溜息《ためいき》をつく。「荷造りを手伝ってやらないとな。歩けるか?」

ナッスンはほっとするあまり、空を飛べそうな気分になる。「はい。ありがとう。ありがとうございます、シャファ!」

彼は首をふる。あきらかに後悔しているのだが、それでもまた笑みを浮かべる。「父親の家にいって、役に立ちそうなもの、持ち運びできる小型のものを選んでおきなさい。そこで落ち合おう」

ナッスンはためらいを覚える。もしシャファが〈見いだされた月〉の子どもたちを殺す気でいるとしたら……。いや、そんなことはないはずだ。そうはしないといったのだから。

シャファが動きを止め、笑顔のまま片眉をあげて静かに問いかけている。これは幻影だ。銀はまだシャファのなかで鞭打ち、彼にナッスンを殺すよう突き棒で責め立てている。彼は恐ろしいほどの苦痛を味わっているにちがいない。しかし彼はその力に抵抗している。ここ数週間、ずっとそうだった。彼は彼女を殺さない。なぜなら彼は彼女を愛しているからだ。そしてナッスンは、もし彼を信じられないなら、この世に信じられる相手はいないことになる。

「わかりました」とナッスンはいう。「じゃあ、父さんの家で」

シャファから離れていきしな、ナッスンはちらりとスティールを見る。彼もまたシャファのほうを向いている。この数呼吸のうちにくちびるについた血をきれいに落としたようだ。どうやったのか、ナッスンにはわからない。しかし彼は灰色の手を二人に向かってさしだしている――いや、ちがう。シャファに向かってだ。シャファはそれを見てふと首を傾《かし》げるが、すぐに血まみれの鉄片をスティールの手に置く。スティールはすぐさま鉄片を握りしめたと思うと、まるで手品でもしているように、ゆっくりと手を開く。鉄片は消えている。シャファが頭をさげて丁寧に謝意を伝える。

ナッスンを守るために手を組まざるを得ない二人の怪物じみた保護者。だが、ナッスンも怪物ではないのか？　ジージャが彼女を殺しにくる直前に彼女が感じとったもの――何十ものオベリスクがずらりと並んで作動することによって凝縮され増幅された膨大なパワーのスパイク。スティールはあれを〈オベリスクの門〉と呼んでいた。オベリスクは絶滅文明がつくったものだ。その絶滅文明がつくりだした大規模で複雑なメカニズムが〈オベリスクの門〉なのだが、使用目的はわかっていなかった。スティールは〈月〉というもののことも口にしていた。ナッスンはある物語を聞いたことがあった――ずっと昔のこと、〈父なる地球〉には子どもがいた、その子どもがいなくなってしまったので〈父なる地球〉は怒り狂い、〈季節〉をもたらした、という話だ。

その物語では、ありえない希望のメッセージが語られ、思慮に欠けた表現が使われていた。

伝承学者はそこを強調して落ち着きのない聴衆の注意をひくのだ。いつの日か、もし〈地球〉の子どもがもどってきたら……。つまりは、いつか〈父なる地球〉は心をやわらげる日がくる、いつかは〈季節〉が終わって世界はなにもかも正常になる、という話だ。

それでも父親たちがオロジェンとして生まれた子を殺そうとする日々はつづく、そうだろう？　たとえ〈月〉がもどってきたとしても。なにがあろうと、その行為は止まらない。〈月〉を家に帰してやる、とスティールはいっていた。世界の苦痛に終止符を打つのだ、と。

選択肢のなかにはまったく選択肢といえないようなものもあるのだ。

ナッスンはサファイアにたいして、また自分のまえに浮かぶようにと念じる。アンバーとニダが存在しなくなったあと、彼女はなにも地覚できなくなっているが、世界を認識する方法はほかにもある。サファイアのちらちらと光る水ならぬもののなかにあるのだ。サファイアは、その結晶格子のなかに蓄えられた膨大な量の凝集された銀の光でそれ自身を破棄し再生している。そしていまそのなかに力と均衡の方程式で書かれたメッセージがうっすらと浮かんでいる。ナッスンはその方程式を数学ではないなにかを使って本能的に解いていく。

遙《はる》か遠く。未知の海の向こう。彼女の母親は〈オベリスクの門〉の鍵を持っているかもしれないが、彼女は灰が降り積む道をたどる旅でどんな門にもほかの開け方があることを学んだ──蝶番《ちょうつがい》を壊すとか、門を乗り越えるとか門の下を掘るとか。そして遙か遠く、世界の反対側の地こそ、エッスンの〈門〉をコントロールする力を打ち破れる場所だ。

「シャファ、どこへいかなくてはならないのかわかったわ」とナッスンはいう。

彼はしばし彼女をじっと見つめ、ちらりとスティールを見て、また彼女に視線をもどす。

「いま、わかったのか?」

「ええ。でもすごく遠いところなの」彼女はくちびるを嚙《か》む。「いっしょにいってくれますか?」

彼は小首を傾げる。その顔に温かい笑みが大きくひろがる。「どこへでもいくよ、おチビさん」

ナッスンは安堵《あんど》してふうっと息を吐き、笑顔でおずおずと彼を見あげる。そして〈見いだされた月〉とその亡骸《なきがら》たちに決然と背を向けると、一度もふりかえることなく丘を下っていく。

§

帝国暦二七二九年:アマン・コム(北中緯度地方西部のディバ四《よ》つ郷《ごう》)の複数の目撃者より未登録の女ロガがコム近くの地下ガス溜《だ》まりを開けてしまったとの報告あり。ガスの成分は不明——吸いこむと一分たらずで死亡、舌が紫色になる、窒息性というより毒性?両方か? もうひとりの女ロガが上記のロガの行為を止め、ガスを孔《あな》に逆流させて密封したという。アマンの住人はそれ以上の災難が起きぬよう、すぐさま二人を射殺。フルクラムが査定したところガス溜まりはかなり大規模なものと判明——噴出による表土汚染で北中緯度地方の西半分の住人、家畜の大半が死亡するに足る規模。事を引き起こした女ロガは十七歳。妹を襲おうとした変質者に反応したとされる。事を鎮めた女ロガは七歳。前者の妹。

――イェーター〈革新者〉ディバースの事業記録

シル・アナジスト：5

「ホア《Houwha》」とうしろから声がする。

（わたしのことか？　わたしのことだ。）

わたしは煌《きら》めく花々が咲き乱れる庭をのぞむ刺胞《しほう》の窓から、くるりとふりむく。ガエアと指揮者のひとりといっしょに女が立っている。知らない女だ。一見したところ連中の一族のようだ――肌は落ち着いた褐色、目は灰色、髪は黒褐色、カールしていてロープのように垂れている。背は高い。その顔の幅広さにはほかの要素も感じられる――いや、そう思うのは、わたしがこの記憶を何千年という時のレンズを通して、見たいように見ているからかもしれない。彼女の見た目にはちぐはぐなものがあるのだ。わたしの地覚器官《ちかく》は、わたしたちと彼女が近い関係にあることを感知している。それはガエアのふわふわの白い髪のように明々白々なことだ。彼女は環境に圧をかけつづけている。激しく沸き返る、ありえないほど重い、逆らいがたい力。そのせいで彼女がわれわれとおなじ生体磁気学的混合物からデカンタされたもののように感じられる。

（あんたは彼女と似ている。いや。彼女と似ていて欲しいのだ。たとえ真実だとしても、これはフェアではないな――あんたは彼女と似ているが、ただ見た目が、ということではない。それではあんたを矮小化《わいしょうか》してしまうことになる。申し訳なかった。)

指揮者は彼女の同類とおなじように、かすかなバイブレーションで空気にさざ波を立てるだけで大地にはなんの揺らぎももたらさないもので話す。言葉で話す。わたしはこの指揮者の言葉名を知っている。フェイレンだ。それに彼女がけっして悪いやつではないということもわかるのだが、この知識は動きもなく不鮮明だ。彼女の同類にかんすることはたいていそうなのだが。わたしはかなり長いこと、かれら個々の見分けがつかなかった。見かけはみんなちがうが、環境内に存在しないという点はいっしょなのだ。かれらにとって髪質や目のかたちやそれぞれ独自の体臭は、われわれにとっての地殻構造プレートの摂動のようなものなのだと、いまだに自分にいいきかせなくてはならない。

わたしはかれらがわれわれとちがっている部分に敬意を抱くべきだろう。なんといってもとの姿から人間らしさの大半を剝《は》ぎ取ってしまった存在、それがわれわれなのだから。それは必要なことだったと思うし、わたしはいまのままの自分でいいと思っている。役に立つ存在でいられるのは気分がいい。しかし創造者のことをもっと理解できれば、いろいろなことがもっとやりやすくなる。

だからわたしはこの新顔の女、われわれ的な女、をじっと見つめて、指揮者が紹介を話しているあいだもしっかり聞こうと努める。紹介というのは名前の音の説明や……家族?関係といったことを告げる儀式だ。いや、家族ではなく職業か? 正直にいうとよくわからない。わたしは所定の位置に立って、いうべきことをいう。指揮者が新顔の女に、わたしはホアでガエアはガエアだと伝える。かれらがわたしたちを呼ぶときに使う言葉名だ。新顔の女は、と指揮者がいう、ケレンリだと。これもまちがっている。彼女の名前はほんとうは、深い突き、甘美な爆発、粘土角柱の破砕、やわらかいケイ酸塩の基層、反響、だが、話す言葉を使うときのために〝ケレンリ〟という言葉を覚えておくつもりだ。

わたしがいうべきタイミングで「はじめまして」というと、指揮者がうれしそうな顔をする。わたしもうれしい――紹介はとてもむずかしいが、わたしはちゃんとできるようになろうと懸命に努力していたんだ。紹介がすむと、指揮者はケレンリと話しはじめる。もうわたしに話しかける気はないことがはっきりしたので、わたしはガエアのうしろに移動して彼女の太くてふわっとふくらんだたてがみのような髪を編みはじめる。指揮者たちはわたしたちがこうしている姿を見るのが好きらしいが、なぜなのかはわからない。わたしたちが互いの面倒を見合う姿は〝可愛い〟と、ある指揮者はいっていた。可愛いというのがどういう意味なのかはよくわからない。

わたしはガエアの髪を編みながら、聞き耳を立てている。

「とにかく理屈に合わないわ」と溜息《ためいき》まじりにフェイレンがいっている。「だって数字は嘘《うそ》をつかないのに……」

「異議を申し立てたいのなら」とケレンリが話しはじめる。彼女の言葉はふしぎとわたしを魅了する。言葉を聞いてこんなふうに感じるのは初めてだ。指揮者とちがって彼女の声には重さと質感がある。地層のように深くて何層も積み重なっている。彼女はしゃべりながら言葉を大地に送りこんでくるのだ。黙読で言葉を脳に送りこむような感じだろうか。大地に送りこまれた言葉はよりリアルに感じられる。フェイレンはケレンリの言葉がいかに深いものか気づいていないようで――あるいは気にしていないだけかもしれないが――彼女のいったことに反応して不快そうな表情を浮かべている。ケレンリがくりかえす。「もし、そうしたいのなら、わたしを登録簿からはずすようにギャラットにたのんでもいいですよ」

「それで彼のわめき声を聞くの？ 邪悪な死、あの人、延々わめきつづけるに決まっているわ。とんでもない癇癪《かんしゃく》持ちだから」そういってフェイレンは微笑《ほほえ》む。楽しげな微笑みではない。「彼にとっては両立させるのがむずかしいのね、きっと。計画は成功させたいけれど、あなたに――支障が出てはいけないし。あなたがあくまでも控えているということなら、わたしはなんの不服もありません。ただシミュレーションのデータをまだ見ていないので」

「わたしは見ました」ケレンリの口調は重々しい。「遅延故障のリスクは小さかった。でも重要なことです」

「ふむ、それはそうよねえ。もしわたしたちでなんとかできる可能性があるのなら、たとえ小さくてもリスクは取れない。みんな見た目以上に不安を抱いているんじゃないかしら、あなたが入ることで――」いきなり、フェイレンがあわてはじめる。「ああ……失礼。悪気はないのよ」

ケレンリが微笑む。それが表面的なもので、本心からの笑みでないことはわたしにもガエアにもはっきりわかる。「わかっています」

フェイレンがほっと安堵《あんど》の溜息をつく。「さて、それではわたしは観察室にもどりますから、あとは三人で話して、お互いよく知り合って。終わったら、ノックを」

そういうと指揮者フェイレンは部屋を出ていく。これはうれしい。われわれは指揮者がそばにいないときのほうが話がしやすいのだ。ドアが閉まると、わたしはガエア（ほんとうは、青みがかった乳白色の光沢がある塩の味がするひび割れのある晶洞、消えゆくこだま）と向かい合う位置に移動した。彼女がかすかにうなずく。彼女はなにか大事なことをわたしに伝えたいらしいと、わたしが鋭く察していたからだ。われわれはつねに見られている。一定量の作業はこなさなければならないのだ。

ガエアが口を使っていう。「コーディネーターのフェイレンが、配置を変更するつもりだといっていた」そして口以外のものを使い、大気の攪動と銀の糸の不安げな引きとで伝えてくる――テトレアが茨の茂みに移された。

「こんなにぎりぎりになって配置変更？」わたしはそういいながら、われわれ的な女、ケレンリをちらりと見て話についてきているかどうか確認する。彼女の見た目はかれらとほぼいっしょで、全身、色がついていて、骨がぜんぶ長いせいでわれわれ二人より頭ひとつ大きい。「あなたはこの計画になにか関係しているのですか？」とわたしは彼女にたずねる。と同時にテトレアが茨《いばら》の茂みにというガエアの話に返事している。嘘だ。テトレアのいつもの、〝嘘だ〟というのは否定ではなく、自分の気持ちがそのまま出ただけだ。

ホットスポットの攪乱や地層の隆起、沈下のきしみはまだ検知できている、が……なにかがちがう。彼はもう近くにはいない、というか少なくともわれわれの地殻変動的探索可能範囲内にはいない。そして彼の攪乱《かくらん》も隆起もほぼ鎮まってしまっている。

指揮者たちはわれわれの仲間を作業からはずすとき、就役解除という言葉を使う。かれらは変更があるとどんな感じになるのか、われわれをひとりひとり呼びだしてたずねる。配置変更はわれわれのネットワークに混乱をもたらすからだ。われわれは暗黙の了解で、それぞれに喪失感があると話す——引っ張られる感じ、疲労感、信号の弱まり。暗黙の了解で、それ以外のことは話さない。すべて指揮者の言葉では表現できないことだからだ。われわれが経験するのは、焼け焦げるような感覚、全身を針で刺されるような痛み、そして大地のなかを探査しているとときどき出くわす古代のシル・アナジスト以前の時代のケーブルの崩れかけた抵抗のもつれ。錆《さ》びつき腐食しながらも鋭さがある、すりへった能力。なにかそういうもの。

誰が指示を出したんだ？　わたしは知りたい。

ガエアはすっかり失望し、混乱したパターンのゆっくりとした断層のさざ波になってしまっている。指揮者ギャラットよ。ほかの指揮者たちは怒っていて、誰かが上のほうに報告したといってた。だからケレンリがきたのよ。オニキスと月長石を保持するにはわれわれ全員がひとつになっていないとだめだから。かれらはわれわれの安定性に懸念を抱いている。

わたしは苛立《いらだ》ちを覚えながら返答する。そんなことは前からわかっていたはずなのに——。

「ええ、わたしはこの計画にかかわっているわ」とケレンリの声が割りこんでくる。が、声でのやりとりに断絶や混乱があったわけではない。言葉は地話《ちわ》とくらべると、とてもゆっくりしているのだ。「わたしには奥義的認識力と、そう、あなたたちとおなじような能力があるのよ」そしてこうつけ加える。わたしはあなたたちを教えにきたの。

彼女はわれわれとおなじように指揮者たちの言葉とわれわれの言語、大地の言語、をやすやすと切り替えてみせた。彼女のコミュニケーション感覚は輝く重金属、隕鉄の焼けつくような結晶化した磁力線、そしてその下のもっと複雑な層。すべてがとてもくっきりと鋭く、しかも力強くて、ガエアもわたしも驚いて息を呑《の》む。

だが、彼女はなにをいっているんだ？　われわれに教える？　われわれはなにも教わる必要などない。われわれは知る必要のあることはほぼすべて知った状態でデカンタされ、あとはその人生最初の数週間のうちに同僚の調律師から教わる。もしそれができていなかったらわれわれも茨の茂みに送られていたはずだ。

わたしはしっかりとしかめっ面をする。「あなたがわれわれとおなじ調律師のわけがないでしょう？」これは観察者向けの嘘だ。観察者たちは物事の表面だけ見ていて、われわれもそうだと思っている。彼女はわれわれのように白くはないし、背が低くもないし、風変わりでもないが、彼女がやってきたときに地殻の激変を感じたので、同類だということはわかっていた。彼女が同類であることは疑いようがない。否定のしようがない。

ケレンリが微笑む。わたしの言葉が嘘だとわかっている皮肉めいた微笑みだ。「完全に同等とはいえないけれど、充分近いわ。あなたたちは完成品で、わたしは試作品」地中の魔法の糸が熱を帯び、鳴り響いてほかの意味をつけ加える。原型。われわれをつくるための実験の対照。まず彼女がつくられ、それを元にわれわれがあるべき姿につくられていったのだ。われわれがもともとの姿とちがうところは数々あるが、彼女がちがうのはたったひとつだけ。彼女にはわれわれとおなじ緻密に設計された地覚器官があるのだ。それさえあれば、われわれの任務を達成するのに充分ではないのか？　彼女の地中での確たる存在感が、イエスといっている。彼女が言葉で先をつづける――「わたしが最初につくられたというわけでないのよ。生き残った第一号というだけのことです」

三人そろって手で空気を押して邪悪な死を撃退する。だがわたしはあえて、わからない、という顔をする。彼女を信じていいのかどうか、まだ判断できないからだ。指揮者は彼女のそばにいてもほんとうにリラックスしていた。フェイレンはましな部類だが、それでもいっときたりとわれわれの素性を忘れることはない。ところがケレンリにたいしてはなにも意識していなかった。たぶん人間はみんな、彼女は同類だと思うのだろう。誰かにそうではないといわれるまでは。人間ではないのに人間としてあつかわれるのはどんな気分なのだろう？　そしてまたかれらが彼女ひとりをわれわれのもとに残しているという事実。かれらはわれわれをいつ暴発してもおかしくない武器としてあつかっている……だが彼女のことは信頼している。

「これまで、いくつぐらいの破片を調律したことがあるのですか？」まるでこれは重大なことだとでもいわんばかりに、わたしは声に出してたずねる。彼女にたいする挑戦でもある。

「ひとつだけよ」と彼女がいう。だが彼女はまだ微笑んでいる。「オニキスを」

おお。おお、これはたしかに重大なことだ。ガエアとわたしは驚きと懸念がないまぜになった視線を交わし、ふたたび彼女のほうを向く。

「わたしがここにきた理由は」ケレンリは急にこの重要な情報を言葉だけで伝えることにこだわって先をつづけるのだが、なぜかそのほうが事の重大さが強調されるように思える。「指示が出されたからです。破片の貯蔵容量は最大に達し、いつでも発生サイクルに入れる状態です。コアポイントも〈ゼロ地点〉も二十八日後に稼働します。ついに〈深成《プルトニック》・エンジン〉を起動する日がくるのです」

（何万年かのち、人々が〝エンジン〟とはなんなのかをくりかえし忘れてしまい、破片をただの〝オベリスク〟と認識するようになると、いまわれわれの命運を支配しているものにもちがう呼び名がつけられることになる。〈オベリスクの門〉という名だ。もとの名とくらべたらずっと詩的だし、どこか古風で趣がある。わたしはこっちのほうが好きだ。）

そしていま、ガエアとわたしが彼女を見つめて立ち尽くしているいま、ケレンリがわれわれの細胞間の振動に最後の一撃を加える。

つまり、あなたたちがじつは何者なのかということを教えてあげられる時間は、あと、ひと月もないということよ。

ガエアが顔をしかめる。指揮者たちはわれわれの顔だけでなく身体のほうも見守っているからわたしはどうにかなんの反応もせずにいるが、ぎりぎりのところだ。じつをいえばひどく困惑し、少なからず狼狽《ろうばい》している。この会話の時点では、まさかこれが終焉《しゅうえん》のはじまりとは夢にも思っていなかった。

われわれ調律師はオロジェンではないからな。オロジェニーはわれわれのなかの差異が、変わってしまった世界に何世代もかけて適応していくなかで生まれることになる。あんたたちは、われわれの非常に不自然で風変わりな部分を蒸留して、より自然で、より限定的で、より皮相的なかたちにしたものなんだ。アラバスターのようにわれわれが持っている力、その多様性に迫るほどの力量を持つ者はごく少数しかいないが、それはわれわれが、あんたたちがオベリスクと呼ぶ破片とおなじで、意図的に、人工的につくられたものだからだ。われわれも巨大なマシンの破片——遺伝子技学や生物魔法学、大地魔法学など、後世では名称もなくなってしまうような学問分野の勝利の証《あかし》だ。われわれは存在することによって、われわれをつくった世界を讃《たた》えている。われわれの存在は、銅像や王権を示す笏《しゃく》のような尊いものなのだ。

われわれは憤《いきどお》っているわけではない。われわれも慎重に意見を構築し、経験を積み重ねてきたのだから。われわれには、ケレンリがここにきたのはわれわれに民族意識のようなものを与えるためだということがわかっていない。これまでなぜそういう自己概念を持つことを禁じられていたのかもわかっていない……がいずれ理解することになる。

そしてまた、人は所有物にはなりえない、ということもわれわれはいずれ理解することになる。さらに、われわれはその両方なのにそうであってはならないというので、やがてわれわれのなかであらたな概念がかたちを取りはじめる。が、われわれはその概念をあらわす言葉を聞いたことがなかった。指揮者たちがわれわれのいるところではそれを口にすることさえ禁じられていたからだ。その言葉は、革命。

まあ、そうはいってもわれわれは言葉にはあまり用がない。しかし、そういうことなんだ。

これがはじまり。そしてエッスン、あんたは終焉を見ることになる。

3　あんたはバランスを失う

あんたが自分の足で歩けるくらいまで回復したのは数日後のことだ。あんたが歩けるようになるやいなや、イッカが担架係にほかの仕事を割り当ててしまったので、あんたはよろよろと歩くしかない。腕を失ってしまったせいで動きがぎごちなく、まだ体力もない。最初の数日は、集団からだいぶ遅れてしまい、野営地にたどりついたのは一行が腰を落ち着けて何時間もたってからだった。割り当ての食事を取りにいく頃には共有食料もさほど残っていない。こうなると、もう空腹を感じなくなっているのは助かる。寝袋をひろげる場所もろくに残っていない――が、少なくとも、なくした避難袋の代わりになる基本的な装備品が入った背負い袋はもらっている。残っている場所は野営地の端っこだったり道路から遠かったり、野生動物やコム無しに襲われる危険性が高いところばかりだ。あんたは、もしほんとうに危険なことがあったら、またホアがその場から連れ去ってくれるだろうと思っている――どうやら彼は短い距離ならなんの問題もなくあんたを抱えて地中を移動できるようなのだ。とはいえイッカの怒りはいろいろな意味で耐えがたいものがある。

トンキーとホアはあんたといっしょに、みんなより遅れて移動している。昔にもどったような感じだが、いまのホアはあんたが歩いているとふっとあらわれ、あんたが歩きつづけるとそのままうしろに残り、さらにいくとまたあんたの前方にあらわれるという具合だ。たいていはなんの特徴もない姿勢をとっているが、たまにおかしな格好をしているということがある。たとえば走っている格好とか。まちがいなく石喰《いしく》いたちも退屈するのだ。フジャルカがトンキーといっしょにいるから、計四人ということになる。いや、五人だ――レルナは自分の患者が酷な歩きを強いられていることに腹を立ててあんたから離れようとせず、ずっといっしょに歩いている。彼はつい最近まで昏睡《こんすい》状態だった女を歩かせるべきではないと思っていた。ましてや集団から遅れているのに歩かせるなどもってのほかだと。あんたは自分に付き添っていなくていい、カストリマの怒りを買うようなことはするなと説き伏せようとするが、彼は鼻息荒く、カストリマが手術もできる訓練を正式に受けたコムで唯一の人間を敵に回す気なら、わたしをコムの一員にしておく資格はないといい放つ。それは、まあ……うなずける。あんたはそれ以上なにもいわない。

とりあえずあんたはレルナが期待する以上にしっかり動いている。それはあんたが本格的な昏睡状態に陥ったわけではなかったという部分が大きい。それにもうひとつ、旅で身についたものがカストリマで暮らした七、八カ月のあいだにすっかり失われてしまったわけではないということもある。昔の習慣は簡単に、すぐにもどってくるものだ――ゆっくりとでも着実に進めるペースを見つけて少しずつ距離を稼ぐ、背負い袋の重さを肩にかけず低い位置に背負って腰で支える、ゴーグルに灰がつかないよう下を向いて歩く。腕がないのは、いろいろ困るというよりは、不快という思いのほうが強い。とりあえず喜んで手を貸してくれる人がこんなにいるおかげだ。バランスが取れないのと、もう存在しない指や肘の幻肢痛以外でいちばん大変なのは朝の着替えだ。転ばないようにしゃがんで排泄《はいせつ》するコツは驚くほど早くつかめたが、これはおむつから解放されたいという気持ちが強かったからかもしれない。

あんたはそうやってなんとか持ちこたえ、最初はゆっくりだが日を追うごとにスピードアップしていく。ところがここに大きな問題があった——あんたはまちがった方向へ進んでいるのだ。

ある晩、トンキーがやってきてあんたの横にすわる。「抜けるのはもっとずっと西へいってからでないと無理」前置きもなしに彼女がいう。「メルツのあたりまでいけば、と思っているけど。そこまでいきたいのならイッカとの関係を修復しておかなくちゃだめ」

あんたはトンキーをにらみつけるが、トンキーとしては配慮したつもりだった。トンキーはフジャルカが寝袋に入っていびきをかき、レルナが掘り込み便所にいくのを待って話しかけたのだ。ホアはまだ近くに立っている。コムの野営地内であんたたち少人数のグループをおおっぴらに守っているのだ。黒い大理石の顔の曲線が焚《た》き火の明かりで下から照らされている。トンキーは彼があんたに忠実なことを知っている。彼にとって忠実さということがどこまで意味を持つのかはわからないが、それなりに忠実なのだろうと思っている。

「イッカはわたしを憎んでいるわ」とあんたはいう。にらみつけてもトンキーのなかに失望も後悔も生まれなかったからだ。

トンキーがぐるっと目を回して見せる。「信じて。憎しみがどういうものか、わたしは知ってる。イッカは……恐れている、そしてかなり怒っている。でもいくらかはたしかにあなたのせいだよ。あなたは彼女が率いるコムの住人たちを危険にさらしたんだから」

「危険から救ったのよ」

まるであんたの指摘の実例を示すかのように、野営地の向こう側で誰かがドシンドシンと動きまわっていることにあんたは気づく。最後の戦いのときに生け捕りにした数人のレナニスの兵士たちのうちのひとりだ。その女にはプランジャーというものをつけてある——蝶番《ちょうつがい》でつないだ二枚の厚板に開いた穴から首と両手が出るようにしてあるもので、首まわりに襟のように取り付けられ、両足首の足枷《あしかせ》と二本の鎖でつないである。原始的だが効果は抜群だ。レルナが捕虜たちの擦り傷の手当をしているし、夜はプランジャーをはずされているという。もし立場が逆だったらカストリマ人はレナニス人からもっとひどい扱いを受けていただろうが、それでも気が咎《とが》める。たとえプランジャーをつけられていなくても、もしいま逃げたら、食料も大人数の集団という強みもない状態では何日かでなにかの餌食になってしまうだけだろう。プランジャーは擦り傷だけでなく辱めを与える道具であり、見る者に事態はもっと悪くなりうるという不穏な思いを抱かせるものでもある。だからあんたは目をそらす。

トンキーはあんたの視線の先を見ている。「ええ、あなたはカストリマをひとつの危機から救った。そして、おなじくらいひどいもののなかに送りこんだ。イッカが望んでいたのは前半だけだったのにね」

「後半はなしなんて無理な相談だったのよ。石喰いがロガを皆殺しにするのを、彼女を殺すのを、黙って見ていればよかったというの？　もし石喰いの思いどおりになっていたら、どっちみち晶洞《しょうどう》のメカニズムはいっさい動かなくなっていたのよ！」

「彼女だってそれはわかっていた。だから憎しみじゃないっていってるの。でも――」トンキーはあんたがとんでもない大ばか者だとでもいいたげに溜息《ためいき》をつく。「あのね、カストリマは実験だった――実験なの。晶洞ではなく、人のほうよ。彼女は、はぐれ者とロガでコムをつくるなんて危ない綱渡りだと最初からわかっていた。それでも機能していたのよ。彼女は古株たちに、コムには新参者が必要なのだとわからせた。彼女のおかげで、誰もがロガも人だと考えるようになった。みんなで地下に、いつ何時みんな命を落とすことになるかわからない絶滅文明の廃墟《はいきょ》に住もうと提案して、全員の合意を取りつけた。あの灰色の石喰いがロガとロガでない者とを分断させようと仕向けたときでさえ、対立しないよう手を打った――」

「それはわたしが食い止めたのよ」とあんたはつぶやく。だが、聞く姿勢は崩さない。

「たしかにあなたの力もあった」とトンキーもそこは認める。「でも、もしあなただけだったとしたら、どう？　うまくいかなかったことはあなただって充分わかっている。カストリマがうまく機能するのはイッカがいるからよ。このコムを存続させるためなら彼女は命も惜しまないとみんなが知っているから。カストリマの力になりなさい、そうすればイッカはまたあなたの味方になる」

いまは空っぽになっている赤道地方の都市レナニスにたどりつくにはまだ何週間、いや何カ月もかかるかもしれない。「いまナッスンがどこにいるか、わたしにはわかっているのよ」あんたは激しい口調でいう。「カストリマがレナニスに着く頃には、またどこかへいってしまうかもしれない！」

トンキーが溜息をつく。「エッスン、もう何週間もたってしまっているんだよ」

たぶんナッスンはあんたが目覚める前にどこかよそへいってしまっていただろう。あんたはぶるぶる震えている。理屈に合わないことはわかっていながら、それでもあんたは口走ってしまう。「でもいまならもしかしたら――もしかしたら追いつけるかもしれないし、ホアがまたあの子と同調できるかもしれないし、もしかしたらわたしが――」あんたはふと口をつぐむ。自分の声が裏返っているのに気づき、あんたの母性本能が、錆《さ》びてはいるが鈍ってはいない口調であんたをたしなめたのだ――ぐずぐずいうんじゃありません。そう、あんたはぐずぐず泣き言をいっている。だからあんたはぐっと言葉を呑《の》みこむが、まだ少し震えている。

トンキーが首をふる。その顔に浮かぶ表情は同情のようでもあり、あんたの情けない声を聞いて痛ましいと思っているようでもある。「まあ、とりあえずそれはないってことはわかっているよね。でもそれほど固く決心しているのなら、いますぐ出発したほうがいいかもしれない」彼女はそっぽを向いてしまう。責めることはできない、そうだろう？　いくつもの共同体《コミュニティ》を破壊してきた女といっしょに、ほぼ死が約束されているような未知の世界へ飛びこんでいくか、それとも少なくとも理論的にはもうすぐまた落ち着ける場所を手に入れられるコムに残るか？　質問にすらなっていない。

しかしトンキーがなにをするつもりか、予想しようとするのは愚かなことだ。あんたが椅子として使っている岩に腰をおろすと、彼女が溜息をつく。「わたしが〈革新者〉たちにたのまれてなにか探しにいくと補給係にいえば、食料やなにかを余分にせしめられると思う。けっこうよくあることだから。でも二人分支給するように説得できるかどうかはわからないな」

あんたがどれほどありがたく思ったか、驚くほどだ――ふむ。忠実というのとはちがうな。離れがたいということか？　かもしれない。あんたはこれまでずっと彼女の研究対象だったから、何十年もかけてスティルネス大陸の半分にもおよぶ距離を越えてあんたを追跡してきた彼女としてはここであんたにこっそりいなくなられては困る、ということかもしれないな。

だがここであんたは眉をひそめる。「二人分？　三人分じゃなくて？」あんたは彼女とフジャルカはうまくいっているものと思っていた。

トンキーは肩をすくめると背中を丸めて、共同鍋から碗《わん》によそってきた飯と豆をかきこむ。そして飲みこんで、こういう。「見積もりは控えめにするのが好きなんだ。あなたもそうしたほうがいいよ」

レルナのことだ。彼はどうやらあんたと離れがたくなってきているらしい。なぜなのか、あんたにはわからない。あんたはとくにすばらしい女性というわけではないし、灰まみれだし、片腕がないし、いっしょにいる時間の半分は彼はあんたに腹を立てている。四六時中でないことに、あんたはいまだに驚きを禁じ得ない。彼は昔から変わった子だった。

「とにかく、あなたに考えてほしいことがあるのよ」トンキーが先をつづける。「あなたが見つけたとき、ナッスンはなにをしていたの？」

あんたはたじろぐ。なぜなら、なんたることか、トンキーがまたあんたが口にしたくなかったであろうこと、考えたくなかったであろうことをはっきりと口にしたからだ。

そしてあんたはあの瞬間のことを思い出したからだ。〈門〉のパワーがあんたのなかをどっと流れ、あんたが手をのばし、触れ、馴染《なじ》みのある反響が返ってくるのを感じた瞬間のことを。返ってきた反響は、青くて深くて〈門〉の連結に妙に抵抗しているなにかによって増幅されていた。そして〈門〉が——どういう理屈かわからないが——それはサファイアだとあんたにいった。

あんたの十歳の娘はオベリスクと戯れて、いったいなにをしているのか？

あんたの十歳の娘はオベリスクと戯れて、どうして生きていられるのか？

あの一瞬の接触がどんな感じだったか、あんたは考える。娘が生まれる前から抑えていた、そして二歳の頃から訓練しつづけた、あの馴染み深いオロジェニーの振動の味わい——ただしいまはそれがもっとずっと鋭く、もっと激しくなっている。あんたはナッスンからサファイアを取りあげようとはしなかったが、〈門〉は大昔に死んだ建造者がどうやってかオニキスの層をなす格子に書きこんだ指示書どおりに取りあげようとした。しかしナッスンはサファイアを手放さなかった。なんと〈オベリスクの門〉を撃退したのだ。

そんな技を身につけているとは、あんたの小さな娘はこの暗黒の年月、いったいなにをしてきたのか？

「彼女がいまどんな状況なのか、あなたは知らない」とトンキーは話しつづける。あんたははっとして恐ろしい夢想から目覚め、彼女の話に集中する。「どんな人たちといっしょに暮らしているのかも知らない。南極地方のどこか東海岸の近くにいるとかいってたよね？　そのあたりはまだ〈季節〉の影響をそれほど感じていないはずよ。ねえ、どうするつもりなの？　安全で食べものも充分にあってまだ空が見えているコムから彼女をかっさらって、北のほうの〈断層〉の上にある、しょっちゅう揺れていて近くの穴から噴きだすガスでみんな死んでしまうかもしれないようなコムに無理やり連れていくの？」彼女はあんたをじっと見つめる。「あなたは彼女を助けたいの？　それとも取りもどしたいだけ？　この二つはおなじじゃないよ」

「ジージャはユーチェを殺した」あんたはぴしりという。いっても痛みは感じない。いいながら考えないかぎりは。幼い息子の匂いや小さな笑い声や毛布の下の彼の亡骸《なきがら》を思い出さないかぎりは。コランダムのことを考えないかぎりは――あんたは怒りを使って悲しみと罪悪感の一対の疼《うず》きを抑えこむ。「あの子を彼から遠ざけなくちゃいけないの。彼はわたしの息子を殺したのよ！」

「彼はまだあなたの娘を殺していなかった。時間的にはどれくらい？　二十カ月？　二十一カ月？　これは考慮に値することよ」トンキーはレルナが人々のあいだを縫ってもどってくるのを見て溜息をつく。「あなたにはいろいろ考えなければならないことがある、といってるの。わたしがそんなことをいっているなんて自分でも信じられない。彼女もオベリスクの使い手なのに調べにいくことさえできないなんて」トンキーはいかにも不満げな声を出す。「〈季節〉が憎らしい。まったく、いまは錆び現実的でなくちゃならないんだから」

あんたは意表を突かれて思わず笑ってしまうが、弱々しい笑いだ。トンキーが投げかけた問いはもちろん的を射たものだし、いくつかはあんたにも答えがわからない。あんたはその夜、そしてその先の日々も、考えつづける。

レナニスはメルツ砂漠を越えてすぐの、西海岸地方に入りかけたあたりに位置している。カストリマ・コムの一行はレナニスにいくためには砂漠を通らなければならない。迂回《うかい》するととんでもなく長い旅路になってしまう――何カ月かと何年かの差になってしまうのだ。いまあんたたちは南中緯度地方のまんなかを思いのほか速いペースで進んでいる。道路は概《おおむ》ね問題なく通れるし、襲撃されたり危険な野生動物に襲われたりすることもそれほどなくてすんでいる。〈狩人《かりゅうど》〉たちは前よりも少し多いくらいの鳥獣も含めて大量の糧食を見つけてコムの蓄えを増やしてきた。競争相手の虫の大群がいなくなったのだから、これは驚くには当たらない。それでも充分とはいえない――小さなハタネズミや小鳥では千人を超えるコムの住人を長く支えることはできないだろう。しかしなにもないよりはましだ。

あたりの風景が砂漠が近いことを思わせるものに変わりはじめた頃――骸骨のような森の木木がしだいにまばらになり、地形がたいらになり、地層の断面から出る湧水が干上がりはじめた頃――あんたはついにイッカと話をしなければならないときがきたと判断する。

いまは石の森に足を踏み入れたところだ――背が高くて鋭く切り立った尖塔《せんとう》のような黒い石が不規則に天に向かって爪を立てていて、一行はそのまんなかをじりじりと進んでいる。こういうところは世界中探してもあまり残っていない。多くは地揺れで崩れ落ちるか、フルクラムがあった頃には各地のコムの依頼でフルクラムの黒上着たちが意図的に破壊するかしてしまったからだ。石の森のなかではコムは生きていけないし、うまくいっているコムはこんなものが近くにあるのを好まない。石の森のなかのものは崩れやすいという以外にも、じめじめした洞穴など水で穿《うが》たれた地形だらけのことが多く、そういうところは危険な植物、動物にとって最高の居場所になりがちなのだ。危険な人間が居着くことさえある。

道路はこの石の森をまっすぐ突っ切るかたちでのびている。ふざけた話だ。だってそうだろう、まともな連中ならこんなところに道路を通したりはしない。もし四《よ》つ郷《ごう》の知事がこんな山賊どもを引き寄せるような危険なものをつくるのに住人の税金を使うと提案したのなら、その知事はつぎの選挙で落選していたにちがいない……でなければ闇夜に刺されていたか。だからあんたはまず、ここにはなにか尋常でないものがあると考える。つぎの手がかりは草木があまり生えていないことだ。〈季節〉に入ってこれだけ時間がたてばどこでも豊かな緑は望めないが、ここにはそもそも草木が生い茂っていた痕跡がまったくない。ということは、この石の森は最近できたということだ――ごく最近なので風雨が石を穿って植物が育つところまでいっていない。ここができたのはつい最近。ここは〈季節〉の前には存在していなかったのだ。

三つめの手がかりはあんたの地覚《ちかく》器官が告げていること。たいていの石の森は石灰岩が何億年ものあいだ水に侵食されてできたものだ。しかしここのは黒曜石《こくようせき》――火山性のガラスだ。そのぎざぎざの大釘はまっすぐのびているわけではなく、内側に湾曲している――なかにはいくつか壊れずに道路の上まで覆いかぶさっているものもある。間近で見ることはできないが、全体のパターンは地覚できる。この森全体が溶岩の花、爆発の最中に固体化したものなのだ。一直線にのびる道路は地殻変動による爆発が近くであったにもかかわらず損なわれていない。じつに見事な仕事ぶりだ。

あんたがイッカを見つけたとき、彼女はコムのメンバーと議論している真っ最中だった。彼女は森から百フィートほど離れたところで一行に止まれと号令していた。休憩なのか、それともう午後も比較的遅い時間だからここで野営するということなのかはっきりしなくて、みんな困り顔でうろうろしていた。エスニ〈強力《ごうりき》〉カストリマ、イッカと議論している相手が誰なのか、あんたにもやっとわかった。エスニ〈用役《ようえき》カースト〉の長だ。あんたが二人のそばで足を止めるとエスニが怪訝《けげん》そうな視線を投げたが、あんたがゴーグルとマスクをはずすと表情がやわらいだ。あんたが腕の切断面を温めるために袖に布きれを詰めているので、顔を見るまで誰だかわからなかったのだ。彼女の反応はカストリマの誰も彼もがあんたに腹を立てているわけではないことを思い出させてくれてありがたかった。エスニが生きているのはレナニスの攻撃の最悪の部分——レナニスの兵士たちが展望台を守る〈強力〉たちのまんなかに血塗られた道を切り開こうとしていたあの場面——を、あんたが敵の石喰いたちを水晶に閉じこめて終わらせたからだ。

だがイッカは、あんたの存在を容易に地覚できていたはずなのに、あんたのほうを向こうとしない。彼女は、エスニにたいしてなのだろうが、あんたにたいしてもそのまま通じるようなせりふを吐いた。「とにかくいまはこれ以上、議論するつもりはないから」「それはよかったわ」とあんたはいう。「なぜかというとね、どうしてあなたがここで止まれと号令したのか、わかるから、そしてそれは正解だと思っているからよ」必要以上に大きめの声になっている。あんたは、これからイッカと一戦交えるつもりだからここにいないほうがいいんじゃないかという意味をこめてエスニをじっと見つめる。だがコムの防衛陣を率いる女はそう簡単に逃げ腰になったりはしない。だからエスニが興味津々という顔で腕組みして見物を決めこんでも、あんたはさほど驚かない。

イッカがゆっくりとあんたのほうを見る。その顔には苛立《いらだ》ちと疑念とがないまぜになった表情が浮かんでいる。「賛成してくれるとはうれしいね」と彼女はいうが、うれしさのかけらもない口調だ。「あんたがどう思おうと、じつはどうでもいいんだけどね」

あんたは肚《はら》を決める。「あなたも地覚しているでしょう？　四指輪か五指輪の仕事だと思うわ。野生でも非凡な技術を持っているケースはあると、いまはわたしも知っているけれどね」あんたは彼女のことをいっている。オリーヴの小枝だ。もしかしたらただのお世辞かもしれないが。

彼女はそんなものには引っかからなかった。「日暮れまでに進めるだけ進んで、そこで野営する」と森のほうを顎で指す。「一日では抜けられないからね。迂回する手もあるけど、なにか……」彼女がふっと遠くを見るような目つきになり、顔をしかめてそっぽを向く。あんたに弱さを見せてしまったからだ。彼女はなにかを地覚しているが、なにを地覚しているかはわからない。そこまでの感度はないのだ。

あんたは何年もかけてオロジェニーで地中の石を読むすべを学んだから、細かいところを埋めていく。「あの方向には落ち葉で隠した大釘の罠がある」そういってあんたは石の森の一方の端を縁取る枯れ草のほうを顎で指す。「その向こうは罠だらけ――数はわからないけれど、ピンと張った針金やロープの張力が地覚できる。でも反対側の縁に沿っていくと一部を切り落とした石柱や丸石が置いてある地点がいくつもあって、簡単に石の雪崩を起こせるようになっている。そして外側の円柱沿いの戦略的に重要な地点には穴が地覚できる。そこからならクロスボウあるいはふつうの弓矢でもかなりのダメージを与えることができるでしょうね」

イッカが溜息をつく。「そう。つまり通り抜けるのがいちばんいいということだね」彼女はエスニをじろりと見る。エスニは迂回するべきだといっていたのだろう。溜息をつき、肩をすくめて敗北を認める。

あんたはイッカと面と向き合う。「誰がこの森をつくったにせよ、まだ生きているとしたら、ほとんどなんの前触れもなしに何秒かでコムの半分をきっちり凍らせることができるくらいの技の持ち主よ。もし森を抜けると決めたのなら、わたしたちで見張りと雑用のローテーションをつくらないとね――〝わたしたち〟というのは、つまり、そこそこ制御力のあるオロジェンのことよ。今夜は全員、起きているようにしないとだめ」

イッカが目を細める。「どうして？」

「攻撃されたときに誰か眠っていたら」――あんたは攻撃されると確信している――「本能的

に反応してしまうからよ」

イッカが顔をしかめる。彼女は並の野生ではないが、自分が寝ているときになにかがきっかけでオロジェニー的に反応するようなことがあったらなにが起きるか、そこは充分にわかっている。攻撃者が殺しそこねた者がいたら、きっと彼女が、まったく意図しないままに、殺してしまうことだろう。「くそっ」彼女が一瞬、目をそらしたので、あんたは彼女が自分の言葉を信じていないのかといぶかしむが、彼女はただ考えているだけだった。「よし。じゃあ見張り役を二手に分けよう。見張りをしていないロガは雑用をする、ああそうだ、このあいだ見つけた野生の豆の皮むきをすることにしよう。〈強力〉が荷物運びに使うハーネスの修理でもいい。あしたあたしたちが眠くて眠くて自分で歩けないようだったら荷馬車に乗せてもらわないといけないからね」

「たしかに。それと――」いいかけて、あんたは口ごもる。まだだ。まだ、この女たちに自分の弱さをさらすわけにはいかない。しかし。「わたしはだめよ」

イッカの目がすっと細くなる。エスニが、ちゃんとやってるじゃないの、といいたげな懐疑的な視線を投げる。あんたはあわててつけ加える。「いまなにができるのか、まだ自分でもわからないのよ。カストリマ地下での出来事のあと……ちがう自分になってしまったから」

嘘ではない。あんたはとくに考えるでもなく失った腕に手をやる。あんたの手は上着の袖をまさぐっている。腕の断端は誰にも見えているわけではないが、あんたは切り株のようになった腕のことを突然、強烈に意識する。ホアはアンチモンのやり方、アラバスターの腕の断端に歯形を残したあのやり方はあまり評価していなかった。あんたの断端はなめらかで、丸みを帯びていて、まるで磨いたようになっている。彼は錆び完璧主義者だからな。

イッカの視線があんたが意識している部分に移っていき――彼女はたじろぐ。「ふむ。そうだね。たぶんそうなんだろう」顎がきりっと引き締まる。「でも地覚は問題なくできるようだね」

「ええ。見張りの手伝いはできるわ。ほかはなにも……しないほうがいいと思うの」

イッカは首をふるものの、こういう。「わかった。じゃあ、あんたには今夜の見張りの最後の番についてもらおうか」

見張りとしては最悪の順番だ――いちばん寒い時間帯だし、最近では夜間の最低気温が氷点下になることもよくある。ふつうは温かい寝袋のなかで寝ていたいところだ。それにいちばん危険な時間帯でもある。いくらかでもまともな考え方をする連中なら大きな集団を攻撃するとなったら防衛陣が眠気に襲われ、頭の働きも鈍っている可能性が高いときを狙うだろう。これが信頼のあらわれなのか、それとも罰なのか、あんたには判断がつかないので、試しにいってみる。「とりあえず、武器は持ってもいいのかしら？」ティリモを出て数カ月後、壊血病にならないようナイフと乾燥ローズヒップを交換して以来、あんたは武器を持ち歩いたことがない。

「だめ」

錆びひどい。あんたは腕組みしようとするが、詰めものをした袖がピクッと動くのを感じて腕組みできないことを思い出し、代わりに顔をしかめる。（イッカとエスニもしかめっ面だ。）

「じゃあ、わたしはなにをすればいいの？　大声で叫ぶとか？　わたしに恨みがあるからって、それでコムを危険にさらすようなことをするなんて、ほんとうにそれでいいと思っているの？」

　イッカが目をぐるりと回す。「錆びひどい」このせりふ、あんたが顔をしかめたときに思ったこととまったくおなじだ。「信じられない。あんた、あたしが晶洞のことを引きずってると思ってるの？」

　あんたは思わずエスニを見る。エスニはイッカを見つめている。え、そうじゃないの？といいたげな表情だ。二人とも意表を突かれたのはまちがいない。

　イッカはじろりとにらみ、ごしごし顔をこすって深い溜息を洩《も》らす。「エスニ、もういって……まったく。なんでもいいから〈強力〉の仕事をしにいって。エッシー——きて。こっちにきて。あたしといっしょに錆びお散歩だよ」じれったそうに、鋭く手招きする。あんたはあまりにも意外な展開に、腹を立てる気にもならない——彼女がくるりと背を向けて歩きだしたので、あんたもついていく。エスニは肩をすくめて去っていく。

あんたたち二人はしばし黙ってコムの一行のなかを進む。みんな石の森がはらんでいる危険を痛いほど意識しているから、この休憩はこれまであんたが見たなかでも屈指のせわしない休憩になっている。〈強力〉の一部は、重要な荷物を車輪がより頑丈な荷馬車に移し替えている。そしてより無理のない荷重になるようにしている。こうしておけば、なにかあってもそれだけ引いて逃げやすい。〈狩人〉は近くの枯れた若木や大木の枝を削って、鋭く尖《とが》った棒をつくっている。野営地の設定が完了したらその周囲に刺して、攻撃者を殺戮《さつりく》ゾーンに集める作戦だ。

残った〈強力〉たちは、日が暮れたらパトロールするか野営地のいちばん外側で寝るかどちらかということになるから、いまのうちに仮眠をとっている。全員を守るには強い力を利用すべし、と石伝承にも記されている。人間楯《たて》になりたくない〈強力〉は、なにかで名をあげてべつのカーストに入るか、べつのコムに移るかすることもできる。

道の端に急いで掘られた溝の脇を通りかかったあんたの鼻にしわが寄る。いまは六、七人が使用中で、そばに若い〈耐性者〉が数人立っている。使用後に土をかけるという楽しくない仕事をするためだ。いつもとちがって、しゃがむ順番待ちの短い列ができている。みんな出すものを出しておきたいのだから驚くには当たらない——石の森の影が大きくのしかかっているいま、みんな不安でいっぱいなのだ。誰だって日が暮れてからズボンをおろしているところを襲われるのだけは避けたい。

あんたも溝で順番待ちしたほうがいいかもしれないと考えているときだった。イッカがこの才知あふれる沈思黙考から、あんたを唐突に引きずりだす。「それで、もうあたしたちのことは好きになった？」

「え？」

彼女はコムの一行を指し示す。「あんたはもう半年以上、カストリマで暮らしてきたんだ。友だちはできた？」

あなた、とあんたは思わず考えてしまう。そして「いいえ」と答える。

彼女がふっとあんたを見つめ、あんたはもしかしたら彼女はあんたが自分の名前をあげることを期待していたのではないかという気がして罪悪感を覚える。すると彼女が溜息をついた。

「レルナとはもう寝てるの？　蓼《たで》食う虫も好きずきだろうけど、〈繁殖者〉たちは兆候は見え見えだっていってるよ。あたしの場合はね、男が欲しかったらあまりおしゃべりじゃないのを選ぶ。本命は女のほうだけどね。女はムードを壊さない方法を知ってるから」彼女はストレッチをしはじめる。顔をしかめながら背中の凝りをほぐしている。あんたはその隙に驚きと当惑とがないまぜになった表情を消し去る。錆び〈繁殖者〉どもはよほど手持ち無沙汰らしい。

「いいえ」とあんたはいう。

「まだなの？」

あんたは溜息をつく。「ええ……まだよ」

「錆びなにを待ってるの？　この先、もっと危険なことになるかもしれないのに」

あんたは彼女をにらみつける。「あなたはそんなこと気にしていないと思っていたのに」

「してないさ。ただ、あんたにケチをつけてると、いいたいことがいいやすくなるからさ」イッカはあんたを荷馬車のほうへ導いていく、というか、あんたはそう思った。ところが彼女は荷馬車を通りすぎ、あんたはその先にあるものを見て身をこわばらせる。

そこで腰をおろして食事しているのは七人のレナニスの捕虜たちだった。すわっていても、かれらとカストリマの住人たちとのちがいははっきりわかる——レナニス人は全員、純粋なサンゼか差異が問題にならないほどサンゼに近いといえる特質をそなえている。サンゼとしても平均以上に大柄で、髪は高く立ちあがったたてがみのような灰噴《はいふ》き髪や高さを強調するために横を刈り込んだ三つ編みや短い瓶洗い用のブラシのようなスタイル。いまはプランジャーがはずされている——が、ひとりひとりつながれた鎖はそのままだ。そしてすぐそばには見張り役の〈強力〉が数人立っている。

あんたはかれらが食事をしていることに驚く。まだ今夜の野営地に落ち着いたわけではないからだ。見張り役の〈強力〉たちも食べているが、これはうなずける——かれらにとってはこの先、長い夜が待ち受けているのだ。あんたとイッカが近づいていくとレナニス人たちが顔をあげる。それを見たあんたはその場で足を止める。捕虜のひとりに見覚えがあったからだ。レナニス軍の司令官ダネル。プランジャーのせいで首と両手首が赤くなっている以外は、健康そうで怪我もない。最後に彼女を間近で見たのは、彼女が上半身裸の守護者を呼びだしてあんたを殺そうとしたときだった。

彼女もあんたに気づき、口を真一文字に結ぶ。あきらめと皮肉がにじんでいる。そしていかにもわざとらしくあんたに会釈して、また食べはじめる。

驚いたことに、イッカがダネルの横にしゃがみこんだ。「で、おいしい？」

ダネルが食べながら肩をすくめる。「飢えるよりはまし」

「うまいよ」とダネルの正面にすわっている捕虜がいう。ほかの捕虜のひとりがにらみつけると、男は肩をすくめる。「だって、そうなんだから」

「こいつらはおれたちに荷馬車を引かせたいだけなんだぞ」と、にらみつけた男がいう。

「そうだよ」とイッカが口をはさむ。「まったくそのとおり。カストリマの〈強力〉は、コムのために働けば当て扶持《ぶち》と寝床をもらえる。コムにそれだけのものがあるときならね。レナニスではなにがもらえるんだい？」

「錆び自尊心くらいのものかな」と、にらみつけた男がさらに眼光鋭くにらみながらいう。

「黙れ、ファウルド」とダネルがいう。

「この雑種どもは自分たちが——」

ダネルが碗《わん》を下に置く。にらみつけていた男はすぐに口をつぐんで緊張した面持ちになる。目がわずかに大きく見開かれている。ややあってダネルは碗を手に取り、ふたたび食べはじめる。その表情は終始変わらない。あんたは、この女は子育てをしたことがあるな、と考えている自分に気づく。

イッカは片膝に肘をついて拳に顎をのせ、しばしファウルドを見つめる。そしてダネルに向かっていう。「で、あいつをどうして欲しいんだい？」

すぐさまファウルドが眉をひそめる。「え？」

ダネルは肩をすくめる。碗はもう空っぽだが縁の曲線に沿って指をすべらせ、ソースの最後の一滴までさらっている。「もうなにもいうことはない」

「あんまり賢そうじゃないね」イッカは男を値踏みしながら口をすぼめる。「ルックスは悪くないけど、子孫に残したいのはルックスより頭脳だからね」

ダネルはすぐにはなにもいわない。ファウルドは疑念をつのらせながらダネルを見、イッカを見、またダネルを見ている。すると深い溜息とともにダネルも顔をあげてファウルドを見る。

「わたしになにをいわせたいの？　わたしはもう彼の指揮官じゃないんだ。そもそもトップになんかなりたくなかった——選抜されてなっただけなんだから。いまはもう錆びどうだっていい」

「そんなこと、誰が信じるか」とファウルドがいう。恐怖がふくらんでいるのか、声が大きくなりすぎている。「おれはあんたのために戦ったんだぞ」

「そして負けた」ダネルが首をふる。「いま大事なのはどう生きのびるか、どう適応するかだ。サンゼとか雑種とか、レナニスで聞かされたたわごとはもう忘れろ——あれはコムを団結させるためのプロパガンダにすぎなかったんだ。いまはもう事情がちがう。〝必要性だけが唯一の法〟っていうだろ」

「石伝承なんか錆び引用するな！」

「彼女が石伝承を引用するのは、おまえがわかってないからだ」食事がうまいといった男が、ぴしりという。「この連中はおれたちに食いものを出してるんだぞ。おれたちを使える人間にしようとしているんだ。これはテストなんだぞ、このまぬけめ。おれたちがこのコムで居場所を手に入れたいと思っているかどうか見てるんだ！」

「このコムだと？」ファウルドがあたりをぐるりと指し示す。彼の笑い声が岩に当たってこだまする。「あたりの連中が、なにか問題でも起きたのかと周囲を見まわす。「自分がなにをいってるか、わかってるのか？　こいつら、これまでなんのチャンスもものにできなかったじゃないか。どこかに一時的なシェルターでも見つけるとか、おれたちが途中でぶっ潰してきたコムを再建するとか、できたはずだろうが。ところがこいつらは――」

イッカがさりげなく動きだすが、あんたはだまされない。こうなることはファウルドも含めてみんなわかっていたはずだが、ファウルドは頑固すぎて現実を認められないのだ。イッカが立ちあがって必要もないのに肩の灰を払い、捕虜たちの円陣をつかつかと横切ってファウルドの頭のてっぺんに手を置く。ファウルドはイッカに手をあげながら、のけぞろうとする。「錆び触るな――」

が、そこで彼は言葉を切る。目がどんよりと曇っていく。イッカがあれをやったのだ――カストリマ地下でオロジェンをリンチしようという気運が高まったときにカッターにやった、あれ。今回はこうなるとわかっていたので、あんたは彼女がその奇妙な波動をどう使ったのか、前よりははっきりした手がかりをつかむことができた。まちがいなく魔法。人をつくりあげている物質の微片のあいだで躍り明滅している細い銀のフィラメントをなんらかのかたちで操っているのだ。イッカが発した波動はファウルドの脳底部、地覚器官の真上で糸の結び目を断ち切っていた。肉体的にはどこも損なわれていないが、魔法という視点でいえば斬首したとおなじことだ。

ファウルドがグラッとうしろに傾き、イッカは一歩横に移動して彼がぐにゃりと地面に崩れ落ちるにまかせる。見張りたちは居心地悪そうに顔を見合わせるが、驚いてはいない――イッカがカッターをどうしたかは、けっきょくコム中が知るところになったからだ。これまでひとこともしゃべらずにいたレナニス人の男が海岸地方クレオール語のひとつで素早く罵り言葉を吐く――エタ―ピック語ではないのであんたには理解できないが、男が怯《おび》えているのはまちがいない。ダネルは溜息をついただけだ。

イッカも死んだ男を見ながら溜息をつく。そしてダネルを見る。「悪いね」

ダネルはうっすら微笑《ほほえ》んでいう。「やれるだけのことはやったんだ。それにあんたもいってたじゃないか――あまり賢そうじゃないって」

イッカはうなずく。どういうわけか彼女はふっと上目遣いにあんたを見る。ここからどういう教訓を得ろということなのか、あんたにはさっぱりわからない。「拘束をはずして」と彼女がいう。あんたは一瞬とまどうが、すぐに見張りへの指示だと気がつく。見張りのひとりがべつの見張りに近寄ってなにやら声をかけ、二人で鍵の束をジャラジャラ繰って拘束具の鍵を探しはじめる。するとイッカが自分にうんざりしたとでもいいたげな顔で、ものうげにいう。「きょうの補給係責任者は誰？　メムシッド？　彼に〈耐性者〉を何人かここによこしてこれを始末するようにいって」彼女が顎で指しているのはファウルドの死体だ。

みんなしんと静まり返る。だが文句をいう者はいない。〈狩人〉たちはこれまでより多くの食料を調達してきているが、カストリマは得られる以上に多くのタンパク質を必要とする数の住人を抱えているし、行く手には砂漠が待ち受けている。問題はつねにおなじところに舞いもどる。

だが、しばしの静寂ののち、あんたはイッカに歩み寄る。「ほんとうにこれでいいの？」とあんたは静かにたずねる。見張りのひとりがダネルの足首の鎖をはずそうと近づいてくる。カストリマの生きとし生けるものすべてを殺そうとした、ダネル。あんたを殺そうとした、ダネル。

「あたりまえでしょ」とイッカは肩をすくめる。捕虜たちにも聞こえる大きな声だ。「レナニスの攻撃以降、〈強力〉が足りないんだ。これで六人補充できた」

「こっちをブスッと刺すかもしれないけれどね――それともあなただけを、かしら――背中を見せたとたんにね！」

「ああ、あたしが気がつかなくて、先に相手を殺せなければそういうことになるかな。でも、そんなことをするのは相当な愚か者だけだし、いちばん愚かなやつはもうちゃんと始末したからね」イッカにレナニス人を脅そうという意図はない、とあんたは感じる。イッカは事実をのべているだけだ。「あのねえ、エッシー、前から何度もいってるけど、世界は友だちと敵でできているわけじゃない。あんたを助けてくれるかもしれない人とあんたの邪魔をするかもしれない人でできてるんだよ。こいつらを殺して、なにが得られるっていうんだい？」

「安全」

「安全を確保する方法はいくらでもある。ああ、あたしが闇討ちに合う確率は高くなる。でもコムの安全度は高くなる。そしてコムが強くなればなるほど、全員生きてレナニスにたどりつける確率は高くなるんだ」彼女は肩をすくめて石の森を眺め渡す。「これをつくったやつはあたしたちと同類。それもかなりの技の持ち主だ。いずれその技も必要になる」

「え、こんどはそっちも仲間に……」あんたは信じられないという思いで首をふる。「乱暴な山賊の野生も取りこむっていうの？」

だがあんたはそこで口をつぐむ。あんたはかつて乱暴な海賊の野生を愛していたからだ。あんたがイノンを思い出し、その死をあらためて悼んでいるあいだ、イッカはじっとあんたを見つめている。そして驚くほどやさしい口調でこういう。「エッシー、あたしはね、つぎの日だけを見て生きてるんじゃない、もっとずっと先を見て動いてるんだ。あんたも気分転換に試してみるといい」

あんたは妙に弁解がましい気分になって目をそらす。あんたはつぎの日より先のことを考えるような贅沢《ぜいたく》はほとんど知らないまま、きょうまできてしまった。「わたしは女長《おさ》じゃない。ただのロガだもの」

イッカは、おやまあという皮肉をこめて小さく首を傾《かし》げる。イッカはこの言葉をよく使うが、あんたはあまり使わない。彼女がこの言葉を使えばそれは自尊心のあらわれ。あんたが使えば非難の意味合いを帯びる。

「おや、あたしはその両方だよ」とイッカがいう。「女長でロガだ。あたしはその両方、そしてそれ以上のものであることを選んでいるんだ」彼女はあんたの横を通りしな、肩越しに、まるでどうでもいいことのようにこんな言葉を投げる。「あんた、あのオベリスクを使っているときあたしたちのことなんか考えなかっただろう？　あんたは敵を倒すことを考えていた。生きのびることを考えていた——でもそこから先へはいけなかった。あたしはあんたのそういうところにずっと腹が立ってたんだよ、エッシー。あたしのコムに何カ月もいるのに、あんたはいまだに〝ただのロガ〟以外の何者でもない」

彼女は近くにいる連中に休憩は終わりだと大声で呼びかけながら去っていく。あんたは彼女が、のびをしたりブツブツ文句をいったりしている人々のなかへ姿を消すのを見送り、ちらりとダネルに目をやる。ダネルは立ちあがって赤くなった手首をさすっている。あんたを見つめる女の顔に浮かんでいるのは慎重につくった曖昧な表情だ。

「彼女が死んだら、あなたも死ぬ」とあんたはいう。あんたは、万が一イッカが自分の身を守りきれないときは、彼女のために自分ができることをするつもりでいる。

ダネルが短く楽しげな声を洩らす。「そういう脅しがあろうがなかろうが、けっきょくはそうなるんだろうね。ここにはあんた以外、わたしを倒せるやつはいないようだから」彼女はあんたに疑《うたぐ》り深そうな視線を投げる。環境が変わったにもかかわらず、彼女のサンゼとしてのプライドには傷ひとつついていない。「あんた、こういうのほんとうに苦手のようだね」

地球火《ちきゅうび》に錆びバケツ。あんたはその場を立ち去る。あんたがあらゆる脅威を叩《たた》き潰したのが原因でイッカがあんたにたいする評価を下げたのなら、この先あんたが邪魔な相手を怒りにまかせて殺していくようなことをしたら、彼女は機嫌を損ねることになるだろうと思ったからだ。

§

二五六二年：西海岸地方バガ四つ郷を震央とする揺度《ようど》九の地揺れ。伝承学者は当時の覚え書きに基づき、その揺れによって「大地が液体に変わった」と語っている。（詩的表現か？）ある漁村が無傷で残った。村人が書き残したものには、「くそロギーが揺れを殺し、そのあとおれたちがそいつを殺した」とある。のちに当該地域を訪れた帝国オロジェンがフルクラムでまとめた報告書（許可を得て公開）には、沖合の海底にある石油貯留層が揺れで破砕される可能性があったが、その漁村にいた無登録のロガがそれを防いだとも記されている。破砕が起きれば、海水が汚染され海岸沿いの浜辺が何マイルにもわたって被害を受けていたと思われる。

――イエーター〈革新者〉ディバースの事業記録

4　ナッスン、荒野をさまよう

シャファは心やさしくもナッスンとともに〈見いだされた月〉にいる八人の子どもたちを導いてジェキティを出る。女長《おさ》には、コムがこれ以上揺れに見舞われることがないよう、みんなで数マイル先まで訓練に出ると話した。ナッスンがサファイアを空にもどした直後で――空気と置き換わる雷鳴のような大音声が轟《とどろ》き、頭上すぐ近くに突然巨大な深い青があらわれたのだから、それは劇的な光景だったし――女長は大急ぎで子どもたちがすぐ旅に出られるよう、避難袋に食べものや必需品を詰めたものを用意してくれた。長旅用の最高の装備というわけではない。方位磁石はないし、ブーツはごくふつうのもの、糧食は二週間もすれば傷んでしまうようなものだ。それでも空手で出発するよりはずっといい。

アンバーとニダが死んだことは、コムの住人は誰も知らない。シャファは二人の死体を守護者の寮に運んで、それぞれのベッドに守護者らしい威厳あるポーズで寝かせた。ニダのほうはうなじ以外に傷がないから、そこそこそれらしく見えるが、アンバーは頭部がぐしゃぐしゃだ。そのあとシャファは血痕に土をかけて隠した。ジェキティの住人もいずれは気づくだろうが、その頃には〈見いだされた月〉の子どもたちは安全とはいいきれないまでも、住人たちの手の届かないところまではいけているはずだ。

子どもたちは沈んだようすでコムをあとにする。子どもによっては何年も避難場所になっていたところだからな。一行はロガの階段――コムの北側にある、オロジェンだけが通ることができる玄武岩の柱が並んだもので、内々では（無作法ながら）そう呼ぶようになっていたんだが――それを通ってコムを出た。階段をおりていく途中で、ウーデが玄武岩の柱を古代火山のなかに押しもどして全員が地上におりられるようにしたときのこと、そのオロジェニーがこれまでにないほど安定しているのをナッスンは地覚する。だがそれでもウーデの顔には絶望が浮かんでいて、ナッスンは心が痛んだ。

一行は西に向かって進んでいくが、一マイルもいかないうちに、ひとり、二人、とめそめそしはじめてしまう。ナッスンの目は潤むこともなく、ときおりわたしは自分の父親を殺してしまったとか、父さん、会いたいよとかふっと思っても涙ぐむこともないのだが、かれらといっしょに悲しんでいる。彼女がしたことのせいで、この〈季節〉の最中、灰出《はいだ》しされなければならないのはひどすぎる。（ジージャがあんなことをしようとしたせいだ、と彼女は自分にいいきかせようとするが、信じてはいない。）とはいえ、かれらをジェキティに残しておくのはそれ以上に残酷なことだろう。なにが起きたのか、いずれコムの住人が知ってしまえば、かれらは子どもたちに襲いかかることになるのだから。

ナッスンのことを理解といえなくもない眼差《まなざ》しで見ているのは双子のイージンとインジェンだけだ。ナッスンが空からサファイアをつかみとったあと、最初に外に出てきたのは彼女たちだった。ほかの子どもたちはシャファがアンバーと戦っているところ、そしてスティールがニダを殺すところを目撃していたが、この二人はその前にジージャが彼女になにをしようとしたか見ていた。彼女たちはナッスンが反撃したのは当然だと思っている、誰だってそうするとわかっているのだ。だが、彼女がアイツを殺したことは全員が覚えている。あのあと、シャファがいっていたとおり、何人かは彼女を許してくれている——極端に恥ずかしがり屋で頬に傷痕があるピークは、ずっと昔、彼女の顔を刺した祖母になにをしたか話してくれた。オロジェンの子どもたちは後悔するとはどういうことか早い時期に学ぶのだ。

だからといってかれらがもうナッスンを恐れていないかというとそうではないし、恐怖はかれらがかれらなりの子どもっぽい理屈ではっきりと一線を引く後押しをしている。自分たちは、けっきょくのところ心底、人殺しというわけではない……が、ナッスンはそうだ。

(彼女だってなりたくてそうなったわけではない。それはあんたとおなじだ。)

いま一行は文字どおりの分岐点に立っている。北東から南東へのびる地方道とそれより西側を走るジェキティ-テヴァミス帝国道とが交差する地点だ。シャファが、帝国道はこの先で高架道につながっていると説明する。ナッスンは聞いたことがあるだけで、旅の日々でも一度も見たことがなかった。しかしこの分岐点でシャファが選んだのは、ほかの子どもたちに、もうついてきてはいけないと告げることだった。

それに抗議したのはシャークだけだ。「わたしたちはそんなにたくさん食べないし」と彼女は少しあきらめもにじませながらシャファに訴える。「あの……あの、わたしたちに食べものをくれなくてもいいです。ただ、ついていくのだけ許してくれれば。自分の食べものは自分で見つけますから。見つけ方はわかってるし！」

「ナッスンとわたしにはたぶん追手がかかることになる」とシャファがいう。誰が聞いてもまちがいなく、やさしい声で。ナッスンは、こういういい方をするのはよくないとわかっている——こんなにやさしいいい方ではシャファがかれらのことを本気で心配していることがはっきりわかってしまう。さよならの言葉は冷たいほうが別れやすい。「それにわたしたちはこの先、長く旅することになる。とても危険な旅だ。おまえたちは、おまえたちだけでいくほうが安全だ」

「安全なコム無しですか」ウーデがそういって笑う。ウーデがこれほど苦々しげに笑うのをナッスンははじめて耳にした。

シャークは泣きだしてしまっている。涙が、顔にうっすらとついた灰を洗い流してきれいな筋になっている。「わからないわ。あなたはわたしたちの面倒を見てくれた。わたしたちのことが好きなのに、シャファ、ニダやアンバーよりずっとわたしたちのことを愛してくれていたのに！　どうして……もしこれから——これから……」

「もうよしなさいよ」とラシャーがいう。彼女はサンゼの血を色濃く受け継ぐ娘らしく、この一年でぐっと背がのびた。わたしのお祖父さんは赤道地方人だったのよ、という自負からくる傲慢さは時とともにだいぶ影を潜めていたが、かっとなるといまだに尊大な態度をとることがある。彼女は腕組みしてこれまでたどってきた道から目を離し、少し遠くの裸の丘陵地帯を見ている。「少しは錆《さ》びプライドを持ちなさい。わたしたちは灰出された。それでも生きているし、それが大事なことなのよ。今夜はあの丘ですごせばいいわ」

シャークが彼女をにらみつける。「安全にすごせる場所なんてない！　みんな飢えて死ぬか――」

「そんなことにはならない」地面に積もったまだ薄い灰の層を足でこすっていたデシャティが急に顔をあげていう。彼女はシャファを見ながら、シャークやほかの子どもたちに話しかけている。「わたしたちが生きていける場所はある。わたしたちはただその門を開けさせればいいだけよ」

彼女の顔にはしっかりとした決意が宿っている。シャファがデシャティに鋭い視線を投げるが、デシャティはひるんだりしない。見事なものだ。「力尽くででもなかに入るというのか？」とシャファがデシャティにたずねる。

「あなたはわたしたちがそうすることを望んでいるんでしょう？　わたしたちがまだ……必要なことができないようなら、あなたはわたしたちだけでいかせるようなことはしないもの」彼女は肩をすくめようとするが、緊張しすぎていてぎこちない動きになってしまう――痙攣《けいれん》でも起きたかのように短くピクッとしただけに見える。「あなたが大丈夫と思っていなかったら、わたしたちはもう生きていなかったはずです」

ナッスンは地面に目を落とす。ほかの子どもたちの選択肢がこれしかなくなってしまったのは彼女のせいだ。〈見いだされた月〉には〈見いだされた月〉ならではの美点があった――ナッスンは仲間の子どもたちに囲まれて自分らしく自分ができることに熱中する大きな喜びを知り、自分を理解してくれる人たちとその喜びを分かち合った。だがその完全なるすばらしきものは死んでしまった。

きみはけっきょく愛する者をすべて殺してしまうことになる、とスティールはいっていた。彼は正しい。だからこそ彼女は彼を憎んでいる。

シャファは子どもたちを長いこと考え深げに見つめていた。彼の指がピクッと動く。たぶんべつの人生、べつの自分を思い出したのだろう。そっちの自分は八人の幼いミサレムを野に放つことなど考えるだけでも耐えられなかったはずだ。だがシャファのそのバージョンはすでに死んでしまっている。ピクッとしたのはただの反射性の動きだ。

「そのとおりだ」シャファがいう。「それがわたしがしようとしていたことだ。はっきりいって欲しいというのならいっておく。おまえたちは自分らだけでやっていくより大きな繁栄しているコムのなかにいるほうが生きのびるチャンスは大きい。だからひとつ、提案させてくれ」

シャファはつかつかとまえに出てしゃがみ、デシャティの目をのぞきこむと同時に手をのばしてシャークの細い肩をつかむ。そしてさっきとおなじやさしくも強い口調でいう。「まず、ひとりだけ殺せ。おまえたちに害を加えそうなやつを選ぶんだ――しかし、たとえそういうやつが何人かいたとしても殺すのはひとりだけだ。ほかの者は手出しができないようにしておいて、ゆっくりひとりだけを殺す。できるだけ苦しめる。標的に悲鳴をあげさせる。そこが大事だ。もし最初のやつが悲鳴をあげなかったら……つぎのやつを殺せ」

子どもたちはじっと彼を見つめ返している。ラシャーでさえ困惑している。だがナッスンは彼が人を殺すところを見ている。彼は過去の自分の多くを失ってしまったが、恐怖の達人という部分はいまだ健在だ。もし彼が達人技をかれらに伝授する気になったのならかれらは幸運、感謝して欲しい、とナッスンは思う。

シャファは先をつづける。「殺しの段階が終わったら、そこにいる連中に、自己防衛のためにやったことだとはっきりいうんだ。そして死んだやつの代わりに仕事をする、あるいはほかの全員を危険から守る、と申し出る――だが向こうはそれを最後の通告と受け取る。向こうはもう、おまえたちをコムに受け入れるしかない」彼はそこで言葉を切って氷白《ひょうはく》の目でデシャティを見据える。「もし向こうが拒否したら、どうする?」

デシャティはごくりと唾を飲む。「ぜんぶ、こ、殺します」

彼はジェキティを出て以来はじめて笑顔になり、よしよしというように彼女の後頭部を手で包みこむ。

ショックで涙も止まったシャークが小さく喘《あえ》ぐ。イージンとインジェンはひしと抱き合っている。その顔にあるのは絶望だけだ。ラシャーの顎が引き締まり、鼻の穴がひろがっているのは、シャファの言葉をしっかり受け止めた証拠だ。デシャティもそうだとナッスンは確信している……が、そうすることでデシャティのなかのなにかが死ぬこともわかっている。

シャファも承知している。立ちあがってデシャティの額にキスする彼の姿には深い悲しみが感じられて、ナッスンはまた心を痛める。「〈季節〉がくるとすべてが変わってしまう」と彼がいう。「生きるんだ。わたしはおまえたちに生きていて欲しいんだ」

デシャティの片方の目から涙がぽろりとあふれ、デシャティはあわててまばたきする。彼女がごくりと唾を飲む音が聞こえる。が、すぐにうなずいてシャファから離れ、ほかの子どもたちのそばへもどっていく。両者のあいだに越えられぬ溝ができている――その片側にシャファとナッスン、そして反対側に〈見いだされた月〉の子どもたち。道は分かれた。シャファは不快感や苦痛のようなものはいっさい見せていない。見せていて当然なのに――ナッスンは彼のなかで銀が生き生きと脈打ち、子どもたちに自由な道を歩ませるという選択をしたシャファに抗議している。だが彼は苦痛の色を見せていない。正しいことをしているときは、痛みは彼を強くするだけなのだ。

彼がいう。「もし〈季節〉がやわらぐ気配がはっきりと感じられたら……逃げるんだ。できるだけばらばらに逃げて、どこかにまぎれこみなさい。みんな、守護者は死んでいないんだからな。かれらはもどってくる。そしてひとたびおまえたちがなにをしたか噂がひろがれば、かれらはおまえたちに襲いかかってくるぞ」

ふつうの守護者のことをいっているのだと、ナッスンにはわかっている――〝汚染されていない〟守護者、以前の彼のような守護者のことだ。そういう守護者は〈季節〉がはじまってから姿を見せなくなっている。少なくともナッスンはかれらがコムの一員になったとか、旅している姿を見たとかいう話は聞いたことがない。もどってくるということは、みんなどこか特定のところにいっているということだ。どこだろう？　シャファやほかの汚染された守護者たちはいかなかった、あるいはいけなかったどこか。
だが、重要なのはこの守護者だ。汚染されているとはいえ、かれらを助けている。ナッスンは突然、わけもなく希望が湧きあがってくるのを感じる。シャファのアドバイスにしたがえば、きっとみんな無事にすごせるにちがいない。そこでナッスンはごくりと唾を飲んで、こうつけ加える。「あなたたちはみんな、オロジェニーをとてもうまく使える。きっとあなたたちが選んだコムは……きっとそこの人たちは……」

なにをいえばいいのかわからなくなって、声が小さくなり消えていく。きっとあなたたちを好きになってくれる、といおうと思っていたのだが、それはばかげているような気がしたのだ。きっとみんなの役に立てる、という言葉も浮かんだが、いまは状況がちがう。以前はコムがフルクラムのオロジェンを一時的に雇うこともあった、というかシャファからそう聞いていた。短期間雇われて必要な仕事をし、また出ていくというかたちだったという。ホットスポットや断層線の近くのコムでさえ、どんなにオロジェンを必要としていようと恒久的にコムにいさせることはなかったのだ。

と、ナッスンがつぎの言葉をひねりだす前に、ウーデが彼女をにらみつけて、いった。「黙れ」

ナッスンは目をぱちくりさせる。「え?」

ピークがウーデを黙らせようとシーッと声を出すが、ウーデは彼女を無視する。「黙れ。あたしはあんたが錆び嫌い。ニダはよく歌をうたってくれたのに」そういうと、ピークはなんの前触れもなくシクシク泣きだしてしまう。ピークは混乱しているようで、ほかの子どもが何人か彼女を囲んで慰めの言葉をつぶやいたり、やさしく肩を叩いたりしている。

これを見ていたラシャーが咎《とが》めるような目でナッスンに最後の一瞥《いちべつ》を投げ、シャファに向かっていう。「じゃあ、わたしたちはもういきます。ありがとうございました、守護者殿、その……いろいろと」

ラシャーはくるりと背を向けて子どもたちを追い立てる。デシャティはうしろをふりむかず、うなだれてラシャーといっしょに歩きだす。インジェンだけがしばしその場に残っていたが、やがてちらりとナッスンを見て「ごめんね」と小声でいうと、急いで仲間たちのあとを追っていく。

子どもたちの姿が完全に見えなくなってしまうと、シャファがナッスンの肩に手を置いて西のほうを向かせる。帝国道がのびている方角だ。

数マイル無言で歩いてから、彼女はいう。「まだみんなを殺してしまったほうがよかったと思っているんですか？」

「ああ」そういってシャファはちらりとナッスンを見る。「おまえもわかっているはずだ」

ナッスンはぐっと顎を引き締める。「わかってます」だからこそ止めたい。すべてを止めたいのだ。

「おまえにはいきたい場所があるんだろう」とシャファがいう。質問ではない。

「はい、わたしは……シャファ、わたしは世界の反対側へいかなくちゃならないんです」まるである星へいかなくてはならないといっているような気がするが、実際なにをしなければならないか考えたら、自分にとっては星へいくのとそう大きくちがうわけでもないので、少しぐらいばかげていても気にしないことにしようとナッスンは決める。

ところが驚いたことに彼は笑うどころか小首を傾《かし》げている。「コアポイントか？」

「え？」

「世界の反対側にある都市だ。そこなのか？」

ナッスンはぐっと唾を飲んでくちびるを嚙《か》む。「わかりません。わかっているのはただ――」なんと呼べばいいかわからないので、代わりに両手を碗《わん》のようにして指を揺らし、互いにぶつかって絡み合う目に見えないさざ波を表現する。「オベリスクが……その場所を動かしつづけていて。オベリスクはそのためにつくられたんです。わたしがそこへいけば、ええと、引きもどす？ことができるかもしれない。ほかの場所ではできないんです。なぜかというと……」彼女には説明できない。力線、視線（観察者と天体を結ぶ直線）、数学的配置――必要な知識はすべて頭に入っているのだが、それを言葉で再生することができないのだ。そのうちのいくつかはサファイアからの授かりもの、いくつかは母親に教わった理論の応用、そしていくつかはたんに理論を観察に結びつけてすべてを本能で包んだだけのもの。「そこにあるどの都市なのかはわかりません。近くへいって、少しあちこち見てみればたぶん――」

「世界の反対側にあるものといったらコアポイントだけだ」

「それは……何なんですか？」

シャファが急に足を止め、背中の荷物をぐいっと引っ張って下におろす。これは休憩の合図だと悟って、ナッスンもおなじように荷物をおろす。二人は丘の風下側にいる。丘といってもジェキティの下にある巨大火山から噴きだした古い溶岩で光沢のある結晶性の鉱物の塊《かたまり》だ。このあたりは天然の段丘だらけだ。黒曜石《こくようせき》が風雨にさらされてできたものだが、その数インチ下の岩はとても硬くて農業どころか森林形成への道のりも遠い。霜のような灰に覆われた段丘には何本か根性のある木々が浅く根を張っているが、それ以外はほとんど降灰で命を絶たれてしまっている。なにか脅威になりそうなものがやってきたら、かなり遠くてもすぐに二人の目に留まることだろう。

ナッスンが二人で食べる食料を取りだしていると、シャファがそばにある灰の吹きだまりに指でなにか描きはじめた。ナッスンが首をのばして見ると、シャファは地面に円を二つ描いている。そのひとつのほうにスティルネスのおおまかな輪郭が描かれていく。託児院の地理の授業で習ったナッスンもよく知っている形だ——が、シャファはスティルネスを二つの部分からなるものとして描いている。赤道のあたりに線が引かれているのだ。そう〈断層〉だ。何千マイルの海洋よりも越えるのがむずかしくなってしまった〈断層〉。

となるともうひとつの円も世界をあらわしているのだとナッスンも気づくが、そっちは赤道上の中心よりほんの少し東よりのところにひとつ、点が描かれているだけだ。島も大陸もない。点がひとつあるだけ。

「昔はこの世界の空っぽの部分にもたくさんの都市があった」とシャファが説明をはじめる。

「いくつかの文明が何千年にもわたって海上や海中に都市をつくっていたんだ。しかしどれも長くはもたなかった。残ったのはコアポイントだけだ」

まさに世界の反対側。「どうやっていけばいいんですか？」

「もし――」シャファが口ごもる。ふっとぼんやりした表情になるのを見て、ナッスンの胃がキュッと縮みあがる。昔の自分に接触しようとするだけで痛みが強まるかのように、彼はたじろぎ、目を閉じてしまう。

「覚えていないんですね？」

彼が溜息を洩《も》らす。「わかっていたということは覚えているんだが」

ナッスンはこれは予想がついていたはずだと気づいてくちびるを噛む。「スティールは知っているかもしれません」

シャファの顎の筋肉がかすかにこわばる。一瞬こわばってすぐに消えてしまう。「たしかにそうかもしれない」

シャファがほかの守護者の死体を片付けているあいだに姿を消してしまったスティールも、どこか近くの岩のなかでこのやりとりを聞いているはずだ。それがまだ飛びだしてきてどうすればいいか教えてくれないということは、なにか意味があるのだろうか？　もしかしたら二人には彼は必要ないのかもしれない。「フルクラムの南極地方支所は？　記録とかないんですか？」ナッスンはそこの図書室を見たときのことを思い出していた。そのあとシャファとアンバーといっしょにそこの指導者と相対してすわり、安全を飲み、最後に全員を殺してしまったときのことだ。図書室はやけに天井の高い部屋で、床から天井まである本棚がびっしり並んでいた。ナッスンは本が好きだ――母親は数カ月に一度、大枚はたいて本を買っていて、そのなかでジージャが子どもに読ませてもいいと思うものはお下がりとしてナッスンに与えられていたからな――だから、それほど多くの本を生まれて初めて目にして肝が潰れるほど驚いた。そのときの驚きはいまも忘れられない。あのなかにはいろいろな情報が詰まっているにちがいない……誰も聞いたことのない、守護者しか行き方を知らない、とても古い都市のことも。ふむ。うーん。

「無理だ」とシャファがいって、ナッスンの懸念を肯定する。「あのフルクラムはいまではもうほかのコムに併合されているだろう。へたをしたらコム無しのごろつき集団に占拠されてしまっているかもしれない。あそこの畑では食用の作物がつくられていたし、建物は充分、住める状態だったからな。あそこにもどるのはまちがいだ」

ナッスンは下くちびるを噛む。「じゃあ……ボートは?」彼女はボートのことはなにひとつ知らない。

「いや、だめなんだよ。ボートではそんな長い旅はできないんだ」

彼はじっくり考えこんでいる。これを警告ととらえたナッスンは、なんとか気持ちを奮い立たせようとする。彼はここで自分を見捨てる気なのだ、と彼女は感じている。辛くて恐ろしいことだが、そう確信している。いま彼は、彼女がなにをするつもりなのか見きわめたいと思っている――でも知ってしまったら、かかわりたいとは思わないだろう。そうに決まっている。

彼女でさえ自分が望んでいるのは恐ろしいことだと自覚しているのだから。

「つまりこういうことだな」とシャファがいう。「おまえは〈オベリスクの門〉の制御権を握ろうとしている」

ナッスンは息を呑《の》む。シャファは〈オベリスクの門〉がなんなのか、知っているのか？　あの朝、ナッスンがスティールからその言葉だけを教わったときのことも？　だがそうだとすると、世界の不可思議なメカニズムやその働き、何十億年ものあいだ見いだされぬままの数々の秘密を伝える伝承のほとんどが、彼のなかでは損なわれずにちゃんと残っているということだ。永遠に失われてしまったのは以前の彼につながるものだけ……ということはコアポイントへの行き方は以前のシャファがどうしても知る必要があったこと。いったいどういうことなのだろう？　「ええ、そうです。だからわたしはコアポイントにいきたいんです」

驚いたことに、彼の口がゆがむ。「〈門〉を起動させることができるオロジェンを探すのが、〈見いだされた月〉をつくったそもそもの目的だったんだよ、ナッスン」

「え？　どうして？」

シャファは空を見あげる。太陽が沈みはじめている。暗くなるまでにあと一時間は歩けるだろう。しかし彼が見ているのはサファイアだ。まだジェキティの上空からそれとわかるほど動いてはいない。シャファは無意識にうなじをさすりながら、厚くなってきた雲の陰にあるサファイアのおぼろげな輪郭を見つめて、まるでひとりで納得しているかのようにうなずく。

「わたしとニダとアンバーは」と彼がいう。「十年くらい前のことだ。わたしたちは……指示された……南へいけ、そしてお互いを見つけろと。わたしたち三人はオベリスクと接続できる能力を持つオロジェンを探して訓練するためにスカウトされたんだ。いいか、これは本来、守護者がやることではない。なぜならオベリスクの経路に沿ってオロジェンを進ませる理由はたったひとつしかないからだ。しかしそれが〈地球〉が望んだことだった。理由はわからない。その頃のわたしは……あまり疑問を持っていなかったんだ」彼の口がきゅっと曲がって、一瞬、苦笑いが浮かぶ。「いまは推測がついている」

ナッスンは顔をしかめる。「推測ってどんな？」

「〈地球〉は独自の計画を持っていて、人間を――」

と、突然シャファが全身をこわばらせ、ぐらりと揺らいでかがみこむ。ナッスンが彼が倒れてしまわないようあわてて彼をつかむと、彼は彼女の肩に腕をまわす。腕にひどく力が入っているが、ナッスンは黙って耐える。彼は彼女の存在という慰めをもとめているのだ。それはまちがいない。〈地球〉がこれまで以上に彼に腹を立てているのは、たぶん彼が秘密を明かそうとしたからだろうが、その怒りは彼の体内のあらゆる神経に沿い、あらゆる細胞のあいだにある銀の生皮を剝《は》ぐようなヒリヒリする脈動となっている。

「話さないで」とナッスンは声を絞りだす。「まだなにもいわないでください。あなたがこんなに苦しい思いをするのなら――」

「わたしは支配されてはいない」シャファは荒い息遣いの合間に途切れ途切れにそう話す。「わたしの核心は奪われていない。わたしは……ううう……そいつの犬小屋に身を置いているかもしれないが、そいつはわたしをつないでおくことはできない」

「わかっています」ナッスンはくちびるを噛む。彼がずっしりと寄りかかってきて、ナッスンは地面に膝をついてしまう。すべてを支えている膝がキリキリ痛む。だが、そんなことは気にならない。「でもいまはぜんぶ話さなくて大丈夫です。あとは自分で考えられます」

　手がかりはそろった、と彼女は思っている。ナッスンのオベリスクと接続する能力について、ニダは前にこういっていた——フルクラムではこれを見つけたら選りのけていた。そのときはなにもわかっていなかったが、〈オベリスクの門〉の壮大さをいくらかわかりかけてきたいま、なぜ〈地球〉が、彼女がシャファには制御できない——ということはシャファを通して〈地球〉には制御できない——状態になったら彼女を生かしてはおけないと考えているのか、その理由がわかる気がしている。

　ナッスンはくちびるを噛む。シャファはわかってくれるだろうか？　もし彼が彼女から離れようと決めたら——いや悪くすれば、彼女を攻撃しようと決めたら——耐えられるのかどうか、自分でもわからない。だから彼女は大きく息を吸いこむ。「スティールが、〈月〉がもどってくるっていうんです」

　つかのま、シャファの方向から静寂が伝わってくる。驚きの重さを持った静寂。「〈月〉が」

「ほんとうなんです」ナッスンは衝動的に口走る。しかし、真実なのかどうか彼女にはわかっていない。それはそうだろう？　ただスティールがそういったというだけだ。彼女は月がなんなのかさえよくわかっていない。ずっと昔にいなくなってしまった〈父なる地球〉の子どもだと話に聞いただけで、それ以上のことは知らない。それでもなぜかスティールの話のこの部分は真実だと思えるのだ。はっきり地覚《ちかく》してもいないし、その存在を示す銀の糸が空にのびているわけでもないが、見たことはなくても世界の反対側があると信じているのとおなじように、山がどうやってできるのか知っているのとおなじように、〈父なる地球〉が現実のもので生きていて敵だと確信しているのとおなじように、これはほんとうのことだと彼女は信じている。大きすぎて否定のしようがない真実。真実のなかにはそういうものがあるのだ。

しかし驚いたことにシャファはこういう。「ああ。〈月〉が現実のものだということはわたしも知っている」痛みが少しやわらいだのだろう。硬い表情で、地平線近くの雲を透かしてかろうじて途切れ途切れに見えている霞《かす》んだ太陽を見つめている。「それは覚えているんだ」

「え――ほんとうに？　じゃあスティールのいうことを信じているんですか？」

「わたしはおまえを信じているんだよ。〈月〉が近くにくるとオロジェンにはその引きの力がわかるんだ。おまえなら揺れを地覚するのとおなじように、ごく自然に地覚できる。だがそれだけではない。わたしは見たことがあるんだ」彼がすっと目を細めて、ぴたりとナッスンに焦点を合わせる。「それにしても、どうしてあの石喰《いしく》いはおまえに〈月〉のことを話したんだ？」

ナッスンは深々と息を吸いこんで、重い溜息をつく。

「わたしはただほんとうにどこか住みやすいところで暮らしたいだけなんです」と彼女はいう。「どこかで……あなたといっしょに。コムのよい住人でいるためなら、仕事でもなんでもちゃんとしていたと思います。もしかしたら伝承学者になれていたかもしれないし」彼女は顎がきゅっと締まるのを感じる。「でも無理。どこへいっても無理。自分がなんなのか隠さなければ無理。シャファ、わたしはオロジェニーが好きなの、隠さなくていいときは。わたしね、オロジェニーを持っていることは——ロ、ロガだということは——」彼女は言葉を切るしかない。そして顔を赤らめ、こんなひどい言葉を口にするのは恥ずかしいという気持ちをふりはらわなくてはならない。いまはこのひどい言葉が、この場にふさわしい言葉なのだから。「それは悪いことでもへんなことでも邪悪なことでもないと思うの——」

彼女はまた言葉を切り、この思考経路を変えることにする。このままではまた、でもおまえはあんな邪悪なことをした、という考えにもどってしまうからだ。

ナッスンは無意識に歯を剝《む》きだし、ぐっと拳を握っている。「正しくないわ、シャファ。人が、わたしが悪いとかへんだとか邪悪だとかそういうものであって欲しいと思うなんて、わたしを悪者にするなんて、正しくない……」首をふりながら言葉を探す。「わたしはただふつうでいたいの！　でもそうじゃないし——誰も彼も、大勢の人が、みんな、わたしがふつうじゃないという理由でわたしを憎んでいる。わたしを、ありのままでいるからという理由で、わたしを憎まずにいてくれる人はあなただけです。そしてそれは正しいことじゃない」

「ああそうだ、正しいことじゃない」シャファが姿勢を変えて自分の荷物によりかかる。疲れた顔をしている。「しかしおまえの話を聞いていると、ふつうの人たちに恐怖を克服してくれと頼むのは簡単なことのように聞こえるぞ」

彼は口に出さないが、ナッスンははたと思い当たる——ジージャにはできなかった。

突然、うっと吐き気がこみあげてきてナッスンは口に拳を当て、懸命に灰のこと、耳がとても冷たいことに意識を集中させる。胃のなかにあるのはさっき食べたばかりのひと握りのデーツだけだが、それでも強烈な吐き気がする。

シャファは、いつものシャファならすぐに慰めにくるのに、いまは動こうとしない。ただ彼女を見つめている。疲れた顔をしているが、それ以外、表情からはなにも読み取れない。

「ふつうの人にはできないということはわかっています」そうだ。しゃべったほうがいい。胃は落ち着かないが、いまにも吐きそうというほどではなくなっている。「かれらが――不動《ステイル》が――絶対に怖がるのをやめないってことはわかってます。わたしの父親が――」また吐き気だ。彼女はその文章の最後から思考をぐいっと引き離す。「かれらは永遠に怖がりつづけるだけだし、わたしたちは永遠にこんなふうに生きていくだけなんて、それは正しくないわ。なにかあるはずです――直し方が。終わりがないなんて正しくないわ」

「しかしおまえはどうしても直すつもりなんだろう？」とシャファがたずねる。やさしい声だ。彼にはもう推測がついているのだ、と彼女は悟る。彼は彼女のことを彼女自身よりもずっとよくわかっている。だから彼女は彼が好きなのだ。「それとも、終わらせようとしているといったほうがいいかな？」

彼女は立ちあがって歩きだし、彼の荷物と自分の荷物のあいだで小さな円を描きながらぐるぐる歩きつづける。吐き気と震えが増し、肌の下で名付けようのないぴんと張った感覚が強まっていく。「わたしには直し方はわからないんです」

だがそれはまったくの真実とはいえず、シャファは肉食獣が血の匂いを嗅ぎつけるように、嘘《うそ》を嗅ぎとっている。彼の目がすっと細くなる。「もし知っていたら、直していたのか？」

そのとき、この一年以上、見ることも考えることもみずからに禁じていた記憶が突然、閃光《せんこう》となってあらわれ、ナッスンはティリモでの最後の日のことを思い出す。

家に帰ってくる。居間のまんなかで父親が荒い息をつきながら立っているのが目に入る。どうしたんだろうと思う。その瞬間、いつもの父親とちがって見えるのはどうしてだろうと思う――目が大きく開きすぎているし、口がだらしなく開いているし、肩をいかにも痛そうに丸めている。そのときナッスンは自分が下を見たことを思い出す。

下を見て、見つめて、見つめて、考える、あれはなに？　そして見つめて、考える、あれはボール？　託児院で昼休みにみんなで蹴っているような、でもあのボールは革でできているけれど父さんの足元にあるのはそれとはちがう茶色っぽいもので、茶色い表面全体に紫色がかった斑点がついていて、ころんとしていて革っぽくて半分しぼんでいて、ちがう、ボールじゃない、待って、あれは目？　かもしれないけれどすごく腫れて閉じていてまるで大きいコーヒー豆みたい。ボールとはぜんぜんちがう、だって弟の服を着ているから、ズボンはけさ父さんが託児院に持っていくお弁当入れの肩掛けかばんを用意するのに手間取っているあいだにはかせてやったズボンだ。ユーチェはあのズボンをはきたがらなかった、まだ赤ん坊で聞き分けがないからだ、だからお尻ダンスを踊ってやったら、ゲラゲラ笑った、大笑いした！　弟の笑い声は大好きだったし、お尻ダンスが終わるとそのお礼に弟はズボンをはいてくれて、だからあの床の上のなんだかわからないしぼんだボールみたいなものはユーチェあれはユーチェあの子はユーチェ——。

「いいえ」ナッスンはひとつ息をつく。「直さなかったと思います。たとえ直し方を知っていたとしても」

彼女はもう歩くのをやめていた。片腕を腹に巻き付けている。もう片方の手は拳にして口に押し当てている。その拳の隙間から言葉を吐きだす。言葉は喉から噴きだし、彼女はむせて腹をぐいとつかむ。腹には恐ろしいものがびっしり詰まっていて、なんとかして吐きださないと腹が内側から引き裂かれてしまいそうだ。その恐ろしいものが彼女の声をゆがめ、ぶるぶる震える唸《うな》り声に変え、その唸り声は不規則に甲高くなったり大音声になったりしている。悲鳴をあげないようにしようとすると、そうなってしまうのだ。「直したりしなかったわ、シャファ、そんなふうには思わなかった、ごめんなさい、わたしは直したくない、わたしを憎んでいる人をみんな殺してしまいたい——」

腹が重くて重くて立っていられない。ナッスンはかがみこみ、地面に膝をついてしまう。吐きたいが、胃の中身の代わりに出てきたのは言葉だ。彼女は地面にべったりとついた両手のあいだに言葉を吐きだす。「き、き、消えてしまえばいいのよ！　シャファ、わたしはぜんぶ消えて欲しいと思ってるの！　ぜんぶ燃えてしまえ、燃えあがって、死んで、消えてしまえ、消えてしまえばいい、なにも、の、の、残らないように、憎しみも、殺し合いも、なにも、さ、錆びなにも、なにも永遠に——」

シャファの手が、しっかりと力強く、彼女を引っ張りあげる。彼女は両手をふりまわして彼を叩《たた》こうとする。悪意からでも恐怖からでもない。彼を傷つけたいとはこれっぽっちも思っていない。ただ自分のなかのものをいくらかでも外に出さないと気が狂ってしまうから、そうしているのだ。彼女は叫び、蹴り、叩き、自分の服や髪を嚙み、引っ張り、自分の額を彼の額にぶつけようとしながら、はじめて父親のことを理解していく。シャファが彼女を素早くくるりとうしろ向きにし、太い腕をまわして彼女の両腕を体側につけて固定してしまう。彼女が怒りを発散させるために彼女自身や彼を傷つけるのを防ぐためだ。

これがジージャが感じていたものだ、と彼女のなかの遠くに浮かぶ超然としたオベリスク的な部分は冷静に観察している。これが母さんに嘘をつかれ、わたしに嘘をつかれ、ユーチェに嘘をつかれていたと気づいたとき、彼のなかに湧きあがってきたものだ。これがわたしを馬車から突き落とさせたものだ。このせいで彼はけさ黒曜石ナイフを手に〈見いだされた月〉にやってきたのだ。

これだ。これが彼女のなかのジージャ、彼女を無闇に暴れさせ、叫ばせ、泣かせているものだ。彼女はこの苦い破壊された怒りのただなかで、父親をこれまでになく近くに感じている。

シャファは彼女が疲れ切ってしまうまで抱きしめている。彼女はついにぐったりして震えだし、息を切らし、低く呻《うめ》く。顔は涙と鼻水でぐしょぐしょだ。

ナッスンがもう殴りかかってこないことがはっきりすると、シャファは地面にあぐらをかき、ナッスンを抱き寄せる。ナッスンは彼に身体をあずけて丸くなる。その昔、べつの子どもがそうしたように。何年も前、何マイルも彼方《かなた》でのこと、彼はその子に生きのびるには試験に通らなければならないと告げた。だがナッスンはすでに試験に合格している。昔のシャファでもその判断に異論はないだろう。あれだけの怒りを爆発させていながらも、ナッスンのオロジェニーはぴくりともしなかったし、ナッスンが銀に手をのばすこともなかった。

「シーッ」とシャファがなだめる。ずっとそうしていたのだが、いまはさらにナッスンの背中をさすり、ときおりあふれてくる涙を親指でぬぐってやっている。「シーッ。かわいそうにな。わたしが悪かった。けさ、ただ――」彼は溜息をつく。「シーッ。いい子だ。いまは休みなさい」

ナッスンは悲しみと怒り以外のすべてを絞りとられてしまった。悲しみと怒りが火山灰泥流のように高速で彼女のなかを駆け巡り、それ以外のすべてのものをすり潰し、熱いどろどろの懸濁液《けんだくえき》にして押し流してしまったのだ。悲しみと怒り、そしてもうこれしかない貴重な、完全な、感情。

「シャファ、わたしが愛しているのはあなただけなの」ひりひりするような疲れた声だ。「あなたがいるから、わたしは、し、しなかった。でも……でもわたしは……」

彼が彼女の額にキスする。「わたしのナッスン、おまえがこうでなければならないと思うかたちで終わらせなさい」

「いやなの」言葉がつかえて、ぐっと唾を飲まなければならない。「あなたには――生きていて欲しいの」

彼が静かに笑う。「おまえはいろいろなことを経験してきたが、まだまだ子どもだ」胸が痛むが、彼がいわんとしていることははっきりしている。彼が生きていることと世界にあふれる憎しみに終止符を打つこととは両立しないのだ。彼女はどちらの終わり方にするか選ばなければならない。

だがそのときシャファがふたたび断固とした口調でいう。「おまえがこうでなければならないと思うかたちで終わらせなさい」

ナッスンは彼から身体を離して、彼の顔を見る。彼はまた澄んだ眼差しで微笑《ほほえ》んでいる。

「ええ？」

彼は彼女をそっと抱きしめる。「おまえはわたしにとって贖罪《しょくざい》なんだ。おまえはわたしが愛すべきだった、このわたし自身からさえも守るべきだったすべての子どもたちなんだ。だからおまえが安らぎを得られるのなら……」彼女の額にキスする。「世界が燃え尽きるまで、わたしはおまえの守護者でいよう」

これは祝福だ、癒やしだ。ナッスンはついに悪心《おしん》から解放される。シャファの腕のなか、安全に包まれ、彼に受け入れられ、ナッスンはついに眠りに落ちる。世界が燃えあがり、溶け、それなりのかたちで安らぎを得る夢を見ながら。

§

「スティール」と翌朝、彼女は呼びかける。スティールはぶれながら二人のまえに出現する。腕を組み、かすかにおもしろそうな表情を浮かべて、道のまんなかに立っている。

「コアポイントへは、いちばんの近道をたどればそう遠くはない。まあ比較の問題だが」ナッスンが、シャファでもわからないコアポイントへの行き方をたずねると、スティールはそう答える。「一カ月程度の旅になるだろう。もちろん……」スティールはわざとらしく、あとの言葉を呑みこむ。スティールはナッスンとシャファを彼みずから世界の反対側へ連れていくと申し出ていた。つまり石喰いならではの方法で、ということだ。その方法を採ればナッスンとシャファはなんの苦労も危険もなく目的地にいけるが、その代わりスティールを信頼して地中を通るという石喰いの奇妙で恐ろしい移動方法に身を委ねなければならない。

「いいえ、けっこうです」とナッスンはふたたびいう。シャファはすぐそばの丸石に寄りかかっているが、ナッスンはこのことに関しては彼の意見をもとめない。彼にたずねる必要はないのだ。スティールが興味を持っているのがナッスンだけなのはあきらかなのだから。スティールにとっては単純にシャファを連れていくのを忘れてしまったところで痛くもかゆくもない――それをいえば、コアポイントへいく途中で彼を失ってしまってもかまわないのだ。「でも、わたしたちがいかなくちゃならないその場所のことは教えてもらえるかしら？　シャファは覚えていないので」

スティールの灰色の眼差しがシャファに移る。シャファは本心とは裏腹に穏やかに微笑み返す。この瞬間、彼のなかの銀までもがしんと静まっている。たぶん〈父なる地球〉もスティールをこころよく思っていないのだろう。

「そこは駅《ステーション》と呼ばれている」ひと呼吸あって、スティールが説明をはじめる。「古いものだ。きみたちなら絶滅文明の遺跡と呼ぶかもしれないな。ただし、これはまだ生きている。死んでしまったべつの文明の遺跡群のなかにあるんだ。ずっと昔、人々はステーションを、というかそのなかにある乗りものを使っていた。それを使えば歩くよりずっと効率的に長い距離を移動できるんだ。しかしいまではステーションの存在を覚えているのはわれわれ石喰いと守護者だけになってしまった」目のまえに出現して以来まったく変わっていない彼の笑みは静かだが皮肉めいている。そしてなぜかシャファに向けられたもののように見える。

「誰しも力を得るには対価を払わねばならない」とシャファがいう。彼の声は冷ややかでなめらかか。なにかよからぬことをしようとしているときの声だ。

「そのとおり」スティールが心持ち長めに間を取って先をつづける。「この移動手段を使うのにも対価を支払わねばならない」

「わたしたちはお金も、交換できるようなものも持っていないわ」ナッスンが困り顔でいう。

「幸いなことに、支払い方法はほかにもある」スティールがいきなり立つ角度を変え、顔を上に向ける。ナッスンがその動きを追い、見あげた先にあるのは——ああ。サファイアだ。ひと晩のうちにまた少しだけ近くにきている。かれらとジェキティのちょうどまんなかあたりだ。

「ステーションは」とスティールが先をつづける。「そもそも〈季節〉というものがはじまる前から存在している。オベリスクがつくられた時代のものだ。その文明がつくったものでいまも存在しているものはすべておなじ力の源を使っていたことがわかっている」

「それが……」ナッスンは大きく息を吸う。「銀」

「きみはそう呼んでいるのか？　なんと詩的な」

ナッスンは居心地の悪さを覚えて肩をすくめる。「ほかにどういえばいいのかわからないから」

「ああ、世界はなんと変わってしまったことか」ナッスンは顔をしかめるが、スティールはこの謎めいた発言についてなにひとつ説明せずに話をつづける。「この道を進んでいくと、オー《ろ》ルドマンズ・パッカー《うじんのしわ》というところがある。どこにあるか知っているか？」

ナッスンはずっとずっと前のこと、南極地方の地図を見てその地名を見つけ、クスクス笑ったことを思い出す。シャファを見ると、シャファはうなずいて、「大丈夫だ、ちゃんといける」と答える。

「ではそこで会おう。その遺跡は草の森のどまんなかにある。内側の輪のなかだ。パッカーに入るのは夜明け直後にしろ。入ったらぐずぐずせずいっきに中心までいけ。暗くなってからも森のなかにいたくはないだろう」そういうとスティールは言葉を切ってちがうポーズをとる――いかにも考えているというポーズを。横顔を見せて、顎に指先を当てている。「きみの母親だと思っていたんだがなあ」

シャファがぴたりと動かなくなる。ナッスンは体内を熱が、ついで冷気が駆け抜けるのを感じてぎくりとする。感情が複雑に移り変わるなか、彼女はゆっくりという。「どういう意味？」

「これをやるのは彼女だと思っていた、それだけのことだ」スティールは肩をすくめこそしないものの、声にはどうでもいいというニュアンスが感じられる。「彼女がいるコムに脅しをかけたんだ。彼女の友だちや、いま彼女が気にかけている連中がいるコムにな。みんな彼女に背を向けるだろうと思っていた、そうすれば彼女もこっちの道を選択したくなるだろうと思ったんだ」

彼女がいま気にかけている連中。「もうティリモにはいないの？」

「ああ。いまはほかのコムにいる」

「で、そのコムの人たちは……背を向けなかったの？」

「そうだ。驚いたことにな」スティールの目がすうっと動いて、ナッスンの目をとらえる。「彼女はきみがいまどこにいるか知っている。〈門〉が教えたんだ。だが、こっちへ向かってはいない。少なくともいまはな。まずは仲間が安全なところに落ち着くのを見届けたいと思っているんだ」

ナッスンはきりりと歯を食いしばる。「でもわたしはもうジェキティにはいない。それに〈門〉はもう彼女のものにはならない。だから二度とわたしを見つけることはできないわ」

スティールがくるりとまっすぐ彼女のほうを向く。その動きはあまりにもゆっくりしていて、あまりにもなめらかで、人間のものには見えないが、驚きはほんもののようだ。ナッスンは彼のゆっくりとした動きが大嫌いだ。見ていると鳥肌が立つ。

「まったく、何事にも終わりはくるものだな」と彼がいう。

「どういう意味？」

「ただわたしがきみを過小評価していたというだけのことだよ、可愛いナッスン」この呼びかけ方にナッスンは嫌悪感を覚える。彼がまた考えるポーズにもどるが、こんどは速い動きでナッスンはほっとする。「そういうことは二度としないようにしよう」

そういって彼は姿を消す。ナッスンが眉をひそめてシャファを見ると、シャファは首をふる。

二人は荷物を背負い、西の方角へ歩きだす。

§

二四〇〇年：赤道地方東部（この地域ではノード・ネットワークが粗《そ》だったかどうかチェックのこと。なぜなら……）、未詳のコム。突然の噴火と火砕流を凍らせて止めた看護師を題材とした古い民謡。彼女が看《み》ていた患者のひとりが身を挺《てい》して、群衆が放ったクロスボウから彼女を守った。群衆は彼女を逃がし、彼女は姿を消したという内容。
――イエーター〈革新者〉ディバースの事業記録

シル・アナジスト：4

状態や名前はちがえど、エネルギーはすべておなじものだ。運動は熱を生みだすが、熱は光でもあり、光は音のように波打ち、音は強い力や弱い力と響き合って結晶の原子結合を強めたり弱めたりする。そのすべてが鏡のように反射し合うなかに存在するのが魔法、生と死が放つ燦然《さんぜん》たるものだ。

われわれの役割は――それら異なるエネルギーを織り合わせることだ。巧みに操り、なだめ、われわれの意識のプリズムを通して、否定しようのない唯一無二の力をつくりだす。不協和音から交響曲をつくる。〈プルトニック・エンジン〉という巨大な機械が楽器。われわれはその調律師だ。

そしてそのめざすところは――〈大地奥義〉。〈大地奥義〉とは永久に効率の落ちないエネルギー・サイクルをつくりだす術だ。うまくいけば、エネルギー不足やエネルギーを巡る争いとは無縁の世界になる……とわれわれは聞かされている。指揮者たちが説明してくれるのは、われわれが与えられた役割を果たすのに必要なことだけで、それ以外のことはほとんど話してくれない。われわれは――ちっぽけで、取るに足りないわれわれは――人類が想像を絶する輝かしい未来につづくあらたな道を歩みはじめる一助になるということを知っているだけで充分ということなんだろう。われわれは単なる道具かもしれないが、壮大な目的のために使われる、すばらしい道具。そこに誇りを見いだすのはたやすい。

われわれはお互い綿密に調子を合わせていたから、テトレアが抜けると、いっとき混乱が生じた。はじめて集まってネットワークをつくったときにはバランスが取れなかった。テトレアはカウンターテナーで、全体のスペクトルの半分の波長だった——彼にいちばん近いのはわたしだったが、わたしの本来の響きは彼より少し高い。その結果生まれたネットワークは以前より弱いものになってしまった。われわれは供給流をなんとかテトレアが担っていた中間波長域に届かせようと努力を重ねる。

けっきょく足りない部分はガエアが補った。彼女はより深く手をのばし、より力強く共鳴し、それが溝を埋めてくれたのだ。ネットワークの全接続をしなおしてあたらしい和音をつくりだすのに数日かけなければならなかったが、それはむずかしいからではなくただ時間がかかる作業だったからだ。そうしなければならないのはこれがはじめてではなかったし。

ケレンリはほんのときたまわれわれのネットワークに加わるだけだ。これには苛立《いらだ》ちを覚える。彼女の声は深くて力強くて鋭さのなかに足がジンジンするような感触があって、完璧だ。テトレアよりいいし、われわれ全員が合わさったより波長の幅が大きい。しかしわれわれは指揮者たちから、彼女と組むことに慣れてはいけないといわれてしまう。理由をたずねると、ある指揮者が「彼女は実際に〈エンジン〉を始動させるときに働いてもらうだけということになっている」と答えた。「ただしそれも彼女が自分のやり方をおまえたちに伝えられなかった場合にかぎられる。指揮者ギャラットは、彼女はきたる〈起動日〉に予備の要員としているだけでいいといっているんだ」

これは分別ある判断のように聞こえる。表面上は。

ケレンリが仲間に加わると、彼女が全体をリードすることになる。彼女の存在はわれわれ全員を合わせたよりずっと大きいから自然にそういうかたちになるのだ。なぜか？　つくられ方がちがうからか？　いや、ちがう。彼女には……ずっと維持されつづける音があるんだ。彼女のバランスの取れた流れのまんなかに、ちょうど支点《フルクラム》に当たるところに、途切れることなくうつろに響く炎がある。われわれは誰も理解できないものだ。おなじような炎はわれわれのなかにもあるのだが、われわれのはかすかで途切れ途切れでときどきパッと燃えあがってすぐに薄れておさまってしまう。しかし彼女のは安定して燃えている。燃料に際限がないんだ。

この継続音の炎がなんであるにせよ、指揮者たちはそれがオニキスのなんでもむさぼり喰《く》ってしまう混沌《こんとん》と見事に調和することを発見していた。オニキスは〈プルトニック・エンジン〉全体を制御するカボションカットの石で、〈エンジン〉を動かす方法はいくつかあるが――サブネットワークや月長石《げっちょうせき》を使う粗雑な次善策なんだが――〈起動日〉にはオニキスの高い精度と制御力が絶対に必要なのだ。そうでないと〈大地奥義〉への導入の成功率が大幅に下がってしまう……それなのに、時ここに至ってもわれわれ仲間の誰ひとりとしてオニキスを数分以上、保持する力が出せずにいる。ところがケレンリはたっぷり一時間も乗りつづけ、しかも離脱しても平気な顔をしている。われわれはただ驚いて見ているばかりだ。われわれがオニキスと連動すると、オニキスはわれわれに罰を与えるかのようにわれわれから剝《は》ぎ取れるものをすべて剝ぎ取り、われわれは機能停止状態さながらに何時間も、ときには何日も眠りつづけてしまう――しかし彼女はそうはならない。オニキスの糸は彼女を鞭打《むちう》つのではなく愛撫《あいぶ》する。オニキスは彼女のことが好きなのだ。説明としては不合理だが、みんなそう感じているので、そう考えるようになりはじめている。つまり彼女はわれわれに、どうすればオニキスにもっと好きになってもらえるか教えなければならないわけだ。

われわれはバランスを回復すると、精神を連動させているあいだ肉体機能を維持していた針金椅子から立ちあがらせてもらい、指揮者たちに支えられてよろよろと自室にもどり……それがぜんぶすむと、彼女がやってくる。指揮者がなにひとつ疑念を抱かないよう、ひとりひとりべつべつにそれぞれの部屋にやってくるのだ。そして一対一で顔を合わせて耳に聞こえる言葉で他愛《たあい》もない話をする――と同時に、全員と感覚を通して地話《ちわ》をする。

彼女はわれわれより感覚が鋭い。経験を積んでいるからだと彼女はいう。暮らしている場所がちがうからだと。われわれが暮らしているのはこの地の破片を囲む複合建造物のなかで、彼女はこれまでその外側に住んでいた。その複合建造物のなかこそが、デカンタされて以降のわれわれにとっては世界のすべてだ。彼女はわれわれがいるところだけでなく、いくつものシル・アナジストのノードを訪れていた――この地のアメシストだけでなく、いくつもの破片を目にし、触れていた。月長石がある〈ゼロ地点〉にさえいったことがあるという。これを聞いて、みんな畏怖の念を覚えた。

「わたしにはわたしの背景というものがあるからね」と彼女がわれわれに——というかわたしに——いう。彼女はわたしのカウチにすわり、わたしは窓下の腰掛けにうつ伏せに寝ころんでいる。顔は彼女とは反対のほうに向けている。「あなたもそうなれば、おなじくらい鋭くなるわ」

（これは耳で聞こえる言葉に大地を使って意味を加えた、われわれのあいだだけで通じる混合語のようなものだ。彼女は言葉では「わたしは年を重ねているからね」といっているだけだが、カタカタ沈下する音が時間による変形という意味合いを加えている。彼女は耐えがたい圧にも耐えられるように変化した、変成者なのだ。これをもっと簡単に伝えるには言葉に翻訳することになるが、それはとうてい無理な話だ。）

「わたしたちもいまのあなたのように鋭かったらどんなにいいか」とわたしは疲れた声でいう。ぐちをこぼしているわけではない。バランスを取り直す作業に取り組んだ日はいつもどっと疲れるのだ。「ではその背景というものをわたしたちにください。そうすればオニキスも耳を貸してくれて、わたしの頭痛も治まるでしょうから」

ケレンリが溜息《ためいき》をつく。「この壁のなかには、あなたたちが自分を研ぎ澄ます役に立つようなものがないのよ」（憤《いきどお》りがすり砕かれてすぐに散っていく。かれらはあなたたちをしっかり囲いこんで安全を確保しているからね。）「でも、もしあなたをここから連れだすことができたら、あなたやほかの人たちもおなじことができるようにしてあげられるかもしれない」

「力を貸してくれるんですか……わたしも鋭くなれるんですか？」
（彼女はわたしを磨くようにさすってなだめてくれる。あなたがそんな鈍い状態に保たれているのは親切心からではないのよ。）「あなたは自分自身のことをもっとよく理解しないとね。自分が何者なのかを」

なぜ彼女はわたしが自分を理解していないと思っているのか、わたしにはわからない。「わたしは道具です」

彼女がいう――「もしそうなら、できるだけきれいに研いでおくべきでしょう？」

彼女の声は穏やかだ。が、しかし檻《おり》のように囲いこまれた環境全体が怒りをこめてガタガタと揺れ――空気の分子が震え、われわれの下にある断層に圧が加わり、われわれが地覚《ちかく》できる限界地点でなにかがすり潰されるような甲高い不協和音が響き――ケレンリがわたしがいったことに不快感を抱いていることが伝わってくる。わたしは彼女のほうに顔を向け、この二重性が彼女の表情にはまったくあらわれていない、その見事さに魅了される。これもまた彼女がわたしたちに似ている点のひとつだ。わたしたちは地上、あるいは空の下のどんな場所においても痛みや恐れや悲しみを、おもてに出さないすべを長いこと学んできていた。指揮者は、われわれは彫像のようになるようにつくられたのだという――冷たく、動かず、声も出さない彫像のように。なぜかれらがわたしたちが実際にそんなふうになっていると思っているのか、わたしたちにはよくわからない――けっきょくのところ、わたしたちは触れればかれらのように温かいのだからな。われわれには感情があるし、かれらにもあるらしい。ただしわれわれのほうが感情を顔や態度に出さない傾向が強いようだが。これはわたしたちには地話があるからだろうか？（地話のことは、かれらは気づいていないらしい。これはいいことだ。地中では、われわれはわれわれ自身でいられるといってさしつかえないだろう。）われわれがまちがったかたちにつくられてしまったのか、それともかれらのわれわれにたいする認識がまちがっているのか、われわれにはわかっていない。それとも両方とも考慮に入れなければならないことなのかどうかも。

ケレンリの内側は燃えさかっているが、外見は穏やかだ。わたしがあまりにも長いこと見つめているので、彼女はふいにわれに返ってわたしを見る。そして微笑《ほほえ》む。「あなた、わたしのことが好きみたいね」

わたしはこの言葉にどんな言外の意味があるのか考える。「そういうことじゃありません」習慣で、そう答える。それまでもそういうことで副指揮者やほかのスタッフに説明しなければならないことが何度かあった。われわれはこっち方面でも彫像とおなじようにつくられている――実際にはどういうことかというと、発情はするが行為には関心がなく、仮に行為におよんでも妊娠はしない。ケレンリもそうなのだろうか？　いや、指揮者たちは彼女がかれらとちがっているのは一カ所だけだといっていた。彼女にはわれわれとおなじ強力で複雑でしなやかな地覚器官がある。世界中どこを探しても、これを持っている人間はほかにはいない。それ以外の部分は、彼女はかれらとまったくおなじだ。

「性的な話を持ちださなくてよかったわ」彼女から楽しげな長くのびるハム音が伝わってきて

うれしくなる。どうしてなのかはわからない。

わたしがどぎまぎしていることには気づかずに、ケレンリは立ちあがる。「またくるわね」そういって彼女は部屋を出ていく。

彼女がまた部屋にくるのは数日後のことだ。といっても彼女がわれわれの最新ネットワークの分離部分であることに変わりはないから、われわれが目覚めるときも、食事のときも、排泄《はいせつ》するときも、寝ているあいだに見る不完全な夢のなかにも、われわれ自身の、そしてお互いにたいするプライドのなかにも、彼女は存在している。だが、そうなっているからといって彼女に見られているという感覚はない。たとえ彼女が見ているとしてもだ。ほかの連中はどうかわからないが、わたしは彼女が近くにいる感覚が好きだ。

ほかの連中がみんなケレンリを好きかというとそうではない。とくにガエアはけんか腰で、彼女はそのことを内輪のディスカッションで伝えてくる。「彼女はテトレアがいなくなると同時にあらわれたでしょ？　このプロジェクトが最終段階に入ると同時に。わたしたちはいまのようになるために懸命に頑張ってきたのよ。これが終わったら、かれらはわたしたちの仕事がうまくいったのは彼女のおかげだといって彼女をほめたたえるんじゃないの？」

「彼女は予備要員としているだけだよ」とわたしはつとめて理性的な声でいう。「それに彼女が望んでいるものはわれわれが望んでいるものでもあるし。連携しなくちゃだめだよ」

「彼女はそういっているな」これはレムアだ。彼はこのなかでは自分がいちばん頭がいいと思っている。（われわれは知的にもまったく同等につくられている。レムアはほんとうに愚かなやつだ。）「指揮者たちがいままで彼女を遠ざけていたのにはなにか理由があるんだろう。彼女はトラブルメーカーなのかもしれないぞ」

口には出さないし地話でも伝えてはいないが、これはばかげているとわたしは思っている。われわれは巨大な機械の部品だ。機械の機能を向上させるためのものはすべて重要だし、この目的と関係ないものはどうでもいい。もしケレンリがトラブルメーカーだったら、ギャラットがテトレアといっしょに茨《いばら》の茂みに送りこんでいたはず。これはみんながわかっていることだから、ガエアとレムアが気むずかしくなっているだけにちがいない。

「もし彼女にトラブルメーカー的なところがあるなら、そのうちはっきりするはずだ」わたしははっきりいってやった。これでこの議論は終わりとはいかないまでも、先送りされることにはなる。

その翌日、ケレンリがもどってくる。指揮者たちはケレンリとわれわれを同席させて説明する。「ケレンリがきみたちを調律任務に連れていきたいといっている」説明の場を設けた男がいう。われわれよりだいぶ背が高い。ケレンリよりも高い。そしてほっそりしている。完璧な色合わせ、凝った装飾的なボタンを使った服装が好みらしい。黒髪を長くのばしている――肌は白いが、われわれほどではない。しかし目はわれわれとおなじだ――白のなかの白。氷のような白。かれらの同類でこんな目を持った者はほかに見たことがない。彼は指揮者ギャラット、このプロジェクトの長《おさ》だ。わたしはギャラットは深成岩《プルトニック・ロック》の破片のようだと思っている――透明な、ダイヤモンド白の破片。彼は正確な角度できれいに面取りされていて、独特の美しさがあるが、細心の注意を払って扱わないと、命取りになる。われわれはテトレアを殺したのは彼だという事実を考えないようにしている。

（彼はあんたが考えているような人物ではない。彼の人物像はわたしがあんたにこう見て欲しいと思う人物像になっている。あんたとケレンリを重ねるのとおなじこと。これは傷だらけの記憶がもたらす害だ。）

「調律……任務」ガエアがゆっくりという。いかにもなんだかわからないというふうに。

ケレンリが口を開けて話しだすかと思いきや、そのままギャラットのほうを見る。ギャラットはそれを受けて愛想よくにっこり微笑む。「われわれはきみたち全員にケレンリと同等の仕事ぶりを期待していたんだが、まだまだ遠くおよばないままだ」と彼がいう。われわれは緊張し、居心地の悪さを覚え、非難されるのかと強く意識するが、彼は肩をすくめただけだった。「生物魔法学部門の主任にも話を聞いてみたんだが、相対的能力に大きな差はないと強く主張している。きみたちは彼女とおなじ能力を持ちながら、おなじ技量を発揮することができない。この不一致を解消するために改変をほどこそうと思えば方法はいくらでもある。いわば微調整ということだがリスクも伴うから、起動が間近に迫ったいま、そのようなリスクを取るわけにはいかない」

われわれはそう聞いてとてもうれしくて、一瞬、ひとつになって響き合う。「彼女はわれわれに背景を教えるためにここにきたといいました」とわたしは用心しい、いってみた。

ギャラットがわたしに向かってうなずく。「彼女は外での経験が解決策になると考えている。

刺激にさらされる時間を増やすとか問題解決力を試すとか、そういったことだ。侵襲性が最低限ですむという利点もある提案だ——がしかし、プロジェクトのことを考えると、きみたち全員を一度にいかせるわけにはいかない。万が一なにかあったら大変なことになるからな。そこできみたちを二つのグループに分けることにする。ケレンリはひとりしかいないから、きみたちの半分はこれから彼女といっしょに出掛け、あとの半分は一週間後に出掛けることになる」

外。外に出掛ける。わたしはなんとか最初に出掛けるグループに入りたいと思ったが、指揮者たちのまえで欲望や好みを見せたりはしない。みんなそれくらいの分別はある。道具は道具箱から逃げだしたいと考えたりしてはいけないのだ。

そのかわりにわたしはいう。「われわれは今回提案された任務を経験したことがなくても十二分に互いに調子を合わせることができていました」声は平板に保たれている。彫像の声だ。「シミュレーションではわれわれはまちがいなく〈エンジン〉を制御できるという結果が出ています。期待どおりの結果です」

「それに二つに分けるのなら六つに分けてもおなじことですよ」とレムアがつけ加える。このまぬけな提案に、彼の熱意が見てとれる。「グループごとにちがう経験をすることになるのですか？　思うに、その……外……では刺激にさらされるという経験の一貫性を制御する方法はないのではないでしょうか。この準備段階で時間を割かなければならないのなら、リスクを最小にするかたちで実施しなければなりませんよね？」

「六つというのはコスト的に見て効率的とも効果的ともいえないでしょうね」ケレンリはそう

話す一方でわれわれの芝居に楽しげな賞賛のサインを静かに送ってくる。そして彼女はギャラットをちらりと見て肩をすくめる。なんの感情もないというふりをする必要すらない――どう見ても退屈だという顔をしている。「二つとか六つとかよりひとつのほうがましだと思いますよ。きちんとルートを考えて、ルート沿いに特別に護衛を配置し、ノード近辺の警察を動員して監視と支援に当たってもらうのです。正直にいって、何度も出掛けていくと、不満を抱いている市民たちがルートを予測して……よからぬことを計画する可能性が高まるだけではないでしょうか」

われわれはみんなよからぬことが起きる可能性という話に心をざわつかせる。その興奮がもたらす震えをケレンリが鎮める。

指揮者ギャラットが彼女の話を聞いてたじろぐ――彼女が期待した効果があった証拠だ。「なぜきみたちをいかせるかといえば、大きな利益が得られる可能性があるからだ」と彼がわれわれに向かっていう。彼はまだ微笑んでいるが、いまはその笑みに硬さが見える。いかせるという言葉がほんの少し強まったか？　耳に聞こえる話しぶりに、ごくわずかな動揺が。ここから読み取れるのはわれわれを外出させるという意思だけではない。複数のグループに分けてという考えを変えたという意味合いも伝わってくる。そうさせた理由のひとつはケレンリの示唆がこの上なく実際的なものだったからだろうが、あとはわれわれがいかにも気が進まないという態度を見せたので、しびれを切らしたということもあるだろう。

ああ、レムアがいつもながら面倒な性格をダイヤモンドの鑿《のみ》のようにふるいだす。すばらしい仕事ぶりだ、とわたしは拍動で伝える。彼が礼儀正しく、ありがとう、という波形を返してくる。

われわれはその日に出掛けることになった。副指揮者たちが外出にふさわしい衣服をわたしの部屋に運んでくる。わたしは厚手の服を着て慎重に靴を履き、その質感のちがいに魅了されながらおとなしくすわって、副指揮者に白い髪を一本に編んでもらう。「出掛けるときはこうしないといけないんですか？」とわたしはたずねる。純粋に興味があるのだ。指揮者たちはいろいろな髪型をしているのだから。わたしの髪はボワッとふくらんでいて粗くて巻き髪にも直毛にもできないから、真似できない髪型もある。こういう髪質なのはわれわれだけだ。かれらの場合は生まれながらにいろいろな髪質がある。

「このほうがいいんだ」と副指揮者がいう。「きみたちはどうしたって目立ってしまうが、少しでもふつうに近い格好をしておけば、いくらかましだからな」

「われわれが〈エンジン〉の一部だということはみんなわかると思います」とわたしはいう。プライドを感じてほんの少し背筋がのびる。

一瞬、彼の指の動きが遅くなる。彼は気づいていないと思う。「それはどうだろう……。かれらはきみたちのことをなにかちがうものと考えているんじゃないかな。だが心配はいらない――問題が起きないよう護衛をいっしょにいかせるから。邪魔になるようなことはない。だがつねにいっしょにいるから。ケレンリが、くれぐれもきみたちが護衛の存在を意識しなくてすむようにと望んでいるのでね」

「かれらはわれわれのことをなにかちがうものと考えている」わたしは考えをめぐらせながらくりかえす。

彼の指がピクッと動いて髪の束が必要以上に強く引っ張られる。わたしはひるみもしないし身じろぎひとつしない。かれらはわれわれのことを彫像と考えるほうが居心地がいいようだし、彫像は痛みを感じないものだからな。「まあ、なかなかむずかしいことだが、かれらは知らなければならないんだ、きみたちが――つまりそのう……」彼が溜息をつく。「ああ、邪悪な死。複雑な話なんだ。そのことは心配しなくていい」

指揮者たちはなにかミスをすると、そういう。だがわたしはこのことをすぐに仲間に伝えたりはしない。はっきりそうと認められたミーティング以外ではコミュニケーションは最小限にしておくことになっているからだ。調律師以外の連中はごく基本的なかたちでしか魔法を知覚できない――かれらは、われわれがごく自然にできていることを機械や装置を使わないとできないのだ。とはいえかれらはつねにわれわれを監視しているから、かれらが無理だろうと思っている状況でわれわれがお互いどの程度、話をし、かれらの話を聞いているのか、悟られないようにしなければならない。

ほどなくして準備がととのった。わたしの担当者はほかの指揮者と情報網で相談しあってわたしの顔に色を塗って粉をはたくことにした。かれらの同類に見えるようにするためだろう。仕上がりはたしかに白い肌に茶色いものを塗った感じになっている。彼が鏡に映して見せてくれたとき、わたしはつい疑《うたぐ》り深い顔をしてしまったのだろう――彼は溜息をついて、わたしは芸術家ではないからなとこぼした。

そのあと彼はわたしをある場所に連れていく。わたしがいる建物のなかだが、ほんの数回しかいったことがないところ——階下のロビーだ。ここの壁は白くない。自己修復するセルロースが漂白されずに天然の緑色と茶色のまま繁茂していて、そこに誰かがツルイチゴの種を蒔《ま》いたようで、半分は白い花を咲かせ、半分は熟れた赤い実をつけている——とてもきれいだ。われわれ六人は床に設けられた池のそばに立ってケレンリを待つ。この建物にいる連中がいったりきたりするのには気づかないふりを決めこむ。かれらはわれわれを——背が低くてがっしりしていて、ふくらんだ白い髪、茶色く塗った顔、口角をきゅっとあげていかにも快活そうな笑顔をつくっているわれわれ六人を——じろじろ見ながら通りすぎていく。そのなかに護衛がいたとしても、誰がそうで、誰がただの無礼者なのか、まったくわからない。

だがケレンリがやってくると、誰が護衛なのかやっとわかった。彼女の護衛は、控えめになどというそぶりはまったく見せず、彼女といっしょに歩いてくる——背の高い茶色い肌の女と男。きょうだいかもしれない。何回か見たことがある。彼女が訪ねてきたときに、うしろからついてきていた。彼女はわれわれのそばまでやってきたが、かれらはうしろにとどまっている。

「よかった、準備はできているようね」と彼女がいう。と、顔をしかめてダシュアの頰に手をのばす。頰に触れた親指に粉がついている。「どういうこと?」

ダシュアが不快そうに顔をそむける。かれらはこれまでわれわれに造り手の模倣をさせることなどいっさいなかった——服装も、性別も、ましてこんなことなど。「このほうがいいと思って」とかれらが気まずそうにつぶやく。たぶん自分たちを納得させようとしているのだろう。
「これではよけい目立ってしまうわ。それにどのみちわかってしまうんだから」彼女がふりむいて護衛のひとりを、女のほうを、見る。「かれらのこの汚れを落としたいんだけれど。手伝ってもらえるかしら?」女はただ黙って彼女を見ている。ケレンリが含み笑いを洩《も》らす。心底、楽しそうな響きに満ちた笑いだ。

彼女はわれわれをさあさあと手洗い室に追いこむ。彼女が簡易トイレ用水のきれいな水が出てくる側でわれわれの顔に水をかけて吸湿布でペイントをごしごし洗い落とすあいだ、護衛たちは外で待機している。彼女はわれわれの顔を洗いながらずっとハミングしている。楽しいということなのだろうか? わたしの顔の汚れを落とすために腕をつかんだので、彼女の表情を探ってみると、それに気づいた彼女の眼光が鋭さを増した。

「あなたは思索家ね」と彼女がいう。なにをいいたいのか、よくわからない。

「われわれはみんなそうです」とわたしはいう。短くゴトゴトと不満めいたニュアンスを添えてみる。そうならざるをえません。

「そのとおりね。でもあなたは必要とされる以上に考えているわ」生え際の茶色がなかなか落ちないようで、彼女はこすっては顔をしかめ、またこすっては溜息をつき、布をすすいでまたこする。

わたしは彼女の表情を探りつづける。「どうしてかれらが怖がるのを見て笑ったりするんですか?」

愚かな質問だ。声に出さずに、地中を通していうべきだった。彼女が手を止める。レムアがわたしに軽く咎《とが》める視線を投げて、手洗い室の入り口に向かう。顔に塗ったものを落としても日光の害を受けたりしないかどうか指揮者に聞いて欲しいと護衛にたのむ声が聞こえてくる。護衛は笑いながらもうひとりの護衛を呼んでこのことを伝える。ばかばかしいといいたげな口調だ。このやりとりで時間稼ぎができて、ケレンリはまたわたしをごしごしとこすりはじめる。

「笑わないなんてありえないわ」と彼女がいう。

「笑わないほうが向こうはあなたのことをよく思うでしょう?」わたしはそういっていろいろなニュアンスを添える――一致協力、調和的な網の構築、従順、懐柔、緩和。彼女がかれらに好かれたいと思っているかどうか。

「わたしはべつに好かれたいとは思っていないかな」彼女は肩をすくめて、また布をすすぐ。

「好かれるはずですよ。かれらそっくりだから」

「それほどではないわ」

「わたしよりはずっと似ています」誰が見てもはっきりしている。彼女はかれらから見ても美しいし、かれらから見てもどこもおかしなところはない。「あなたがその気になれば――」

彼女はわたしのことも笑い飛ばす。邪険な笑いでないことは本能的にわかる。憐《あわ》れんでいるのだ。だがその笑いの下で、彼女の存在が突然、圧のかかった石のようにどこかに閉じこめられ、じっと動かないものになり、つぎの瞬間にまたべつのものになる。また怒りだ。わたしに向けてのものではないが、わたしの言葉が引き金になったのはまちがいない。どうやらわたしはいつも彼女を怒らせてしまうようだ。

わたしたちが存在するから、かれらは恐れているのよ、と彼女がいう。わたしたちには、存在以外、かれらの恐怖をかきたてるものなどない。私たちには、存在するのをやめること以外、かれらの賛同を得るすべはない――だから、わたしたちはかれらが望むとおり死ぬか、かれらの臆病さを笑いながら生きていくか、どちらかしかないの。

最初は彼女のいっていることがなにひとつ理解できないような気がした。だが、わかる、わかるんじゃないのか？　われわれは前は十六人いた――いまは六人しかいない。ある者は疑問をぶつけ、そのせいで任を解かれた。ある者は疑問を抱かず、指示にしたがい、そのせいで任を解かれた。交渉した。あきらめた。助けた。絶望した。あらゆることを試してみた、かれらにたのまれたこと、そしてそれ以上のことをすべてやった、それだけやっても残ったのはわずか六人だった。

つまりわれわれ六人は、いなくなった者たちよりよいということだと、しかめっ面で自分にいいきかせる。より頭がいい、より順応性が高い、より熟練している。これは大事なことだ、そうだろう？　われわれは偉大な機械の構成部品だ、シル・アナジストの生物魔法学の頂点だ。もし傷があって機械から取り外されなければならなかったとしたら――。

テトレアには傷なんかなかった、とレムアがいう。横ずれ断層のような鋭い口調だ。

わたしは目をぱちくりさせて彼を見る。彼は手洗い室の奥で待っている。ビムニアとサレアもいっしょだ。かれらはケレンリがわたしとガエアとダシュアの顔をきれいにしているあいだに、噴水盤のところで自分たちでペイントを落としていた。レムアが話しかけて気をそらした護衛たちはすぐ外にいて、さっきのことを話の種にクスクス笑い合っている。彼はわたしをにらんでいる。わたしが顔をしかめると、彼がくりかえす——テトレアには傷なんかなかった。わたしは頑としていいかえす——傷がなかったのなら、テトレアはなんの理由もなく任を解かれたことになる。

そうだ。ふだんからめったにうれしそうな顔をしたためしがないレムアの口角があがっている。嫌悪感のなせる業だ。その嫌悪感はわたしに向けられている。わたしはそのことにショックを受けて、無関心を装うのを忘れてしまう。それこそ彼女がいわんとしていることだ。われわれがなにをしようと関係ない。問題はかれらの側にあるんだ。

われわれがなにをしようと関係ない。問題はかれらの側にある。

ケレンリが、きれいになったわたしの顔を両手で包みこんでたずねる。「〝遺産〟という言葉を知っている？」

前に聞いたことがあって、そのときは意味を文脈から推測した。レムアの怒りがこもった返答を聞いた直後で、なかなかうまく思い出せない。彼とはお互いあまりそりが合わないと前から思っていたが……首をふってケレンリの質問に集中する。「遺産というのは、なにか時代遅れだけれど、完全には取り除いてしまうことができないもの。もういらないのに、それでもやはり必要なもの」

彼女がしかめ笑いとでもいうような表情を、まずわたしに、そしてレムアに向ける。彼女はレムアがわたしにいったこともすべて聞いている。「まあ、そんなところね。きょうはその言葉を覚えておきなさい」

彼女がすっと立ちあがる。われわれは彼女をじっと見つめる。彼女はわれわれより背が高くて茶色いだけでなく、よく動くし、呼吸数も多い。われわれ以上の存在だ。われわれは彼女という存在を崇拝している。われわれは彼女がわれわれをどんなふうに仕上げていくのか恐れを感じている。

「さあ」と彼女がいい、われわれは彼女のあとについて外の世界へ出ていく。

§

二六一三年：南極地方極点荒野とスティルネスのあいだのタスール海峡で巨大海底火山が噴火。オロジェンであることを知られていなかったセリス〈指導者〉ゼナスは火山を鎮めたが、噴火で起きた津波から逃げることはできなかった。南極地方の空は五カ月間、闇に閉ざされていたが、〈季節〉に入ったと公式に宣言される直前に解消。津波直後の混乱のなか、セリス〈指導者〉の夫――噴火時、コムの長だったが、緊急選挙の結果、退陣――は暴徒と化した生存者たちから一歳の子どもを守ろうとして殺害される。詳細については複数の説あり――暴徒の投石で死亡したという目撃者の話が複数ある一方、元コム長は守護者に絞め殺されたという証言も複数あり。守護者は孤児となった赤ん坊をワラントに連れていった。

イェーター〈革新者〉ディバースの事業記録

5　あんたを覚えていたのは

攻撃は、まるで時計仕掛けのように、夜明け前にはじまる。

みんな準備はできている。野営地は石の森を三分の一ほど進んだところに設営されている。カストリマが暗くなるまでに進めたのがそこまでだったということだ。暗闇を進むのは危険が大きすぎるからな。このペースでいけば一行は翌日の日没までには石の森を抜けられる――全員が生きて夜明けを迎えられれば、の話だが。

あんたは落ち着きなく野営地のなかをうろついているが、そうしているのはあんたひとりではない。〈狩人《かりゅうど》〉は昼間、食料を集め、獲物を狩ると同時に斥候役も務めているから、いまは全員寝ているはずだ。が、ほんの何人か、起きている者もいる。〈強力《ごうりき》〉はシフト制で寝ることになっているが全員起きているし、ほかの用役《ようえき》カーストの連中もかなりの人数が起きている。あんたはフジャルカが山積みになった荷物の上に腰をおろしているのを目にする。頭をさげて目を閉じてはいるが、いつでも動けるよう足を踏ん張っているし、両手には黒曜石《こくようせき》ナイフがある。その指は眠りでゆるんではいない。

この状況を考えれば、いま攻撃するのは愚かともいえるが、かといってこれよりいいタイミングもないから攻撃側はここで動きだす。最初に地覚《ちかく》したのはあんたで、あんたは片足の踵《かかと》を軸にくるっとまわりながら警告を叫び、叫びながら知覚を狭めて火山に命令できる精神空間に落ちていく。支点《フルクラム》はそばの地中深くにしっかりと存在している。そこに根ざす仮想円環体の軸にそって、あんたは獲物を見つけた鷹《たか》のように軸のまんなかまでおりていく。道路の右側。石の森に二十フィート入りこんだところ。生い茂る藪《やぶ》のなかで、目で見ることはできない。

「イッカ！」

　イッカは腰を据えていたテント群のまんなかからすぐさま姿をあらわす。「ああ、感じた」

「まだ活動していないわ」あんたはそういって、まだ円環体が周囲の熱や運動を奪いはじめていないことを伝える。だが支点は主根のように深いところに存在している。この地域ではたいした地震性の力を得ることはできない——それに断層の下のほうの圧力の大部分は石の森をつくるために使われてしまっている。それでも、もっと深くまでいけばそこにはつねに熱がある。ほんとうに深いところには。しっかりとある。フルクラム仕込みの正確さでわかる。

「戦う必要はない」イッカがいきなり森に向かって大声で呼びかける。あんたは思わずギクッとする。そんなことではいけないのだが。これまでのつきあいでもうわかっていてよさそうなものなのに、イッカが本気だと悟ってあんたはショックを受ける。イッカは森に飛びこんでいこうとするかのように身体中の筋肉を引き締め、膝を曲げて進んでいく。両手はまえに出し、指先をくねらせている。

　あんたは、まず切り株のようになってしまった腕を意識してしまうということはあるものの、これまでとちがって魔法に手をのばすのが簡単になってきている。オロジェニーの代わりに魔法を使うのはこの先もけっして自然なこととは感じられないだろうが、少なくとも知覚は急激に魔法寄りに変化している。イッカはあんたよりずっとまえにいる。彼女のまわりの地面で銀のさざ波や弧が躍っている。大半は彼女の正面にあって、彼女がそれを地面から引きあげて自分のものにするのに合わせてひろがり、明滅している。石の森には草木が少ないので地覚しやすい——若いつる植物や光量不足の苔《こけ》は針金を細工するように銀を流し、整列させて意味のあるパターンをつくっている。動きの予想がつく。探っている……ああ。あんたはイッカとまったくおなじタイミングで緊張を高める。そうだ。そこにいる。

その深く根ざした支点の上、まだ回転していない円環体の中心に銀で鮮明に描かれた人体がある。誰かが、かがみこんでいる。あんたはここではじめて、オロジェンの銀とそのまわりの植物や昆虫の銀を比較するとオロジェンの銀のほうがより輝きが強く、より単純だということに気づく。ただし、うーん……量はおなじだ。量という言葉が適切かどうかはわからない——能力とか可能性とか活力でもいいかもしれないが——とにかくそれはおなじで、デザインがちがうのだ。このオロジェンの銀はおなじ方向を向いた比較的少数の線に集約されている。その線は明滅していない。彼の円環体もそうだ。彼——とあんたは推測するが、その推測は正しい。彼は聞き耳を立てている。

イッカ——もうひとつのほうの精密でみっしり集束した銀の輪郭——が満足げにうなずく。そして声が遠くまで届くよう、荷馬車に積んだ荷物の上へよじのぼっていく。

「あたしはイッカ〈ロガ〉カストリマ」と彼女が大声で名乗る。「彼女もロガ」あんたのことだ。「彼も」テメルだ。「あっちにいる子どもたちも。ここではロガは殺さないんだ」ひと呼吸置く。「お腹すいてない？ 少しなら分けてやるよ。奪い取る必要なんかない」

男の支点はまったく動かない。

だがべつのものが動いた——石の森のべつの方向でいくつもの細くて薄い銀の凝集塊が突然ぼやけて支離滅裂な動きをしたと思うとあんたのほうへ突進してくる——邪悪な地球、あんたはあのロガに集中するあまり、うしろにいる連中に気づきもしなかった。しかしいまは声があがり、罵声が飛び、灰まじりの砂の上で踏みならされる足音が聞こえる。その方向の杭《くい》でつくった障壁のそばにいる〈強力〉たちから警告の声があがる。「襲ってくる」とあんたは叫ぶ。

「ふざけやがって」イッカが吐き捨てるようにいって黒曜石ナイフを抜く。

あんたはテントの輪のなかに待避する。自分の無力さを奇妙なかたちで、ひどく不快な思いで受け止めながら。まだ地覚できるだけに、そして力を貸すことができるはずの場面を目にすれば本能が反応しろとうながすだけに、辛い。攻撃者の一群は野営地外縁の杭や防衛陣が少ない部分を目指していて、あんたはかれらが力尽くで侵入してくるところを実際に見ようと目を開く。典型的なコム無しの集団だ——不潔で、痩せこけていて、どこかからくすねたボロやら新品やらごたまぜの灰で色褪《いろあ》せた服をまとっている。あんたならひと呼吸もしないうちに精密な円環体ひとつで六人全員を始末できる。

だがそれと同時にあんたは感じる。なんと……うん？ 自分はなんときれいに整列しているのか、と。イッカの銀はあんたが見たほかのロガたちとおなじようにみっしり凝縮しているが、それでも彼女のは層をなしていて、ギザギザしていて、少し震えている。それは、彼女が荷馬車から飛びおり、襲ってきた集団の近くにいる手薄な〈強力〉たちに加勢しろとみんなに声をかけ、自身もその場に駆けていくあいだ、彼女の体内で四方八方に流れている。あんたの魔法はなめらかでくっきりとした流れをつくり、どの線も完全におなじ方向を向いていて、ほかの線へと流れこんでいる。仮に元のかたちにもどすことができるとしても、どうやればいいのかあんたにはわからない。そしてあんたは、こういう状態のときに銀を使うと身体の粒子ひとつひとつが煉瓦《れんが》職人が煉瓦壁をつくっていくようにみっしりと圧縮されてしまうことを本能的に知っている。そうやってあんたは石になっていくのだ。

だからあんたは本能と戦い、腹立たしいけれど隠れる。いちばん内側のテントの輪のまんなかにも何人か、かがんで身を潜めている――コムの幼い子どもたちと丸腰の五人の年寄り、そしてもう素早くは動けないほど腹が大きくなっていながら矢をつがえたクロスボウを手にした妊婦がひとり、あきらかに妊婦と子どもたちを守る任務を負ったナイフ使いの〈繁殖者〉が二人。

戦いのようすを見ようとあんたが頭を突きだすと、ぎょっとするものが目に入る。ダネルだ。先を槍《やり》のように削った防御柵用の棒を与えられていて、それをコム無し集団にたいしてひとふるいすると血しぶきが飛ぶ。目を見張る奮闘ぶりだ。くるりと回って刺し、相手の動きを妨害し、また刺し、ときおり棒をくるくる回し、まるでコム無しと百万回も戦ってきたかのような身のこなしを見せている。ただの経験豊富な〈強力〉ではない——なにかべつのものだ。すごすぎる。だが、当然といえば当然ではないのか？　レナニスが、魅力的だからという理由で彼女を将軍にしたはずがない。

けっきょくのところ、たいした戦いにはならない。痩せこけた二、三十人のコム無し対、訓練を重ね食べるものを食べ準備をととのえたコムの住人。だからこそコムは〈季節〉を生き抜くことができ、コム無しになるのは長い目で見れば死刑宣告に等しいことなのだ。この集団はたぶん絶望的な状況にあったのだろう——ここにいたる道路はこの数カ月、たいした交通量がなかったことを物語っていた。かれらはいったいなにを考えていたのだろう？

かれらのオロジェン、とあんたは気づく。かれらがこの戦いに勝てると考えたのは、オロジェンが戦ってくれると思ったからだ。しかし彼はまだ動いていない。オロジェニー的にも身体的にも。

あんたは立ちあがり、歩きだす。もたつく戦いの横を通り抜けて進んでいく。自意識過剰気味にマスクを直し、道路に出て野営地外縁の防御柵をすり抜け、暗い石の森の奥へと入っていく。野営地の焚《た》き火の明かりのせいで闇に目が慣れていないので、立ち止まって、あえて目を閉じる。コム無しがどんな罠を仕掛けているかわからない——単独でこんな行動を取るべきではない。だが、あんたはまたしても驚かされることになる。昆虫も落ち葉も蜘蛛《くも》の巣も、石までも——すべてがチラチラと明滅しているのだ。荒々しい葉脈のような筋のパターンを描いている。細胞が、微粒子が、それぞれをつなぐ格子によって鮮明に浮かびあがっている。

そして人。何人かの人の姿を確認して、あんたは立ち止まる。森の咲き乱れる銀にうまくカモフラージュされている。例のロガはさっきの場所から動いていない。繊細な線を背景にして、明るく輝いている。だがそこから二十フィートほど奥の小さい洞穴に二人、小柄なのがしゃがんでいる。さらに森の湾曲したごつごつの岩の上にも二人。見張りだろうか？　みんなさほど動いていない。向こうにあんたが見えているのかどうかはわからない。なんらかの方法で戦いのようすを見ているのかどうかも。あんたはこの知覚の突然の変化に啞然《あぜん》とする。これは自分自身、そしてオベリスクのなかの銀を見るすべを身につけた副産物のようなものなのだろうか？　一度見えるようになると、どこででも見ることができるのかもしれない。でなければ、まぶたを閉じても残像が残るように、すべてが幻覚とか。けっきょくアラバスターはこんなふうに見えるようになるという話は一度もしてくれなかった――が、それをいえばアラバスターがよき教師になろうとしたことなど一度でもあっただろうか？

あんたは手をまえに出してあたりを探りながら少しだけ前進する。これが幻覚だった場合に備えてのことだが、もし幻覚だとしたら、ずいぶんと精密な幻覚だ。銀の格子に足をおろすのは奇妙な感じだが、しばらくすると慣れてくる。

例のオロジェンのはっきりそれとわかる格子とあのじっと動かない円環体はそう遠くないところにあるが、彼は地面よりずっと高いところにいる。あんたが立っている場所より十フィートくらい上だろうか。と、その理由がいくらかあきらかになる。急に地面が上り坂になって、あんたの手が石に触れたのだ。あんたの目もだいぶ暗闇に慣れてきていて、一本の柱があるのが見える。ねじ曲がっていて、とりあえず腕が二本ある人間なら誰でものぼれそうだ。あんたはその根元で足を止めて声をかける。「ねえ」

返事はない。あんたは呼吸音に気づく――速く、浅い、閉じこめられた呼吸。呼吸音を聞かれまいとしている人間の呼吸。

「ねえ、ちょっと」闇のなかで目を凝らすと、木の枝や古い板切れや瓦礫《がれき》を積みあげたなにやら構造物といえそうなものが見えてくる。ブラインドといえばいいだろうか。この高さならブラインドのなかからでも道路がよく見えるにちがいない。平均的なオロジェンなら目で見える見えないは関係ない――訓練を受けていないオロジェンはそもそも力を向ける先を選ぶことができないのだ。一方、フルクラムで訓練を受けたオロジェンは役に立つ食料や装備を凍らせてしまうか、それともそれを守っている人間だけを凍らせるか区別するためには対象が見えていなければならない。

あんたの上にあるブラインドの陰でなにかが動いた。呼吸に乱れがあっただろうか？　あんたはなにかいおうとするが、頭のなかにあるのはひとつの疑問だけだ――フルクラム仕込みのオロジェンがコム無し集団に入ってなにをしているのか？　〈断層生成〉が起きたとき、任務でフルクラムの外に出ていたのにちがいない。守護者なしで――でなければこの男は死んでいたはず――ということは、この男は五指輪かそれ以上、あるいは自分より高位のパートナーを失ってしまった三指輪か四指輪。あんたは自分のこととして考えてみる。もしアライアへ向かう途中で〈断層生成〉が起きていたら、と。担当の守護者がやってくるとわかっていながら、ひょっとしたら死んだものとして忘れてくれるかもしれないと考えて一か八かの賭けに出る……いや、それはない。空想はそこで終わる。シャファはかならずやってくるだろう。シャファはたしかにやってきた。

しかしそれは〈季節〉と〈季節〉のあいだのことだ。〈季節〉がきたら守護者はコムには入らないことになっている。それはつまり死ぬということだ――事実、〈断層生成〉後にあんたが目にした守護者は、あのダネル率いるレナニスの軍隊といっしょにいた女ひとりだけだ。彼女はあんたが巻き起こした沸騰虫《ふっとうむし》の嵐に巻きこまれて死んだ。死んでよかったとあんたは思っている。あの女は素肌に触れれば相手を殺すことができる、守護者としてもたちの悪い部類だったからな。どちらにしても、ここに元黒上着がひとりいる。恐れおののいているようだし、いまにも襲いかかってきそうな気配だ。どんな感じかあんたにはよくわかる、そうだろう？　だがこの男はまだ襲いかかってこない。あんたとしてはなんとかつながりを持つ方法を見つけたい。

「覚えているわ」とあんたはいう。かすかなつぶやきだ。自分でも聞きたくないというような。「いまでも覚えているのよ、るつぼのこと。わたしたちを救うためにわたしたちを殺す教官のこと。あなたも子どもをつくるよう、きょ、強制されたの？」コランダム。あんたの思考が、ぐいっと記憶から引き離される。「かれらは――くそっ」シャファに折られた手、あんたの右手、はホアの腹だかなんだかそういうもののなかに収まっている。それでもまだ、あんたはその存在を感じている。幻の骨に走る幻の痛み。「あなたも折られたのよね。手の骨を。みんなだ。そう。そうすればわたしたちが——」

ブラインドの陰からとてもはっきりと息を吸いこむ音が聞こえる。静かだが恐怖に満ちた音だ。

円環体が一瞬にしてぼやけ、回転しながらふくれあがる。外へ向かって爆発的に大きくなっていく。近くにいるあんたにもう少しで届きそうになる。が、あの呼吸音がいい警告になっていた。あんたはオロジェニーで踏ん張る。肉体的には無理だが、オロジェニーでなら踏ん張れるのだ。肉体的には腰が引けてしまって、片腕の不安定な身ではバランスが取れない。あんたはドシンと尻もちをついてしまう——が、子どもの頃から、あるレベルでコントロールを失ってもべつのレベルで取りもどす方法を教えこまれていたあんたは、すぐさま地覚器官を収縮させて彼の支点を地中から叩《たた》きだし、円環体を倒してしまう。あんたのほうがずっと強いから簡単だ。あんたは魔法も使っている。円環体がかきまわしていた、鞭打《むちう》つようにしなる銀の巻きひげをつかむ——そして遅まきながら、オロジェニーは魔法に影響をおよぼす、だが魔法そのものではないということに気づく。事実、魔法はオロジェニーと出会うとひるんでしまう——ゆえに、魔法を展開する能力に否定的影響を与えることなしに高度なオロジェニーを使うことはできない。やっとわかってよかった！　が、あんたはとにかく鞭打つ魔法の糸を押さえこんで、いっきにすべてを鎮める。身体が霜で覆われる以上に悪いことが起こらないようにするためだ。冷たいが身体の表面だけのことだ。死にはしない。

そしてあんたは手をはなす——オロジェニーも魔法も、のばされていたゴムがもとにもどるようにビュンと遠ざかっていく。あんたのなかのなにもかもが弦をはじかれたかのように反応し、共鳴し、そして――ああ――ああ、だめだ――あんたは共鳴の度合いが強まっていくのを感じる。それにつれて細胞が整列し……圧縮されて石になっていく。

あんたにはそれを止めることはできない。しかし指示することはできる。残されたわずかな時間で、あんたは身体のどの部分なら失ってもいいか決める。髪の毛！　いや、房が多すぎる、毛穴から遠い部分が多すぎる――できないことはないが時間がかかりすぎて終わる頃には頭皮の半分が石になってしまっているだろう。爪先は？　爪先がないと歩けなくなってしまう。指は？　片手しかない身では、できるだけ無事なかたちで残しておかなくてはならない。

乳房。まあ、あんたとしてはこれ以上、子どもをつくる予定はない。

共鳴を、石化を、片方の乳房に流せばいい。腋《わき》の下の腺を通さなくてはならないが、なんとか筋肉層の上を通るように仕向ける――それであんたの動きや呼吸はそこなわれずにすむはずだ。失われた右腕と相殺するつもりで、あんたは左の乳房を選ぶ。そうでなくても昔から右のほうが好きだった。右のほうがきれいだから。そして事が終わると、あんたは横になっている。まだ生きている。胸がやけに重いのを強く意識している。ショックが大きすぎて悲しみは湧いてこない。いまはまだ。

やがてあんたはぎごちなく身体を起こしていく。顔をしかめながら。ブラインドの陰にいるやつが神経質そうにククッと笑い声を洩《も》らして、こういう。「ああ、錆《さ》び。ああ、〈地球〉。ダマヤだろう？　まちがいない、きみだ。円環体のことはあやまる。おれはただ――。これまでのこと、きみは知らないものな。信じられないよ。連中がクラックになにをしたか知ってるか?」

アーケテ、と記憶が告げる。「マシシ」と口からは出てくる。

マシシだ。

§

マシシは以前の半分になっていた。肉体的に、ということだ。両足とも太腿《ふともも》から下がない。隻眼、というか見えているのは片方だけだ。左の目は傷を受けて濁っていて、右目の動きにうまくついていけていない。頭の左半分は、あんたの記憶にあるあの美しいブロンドの灰噴《はいふ》き髪は見る影もなく、ナイフで切ったのだろう、瓶洗いブラシのようになっている。地肌はピンク色の傷痕だらけで、耳とおぼしきところは傷が癒えてぴったり閉じてしまっている。いくつもの傷痕が額と頬を縫い合わせ、口の左端は引っ張られて本来の形とは少しちがってしまっている。

それでも彼はブラインドの陰から出て身をよじらせながらじりじりとおりてくる。両腕の筋肉だけで胴体と切り株のようになった両足を持ちあげ、手をついて歩いている。足がなくてもじつに巧みに動いている——この身体になってからかなりの時間がたっているのだろう。彼はあんたが立ちあがれるようになるより早く、あんたのまえにきている。「ほんとうにきみなんだ。そうだろうとは思ったが、きみは四指輪だと聞いていたからなあ。ほんとうにきみがおれの円環体を倒したのか？　おれは六指輪なんだけどな。六だぞ！　でも、だからわかったんだ。地覚でとらえたきみは昔とおなじだった。いまでも外側は静かだが内側は錆び怒り狂っている。まちがいなくきみだ」

　ほかのコム無したちがそれぞれの塔のような隠れ場所から這《は》いおりてくる。ぞろぞろと出てくるのを見てあんたの緊張感が高まる――ガリガリに痩せていてボロをまとった案山子《かかし》のような姿。いやな匂いもする。みんな盗んだ、あるいは手作りしたゴーグルの奥からあんたを見ている。ゴーグルの下には誰かの服だったにちがいない布きれでつくったマスク。全員がひとかたまりになって、マシシといっしょにあんたを見つめている。

　あんたは、素早い動きであんたのまわりをぐるりと回っていくマシシを見つめる。彼もいかにもコム無しというボロをまとっている。長袖の重ね着だが、ずたずたに裂けた布の下からのぞく肩や腕の筋肉は見事に発達している。それ以外の部分は痩せこけている。やつれた顔は見るからに痛々しいが、満足に食べることもできなかったであろう何カ月かのあいだ、彼の身体がどう優先順位をつけていたかは一目瞭然だ。

「アーケテ」とあんたは呼びかける。彼は生まれたときにつけられた名前のほうが好きだった。そのことを思い出したからだ。

　彼が動きを止めて、あんたの顔をのぞきこむ。首を傾《かし》げている。片目で見るにはそのほうが見やすいのだろう。しかし表情は不服そうだ。あんたがもうダマヤではないのとおなじで、彼もうアーケテではないのだ。あまりにも多くのことが変わってしまった。ならば、マシシだ。

ところが、「覚えていたのか」と彼がいう。そしてつかのまの静けさ、さっきの言葉の嵐の目とでもいえそうな静けさのなかに、あんたは思慮深くて魅力的だった少年の面影を垣間《かいま》見る。とはいえ、ここまでの偶然、そうそう消化しきれるものではない。不案内なあんたが駆けこむ先はただひとつ……いまのいままで忘れていた兄のことだ。なんという名前だった？　地球火《ちきゆうび》、それも覚えていない。だが、たとえどこかで出会ったところでわからないだろう。あんたのきょうだいはフルクラムの粗粒砂岩《グリット》たちだった。血はつながっていないが、痛みでつながっているきょうだい。

あんたは首をふって余分な思いを払いのけ、うなずく。胸のあたりが重くて妙な感じだが、もうしっかり立っている。尻についた枯葉のくずと灰を払う。「自分でもびっくりだわ。あなたの印象がよほど強かったということね」

彼が微笑《ほほえ》む。偏った微笑みだ。顔の半分しか動いていない。「忘れた。とにかく一生懸命、忘れようとしたからな」

あんたは肚《はら》をくくる。「あの――ごめんなさい」無意味なひとことだ。なんのことなのか、彼にはわからないだろう。

彼が肩をすくめる。「どうでもいいよ」

「よくないわ」

「いや、いいんだ」彼は一瞬、視線をそらす。「あのあと、きみに話すべきだった。あんなふうにきみを憎むべきじゃなかった。彼女に負けて、みんなに負けて、おれは変わってしまった。変わってはいけなかったんだ。でも変わってしまった、そしていまは……もうなにもかもどうでもいいんだ」

〝彼女〟というのが誰のことなのか、あんたにははっきりわかっている。あのクラックの一件のあと、ただ生きのびたいと必死だったグリットたちのいじめのネットワークが暴かれ、かれらの絶望を食いものにしていた大人たちのさらに大きなネットワークの存在もあきらかになった。記憶がよみがえってくる。グリットの寮にもどってきたマシシは、両手の骨を折られていた。

「クラックがされたことを考えたら、まだましだった」とあんたはつぶやく。いってはいけなかったと思ったが、もう遅い。

だが彼は驚くでもなくうなずいている。「ノード・ステーションにいったことがあるんだ。彼女じゃなかった。なにを考えていたんだか、自分でも錆びわからない……。でもひとつ残らずいって、探したかったんだ。〈季節〉がはじまる前に」耳障りな笑い声をあげる。苦しげな笑いだ。「彼女のことなんか好きでもなんでもなかった。ただ知っておくべきだと思ったんだ」

あんたは首をふる。彼の衝動的な行動が理解できないからではない――真実を知ってからというもの、おなじことを考えたことはないといったら嘘《うそ》になる。すべてのステーションにいく。かれらの傷ついた地覚器官を回復させる方法を見つけて、全員を解放する。でなければ思いやりの心で全員、殺す――ああ、フルクラムがチャンスを与えてくれていたら、あんたはさぞかしりっぱな教官になっていたことだろう。だがもちろん、あんたはなにもしなかった。そしてもちろんマシシもノード保守要員を救うようなことはなにひとつしなかった。かろうじてやってのけたのはアラバスターただひとりだ。

　あんたは大きく息をつく。「わたしはかれらの仲間なの」あんたはそういって、うしろの道路のほうを顎で指す。「女長《おさ》のいったこと、聞いたでしょ。オロジェンを歓迎するって」

　足の断端と手で身体を支えている彼が、少しぐらつく。暗くて表情はよくわからない。「地覚できる。彼女が女長なのか？」

「ええ。コムの全員が認めている女長よ。かれらは――このコムは――」あんたは大きく息をつく。「わたしたち。は、ほかとはちがうことをしようとしているコムなの。オロジェンとスティルで。殺し合ったりはしないの」

　彼が笑う。軽く咳《せ》きこむほどに。ほかの棒きれのような人影も笑っているが、あんたが気になったのはマシシの咳《せき》だった。乾いた、ざらつく、空咳――いい音ではない。マスクなしで大量の灰を吸いこんでいる。それに音が大きい。〈狩人〉たちは近くにいて彼や彼の仲間を矢で射る準備をしているにちがいない。もしそうでないとしたら、避難袋を食べたっていい、とあんたは思う。

　咳がおさまると彼が顔をあげて、ふたたびあんたを見る。いかにも楽しそうな目をしている。

「おれもおなじことをしているんだ」気取った口調でゆっくりという。そしてひとかたまりになっている一団を顎で指す。「この錆び野郎どもは、おれがこいつらを喰《く》わないから、おれから離れずにいる。おれに手を出したら殺されると思っているから、手出しはしない。つまり——平和的な共存関係だ」

あんたは一団を眺め渡して顔をしかめる。表情はよく見えない。「でもかれらはわたしたちを襲ってこなかったわ」襲ってきたら殺されていただろうが。

「ちがうちがう。あれはオレムシンだ」マシシは肩をすくめる——全身が動く。「半分サンゼの血が入ったろくでなし野郎だ。〝アンガー・マネージメント問題〟で二つのコムから追いだされた、といってた。そんなやつといっしょじゃ命がいくつあっても足りないから、生きのびたいやつ、おれといっしょでも耐えられるやつはおれについてこいといったんだ。で、こっちはこっちでやっている。森のこっち側はおれたちのもので、あっち側はやつらのものだ」

ひとつではなく二つのコム無し集団。だが、マシシのほうは集団といえるほどのものではない——彼と、ほんのひと握りの連中だけだ。しかし彼はいっていた——ロガといっしょに暮らすことに耐えられる者だけがついてきたのだと。それはやはり大人数ではなかったということだ。

マシシは向きを変えてブラインドと地面の中間あたりまでのぼり、腰をおろす。これであんたと目の高さがおなじになった。そうやって動いただけで、またゴホゴホ咳きこんでいる。

「あいつはおれがきみたち一行を襲うものと思っていたはずだ」咳がおさまると、彼がいった。「いつもそうしてるんだ——おれが凍らせて、おれたちが姿を見せる前に、あっちがいただけるものをいただく。お互い、しばらくやっていけるだけのものが手に入るというわけさ。だが、きょうはあの女長の言葉を聞いて、やりそびれた」首をふりながら視線をそらす。「オレムシンもおれが凍らせないのを見たらおとなしくしていればよかったのに、まあ、しょうがない。あいつといたら命がいくつあっても足りないと、いうだけはいってやったんだからな」

「ええ」

「いい厄介払いができた。腕はどうしたんだ？」彼はあんたを見ている。が、左の乳房は見えていない。いくらあんたが少し左に傾いているとはいえ、彼にわかるはずもない。肉にずしりと重さがかかって痛い。

あんたはカウンターパンチをお見舞いする。「足はどうしたの？」

彼はいびつに微笑むだけで答えない。お互いさまだ。

「で、お互い、殺し合わない」マシシは首をふる。「うまくいってるのか？」

「いまのところはね。とにかく、うまくいくように努力しているわ」

「うまくいくはずがない」マシシがまた姿勢を変えて射るような目であんたを見る。「やつらの仲間になるために、どれだけのものを支払ったんだ？」

あんたは、なにもとはいわない。彼がたずねているのはそんなことではないからだ。ここで生きていくために彼がどんな取引をしたのか、あんたには手に取るようにわかる——彼は自分の技と交換に、略奪集団の限りある食料の分け前と心もとない避難場所を得た。この石の森、この死の罠は彼がつくったのだ。

この略奪集団のために彼はいったい何人殺したのだろう？

カストリマのためにあんたはいったい何人殺した？

おなじではない。

レナニスの軍隊には何人いた？　そのうち何人を沸騰虫で生きながら蒸し焼きにする刑に処した？　いまカストリマ地上には人の手やブーツを履いた足が突きだした灰の塚がいくつある？

錆びおなじではない。かれらかあんたか、どちらかの問題だった。

マシシもなんとか生きのびようとした。かれらか彼か、どちらかだった。

あんたはこの内なる議論を断固として終わらせる。こんなことをしている時間はない。

「わたしたちは――」いいはじめて、切り替える。「殺す以外にも方法はあるわ。ほかにも……。わたしたちは……こんなふうである必要はないのよ」イッカの言葉が、おずおずと相手におもねるように偽善の匂いをまとって、あんたの口から出てくる。あの言葉はいまでも真実なのだろうか？　カストリマの住人はあの晶洞《しょうどう》を維持するためにオロジェンとスティルが協力せざるを得なかったが、その晶洞はもうない。もしかしたら、あすにもバラバラになってしまうかもしれない。

もしかしたら。だが、それまでは。あんたは懸命に最後までいいきる。「わたしたちは、かれらに仕立てあげられたままである必要はないのよ、マシシ」

彼は散り落ちた枯葉を見つめながら首をふる。「その名前も覚えていたのか」

あんたはくちびるを舐《な》める。「ええ。わたしはエッスン」

そう聞いて彼は少し顔をしかめる。たぶん石にちなんだ名前ではないからだろう。だからこそあんたはこの名前を選んだわけだが。しかし彼は理由をたずねるでもない。やがて彼は溜息《ためいき》を洩らす。「おれを錆び見てくれよ、エッスン。胸のなかの石の音を聞いてくれ。たとえあの女長が半分しかないロガを受け入れるとしても、おれはもうそう長くはない。それに――」彼はすわっているから両手を使える。その両手でほかの案山子のような人影を指す。

「こんなのを入れてくれるコムなんかあるもんか」小柄な人影がいう。女の声、とあんたは思うが、いかにもくたびれた嗄《しわが》れ声で、はっきりそうともいいきれない。「そんな話、聞く耳も持たないさ」

あんたは居心地の悪さを覚えて身じろぎする。たしかにそのとおりだ――イッカはコム無しのロガなら喜んで受け入れるだろうが、ほかの連中はそうはいかない。そう思う反面、イッカがどう出るかはいまだに読み切れない。「たのんでみるわ」

クスクス笑いがひろがる。疲れ果てた、弱々しい、醒《さ》めた笑い。マシシに加えて、さらに数人がゴホゴホ咳きこむ。この連中は飢え死に寸前。そして半分は病んでいる。たのんだところで無駄だ。それでも。あんたはマシシに向かっていう。「いっしょにこないと、ここで死ぬことになるわよ」

「食料のほとんどはオレムシンたちが持っている。それをいただくことにする」文章の最後にひと呼吸入る――いよいよ買い受け可能価格の提示だ。「全員まとめてか、ゼロか、どちらかだ」

「それは女長しだいだわ」とあんたはいう。なにも約束はしない。だがどんな交渉になるかはわかっている。彼のフルクラム仕込みのオロジェニーと交換に、彼とそのひと握りの仲間をコムの一員にする。略奪者が持っている食料や装備品というおまけもついてくる。そして彼はイッカが提示価格を払えないとわかったらすぐさま取引を中止する気でいる。そこが悩ましい。

「あなたがどういう人か、少なくとも三十年前はどんな人だったか、口添えするから」

彼がうっすら微笑む。どう見ても、あんたより上に立っていたわっている微笑みだ。たいしたもんだな、こんなやつを実物よりよく見せようとするとは。たぶんそのとおりなのだろう。

「このあたりのことも少しは知ってるから、役に立てるかもしれない。きみたちはどこかへいこうとしているようだからな」道路近くの、焚き火に照らされた岩のほうを顎で指す。「実際、どこかを目指しているんだろう？」

「レナニスよ」

「ろくでなしどもだ」

レナニスの軍隊が南下するときにここを通ったということだ。あんたは思わずにやりとする。

「死んだ、ろくでなしどもよ」

「ふうん」彼は見えているほうの目を細める。「あいつらはこのあたりのコムをひとつ残らず叩き潰していった。そのせいでおれたちはひどい目に遭ってるんだ——レナニスが通ったあとはカモになる交易キャラバンなんかひとつも通っていない。しかしやつらがいった方角でなにかあったのはわかった。なんだか奇妙なものを地覚したからな」

彼がふっと黙りこむ。あんたを見つめているからだ。もちろん、わかっているからだ。指輪持ちのロガなら誰でも、あんたがレナニス対カストリマの戦いを終わらせたときの〈オベリスクの門〉の活動をはっきり地覚していたはずだ。おそらくなにを地覚しているのかはわかっていなかっただろうし、たとえわかったとしても魔法のことを知らないかぎり全容はつかめなかっただろうが、少なくともその余波はとらえたにちがいない。

「あれは……わたしなのよ」とあんたはいう。認めるのは驚くほどむずかしい。

「錆び地球、ダ——、エッスン。どうやって？」

あんたは深々と息を吸いこむ。彼に向かって手をさしだす。過去がつぎつぎとよみがえってきて、あんたに取りつく。自分がどこからきたのか、けっして忘れることはできない。過去がけっしてそうさせてはくれないからだ。しかし、もしかしたらイッカのいうとおりなのかもしれない。過去の自分の澱《おり》を捨て去って、なにも、誰も、もうどうでもいいというふりをすることもできる……あるいは、すべてを抱きしめてしまうこともできる。それだけの価値は価値として再生して、全体としてより強いものにするのだ。

「イッカのところへ話しにいきましょう」とあんたはいう。「もし彼女があなたを——それからあなたの仲間を——受け入れたら、すべて話してあげるわ」そしてもし彼が慎重居士でなければ、いずれやり方も教えてやろう。なにはともあれ彼は六指輪だ。もしあんたが失敗したら、誰かに衣鉢を継いでもらわねばならない。

驚いたことに彼はあんたがさしだした手をどこか用心深そうな目で見ている。「すべてを知りたいかどうかは微妙だな」

あんたは思わずにっこりする。「まったく知りたくないってことね」

彼が左右不均衡の笑みを浮かべる。「きみだって、おれの身になにが起きたかすべてを知りたくはないはずだ」

あんたは小首を傾げる。「じゃあ、こうしましょう。いいことだけ話す」

彼がにやりとする。歯が一本、欠けている。「短すぎてポップ伝承学者の物語にもならないな。そんな物語、誰も買わないさ」

しかし。彼は体重を左に移して右手をあげる。皮膚がタコ以上に分厚い角質になっている。そして汚れている。あんたは思わずズボンで手をぬぐってしまう。それを見て彼の仲間たちがクスクス笑う。

そしてあんたは彼を連れてカストリマの野営地のほうへもどっていく。明るい光のなかへ。

§

二四七〇年：南極地方。ベンダインと呼ばれる都市の地下に巨大な空洞が生じはじめる(コムはその後、まもなく死滅)。地揺れではなく石灰岩の溶食《ようしょく》が原因だが、都市の沈下によって波が発生し、フルクラム南極地方支所のオロジェンたちが感知。かれらはなんとフルクラムにとどまったままで都市全体を安定な場所へ移動させ、人口の大半を救う。フルクラムの記録にはこの一件で上級オロジェン三名が死亡と記されている。

――イェーター〈革新者〉ディバースの事業記録

6　ナッスン、運命を切り開く

スティールがいう絶滅文明の遺跡へのひと月におよぶ旅は、〈季節〉まっただなかとしては何事もなく進んでいる。ナッスンとシャファはときに食料漁《あさ》りなどしながら充分な量を確保しているが、二人とも体重が落ちはじめてはいる。ナッスンの肩の傷は問題なく癒えてきているが、途中、二、三日熱が出て具合が悪くなったことがあった。そのときはシャファが早めに休憩を入れた。ナッスンもいつもよりずいぶん早いなと感じていた。そして三日めに熱が下がり傷にかさぶたができはじめると、二人はいつものペースにもどった。

道中、人と出会うことはほとんどないが、〈季節〉がはじまって一年半だ、ふしぎはない。この時点でコム無しの者はすでに略奪集団の一員になっているし、その集団自体、そう多く残ってはいないだろう――残っているのはこのうえなく凶暴な集団か、蛮行や人肉食をもしのぐ力を持っている連中だ。それもいまはほとんどが北へいってしまっている。まだ餌食にできるコムがいくつもありそうな南中緯度地方へ。略奪集団でさえ南極地方を嫌っているのだ。いろいろな意味で、孤立しているに等しい状態はナッスンにとっては居心地がいい。ほかの守護者があたりをうろつくこともない。コムの住人は理不尽な恐怖を抱いているからつねにそれを計算に入れていなければならないが、いまはかれらもいない。ほかのオロジェンの子どもたちすらいない――ナッスンはかれらが恋しいし、短いあいだとはいえいっしょに暮らしたかれらとの楽しいおしゃべりや仲間意識が恋しくなることもあるが、当時は一日の終わりになるとシャファの時間と関心をずいぶんかれらに奪われてしまったという気がして腹を立てたものだった。赤ん坊ではないのだから、そんなことでやきもちを焼くのは子どもっぽいということはちゃんとわかっている。（両親もユーチェを猫可愛がりしていたが、より多くの関心を注いでいるからといってかならずしも偏愛しているとはかぎらないことは、恐ろしいほどあきらかだ。）とはいえ、シャファを独り占めできてうれしくない、独り占めしたいとは思わない、といったら嘘《うそ》になる。

二人ですごす時間は気さくな雰囲気で、昼はほとんどなにもしゃべらない。夜は、つのる寒さに抗して二人いっしょに丸まって寝る。ナッスンは周囲に少しでも動きがあったり近くの地面で足音が響いたりすればすぐに目が覚めるたよりになる存在だということを何度も示してきたから、そのほうが安全なのだ。シャファは眠らないこともある――眠ろうとはするのだが、実際はかすかに震えながら横たわり、彼女の眠りを妨げまいと、ときどきハッと息を呑《の》み、ヒクヒク動く筋肉をなんとか押さえこもうとしている。静かなる苦悶《くもん》との戦いだ。それに眠っていたとしても、その眠りは浅く、途切れ途切れだ。ナッスンも眠れないことがある。口にこそしないがシャファの苦しみを思い、胸を痛めているのだ。

そこで彼女はこれをなんとかしようと決意する。〈見いだされた月〉で学んだ方法だが、低レベルなことしかできなかった――彼女はときどき自分の銀をいくらか彼の小さなコアストーンに供給してやっている。どういう理屈なのかはわからないが、〈見いだされた月〉の守護者はみんな預かっている子どもたちから銀を少し取りこんで、そのあと発散させていた。コアストーンに自分の代わりにかじる相手を与えると、かれらのなかのなにかがやすらぐというふうに見えた。

しかしシャファは、彼女がすべてを彼に注ぎこむといった日以来、彼女からもほかの誰からも銀を取りこんでいない。あの、彼の頭のなかの破片の正体にあんたが気づいた日以来。なぜ彼がやめてしまったのかわかる気がする、と彼女は思っている。あの日、二人のあいだのなにかが変わり、彼はいわば寄生虫のように彼女から糧を得ることができなくなってしまった。だが、だからこそ彼女はいま、魔法をこっそりと彼に与えているのだ。二人のあいだのなにかが変わってしまったいま、もし彼女も彼を必要としているのなら、そして彼が受けとろうとしないものを彼女が勝手に与えているのなら、彼は寄生虫ではない。

（彼女は遠からず共生という言葉を知り、やっとその呼び名がわかったのがうれしくて深くうなずくことになる。だがそのずっと前に、家族ならそうすると彼女は判断している。）

ナッスンが銀を与えると、シャファは眠っていてもその身体があまりにも勢いよく銀を呑みこんでいくので、彼女は銀を失いすぎないようあわてて手をはなさなければならないほどだ。与えられる量はほんの少しだけだ。与えすぎると、翌日、疲れてろくに歩けなくなってしまう。だがたとえそんなわずかな量でも与えれば彼は眠ることができる――そしてこうして日を送るうちに、ナッスンはどういうわけか自分がしだいに多くの銀をつくれるようになっていることに気づく。これはうれしい変化だ――いまでは自分はさほど消耗せずに彼の痛みをよりやわらげることができる。彼が眠りに、深く穏やかな眠りにつくのを地覚《ちかく》するたびに彼女は誇りを感じ、喜びを感じる。自分はそういうものとは無縁の存在だとわかってはいるのだが。でもかまわない。彼女はジージャにとってよい娘だった以上に、シャファにとってよい娘であろうと固く心に決めている。なにもかもよくなる一方だ。終わりがくるまでは。

シャファは夜になると夕食をつくりながらいろいろ話して聞かせてくれることがある。その話に出てくる過去のユメネスは、ふしぎで奇妙で、海の底の生きもののように馴染《なじ》みのないものだ。(いつも過去のユメネスばかりだ。最近のユメネスは、以前のシャファの記憶とともに失われてしまったのだ。)そもそもユメネスというものの概念からしてナッスンには理解しがたい――何百万もの人が暮らし、そのなかには農夫とか鉱夫とか彼女の経験の範囲内にいたような人はひとりもいなくて、その多くは聞いたこともない流行や政治に取りつかれ、カーストや人種などの連携より遥《はる》かに複雑な連携を維持することに夢中になっていた。ユメネスを率いるエリート一族でもある〈指導者〉。組合に入っている者、入っていない者、またそれぞれの関係性や保証金などによってさまざまに異なる〈強力《ごうりき》〉。何世代もつづく旧家の出身で競争を勝ち抜いて第七大学に送りこまれた〈革新者〉、貧民街の生まれでただこまごました道具類をつくったり修理したりしただけの〈革新者〉。おかしな話だが、考えてみるとユメネスの奇妙さの大半は、長い年月、存在しているからという単純な事実に起因しているといえる。そこにはたしかに古くからつづく家系があった。図書館にはティリモより古い本があった。三、四〈季節〉前から記憶され、正義の報復を受けた組織があり、その頃からつづく侮蔑があった。シャファはフルクラムのことも話してくれるが、少しだけだ。ここにも記憶の穴が開いている、オベリスクのように底知れぬ深い穴が――しかしナッスンはその縁を探らずにはいられない。そこは、つまり、彼女の母親がかつて住んでいた空間だ。いろいろありはしても、そのことが彼女を惹《ひ》きつけてやまない。しかしシャファはエッスンのことをあまりよく覚えていない。ナッスンが勇気をふるってそのことについて直接質問をぶつけてみてもおなじだ。彼は質問に答えようとするのだが、なにかいおうとすると言葉に詰まり、苦痛と苦悩の表情が浮かんでは消え、顔色もいつもより悪い。だから彼女はこういう質問はゆっくりと時間をあるいは日をあけてするようにした。彼に回復する時間を与えるためだ。けっきょくわかったのは母親のこともフルクラムのこともこの〈季節〉がはじまる前のことも、彼女がすでに推測していたこととたいして変わらないということだった。それでも聞く価値はあった。

　こうして記憶を探り、痛みの縁をめぐりながら旅はつづく。

　南極地方の状況は日に日に悪くなっていく。降灰はもはや間断なくつづき、風景は灰白色で描かれた山や丘と枯れゆく植物の静物画に変わりはじめていた。そしてナッスンは太陽が恋しくなりはじめている。ある夜、二人は大型のカークーサが狩りをしているらしい物音やキーキーいう声を耳にするが、幸い遠くでの出来事だ。ある日、二人は池のそばを通りかかる。水面は灰が浮いて灰色の鏡になっている――注ぎこむ流れは速いのに、水面の下の水はやけに静かだ。水筒の水は少なくなっているが、ナッスンがシャファを見るとシャファは黙ってうなずく。慎重にいこうということだ。あからさまにおかしいというわけではないが……やはり。〈季節〉を生きのびられるかどうかは適切な道具を持っているかどうかとおなじくらい適切な直観力を持っているかどうかにかかっている。二人はまったく動かない水を避けた。だから生きている。

二十九日めの夕方、二人は帝国道の上り坂が急に平坦になって南に向かう地点にたどりつく。ナッスンは道路がなにやらクレーターの縁のようなものに沿ってつづいているのを地覚する。二人はこの円形のやけに平らな部分を囲む峰の頂上に立っていた。道路は峰沿いにつづいて弧を描きながらこの古傷のゾーンをまわり、反対側でふたたび西へ向かっている。だが、ナッスンはついに驚異の奇観を目にする。

オールドマンズ・パッカーはソンマ火山――カルデラのなかにカルデラがある火山――だ。完璧な形を保っているという点で、これは希有《けう》な例といえる――普通は外側の古いほうのカルデラは、内側のあたらしいほうのカルデラができるときの噴火で大きく損なわれてしまう、とナッスンは本で読んだことがある。しかしここの場合、外側がしっかり保たれていて、長い年月を経て侵食が進み森林化してはいるものの、ほぼ完全な円形のままだ――木々に覆われているからナッスンも肉眼では確認できないが、地覚でははっきりとらえることができる。内側のカルデラは少し楕円《だえん》形に近くて、遠くからでもまぶしいほどキラキラ輝いていて、なにが起きたのか地覚しなくても察しがつくほどだ。噴火が、少なくともある時点で非常に高温になり、地質学的構造が完全に破壊されてしまったのにちがいない。残ったものはガラス質の物質になり、自然の力で熱処理されて強化され、長年月、風雨にさらされてもさほどダメージを受けていないのだろう。この地形を生んだ火山はもう消滅している。古代のマグマ溜《だ》まりはとっくに空になり、ほんのわずかな余熱さえ残っていない。しかしオールドマンズ・パッカーはその昔たしかに世界の殻が破れた場所、じつに見事な——そして恐ろしい——場所だったのだ。

　スティールにいわれたとおり二人はオールドマンズ・パッカーの一、二マイル手前で野営する。深夜、ナッスンは遠くであがった鋭い叫び声で目を覚ますが、シャファがなだめてくれる。「ときどき聞こえるんだ」とシャファは静かにいう。そばで焚《た》き火がパチパチはぜている。彼がどうしてもこの時間の見張りをするというので、ナッスンは早い時間のシフトを終えて寝ていたのだ。「なにかパッカーの森にいるやつだな。こっちにくることはなさそうだ」

　ナッスンはその言葉を信じる。だがその夜は二人ともあまりよく眠れなかった。

　翌朝、二人は夜明け前から歩きはじめる。早朝の光のなか、ナッスンは一見穏やかそうな行く手の二重クレーターを見つめる。近づいていくと、内側のカルデラの壁に一定の間隔で裂け目があるのがわかる——人がなかに入りやすいように誰かが開けたものだ。しかし外側のカルデラは一面、草に覆われている。黄緑色の草で風になびいているが、木と見まごうほど丈が高い。まさに草の森だ。この地域のほかの植物はすべてこいつに息の根を止められてしまったのにちがいない。獣道すら地覚できない。

　だがほんとうに驚くべきはパッカーの地下だ。

「スティールがいっていた絶滅文明の遺跡」と彼女はいう。「地下、にあります」

シャファは驚いて彼女を見るが、異議を唱えたりはしない。「マグマ溜まりのなかに？」

「たぶん」ナッスン自身、最初は信じられない思いだったが、銀は嘘をつかない。地覚意識をひろげていくと、この地域にはほかにも奇妙な点がある。銀はここの地形や森の力の乱れ具合を鏡のように映しだしている——それはほかのところとおなじだ。が、ここの銀はなぜかほかよりも明るく輝き、植物から植物へ、岩から岩へ、よりなめらかに流れているように見える。そしてその流れが混じり合ってより大きな光り輝く流れとなり、すべてがまとまって激しく沸き返る目も眩《くら》むほどまばゆい光の池と化し、そのまんなかに遺跡が鎮座している。彼女にも細かいところまではわからないが、とにかくすごいものがある——空っぽの空間、そしてたくさんの建物のイメージ。巨大だ、この遺跡は。都市だ、これまでナッスンが地覚したことがないほど巨大な都市。

だがナッスンはこの沸き返る銀の奔流を前にも地覚したことがある。彼女は何マイルか彼方《かなた》にかすかに見えているサファイアをふりかえらずにはいられない。二人はサファイアより速いペースで進んでいるが、それでもまだあとをついてきている。

「そうだな」とシャファがいう。彼はずっと彼女を見ていた。そして彼女が接続しているあいだ、なにひとつ見逃さないようにしている。「この都市のことは覚えていないが、こういうところがほかにもあることは知っている。オベリスクはそういうところでつくられたんだ」

ナッスンは首をふりながら、懸命にすべてを理解しようとする。「この都市になにが起きたんですか？　昔は大勢の人がいたはずなのに」

「〈破砕〉だ」

彼女は大きく息を吸いこむ。もちろん聞いたことはあったし、子どもらしくたいていの物語を信じるのとおなじようにその話も信じていた。託児院にあった本で線描画を見たことがある——空から稲妻が走り、岩が降ってきて、地面からは炎が噴きだし、不運な人間たちが逃げ惑う姿が小さく描かれていた。「じゃあ、あんなふうだったのかしら？　大きな火山の爆発？」

「ここでは〈破砕〉はこういうかたちだった」シャファは風に揺れる草の森を眺め渡す。「〈破砕〉はな、ナッスン、世界中が一度にひとつひとつちがう百の〈季節〉に襲われたようなものだったんだ。人類のいくばくかが生きのびたのは奇跡に等しい」

彼の話し方は……。まさかそんなことがあるはずはない、が、ナッスンは下くちびるを噛《か》み、たずねる。「あなたは……覚えているんですか？」

彼は驚いたような顔でナッスンをちらりと見て、疲れと皮肉とが相半ばする笑みを浮かべる。「いや、ちがう。わたしは、それよりはいくらかあとに生まれたのではないかと思う……そういう気がするんだ。なんの証拠もないが。しかし、たとえ〈破砕〉の記憶があるとしても、思い出したくないのはまちがいないだろうな」彼は溜息《ためいき》をついて首をふる。「日が昇った。とりあえず先を見よう。過去のことは過去のことだ」ナッスンはうなずき、二人は道路を離れて草の森のなかへと入っていく。

ここの植物は変わっていて、葉っぱは細長くて草を引きのばしたような形、幹は細くてしなやかでそれぞれのあいだはせいぜい二フィート程度しかない。シャファはところどころで足を止めてなんとか通り抜けられるよう二、三本、押し分けなければならない。こうして身をよじりながら進むのはなかなかの苦行で、ナッスンはじきに息が切れてしまう。彼女は汗をしたたらせて立ち止まるが、シャファはどんどん進んでいく。「シャファ」と彼女は声をかける。少し休みたいというつもりだった。

「だめだ」とシャファがいう。ううっと唸《うな》りながら草を押しのけている。「あの石喰《いしく》いが警告していただろう。暗くなる前に森の中心までいかなくてはならないんだ。いっときもむだにできないことははっきりしている」

そのとおりだった。ナッスンはぐっと我慢して、もっと頑張れるよう大きく息を吸いこみ、彼といっしょに森を抜ける作業を再開する。

彼女は彼といっしょに動きながらリズムをつかんでいく。無理をせずに早く抜けられる経路を見つけるのは彼女のほうがうまいので、そういう経路があるときはシャファが彼女のあとについていく。そしてそれがつづかなくなるとシャファが押したり蹴ったりへし折ったりして道をつくり、通りやすいところが見つかるまでは彼女があとからついていく。この短い楽な道のりのあいだにひと息つけるものの、彼女にはやはり辛い。脇腹が痛みだす。二つに分けてお団子にまとめた髪が葉っぱに引っかかってほどけかかり、汗でカールがのびて目に入り、まえが見にくい。とにかく一時間くらい休みたい。休みたくて休みたくてしかたない。水を飲みたい。なにか食べたい。しかし時間がたつにつれて頭上の雲は暗さを増し、日没までどれくらいの時間が残っているのか、ますますわかりにくくなってくる。

「わたし、できます」オロジェニーを、あるいは銀を、でなければなにかを使って道をつくれないものかと考えていたナッスンは、ついに口にする。

「だめだ」彼女がなにをいうつもりかいち早く察して、シャファがいう。彼はどこからか黒曜《こくよう》石《せき》の短剣を取りだしていた。この状況ではそう役に立つようなものではないが、それでも草の幹に傷をつけてから蹴り倒せばいくらか力が省ける。草が倒れれば、通りやすくもなる。「この植物を凍らせればよけい通りにくくなるだけだし、揺れで真下にあるマグマ溜まりが崩れる恐れもある」

「じゃあ、銀なら――」

「だめだ」シャファがつかのま動きを止めてふりかえり、ナッスンをきっとにらむ。彼の呼吸はさほど荒くなってはいない。それを見てナッスンは悔しくてしかたない。とはいえシャファの額にはうっすら汗が浮かんで光っている。彼のなかの鉄片は彼を罰しているが、それも不本意ながら彼の強さを生みだすのにひと役買っているだけだ。「ほかの守護者が近くにいるかもしれないんだぞ、ナッスン。いまはもうその可能性は低いだろうが、ゼロとはいいきれない」

ナッスンにできるのはもうひとつ質問をひねりだすことだけだ。それで少しは息をととのえる時間が稼げるからな。「ほかの守護者？」ああ、そういえば彼は〈季節〉になると守護者はみんなどこかへいくといっていた。それにスティールがいったこのステーションはそのための手段だとも。「なにか覚えているんですか？」

「残念だが、それ以上のことはなにも」彼は彼女の目論見《もくろみ》はお見通しだぞというように、うっすら微笑《ほほえ》む。「覚えているのは、これがそこへいくための手段だということだけだ」

「どこへいくんですか？」

彼の微笑みが薄れて、ほんの一瞬のうちにあのいつもの不穏な無表情にもどってしまう。

「ワラントだ」

彼女は遅まきながら彼の名前がシャファ〈守護者〉ワラントだったことを思い出す。ワラントというコムがどこにあるのか、これまで一度も考えたことがなかった。だがワラントへいくのに地中に埋まった絶滅都市を通るというのはどういうことなのか？ 「ど、どうして——？」

彼は首をふる。表情が険しくなっている。「時間稼ぎはここまでだ。これだけ日射《ひざ》しがなくなると、夜行性の獣もぜんぶがぜんぶ夜を待つとはかぎらないぞ」彼はちらりと空を見あげるが、その表情はさほど心配しているようには見えない。まるで命の危険はないといっているかのようだ。

もう倒れそうだと文句をいってもしかたない。いまは〈季節〉のまっただなか。倒れれば死ぬのだ。だから彼女は必死で彼が切り開いた隙間を抜け、ふたたび最良の経路を探しはじめる。最後には、二人はやりとげる。やりとげられてなによりだ。さもないとこれはあんたが自分の娘が死んだことを知って嘆き悲しみ、世界はしなびる一方のいささか単純な話になってしまうからな。

実際はまったくちがう。やがて鬱蒼《うつそう》とした茂みがまばらになり、ふいに内側のカルデラを突っ切るなめらかに切り開かれた通路が姿をあらわす。通路の壁は、遠くからではそう高そうには見えないが、頭上かなりの高さまでそびえ立ち、通路自体も馬車が二台、横に並んで楽に通れるくらいの幅がある。通路の壁はしぶとい苔《こけ》と木のようにしっかりしたつる植物で覆われているが、幸いつる植物のほうは枯れている。もし繁茂していたら、あちこち引っかかって進むのに時間がかかっていただろう。しかし二人は枯れ枝を砕きながら早足で進む。するとふいに通路が終わり、大きな円形の真っ白い石板のようなものの上に出る。石板のようには見えるが素材は石でも金属でもない。ナッスンはおなじようなものをほかの絶滅都市の遺跡のそばで見たことがあった——それは夜になるとときどきかすかに光っていた。ここのものは内側のカルデラのなかの空間全体を覆っている。

スティールは絶滅都市の遺跡はここに、カルデラのまんなかにあるといっていた——しかしナッスンが行く手を地覚してみても白い素材に直接固定されているらしい優雅な螺旋《らせん》を描いて上にのびている金属があるのがわかるだけだ。〈季節〉を生き抜く者はみなそうだが、あたらしいものに出会うと緊張する。ところがシャファはなんのためらいもなくそこに向かってどんどん歩いていく。そしていよいよそのそばに立つと、一瞬、彼の顔に奇妙な表情が浮かぶ。彼の身体が習慣的にしようとしていることと心が記憶していないこととがいっときせめぎ合っているようだ、とナッスンは感じる——が、つぎの瞬間、彼は金属の先端にある渦巻図形を手で押している。

すると突然、彼の周囲の石の上にどこからともなく平板な形や線状の光が出現する。ナッスンはハッと息を呑むが、光はただつぎつぎに繰りだされてひろがり、輝き、そのうちシャファの足元の石に大まかな四角形が描かれる。かろうじてかすかなブーンという音がして、ナッスンはビクッとなり、あたりを見まわす。すると、一瞬のち、シャファのまえの白い物質が消えてしまう。横にスライドしたのでもドアのように開いたのでもなく、ただ消えたのだ。が、やはりこれは戸口だ、とナッスンは気づく。「さあ、着いたぞ」とシャファがつぶやく。自分でも少し驚いているような声音だ。

この戸口の奥はトンネルで、カーヴしながらゆるやかに下へ向かい視界の外へとつづいている。階段の各段の左右に細い長方形のパネル照明がついていて足元は明るい。ナッスンはシャファの横に立ってはじめて、さっき感知した螺旋を描く金属は手すりだったのだとあらたに認識しなおす。深みへおりていくときにつかまるためのもの、手すり。

さっき通ってきた背後の草の森のどこか遠くから、甲高いきしるような声が聞こえてくる。ナッスンでもすぐに動物とわかる声。チティナウスだろうか。前の晩に聞いた鋭い叫び声がより近く、大きくなった感じだ。ナッスンは身を縮めてシャファを見る。

「バッタの仲間のようだな」と彼がいう。顎を引き締めていま通ってきた通路を見ているが、動くものはなにもない——いまはまだ。「あるいはセミの仲間か。さあ、なかへ。こういう仕組みは前に見たことがある——なかに入れば入り口は閉まるはずだ」

彼はナッスンに先にいくよう手で合図する。背後を守るためだ。ナッスンは大きく息を吸いこんで、これは誰も傷つかない世界をつくるために必要なことなのだとあらためて自分にいいきかせる。そして急ぎ足で階段をおりていく。

進んでいくと五、六段下のところまでのパネル照明が灯《とも》り、三段うしろの照明がゆっくりと薄れていく。二人が数フィートおりたところで、シャファがいったとおり、階段への入り口を覆っていた白い物質がふたたびあらわれて森から響く叫び声を遮断する。

するとそこにあるのは照明と階段と、その下のどこかにある忘れられて久しい都市だけになる。

§

二六九九年：インハー山に噴火の兆候が見られ、フルクラムの黒上着二名がディージュナ・コム（西海岸地方ウーア四つ郷《よごう》のキアシュ・トラップ近傍）に召喚された。黒上着はコムの役人たちに噴火が差し迫っていること、および〝狂気〟も含めてキアシュ火山群全体が噴火する可能性が高いと報告した。（〝狂気〟は、〈狂気の季節〉を引き起こした超巨大火山の現地での通称――インハーはおなじホットスポット上に位置している。）インハーを鎮める力は自分たちにはないと判断した黒上着たち――ひとりは三指輪、もうひとりはなんらかの理由で指輪をしていなかったが七指輪と思われる――は、それでも沈静化を試み、さらに高位の指輪持ちの帝国オロジェンを呼び寄せる時間を稼いだ。この試みは功を奏して噴火をなんとか抑えこんでいるうちに九指輪の帝国オロジェンが到着し、火山活動を押し返して休止状態に持ちこんだ。（三指輪と七指輪は手をつなぎ、炭化して凍りついた状態で発見された。）

——イェーター〈革新者〉ディバースの事業記録

シル・アナジスト：3

なんとも魅惑的だ。話せば話すほど簡単に思い出せるようになってきている……ひょっとしたら、けっきょくのところ、わたしはまだ人間なのかもしれない。

§

この実地見学は最初はただ街中を歩くだけだ。われわれははじめて、地覚《ちかく》に、あらゆる形態のエネルギーの感覚にどっぷりと浸されてデカンタされてから、まだ何年かしかたっていない。外を歩くと否応《いやおう》なしにほかの下位の感覚にも注意を払わざるをえないのだが、それが最初は極端に強烈なものに感じられる。圧縮ファイバーの歩道を歩くと、宿舎の硬い漆材の床とはまるでちがって靴底が跳ねかえってきてびっくりする。傷んだ野菜やなにかの副産物の化学物質や何千人もの人が吐きだす息の匂いが充満した空気を吸うとくしゃみが出る。誰かが最初にくしゃみをしたとたん、それに驚いてダシュアがべそをかいてしまう。両手で耳を覆ってもたくさんの話し声や壁がギシギシいう音、木の葉がこすれ合う音、遠くで機械が立てるウィーンという音、みんな聞こえてしまう。ビムニアがそれに負けじと大声でしゃべろうとすると、ケレンリに制され、なだめられてやっとふつうのしゃべり方にもどるというありさまだ。わたしはといえば、近くの茂みにとまっている小鳥の群れが怖くてキャッと叫び、かがみこんでしまうが、みんなのなかではいちばんおとなしいほうだ。

　みんながやっと落ち着いたのは、なんとも美しい深成《しんせい》アメシストの破片をはじめて目にしたときだ。見る者に畏怖の念さえ覚えさせるアメシストはこの都市のノードの心臓部にそびえ立ち、そこから魔法がゆっくりと流れだしている。シル・アナジストのノードはどこもその土地の気候環境に合わせてつくられている。聞いたところでは、砂漠では建造物はすべて硬化させた多肉植物を成長させてつくられているというし、海上のノードは指令のままに成長したり死んだりするよう操作できる珊瑚虫《さんごちゅう》でできているそうだ。（シル・アナジストでは生命は神聖なものだが、ときには死が必要なこともある。）われわれのノード——アメシストのノード——は昔は原生林だったという。そう聞くと、あの巨大な結晶には古代の木々の威風のようなものがあるような気がしてならない。となればアメシストは機械のほかの破片より安定していて強いにちがいない！　まったく理屈に合わないが、いっしょにアメシストの破片を見つめている同僚の調律師たちの顔を見ると、みんなおなじ愛着を覚えているのがわかる。

（われわれは、その昔、世界はいまとはまったくちがっていたという話をいろいろ聞かされていた。その昔、都市は成長もしなければ変化もしない石と金属のジャングルで、それ自体死んでいただけでなく、それが存在することによって土は汚染され、水は飲めないものになり、気候さえも変わってしまった。シル・アナジストはそれよりはましだが、都市のノード自体のことを考えても、われわれにはなんの感情も湧いてこない。われわれにとっては無に等しい——われわれには理解しきれない人々が大勢いて、大事なのだろうがそうは実感できない仕事をしている建物群というだけだ。では、破片は？　われわれには破片の声が聞こえる。われわれはかれらの魔法の歌をうたう。アメシストはわれわれの一部であり、われわれはアメシストの一部なのだ。）

「この実地見学では三つのものを見てもらいます」とケレンリがいう。われわれが充分にアメシストに見とれて、やっと興奮がおさまったタイミングだ。「気になるようならいっておくけれど、すべて指揮者が念入りに調査をすませたものばかりですからね」そういいながら彼女はじっとレムアを見ている。実地見学に出ることにいちばん難色を示してみせたのはレムアだったからだ。レムアがわざとらしく退屈そうな溜息《ためいき》をつく。二人とも、じっと監視している護衛たちのまえで見事な役者ぶりを発揮している。

やがてケレンリはまた一行を率いて歩きだす。彼女のふるまいとわれわれのそれには雲泥の差がある。彼女は背筋をしゃんとのばし、どうでもいいものはすべて無視して自信と落ち着きをオーラのように発しながら軽快な足取りで進んでいく。かたやわれわれは動きだしては止まり、あわててちょこちょこ走り、なにもかもに気を取られて、おずおずもたもたしっぱなしだ。みんなじろじろ見ているが、理由はかれらにとっては奇妙なほどのわれわれの肌の白さではなく、ただわれわれが愚かしく見えるからだとわたしは思った。

わたしは誇り高い性分だから、周囲がおもしろがっているようすに腹が立って姿勢をよくしてケレンリのように歩こうとする。そうするとあたりのふしぎな物事や潜在的な危険の多くを無視することになってしまうのだが、それでも我を通す。ガエアも気づいて、ケレンリとわたしの真似をしはじめる。レムアはわれわれのようすを目にして苛立《いらだ》ちを見せ、周囲の環境を通してさざ波を送ってくる——なにをしたってかれらから見たら奇妙なやつらでしかないさ。

わたしは低音の押し波を脈動させて答える。これはかれらの問題じゃない。

彼は溜息をつきながらもわれわれの真似をしはじめる。ほかの連中もあとにつづく。

われわれはもう都市ノードがある四《よ》つ郷《ごう》の南の端まできていた。あたりにはかすかな硫黄の匂いが漂っている。これは汚水再生植物のせいだとケレンリが説明する。この植物は下水管で運ばれてきた都市の中水道用水が地表近くに出てくるこのあたりに群生していて、設計されたとおりに水をきれいにし、健全な分厚い葉叢《はむら》を大きくひろげて道路を冷やしている——だがさすがの一流遺伝子技学者もこの植物が摂取したものを思わせるかすかな匂いを消すことまではできなかったのだ。

「廃棄物処理施設を見学するんですか?」とレムアがケレンリにたずねる。「もう、背景とかいうものが少し見えてきている気がしますけど」

ケレンリがふんと鼻で笑う。「ちょっとちがうわ」

彼女が角を曲がると、目のまえに死んだ建物があった。みんな足を止めてじっと見つめる。建物の壁、煉瓦《れんが》と赤い粘土のようなものでできた壁をうねうねと蔦《つた》が這《は》いのぼり、大理石の柱の何本かにもからみついている。しかし、その蔦以外、建物のどこをとっても生きているものはひとつもない。ずんぐりした低い長方形の箱のような形。壁を支える静水圧は地覚できない——まっすぐ立たせるために力と化学物質で留めつけているのにちがいない。窓はガラスと金属だけでできていて、その表面に刺胞《しほう》は生えていない。なかのものの安全をどうやって保っているんだろう？　ドアは死んだ木でできている。表面を磨いた暗い赤茶色の木で、蔦の模様が彫ってある——驚くほど美しい。入り口の階段は鈍い黄褐色を帯びた白い砂の懸濁物《けんだくぶつ》。（何世紀か前、人々はこれをコンクリートと呼んでいた。）なにもかも愕然《がくぜん》とするほど時代遅れだ——が、無傷だし、まだ機能しているし、ユニークという意味でとても魅力的だ。

「すごく……左右対称ですね」とビムニアがいう。口角が少しあがっている。

「そうね」とケレンリがいう。彼女はわれわれがこの建物をしっかりとらえるまでその場を動かなかった。「でも昔は、こういうものが美しいと思われていたのよ。さあ、いきましょう」

彼女がまっすぐ進みはじめる。

レムアは彼女のうしろ姿を見ている。「え、なかに？　これ、構造的に安全なんですか？」

「ええ。それに、ええ、なかに入りますよ」ケレンリは言葉を切ってふりむき、彼を見る。たぶん彼が気が進まないようなことをいったのは少なくともいくらかは演技ではないと気づいて驚いたのだろう。あたりの空間を通して、わたしは彼女が彼に触れるのを感じる。安心させようとしているのだ。レムアは怯《おび》えていたり怒っていたりすると、いつにも増してばかなことをしがちになる。しかし彼女の慰めがものをいって、刺々《とげとげ》しく震えていた彼の神経が落ち着きを取りもどしていく。しかし彼女はみんなが見ている手前、演技をつづけなければならない。

「でも、なんならあなたは外で待っていてもいいんじゃないかと思うけれど」

彼女はすぐそばにいる護衛の二人、褐色の肌の男女をちらりと見る。この二人は、遠巻きについてきてときおり姿を見かけるほかの護衛たちとはちがって、ずっとわれわれといっしょに動いている。

女の護衛がしかめっ面で彼女を見る。「だめに決まっているでしょう」

「ちょっとそう思っただけです」ケレンリは肩をすくめ、頭をくいっと建物のほうにふって、こんどはレムアに話しかける。「選択の余地はないようよ。でも約束するわ。この建物は崩れ落ちたりしませんよ」

みんな彼女のあとについて歩きだす。レムアは少しゆっくりめに歩いていたが、やがてみんなと歩調を合わせて進んでいく。

戸口を入ると目のまえの空中にホログラムの文字が浮かぶ。われわれは読み書きを習っていなかったからこの文字も奇妙な形に見えるだけだが、そのとき建物の音響システムから大声が鳴り響く――「衰退の物語の館へようこそ！」どういう意味なのか、わたしにはさっぱりわからない。建物のなかは……ひどい匂いだ。乾燥していて、ほこりっぽくて、二酸化炭素を吸収するものがなにもないのか、空気がよどんでいる。ここにはほかの人たちもいて、広々とした玄関広間に集まっていたり、左右対称に配置されたカーヴを描く二つの階段をのぼりながら各段を飾っている木彫パネルを熱心にのぞきこんだりしている。誰もわれわれを見ていない。われわれよりも周囲のもののほうが風変わりだからそちらに気を取られている。

だがそのとき、レムアがいう。「あれはなんだろう？」

彼の不安がネットワークを通してジンジン伝わり、全員が彼のほうを見る。彼はしかめっ面で立ち尽くし、首を右に、そして左に傾《かし》げている。

「あれって――」といいかけて、わたしもそれを聞いたのか？　地覚したのか？

「見せてあげるわ」とケレンリがいう。

彼女は箱のような建物の奥へとわれわれを導いていく。通り道にはずらりと水晶が展示されていて、どの水晶のなかにも不可解な――だが、まちがいなく古い――ものが封入されている。わたしにもわかるのは本、針金のコイル、人の頭部の像。それぞれのそばにその重要性を記したらしい説明書きがあるが、わたしにはなにひとつわからない。

やがてわれわれはケレンリに導かれて、古風な凝った装飾をほどこした木製の手すりがついた広いバルコニーに出る。（これは格別、恐ろしい。なにしろ都市の警報網にもなににも接続していない死んだ木でできた手すりだけがたよりなのだから。なぜ万が一落ちたときに受け止めてくれるつる植物を生やすぐらいのことすらしないのだ？　そんな時代のことを考えるとぞっとする。）われわれが立っているバルコニーは大きな吹き抜けの部屋に面していて、この死んだ場所にわれわれとおなじくらいふさわしいもの――つまり、まるでふさわしくないもの――を見おろしている。

わたしが最初に思ったのは、これは〈プルトニック・エンジン〉ではないかということだった――大きな部品の破片ではなく、完全な状態のもの。そう、まんなかに堂々と結晶がそびえ立っているのだ――結晶を成長させるソケットもある。しかもこのエンジンは動いている――全体構造の大部分が床から数フィート上に浮かび、かすかなハム音も聞こえる。しかしこれはわたしが考えているエンジンというもののほんの一部にすぎない。中央の結晶を囲むように浮かんでいるのは、結晶より長い内側にカーヴした構造物だ――全体のデザインはどこか花を、様式化された菊の花を思わせるものがある。中央の結晶は淡い金色の光を帯び、それをぐるりと囲んで支えている結晶はすべて根元が緑色で先端にいくほど白くなっている。奇妙にはちがいないが、美しい。

このエンジンを目以外のものも使って見、地球の摂動に同調させた神経で触れてみて、わたしは息を呑《の》む。邪悪な死、この構造物がつくりだす銀の格子のなんとすばらしいことか！　何十本もの銀色の糸のような線が互いに支え合っている――さまざまなスペクトル、さまざまな形のエネルギーが、混沌《こんとん》としているようでいて完全にコントロールされた統一感をもって連結し、状態を変化させている。中央の結晶はときおりチラチラと瞬《また》き、わたしが見ているまにも秘められた力が段階的に変化していく。しかもこのエンジンはとても小さい！　こんなに見事につくられたエンジンは見たことがない。あの巨大な〈プルトニック・エンジン〉でさえこれほどパワフルではないし、これほど精密なつくりでもない。もしあれがこの小さなエンジンくらい効率的につくられていたら、指揮者たちはわれわれをつくりだす必要などなかっただろう。とはいえ、この構造物は不合理きわまりない。わたしがここで感知する全エネルギー量に比べて、このミニ・エンジンに注ぎこまれる魔法は少なすぎるのだ。わたしは首をふる。するとレムアが聞いている音が聞こえてきた――しつこく鳴りつづけるやわらかな響き。複数の音が混ざり合った、耳にまとわりつき、うなじの毛が逆立つような音……。レムアを見ると、硬い表情でうなずく。

このエンジンの魔法にはなんの目的も感じられない。ただ見て聞いて美しい、それしかない。そしてどういうわけか――わたしは震えてしまう。本能的にわかってはいても受け入れられないからだ。この状態はこれまで物理学や奥義学の法則から学んだことすべてに反している――どういうわけかこの構造物は消費する以上のエネルギーを生みだしているのだ。

わたしはじっとこっちを見ているケレンリに向かって眉をひそめる。「こんなもの、存在するはずがありません」とわたしはいう。言葉でいうだけだ。それ以外、自分の感情をどう表現したらいいのかわからない。ショック。疑念? なにかわけがあっての、恐怖。〈プルトニック・エンジン〉は大地魔法学が生みだしたもののなかでも最先端の構造物だ。指揮者たちからはそう聞かされていた。われわれがデカンタされて以来、何度も何度も……だが。ほこりっぽい博物館になかば忘れられたように置かれているこの一風変わった小さなエンジンはさらに先をいっている。しかもそれが美しいということ以外、なんの目的もなくつくられたらしい。

そう気づいたからといって、なぜこんなに不安な気持ちになるのだろう?

「でも、存在しているのよ」とケレンリがいう。彼女は、どことなく楽しげな顔で手すりにもたれかかっている――が、展示されている構造物から聞こえてくるやわらかなゆらめく和音を通して、彼女が発するピーンという音が地覚できる。

考えなさい、と彼女は言葉を使わずに伝えてくる。彼女はとりわけわたしを見ている。思索家のわたしを。

わたしは仲間たちをさっと見渡す。するとまたあのケレンリの護衛の姿が目に入る。二人は展示室にもそのまえの廊下にも目が届くようバルコニーの両端に立っている。二人とも退屈そうだ。ケレンリはわれわれをここへ連れてきた。指揮者たちの了解を取りつけて、連れてきた。彼女の護衛はちがうが、われわれがこの大昔のエンジンを見ることには意味がある。どんな意味が？

わたしは一歩まえに出て死んだ手すりに手を置き、その物体を凝視する。そうすればなにかわかってくる、とでもいうようにじっと見つめる。どんな結論が導きだせるのか？　基本的構造はほかの〈プルトニック・エンジン〉とおなじだ。ちがうのは目的だけ――いや、ちがう。評価としては単純すぎる。ちがいは……哲学的なもの。人の感じ方、受け止め方にかんするもの。〈プルトニック・エンジン〉は道具だ。これは？　これは……アートだ。

これで納得がいった。これをつくったのはシル・アナジスト人ではない。

わたしはケレンリを見る。言葉を使わなければならないが、護衛からの報告を聞いた指揮者たちになにか悟られてしまうようなことはいえない。「誰が？」

彼女がにっこりと笑うと、なんとも名付けようのないものが身体中を駆けめぐって全身が火照ってくる。わたしは彼女のお気に入りの思索家で、彼女はわたしの言葉を聞いて喜んでいる。

これほどのしあわせを感じたことはかつてなかった。
「あなたたち」と彼女が答える。わたしはすっかり混乱してしまう。すると彼女が手すりを押して姿勢を正す。「もっといろいろ見せたいものがあるのよ。さあ、いきましょう」

§

〈季節〉がくると、すべてが変わる。

——銘板その一〝生存について〟第二節

7　あんたは先を見据える

イッカはあんたが思っていた以上にマシシとその仲間を受け入れることに前向きだった。が、全員にスポンジで身体をぬぐわせ、レルナが簡単な検査をした結果、マシシが重度の灰塵肺《はいじんぱい》を患っているとわかると、さすがのイッカもしぶい顔になる。それに彼の仲間のうち四人が悪性のできものができている者から歯が一本もない者まで、医学的な問題をかかえていることも、まともに食べて生き残れるかどうかぎりぎりのところだというレルナの話も彼女のお気に召さない。だが臨時招集した会議では、誰でも聞く気がある者にはしっかり聞こえるよう、彼女は大声で告知する。追加の食料とこの地域にかんする知識と一行を攻撃から守るのに役立つ精密なオロジェニーがあるなら折り合いがつけられる、と。それに、と彼女はつけ加える、マシシに永遠に生きていてもらう必要はない。コムはこれで大丈夫と彼女が思えるまで生きていてくれれば充分だ、と。

彼女は、彼はアラバスターとはちがう、とはいわない。これは彼女の親切心――でなければ、少なくともそこまで無慈悲ではないと示した、ということなのだろう。彼女があんたの悲しみを尊重してくれるのは驚くべきことだし、あんたを許す気になりはじめている証拠なのかもしれない。また友だちになれるのだとしたら、うれしいことだ。また。友だちに。

もちろん、それだけでは充分ではない。ナッスンは生きているし、あんたは〈門〉後の昏睡《こんすい》状態から多少なりと回復しつつあり、いまはなぜ自分がカストリマにとどまっているのか理由を思い出そうと日々、苦闘しているところだ。とどまる理由をじっくり考えるのも、ときにはいい。ひとつにはナッスンの将来のためということがある。この先彼女と再会できたら、安全に暮らせるシェルターが必要になるからここにいる。そして、あんたひとりではどうしようもない、というのが二つめの理由——トンキーがいくらいっしょにきたいといっても、もうそうさせるわけにはいかない。あんたのオロジェニーが万全ではない以上、南へもどる長旅はあんたたち二人にとって死の宣告に等しい。ホアはあんたに服を着せるとか、料理するとか、両手が必要な作業をあんたのためにすることはできない。そして三つめ、これがいちばん大きな理由だ——もうどこへいけばいいのか、あんたにはわからない。ホアはナッスンは移動している、あんたが〈オベリスクの門〉を開けたあとサファイアがあった場所から遠ざかりつつあると断言した。あんたが目を覚ます前から、もう彼女を見つけることはできなくなっていたのだ。

しかし希望はある。ある日の未明、あんたの左胸から重い石を取り除いたあとでホアが静かにいう。「彼女がどこにいこうとしているのかわかる気がする。もしわたしが正しければ、彼女はもうすぐ足を止める」自信がなさそうな口調だ。いや、自信がないのではない。戸惑っているのだ。

あんたは野営地から少し離れた露頭に腰をおろして……切除からの回復をはかっているとこ

ろだ。それはあんたが思っていたほど不快なものではなかった。あんたは服を引っ張りあげて石化した乳房を出す。彼がそこに手を当てると、それはあんたの身体からきれいに離れて彼のてのひらにおさまる。あんたがどうして腕のほうもそうしなかったのかとたずねると、彼は「わたしはあんたにとっていちばん心地よいことをするだけだ」と答える。そして彼があんたの乳房を口許《くちもと》にもっていくのを見て、あんたは乳房があった場所を愛《め》でることにする。そこは平らで、少しざらつく焼灼痕《しょうしゃくこん》のような石に覆われている。少し痛むが、それが乳房を切断された痛みなのかそれともっと存在にかかわるなにかなのか、あんたにはわからない。

（ホアは、ナッスンが大好きだった乳房を三口で食べ終える。あんたはその乳房でほかの者の腹を満たしてやれることにねじれた誇りを覚える。）

あんたは片手でぎごちなく下着とシャツをもとにもどしながら――ブラがずり落ちないように片側にいちばん軽い下着を詰めたりもしながら――さっきのホアの声音ににじんでいたかすかな不安の正体を探る。「なにか知ってるのね」

ホアはすぐには答えない。あんたは、これはパートナーシップの問題だ、あんたは〈月〉をつかまえてこの果てしなくつづく〈季節〉をなんとしても永遠に終わらせるつもりだ、あんたは彼のことを気にかけているけれど、こんなふうに隠しごとをするのはよくない、と彼に念押ししようとする――と、ついに彼がいった。「ナッスンは自分で〈オベリスクの門〉を開くつもりだと思う」

あんたの反応は間髪《かんはつ》を容《い》れぬ本能的なものだ。純粋な恐怖。恐怖など感じるべきではないのかもしれない。論理的に考えれば、あんたでさえやっとのことで成し遂げた離れ業を十やそこらの子が完遂できるはずがない。しかしどういうわけか、たぶん娘が怒れる青い力と響き合っていた感触を思い出したから、そしてその瞬間、娘はオベリスクのことをあんたよりもずっとよく理解していると悟ったからだろうが、あんたはホアの言葉の核となる前提をすんなり信じている――あんたの娘はあんたが考えているよりずっと大物だという前提を。

「そんなことをしたら、あの子は死んでしまう」とあんたは思わず口にする。

「そうだろうな、たしかに」

ああ、〈地球〉。「でも、またあとを追えるのよね？　カストリマにいたときはわからなくなってしまったけれど」

「ああ、彼女がまたオベリスクと同期しているからな」

しかし、彼の声にはまたあの妙なためらいが感じられる。なぜだ？　なぜ彼はそんなに気にしているんだ――ああ。ああ、錆《さ》び燃える〈地球〉。やっと理解できて、あんたは震え声でいう。「つまりいまは石喰《いしく》いがみんな彼女を〝知覚〟できるということね。それがいいたいんでしょう？」カストリマの再来だ。ルビー・ヘアやバター・マーブル、アグリー・ドレス、あんな寄生虫は二度と見たくない。幸いなことにほとんどはホアが始末してくれたが。「じゃあ、あなたたちはみんな、わたしたちに興味を持つことになるのね？　わたしたちがオベリスクを利用しはじめたり、利用できそうになったりすると」

「そうだ」なんの抑揚もない静かなひとことだが、いまではあんたも彼のことがよくわかっている。

「地球火《ちきゅうび》。もう実際、誰かがあの子を追っているのね」

石喰いが溜息《ためいき》をつくことができるとはあんたも知らなかったが、まちがいなくホアの胸から溜息が聞こえた。「あんたが灰色の男と呼んでいるやつだ」

背筋を冷気が走り抜ける。だが、そうだ。実はそうではないかと、あんたは思っていた。近年のことにかぎれば、オベリスクと接続できる技を身につけているオロジェンは世界で何人だ、三人か？　アラバスターとあんたと、いまはナッスンも。もしかしたら、短いあいだだが、ユーチェも――そしてたぶんあの頃もティリモのあたりには石喰いが潜んでいたのだろう。その錆び野郎はユーチェが石化ではなく子殺しの犠牲になって死んでしまって、ずいぶんと落胆したにちがいない。

あんたは口のなかに胆汁の苦みを感じてくちびるを噛《か》む。「あいつがあの子を操っているんだわ」〈門〉を起動させて彼女を石に変え、食べられるようにするために。「あいつはカストリマでそれをさせようとしていたんだわ。アラバスターでもわたしでも――錆び、イッカでも誰でもいい、なにか自分の能力以上のことをさせて――」あんたは胸の標石に手をやる。

「絶望、自暴自棄、そういう気持ちを利用するやつは昔からいる」この言葉は、まるで恥じているかのように静かに発せられた。

あんたは突然、自分にそして自分の無力さに怒りを覚える。この怒りの標的は自分自身だとわかっていても彼に八つ当たりしてしまう。「あなたたちはみんなそうなんじゃないかという気がするわ！」

　ホアは鈍い赤色の地平線を眺める姿勢をとっていた。物思わしげな影を帯びたラインで構築された郷愁にオマージュを捧《ささ》げる影像。彼はふりむかないが、その声にあんたは痛みを聞きとる。「わたしはあんたに嘘《うそ》をついたことはない」

「いいえ、あなたはついさっきまで真実を隠していた。嘘をついたのとおなじことよ！」あんたは目をこする。シャツを着るのに邪魔でゴーグルをはずしていたから、目に灰が入ってしまうのだ。「あのねえ、とにかく――いまはなにも聞きたくないの。身体を休めなくちゃ」あんたは立ちあがる。「連れて帰って」

　彼の手がふいにあんたのほうにのびる。「エッスン、もうひとつだけ」

「いったでしょ――」

「たのむ。知っておかないといけないことだ」彼はあんたが憤《いきどお》りながらも気を静めるのを待つ。そしてこういう。「ジージャが死んだ」

　あんたは凍りつく。

§

　その瞬間、わたしはなぜこの話をわたし自身ではなくあんたの視点で語っているのか、あらためて考えてみた――なぜなら、あんたがじつに見事に心の内を隠し通しているからだ。あんたの顔は無表情。目は半眼。しかしわたしはあんたを知っている。わたしはあんたを知っている。あんたの心の内はこうだ。

§

あんたは自分が驚いていることに驚いている。驚いている、だが怒りはない、くじけてもいない、悲しみもない。ただ……驚いている。それはナッスンが無事だと知って最初に考えたことが……

ナッスンは無事なのか？

あんたはふと恐怖を感じて驚く。なにが恐ろしいのかよくわからない。だが口のなかにはっきりと酸味がひろがる。恐怖の酸味が。「どんなふうに？」

ホアがいう。「ナッスンだ」

恐怖がふくれあがる。「あの子がオロジェニーをコントロールできないはずはないわ。あの子は五つのときからずっと――」

「オロジェニーではなかった。そして意図的なものだった」

そしてついに――あんたのなかで〈断層生成〉レベルの前震が起きる。あんたは一拍おいて、どうにか声を出す。「あの子が殺したというの？　意図的に？」

「そうだ」

あんたは茫然《ぼうぜん》自失。困惑し、黙りこくる。ホアの手はまだあんたに向かってのばされたままだ。答えをさしだす手。知りたいのかどうかあんたにはわからない、が……しかし、あんたはとにかく彼の手を取る。たぶん慰めを得たいからだろう。彼の手があんたの手を、ごく軽くだが、握りかえしてくるとはあんたは想像もしていなかった。その感触に、あんたの心が少しやわらぐ。彼はまだ待っている。あんたはその思慮深さをそれはそれはうれしく思う。

「彼は……どこに」もう大丈夫という気がして、あんたは話しはじめるが、まだ大丈夫ではなかった。「わたしもそこへいけるのかしら?」

「そこ?」

どこのことをいっているのか彼はわかっているとあんたは確信している。彼はあんたが自分がなにをたずねているのか、ちゃんとわかっているかどうかたしかめているのだ。

あんたはゴクリと唾を飲んで、理路整然と説明しようと努める。「二人は南極地方にいる。ジージャはずっと旅をつづけていたわけではなかった。あの子はどこか安全なところにいた。そしてそのあいだに強くなった」とても強くなった。「わたしは地中でも息を詰めていられるわ、もしあなたが……。あの子のところへ——」いや、ちがう。あんたがほんとうにいきたいのはそこではない。「ジ、ジ、ジージャがいるところに連れていって。彼が……彼が死んだところに」

ホアは三十秒ほどだろうか、まったく動かない。これはあんたも前から気づいていた現象だ。話のやりとりの間合いが、そのときそのときでバラバラなのだ。彼の返事があんたの言葉にかぶさることもあれば、やっと返事があるまでずいぶん間があって聞こえていなかったのかと思うこともある。そのあいだ考えているとかそういうことはないと、あんたは思っている。彼にとっては、一秒だろうが十秒だろうが、いまだろうがあとだろうが、関係ないのだろう。彼はあんたの言葉を聞いた。そのうち反応があるはずだ。

やはりそうだった。ついに彼の姿がほんの少しぼやける。あんたがゆっくりした動きとしてとらえることができたのは、その動きの最後のところだけだ。彼はもう片方の手をあんたの手に重ね、硬い手のひらであんたの手をサンドイッチにしている。その圧力がだんだんと増して、あんたの手はがっしりつかまれたかたちになる。不快ではないが、それでもやはり。「目を閉じて」

彼がこんなことをいうのははじめてだ。「どうして？」

彼はあんたを連れておりていく。これまでよりずっと深くへ。そして今回はこれまでのように一瞬のことではない。あんたは不用意に——どうやってなのかわからないままに——喘《あえ》ぎ、息を詰めている必要はないことに気づく。闇が深まり、赤い閃光《せんこう》が走り、ほんの一瞬、溶けた赤とオレンジのなかを通り抜け、半液体の光り輝く塊《かたまり》のシャワーのなか、遠くでなにかが炸《さく》裂《れつ》している揺らめく空間がちらりと見えた——と思うと、ふたたびあたりが真っ暗になり、あんたは薄曇りの空の下、開けた大地に立っている。

「これが理由だ」とホアがいう。

「錆び剝《は》がれクソ！」あんたは彼の手をふりほどこうとするが、できない。「ホア、手をはなして！」

ホアの手の圧が抜けて、あんたはすっと手を引っこめる。そしてよろよろと数フィート離れると、手で身体をはたいて怪我《けが》がないかどうかたしかめる。大丈夫だ――瀕死《ひんし》の火傷《やけど》を負っているわけでもなければ、高圧で押し潰されてもいないし、呼吸困難になってもいない。気分が悪くなってさえいない。それほどは。

あんたは背筋をのばして顔をゴシゴシこする。「なるほどね。石喰いは意味のないことは絶対にいわないと肝に銘じることにするわ。まさか〈地下火《ちかび》〉をこの目で見ることになるとは思わなかった」

だがあんたはいま一種の台地の上にそびえる丘のてっぺんに立っている。空はあんたがいまいる位置を教えてくれる標識のようなものだ。ここはさっきいたところより少し明るくなっている――さっきのところは夜明け前だったが、ここはもう夜が明けている。実際、灰の雲の幕を通してだが太陽が見えている。〈あんたは自分がこの光景を胸が痛くなるほど待ち望んでいたことに気づいて驚く。〉しかしあんたがこの景色を見られているということは、ついさっきまでいた場所よりも〈断層〉からかなり遠ざかってしまったということだ。西のほうに目をやると遠くでダークブルーのオベリスクがチラチラ光っているのがぼんやりと見えて、あんたの推測が正しいことを裏付ける。ここが、ひと月ほど前、あんたが〈オベリスクの門〉を開いたときにナッスンがいると感じた場所だ。

〈あっちだ。彼女はあっちへいってしまった。しかしその道は何千平方マイルもあるスティルネス大陸全土に通じている。〉

あんたはふりむいてはじめて、自分が丘のてっぺんにあるいくつかの木造の建物に囲まれていることに気づく。高床式の貯蔵小屋がひとつ、差し掛け小屋が数棟、そして寮か教室のような建物もある。だがそのすべてがきちんと高さのそろった玄武岩の円柱を並べたフェンスで囲まれている。オロジェンが足元の巨大火山の爆発を制御してスピードを落とし、このフェンスをつくったことは、あんたにとっては空に太陽があるのとおなじくらいはっきりしたことだ。しかしそれとおなじくらいはっきりしているのが、この施設は空っぽだという事実だ。目に見える範囲には人っ子ひとりいないし、地面を歩く反響は遠くからしか、フェンスの外からしか伝わってこない。

好奇心に突き動かされて、あんたは玄武岩のフェンスが途切れているところから、半分土、半分小石の道路へ出る。道路はうねりながら丘を下っている。ふもとには村があり、台地のほかの部分すべてを占めている。村はどこにでもあるコムという感じだ。いろいろな形の家が立ち並んでいるが、ほとんどの家に、まだ緑の茂る庭や常設の貯蔵庫、浴室らしき建物、窯小屋などがある。建物のあいだで動きまわっている人々は、顔をあげてあんたを見ようともしない。それはそうだ。気持ちのいい日で、ここではまだ太陽もさほど陰りを見せていない。みんな畑仕事があるし――見張り塔のひとつにいくつもつないであるのは手漕《てこ》ぎ舟か？――近くの海に出漁する準備もあるだろう。なんにせよ、この囲い地のなかの施設はここの人たちにとっては重要ではないようだ。

あんたが村に背を向けたそのとき、あんたの目が〝るつぼ〟をとらえる。

それは敷地の端にあり、ほかより少し高くなっていて、あんたの位置からでも見える。あんたは小道をのぼって窪《くぼ》んだるつぼをのぞきこむ。丸石と煉瓦《れんが》で仕切られたるつぼを見ると、昔の習慣がよみがえってあんたは感覚を地中にのばし、いちばん近くにある印のついた石を見つける。それほど深くない。地下五、六フィート程度のところだ。あんたは石の表面を探ってノミ、でなければハンマーのかすかな圧痕を見つける。四。簡単すぎる——昔、あんたがやっていた頃は石にペンキで数字が書かれていたので、もっとわかりにくかった。とはいえ石は小さい。四指輪以下では見つけることも数字を読み取ることもむずかしいサイズだ。訓練の細部はまちがっているが、基本はとらえている。

「これはフルクラムの南極地方支所ではないわ」そういってあんたは腰をかがめ、リングをかたちづくる石のひとつに触れる。あんたの記憶にあるような美しいタイルのモザイクではなく、ただの小石だが、これまた基本的な考え方は踏襲している。

ホアはまだあんたたちが地中から出現した場所に立っている。両手はまだあんたの手をはさむかたちのままだ。帰りの旅に備えてのことだろう。彼は答えないが、あんたはほとんど自分に語りかけるように話しつづける。

「前から南極地方支所は小規模だと聞いていたわ。でもここは小規模もなにもない。野営地並みよ」ここには指輪庭園はない。本館もない。それにフルクラムの北極地方支所、南極地方支所はどちらも辺鄙《へんぴ》なところにあって小規模だけれど美しいとも聞いていた。当然の話だ——フルクラムの美はあのいかにも役所風の、帝国が認可したオロジェン的なものが自然と醸しだす美しさなのだから。この粗末な掘っ立て小屋の集まりはこの概念に合わない。それに――「ここは火山の上だわ。丘の下のスティルたちとの距離も近すぎるし」あの村はユメネスとはちがう。ユメネスは全方向ぐるりとノード保守要員が囲んでいるうえに、強大な力を持つ上級オロジェンたちに守られていた。ここは、グリットがひとり癇癪《かんしゃく》を起こしただけで地域全体がクレーターと化してしまうにちがいない。

「これはフルクラム南極地方支所ではない」とホアがいう。彼はいつも静かな声で話すが、いまはあんたのほうを向いていないのでよけいやわらかな声に聞こえる。「あれはもっと西のほうにあって、粛清された。あそこにはもうオロジェンはひとりもいない」

粛清されたのは理の当然だ。あんたはぐっとこらえて悲しみを押し殺す。「じゃあここは誰かがフルクラムへのオマージュとしてつくったということね。生きのびた人がいたのかしら?」

そのときあんたはふいに意図せず地中の石を見つけてしまう――小さな丸い小石だ。地下五十フィートくらいのところだろうか。表面に九と書いてある。インクで。あんたはなんの苦もなく読み取ると首をふって立ちあがり、敷地のさらに奥へと入っていく。

そしてあんたは立ち止まる。緊張が走る。寮のような建物から男が出てきたのだ。片足を引きずり杖《つえ》をついている。男もぎょっとして立ち止まり、あんたを見ている。「錆び誰だ?」はっきりそれとわかるもったりした南極地方なまりで男がたずねる。

あんたの意識が地中に急降下していく――そしてあんたはすぐさまそれを引きもどす。ばかなことをした。忘れたのか? オロジェニーを使えば命を落とすことを。それに男は武器も持っていない。かなり若い。生え際が後退しはじめているが、まだ二十代といったところか。足は軽く引きずっている程度で、片方の靴がもう一方より高くつくってある――なるほど。たぶん村の障害者が、いつかまた使うことになるかもしれない建物の簡単な手入れをしにきていたのだろう。

「ああ、どうも」あんたはそれだけいって口ごもる。なにをいえばいいのかわからず押し黙ってしまう。

「どうも」男はホアを見てたじろぐ。そして衝撃を受けていることを隠そうともせず、じっと見つめる。石喰いのことは伝承学者の話で聞いたことがあるだけで実在するのかどうか疑っていたことがはっきりわかる顔だ。そして遅ればせながらあんたのことを思い出したようで、あんたの髪や服についた灰をいぶかしげに見ているが、見た目からいえばあんたのほうがずっと印象が薄い。「それは彫刻だといってくれよ」と男があんたにいう。そして神経質そうに小さく笑う。「でもおれがここまでのぼってきたときにはなかった。ああ、どうも、でいいのかな？」

ホアはわざわざ返事をしたりはしないが、目はあんたではなく男のほうを見ている。あんたは肚《はら》を決めて一歩まえに出る。「驚かせてしまってごめんなさい。あなた、このコムの人？」

男はやっとあんたをまともに見て、いう。「ああ、そうだよ。あんたはちがうね」そういいながらも男はべつに不安そうな顔をするでもなく、目をしばたたく。「あんたも守護者なのか？」

あんたは全身にチクチク刺されるような痛みを感じる。あんたは一瞬、ち、が、う、と叫びたくなるが、すぐに理性が存在を主張する。あんたは微笑《ほほえ》む。かれらはいつも微笑んでいる。「あんたもというと?」

若い男はあんたを頭のてっぺんから足の爪先までじろじろ見ている。不審に思っているのだろう。男が質問に答えてくれるなら、そして攻撃してこないなら、見られようとどうしようとあんたは気にしない。「ああ」と一拍、間を置いて男がいう。「子どもたちが訓練旅行に出たあと、ここで二人死んでたんだ」口角がほんの少しあがる。それがどういう意味なのか、あんたにはよくわからない。彼が子どもたちが訓練旅行にいったという話を信じていないからなのか、〝二人死んでいた〟という事実に心底動揺しているからなのか、それとも人がロガの話をするときによくある反応なのか、なぜならその子どもたちがロガだということははっきりしているわけだから。もし守護者がここにいたのなら。「女長《おさ》がいってたんだ。そのうちほかの守護者がくるかもしれないって。ここにいた三人はみんなそれぞれ何年かのうちにどこからともなくあらわれたんだ。だからあんたもその口かと思って」

「ああ」守護者のふりをするのは驚くほど簡単だ。ただ微笑んで、情報はなにひとつ与えないようにしていればいい。「それでみんなその……訓練旅行にはいつ出発したのかしら?」

「ひと月くらい前かな」若い男は楽な姿勢をとってふりむき、彼方《かなた》のサファイアのオベリスクを見つめる。「シャファは、子どもたちの訓練の余波をおれたちが感じないくらい遠くまでいくといってた。相当、遠いんじゃないかな」

シャファ。あんたの笑みが凍りつく。あんたは歯のあいだから絞りださずにはいられない。

「シャ、ファ、ァ」

若い男があんたに向かって顔をしかめる。まちがいなく疑っている。「ああ。シャファだ」

それはありえない。彼は死んだはずだ。「背が高くて、髪は黒、目は氷白《ひょうはく》、ちょっと変わったなまりがある？」

若い男がいくらか肩の力を抜く。「ああ。じゃあ、知ってるんだな？」

「ええ、とてもよく」微笑むのはとても簡単だ。悲鳴をあげてホアをつかんでいま、いま、いますぐ娘を助けたいから地中に入ってと命じたい衝動を抑えつけるほうがずっとむずかしい。いちばんむずかしいのは地面に倒れこんで身体を丸め、いまはもうないのに痛みだけは感じる手を握りしめようとあがいたりしないようにすることだ——邪悪な地球、また全身の骨が折れたような痛みに見舞われる。その痛みは幻なのにあまりにもリアルで涙があふれてきて目がチクチクする。

帝国オロジェンは自制心を失うことはない。あんたが黒上着でなくなってもう二十年近くたつし、そのあいだあんたは自制心を失いっぱなしだった——が、それでも昔の修練の力を借りて、あんたはなんとか心を立て直す。ナッスンが、愛《いと》しいわが子が、怪物の手のなかにある。どうしてそんなことになったのか、はっきりさせなければならない。

「とてもよく」とあんたはくりかえす。守護者が言葉を反復しても誰も奇異には思わない。

「彼が預かっていた子どものことを教えてもらえるかしら？　中緯度地方人の女の子で、髪は茶色でしなやかな巻き毛、目は灰色で――」

「ナッスン、だな。ジージャの娘の」若い男はもう完全にリラックスしていて、あんたの緊張がますます高まっていることには気づいていない。「邪悪な地球、その旅でシャファが殺してくれるといいんだけどな」

　あんたの身が危ういわけではないのに、あんたの意識はまた地中に沈み、あんたはあわてて引きもどす。イッカのいうとおりだ――あんたは義務を放棄してなにもかも葬ってしまうような行動をとるのはやめることを真剣に考える必要がある。とりあえず、笑みは崩れていない。

「ええ？」

「ああ。あの子がやったんだと思うんだよな……。錆び、でも誰がやったとしてもおかしくない。おれにとってはあの子がいちばん怖かったというだけのことだ」ついにあんたの笑みに鋭い棘《とげ》があることに気づいて、男は顎を引き締める。だが、それも守護者のことを知っている者にとってはべつに気にかけるようなことではない。彼はただ視線をそらせるだけだ。

「やった、というのは？」とあんたはたずねる。

「ああ。あんたにはわからないだろうな。見せてやるから、こっちへ」

　男はくるりとふりむいて足を引きずりながら囲い地の北の端のほうへ進んでいく。あんたはひと呼吸置いてホアと視線を交わし、男についていく。ここも少しのぼりになっていて、のぼりきったところは平らで、星を見たり、ただ地平線を眺めたりする場所だったにちがいない――周囲の田舎の風景がほとんど見渡せる。比較的最近降りだした灰のせいでうっすら白くなってはいるが、それでもまだ驚くほど豊かな緑が残っている。

だが、ここには妙なものがある——石のかけらが積んであるのだ。最初はあんたも再生用のガラスが貯めてあるのかと思う——ジージャはティリモの家の裏にそういう場所を設けていて、近所の人が割れたガラスなどをそこに積みあげ、ジージャはそれを使って黒曜石《こくようせき》ナイフの柄をつくっていた。ここにあるかけらのなかにはただのガラスよりも高品質なものがある——誰かがなにも細工していない半貴石を捨てたのかもしれない。色はさまざまだ。黄褐色、灰色、青は少なく、赤が多め。しかしなにか形が見える。それに気づいたあんたは立ち止まり、首を傾《かし》げ、自分がいったいなにを見ているのか理解しようとする。そうしているうちに、かけらの山のいちばん手前あたりの石の色と並びがなんとなくモザイク画のように見えてくる。ブーツ、誰かが小石でブーツをかたちづくってそれを崩したとしたら。だとしたら、あれはズボンだろうが、ところどころに骨のような白っぽいものがあって——。

まさか。

地《ち》。下《か》。火《び》。

まさか。あんたのナッスンはこんなことはしていない、できるはずが——。

ナッスンがやった。

あんたの表情を読んで、若い男が溜息を洩《も》らす。あんたは笑顔をつくることも忘れてしまっていたが、いくら守護者でもこれを見たら真顔になるだろう。「おれたちもいったいなにを見ているのか、わかるまでしばらくかかったよ」と男がいう。「あんたならどういうことかわかるんだろうな」と、期待の眼差《まなざ》しであんたを見る。

あんたが黙って首をふると、男は溜息をつく。

「うん。みんなが出掛ける直前のことだ。ある朝、雷のような轟音《ごうおん》が聞こえたんだ。外へ出たらオベリスクが――何週間か前からこのへんをうろうろしていた青いでかいのが、どんなのか、あんた知ってるだろう――それが消えてたんだ。そしたらその日、あとになってまたチュコーッてでかい音がして――」男が音を真似してパンと手を叩《たた》く。あんたは飛びあがりそうになるのをかろうじて抑える。「で、あれがもどってきた。そうしたらシャファが急に子どもたちを連れて出掛けると女長にいって。オベリスクのことはなんの説明もなかった。ニダとアンバーのことも――シャファといっしょにここを運営していた守護者なんだが――あの二人が死んだこともいわなかった。アンバーは頭が潰れていた。ニダは……」男が首をふる。その顔に浮かんでいるのは混じり気なしの嫌悪感だ。「ニダの頭のうしろが……。でもシャファはなにもいわなかった。ただ子どもたちを連れて出ていったんだ。村の人間はほとんどが、どうかこのまま子どもらを連れて帰ってこないでくれと思ってるよ」

シャファ。そこに神経を集中させなければならない。そこが大事なところだ、過去ではなくいまのこと……だがあんたはジージャから目を離すことができない。燃え錆び、ジージャ、ジージャ。

まだ生身の身体だったらなあ、と思う、あんたのために。まだ調律師だったらなあ、と思う、あんたに大地の温度と圧力と反響を通して話しかけられるように。この会話には言葉は雑すぎる、繊細さに欠ける。あんたはけっきょくジージャが好きだった。秘密を打ち明けるわけにはいかなかったが。あんたは彼に愛されていると思っていた――そして彼はあんたを愛していた。秘密を打ち明けたらそうはいかなかっただろうが。愛と憎しみは単に相容《あいい》れないもの、両立しないものというわけではないんだ。わたしがそう学んだのはずっとずっと昔のことだ。

辛い話だな。

§

§

あんたはなんとか言葉を絞りだす。「シャファは帰ってこないわ」なぜならあんたは彼を見つけて殺さなければならないからだ――しかし恐れと憎しみの奥から理性が頭をもたげてくる。この奇妙な施設はあくまでもフルクラムを真似たものであって、彼がナッスンを連れていってしかるべきほんもののフルクラムではない。ここの子どもたちは集められはしたが、皆殺しにはならなかった。ナッスンはおおっぴらにオベリスクをコントロールしてこんなことまでしてのけた……が、シャファは彼女を殺さなかった。ここではあんたには理解しきれないことが起きていた。

「この人のこと、もっと教えてもらえるかしら」あんたは宝石のかけらの山を顎で指す。あんたの元夫を。

若い男は衣擦《きぬず》れの音が聞こえるほど大きく肩をすくめる。「ああ、いいよ、うん。ええと、名前はジージャ〈耐性者〉ジェキティだ」男は破片の山を見おろしながらしゃべっているから、あんたがコム名のちがいに気づいて頰をピクッとひきつらせたことには気づいていないだろう。「コムの新参者で打ち工《く》だった。ここには男は多すぎるほどいるが、打ち工はどうしても必要だったから、もし打ち工がきたら年寄りだとか病気だとかまちがいなく狂っているとかでないかぎり受け入れることにしていたんだ。わかるだろう?」男は肩をすくめる。「娘のほうは、ここに着いたときはなにも問題なさそうだった。まさかあいつらの仲間とは思わなかったよ。すごくちゃんとしてたし、礼儀正しかったから。誰かがしっかりしつけてたんだろうな」あんたはふたたび微笑む。顎を引き締めた完璧な守護者の微笑みだ。「あの子が何者なのかわかったのは、ジージャがここにきたからなんだ。噂を聞いたらしい。ロガが……非ロガになれるかもしれないという噂を。そのことを聞きたいといってここを訪ねてくるやつがけっこういるんだ」

あんたは眉をひそめてジージャから視線をそらしそうになる。非ロガ?

「そういうことがあったってわけじゃないんだ」男が溜息をついて、より楽な姿勢をとろうと杖の位置を変える。「それにその手の子を受け入れてたわけでもない。そりゃそうだろう？ そいつらが大人になって、またおかしなのが生まれたらどうするんだ？ 血筋から穢《けが》れは取り除かないとな。とにかくその子は少し前までは父親思いの子だった。それがある晩、近所のやつが父親の怒鳴り声を聞いて、そのあとその子はほかの子たちがいるこの囲い地に移ってきた。それが原因で、あんたも想像がつくだろう、ジージャはなんというか……おかしくなってしまったんだ。もうあの子はおれの娘じゃないとか、ひとりごとをいうようになって。大声で罵っていることもあった。誰も見ていないと思うときには物にあたって——壁やなにかを殴ったりしてたらしい。

それでその娘は父親に寄りつかなくなったんだ。誰も責められないさ——その頃、ジージャのまわりのやつはみんなビクビクしてた。そりゃそうだろう、ずっと静かな暮らしがつづいてたんだから。そんなわけであの子がシャファといっしょにいるのを前よりよく見るようになった。いつもシャファの影のなかにいて、小鴨《こがも》みたいだったな。シャファがじっとしているときは、あの子はいつもシャファの手を握っていた。それでシャファのほうは——」男は用心しいあんたを見る。「あんたたちが愛情を示すようなところはあまり見たことがないんだが、シャファはあの子をとても大事にしていた。実際、ジージャがあの子を連れもどしにきたときにはもう少しでジージャを殺すところだったらしい」

あんたのもうなくなってしまった手がまた疼《うず》くが前のようなズキズキする痛みではなく、おずおずとした痛みだ。その理由は……彼はナッスンの手の骨を折る必要はなかったから、だろう。ちがうのか？　いや、いや、いや。ナッスンの手の骨はあんたが折った。ユーチェの手も折れていた。あれはジージャにやられた。シャファはジージャからナッスンを守った。シャファはナッスンを大事にしていた。あんたも懸命にそうしようとした。そしてそこから連なる思いにあんたの身の内のなにもかもが震えだし、その震えを身の内にとどめておくにはいくつもの都市を破壊してきた意思の力が必要なのだが……。

が……。

両親の無条件の愛に何度も裏切られたナッスンにとっては、守護者の条件つきの予想どおりの愛のほうがずっと受け入れやすかったのではないか？

あんたは一瞬、目を閉じる。守護者が泣くとは思えないからだ。

なんとか平静を保ってあんたはいう。「ここはどういう場所なの？」

男は驚いてあんたを見、あんたのずっとうしろにいるホアを見る。「ここはジェキティのコムだよ、守護者さん。シャファたちは――」と、囲い地をぐるりと手で指す。「コムのこの部分のことを〈見いだされた月〉といってたけどな」

それはそうにちがいない。そしてシャファはあんたが血肉を削って知った世界の秘密を前から知っていたのにちがいない。

沈黙しているあんたを見て、男は考えている。「女長に紹介しようか。また守護者がいてくれるようになったら喜ぶと思うよ。襲ってくるやつらを撃退するには心強い味方だからな」

あんたはまたジージャを見ている。小指の形を完璧に保ったかけらがある。見覚えのある小指。あんたがキスした小指――。

もう耐えられない、これ以上心が乱れないよう、落ち着きを取りもどさなければ、ここを離れなければ。「それは――そ、それについては――」深呼吸して心を静める。「少し時間を取って状況を見極めないとね。女長のところへいって、じきに挨拶にいくからと伝えてもらえるかしら？」

男は横目であんたをちらりと見るが、多少変わっているというふうに見えてもべつにかまわない。この男は守護者のそういう態度には慣れているだろうから。たぶんそのせいだろう、男はうなずくと足を引きずってぎごちなくあとずさりしはじめる。「ひとつ聞いてもいいかな？」

だめだ。「ええ、なにかしら？」

男はくちびるを嚙んでいる。「いったいなにが起きてるんだ？　なんだかどうも……。最近はなにもかもがふつうじゃないというか。つまり、〈季節〉なんだけど、それにしてもなにかおかしい気がするんだ。守護者はロガをフルクラムに連れていかない。ロガはそれまでどんなロガもしたことがないようなことをしている」男はジージャのかけらの山を顎で指す。「北のほうで錆びなにかあったらしいし。あの空に浮かんでるやつ、オベリスクも……。なにもかも……。みんな噂してるんだ。世界はこのまま元にはもどらないんじゃないかって。永遠に」

あんたはジージャを見つめているが、頭ではアラバスターのことを考えている。なぜなのかはわからない。

「ある人にとっては正常なことが、ほかの人にとっては〈破砕〉になる」笑顔のつくりすぎで顔が痛くなってくる。誰が見ても笑顔と思える表情をつくるには技術が必要だが、あんたはそれが恐ろしく苦手でへたときている。「もちろん誰もが正常と思えていればいいけれど、おなじ感覚を共有したい人の数が少なすぎてね。だからいまわたしたちはみんな火炙《ひあぶ》りの刑に処されているのよ」

男は少しのあいだあんたを見つめていた。かすかに不穏な空気が漂う時間だった。そして男はぶつぶつとなにかつぶやき、ホアを大きく迂回《うかい》して去っていく。やっと厄介払いができた。

あんたはジージャのかたわらにしゃがみこむ。彼はかくも美しい。色とりどりの宝石のようだ。彼はかくも怪物じみている。さまざまな色彩の下で彼のなかの魔法の糸が狂ったように四方八方にのびているのをあんたは知覚する。あんたの腕や胸に起きたのとはまったくちがうことが起きている。彼は粉々に砕かれ、微小なレベルでいきあたりばったりに配列し直されたのだ。

「わたしはなにをしてしまったの？」とあんたはたずねる。「あの子をどんなふうにしてしまったの？」

あんたの視野の端にホアの爪先があらわれる。「強くした」と彼がいってくれる。

あんたは首をふる。ナッスンはもともと強い子だった。

「生きている」

あんたはまた目を閉じる。あんたはこの世に三人の赤ん坊を送りだし、この子は、このかけがえのない子はまだ息をしている、それだけが大事なことのはずだ。それでもやはり。

わたしはあの子をわたしにしてしまった。地球はわたしたち二人を喰らい、わたしはあの子を〝わたし〟にしてしまった。

そしてたぶんそれがナッスンがまだ生きている理由だろう。そしてそれはまた――とあんたはナッスンがジージャにしたことの結果を見つめながら気づき、さらに娘があんたの代わりにやってしまったからあんたはユーチェの敵を討つことすら叶《かな》わないと悟りながら気づくのだが――それはまたあんたが彼女を恐れる理由でもあるのだ。

そしてそこには――あんたがずっと向き合ってこなかったもの、鼻面に血と灰をつけたカークーサがいる。ジージャはあんたの息子のことであんたに負い目があったが、翻《ひるがえ》ってあんたはナッスンに負い目がある。あんたはナッスンをジージャから救わなかった。ナッスンがあんたを必要としているときにここにいなかった。文字どおり地の果てのここに。彼女を守るなどと思いあがったことをよく考えられるものだ。灰色の男とシャファ――ナッスンはもっと頼りになる保護者を自分で見つけた。自分自身を守る強さを自分で見つけた。

あんたはそんなナッスンをとても誇りに思う。そしてもう二度と彼女の近くにはいくまいと思う。

ホアの硬くて重い手があんたの無傷のほうの肩にずっしりと乗る。「ここにずっといるのは賢明ではない」

あんたは首をふる。コムの住人がくるならくればいい。あんたが守護者ではないとばれてもいい。誰かがあんたとナッスンがよく似ていると気づいてもかまわない。クロスボウでもなんでも持ってくればいい――。

ホアの手が丸まってあんたの肩を万力のようにぎゅっとつかむ。もういくのだとわかってもあんたは身構えもせずそのまま地中に引きこまれて北へもどっていく。こんどはわざと目を開けたままにしているが、目に入る光景もどうでもいいものとしか思えない。地中で燃えさかる火など、いまのあんたが感じている母親失格という思いにくらべれば無に等しい。

あんたたち二人は野営地の静かな一角の地面から姿をあらわすが、そこはこぢんまりした木立のそばで、匂いからして大勢の人間がトイレ代わりに使っている場所のようだ。ホアが手をはなしたのであんたは歩きはじめるが、ふと足を止める。頭が真っ白になっている。「わたしはなにをすればいいのかしら」

ホアは無言だ。石喰いは不必要に動いたりしゃべったりしないし、ホアはすでに自らの意思をはっきり示している。あんたはナッスンと灰色の男が話しているところを想像して、静かに笑う。彼がほかの石喰いより動きも口数もかなり多いように思えるからだ。彼女にとってはいい石喰いといえる。

「どこへいけばいいのかわからない」とあんたはいう。最近はレルナのテントで寝ているが、どこへというのはそういう意味ではない。あんたのなかに虚空の塊ができている。ぽっかり穴が開いているのだ。「わたしにはもうなにも残っていない」

ホアがいう。「あんたにはコムがある。仲間もいる。レナニスに着けば家もある。あんたにはあんたの人生がある」

ほんとうにそんなものがあるのだろうか？　死者はなんの願いも持たない、と石伝承には書かれている。あんたはティリモのことを、死がやってくるのを待ちきれずにコムを死滅させてしまったあのティリモのことを考える。死はいつもあんたとともにある。死はあんただ。まえかがみになっているあんたの背中にホアが声をかける。「わたしは死ぬことができないんだ」

このあきらかに不合理な話に憂鬱《ゆううつ》な思いからギシギシと引っ張りだされて、あんたは顔をしかめる。そしてはたと気づく――彼は、あんたが彼を失うことは永遠にないといっているのだ。彼はアラバスターのように崩れて消え失せたりはしない。コランダムやイノンやアラバスターやユーチェ、そしていまはジージャを失った痛み、その痛みに不意打ちされることはホアの場合はありえないのだ。そしてどんなかたちであれ、重大な結果をもたらすほどホアを傷つけることもありえない。

「あなたを愛していれば安全なのね」そう悟って内心ギクリとしながら、あんたはつぶやく。

「そうだ」

驚いたことにこのひとことがあんたの胸にある静かなわだかまりをやわらげてくれる。少しだけだ……が、ありがたい。

「どうやってそんな長い年月、すごしていくの？」とあんたはたずねる。想像がつかない。たとえ自分が知っているもの、愛しているもの、すべてが揺らぎ、消え去ろうとしていて、もう死にたいと思っても死ぬことができないのに。なにがあろうと生きつづけねばならないのに。

どんなに疲れていようと生きていかねばならないのに。

「前進するんだ」とホアがいう。

「え?」

「まえへ。進むんだ」

そして彼は地中に消えてしまう。が、どこかすぐ近くにいる。あんたが必要とするときに備えて。しかしいまは彼が正しい――あんたはいま、彼を必要とはしていない。

考えることができない。喉が渇いているし、腹が減っているし、疲れてもいる。野営地のこのあたりはひどい匂いだ。腕の切断面が痛い。心はもっと痛い。

それでもあんたは野営地の中心のほうへ一歩踏みだす。そしてもう一歩。さらにもう一歩。まえへ。

§

二四九〇年:南極地方の東海岸近く――ジェキティから二十マイルほどの未詳の農業コム。まず、未知の事象によりコムの住人全員が黒曜石に変わる。(??ほんとうにそうなのか? 氷ではなく黒曜石? 三次資料を見つけること。)のちに、女長の二番めの夫がジェキティで生きていることがわかる――ロガと判明。コムの民兵が厳しく追及した結果、自分がやったことだと認めた。ジェキティ火山の噴火を止める唯一の手段だったと主張するも、事前に噴火の兆候はいっさいなかったという。報告書では男の両手も石になっていたとされる。尋問は途中で石喰いによって中断され、石喰いは民兵十七名を殺害してロガを地中に引きこんだ——二人はそのまま姿を消したという。

——イェーター〈革新者〉ディバースの事業記録

8　ナッスン、地下へ

白い螺旋《らせん》階段は下へ下へとしばらくつづく。壁との距離は近く閉所恐怖を引き起こしそうな空間だが、空気はなぜかカビ臭くない。灰が降ってこないというだけでもいつもとはちがう気分になるが、ナッスンはここにはほこりもほとんどないことに気づく。これはおかしくないだろうか？　なにもかもがおかしい。

「どうしてほこりがないのかしら？」とナッスンは歩きながらたずねる。彼女は最初は声を潜めてしゃべっていたが、しだいにリラックスしてくる――少しだけだが。とはいえここはけっきょくのところ絶滅文明の廃墟《はいきょ》だ。そういうところは危険がいっぱいだという話は伝承学者から何度も聞いたことがある。「どうしてまだ明かりがつくのかしら？　あの、さっき通ってきたドア、あれはどうしてまだ動くのかしら？」

「わたしにもさっぱりわからないんだよ」シャファはなにか危険があれば最初に自分が出会うよう、いまは先に立って階段をおりている。ナッスンには彼の顔は見えないから、彼の気分は大きな肩で推し量るしかない。（彼の気分の変化や緊張具合をつねに見ているのは彼女にとっては辛いものがある。これもジージャから学んだことだ。シャファが相手だろうと誰が相手だろうと、彼女がこの習い性を脱ぎ捨てるのは無理のようだ。）彼女が見たところ、彼は疲れてはいるがそれ以外問題はなさそうだ。おそらく、二人でここまでこられたことに満足している。これからなにと出会うことになるのか、油断なく身構えている――しかしそれは彼女もおなじことだ。「絶滅文明の廃墟にかんしては、答えがただ〝なぜなら〟だけで終わってしまうこともある」

「なにか……覚えているんですか、シャファ？」

彼は肩をすくめるが、いくらかぎごちない。「少しな。パッと一瞬浮かぶだけだ。なにというよりは、なぜ、ばかりだが」

「じゃあ、なぜ守護者は〈季節〉になるとここにくるんですか？　どうしてそれまでいたところに残って、あなたがジェキティを助けたみたいにコムを助けないんですか？」

階段の踏み板の幅は内側の狭いところを選んでいてさえナッスンの歩幅には少しばかり広すぎる。だから何段かに一回はおなじ段に両足をおろして休み、また小走りでシャファに追いつく。彼はドラムビートのように一定のリズムを刻んで、彼女にはおかまいなしに進んでいく――が、彼女が質問を重ねているうちにふいに踊り場があらわれた。ついにシャファが足を止め、すわって休もうと手で合図してくれて、ナッスンは大いにほっとする。草の森を悪戦苦闘してくぐり抜けたときに汗びっしょりになってまだ全身汗まみれだが、動きが少しゆっくりになった分、汗も乾きはじめている。水筒から飲んだ水の最初のひと口は甘く、踊り場の床は硬いがひんやりしていて気持ちがいい。ふいに眠気が襲ってくる。それは無理もない、外は、バッタやセミが飛びまわる地表は、いま夜なのだから。

シャファが荷物を探って干し肉をひと切れ、ナッスンに渡す。ナッスンは溜息《ためいき》をついて、なかなか嚙《か》み切れない干し肉をかじる作業に取りかかる。シャファはナッスンの不服そうな顔を笑顔で見守り、なだめるつもりなのだろう、やっと彼女の質問に答えはじめる。

「われわれが〈季節〉になるとコムを離れるのは、コムに提供できるものがなにもないからだよ。まず、わたしは子どもがつくれない。だからコムに受け入れてもらえる理想的な人物とはいえないんだ。コムが生きのびるためにどれほど貢献しようと、コムがわたしに投資するものにたいしてわたしが返せる利益はごく短期的なものにすぎない」彼は肩をすくめる。「それに面倒を見るオロジェンがいないと、時間がたつにつれてわれわれ守護者は……いっしょに暮らすのがむずかしい存在になってしまう」

かれらの頭のなかのものが、かれらがつねに魔法を欲するように仕向けているからだとナッスンは気づく。オロジェンは守護者にも分け与えられるだけの銀を生みだすが、スティルはちがう。守護者がスティルから銀を取りこむとどうなるのか？　たぶんそれが守護者がコムを離れる理由なのだろう——だから誰にもわからないままなのだ。

「子どもはつくれないってどうしてわかるんですか？」彼女は踏みこんで聞いてみる。個人的な問題だから踏みこみすぎかもしれないが、彼はこれまでこの手のことを聞いていやな顔をしたことはない。「つくろうとしたことはあるんですか？」

彼は水筒の水を飲んでいる。水筒をおろした彼は困惑した表情を浮かべる。「つくるべきではない、といったほうが正しいな」と彼はいう。「守護者はオロジェニーの形質を持っているんだ」

「ふうん」シャファの母親か父親がオロジェンだったということだ！　それともお祖父さんかお祖母さんが、だろうか？　とにかく、彼のオロジェニーはナッスンのように発現することはなかった。彼の母親は――彼女はとくにこれといった理由もなく勝手に母親と決めたんだが――その母親は彼を訓練する必要も、嘘《うそ》をつくようにいう必要も、手の骨を折る必要もなかった。「運がよかったのね」と彼女はつぶやく。

彼が水筒を口許《くちもと》に持っていきかけて動きを止める。彼の顔をなにかがよぎる。彼がこの表情を見せることはめったにないにもかかわらず、この表情がなにを意味するのか、彼女はとくにしっかりと学んでいた。彼は思い出したいことを思い出せないことがときどきあるが、いまは忘れてしまいたいことを思い出してしまったのだ。

「それほど運がいいとはいえないな」彼はうなじに手をやる。彼のなかのまばゆい、神経に刻みこむような灼熱《しゃくねつ》の光の網状組織はまだ盛んに活動している――彼を痛めつけている、彼に狙いを定めている、彼を壊そうとしている。その網のまんなかにあるのは誰かが入れたコアストーンの破片だ。ナッスンははじめて、いったいどうやって入れたのだろうかと考える。そして彼のうなじを縦に走る長い醜い傷痕を思い浮かべる。彼が長髪なのはそれを隠すためだろうと彼女は思っている。その傷が意味するものを思い、彼女は小さく身震いする。

「わたしには――」ナッスンは誰かにうなじを切られて悲鳴をあげるシャファのイメージをな

んとか消そうとする。「わたしには守護者がわからない。つまりほかの守護者のことだけれど。わからない……。ほかの守護者は怖いわ」シャファがかれらのようになることなど彼女には想像することすらできない。

彼はしばらく答えず、二人は黙々と食べつづける。やがて静かに彼がいう。「わたしは細かいことは忘れてしまっている。名前とか、顔もほとんど覚えていない。だが、感覚は残っているんだよ、ナッスン。わたしが守護者として担当したオロジェンを愛していたことは――少なくとも愛していると信じていたことは覚えているんだ。わたしはかれらの安全を守ってやりたかった。たとえそれが、大規模な残虐行為を防ぐために少し残酷なことをしてかれらを苦しめることを意味しようともだ。なんであれジェノサイドよりはましだと、わたしは思っていた」

ナッスンは顔をしかめる。「ジェノサイドってなんですか？」

シャファはふたたび笑みを浮かべるが、悲しげな笑みだ。「もしオロジェンがひとり残らずつかまえられて殺害され、もしそれ以降に生まれたオロジェンの赤ん坊は首をへし折られ、もしわたしのようなオロジェンの形質を持つ者は殺されるか子どもがつくれないようにされるかして、もしオロジェンは人間だという考え方にいたるまで否定されれば……それはジェノサイドだ。ある人の集団が、かれらが人だという概念まで含めて、抹殺されてしまうことだ」

「ああ」ナッスンはどういうわけかまた吐き気に襲われる。「でもそれは……」

シャファは彼女が、でもそれはもう起きていることだというつもりだったことを察知して首を傾《かし》げる。「これが守護者の仕事なんだよ。守護者はオロジェニーが消えてしまうのを防いでいるんだ——どうしてかというと、じつはこれがないと世界中の誰も生きのびられないんだ。オロジェンは絶対に欠かせない存在なんだよ。だが欠かせない存在だからこそ、オロジェンが選択権を持つことは許されない。オロジェンは道具でなければならないんだ——そして道具は人ではありえない。守護者は道具を守る……そして道具としての有用性を保ちながら、できるかぎり人としての部分を殺す」

ナッスンは、まるで自分のなかにどこからともなく九指輪が出現したかのようにすべてを理解し、シャファを見つめかえす。世界はそういうふうになっているのだろうが、それはおかしい。オロジェンに起きたことは自然に起きたのではない。起きるように仕向けられたのだ。守護者によって。かれらが守護者としての役割を長い年月、果たしつづけてきたことによって。サンゼ以前の時代にありとあらゆる司令官や〈指導者〉の耳にそういう考えを吹きこんだのかもしれない。かれらは〈破砕〉の頃からいたのかもしれない——みすぼらしい怯《おび》えきった生存者の集団に入りこんで、おまえたちがそんな惨めな目に遭っているのは誰のせいなのか、そいつらをどうすれば見つけられるか、罪人を見つけたらどうすればいいか、話してまわったのかもしれない。

みんな、オロジェンはとても恐ろしい大きな力を持つ存在だと思っているし、たしかにそのとおりだ。ナッスンはその気になれば南極地方を消し去ることもできると確信している。死なないようにするにはサファイアが必要だろうが。しかしいくら強大な力を持っているとはいえ、彼女はまだまだ子どもだ。食べたり寝たりという暮らしをつづけたいと思ったら、ほかの子どもとおなじように人々のなかで食べ、眠らなければならない。だがもし生きていくためにすべてのコムのすべての人と戦わねばならないとしたら？　すべての歌、すべての物語や歴史、守護者や民兵、帝国法や石伝承そのものとも戦わねばならないとしたら？　娘とロガとを両立させることができない父親と戦わねばならないとしたら？　ただしあわせになるにはどうすればいいかと考え、そのためには途轍《とてつ》もない任務を果たさねばならないとわかって絶望し、その絶望と戦わねばならないとしたら？

そういうものにたいしてオロジェニーはなにができるのか？　彼女に息をさせておくことはできるだろう。だが息をすることすなわち生きていることとはかぎらないし、もしかしたら……もしかしたらジェノサイドは死体すら残さないのかもしれない。

そして彼女はスティールのいったことは正しかったとこれまで以上に強く確信する。

彼女はシャファを見あげる。「世界が燃え尽きるまで」彼女が〈オベリスクの門〉を使ってなにをするつもりか彼にいったとき、彼は彼女にそういった。

シャファがまばたきして、やさしく、恐ろしい笑みを浮かべる。愛と残酷さは一枚の硬貨の裏表だと知っている男の笑みだ。彼は彼女を引き寄せて額にキスする。彼女は彼にひしと抱きつく。ついに自分を正当に愛してくれる親をひとり持てたといううれしさがあふれだす。

「世界が燃え尽きるまでだよ、おチビさん」と彼は彼女の髪にささやきかける。「もちろんそうだとも」

§

朝がきて二人はまた螺旋階段をおりはじめる。

最初の変化があらわれた。途中から手すりが反対側にもついているのだ。手すりの素材は見たことのないものだ。ピカピカ光る金属製で緑青もなにも出ていないし曇りもない。さあ、ここからは両側に手すりがあり、階段の幅もひろがって二人が横に並んでおりられる。そしてそのうち螺旋階段のカーヴがだんだんゆるやかになりはじめる――下る角度は変わらないがカーヴがゆるやかになり、ついにまっすぐになる。行く手は闇のなかだ。

一時間かそこら進みつづけるとトンネルがふいに開けて壁も天井も消えてしまう。いま二人は照明のついた連結された踏み板を一段一段おりている。ただし全体を支えるものはなにもない。踏み板は踏み板同士と手すりだけでつながっているというありえない構造だ――が、ナッスンとシャファがおりていくあいだも揺れるどころかきしみもしない。踏み板がなにでできているにせよ、ふつうの石よりずっと頑丈なのはまちがいない。

そしていま二人は広大な洞穴のなかへとおりていく。あたりには闇がひろがっていて洞穴の大きさはわからない。天井のところどころにある円形の照明から冷たい白い光の柱がのびているがその光が照らしだしているのは……無だ。洞穴の底はどこからきたとも知れぬ大量の砂に覆われていて、ほかにはなにもない。だが、いざ空っぽのマグマ溜《だ》まりだと思っていたところに入りこんでみると、よりはっきりと物事が地覚《ちかく》できて、ナッスンはすぐさま自分がまちがっていたことに気づく。

「これはマグマ溜まりじゃありません」と彼女はシャファに告げる。畏怖の念に満ちた声音だ。「この都市がつくられたとき、ここは洞穴なんかじゃなかったんです」

「え?」

彼女は首をふる。「ここは閉じてなかった。ここは……なんていうのかしら? 火山が完全に爆発したときにできたものです」

「クレーターか?」

彼女はそうそうと素早くうなずく。事実がわかって興奮している。「その頃は空が見えていたんです。都市はクレーターのなかにつくられたんです。でもそのあと、都市のまんなかでまた噴火が起きて」彼女は行く手を、闇を指さす——階段の吹き抜け空間は、彼女がこの古代の破壊跡の中核と地覚した場所へまっすぐにつながっている。

だが、それではおかしい。二度めの噴火は、溶岩のタイプがちがって、たんに都市を破壊し、クレーターを埋め尽くすことになったはずだ。ところがどういうわけか溶岩はすべてが都市の上空に向かい、天蓋のようにひろがってそのまま固まり、この洞穴ができた。そして都市はクレーターのなかにおおむね無傷のまま残った。

「ありえない」眉間にしわを寄せてシャファがいう。「どれほどたちの悪い溶岩でもそんなふるまいはしない。しかし……」表情が曇る。また、切り取られたり刈りこまれたり、あるいはたんに年のせいでぼやけてしまったりの記憶をふるいにかけている。ナッスンは思わず彼の手を握って、彼を勇気づけようとする。彼は彼女に目をやり、どこかうわの空で微笑《ほほえ》んで、また顔をしかめてしまう。「しかし……オロジェンならそういうこともできるかもしれない。ただし並の力では叶わないし、たぶんオベリスクの力も必要だろう。十指輪だな。少なくとも」

それを聞いてナッスンは困惑し、顔をしかめる。話としてはわかる――だが、誰かがこれを、やってのけたとは。ナッスンは洞穴の天井を見あげて、遅まきながら自分がちょっと変わった鍾乳石《しょうにゅうせき》だと思っていたものが、じつはもはやそこにはない壮大な建物の名残だと気づいて思わず息を呑《の》む。そう、先細になっている部分は尖塔《せんとう》だったにちがいないし、こっちにはカーヴを描く迫持《せりもち》があり、あっちにはキノコの傘の裏側のひだを思わせる妙に生物的な造形の放射状の直線や曲線からなる風変わりな幾何学模様がある。しかしそういう立体的な模様は天井全面にひろがっているのに、固化した溶岩は下から数百フィートのところまでで止まっている。ナッスンはここではじめてこれまで通ってきた〝トンネル〟も建物の一部なのだと気づく。ふりかえってみるとトンネルの外側は父親が石割の細かい作業をするときに使っていたイカの甲のような素材でできている――あれよりもっと硬い、地表にあった厚板とおなじこれまで見たことのない白い素材だ。あれは建物のてっぺんの部分だったにちがいない。だが天蓋の下数フィートのところからは建物もこの奇妙な白い素材に置き換わっている。厄災のあとで置き換えられたにちがいない――だがどうやって？　誰の手で？　そしてなぜ？

自分がなにを目にしているのか理解しようと、ナッスンは足元の砂に目を凝らす。砂は大方、淡い色調だが、いたるところに少し濃いめの灰色や茶色の斑点が入ってレース模様のようになっている。数カ所、金属のねじれた棒のようなものやなにか巨大なもの——ほかの建物かもしれない——その大きな破片らしきものが、砂から突きだしている。半分まで暴いた墓から骨が突きだしているような光景だ。

だがこれもおかしい、とナッスンは気づく。ここには都市の残骸といえるほど大量のものはない。これまでいくつも絶滅文明の廃墟を見たことがあるわけではないし、それをいえば都市すらそういくつも見たわけではないが、話はいろいろ読んだり、聞いたりしてきた。都市には石造りの建物や木造の貯蔵庫がたくさんあるはずだし、金属製の門や丸石を敷き詰めた道があることも知っている。ところがこの都市にはほとんどなにもない。あるのは金属と砂だけだ。

ナッスンは、肉体とは無縁の感覚がチラチラ明滅してあたりを探るあいだ無意識にあげていた両手をおろす。ふと下を見ると、自分が立っている階段の踏み板と砂が積もった洞穴の底との距離がぐんとのびるような錯覚に襲われる。思わずシャファのほうへあとずさると、彼女を励ますようにシャファが彼女の肩にぽんと手を置く。

「この都市は」とシャファがいう。彼女は驚いてシャファを見あげる——シャファは深く考えこんでいるような顔をしている。「ある言葉が頭に浮かんでいるんだが、それがなんなのかわからないんだ。名前なのか？　それともなにかを意味するほかの言語の言葉なのか？」彼は首をふる。「だが、もしここがわたしが思っている都市なのだとしたら、その壮麗さを物語る話を聞いたことがある。その昔、この都市には何十億もの人間が住んでいたというんだ」

まさか、とナッスンは思う。「ひとつの都市に？　ユメネスはどれくらい大きかったんですか？」

「数百万だ」彼は、あんぐりと口を開けて驚くナッスンに微笑みかけるが、すぐに心なし醒《さ》めた表情でいう。「いまはスティルネス全体を合わせてもそれとたいして変わらないくらいだろう。赤道地方を失ったということは人類の大部分を失ったということだからな。とはいえ。かつては世界はもっと大きかったんだ」

ありえない。この火山のクレーターはそこまで広くはない。でも……。ナッスンは砂と瓦礫《がれき》の下を繊細に地覚して、ありえないという証拠を探す。砂は思ったより深い。だがその表面からずっと下で、彼女は長くまっすぐにのびる押し固められた道路のようなものを発見する。建物の基礎もあるが、楕円《だえん》形だったり丸かったり妙な形だったり――砂時計のような形や横幅の広いS字形、碗《わん》形のくぼみもある。四角いものはひとつもない。なぜ基礎がこんな妙な形なのか、ナッスンは懸命に考え、ふいにそれがすべてなにか無機物化したアルカリ性のものだということに気づく。ああ、石化している！　つまりこれはもともとは――ナッスンは息を吞む。

「木だわ」と思わず声に出してしまう。建物の基礎が木？　ちがう、木のようなものだが、父親がつくっていたポリマーにも少し似ているし、いま立っている階段の石ではないなにか未知のものにも似ている。地覚できる道路もすべておなじもののようだ。「塵。この下にあるものはぜんぶ塵《ちり》です、シャファ。砂じゃなくて、塵！　植物だわ。ものすごくたくさんの植物。ずっと前に枯れて乾燥して崩れた。そして……」彼女の視線は頭上の溶岩の天蓋へともどっていく。いったいどんなふうだったのか？　洞穴全体が真っ赤に光って、空気は呼吸できないほど熱かった。建物は溶岩が冷えはじめるまで残ったものの、この都市にいた人々は巨大な炎の泡の下に埋められて数時間のうちに蒸し焼きになってしまったにちがいない。

だとすればそれもまた砂のなかに混じっているはず——焼けて炭になり崩れ去った無数の人人がこの塵のなかに。

「好奇心をそそられるな」とシャファがいう。彼は底までの距離を気にするふうもなく手すりによりかかって洞穴を見渡している。ナッスンは見ているだけで怖くて胃がきゅっと縮んでしまう。「植物で建てられた都市か」と、彼の眼差《まなざ》しが鋭さを帯びる。「しかしいまは、ここにはなにも生えていない」

そう。ナッスンもそれには気がついていた。ここまで長いこと旅してきたから、洞穴もいくつか見たことがある。その経験からいうとこの洞穴にも苔《こけ》とか蝙蝠《こうもり》とか盲目の白い昆虫とか、生命があふれていていいはずだ。彼女は知覚対象を銀の領域へと移し、これほど大量の有機堆積物のなかならそこらじゅうにあるはずの繊細な銀線を探す。そして見つける。たくさんある、が……。なにかがちがう。線がまとまって流れ、集束し、細かい糸が太い流れになっていく——オロジェンの体内にある魔法の流れ方とよく似ている。植物や動物、土のなかでもこの流れは見たことがない。幾筋もの密な流れが寄り集まり、たゆまず進んでいく——階段が向かっているのとおなじ方向へ。彼女はその流れを目で追っていく。流れは太さと輝きを増しながら階段の見えるかぎり先までつづき……やがてある地点でふいに止まってしまう。

「ここにはなにか悪いものがある」とナッスンはいう。肌がチクチクするのを感じる。そして彼女は突然、地覚するのをやめてしまう。どういうわけか、前方にあるものを地覚したくないと感じたのだ。

「ナッスン？」

「なにかがこの場所を食べているんです」彼女はわれ知らずそう口にしてから、なぜそんなことをいったのだろうといぶかしむ。だが口に出してしまってみると、自分は正しいことをいったのだと思えた。「だからなにも生えていないんです。なにかが魔法をぜんぶ奪ってしまっているんです。魔法がなければみんな死んでしまうわ」

シャファは長いこと彼女をじっと見つめる。彼の片手が革ひもでふとももに沿って留めつけられた黒曜石《こくようせき》の短剣に置かれているのをナッスンは見てとり、思わず笑いそうになってしまう。行く手にあるものは短剣で突けるようなものではない。笑わなかったのは、笑うのは酷なことだから、そしてもし笑いだしたら止まらなくなってしまうかもしれないという気がして急に怖くなったからだ。

「どうしてもこのまま進まなくてはいけないということはないんだぞ」とシャファがいう。たとえ彼女が恐怖から使命を放棄したとしても彼女を大事に思う気持ちに変わりはないということを強く思わせる、やさしい口調だ。

だがナッスンは悩む。彼女にもプライドというものがある。「い、いいえ。このままいきましょう」ごくりと唾を飲む。「お願いですから」

「ではそうしよう」

二人は進んでいく。このありえない階段の下の塵、周囲の塵のなかに、誰かがあるいはなにかが掘った溝が見える。無数の踏み板をたどって、二人はおりていく。しかしやがて行く手にトンネルが見えてくる。洞穴の底——ついに底に到達だ——洞穴の底からつづいているトンネルの入り口はずいぶんと大きい。階段がついに底に達してあたりの石とおなじ高さになると、頭上高くそびえるアーチの列が見える。それぞれ色調のちがう大理石から削りだされたアーチだ。トンネルは先へいくほど細くなり、その先には暗闇しかない。入り口の床面は漆塗りのような見た目で青から黒、暗赤色へとグラデーションで変化していくタイルが貼られている。深みのある美しい色合いで白と灰色ばかり見てきた目にはほっとする光景だが、同時にとんでもなく奇妙にも思える。どういうわけかこの入り口には都市の塵が吹き寄せられたり積もったりしていないのだ。

アーチ道は何十人もがいっしょに通れるほど幅がある。あっというまに何百人もが通れる。しかしいまそこに立っているのはひとりだけ。その淡い無彩色の輪郭線とくっきりとした対照をなす薔薇《ばら》色の大理石の帯飾りの下から二人を見あげている。スティールだ。

ナッスンが近づいていくあいだ、彼は微動だにしない。（シャファも近づいていくが、ゆっくりとだし緊張している。）スティールの灰色の眼差しは彼の横にある物体に注がれている。ナッスンにとっては馴染《なじ》みがないが、母親にとっては馴染みのはずのもの——床から立ちあがっている六角形の台座のような、まんなかですっぱり切断された煙水晶の柱のようなもの。その上面はわずかに斜めになっている。スティールの手は、さあどうぞというようにそれを指している。これはきみのもの、といわんばかりに。

そこで彼女は台座に神経を集中させる。台座に手をのばすと指が触れる前に斜めになった上面の縁にパッと光るものが浮かびあがり、あわてて手を引っこめる。水晶の上に赤く光る記号が浮かんで、なにもない空間にシンボルが描かれていく。意味はわからないが、赤という色に不安を覚えて、彼女はスティールを見あげる。スティールはまるでこの場所がつくられたときからずっとおなじポーズでそこにいたかのように、まったく動いていない。「なんて書いてあるの？」

「前に話した移動用の車両はいまは機能していない」と、スティールの胸のなかから声が聞こえてくる。「このステーションを使うには、まずシステムにパワーを供給してリブートさせなければならない」

「〝リ……ブート〟？」彼女はブーツをはくことがこの古代の遺跡となんの関係があるのか答えを探そうとしたものの、すぐにわかっていることだけで進めていこうと決める。「どうすればパワーを供給できるの？」

スティールが急に姿勢を変えて、ステーションの奥深くへとつながっているアーチ道のほうを向く。「あのなかに入って、根源にあるパワーを供給するんだ。わたしはここにいて充分なパワーが供給されたら始動シークエンスを入力する」

「え？　わたしには――」

彼の灰色の地に灰色の目がすっと彼女のほうへ動く。「なかに入れば、どうすればいいかわかる」

ナッスンは頬の内側を噛んでアーチ道に目をやる。なかは真っ暗だ。

シャファの手が彼女の肩に触れる。「もちろんわたしもいっしょにいく」

もちろん。ナッスンはぐっと唾を飲んでうなずく。ありがたい。そして彼女とシャファは闇のなかへと進んでいく。

闇はそう長くはつづかない。白い階段とおなじで、二人が進むにつれてトンネルの左右にある小さなパネル照明が灯《とも》りはじめる。明かりは薄暗く、長い歳月と風化作用、でなければ……ふむ、でなければ疲れ――どういうわけかナッスンの頭にふっとこの言葉が浮かんだのだが――疲れを思わせるかのように黄色みを帯びている。それでも足元のタイルの縁がぼんやり見える程度の明るさはある。トンネルの壁にはドアやアルコーブが並んでいるが、ある地点にきたところでナッスンは奇妙な装置が高さ十フィートほどのところから突きだしているのを目にする。見た目は……荷馬車の荷台のようなものといえばいいだろうか？　車輪も轅《くびき》もないが、階段とおなじなめらかな素材でつくられたもののようだし、壁に設置された軌道らしきものに沿って走っていたように思える。どうやら人を運ぶためのものなのはまちがいなさそうだ――歩けない人や歩きたくない人がこれを使って移動していたのだろうか？　いまはじっと動かず、真っ暗で、最後の運転士が持ち場を離れた位置で永遠に壁に固定されたままになっている。

二人はトンネルの行く手に一風変わった青い光が灯っているのに気づくが、それがなにかの警告なのかどうかよくわからず、その場にいってはじめてトンネルがいきなり左に曲がり、そこにまたべつの洞穴があるのを知ることになる。この最初のものよりずっと小さい洞穴は塵がみっしり積もっているわけではない。少なくともたいした量ではないといえる。その代わりにこの空間の多くを占めているのはがっしりした青黒い黒曜石の柱だ。

この柱はとにかく巨大で、不規則な形をしていて、ありえないとしかいいようがない。ナッスンはあんぐりと口を開けて、この洞穴の底から天井、さらにその上まで突き抜けて洞穴の空間のほぼすべてを占めているこの物体をただただ見つめる。これが大規模噴火の噴出物が急激に冷えて固まったものだということは一目瞭然だ。この噴出物がここにつながっている洞穴に流れこんで溶岩の天蓋をつくりだしたことも疑いの余地はない。

「なるほど」とシャファがいう。圧倒されていることが伝わってくる口調だが、畏怖の念から声は穏やかだ。「見てごらん」彼が下を指さす。これでやっとナッスンも遠近感や大きさ、距離の感覚をつかむようすができた。この物体は巨大だ。なにしろその根元に向かって、上から見ると八角形の階層が同心円状に三段連なっているのだ。一番上の段には建物らしきものが並んでいる。ひどい壊れ方で、半分崩れ落ちていたり骨組みだけだったりするが、向こうの洞穴の建物は粉々になってしまっているのにどうしてここのものはまだ名残を留めているのか、ナッスンはその理由をすぐさま地覚する。当時この洞穴を満たしたにちがいない高熱によって建物の構造内のなにかが変成し、固まり、建物の形を残したのだ。ある種の衝撃も破壊をもたらした——どの建物もおなじ側が破壊されている。巨大な黒曜石の柱に面した側だ。三階建てらしき建物から黒曜石の柱を見たらと考えてみると、柱は思ったほど遠くにあるわけではなさそうだ——ただ柱は最初に考えていたよりずっと大きい。その大きさはちょうど……ああ。

「オベリスク」と彼女はつぶやく。そしてそうとわかると、いったいなにが起きたのか、まるでその場にいたかのようにはっきりと地覚し、推測できるようになる。

その昔、ここに、この洞穴の底に、オベリスクが鎮座していた。片方の端は地中にめりこんでいて奇怪な植物のようだった。どこかの時点でオベリスクは穴から解放されて浮かびあがり、ほかのオベリスクとおなじように風変わりな巨大都市の上空でチラチラと明滅していた——ところがなにかがひどく、とんでもなくおかしなことになってしまった。そしてオベリスクが……落ちた。落ちた場所では、とナッスンは想像する。地面に激突した衝撃の反響が聞こえる——オベリスクはただ落ちたのではなく、地面めざして突き進み、突き破り、下へ、下へ、下へとその中核に凝集した銀の力すべてを使って進んでいった。ナッスンには地下一マイル程度までしかその航跡を追うことはできないが、オベリスクがそれ以上は進まなかったと考える理由はない。どこへ向かって？ それはナッスンにはわからない。

そしてその航跡に地球のドロドロに溶けた部分から地球火《ちきゅうび》の噴水がまっすぐに上昇してきて、この都市を埋めてしまった。

依然として、あたりにはステーションにパワーを供給する方法らしきものは見当たらない。だがナッスンは洞穴を照らしているのが黒曜石の柱の根元近くにある大きなパイロンが放つ青い光だということに気づく。その光がいちばん下、いちばん内側の段を彩っている。なにかがその光をつくっているのだ。

シャファもおなじ結論に達していた。「トンネルはここで終わりだ」と青いパイロンと柱の根元のほうを指していう。「もうこの巨大な物体の足元以外いくところがない。だが、本気でこんなことをした者の足跡を追いたいと思っているのか？」

ナッスンは下くちびるを噛む。そう思っているわけではない。ここはなにかおかしなことになっている。それは階段をおりる途中で地覚した。しかしその違和感がどこからきているのかはわかっていない。それでも……。「スティールがこの下にあるものをわたしに見せたがっているんです」

「本気で彼の望みを叶《かな》えたいと思っているのか、ナッスン？」

思ってはいない。スティールは信用できない。だが彼女はすでに世界を破壊すると心を決め、それに向かって歩みはじめてしまっている——スティールがなにを望んでいるにしろ、世界を破壊するよりひどいことはありえない。だからナッスンがこくりとうなずくとシャファはただ軽くうなずいて黙認し、手をさしだして二人そろってパイロンのほうへと歩きだす。

三段の階層を移動していくとまるで墓場を歩いているようで、ナッスンはここでは死者に敬意を払って静かにしていなければという気分になってくる。建物のあいだには炭化した歩道やかつては草花が植わっていたであろう溶けたガラスのプランターがあり、半分溶けた奇妙な柱のようなものや構造物がある——まあ、溶けていなくても彼女にはなんなのかわからなかっただろうが。彼女はこの柱は馬をつなぐためのもの、あの枠組みは皮なめし職人が乾燥させるために皮を掛けておくためのもの、と考えてみる。見知らぬものに見慣れたものをあてはめてみたところで、当然そううまくいくものではない。なぜならこの都市のものはなにもかもが尋常ではないからだ。ここに住んでいた人々がなにかに乗っていたとしても、それは馬ではなかった。食器やいろいろな道具をつくっていたとしても、その材料は粘土や黒曜石ではなかったし、つくった人間はただの打ち工《く》などではなかった。かれらはオベリスクをつくり、そしてコントロールできなくなってしまった、そういう人々なのだ。この都市の街路にどんな驚異と恐怖があふれていたのかわかるはずもない。

ナッスンは不安を覚えてサファイアに触れようと手をのばす。何トンもの冷えた溶岩や腐食し石化した都市を貫いて触れることができることをたしかめて気持ちを落ち着けようというのが大きな理由だ。ここからでも上にいたときとおなじように簡単に接続できるとわかって、ナッスンはほっとする。サファイアが彼女をやさしく引っ張る――いや、どのオベリスクともおなじ程度にやさしくということだが――そして彼女はその流れる水のような光に一瞬、身をまかせる。グイッと引きこまれても怖くはない――人は生命のない物体をある程度まで信頼しているものだが、それとおなじ程度にナッスンはサファイアのオベリスクを信頼している。けっきょくはそれが彼女にコアポイントのことを教えてくれたのだし、いま彼女はそのみっしりと凝集した線のチラチラ光る細い隙間にまたべつのメッセージがあるのを感じている――。

「この先」という言葉が口をついて出て、ナッスンは自分でもギクリとする。

シャファが足を止めて彼女を見る。「うん？」

ナッスンはしかたなくあの青の空間から心を引きもどして首をふる。「ば……場所です、パワーを供給する。スティールがいったとおり、この先にあるんです。軌道の向こうに」

「軌道？」シャファはふりむいて坂になっている歩道を見おろす。この先というと二段めの階層だ――あの石ではない白い素材でできたなめらかななんの特徴もない平面。オベリスクをつくった人々の遺跡は数ある遺跡のなかでももっとも古く、もっともよく原形を留めているが、その遺跡のすべてでこの白い素材が使われているようだ。

「サファイアは……この場所のことを知っています」彼女はなんとか説明しようとするが、オロジェニーのことをスティルに説明するのとおなじくらいむずかしくて、どうしてもぎこちない説明になってしまう。「この場所というか、こういう場所のことを……」彼女はふたたび手をのばし、言葉を使わずにさらに多くの情報をもとめ、イメージや感覚や信念の青い瞬《また》きに圧倒されそうになる。眺望が変わる。彼女は三段の階層のまんなかに立っている。もう洞穴のなかではなく青い地平線が望める。地平線には晴れやかな雲が浮かび、湧きたち、走り、消え、また生まれてくる。彼女の周囲を取り巻く階層には動きがあふれている――が、すべてぼやけていて、ほんのときおり一瞬だけはっきり見えることがあるものの、それがなんなのか彼女にはわからない。トンネルのなかで見た奇妙な車のような乗り物が、建物の横に敷かれたさまざまな色の光の軌道に沿って走っている。建物は緑で覆われている。つる植物が這《は》い、屋根は草に覆われ、窓上の横木や壁には花がからみつく。そういう建物を何百人もの人が出入りし道を行き来しているが、その動きはぼやけっぱなしだ。人々の顔は見えないが、シャファのような黒髪や凝ったつる植物モチーフのイヤリングや足首にまとわりつくドレスやエナメルのシースで飾ったキラキラ輝く指がちらりと見えたりする。

そしてあらゆるところに、あらゆるところに銀がある。熱と動きの下に、オベリスクの素材である銀が存在している。銀は四方八方にひろがり、流れ、集束して細い流れになり川になり、下を見れば彼女は液体の銀の池のなかに立っていて、足から銀が染みこんでくる――。

ナッスンはわれに返るが、今度は少しぐらついてしまい、シャファが肩をつかんで支えてくれる。「ナッスン」

「大丈夫です」と彼女はいう。自信はないが、シャファに心配をかけたくないからとりあえずそういっておく。それにそのほうが、わたしは少しのあいだオベリスクになっていた気がする、というよりいいやすいからという理由もある。

シャファは彼女の正面にまわりこんでしゃがみ、彼女の肩をつかむ。その表情は、疲れを物語るしわやほんのわずか注意散漫になっている気配、水面下でつのりつつある葛藤の兆しなどを隠しているかに見えて完全に隠しおおせてはいない。地下におりてきてから彼の痛みはひどくなっている。彼がそういったわけではないが、ナッスンにははっきりとわかる。ただ、なぜなのかは彼女にはわからない。

しかし。「オベリスクを信用してはいけないぞ」と彼がいう。彼の口から聞くと、さほど変だともまちがっているとも思えない。ナッスンは衝動的にシャファに抱きつく――シャファは彼女をひしと抱きしめ背中をさすって安心させてやる。「われわれが先の段階に進むのを許したのはほんの何人かにすぎなかった」と彼は彼女の耳元でささやきかける。ナッスンはまばたきして、哀れな狂った殺人者ニダを思い出す。彼女もおなじことをいっていた。「フルクラムではな。それくらいは覚えているんだ。重要なことだからな。九指輪か十指輪の段階に達した何人か……かれらはつねにオベリスクを感じることができ、逆にオベリスクもかれらを感じることができた。オベリスクはなんとかしておまえを自分に引き寄せようとするだろう。オベリスクにはなにかが欠けている。なぜか不完全なのだ。そしてオベリスクは欠けているそのなにかをオロジェンから得ようとしている。

だがオベリスクはオロジェンを殺してしまうんだ、ナッスン」彼は彼女の髪に顔を押しつける。彼女はジェキティを出て以来ろくに身体を洗ってもいないし汚れ放題だが、彼の言葉を聞くとそんな下世話なことはどうでもよくなってしまう。「オベリスクは……わたしは覚えているんだ。オベリスクはおまえを変えてしまう、おまえをつくりなおしてしまう、チャンスさえあればな。それこそ、あの錆《さ》び石喰《いしく》いがもとめていることなんだ」

彼の腕の力が一瞬、強まる。かつての強さを思わせる感触。世界一美しい感触だ。彼女はこの瞬間、彼は絶対にひるまない、彼女が必要とするときには絶対にそばにいてくれる、誤りを免れないつまらない人間に堕してしまうことなど絶対にない、と知る。そしてその強さゆえ、彼を自分の命以上に大切なものと思ってしまう。

「はい、シャファ。気をつけます」と彼女は約束する。「かれらには絶対に負けません」彼には、とナッスンは思う。そしてシャファもそう思っていると、彼女にはわかっている。

ステ、ィ、ー、ル、には絶対に負けない。少なくとも、もとめているものを先に手にするまでは。

かくして二人の決意は固まった。ナッスンが身体を離すと、シャファはうなずいて立ちあがる。そしてふたりはまた進みはじめる。

いちばん下の階層は黒曜石の柱の青黒い陰鬱な影のなかにある。パイロンは遠くから見たより大きい――シャファの背丈の倍くらい、幅はシャファの三、四倍ありそうだ。近づいてみるとかすかにハム音が聞こえる。パイロンは、かつてはオベリスクが収まっていたはずの場所の周囲にぐるりと配置されている。まるで外側の二つの階層を守る緩衝装置のようだ。活気あふれる都市と……これ、とを隔てるフェンスのようでもある。

これ――最初ナッスンはトゲブドウの藪《やぶ》かと思う。くるくるうねり、もつれて地面を覆い、パイロンの内側の表面を這いのぼり、パイロンと黒曜石柱とのあいだのスペースをみっしり埋め尽くしている。と、そのとき彼女はこれがトゲブドウではないことに気づく――葉っぱがない。トゲもない。ただロープ状のものがうねり、ねじれ、よじれている。木のようにも見えるが、匂いはいくらかキノコに似ている。

「驚いたな」とシャファがいう。「ついに生きものがいたということか？」

「うーん、生きていないのかもしれません」一見、死んでいるようだが、植物のような外観が保たれていて、崩れたかけらが散らばっているわけではない。ナッスンはここに、この醜いトゲブドウに似たつる植物のまんなかに、黒曜石の影のなかにいたくないと感じている。それがパイロンの役割なのだろうか？　このグロテスクさと都市のほかの部分とを切り離すのが？

「これはたぶん、あとに生えたんですね……ほかよりあとに」

と、いちばん近くにあるつる植物に目をやったナッスンはあることに気づく。それだけ、まわりとはちがっているのだ。まわりのものはみんな死んでいる。しなびて黒ずんで、ところどころ折れている。だがこれは、まるで生きているように見える。ロープ状でところどころ結び目があり表面は木のようで年月を経てざらっとしている感じだが、どこも欠けたり折れたりしていない。その下には瓦礫が散乱している――灰色がかった塊《かたまり》や塵、乾燥して朽ち果てた布きれ、ぼろぼろになったロープまである。

この黒曜石の柱の洞穴に入ったときから、ナッスンがあえて避けてきたことがある。できれば知りたくないことがあるのだ。しかし彼女は目を閉じて、銀の感覚でそのつる植物のなかを探りはじめる。

最初はむずかしい。細胞が――それはたしかに生きていて草木というより菌類、キノコに近い感じだが、その機能の仕方にはなにか人工的なメカニカルなものがあり――細胞同士があまりにも密に圧縮されてみっしり詰まっているので、細胞間の銀を見ることはできそうにないのだ。人の身体の細胞よりずっと密になっている。構成要素の配列がまるで結晶のようで、細胞がきちんとした小さな基質を形成している。生物のなかでは見たことのないものだ。

こうして構成要素の隙間の奥まで見ていくと、そいつのなかには銀がないことがわかる。その代わりにあるのは……。どう表現すればいいのかナッスンにはわからない。負の空間といえばいいのだろうか？　銀があるべきなのに、ない場所。銀で埋めることができる空間。その空間に魅せられておずおずと探るうちに、彼女はそれが彼女の感覚を引っ張る力が変化しはじめるのを感じ、その力はぐんぐんと強まり——ナッスンはハッと喘《あえ》いで感覚を引っこめる。どうすればいいかわかる、とスティールはいっていた。ならば、はっきりわかるはずだ。

身をかがめてロープ状のものをのぞきこんでいたシャファが、眉をひそめて彼女に目をやる。

「どうした?」

ナッスンは彼を見つめかえすが、なにをする必要があるのか説明しようにも言葉が見つからない。表現のしようがないのだ。だが、なにをすべきなのかはわかっている。ナッスンは生きているつる植物に一歩近寄る。

「ナッスン」シャファがいう。急に警戒心が高まったようで、声が引き締まっている。

「やらなくちゃならないんです、シャファ」とナッスンはいう。もう両手をあげている。外側の洞穴の銀が流れこんでいる先はまさにここだと気づいたのだ——このつる植物が銀を食べている。なぜだ? 彼女はその理由を知っている。身体の奥深く、太古の昔から肉体に組みこまれていた部分で了解している。「わたしは、うーん、システムにパワーを供給しなくちゃならないんです」

そういうと、シャファが止めるまもなく、ナッスンは両手でつる植物を包みこむ。

痛くはない。それが罠だ。じつは彼女の身体には爽快感がひろがっている。たとえ銀が知覚できなくても、つる植物が彼女の細胞のあいだの空間から銀を片端から吸い取りはじめたとしても、彼女はそいつが彼女にとってよいことをしていると思ったことだろう。じつはあっというまに彼女の命を奪ってしまうものなのに。

しかし彼女は自分だけのものではなく、もっと多くの銀に接触できる。ナッスンは気だるさを覚えながらのろのろとサファイアに手をのばす――するとサファイアはすぐさま、すんなりと反応する。

増幅器、とアラバスターはいっていた。ナッスンが生まれるずっと前のことだ。あんたはバッテリー、と思うだろうな。イッカにはそう説明していた。

ナッスンはオベリスクを単純にエンジンだと思っている。彼女は動いているエンジンを見たことがある――ティリモで地熱や水力でパワーを生みだすシステムを調整するポンプとタービンのやつとか、穀物搬送用エレベーターのようなもっと複雑なやつとか。彼女がエンジンについて知っていることといったらごくささやかなものだが、十歳の子どもでもわかっていることがある――エンジンを動かすには燃料が必要、ということだ。

だから彼女は青とともに流れ、サファイアのパワーは彼女のなかを流れる。彼女の手のなかのつる植物が、いきなり大量の銀が流れこんできて喘いだように感じられる。これは彼女の空想にすぎないが、彼女はまちがいなくそうだと思っている。するとそいつは彼女の手のなかでハム音を発し、基質のぽっかり穴が開いたような空っぽの空間に煌《きら》めく銀の光が流れこみ、空間を満たしたと思うと、たちまちのうちになにかがその光をべつの場所へと方向転換させる――。

洞穴にカチッという大きな音がこだまする。それにつづいてもっと小さいカチッ、カチッという音が響きリズムを刻みはじめたと思うと、こんどは低いハム音が聞こえてだんだんと高くなっていく。突然、パイロンの青い光が白に変わり、いっきに輝きを増して洞穴全体が明るく照らしだされる。さっき歩いてきたモザイクのトンネルのくたびれた黄色い光もおなじように変わっている。ナッスンはサファイアの深みにいてさえ怖さに縮みあがってしまう。と、すぐにシャファが彼女をつかんでつる植物から引き離す。彼女はどっと疲れが出て、シャファがつかんでいないと立っていられないほどだ。

そうしているうちに、なにかが軌道に沿ってやってくる。

ぼんやりとした亡霊のようなものだ。色は虹のような光沢を放つ甲虫の緑色、優美でなめらかで、ほとんど音もなく黒曜石の柱のうしろから姿をあらわす。ナッスンの目に映るものはなにひとつとして意味を成していない。ほぼ涙のしずくのような形だが、尖《とが》ったほうの先端は涙の形よりも細くて非対称だ。地面から離れる方向に反っていて、ナッスンはカラスのくちばしを思い浮かべる。大きい。ゆうに家一軒分くらいある。それなのになんの支えもなしに軌道から数インチ浮きあがっている。なにでできているのかは想像もつかないが、どうも……皮があるような感じだ。そう、皮だ——近くで見るとその物体の表面には細かいしわがある。まるで分厚い上質な皮革のようなしわだ。その皮のあちこちに妙な不定形の塊が見える。どれも拳くらいの大きさだ——どんな役割があるのかまったくわからない。

だが、その物体はぼやけたり瞬いたりしている。固体から半透明になり、また固体にもどる。オベリスクとおなじだ。

「すばらしい」と突然、二人のまえにあらわれたスティールがいう。その物体のかたわらに立っている。

ナッスンは回復しつつあるとはいえ、疲れすぎていてたじろぐことすらできない。彼女の肩をつかんでいるシャファの手にぎゅっと力が入り、ゆるむ。スティールは二人を無視している。石喰いの片手は宙に浮いた奇妙な物体のほうにさしのべられている。まるで最新の作品を得意満面に披露する芸術家のようだ。彼がいう――「きみはこのシステムに必要以上のパワーを供給してくれたようだ。余分なパワーは見てのとおり照明や環境コントロール・システムに回されている。無意味だが、害はないだろう。これ以上パワーの追加供給がなければ数カ月でまた止まってしまうはずだ」

シャファの声はとても静かで冷たい。「この子は死んでいたかもしれないんだぞ」

スティールはまだ微笑んでいる。ナッスンはそれを見て、スティールは守護者がしばしば浮かべている微笑みをまねして茶化《ちゃか》そうとしているのではないかと思いはじめる。「ああ、もしオベリスクを使っていなければな」すまないという気持ちは微塵《みじん》も感じられない。「ふつうはシステムに充力《じゅうりょく》する者は死ぬことになる。ただし、魔法の向きを変えることができるオロジエンは生きのびる――守護者もそうだ。守護者はふつう外部の源泉を使えるからな」

魔法？　とナッスンは一瞬、困惑しながら考える。

しかしシャファは身をこわばらせている。ナッスンは彼の怒りを感じてとまどうが、すぐに気づく――ふつうの守護者、汚染されていない守護者は大地から銀を引きだしてつる植物に注ぎこむのだ。アンバーやニダのような守護者ならできるだろうが、かれらは〈父なる地球〉の利益になることでなければやろうとはしないだろう。だがシャファはコアストーンを埋めこまれているにもかかわらず〈父なる地球〉の銀を信頼していないし、自在に引きだすこともできない。ナッスンが危険な目に遭っていたのだとしたら、それはシャファが無力だったからということになる。

　少なくともスティールはそう匂わせている。ナッスンは疑わしげにスティールを見つめ、ふりむいてシャファを見る。ナッスンの体力はもう回復しはじめている。「わたしはできるってわかっていたわ」と彼女はいう。シャファはスティールをにらみつけたままだ。ナッスンは自分のほうを向かせようと彼のシャツをぎゅっと握って引っ張る。彼は驚いてまばたきして彼女のほうを見る。「わかってたんです！　だからシャファ、あなたにつる植物にかかわるようなことをさせるつもりはなかったんです。わたしのせいなんだもの――」

　涙がこみあげてきて喉が詰まり、彼女は口ごもる。いくらかは神経の昂《たか》ぶりと疲れのせいだ。しかしほとんどは何カ月も前から彼女のなかに潜み、育っていた罪悪感のせいといっていい。それがいまこぼれ出てきた。あまりにも疲れてしまって、内にとどめておけなくなってしまったのだ。彼女のせいでシャファはなにもかも失ってしまった――〈見いだされた月〉も面倒を見ていた子どもたちも仲間の守護者との交わりもコアストーンから得られるはずのたよりになる力も夜の安らかな眠りさえも。彼がこの塵にまみれた地下の絶滅都市にいるのは彼女ゆえ、サンゼより、いやおそらくはスティルネス大陸より古くからある機械に身をゆだねてありえない場所へ向かい、ありえないことをしようとしているのは彼女ゆえだ。

シャファは、さすがに長年子どもたちの面倒を見てきただけあって、一瞬ですべてを見抜く。険しい表情はさらりと消え、首をふってしゃがみこんだ彼はナッスンと正面から向き合う。「いや」と彼はいう。「おまえのせいなどということはひとつもないぞ、わがナッスンよ。覚えておきなさい、これまでどれほどの負担がかかっていようと、これからどれほどの負担がかかることになろうと、わたしは——わたしは——」

彼の表情がこわばる。ほんの一瞬あのぞっとするような、おぼろな困惑の色が浮かび、彼が自分の強さを宣言しようとするこの瞬間までも消し去られそうになる。ナッスンは息を呑んで銀のなかにいる彼に焦点を合わせ、彼のなかのコアストーンがふたたび活発に動いているのを見てとって歯をむきだす。コアストーンは彼の神経に沿って脳全体に悪辣な奸計《かんけい》をめぐらし、いまも彼を服従させようとしている。

だめ、と彼女は思う。急に怒りがこみあげてくる。彼の肩をつかんでゆさぶる。彼は大男だからナッスンは全身を使ってゆさぶらなければならないが、やがて彼はまばたきし、ぼんやりしていた目の焦点が合ってくる。「あなたはシャファ」と彼女はいう。「あなたはシャファ！そして……そしてあなたは選んだ」それが重要なのだ。なぜなら世界はかれらのような人間がなにかを選ぶということを許さないから。「あなたはもうわたしの守護者じゃない、あなたは——」彼女はついにはっきりと口にする。「あなたはわたしのあたらしい父親です。いいでしょう？　だから、つ、つまりわたしたちは家族で……だから……だから力を合わせなくちゃいけないの。家族はそうするものでしょう？　だからときどきはわたしにあなたを守らせて」

シャファは彼女を見つめかえして溜息をつき、まえかがみになって彼女の額にキスをする。そしてキスしたあとも身体を離さず、ナッスンの髪に鼻先を押し当てている——ナッスンはワッと泣きだしそうになるのを必死にこらえる。彼がやっと話しだす。あのぞっとするようなぼんやりした表情は影を潜め、目のまわりの苦痛を示すしわもいくらか消えている。「よしよし、ナッスン。ときどきは守ってもらうことにしよう」

一件落着して、ナッスンは鼻をすすり袖でぬぐってスティールのほうに向き直る。彼の姿勢はもとのままなので、ナッスンはシャファから離れてスティールに近づき、真正面で足を止める。彼の目がのろのろと彼女のほうにすべっていく。「二度とあんなことはしないで」

彼女は彼が訳知り顔で、あんなこと？と聞き返すのではないかと半分思っていたが、彼はこういう——「彼をいっしょに連れてきたのはまちがいだった」

ナッスンの身体を冷気が、ついで熱気が駆け抜ける。脅しか、それとも警告か？　どちらにしろ彼女は気に入らない。顎がこわばって、しゃべろうとすると舌を嚙みそうになってしまう。

「わたしはかまわないわ」

返ってきたのは沈黙。これは降伏なのか？　合意なのか？　議論を拒否するということなのか？　ナッスンにはわからない。彼に向かって、二度とシャファを傷つけないといえ、と怒鳴りたくてたまらない。大人に向かって怒鳴るのは気が引けると思ってはいてもだ。しかしこの一年半、大人も人の子でときにはまちがうことがある、そしてときには誰かが怒鳴ってやるべきだと学んできた。

だがいまは疲れているので、ナッスンはシャファのそばにもどり彼の手をぎゅっと握ってスティールをにらみ返す。まだなにかいいたいのならいってみろ、という眼差しで。しかしスティールはなにもいわない。よかった。

そのとき巨大な緑色のものがさざ波を立てるような動きを見せ、三人はそっちを向く。なにかが――ナッスンは不快感を覚えながらも魅了されて身震いする。なにかがあの物体の表面全体にある奇妙な塊から生えてきているのだ。それぞれ長さ数フィート、細い羽根のようなかたちで先端は細くなっている。あっというまに何十本ものびてきて、まるで微風に吹かれているかのようにくるりと巻いたり揺らいだりしている。繊毛、という言葉がふいにナッスンの脳裏に浮かぶ。託児院の生物科学の本にあった絵を思い出したのだ。そうとも。植物で建物をつくってしまう人々なら微生物で車両をつくったとしてもふしぎはない。

羽根の一部が、ほかよりも早く瞬き、ある箇所で物体の側面に沿って束になる。と思うとすべての羽根がくるりとまくれあがって真珠母貝の表面にぺたりとたいらに張りつき、かどが丸みを帯びた四角いドアがあらわれる。その向こうにはやわらかな照明が灯り、驚くほどすわり心地のよさそうな椅子が並んでいるのが見える。これに乗って優雅に世界の反対側までいくのだ。

ナッスンはシャファを見あげる。シャファは黙ってうなずく。彼女はスティールは見ない。スティールはさっきからまったく動いていないし、二人と同行するそぶりも見せない。

二人が乗りこむと羽根がうねうねと組み合わさってドアが閉まる。そして二人が座席にすわると、巨大な車両は低く響く音を発して動きだす。

§

灰が降りだしたら富はなんの価値も持たない。

——銘板その三〝構造〟第十節

シル・アナジスト：2

それはすばらしい家だった。こぢんまりしているが優雅なつくりで美しい調度品があふれている。われわれはアーチや書棚や木製の手すりをじろじろ眺める。セルロースの壁から生えている植物はほんのわずかだから空気が乾燥していて少しいやな匂いがする。なんだか博物館にいるような感じだ。われわれは家の正面玄関を入ったところの大きな部屋でひとつに固まっている。怖くて動くこともなにかに触ることもできない。

「あなたはここで暮らしているのですか？」とひとりがケレンリにたずねる。

「ときどきね」と彼女が答える。無表情だが、その声にはなにか気になるものがある。「みんな、ついていらっしゃい」

彼女のあとについて、家のなかを進んでいく。驚くほど居心地のよい奥まった小部屋――どの面も、床さえもやわらかくてすわることができる。印象的なのはどこも白くないことだ。壁は緑色で、ところどころ濃い鮮やかなバーガンディに塗られている場所もある。つぎの部屋に入ると、ベッドが対照的な風合いの青と金の布で覆われている。硬いもの、むきだしのものはなにひとつない。わたしはそれまで自分が暮らしている部屋が刑務所の独房だなどと考えたことはなかったが、いまはじめてそうなのだと思い知る。

きょう、とくにこの家へくるまでのあいだ、わたしはいろいろと、それまで考えてもみなかったようなことを考えた。ずっと歩きで、ふだんそんなに歩くことはないから足が痛くなったし、途中ずっと人にじろじろ見られていた。こっちを見ながらこそこそ話している人もいた。ある人は通りすがりに手をのばしてわたしの髪をなで、わたしが遅ればせながら身をよじるとくすくす笑っていた。わたしたちのあとをついてくる者もいた。中年の男で、短い灰色の髪はわれわれのと質感がよく似ていて、うしろからついてくるだけでなく腹立たしげにしゃべりはじめた。知らない言葉（たとえば〝ニースの血筋〟とか〝辛辣〟とか）が混じっていたし、知っている言葉はあっても意味がよくわからなかった。（〝まちがい〟とか〝おまえらをひとり残らず消しておけばよかった〟とかいっていたが、われわれは非常に慎重にはっきりした意図を持ってつくりだされたのだから理屈に合わない。）男は、われわれはまったく話しかけてもいないのに、おまえらは嘘《うそ》をついている、（どこかへ）消えたふりをしているといって非難した。さらに男は自分の親やその親たちから、まぎれもない恐怖、まぎれもない敵の話を聞かされた、おまえらのような怪物は善良な人々の敵だから、われわれがほかの人を傷つけないようにしてやるといった。

そして両手の拳を固めて近づいてきた。大きな拳だった。われわれが自分たちが危険にさらされていることにも気づかずにポカンと口を開けてよたよた進んでいくと、控えめに付き添っていた護衛たちが急に前面に出てきて男を建物の壁龕《へきがん》に押しこめた。男はわれわれに追いつこうと抵抗して大声で叫んでいた。そのあいだケレンリは男には目もくれず頭をつんと高くあげたまま歩きつづけていた。われわれはほかにどうしていいのかもわからないまま彼女のあとにつづき、そのうち男との距離は離れ、男の声も街の喧騒《けんそう》に呑《の》みこまれていった。

そのあとガエアが少し震えながら、あの怒っていた男はいったいなんだったのかとたずねた。するとケレンリは静かに笑いながら、「彼はシル・アナジスト人なのよ」と答えた。ガエアが困惑して黙りこんでしまったので、われわれ全員が彼女に向けて、みんなおなじようにとまどっている、きみだけではない、と手短にパルスを送った。

シル・アナジストの街を歩きながら、われわれはこれがシル・アナジストでのふつうの生活なのだと理解していった。ふつうの街路を歩くふつうの人たち。ふつうの感触にわれわれは縮みあがり、こわばり、あわてて飛びすさった。ふつうの家にふつうの家具。そらされたり不興の色を示したりじっと動かなかったりするふつうの眼差《まなざ》し。ふつうというものを垣間《かいま》見るたびに、われわれは自分たちがいかにふつうではないかということを都市から学んでいった。わたしはそれまで、われわれはたんに優秀な生物魔法学者によって構築され遺伝子操作され、どろどろの栄養液が入ったタンパク膜のなかで成長し、それ以上栄養補給の必要がなくなるまで完全に成長したところでデカントされた存在だということに疑問を抱いたことはなかった。わたしはそのときまで自分がそういう存在だということを……誇らしく思っていた。満足していた。だがいまはふつうの人たちがわれわれをどんな目で見ているかに気づいて心が痛い。なぜなのかはわからなかった。

きっとずっと歩きっぱなしだったからそのダメージが出たのだろう。

いまはケレンリのあとについて素敵な家のなかを歩いている。だが奥のドアを抜けると、そこは家の裏手で広々とした庭になっている。階段の下から土の小道がつづき、まわりはそこらじゅう花壇で花の香りがわれわれを手招きしている。だがここの花壇の花はわれわれが住む構内の手間ひまかけて栽培された遺伝子操作のものとはちがってカラーコーディネートされたチラチラ瞬《またた》く花ではない――ここに咲いているのは野生の花で、たぶん劣等種だろう、茎は短かったり長かったりまちまちだし花びらは完璧といえないものだらけ。だが……わたしは好きだ。小道を覆っている苔《こけ》の絨毯《じゅうたん》などは思わず間近で観察したくなり、われわれは素早くパルス波を交わして相談しながらかがみこみ、なぜこんなにふかふかしていて足の裏が心地よいのか理由を探ろうとする。杭《くい》にぶらさげてあるハサミにも興味を引かれる。わたしは可愛い紫色の花が欲しいという衝動を抑えつけるが、ガエアはハサミを手にして数本の花をしっかりと力いっぱい握りしめている。われわれはものを所有することは許されていないのに。

わたしはわれわれが遊ぶようすを見守っているケレンリのようすをちらちらうかがわずにはいられない。自分の好奇心の強さに少し困惑し恐れすら感じるが、抵抗できそうにない。指揮者たちがわれわれを感情のない存在にするのに失敗したことは前からわかっていたが、われわれは……ふむ。わたしはわれわれはそんな感情の強さなど超越していると思っていた。傲慢な話だ。いまわれわれは感情と反応の渦に呑みこまれている。ガエアはハサミを手に花壇の一角にしゃがみこんで、つかんだ花を死守しようとしている。ダシュアは興奮状態で笑いながらくるくる回っている——なにがそんなに楽しいのかわたしにはわからない。ビムニアは護衛のひとりをつかまえて、ここまでくるあいだに見たもののことであれこれ質問攻めにしている——護衛は追いつめられて助けをもとめているような顔をしている。サレアとレムアは小さな池のそばにしゃがみこんで、池のなかで動いているのは魚なのか蛙《かえる》なのか熱心に話し合っている。二人のやりとりは地話《ちわ》ではなく、すべて耳から入ってくる。

そしてわたしは、愚かなことに、ケレンリを見ている。あの博物館にあったアート作品のようなものやのどかな午後の庭からなにを学ばせようとしているのか知りたいからだ。彼女の顔も地覚《ちかく》器官もなにも示してはいないが、それはそれでかまわない。ただ彼女の顔を眺めてその深く力強いオロジェニーの存在感に浸っていたいという思いもあるのだ。ばかげている。彼女にとってはうっとうしいことかもしれないが、たとえそうだとしても彼女はわたしを無視している。わたしを見て欲しいのに。わたしは彼女に話しかけたい。わたしは彼女になりたい。

わたしは自分が感じているのは愛だと断定する。たとえそうでないとしても、その考えの目新しさに魅了されて、わたしはその衝動にしたがうことにする。

しばらくすると、ケレンリは歩きだす。みんながうろついている一角から庭のまんなかのほうへ。そこには小さな家のような構造物があるが、たいていの建物のような緑化適応セルロースではなく石のブロックが使われていて、いちばん手前の壁は断固たる決意を感じさせる一本の蔦《つた》で覆い尽くされている。彼女がその家のドアを開けたとき、それに気づいたのはわたしひとりだったが、彼女が家のなかに入るところは、みんなそれぞれやっていたことをやめてじっと見つめていた。彼女が動きを止める。われわれが急に静かになって心配そうな顔をしているのを見ておもしろがっている――のではないかと思う。彼女は溜息《ためいき》をついて、〝いらっしゃい〟というふうに無言で頭をくいっとふる。われわれは先を争って彼女についていく。

家のなかは――われわれはケレンリのあとにつづいてあたりに注意しながら身を寄せ合っているが、かなり窮屈だ――小さな家の床は木でできていて家具がいくつか置いてある。われわれが住んでいる独房とおなじくらい殺風景だが、いくつか大きなちがいがある。ケレンリがいくつかある椅子のひとつに腰をおろしたところで、われわれは気づく――これは彼女のだ。彼女の。これは彼女の……独房なのか？　いや、ちがう。ここにはケレンリの個性や過去を思わせるものがある。部屋の隅の書棚に本があるということは、誰かが彼女に読み方を教えたということだ。シンクの端にブラシがあるということは、自分で髪の手入れをしているということだろう。ブラシの荒毛にからまっている髪の量からして、いらいらしながら髪をとかしているのにちがいない。もしかしたら大きな家は彼女が住むことになっているところで、ときにはここで寝ているのかもしれない。だが庭園の一角にあるこの小さな家は……彼女の住まいだ。

「わたしは指揮者ギャラットといっしょに育ったの」とケレンリが静かにいう。（われわれは彼女の知恵の恩恵にあずかろうと彼女を囲んで床や椅子やベッドに腰をおろす。）「いっしょに育てられたのよ。わたしが実験群で彼が対照群――ちょうどいまわたしがあなたたちの対照群になっているのとおなじ。彼はふつうの人よ。ただ好ましくない先祖の血が一滴入っているだけ」

わたしは氷白《ひょうはく》の目をぱちくりさせてギャラットのことを思い浮かべ、はたといろいろなことに気づく。わたしがあんぐりと口を開けているのを見て、彼女が微笑《ほほえ》む。だがその微笑みは長くはつづかない。

「かれらは――ギャラットの両親のことよ、わたしはかれらが自分の親だと思っていたんだけれど――かれらははじめのうちはわたしがどういう存在なのかなにもいわなかった。わたしは学校へいったりゲームをしたり、ふつうのシル・アナジスト人の女の子がすることをして育ったの。でもかれらのわたしに対する扱いはみんなとおなじではなかった。わたしは長いこと、それはわたしがなにかいけないことをしてしまったせいだと思っていたの」彼女の視線が古びた痛みを帯びて重くなり宙をさまよう。「どうしてわたしは親にさえ心の底からは愛されないほど恐ろしい子どもなんだろうと悩んだ」

レムアがかがみこんで床板をこする。いまどうしてそんなことをするんだ、とわたしはいぶかしむ。サレアはまだ外にいる。彼女の好みからするとケレンリの家は小さすぎるからだ――いまは花々のあいだを素早く飛びまわる小鳥に目を奪われている。だがわれわれを通して、開いたドアを通して、彼女はすべて聞いている。われわれはみんな声を通して振動を通して、そしてずっしりと安定した眼差しを通して、ケレンリの話を聞かなければならないのだ。

「かれらはなぜあなたに嘘をついていたんですか?」とガエアがたずねる。

「その実験はね、わたしが人間になれるかどうかの実験だったの」ケレンリはふっと微笑む。彼女は椅子に浅く腰かけ、膝に肘をついて両手を見ている。「わたしがちゃんとしたふつうの人たちのあいだで育って、たとえふつうではなくてもとりあえずはちゃんとした子になったとするでしょ。そうするとうまくいったことはすべてシル・アナジスト人の成果、失敗したりお粗末な行動を取ったりすればそれはすべて退化の証拠と見なされるわけ」

ガエアとわたしは顔を見合わせる。「どうしてあなたはちゃんとしていないということになるんですか？」と彼女はたずねる。まったくわからないからだ。

夢想に浸っていたケレンリはまばたきしてわれに返り、われわれを見つめる。そしてその一瞬のあいだにわれわれは彼女とのあいだに越えられぬ溝があるのを感じとる。彼女は自分のことをわれわれの一員だと思っているし、事実そのとおりだ。しかし彼女は自分を人だと思ってもいる。この二つの概念は相容《あいい》れないものなのに。

「邪悪な死」われわれの思いを映すかのように彼女は静かに感嘆をこめて、そうつぶやく。「あなたたちはほんとうになにもわかっていないのね」

護衛たちは庭園におりる階段のいちばん上に陣取っている。声が聞こえる範囲にはひとりもいない。ここはきょう訪れた場所のなかではいちばんプライバシーが保たれている空間だ。盗聴器が仕掛けられているのはほぼまちがいないだろうが、ケレンリは気にしていないようだしわれわれもおなじだ。彼女が足を引きあげて両腕で膝を抱えこむ。地層のなかでの存在感は山のように密で深いのに、妙に脆《もろ》そうに見える。わたしが大胆にも手をのばして彼女の足首に触れると、彼女は片手をおろしてわたしの指を包みこむ。そのときのわたしの気持ちがどうだったか、何世紀たってもわからないと思う。

わたしと触れ合ってケレンリは力を得たようだ。笑みを消して、彼女がいう。「では教えてあげましょう」

レムアはまだ木の床を調べている。指でざらざらした床板をこすり、その微粉とともに送ってよこす——必要なことなんですか？ 自分がたずねているべきだったのに先を越されて、くやしい。

彼女はにこにこしながら首をふっている。本来はいう必要はないということだ。

しかし、どちらにしろ彼女は、われわれにそれが真実だとわかるよう、大地を通して話すことになる。

§

前に話したことを思い出してくれ——この頃のスティルネスはひとつの大陸ではなく三つに分かれていた。それぞれの名は、どうでもいいことかもしれないが、マエカー、カーキアラー、シリアーという。シル・アナジストはカーキアラーの一部として出発し、やがて全土を制し、ついでマエカーもわがものとした。二つの大陸すべてがシル・アナジストになったわけだ。

南にあったシリアーは、かつては多くの平凡な名もなき民族が住む平凡な名もなき土地だった。そんな民族のひとつがスニースだった。ただこの名称を正しく発音するのはむずかしかったのでシル・アナジスト人はニースと呼んでいた。スニースとニースはおなじものを指すわけではなかったが、けっきょく後者がひろまることになった。シル・アナジスト人はかれらの土地を奪った。ニース人は戦ったが、その後、脅威にさらされた生きものならどんな生きものでも取る行動を取った——そこを出て離散したのだ。残された者たちは各地に散り、そこに根をおろし生きのびた。そうしたニース人の子孫はあらゆる土地であらゆる人々の一部となり、他者と混じり合い、その土地の慣習に適応していった。しかしかれらはほかの言語を流暢《りゅうちょう》にしゃべれるようになってもかれら自身の言語を使いつづけてなんとかアイデンティティを保った。昔ながらの慣習もいくつかは維持しつづけた——たとえば塩の酸で舌を裂くという、他者には理由の窺《うかが》い知れない慣習もそのひとつだ。そして狭い土地で孤立して生きてきたことで保たれていた外観的特徴の多くは失われたものの、多くの者が今日に至るまで保持している氷白の目や灰噴《はいふ》き髪はある種の烙印《らくいん》といえる。

そうなんだ、あんたもわかっただろう。

しかしニースがほかとまったくちがっていたのは、かれらの魔法との関わり方だった。魔法は世界中どこにでもある。誰でも魔法を見て、感じて、ともに流れている。シル・アナジストでは魔法はあらゆる花壇で、並木で、ブドウのつるに覆われた壁で栽培されている。どの家庭も企業もそれぞれの分担量をつくらねばならず、つくられた魔法は遺伝子操作されたつる植物とポンプ経由で運ばれ、この世界の文明全体を支えるパワーの源になる。シル・アナジストでは生命を殺すことは罪悪とされる。なぜなら生命は貴重な資源だからだ。ニースはそう考えてはいなかった。魔法は生命とおなじように誰にも所有できないものだとかれらは主張していた——そしてかれらはその二つをむだに費やして（よりにもよって）なんの役にも立たない〈プルトニック・エンジン〉をいくつもつくった。〈プルトニック・エンジン〉はとにかく……見事なのだ。想像力をかきたてるというか、純粋にものづくりの喜びのためだけにつくられたというか。ところがこの〝芸術品〟はシル・アナジスト人が生みだしたどんなものよりも効率的に力強く動くのだった。

どんなふうにはじまったのか？　こういうことの根底には恐怖があるということをわかっておいてくれ。ニースの人々は外観がちがい、ふるまいもちがった。かれらはちがう存在だった——しかしどんな集団もそれぞれにちがう。だから問題の原因はちがいだけとはいえない。シル・アナジストによる世界の同化吸収はわたしがつくられる一世紀前に完了していた——すべての都市がシル・アナジストになっていた。すべての言語がシル・アナジスト語になっていた。だが、征服者ほど怯《おび》えている者、恐れおののき不安を感じている者はいない。かれらは際限なく妄想をふくらませ、自分たちが被征服者にしたのとおなじことを、いつかやり返されるのではないかと戦々恐々としている——たとえ実際には被征服者がそんなけちなことなどこれっぽっちも考えずに先に進んでいようとも。征服者は、自分たちはすぐれているわけではない、ただ運がよかっただけだということを見せつけられた日の恐怖のなかで生きているのだ。

というわけで、ニースの魔法がシル・アナジストの魔法より効率がいいということがわかると、ニースがそれを武器として使ったわけではないにもかかわらず……。

これはケレンリがわれわれに話してくれたことだ。おそらく最初はニース人の虹彩《こうさい》は白いからかれらは視力が弱いとか、舌が裂けているから真実をしゃべることができないといった噂話からはじまったのだろう。その手の軽蔑、他文化に対するいじめはままあることだが、事態は悪化の一途をたどった。ニース人の地覚器官はどういうわけか根本的にちがう——より敏感で、より活発で、よりコントロールがむずかしく、洗練度が低い——そしてそれがかれらの魔法をかれら特有のものにしているのだという主張をする学者が、たやすく名声を得てキャリアを築けるようになったのだ。これによって、かれらはほかの人たちとおなじ種類の人間ではないということになった。それがやがてほかの人たちと比べると人間度が低いということになり、最後にはかれらは人間ではない、ということになる。

ニースが消えてしまうと、当然ながら、伝説に名高いニース人の地覚器官など存在しないことがあきらかになった。シル・アナジストの学者たち、生物魔法学者たちは大勢の囚人を使って研究をつづけたが、ふつうの人とのはっきりしたちがいを見つけることはできなかった。かれらにとってこれは耐えがたいこと——耐えがたいだけではすまされないことだった。けっきょくニース人もふつうの人間だということになったら、なにに基づいて軍務の割り当てや教育面での再解釈をすればいいのか、なにに基づいてあらゆる学問分野を構築すればいいのか？それではかれらの大望〈大地奥義〉すら、シル・アナジストの魔法理論——生理学に見せかけてニースの効率性のよさをさげすみ、放逐した部分も含まれる理論——がすぐれていて絶対確実だという概念からはずれたところから生じたものということになる。

もしニース人がふつうの人間だということになれば、かれらが人間ではないという概念の上に築かれた世界は崩壊してしまう。

だから……かれらはわれわれをつくったのだ。

われわれ、慎重に遺伝子操作され本性を奪われたニース人の名残は、ふつうの人間よりずっと複雑な地覚器官を持っている。最初につくられたのがケレンリだが、まだふつうの人間との差が小さすぎた。覚えておいてくれ、われわれはたんなる道具ではなく神話でなくてはならないんだ。というわけで、われわれ、あとからつくられた者にはニース人の特徴が誇張されたかたちで付与された――幅広の顔、おちょぼ口、ほぼ真っ白な肌、目の細かい櫛《くし》では歯が立たない髪、そしてわれわれはみんな背が低い。かれらはわれわれの大脳辺縁系《へんえんけい》を剝《は》ぎとり、経験と言語と知識から魂《たましい》を剝奪した。そしてかれら自身の恐怖のイメージどおりにつくりかえることに成功してはじめて満足したというわけだ。かれらはニース人の本性の精髄をとらえたと自分にいいきかせ、かつての敵をついに有効に使えるようになったことを喜んだ。

しかしわれわれはニース人ではない。われわれは知的偉業達成の栄えある象徴ですらない。昔はわたしもそう信じていたんだがな。シル・アナジストは妄想の上に築かれていたのだし、われわれは嘘の産物だった。かれらはわれわれがじつはどんな存在なのか、わかっていなかった。

となれば、われわれ自身の運命と未来を決定するのはわれわれということになる。

たわれわれは彼女の言葉に衝撃を受け、変化を遂げ、さらに変化しつづけた。

§

ケレンリの授業が終わったのは数時間後のことだった。彼女の足元に腰をおろして聞いていたわれわれは彼女の言葉に衝撃を受け、変化を遂げ、さらに変化しつづけた。

もう夜になっている。彼女が立ちあがる。「食事と毛布を用意するわね」と彼女がいう。「みんな今夜はここに泊まるのよ。調律任務の最後の三つめの場所へは、あしたいくことにします」

われわれは自分の独房以外で寝たことがなかった。興奮する。ガエアが環境を通じて喜びのパルスを送り、レムアは楽しいというバズ音を発しつづけている。ダシュアとビムニアは不安なのだろう、ときどき大きく上下するパルスを発している——人間が大昔からずっとしてきたことを、いつもとはちがう場所で寝るなんてことをして、われわれは大丈夫なのか？　二人は安全をもとめて寄り添い、身体を丸めるが、実際にはいっとき不安が高まることになってしまう。われわれはふだん互いに触れ合うのを許されないことが多いのだ。しかし二人は身体をさすり合い、それが功を奏して二人ともしだいに落ち着いていく。

ケレンリは二人の怖がりようをおもしろがっている。「大丈夫よ、朝になれば自分たちで確認できると思うけれどね」と彼女はいって、外へ出ようとドアに向かう。わたしはドアのまえに立って、昇ってきたばかりの〈月〉をドアの窓から見ている。彼女がわたしに触れる。わたしが行く手をふさいでいるからだ。しかしわたしはすぐには動かない。わたしの独房の窓が面している方向のせいで〈月〉はたまにしか見られないからだ。見られるときはその美しさをずっと愛《め》でていたい。

「どうしてわれわれをここに連れてきたんですか？」わたしは〈月〉を見つめたままたずねる。「どうしてあんな話をしたんですか？」

彼女はすぐには答えない。彼女も〈月〉を見ているのだろう、とわたしは思う。すると彼女が大地を思慮深く反響させて伝えてくる――わたしはニース人とその文化について手を尽くして調べてきたの。残っているものは少ないし、ありとあらゆる嘘から真実を選り分けなければならないし。でもかれらには……ある習わしがあったの。ある特別な職業。真実が語られるようにするのを仕事にしている人たちがいたのよ。

わたしは困惑して顔をしかめる。「だから……何なんです？　死に絶えてしまった人たちの伝統を受け継ぐことにしたんですか？」言葉でいう。わたしは頑固なのだ。

彼女は肩をすくめる。「当然でしょ？」

わたしは首をふる。疲れているし、当惑しているし、少し怒りの感情もあるかもしれない。きょう一日でわたしの自意識は見事にひっくり返されてしまった。これまで、生まれてからずっと自分は道具だと思っていた――人ではないが、少なくとも力と英知と誇りの象徴だと思っていた。それがじつはただの妄想と強欲と憎しみの象徴だったと知ってしまったのだ。受け止めるのは容易ではない。

「ニース人のことなど忘れてしまえばいい」わたしはぴしりという。「みんな死んでしまったんだ。かれらを思い出すことになんの意味があるのか、わたしにはわかりません」

わたしは彼女を怒らせたいのに、彼女はただ肩をすくめるだけだ。「どう判断するかはあなたしだいよ——充分に情報を得たうえで判断するときがきたら、好きに判断すればいいわ」

「あまり知りたいとは思わないなあ」わたしはドアのガラスに寄りかかる。ガラスはひんやりしていて、指で触れてもチクチクしない。

「あなたはオニキスを扱えるくらい鋭くなりたいといっていたわよね」

わたしは思わずフッと笑ってしまう。なにも感じないふりをすることすら忘れてしまうほど疲れていた。監視役に気づかれないことを祈るのみだ。地話に切り替えて、苦々しさと軽蔑と屈辱と悲嘆とが圧縮されて刺々《とげとげ》しく沸き返る渦をぶつける。それがどうしたというんです、という意味だ。〈大地奥義〉なんて嘘っぱちだ。

彼女は静かな容赦ない横ずれする笑いで、わたしの自己憐憫《れんびん》の情を揺さぶり、引き裂く。

「まあ、思索家くん。あなたがそこまでメロドラマチックになるとは思わなかったわ」

「メロドラマチックってどういう——」わたしは首をふり、ものを知らないということにほとほと嫌気がさして押し黙る。そう、すねているのだ。

ケレンリが溜息をついてわたしの肩に触れる。わたしは他者の手の温《ぬく》もりになれていないので身をすくめてしまうが、彼女は手を動かさず、おかげでわたしの心も静まっていく。

「考えなさい」と彼女はいう。「〈プルトニック・エンジン〉はちゃんと動くのか？　あなたの地覚器官はちゃんと働くのか？　あなたはかれらがつくろうとしたものとはちがっている——

ではいまあるあなたは否定されてしまうのか？」

「わたしは――その質問はおかしいと思います」いまのわたしは頑固の塊だからそんなふうに答えたが、彼女のいいたいことはわかっている。わたしはかれらがつくるつもりだったわたしではない――なにかがちがっている。かれらが予想していなかったかたちの力を持っている。かれらはわたしをつくったが、わたしをコントロールしているわけではない。完全には。だからわたしにはかれらが取り去ろうとした感情がある。だからわれわれは地話ができる……そしてたぶんほかにも指揮者たちが知らない才能がある。

彼女がわたしの肩をぽんぽんと叩く。わたしが彼女のいったことを真剣に考えていると察して喜んでいるのだ。彼女の家の床にあるしみが呼びかけてくる――今夜はよく眠れるぞ、と。だが、いまは睡眠より彼女のほうが必要だから、わたしは疲れと戦い、彼女に集中しつづける。

「あなたは自分がそういう……真実の語り手のひとりだと思っているんですか？」とわたしはたずねる。

「伝承学者。ニース最後の伝承学者、わたしにそう名乗る権利があるとすればね」彼女の笑みがふいに消えて、わたしははじめてその笑みが深い疲労やしわ、そして悲しみを覆い隠していたことに気づく。「伝承学者は戦士であり、物語の語り手であり、高貴な存在だったのよ。かれらは本や歌、そしてアート・エンジンを通じて真実を語った。わたしはただ……話すだけ。でもね、かれらの衣鉢の一部を継いだくらいのことはいえると思うの」けっきょくのところ、闘士がすべてナイフを使うとはかぎらないのよ。

地話では真実しか存在しない――しかもときには伝えたいと思う以上の真実が伝わることがある。わたしは彼女の悲しみのなかに……なにかを感じとる。凄《すさ》まじい忍耐。塩の酸をひと舐《な》めしたような恐怖のはためき。なにかを守るという決意。なにを……。その振動は、はっきり認識できないうちに薄れて消えてしまう。

彼女が深々と息をついてふたたび微笑む。彼女が偽りのない笑顔を見せることはめったにない。

「オニキスを使いこなすには」と彼女は話をつづける。「ニースのことを理解しなければだめよ。指揮者たちはわかっていないけれど、オニキスがいちばんよく反応するのは、ある感情的な響きなの。わたしがいうことはひとつ残らず役に立つと思うわよ」

そういうと彼女はわたしをやさしく脇へ押して外へ出ようとする。いまたずねるしかない。

「それでどうなったんですか?」とわたしはゆっくりという。「ニース人は?」

彼女は立ち止まり、くすっと笑う。これだけはまちがいなく自然な笑いだ。「あしたになればわかるわ。みんなで会いにいくから」

わたしは困惑してたずねる。「お墓に?」

「シル・アナジストでは生命は神聖なものなのよ」と彼女が肩越しにいう。彼女はもうドアを抜け、外に出て歩きはじめている。立ち止まりもふりむきもしない。「知らないの?」そういって彼女はいってしまう。

その答えをわたしはしっかり理解しなければならない、そう感じる――だが、いまのわたしは、なにに関してもそうだが、まだなにも知らない無辜《むこ》の存在だ。ケレンリはやさしい。あすの朝まではわたしを無辜の存在にしておいてくれるのだから。

§

アルマ〈革新者〉ディバースへ

イエーター〈革新者〉ディバースより

アルマ、委員会はわたしへの資金提供を中止することはできない。見てくれ、下記はわたしが収集した重大事象が起きた年だ。最後の二つの間隔はたった十年だぞ！

二七二九年
二七一四―二七一九年：〈窒息〉
二六九九年
二六一三年
二五八三年
二五六二年
二五三〇年

二五〇一年
二四九〇年
二四七〇年
二四〇〇年
二三二二―二三三九年：〈酸〉

第七は〈季節〉レベルの事象の頻度に関する一般的概念は完全にまちがいだという事実にすら興味を持っていないのだろうか？　〈季節〉レベルの事象は二、三百年に一度起きているわけではない。それどころか三、四十年に一度起きているといったほうがいい！　もしロガがいなかったらわれわれは千回くらい死んでいたにちがいない。わたしはここに書いた年をはじめこれまでに収集したデータをまとめて、より厳しい〈季節〉の出現を予測するモデルをつくろうと思っている。〈季節〉の出現には周期が、リズムがある。つぎの〈季節〉がより長いものになるとかよりひどいものになるとか、前もって知っておく必要があるとは思わないか？　真の過去を知らずして、どう未来に備えるというんだ？

9　砂漠のことを手短に、そしてあんたのことも

〈季節〉になると砂漠は地上屈指の危険な場所になる。イッカはトンキーの話で水が簡単に手に入ることを知る――カストリマの〈革新者〉たちはすでに露《つゆ》キャッチャーという装置をいくつもつくっていたのだ。日射《ひざ》しも灰の雲のおかげで問題にはならない。まさか灰の雲に感謝する日がくるとは誰も思っていなかったが。実際、昼はそうでもないが、夜は肌寒くなるという。雪がちらつくことさえあるらしい。

砂漠が〈季節〉になると危険だというのは、砂漠にいる動物や昆虫すべてが地上よりは暖かい地中深くに潜って冬眠してしまうからだ。冬眠中のトカゲやなにかを掘りだす絶対確実な方法を編みだしたという連中もいるがたいていは詐欺まがいの話だ――砂漠に接している数少ないコムの住人は用心に用心を重ねてそういう秘密を守るものだ。地表の植物はすでに枯れているか、冬眠前の動物に喰《く》われてしまっているかで、地上にあるのは砂と灰だけになってしまう。〈季節〉中に砂漠に入ることについて石伝承に書かれている忠告はただひとつ――入るな、だけ。飢え死にしたいのでないかぎり砂漠には入るな、それが石伝承の教えだ。

カストリマ・コムはメルツ砂漠の端で準備に二日間費やすが、じつは――イッカがあんたと

並んですわってあんたの最後のメロウを交互に吸いながら明かしたところによると――旅が楽になるような準備はなにひとつないという。これからは命を落とす者が出てくる。が、あんたはそのなかには入らない――万が一ほんとうに危険だとなったらホアがあんたをさっとコアポイントに運んでくれるとわかっているのは、あんたとしては奇妙な心持ちだ。ずるいと思うかもしれない。だがそんなことはない。あんたはこの先、全力を尽くしてみんなを助けることになる――そして死なないがゆえに大勢が苦しむさまを目撃することになる。ここまでカストリマの目的達成に力を尽くしてきた者として、それがあんたにできる最低限のことだ。証人となり、地下火《ちかび》のように戦って、死に必要以上の分け前を与えないようにすることが。

さて、料理番の住人たちはシフトを二連続でこなして昆虫をあぶり焼きにしたり、ジャガイモを乾燥させたり、残っていた穀物をすべて使ってケーキを焼いたり、肉を塩漬けにしたりしている。マシシたち敵の生き残り組は食べるものを食べてある程度体力を取りもどすと、食料の調達にとくに役立ってくれることがわかった。そのなかの数人が地元民で、どこに放棄された農場があるとか、〈断層生成〉の揺れで崩壊したあとそれほど漁《あさ》られていないところがあるといったことを覚えているのだ。これはスピード勝負になる――メルツ砂漠の幅とカストリマの食料備蓄との競争に勝てば、生きて砂漠を出られる。というわけでトンキーは――本人は大いに不満そうだがだんだんと〈革新者〉の代表のようなかたちになってきていて――貯蔵品を載せる荷馬車を手早く荒っぽく分解して、砂漠の砂の上を進みやすい軽量で衝撃に強いものにつくりかえる作業を監督している。〈耐性者〉と〈繁殖者〉は万が一、荷馬車を一台放棄せざるをえない状況になっても危機的な損失につながらないよう載せる貯蔵品を配分し直している。

砂漠に入る前の晩、あんたが調理用の焚《た》き火のそばにしゃがんで、まだまだぎこちない動きで片手で食事をしていると、誰かが隣に腰をおろした。あんたはちょっと驚いてビクッとなり、そのはずみで皿のトウモロコシパンを落としてしまう。あんたの視界に誰かの手が入ってきてパンを拾ってくれる。大きくてブロンズ色で戦闘の傷がある手で、いまは汚れてボロボロだがそれでもモアレ柄の黄色い絹とわかる布きれが手首に巻かれている。ダネルだ。

「ありがとう」あんたは、これをきっかけにして彼女が話しかけてきたりしませんようにと祈りながらいう。

「あんた、フルクラムにいたんだってね」と彼女がトウモロコシパンをあんたに渡しながらいう。祈りは通じなかったようだ。

カストリマの住人がそう噂していたとしても驚くには当たらない。あんたは気にしないと心に決め、トウモロコシパンでシチューをすくって頬張る。トウモロコシ粉でとろみがつき、石の森以降豊富になったやわらかい塩漬け肉がたっぷり入っていて、今夜のはとくにうまい。砂漠の旅に備えて、みんなできるだけ脂肪を蓄えておく必要がある。が、あんたは肉のことを考えているわけではない。

「そうだけど」警告気味に聞こえるようにと念じながらいう。

「何指輪?」

あんたはさもいやそうに顔をしかめて、アラバスターにもらった〝非公式〟の指輪のことをどう説明すべきか考え、あの頃よりもっと遙《はる》かな高みにきてしまっていると考え、謙虚になれと考え……最後に、正確にいうことにしようと思い至る。「十」エッスン〈十指輪〉、とフルクラムなら呼ぶことだろう。もし上級者がいまのあんたの名前を知っていたなら、そしてフルクラムがいまも存在していたならの話だが。と、一応いわせてもらう。

ダネルが、たいしたものだといいたげにヒューと口笛を吹く。いまだにそんなことを気にかける人間に遭遇するとはずいぶんと奇妙なめぐりあわせだ。「聞いたんだが」と彼女がいう。「オベリスクを使っていろいろとできるんだってね。それでカストリマで勝てたそうじゃないか——夢にも思わなかったよ、虫をあんなふうに怒らせることができるなんて。それにあれだけの数の石喰《いしく》いを閉じこめられるなんてね」

あんたは無関心を装ってトウモロコシパンに集中する。ほんの少し甘みがある——調理班がもっと栄養価の高い食べものを貯蔵するスペースをつくるために砂糖を使い切ってしまおうとしているからだ。うまい。

「それからこんな話も聞いた」ダネルはあんたを横目で見ながらつづける。「十指輪のロガが世界を破壊したんだってね、赤道地方で」

いいや、ちがう。「オロジェン」

「え?」

「オロジェン」ささいなことかもしれない。イッカが用役《ようえき》カースト名として〈ロガ〉を頑固に使いつづけているので、スティルはみんななんの意味もないかのようにその言葉をポンポン使っている。ささいなことではない。ちゃんと意味があるのだ。「〝ロガ〟じゃなくて。あなたは〝ロガ〟といってはいけないの。あなたにはまだその資格がないのよ」

数呼吸するあいだ沈黙がつづく。「わかった」とダネルがいう。謝罪のニュアンスもあんたに調子を合わせようという空気もない。ただあたらしいルールを受け入れたという感じだ。それにあんたが〈断層生成〉を引き起こした張本人だとくりかえしほのめかすようなこともしない。「でも論点はまだ有効だよ。あんたはたいていのオロジェンにはできないことができる。そうだろ？」

「まあね」あんたは皮ごと焼いたジャガイモに落ちてきた灰を吹き飛ばす。

「こんな話も聞いた」膝に手をついてまえかがみになりながらダネルがいう。「あんた、この〈季節〉の終わらせ方を知ってるんだってね。しかも、もうすぐコムを出てどこかへいって実際にやってみるつもりらしいじゃないか。で、そのときに何人かいっしょにいく必要があるって」

なんと。あんたはジャガイモに向かって顔をしかめる。「手をあげるっていうの？」

「かな」

あんたは彼女を見つめる。「まだ〈強力《ごうりき》〉として受け入れられたばかりなのに」

ダネルはなんとも読み取りようのない静かな表情で、あんたを心持ち長めに見つめる。彼女が迷っていること、なにか自分自身のことであんたに打ち明けようか打ち明けまいか決めかねていることにあんたは気づかない。やがて彼女は溜息《ためいき》をついて話しだす。「じつはわたしは

〈伝承学者〉カーストなんだ。前はダネル〈伝承学者〉レナニスだったんだよ。ダネル〈強力〉カストリマはまるでしっくりこない」

黒いくちびるの彼女を想像しようとするあんたの顔には懐疑的な表情が浮かんでいたにちがいない。彼女がくるりと目を回して視線をそらす。「レナニスに伝承学者は必要ないと長《おさ》にいわれたんだ。必要なのは兵士だって。それに伝承学者が戦いになるといい働きをするというのは周知の事実だから――」

「え?」

彼女が溜息をつく。「赤道地方の伝承学者のことだよ。われわれ古い伝承学者の家系の者は接近戦だの兵法だのいろいろと学んでいるんだ。そうすれば〈季節〉のあいだもなにかと役に立つし、知識を守るという役目も果たせる」

あんたにはどういうことかさっぱりわからない。だが――「知識を守る?」

ダネルの顎の筋肉がこわばる。「兵士はコムがひとつの〈季節〉を乗り越えるのに役立つかもしれないが、語り部《べ》は七つの〈季節〉を越えてサンゼを生きのびさせてきているんだよ」

「ああ。それはそうね」

彼女は中緯度地方人の無知ぶりに首をふりたくなるのを傍目《はため》にもわかるほどぐっと我慢している。「とにかく、与えられた選択肢がそれしかない以上、一兵卒になるよりは司令官になるほうがいい。でも自分がほんとうは何者なのか、それは忘れないようにしていたんだ……」ふいに表情が曇る。「それがさ、もう銘板その三の正確な文章が思い出せないんだ。皇帝マッシャティの話も。物語から離れて二年もたたないのにもう頭から消えかけている。まさかこんなに早く忘れてしまうとは思ってもいなかった」

あんたはなんといっていいのかとまどう。彼女があまりにも深刻な顔をしているので、ふと元気づけてやりたくなってしまう。ああ、大丈夫よ、もうあなたの頭のなかは中緯度地方人を皆殺しにすることでいっぱいになっているわけではないんだから、とかなんとか。だがどう考えてもいささかも悪意を感じさせずにそう伝えられるとは思えない。

とにかくあんたを鋭い眼差《まなざ》しで見つめているダネルの顎は、なにか固く決意しているかのように引き締まっている。「でもね、あたらしい物語が書かれるときは、はっきりそうとわかるんだ」

「わたしは……わたしにはなんのことだかさっぱり」

彼女が肩をすくめる。「物語の英雄はみんなそうなんだよ」

英雄？　あんたはふふっと笑う。棘《とげ》のある笑いだ。あんたはアライアのこと、ティリモのこと、ミオヴのこと、レナニスのこと、そしてカストリマのことを考えずにはいられない。英雄は忌まわしい虫の大群を使って敵を喰わせたりしない。英雄は娘にとって怪物のような存在だったりしない。

「わたしは自分が何者なのか絶対に忘れたりしない」とダネルは話をつづける。片手を膝についてまえかがみになっている。固い意思が見える。いつかはわからないがここ数日のうちに彼女はナイフを手に取り、頭の両脇の髪を剃《そ》り落としていた。そのせいで自然と野心を秘めた細面の顔に見える。「もしわたしが赤道地方最後の伝承学者なのだとしたら、あんたといっしょにいくのがわたしの務めだ。起きたことを書き留めるために——そしてもし生きのびられたら、その話を確実に世界に聞かせるために」

ばかげている。「あなた、わたしたちがどこへいくのかさえ知らないじゃないの」

「わたしが先頭に立つかどうかの件は話がついたと思っていたんだが、お望みなら先に細かい話をしてもいいよ」

「わたしはあなたを信用しているわけじゃないわ」苛立《いらだ》ちをぶつけるようにあんたはいう。

「わたしだってあんたを信用してないさ。でも、いっしょに仕事をするのにお互い相手を好きである必要はない」彼女の皿はもう空だ——彼女はその皿を持ちあげ、片付け当番の子どもに回収しろと手をふる。「とにかくあんたを殺したい理由があるわけじゃないんだから。今回は」

このひとことは余計だった——彼女が半裸の守護者にあんたを襲わせたことを覚えているのに謝罪のかけらも示さずにいることがあんたの気持ちをこじらせてしまう。たしかにあれは戦争だったし、たしかにその後あんたは敵の兵を虐殺した、だが……。「あなたたちみたいな人には理由なんか必要ないでしょ！」

「〝あなたたちみたいな人〟って、あんたがわれわれのことを多少なりとも知っているとは思えないけどね」彼女は怒ってはいない——彼女がいっていることはまぎれもない事実だ。「でもまあ、もっと理由が必要だというならもうひとつ教えよう——レナニスはクソだ。たしかに食べものも水も雨露をしのげる場所もある——街がほんとうに空っぽなら、あんたのところの女長があんたたちをそこへ連れていくという判断は正しい。コム無しになるよりはましだし、貯蔵品もなしでどこかにコムを再建するよりはましだろう。だが、それ以外はクソだ。わたしなら旅をつづけるね」

「ナンセンス」とあんたはしかめっ面でいう。「どんなコムだってそれよりはましだわ」

ダネルは苦々しげにフンと鼻を鳴らす。とたんにあんたは落ち着かない気分になる。

「よく考えてみることだね」それだけいうと彼女は立ちあがり、去っていく。

§

「わたしはダネルがいっしょにくることに賛成です」その夜あんたがそのやりとりを伝えると、レルナがいった。「彼女は優秀な闘士だ。いっていることも正しい――彼女にはわたしたちを裏切る理由がない」

あんたは半分眠りかけている。セックスのあとだからな。いざそうなってみても、劇的なことはなにひとつ起こらない。あんたのレルナにたいする気持ちはこの先もけっして強まることはなさそうだし、罪悪感が薄れることもなさそうだ。年の差が大きすぎるという思いはけっして消えないだろう。だが、まあ。彼はあんたに乳房を切断された胸を見せてくれといい、あんたは見せてやった。これで彼のあんたにたいする思いにも終止符が打たれるだろうと思っていた。なめらかな茶色い胴体にある砂色の部分は分厚い殻のようでザラザラしている――色と感触はちがうがかさぶたに似ている。その部分を診察する彼の手つきはやさしく、もう包帯はしなくていいとははっきりと告げていた。あんたは痛みはないと話した。もうなにも感じないのかと思うと怖いという話はしなかった。自分が変化しつつあること、いろいろなかたちで硬化しつつあること、みんなの望みどおり武器以外の何者でもない存在になりつつあることも口にはしなかった。片思いの恋はやめたほうがいい、ともいわなかった。

だがなにひとついわなかったのに、彼は診察が終わるとあんたを見てこう返事をした。「あなたはいまも美しい」あんたが自分で考えるよりずっと切実にその言葉を必要としていたのはまちがいない。そしていまこういうことになっている。

というわけで、あんたは彼の言葉をゆっくりと分析していく。彼があんたをリラックスさせ、骨抜きにし、人間にもどしてくれたおかげだ。そしてたっぷり十秒ほどたった頃、あんたは出し抜けに口にする。「〝わたしたち〟?」

彼は黙ってあんたを見つめている。

「くそっ」とあんたはいって、腕で目を覆う。

翌日、カストリマは砂漠に入る。

§

あんたにとってさらに辛い苦難のときがはじまる。

〈季節〉はいつも苦難のときだ。死は第五、そしてすべての支配者というが、こんどはちがう。これは人にかかわる苦難だ。千人余りの人間が、酸の雨が降り注いでいないときでさえ恐ろしく危険な砂漠を横断しようというのだ。家一軒がすっぽり入ってしまうほど大きな穴がそこらじゅうに開いたぐらつく高架道を大集団でたどる強行軍の旅。高架道は揺れにも対応できるようにつくられているが限界はある。そして〈断層生成〉はその限界を遙《はる》かに超えていた。イッカはリスクを承知で高架道をゆくと決めた。損壊が激しいとはいえ砂漠の砂の上をゆくより高架道をたどるほうが早いからだが、これには犠牲が伴う。高架道にいるとちょっとした揺れでも惨事につながるから、コムのオロジェン全員がつねに警戒していなければならない。ある日、疲れ果てて本能のいうことに注意を払いそこねたペンティが不安定になっていたアスファルト片に足を乗せてしまう。大きなアスファルト片が高架道の基礎構造を抜けてあっさり下に落ちていく刹那、オロジェンの子どものひとりが彼女の手をさっとつかむ。ほかの者たちはそれほど注意を払っていなかったし、それほど幸運でもなかった。

　酸の雨は予想外だった。石伝承は〈季節〉が気象に与える影響については論じていない。最盛期でも気象などは予測不能な事柄だったからだ。しかしここで起きていることは、まったく想定外の驚きというわけではない。ここより北の赤道地方で〈断層生成〉が起き、熱と微粒子が大気中に吐きだされた。湿気をたっぷり含んだ熱帯の海風が、この雲を生みだしエネルギーを注入してくれる壁にぶつかり、かきまわして嵐が生まれる。あんたは雪の心配をしたことがある。が、ちがう。心配すべきは際限なく降りつづく陰鬱な雨だ。

〈この雨はほかの〈季節〉の場合と比較すると、それほど酸性度が高いわけではない。〈表土攪拌《かくはん》の季節〉――サンゼよりずっと前の話だからあんたは知らないだろうが――そのときには雨で動物の毛皮が剝《は》がれ、オレンジの皮がむけた。それと比べたらこの雨はなんということはないし、水で薄まっている。食酢程度のものだ。人が死ぬことはない。〉

イッカは情け容赦ないペースで高架道を進んでいく。初日に野営地の設営ができたのは日没からだいぶたった頃で、あんたがくたくたになってテントの設営を終えてもレルナはこない。すべったり足首をひねったりして歩きにくくなっている者が十人ほど、呼吸の問題を抱える年配者が二人、妊婦がひとりいて、その対応に追われているのだ。あとのほうの三人は心配ない、と明け方近くになってやっとあんたの寝袋にもぐりこんできた彼がいう――陶工のオントラグは怨念を糧に生きているし、妊婦は家族もいるし〈繁殖者〉の半数が面倒を見ている。問題は怪我《けが》人のほうだ。「イッカにいわなくちゃいけない」と彼がいう。あんたが雨に濡れた厚切りの貯蔵パンと酸っぱいソーセージを彼の口に押しこみ、毛布をかけて静かに横にならせてからのことだ。彼は嚙《か》むのも飲みこむのもほとんど無意識でやっているような状態だった。「このペースを維持するのは無理だ。このままだと遠からず犠牲者が出て――」

「彼女は承知のうえよ」とあんたは彼に告げる。できるかぎり穏やかにいったつもりだったが、それでも彼は黙りこんでしまう。彼はあんたが隣に横になるまで――片腕でぎごちなく、だが無事に横になるまで――じっと見つめている。が、やがて疲れが苦悩を圧倒し、彼は眠りに落ちる。

ある日、あんたはイッカといっしょに歩いている。彼女はよきコムの指導者にふさわしくペースを設定し、ほかの人間をせかせるようなことはしない。昼の休憩時のこと、ほかの連中から離れて腰をおろしていた彼女が片方のブーツを脱ぐと靴擦《ず》れがいくつもできていて足が血まみれになっている。それを見てあんたは顔をしかめ、彼女が溜息をつく。その溜息がすべてを物語っている。「もっとましなのを徴用してる暇がなかったんでね」と彼女がいう。「これ、ゆるすぎるのよ。もっと時間があったらなと、ずっと思ってたんだ」

「万が一、壊疽《えそ》を起こして足を失うようなことになったら」とあんたは話しはじめるが、彼女はくるりと目を回して野営地のまんなかにある備蓄品の山を指さす。

あんたは困惑しながらも説教をつづけようとして、ふと口ごもる。そして考える。もう一度、備蓄品の山を見る。もしどの荷馬車にも塩分の多い貯蔵パンがひと箱、ソーセージがひと箱載せてあるとしたら、そしてもしあれは野菜のピクルスの樽で、あっちは穀類や豆の樽だとしたら……。

その山はあまりにも小さい。千人が何週間もかけてメルツ砂漠を越えることを考えたら、あまりにも小さい。

あんたはブーツの話を呑《の》みこむ。けっきょく彼女は誰かから余分なソックスを譲ってもらう――それで少しはましになるだろう。

あんたは自分がそこそこうまくやっていることに驚きを禁じ得ない。正確にいえば健康とはいいがたい。まだ閉経という年ではないはずなのに生理が止まってしまっている。雨が降りつづいているから意味がないのだが習慣は抜きがたくて身体を洗うために服を脱ぐと、たるんだ皮膚の下にあばらが浮きでている。だがそれは歩きつづけていることだけが原因というわけではない——しょっちゅう食べるのを忘れてしまうせいもある。一日の終わりには疲労を覚えるが、ぼんやりそう思うだけでひしひしと感じているわけではない。レルナに触れると——セックスのためではない、そんな元気はないが、抱き合っていれば温かくてカロリーが温存できるし、彼は慰めを必要としているから触れ合うのだが——それはそれで心地よいのに、やはり遠い出来事のように感じてしまう。自分自身の上にぽっかりと浮かんで彼が溜息をつくのを見守り、ほかの誰かがあくびするのを聞くような感覚。なにもかもほかの誰かに起きていることのように感じられるのだ。

　これはアラバスターに起きたことだ、とあんたは思い出す。肉体が肉体ではなくなっていくにつれて肉体から遊離していく感覚。あんたはそう感じるたびに、もっとしっかり食べようと決意する。

　砂漠に入って三週間後、予想どおり高架道が西へ曲がる地点に到達する。ここから先、カストリマは地面におりて砂漠と直《じか》に接して戦うことになる。少なくとも地面が足元で崩れ落ちるようなことはまずないから、高架道より与《くみ》しやすいともいえる。一方、砂の上はアスファルトより歩きにくい。誰しも歩くスピードが落ちる。マシシは砂の最上層の湿気を吸いあげて砂と灰を表面から数インチ下まで凍らせ、みんなの足元を固めることで自分の取り分を確保している。だがつねにやっているとかなり体力を消耗してしまうので、やるのはとくに歩きにくいところだけだ。彼はテメルにこの技の使い方を教えようとするが、テメルは並の野生なので肝心の精密さが欠けていてものにならない。（あんたもかつてはこの技を使えた。いまはそのことを考えないようにしている。）

少しでも歩きやすい経路を見つけるために何人も斥候を送りだすものの報告内容はみんなおなじだ――どこもかしこも錆《さ》び砂・灰・泥ばかり。歩きやすい経路などない。

捻挫や骨折でそれ以上歩けない者が三人、高架道に取り残された。あんたの知らない人たちだ。理屈をいえば治ったらあとから追いかけて追いつけばいい。だが食料も雨露をしのぐ場所もなしにそこまで回復できるとはあんたには思えない。地面におりたあとはもっとひどいことになっている――足首骨折が六人、足の骨折がひとり、腰を痛めた者がひとり。全員、荷馬車を引いている〈強力〉で、初日でこれだけの怪我人が出ている。しばらくするとレルナはもとめられないかぎりかれらのところへはいかなくなる。きてくれという者はほとんどいない。彼にできることはないし、それはみんなわかっているからだ。

ある肌寒い日のこと、陶工のオントラグがその場にすわりこんで、もうこれ以上先へいきたくないといいだす。あんたは想像もしていなかったことだが、じつはイッカは彼女と話し合いをする。オントラグはすでにコムの若手二人に陶器づくりの技を伝授していた。つまり彼女は子どもを産める年齢をとっくにすぎた余剰人員ということになる――旧サンゼの規則や石伝承の信条にのっとれば、女長にとってはたやすい選択のはずだ。ところが最後にはオントラグ自身がイッカに黙れ、とっとと立ち去れ、と怒鳴る展開になってしまった。

これは危険な兆候だ。「もうこんなことはできない」とイッカがいうのを、あとになってあんたは耳にする。オントラグの姿が遙かうしろに遠ざかり、見えなくなってからのことだ。イッカはいつもどおり地面を踏みしめて一歩一歩、着実に進んでいるが、ずっと下を向いたままだ。濡れた灰噴《はいふ》き髪の束に隠れて顔は見えない。「できない。正しいことじゃない。こんなことはあってはならない。絶対にあってはならない——地球にかけて、錆び役に立つことよりカストリマ人であることのほうが大事だ、あたしは昔、託児院で彼女に教わったんだ、彼女は物語を知ってる、あたしには錆びできない」

　幼い頃から大勢が生きるためには少数を殺すのもやむなしと教えられて育ったフジャルカ〈指導者〉カストリマはただイッカの肩に触れて、こういう。「あなたはこれからも、しなければならないことをするだけよ」

　イッカはそれから数マイルのあいだひとこともしゃべらないが、ただなにもいうことがなかったからかもしれない。

　まず野菜が底をつく。つぎは肉だ。貯蔵パンは、イッカはできるかぎり長期間、分配しようとしているが、なにも食べずにこのスピードで旅をつづけることなどできないのは明々白々だ。少なくともひとり当たり一日に薄切り一枚は分配しなくてはならない。それでは足りないが、なにもないよりはいい——なにもなくなってしまうまでは。そしてあんたはとにかく歩きつづける。

　なにはなくとも、人は希望を糧に進んでいく。ある夜のこと、焚《た》き火を囲む人々に向かってダネルが告げる。砂漠の向こうにはまた帝国道が通っていると。帝国道をたどればレナニスまでずっと楽に進んでいける。一帯は扇状地で肥沃な土壌に恵まれ、かつては赤道地方を支える穀倉地帯だった。どのコムの外側にも放棄された農場がいくつもあり、ダネルの軍隊は南下する途中で大量の食料を徴用したという。砂漠を抜けることができれば食料があるのだ。

砂漠を抜けることができれば。

あんたもこれに終わりがあることはわかっている。そうだろう？　そうでなかったら、こんな話は聞いていられないだろう？　しかしときには、結果がどうなったかではなく、物事がどんなふうに進んだかがいちばん重要だったりする。

というわけで結果はこうだ——砂漠に入った千百人近い人間のうち、帝国道にたどりついたのは八百五十人余りだった。

それから数日後、コムは事実上、解散状態になる。みんな死に物狂いで、〈狩人《かりゅうど》〉が秩序正しく食料を調達してくるのを待っていられず、よたよたと散っていって酸っぱい土を掘り、半分腐ったイモや苦い地虫、かろうじて歯がたつ木の根っこなどを漁《あさ》る。このあたりの土地はでこぼこしていて木は一本もなく、半分砂漠で半分肥沃。レナニスの侵攻で人がいなくなって久しい。あまり多くの人間を失いすぎないうちにと、イッカは古い農場で野営すると告げる。農場には〈季節〉がはじまってここまできても持ちこたえている納屋が数棟ある。壁は枠組みはしっかりしているし、それ以外も万全とはいえないまでも崩れ落ちてはいない。イッカが欲しかったのは屋根だ。この砂漠の端では、いくらか小降りだし断続的になってはいるが、まだ雨が降っているから屋根があるのはありがたい。やっと濡れずに眠れるのだ。

イッカは三日間の猶予を与える。その間に人々はぽつぽつとおぼつかない足取りでもどってくる。なかには弱っていて食料漁りに出られなかった者たちのために食べものを持ち帰る者もいる。わざわざもどってきた〈狩人〉たちは比較的近くにある川の支流から魚を持ち帰る。〈狩人〉のひとりがあるものを見つけて、あんたたちはそれに救われる。背後に置いてきた多くの死の果てに生を感じられるもの——農夫が個人の備蓄品として廃屋の床下に隠していたコーンミールだ。粘土の瓶に入れて密封したものがいくつもあった。混ぜるものはなにもない。牛乳も卵もドライフルーツも。あるのは酸性の水だけだが、食べものとは滋養になるものと石伝承にある。その夜、コムはコーンミールで焼き菓子まがいのものをつくって祝う。瓶のひとつにヒビが入っていてコナカイガラムシが大量に湧いていたが誰も気にしない。蛋白質《たんぱくしつ》のおまけだ。

もどってこない人間も大勢いる。いまは〈季節〉だ。すべてが変わってしまう。

三日後、イッカがまだ野営地にいる者は全員カストリマ人だと宣言する——もどってこなかった者は灰出《はいだ》されたコム無しだ、と。かれらがどう死んでいったのか、あるいは誰に殺されたのかとあれこれ考えるより気が楽だ。残った者たちは野営を撤収する。あんたたちは北へ向かう。

§

飛ばしすぎたか？　たぶん悲劇をこんなふうに大雑把《おおざっぱ》に要約すべきではないのだろうな。わたしは慈悲深くあろうとしたつもりだ。残酷なことはしたくない。あんたは生きなければならなかった、それこそが残酷というものだ……が、距離は、分離されることは、癒やしになるときにはそういうこともある。

やろうと思えばあんたを砂漠から連れだすこともできた。あんたはかれらといっしょに苦難を味わう必要はなかった。だが……かれらは、このコムの住人は、もうあんたの一部になってしまっている。あんたの友だちに。あんたの仲間に。あんたは最後までかれらを助ける必要があった。苦難はあんたにとっては癒やしだ。少なくともいまは。

あんたに非人間的だと、石だと思われないように、わたしはできるかぎりのことをした。砂漠の砂のなかで冬眠している動物のなかには人間を餌にできるやつもいるんだ――知っていたか？　あんたたちが通ったときに目を覚ましたやつが何匹かいたが、わたしが追い払った。荷馬車の木製の車軸が一本、雨で溶けてたわみはじめていたんだが誰も気づいていなかったから、木を変質させて――なんなら石化させてといってもいいが――持ちこたえるようにした。放棄された農家では虫喰いだらけの敷物をずらして〈狩人〉がコーンミールを見つけられるようにした。オントラグは脇腹と胸の痛みがひどくなっていることや呼吸が苦しくなっていることをイッカに隠していて、コムに置き去りにされてからそう長くはもたなかった。彼女が死んだ夜、わたしは彼女のところにもどって彼女が感じていた痛みを歌で取り除いてやった。(聞いただろ。アンチモンがアラバスターのために歌っていた歌だ。あんたのためにも歌ってやるよ、もし……。)彼女はひとりで最期を迎えたわけでなかったんだ。

こういう話を聞いて、少しは慰めになったかな? そうだといいんだが。あんたにいったよな、わたしはまだ人間だと。わたしにとってあんたの意見は重要なんだ。

カストリマは生きのびる――それも重要なことだ。あんたも生きのびる。少なくともいまは。そしてついに、もう少し時間はかかるが、あんたたちはレナニスの領地の南端にたどりつく。

§

安寧時にあっては名誉、危機にあっては生存。必要性こそが唯一の法則だ。

――銘板その三〝構造〟第四節

10 ナッスン、火をくぐる

これはすべて地中での出来事だ。知るのは、そしてそれをあんたと共有するのはわたしの役割。苦しむのは彼女。気の毒だがそういうことだ。

真珠光沢の車両の内側には金らしきものを使った優雅なつる植物模様の象眼《ぞうがん》がほどこされている。その金属が純粋に装飾のためのものなのか、それともなにかほかの目的があるのかナッスンにはわからない。固くてなめらかな座席はパステルカラーで、彼女が〈見いだされた月〉でときどき食べていたムール貝の貝殻のような形をしている。驚くほどやわらかいクッション付きだ。床に固定されているのに左右に自在に回転するし背もたれを倒すこともできる。座席がなにでできているのか、彼女には見当もつかない。

彼女がいちばん驚いたのは座席につくとすぐに声が流れてきたことだ。女性の声で礼儀正しく超然とした雰囲気。なぜか安心できる声だ。言葉は……理解不能で、まったく聞いたことがない。しかし一語一語の発音はサンゼ基語にそっくりだし文章のリズムや語順のようなものはどことなく耳馴染《なじ》みがある。彼女は文章の最初の部分は挨拶だろうと推測する。命令調の部分のなかでくりかえされる言葉は、お願いします、というような雰囲気をやわらげるものではないかと考えたりするが、あとはまるでちんぷんかんぷんだ。

声は短時間しゃべっただけであとは沈黙してしまう。ナッスンはちらりとシャファを見て驚く。眉根を寄せ目を細めて集中しているのだ——集中していることは顎のこわばりにもあらわれているし、くちびるのあたりがとくに青白くなっていることでもわかるが、銀がいつにも増して彼を苦しめているのだ。いまはそれがとくにひどいにちがいない。それでも彼はどこか驚いたような顔で彼女を見る。「この言葉、覚えているんだ」と彼がいう。

「この妙な言葉を？　なんていったんですか？」

「この……」彼は顔をしかめる。「もの。これは車物《しゃぶつ》と呼ばれている。いまのアナウンスはこの車物は二分後にこの都市を出発して六時間後にコアポイントに到着するといっていた。ほかの車物やほかのルート、あちこちの……ノードへの帰路についても知らせていたが、ノードというのがなんなのかは思い出せない。旅をお楽しみください、ともいっていた」

「うわあ」ナッスンは楽しくなって、すわったまま軽く足を跳ねあげる。惑星の反対側まで六時間の旅？　だがこんなことで驚いてはいけないのかもしれない。なにしろかれらはオベリスクをつくった人々なのだから。

快適にすごす以外、ほかにやることはなさそうだ。ナッスンは背負っていた避難袋をおろして慎重に座席の背にかける。そしてふと気づく。床一面に苔《こけ》のようなものが生えている。自然に生えたものでも偶然の産物でもない——美しい規則的なパターンを描いているのだ。彼女は片足をのばして床につける。絨毯《じゅうたん》のようにやわらかい。

シャファはますます落ち着きをなくして……車物……のなかを歩きまわり、ときどき金のつる植物模様に触れている。足取りはゆっくりしていて規則正しいが、ふだんの彼にはありえないことなのでナッスンも落ち着かなくなってくる。「わたしはここにいたことがある」と彼がつぶやく。

「え?」彼女にはちゃんと聞こえていた。ただ、わけがわからないのだ。

「この車物のなかに。おそらくまさにあの席に。以前にもここにいたことがあるという気がする。それにあの言葉――聞いた覚えはないのに、それなのにやはり」彼が急に歯をむきだし、髪に指を突っこむ。「よく知っているんだが、ちがう……脈絡がない! 意味をなさない。この旅はなにかがおかしい。なにかがおかしいのに思い出せない」

ナッスンが最初に出会ったときからシャファはダメージを受けていたが、いかにもダメージを受けた人間というふるまいを見せるのはこれがはじめてだ。彼は舌がもつれるほど早口でしゃべりつづけている。車物のなかを見まわす視線の動きはどこか不自然で、ここにはないものを見ているのではないかとナッスンには思える。

彼女は不安を隠しながら手をのばして隣の貝の形をした座席をポンポンと叩く。「やわらかいからよく眠れそうよ、シャファ」

いわずもがなのことだが、シャファはふりむいて彼女を見つめ、憑《つ》かれたようなこわばった表情が一瞬やわらぐ。「いつもわたしのことを案じてくれているんだな」彼女が期待したとおり彼は落ち着きを取りもどし、彼女の隣に腰をおろす。

彼がすわると同時にまた女の声が聞こえてきて、ナッスンはびくりとする。声はなにか問いかけている。シャファは眉根を寄せてゆっくりと翻訳している。「彼女は――これは、車物の声だと思う。いま、われわれに向かって質問してきた。ただのアナウンスではない」

ナッスンはその車物のなかにいると思うと急に快適さが薄れるのを感じてもじもじとすわりなおす。「しゃべるのね。生きているんですか?」

「ここをつくった人々にとって生物と無生物のちがいが大きな意味を持つのかどうか、わたしにはわからない。しかし――」彼は口ごもるが、すぐに声を張り宙に向かってとぎれとぎれに耳馴染みのない言葉を発する。声がふたたび答える。さっき聞いたものの一部をくりかえしているようにナッスンには聞こえる。単語のはじまりと終わりがどこなのかよくわからないが、音節はおなじだ。「もうすぐ……転換地点に到着するといっている。そしてわれわれに……経験?したいかどうかたずねている」彼が苛立《いらだ》たしげに首をふる。「なにかを見るということらしい。いっていることを理解するより、それに見合うわれわれの言葉を見つけるほうがむずかしいんだ」

ナッスンは不安になってびくっと身を縮める。足を引きあげて座席にのせる。わけもなく、この生物らしきものの内部を傷つけるのが怖くなってしまったのだ。彼女は自分でもなにを聞きたいのかわからないままたずねる。「傷つくのかしら、見るのは?」車物が傷つくのか、という意味だが、自分たちが傷つくのかどうかも考えずにはいられない。

シャファがナッスンの質問を通訳する前に声が答える。「いいえ」

ナッスンは驚きのあまり飛びあがってしまう。エッスンがいたら怒鳴られそうなほどオロジェニーも妙な具合にひきつる。「いいえ、といったの？」車物の内部を見まわしながら思わず口にする。偶然の一致だったのかもしれない。

「生物魔法学的貯蔵物の余剰量で――」声はいつのまにか古語でしゃべっているが、まさかこんな奇妙な発音のサンゼ基語の単語の羅列を聞くことになるとは、ナッスンは想像もしていなかった。「――加工処理可能です」と声は締めくくる。心が落ち着く声だがまさに壁から聞こえてくるようだし、顔がないから聞いているあいだどこを見ていればいいのかとまどってしまう。そもそも口も喉もなくてどうやってしゃべっているのか？　昆虫が脚の繊毛をこすり合わせて鳴くように、この乗り物が外側にある繊毛をこすりあわせて声を出しているさまを想像して、ナッスンはぞっとする。

声が先をつづける。「翻訳は言語学的なずれ――」意味不明のなにか。「――ます」あいだに入っていたなにかもサンゼ基語だが、ナッスンには意味がわからない。声はさらに数語つけ加えるが、これも理解不能だ。

ナッスンがシャファを見ると、シャファも不安げに顔をしかめている。「さっき声が聞いてきたことにどう答えればいいのかしら？」と彼女は小声でいう。「なんだかわからないけれど声がいっているものを見たいって、どう伝えればいいんですか？」

ナッスンは車物に直接たずねたわけではなかったのに、彼女の問いに答えて二人の正面のなんの特徴もない壁が突然、暗くなり、黒くて丸い斑点が出現する。まるで壁の表面に突然、不快なカビが生えてきたかのようだ。斑点は急速にひろがり溶け合ってついに壁の半分が真っ黒になる。まるで窓から都市のはらわたをのぞきこんでいるような気になるが、車物の外はただ真っ暗なだけでなにも見えはしない。

するとその窓の下の縁に光があらわれる——これはほんとうに窓なんだと彼女は気づく。車物の先頭部分全体がなぜか透明になる。地表からつづく階段沿いに並んでいたのとそっくりな長方形のパネルが発している光が行く手の闇を照らして延々と連なり、その明かりでアーチを描く壁が見える。このトンネルはちょうど車物が通れるだけの大きさで、黒い岩壁が曲線を描きながらつづいている。岩壁は、オベリスク建造者たちが継ぎ目のないなめらかさを好む傾向からすると驚くほど荒削りだ。車物はトンネル内を着実に進んでいくがスピードは速くない。繊毛で推進しているのか？　それともナッスンにはわかりようもないなにかほかの方法で動いているのか？　彼女はふと、魅了されると同時に少し退屈している自分に気づく。こんな状況で退屈するなどということがありうるならの話だが。これほどゆっくり進むものが六時間で世界の反対側までいけるとは思えないが、もしその間ずっとシャファの苛立ちと肉体のない声だけを相手に黒い岩のトンネルをなめらかな白い軌道に沿って進みつづけるのだとしたら、もっと長い時間かかるように感じるにちがいない。

と、カーヴしていたトンネルが直線に変わり、ナッスンははじめてずっと前方に穴があるのを目にする。

穴は大きくはない。とはいえどこか直接本能に訴える印象的なものがある。丸天井の洞穴の中央に位置していて床に設置されたたくさんのパネル照明でぐるりと囲まれている。照明は車物が接近すると白から鮮やかな赤に変わる。これも警告の合図なのだろうとナッスンは判断する。穴のなかは大きく口を開けた闇。ナッスンは本能的に地覚《ちかく》し、大きさを測ろうとする――だが、できない。直径はわかる――わずか二十フィートほど。完璧な円形だ。しかし深さは……彼女は眉間にしわを寄せ、座席の背もたれから身体を起こして集中する。サファイアが力を使えと心をくすぐるが彼女は抵抗する――ここには彼女が理解できないようなかたちで銀に、魔法に反応するものが多すぎる。だがとにかく彼女はオロジェンだ。穴の深さを測るのは簡単なはず……しかしこの穴は深く、深く、彼女の地覚域の先までつづいている。

そして車物の軌道はまっすぐ穴に向かい、穴の縁を越えている。

当然だ、そうに決まっているだろう？　目的はコアポイントに到達することだ。それでもナッスンは不安が大きくなっていくのを抑えきれない。不安はじわじわとふくらんでパニックを起こしそうになる。「シャファ！」彼はすぐに彼女の手を取る。彼女は彼を傷つけるかもしれないと考えるまもなく彼の手を握りしめる。彼の強さ、これまで彼女を守るためだけに使われてきた強さ、脅威にさらされているときには使われたことのない強さ、それこそいま彼女がなによりも必要としているものだ。

「わたしは前に経験したことがある」と彼はいうが、確信はなさそうな口調だ。「そして生きのびた」

でも、どうやってかは覚えていないのよね、と彼女は思う。なにか恐怖のようなものを感じているのだが、なんと呼べばいいのかわからない。
(彼女は胸騒ぎという言葉を知らない。)

やがて穴の縁にさしかかり、車物が前に傾く。ナッスンは息を呑《の》んで座席の肘掛けをつかむ——が、ふしぎなことに目眩《めまい》が起きたりはしない。車物の速度が上がることもない——が、一瞬動きが止まり、ナッスンは視界の端で車体の繊毛の一部がぼやける光景をとらえる。車物の軌道を前方から下方へと変えているのだ。ほかのなにかもこの変化に同調してナッスンとシャファが座席から転げ落ちないように調整している——ナッスンは自分の背中も尻もこれまでとおなじように座席にしっかり収まっていることに気づく。そんなことはありえないはずなのに。一方、これまでほとんど意識にのぼらないほど低かった車物内のハム音が急に大きくなってくる。目には見えていないメカニズムがどんどん回転数をあげていく音が響きわたる。車物が完全に角度を変えると見えるのはまた暗闇だけになるが、こんどはナッスンにはこれが大きく口を開けた穴の漆黒の闇だとわかっている。もうまえへは進まない。下へいくだけだ。

「発進」と車物内の声がいう。

ナッスンは座席に押しつけられ、思わず喘《あえ》いでシャファの手をいっそう強く握りしめる。しかし彼女は本来感じていてしかるべき運動量を感じているわけではない。彼女のあらゆる感覚は疾走する馬に乗っているよりもっとずっと速いスピードで前方に発射されたと告げているのだ。

闇に向かって発射されたと。

最初は完全な闇だが、トンネルを高速で進むうちに定期的に光の輪があらわれては背後に飛びすさっていく。車物はどんどん加速していく——いまや光の輪はあまりにも速く飛びすさってしまうので閃光《せんこう》にしか見えない。ナッスンが自分がなにを見、地覚しているのか判別できたのはその輪を三つやりすごしたあとで、四つめを通りすぎるときに見えたのは——窓だ。トンネルの壁に窓が設置され、照明が灯《とも》っている。この地中に生活空間があるのだ。少なくとも最初の数マイルのあいだは。やがて光の輪はあらわれなくなり、しばらくのあいだトンネルは闇だけの世界になる。

ナッスンが変化を地覚した直後、トンネルが突然、明るくなる。二人の目に飛びこんできたのはトンネルの岩壁に散在する赤い光。ああ、そうだ——かれらは岩の一部が溶けて真っ赤に輝くほど地中深くにきているのだ。このあらたな光は車物の内側を血赤に染め、壁にほどこされた金色の装飾は火がついて燃えているかのように見える。前方の景色は灰色と茶色と黒のまんなかに赤があるだけで、一見なんなのかわからないナッスンは自分がなにを見ているのか本能的に理解する。かれらはマントルに突入したのだ。そのことに魅了されて、やっと恐怖の波が引きはじめる。

「岩流圏《がんりゅうけん》」と彼女はつぶやく。シャファは顔をしかめて彼女を見ているが、目のまえのものに名前をつけられたことで彼女の恐怖は薄らいでいた。名前には力がある。彼女はくちびるを噛《か》み、ついにシャファの手をはなして立ちあがると車物の前方へ近づいていく。近づいてみるとすぐに彼女が見ているのは幻影のたぐいにすぎないことがわかる——車物の内皮にまるで赤面しているかのように色のついた小さな菱形《ひしがた》が浮かびあがって動く映像をつくりだしているのだ。どんな仕掛けなのか？　彼女にはまったく見当もつかない。

彼女はすっかり心を奪われてさらに近づいていく。かれらは地下深くにいる。ここまでくると人間の肉体など一瞬で燃えあがってしまうことは彼女も知っているが、車物の内皮は一切、熱を発していない。彼女が指先で前景の映像に触れると、まるで水面に触れたかのようにかすかにさざ波がたつ。赤茶色の乱れた渦にぴたりと手を当てながら、彼女は思わず微笑《ほほえ》んでしまう。ほんの数フィート先、車物の皮膚の反対側には燃えさかる地球がある。彼女は薄皮一枚隔てて燃える地球に触れているのだ。もう片方の手をあげ、なめらかな平面に頰を押しつける。この絶滅文明の奇妙な装置のなかで彼女は地球の一部になっている。ここまでそうなれたオロジェンはたぶん彼女がはじめてだろう。それは彼女であり、彼女のなかにあり、彼女はそれのなかにいる。

ナッスンが肩越しにシャファをふりかえると、その目のまわりには苦痛のしわが寄っているにもかかわらず彼は微笑んでいる。いつもの微笑みとはちがう。「なんですか？」と彼女はたずねる。

「ユメネスの〈指導者〉一族はかつてはオロジェンが世界を支配していたと信じていた」と彼がいう。「そして自分たちの義務はおまえたちの仲間がふたたびそのような力を手にするのを防ぐことだと考えていた。もしおまえたちにそんなチャンスを与えたら、おまえたちは怪物並みの世界の支配者になり、それまで自分たちがオロジェンにしていたことをこんどは自分たちふつうの人間にたいしてやり返されるにちがいないと信じていた。どれも的外れだと思うが――かれらはそう信じていた」彼は地球の火に照らされて立っているナッスンを手で指す。「すごいじゃないか。もしおまえがかれらが考えるとおりの怪物なのだとしたら……おまえは栄誉ある輝かしい存在でもあるんだぞ」

ナッスンは彼が大好きだ。

だから彼女は力を手にするという幻想を断ち切って彼のそばにもどる。だが彼に近づくと彼が重圧に耐えていることがわかる。「頭がひどく痛むんですね」

彼の微笑が薄れていく。「この程度なら耐えられる」

彼女はどうすればいいかわからず、彼の両肩に手を置く。これまで幾夜も彼の苦痛をやわらげてきたから簡単だ――ところが、こんどばかりは彼に銀を送りこんでも彼の細胞間の白熱する線は薄れる気配がない。それどころかいっ そ う ま ば ゆ く鮮やかに輝いてシャファは身をこわばらせ彼女から離れて立ちあがると、ふたたび歩きだす。彼は顔に微笑を貼りつけていったりきたりしているが、口を開けたその表情は苦笑に近く、ナッスンは微笑エンドルフィンがなんの役目も果たしていないことを悟る。

なぜ線がより明るくなっているのか？　ナッスンはそのわけを考えようと自分自身のことを確認してみる。彼女の銀にはなんの変わりもない――いつもどおり輪郭のくっきりした線になって流れている。彼女は銀の視線をシャファに向ける――と、遅まきながらぎょっとするようなことに気づく。

車物が銀でできている、それもただの細い線ではない。銀に囲まれている、銀が全体に浸透しているのだ。彼女が知覚しているものは銀の波で、その波は車体の先頭から出てリボンのように彼女とシャファの周囲をさざ波を立てて通りすぎ、後部で閉じている。彼女ははたと気づく。この魔法の鞘《さや》が熱を押しやり、圧力を押し返し、重力が地球の中心ではなく車物の床方向になるように車物内の力線を傾けているのだ。壁はたんなる骨組みにすぎない——が、その構造のなにかが銀が流れ、接続し、格子をつくる動きをサポートしているのはたしかだ。金色の装飾は車体のまえで起きているエネルギーの激しい動きを安定させるのに役立っている——と、ナッスンは推測する。こうした魔法のメカニズムがどう連動するのかしっかり理解しているわけではないから、推測するしかない。とにかく複雑すぎる。まるでオベリスクのなかに乗っているようだ。風に運ばれているようだ。さすがの彼女も銀がこれほどすごいものとは思ってもいなかった。

しかし奇跡的な車物の壁の向こうにはなにかある。車物の外になにかがある。

最初のうち自分がなにを知覚しているのかナッスンにはよくわからない。これも光なのか？ ちがう。彼女の見方はまったくまちがっている。

これは銀、彼女自身の細胞間を流れているのとおなじ銀だ。これは一本の銀の糸——ただしやわらかい高温の岩の渦巻と高圧の沸騰《ふっとう》水とのあいだでよじれる巨大な糸。一本の銀の糸……かれらがこれまで通ってきたトンネルよりも長い糸。彼女にはどちらの端も見つけることができない。車物の車体よりも太い糸。それでもナッスン自身のなかにある線の一本一本とおなじようにくっきりしていて、きれいに集束している。おなじ銀の線。ただ……巨大なだけだ。
そしてナッスンは理解する。あまりにも突然に、そうなのかと合点し、目を見開き、気づいた衝撃でよろよろとあとずさり、べつの座席にぶつかって倒れそうになるがあわてて座席をつかんで踏みとどまる。シャファは彼女の異変に気づいて低く苛立たしげな声をあげる——が、彼の体内の銀がさらに明るさを増していっきに燃えあがると、彼は身体を二つ折りにして頭を抱え唸《うな》る。守護者としての義務を果たすことができないほど、というか彼女のことを案じて動こうとしているのに動けないほどの苦痛に見舞われている。なにしろ彼の体内の銀は外のマグマのなかのあの巨大な糸とおなじくらい明るく輝いているのだ。

　魔法。スティールは銀のことをそう呼んでいた。オロジェニーの裏にあるもの、生きているもの、かつて生きていたものでできているもの。この〈父なる地球〉の奥深くにある銀は、生きて呼吸しているものの細胞間でからみあっている銀とまったくおなじかたちで地球の実体の山のように巨大なかけらのあいだで動いている。それは惑星も生きて呼吸しているものだからだ——彼女はいまそのことを本能的な確信をもって悟った。〈父なる地球〉が生きているという話はすべてほんとうだったのだ。

　だがもしマントルが〈父なる地球〉の身体なのだとしたら、なぜ彼の銀は輝きを増しているのか？

　まさか。ああ、まさか。

「シャファ」とナッスンはささやきかける。唸り声が返ってくる——彼は片膝を立ててぐったりと身体を折り、髪をつかんで浅い呼吸で喘いでいる。彼女は彼のところへいって慰めたい助けたいと思いながらも、その場に立ち尽くしている。いま突然悟ったことが現実になる怖さから呼吸がひどく速くなっている。だが、彼女は否定したい一念で口にする。「シャファ、お、お願い、あなたの頭のなかにあるもの、鉄のかけら、あなたがコアストーンと呼んでいるものは、シャファ――」声が震える。息をつく。恐怖で息が詰まりそうになる。ちがう。ちがう。これまではわからなかったが、いまはわかっている。だがどうやって止めればいいのかわからない。「シャファ、それはどこからきたものなの、あのあなたの頭のなかのコアストーンというものは？」

車物の声がまたあの歓迎の挨拶のときの言葉でなにかいい、つづけてどこか超然とした快活な口調でべらべらしゃべりつづける。「――驚嘆すべきことで――」意味不明のなにか。「――できるのは――」意味不明のなにか「――ルートだけです。この車物は――」意味不明のなにか。「――心臓部で、それを照らしているのは――」意味不明のなにか。「――お楽しみください」

シャファは答えない。だがナッスンは問いへの答えを地覚できる。彼女の体内を走る貧弱な細い銀が共鳴しているのが感じられる。だがそれは彼女自身の身体が生じさせている彼女の銀からのかすかな共鳴だ。シャファのなかの銀、すべての守護者のなかの銀はかれらの地覚器官に突き立てられたコアストーンが生じさせている。彼女はこのコアストーンを何度か調べたことがある。シャファが寝ているときに彼に魔法を与えながら、できる範囲でという程度だが。

コアストーンは鉄だが、彼女がそれまで地覚していたほかの鉄とはちがっていた。妙に密度が濃いのだ。妙にエネルギッシュなのだが、そのエネルギーの一部は魔法で、それは……どこからか彼のなかに流れこんでいる。妙に生き生きしている。

そして車物の右側全体が溶けて乗客がめったに見ることのできない驚異の光景――なんの足《あし》枷《かせ》もはめられていない世界の心臓部――が眼前にひろがる。それは彼女の目のまえで燃えさかっている――地下の銀色の太陽だ。あまりにもまばゆくて彼女は目を細めなければならない。あまりにも重くてしっかり認知しようとすると地覚器官が痛む。魔法の力はあまりにも凄《すさ》まじく、いまも残るサファイアとの接続がたよりなく弱々しいものに感じられる。これは〈地球〉の中心核《コア》、コアストーンの源、そして彼女のまえにあるのはそれ自体がひとつの世界であり、展望スクリーンを呑みこみ、高速で近づくにつれてさらに大きく迫ってくる。

岩には見えない、とナッスンは恐怖に圧倒されながらかすかに思う。たぶん溶けた金属と車物の周囲の魔法の揺らめきなのだろうが、その膨大な空間に神経を集中させようとすればするほど揺らめきが大きくなる。揺らめいているが固体性もあり、ナッスンは近づくにつれて光り輝く球体の表面に点々と異形のものがあるのを感知する。球体とくらべればごく小さい。それがオベリスクだと気づいても、彼女は小さいと感じてしまう。オベリスクの数は数十におよび、針山に刺した針さながらに世界の心臓部に押しこまれている。だが、そんなものは無に等しい。無だ。

ナッスンも無。これをまえにしては無だ。

彼をいっしょに連れてきたのはまちがいだった、とスティールはいっていた。シャファのことだ。

恐怖がパチンと弾《はじ》けて消える。シャファが身体を鞭《むち》のようにしならせて床に倒れこみ、ナッスンは彼の元に駆け寄る。彼は叫んではいないが、口を開け、氷白《ひょうはく》の目を大きく見開いている。彼女は必死に彼を仰向《あおむ》けにしようとするが、彼の手足の筋肉は硬直している。ふりまわしている腕が彼女の鎖骨にあたって彼女は弾きとばされ激痛が走るが、そんなことを考えるまもなく彼のそばにもどって両手で彼の腕をつかみ動きを封じようとする。彼が両手を鉤爪《かぎづめ》のようにして自分の頭をつかみ、爪で頭や顔をかきむしっているからだ――「シャファ、やめて！」と彼女は叫ぶ。しかしその言葉は彼には届かない。

そのとき車物の内部が真っ暗になる。

まだ動いているが、速度が落ちている。かれらはすでにコアの半固体物質のなかに入っていて、車物はコアの表面をかすめるルートを通っている――なぜかといえば、それはもちろんオベリスクをつくった人々は娯楽目的で気軽に惑星を貫通するだけの能力を持っていたからに決まっている。彼女は周囲で激しく沸き返る銀の太陽の激発を感じることができる。しかし彼女の背後では壁窓が急に薄暗くなる。車物のすぐ外になにかがある。車物の魔法の鞘になにかが押しつけられている。

膝の上で無言のまま激痛にもだえるシャファを抱えながら、ナッスンはゆっくりと〈地球〉のコアのほうを向く。

すると心臓部の神聖なる私室にいる〈邪悪な地球〉も彼女の存在に気づく。

〈地球〉は、正確にいえば言葉を使って話すわけではない。あんたはそれを知っているが、ナッスンはこのときはじめて知ることになる。彼女は意味を地覚し、耳の骨で振動を聞き、それを肌を震わせて外に出し、目から涙が引きだされるのを感じる。エネルギーと感覚と感情の海で溺れているかのようだ。痛い。思い出してくれ――〈地球〉は彼女を殺したがっているんだ。

しかしもうひとつ思い出すんだ――ナッスンがそいつの死を望んでいるということを。

だからそいつは、やがては南半球のどこかに小さな津波を引き起こすことになる微細な揺れで、こういう――やあ、小さな敵。

（あんたもわかっているとおり、これはきわめて真実に近い表現と思ってくれ。幼い彼女の心はもうこれ以上は耐えられないのだ。）

シャファは息を詰まらせ痙攣《けいれん》を起こしている。ナッスンは痛みでずたずたになった彼の身体をつかみ、錆《さ》び真っ暗な壁を見つめる。彼女はもう恐れてはいない――怒りが彼女を鋼鉄に変えていた。この母にしてこの娘あり、だな。

「彼を解放して」と彼女は唸るようにいう。「いますぐ彼を解放しなさい」

世界のコアは金属だ。溶けているのに圧縮されて固体性を帯びている。どこか展性《てんせい》のようなものを備えている。ナッスンが見ているまえで、赤味を帯びた闇の表面がさざ波を立てて変化しはじめる。そしてなにかが出現する。ナッスンが一瞬、理解に苦しむものが。見慣れたパターン。顔だ。目と口と鼻の影があるだけのなんとなく人というだけのもの――だが、あっというまに目の形がくっきりしてくちびるの輪郭と細部が浮かびあがり、目の下にほくろがひとつできて、目が開く。

知っている顔ではない。ただの顔……あるはずのないところにある顔。ナッスンがそれを見つめているうちに、湧きあがってきた恐怖がゆっくりと怒りを脇へ押しやっていく。と同時にもうひとつ顔が見えてくる――そしてまたもうひとつ、たくさんの顔が同時にあらわれて視界を埋め尽くす。あらわれた顔は下からあらわれたべつの顔に脇へ押しやられていく。何十。何百。二重顎の疲れた顔、泣き腫らしたような顔、シャファのように口を開けて声を出さずに叫んでいる顔。いくつかは彼女に向かってなにか訴えるようにしゃべっている。たとえその声が聞こえたところで彼女には理解できなかっただろうが。

しかしそのすべてが、ある大きな存在の喜びを示すかのように小さく波打っている。彼はわたしのものだ。声ではない。〈地球〉は言葉を使って話すわけではない。それでもやはり。

ナッスンはくちびるを固く結んでシャファの銀に手をのばし、彼の体内に食いこんでコアストーンに群がっている巻きひげを容赦なく切断していく。だがこの銀を使った手術はいつもとちがってうまくいかない。シャファのなかの銀線は切断してもすぐに再生して、さらに強く脈打ちはじめるのだ。そのたびにシャファは身体を震わせる。彼女は彼を傷つけている。事態を悪化させている。

しかしほかに選択肢はない。彼女は自分の糸を彼のコアストーンに巻きつけて、数カ月前、彼が許してくれなかった手術に取りかかる。もしそれで彼の寿命が縮むとしても少なくとも残る人生、彼は苦しまずにすむ。

そのときまた喜びのさざ波が起きて車物が揺れ、銀の炎がシャファを貫いて彼女のか細い糸をふるい落としてしまう。手術は失敗だ。コアストーンは複数の葉《よう》からなる地覚器官のまんなかにこれまでどおりしっかりと鎮座している。まるで寄生物のように。

ナッスンは首をふり、なにかほかに役に立ちそうなものはないかとあたりを見まわす。そしてふと錆び闇の表面に湧きでては消えていく顔に気を取られて考える。この人たちは誰なのだろう？　どうしてここで、この〈地球〉の心臓部のまんなかで沸き返っているのだろう？

義務だ、と熱のさざ波とすべてを押し潰してしまう圧力にのせて〈地球〉が答える。ナッスンは侮辱の重さをはねのけようと歯を食いしばる。盗まれたもの、貸しだされたものは賠償されねばならない。

そしてナッスンは、ここでこうして〈地球〉に抱かれ、その意味を骨を通してコツコツと叩《たた》きこまれたいま、納得せざるをえない。銀は——魔法は——生命から発している。オベリスクをつくった人々は魔法を制御し利用しようと務め、成功した——ああ、大成功だった。かれらは魔法を使って想像もできないくらいすばらしいものをつくった。しかしその後かれらはかれら自身の命、といおうか〈地球〉上の計り知れない長年月にわたって生と死が生みだすものを合わせたより多くの魔法を手にしたいと望むようになった。そして〈地球〉の表面下にさあ獲《と》ってくれといわんばかりに大量の魔法があるのを知ると……。

それほど大量の魔法、大量の生命が……意識の指標なのかもしれないという考えは、ついぞかれらの頭には浮かばなかった。〈地球〉はけっきょくのところ言葉を使って話すわけではない――そしてたぶん、とこの世界のあまりにも多くのことをまだまだ無垢《むく》な子どもの心で見てきたナッスンは気づく。たぶん、この壮大なオベリスクのネットワークをつくりあげた人々は自分たちとはちがう生命にたいして敬意を抱く習慣がなかったのだろうと。じつをいえばフルクラムを運営していた人々や侵略者や彼女の父親もオベリスクをつくった人々と似たようなものだ。かれらは命あるものを見ているはずなのに、つぎなる搾取の対象を見ているだけだった。たのむべきだったのに、あるいは放っておくべきだったのに、かれらは略奪した。

罪悪のなかには相当する罰が存在しないものがある――賠償するしかないものが。だから〈地球〉の皮下から微量の命が吸いあげられるたびに〈地球〉は山ほどの人間の名残を自身の心臓部に引きずりこんだ。肉体は最後には土の中で腐敗する――土は構造プレートの上にのっている、プレートは最後には地殻の下の火のなかに潜りこみ、マントルのなかを無限に循環する……そして〈地球〉は、自身の内部であるその場所で、すべてを喰《く》らう。じつに公平な話だ、と〈地球〉はいう――いまだに奥底から世界の皮膚を破って湧きあがり、世界を揺るがし、つぎつぎと〈季節〉を引き起こす怒りをこめて、冷ややかに。まったく正しい。この敵意の循環は〈地球〉がはじめたわけではない。〈地球〉は〈月〉を盗んでいないし、戦利品や道具にするためにほかの誰かの皮膚に穴を開けてまだ生きている肉片を剝《は》ぎ取ったりしなかったし、人間を終わりのない悪夢の奴隷にする筋書きを書いたりもしなかった。この戦いをはじめたのは〈地球〉ではないが、支払われるべきものは錆び当然、手にするだろう。

さてさて。はたしてナッスンはこの話を理解できているのだろうか？　彼女の両手はシャファのシャツのなかでこわばり、憎しみの揺らぎに合わせて震えている。感情移入せずにはいられないに決まっている。

なぜなら世界は彼女からあまりにも多くのものを奪ってきたからだ。かつて彼女には弟がいた。理解していながら理解しなければよかったと思っている父が、そして母がいた。家があり夢があった。スティルネスの人々には子ども時代と先の望みを早々に奪われ、それゆえ彼女は途轍《とてつ》もない怒りを覚えて、ひとつのことしか考えられなくなってしまった。**これは止めなければならない、わたしが止めてみせる**ということしか――

――つまりこれは彼女が〈邪悪な地球〉の憤怒《ふんぬ》に共鳴しているということではないのか？

彼女は共鳴している。

〈地球〉よ、彼女を喰い賜《たま》え、彼女は共鳴している。

シャファは彼女の膝で静かになっている。彼女の片方の足の下が濡れている――彼が失禁してしまったのだ。目はまだ見開いたままで、呼吸は荒く浅い。こわばった筋肉はまだときどきピクピク引きつっている。拷問があまりにも長くつづけば誰でもこうなってしまう。心はどこかほかへいくことで耐えがたいことを耐えるのだ。ナッスンは十歳かそこらの子どもだが、そろそろ百歳に近いといえるほど多くのこの世の悪を目にしてきているから、理解できる。彼女のシャファ。は、いってしまった。もう二度と、けっしてもどってはこない。

車物は進みつづける。

コアから離れるにつれ、外がまた明るく輝きはじめる。車物内の照明もふたたび心地よい光を投げかけている。シャファの服にからませたナッスンの指からは力が抜けて、いまはゆるく曲がっている。彼女がコアの物質が沸き返るさまを見つめていると、車物の左右の壁がまた不透明になっていく。前方の景色はまだ見えているが、それも徐々に暗くなりはじめる。車物はまたべつのトンネルに入った。こんどのは最初のトンネルより大きくて、しっかりとした黒い壁がコアとマントルの沸き返る熱を押しとどめている。ナッスンは車物が上向きに傾斜するのを感じる。コアから遠ざかっているのだ。地表へもどっているが、こんどは惑星の反対側の地表だ。

シャファは意識を失ってしまっているから、ナッスンはひとりごとのように、「これは止めなければならない。わたしが止めてみせる」とつぶやく。目を閉じると、睫毛《まつげ》が濡れていて睫毛同士がくっついてしまう。「約束するわ」

誰に約束したのか彼女にはわからない。が、それはどうでもいいことだ。

ほどなく車物はコアポイントに到着する。

シル・アナジスト：1

朝になると、ケレンリはかれらに連れていかれてしまう。

これは予期せぬことだった。少なくともわれわれはまったく予期していなかった。われわれにかかわることではないのは、すぐにわかった。最初にやってきたのは指揮者ギャラットだが、庭園の上にある家で高位の指揮者たち数人が話をしているのも見える。ギャラットはケレンリを外に呼びだして静かな、しかし熱のこもった声で話しているが、怒っているようすはない。われわれはみんな目を覚まし、なにひとつ悪いことはしていないのに罪悪感の波を発してしまう。われわれはただ耳慣れないほかの連中の呼吸音やときどき身動きする音を聞きながら固い床にひと晩、横になっていただけだ。わたしはケレンリを案じて恐れ、彼女を守りたいと思いながら見つめていたが、これは漠然とした思いでしかない——わたしはどんな危険が迫っているのか知りもしないのだから。ギャラットと話すケレンリは、いかにもかれらの同類らしいすらりとした立ち姿だ。わたしは彼女が緊張しているのを地覚《ちかく》する。ずれる寸前で均衡を保っている断層のようだ。

かれらは庭園にある小さいほうの家の外にいる。十五フィートほど離れたところだが、一瞬ギャラットの声が大きくなる。「こんなばかなこと、いつまでつづける気だ？　掘っ立て小屋で寝るなんてばかなことを！」

ケレンリが静かにいう。「なにか問題でも？」

ギャラットは指揮者の最高位についている。もっとも無慈悲な指揮者でもある。われわれは彼が本気でそういう態度をとっているとは思っていない。われわれに厳しくしたからといって効果があるとは思っていないように見えるのだ。われわれは機械の調律師だ――プロジェクト成功のためにはわれわれ自身も調律されなければならない。その過程でときに痛みや恐怖を感じたり解任されて茨《いばら》の茂みに送られたりするのは……二次的なことにすぎない。

われわれはギャラット自身、感情というものがあるのかどうか疑っていた。だが、あるということがわかった。彼はまるでケレンリの言葉に痛打されたかのようにたじろぎ、その痛みで表情にさざ波が立っているのだ。「あなたにはよくしてきたのに」と彼がいう。声が震えている。

「感謝しています」ケレンリの声の抑揚はまったく変わっていないし、顔の筋肉もぴくりとも動いていない。彼女の表情も声も、われわれそっくりになっている。これははじめてのことだ。そしてわれわれがいつもやっているように、二人は口から出る言葉とはまったく関係のない会話をしている。チェックしてみると――薄れていく声の波動以外、なにもない。が、それでもやはり。

ギャラットは彼女を見つめている。するとその表情から痛みと怒りが消えていき、疲れの色に置き換わる。彼がそっぽを向いてぴしりという。「きょうはラボにもどってもらわなければならない。またサブグリッドの波動が不安定になっているのでね」

ついにケレンリの表情が動いて眉がぐっと下がる。「三日もらったはずだけれど」

「〈大地奥義〉はあなたの暇つぶしの予定より優先順位が上なのでね」彼が、われわれが寄り集まっている小さな家のほうをちらりと見て、わたしの視線に気づく。わたしは視線をそらさない。彼が苦悩するさまに魅了されて目をそらせなかったからだが、彼は一瞬動揺し、苛立《いらだ》ちを見せる。彼がいつもながらのもどかしそうな口調で彼女にいう。「生物魔法学の技では施設の敷地外に出てしまうと遠隔スキャンしかできないが、それでも調律者ネットワーク内の流れに興味深い明確化傾向が検知されているそうだ。なにか知らないがあなたがかれらにしていることは、完全な時間のむだではないらしい。というわけで、あなたがきょうかれらを連れていく予定だった場所へは、あなたの代わりにわたしが連れていくことにする。そうすればあなたは施設に帰れる」

彼女がわたしたちのほうを見る。わたしのほうを。お気に入りの思索家を。

「ごく簡単な見学です」と彼女がいう。視線はわたしに注がれている。「ここにあるエンジンの破片を見せてやらなければなりません」

「アメシストを？」ギャラットは彼女をじっと見つめる。「かれらはアメシストの影のなかに住んでいるんだ。いつも見ているのに、いまさら見学させる必要はないと思うが」

「まだソケットを見たことはないのよ。成長の過程を完全に理解させる必要があります――理論だけではなく」いきなり彼女はわたしにも彼にも背を向けて、大きな家のほうへ歩きだす。

「とにかく見せてやって。そのあと施設へもどしてやってくれればあなたはお役御免です」

なぜケレンリがこんな素っ気ないしゃべり方をしたのか、そしてなぜさよならもいわずにいってしまったのか、わたしにはとてもよく理解できる。われわれがネットワークの仲間の誰かが罰せられるのを見たり地覚したりするときにやっていることとおなじ――気にしていないというふりをしているのだ。（テトレア。きみの歌は単調だが、無音ではない。きみはどこから歌っているんだ？）そのほうが罰せられている時間が短くてすむし指揮者たちの怒りがほかの者に向けられることもない。しかし、理解できていることと歩み去っていく彼女を見ながらにも感じずにいることとはまったくのべつものだ。

このあと指揮者ギャラットは恐ろしく不機嫌になる。彼はわれわれに出掛けられるように荷物をまとめろと指示する。荷物などなにもないが、何人かは出掛ける前に出すものを出しておかなければならないし、全員、食べものと水が必要だ。彼は用を足す必要がある者たちにケレンリの小さなトイレというか家の裏手にある葉っぱを積みあげた場所を使わせ（わたしもそのなかのひとりだ――そこにしゃがむのはとても違和感があったが、と同時に大いに心が豊かになる経験でもあった）、ついで飢えも渇きも無視して出発だといいわたし、われわれはその言葉にしたがう。われわれの足は彼のより短く、前日にたっぷり歩いたせいでまだ痛みがとれないというのに、彼はわれわれをせかせて恐ろしく早足で進んでいく。われわれは彼が呼んだ車《しゃ》物《ぶつ》がくるのを見てほっとする。車物に乗ればすわったままで街の中心部にもどれる。

ほかの指揮者たちもわれわれやギャラットといっしょに乗りこむ。かれらはわれわれを無視してもっぱらギャラットに話しかける——ギャラットは緊張感を漂わせてひとことだけの返事を返している。質問の大半はケレンリのことだ——彼女はいつもあんなに非妥協的なのか、彼はそれを想定外の遺伝子技学的欠点と考えているのか、彼女は事実上ただの時代遅れのプロトタイプにすぎないのになぜわざわざプロジェクトにかんする意見を述べることを許したのか。「それはこれまでの彼女の意見がすべて正しかったからだ」三つめの質問に彼はぴしりと答える。「つまるところ、まさにそれが理由でわれわれは調律師を開発したのだからね。かれらがいなければ〈プルトニック・エンジン〉は試験運転に漕《こ》ぎ着けるのにさえまだ七十年は準備期間が必要だったはずだ。機械のセンサーがここが悪いからこうすれば全体がもっと効率よく動くようになると教えてくれるのなら、それに目を向けないのは愚かというものだろう」

そう聞いて疑問は薄らいだようで、指揮者たちはギャラットひとりを残してまた話しはじめる——誰も彼に話しかけようとはしない。わたしは指揮者ギャラットの近くにすわっている。ほかの指揮者は彼を軽蔑している。その思いが彼の緊張感をつのらせ、日光で熱せられた岩が日が沈んだずっとあとも余熱を発散しているように、彼の皮膚から怒りが発散されていることにわたしは気づく。指揮者たちの関係性にはつねに妙な力学が働いていた——われわれはなんとか解明しようとしてきたが、よくわからないままになっていた。が、いま、ケレンリの説明のおかげで思い出した。ギャラットには望ましくない先祖がいたのだ。われわれはこういうふうにつくられたが、彼の白い肌と氷白《ひょうはく》の目は生まれつきのもの——ニース人に一般的とされる形質だ。彼はニース人ではない――ニース人はもういない。ほかにも白い肌を持つ人種はいる。シル・アナジスト人だ。しかし目は彼の家系のどこかで――かなり昔に、でなければ彼は学校へいくことも医療ケアを受けることも現在の権威ある地位につくことも叶《かな》わなかっただろうから――誰かがニース人とのあいだに子どもをもうけたことを示唆している。それともちがうのか――形質は突然変異であらわれることもあるし、色素が偶然に発現することもありうる。だが、そう思っている者はひとりもいない。

ギャラットが誰よりも懸命に働き、誰よりも長時間、施設ですごし、責任者を務めているにもかかわらずほかの指揮者たちが彼にふさわしい扱いをしていないのは、そのせいだ。もし彼がわれわれと接するときに親切心を見せていなかったら、わたしは彼を憐《あわ》れんでいたかもしれない。実際にはわたしは彼を恐れている。前からずっと恐れていた。しかしケレンリのために勇気をふるいおこす。

「どうして彼女に腹を立てていたんですか？」とわたしはたずねる。声は抑えているし、車物の代謝サイクルのハム音が響いているからほかには聞こえにくい。ほかの指揮者はわたしが話しかけたことにほとんど気づいていない。気にかけている者はひとりもいない。わたしはしっかりタイミングをはかっていた。

ギャラットは驚いたようすで、まるでわたしと会うのははじめてというような顔で私を見つめて、いう。「え？」

「ケレンリのことです」わたしは彼のほうに目を向けて視線を合わせる。指揮者はこれを好まない、それはわかっていたが、そうしてしまう。かれらは視線を合わせることを挑戦的ととらえるのだ。しかし目を見なければあっさり無視されてしまうし、いまはどうしても無視されたくなかった。わたしは彼にこの会話を感じてほしいと思っている。たとえわたしの嫉妬と怒りが都市の地下水面の温度を二度上昇させていることを彼の弱々しい原始的な地覚器官が察知できないとしてもだ。

彼はわたしをにらみつける。わたしは平然と見かえす。ネットワークに緊張が走るのを感じる。ほかの連中は、指揮者たちが無視しているこの状況にもちろん気づいていて、わたしのことを案じていっきに不安をつのらせている……が、これまでとはちがって、かれらの不安はさほど気にならない。これまでとは感覚がちがうことに急に気がついたのだ。ギャラットのいうとおりだ——われわれはまちがいなく変化しつつある。複雑化しつつある。ケレンリがいろいろ見せてくれた結果、周囲への影響力が強まっているのだ。これは進歩なのだろうか？　まだよくわからない。いまのわれわれは、以前ならほぼひとつになれていたところで混乱が生じている。レムアとガエアはみんなの同意を得ずにこんなリスクを冒したわたしに腹を立てている——この無謀さはわたし自身の変化のあらわれなのだろうと思う。ビムニアとサレアは、理不尽な話だが、わたしに妙なかたちで影響をおよぼしているケレンリに腹を立てている。ダシュアはわれわれ全員に愛想を尽かしていて、ただただ帰りたいと思っている。ガエアは怒りの下でわたしを案じて恐れを感じているが、同時にわたしを憐れんでもいる。わたしの無謀なふるまいがなにかべつのことの兆候だとわかっているからだろう。わたしは恋をしていると思っていたが、愛情はわたしの表面下、かつては安定が存在していた場所にある苦痛に満ちた沸き返るホットスポットで、わたしはそれを厭《いと》わしいと思っている。わたしはかつて、自分は偉大な文明がつくりだした最良の道具だと思っていた。いまは、自分たちが凡才であることに気づいて恐れをなした誇大妄想のコソ泥どもが急ごしらえした失敗作だとわかっている。わたしはどう感じればいいのかわからない。無謀になるしかないのだ。

だが、簡単な会話を交わす相手としてギャラットは危険すぎるといって怒っている者はひとりもいない。これはずいぶんおかしな話だという気がする。

やっとギャラットがいう。「なぜわたしがケレンリにたいして腹を立てていると思うんだ?」わたしがそれは彼の身体のこわばりや声の緊張具合、表情でわかると答えようと口を開けると、彼が苛立たしげな声をあげる。「気にするな。おまえたちの情報の処理の仕方はわかっている」彼は溜息《ためいき》をつく。「たしかにおまえのいうとおりだろうな」

わたしは絶対に正しい。だが彼が知りたくないことにあえて触れるような分別のないことはしない。「あなたは彼女にあなたの家に住んでほしいんですよね」けさの会話を聞くまであれがギャラットの家なのかどうか確信はなかった。だがわかっていてよかったはずだ——あの家は彼の匂いがした。われわれはみんな地覚器官以外の感覚を使うのが苦手だ。

「あれは彼女の家だ」彼はぴしりという。「彼女はわたしとおなじようにあそこで育った」

それはケレンリから聞いていた。ギャラットといっしょに育って、あるとき誰かからなぜ彼女の両親は彼女を愛していなかったのか聞かされるまで、自分はふつうだと思っていたという。

「彼女はプロジェクトの一部だったんですよね」

彼は一度だけしっかりとうなずく。口許《くちもと》が苦々しげにゆがんでいる。「わたしもだ。実験の対照として人間の子どもが必要だった。そしてわたしは……比較対象として有効な特徴を備えていた。二人が十五歳になるまで、わたしは彼女のことをきょうだいだと思っていた。十五歳になってはじめて真実を告げられた」

そんなに長いあいだ。とはいえケレンリは自分が周囲とはちがうと疑っていたにちがいない。われわれのまわりにもなかにも魔法の銀の煌《きら》めきが水のように流れている。誰でも地覚できるが、われわれ調律師は、われわれはそれを生きている。それはわれわれのなかで生きている。彼女が自分をふつうだと思っていたはずがない。

しかしギャラットは心底驚いたようだ。彼の世界観は完全にひっくり返ったことだろう。わたしとおなじだ。現実とどう向き合うか葛藤し、もがいたにちがいない――おそらくいまももがいている。急に同情心が湧いてくる。

「彼女を不当に扱ったことはない」ギャラットの声は穏やかになっていて、まだわたしに話しかけているのかどうかわからなくなってしまう。彼は腕組みして足を組み、自身のなかに閉じこもって、なにを見るでもなく車物の窓の外をじっと見ている。「彼女を……」彼は突然まばたきすると薄目でわたしをちらりと見る。わたしはわかっているというしるしにうなずこうとするが、本能がうなずくなと警告を発する。わたしはただ彼を見つめかえす。彼の緊張がゆるむ。なぜなのか、わたしにはわからない。

彼は「おまえたちのように不当に扱ったことはない」という言葉を聞かせたくなかったんだ、とレムアが信号を送ってくる。わたしの鈍感さに苛立っていることがハム音でわかる。それがなにを意味するか、きみに知ってほしくないんだよ。彼は自分は彼の人生を辛いものにした人人とはちがうと自分にいいきかせている。それは嘘だが、彼にはその嘘が必要だし、その嘘を支えるためにわれわれが必要なんだ。彼女はわれわれはニース人だなんていうべきじゃなかったんだよ。

　われわれはニース人じゃない、とわたしは重力パルスを返す。彼がそう指摘せざるをえなかったことが不愉快だったからだ。レムアに指摘されてみると、ギャラットがいいよどんだ理由はあきらかだ。

　かれらにとっては、われわれはニース人なのよ。ガエアがこれを一回だけのマイクロ振動で送ってくる。残響を消しているので、振動のあとにわれわれが地覚するのは冷たい静寂だけだ。彼女のいうとおりなので、われわれの議論はそこで終わる。

　われわれのアイデンティティの危機に気づくこともなく、ギャラットは話をつづける。「わたしは彼女にできるかぎりの自由を与えてきた。彼女が何者なのかはみんな知っているが、わたしはふつうの女性に許されているのとまったくおなじ権利を行使することを許可してきた。もちろん制約や限界はあるが、妥当なものだ。わたしが手ぬるいと思われることなどありえない。もし……」言葉が途切れて彼は考えこんでしまう。苛立っているのか顎の筋肉がピクピク動いている。「彼女はそれを理解していないような行動を取っている。まるで問題があるのはこのわたしであって、世界ではないとでもいうような行動を。わたしは彼女の力になろうとしているのに！」そして彼は不満げに重い溜息を洩《も》らす。

しかしわれわれは聞くべきことは充分に聞いた。あとで、全員がこの話を消化してから、わたしはみんなに伝えることになる。彼女は人になりたいのだ、と。

彼女はありえないことを望んでいる、とダシュアはいう。ギャラットはシル・アナジスト人が彼女におなじことをするのを許すより自分が彼女を所有するほうがいいと考えたんだ。でも彼女にしてみれば、人になるためには……所有される存在ではなくなる必要がある。誰の所有物になるわけにもいかないんだ。

そうするとシル・アナジスト人はシル・アナジスト人であることをやめなければならなくなると、ガエアが悲しげにつけ加える。

そのとおりだ。わが調律師仲間たちよ、みんなのいうことは正しい……が、だからといってケレンリの自由になりたいという願いがまちがっているとはいえない。なにかを実現することが途轍《とてつ》もなくむずかしいからというだけで、それは不可能ということにはならない。

車物が、驚くほど見覚えのある街の一角で止まる。このあたりは一度しか見たことがないが道路の柄やつる花が這《は》う緑化適応壁に見覚えがある。アメシストを通して射《さ》しこむ光は日が傾くにつれて変化していき、憧れと安心感のいりまじった感情が湧きあがってくる。わたしはのちにそれはホームシックというものだと知ることになる。

ほかの指揮者たちはここで別れて施設にもどっていく。ギャラットがわれわれを手招きする。

彼はまだ怒っていて、早くこれを終わらせたいと思っている。だからわれわれも彼についていくが、足は短いし筋肉は熱を持っているしでだんだんと遅れていき、彼が気づいたときにはわれわれと護衛は彼から十フィート離れている。彼は立ち止まってわれわれが追いつくのを待つが、その顎はこわばり、腕組みした手の片方はトントントンと速いリズムを刻んでいる。

「急いで」と彼はいう。「今夜、始動試験をしたいんだ」

われわれは文句をいうようなばかなことはしない。だが気をそらすのが功を奏することはまある。ガエアがいう。「こんなに急いでなにを見にいくんですか?」

ギャラットは苛立たしげに首をふるが、質問には答える。ガエアの計算どおり、彼はわれわれと話すためにさっきよりゆっくりと歩きはじめる。おかげでわれわれもゆっくり歩ける。われわれはやっとのことでひと息つく。「この破片を成長させたソケットだ。基本的なことは教わっているな。いまのところ破片はそれぞれシル・アナジストのノードの発力所《はつりょくじょ》として機能している——魔法を取りこんで触媒作用を及ぼし、一部を都市にもどして余剰分は蓄えておく。もちろん〈エンジン〉を稼働させるまでの話だ」

彼が周囲を見てふいに言葉を切る。もう破片の根元に設けられた立ち入り禁止区画に着いたのだ——そこは三つの階層からなる広場で管理棟がいくつか建ち、週に一度コアポイント行きの車物が出る(とわれわれは聞かされている)ステーションがある。すべてがとても実用的にできていて少々退屈な感じだ。

とはいえ。上を見ればほとんど目の届くかぎり高くそびえるアメシストの破片が空を覆っている。ギャラットはいらついているが、われわれはみんな足を止めて畏怖の眼差《まなざ》しでアメシストを見あげる。われわれはその色つきの影のなかに住んでいる。われわれはみんなその要求に応え、出力を制御するためにつくられたのだ。それはわれわれ――われわれはそれ。だがこんなふうに直接見ることはめったにない。われわれの独房の窓はすべてアメシストとは反対の側にある。（接続性、ハーモニー、照準線、そして波形の有効性――指揮者たちは偶発的に起動させてしまう危険を冒したくないのだ。）物理的状態、魔法との重ね合わせ状態、どちらの状態にあってもすばらしいとわたしは思っている。後者の状態では結晶格子が貯蔵されている魔法のパワーでほぼ完全に充力《じゆうりよく》されて、オベリスクは光り輝く。まもなくわれわれはその魔法のパワーを使って〈大地奥義〉を発動させることになる。われわれが世界のパワー・システムをオベリスクの限りある貯蔵・生成から無制限の地球内の流れに変更しおえたら、コアポイントが完全に接続された状態になったら、そして世界がシル・アナジストのもっとも偉大な指導者や思索家たちの夢をついに成就させたら――

――ふむ。そうなったら、わたしは、そしてほかの連中も、もう必要ではなくなる。世界が欠乏状態、不足状態から解放されたらどんなことが起きるか、われわれはいろいろ聞かされている。人は永遠に生きられる。われわれの星よりずっと遠くのほかの世界まで旅ができる。われわれが殺されるようなことはないと指揮者たちは請け合った。それどころか魔法学の頂点として、人間はどれほどのことができるか、その生きた証《あかし》として祝福されるだろうと。崇拝されるのは、われわれの望むところではないのか？　誇りに思うべきではないのか？

しかしわたしはここで、もし自分に選択肢があったらどんなふうに生きたいか、生まれてはじめて考える。ギャラットが住んでいる大きな家を思い浮かべる——広くて、美しくて、冷たい。庭園にあるケレンリの家を思い浮かべる——小さくて、成長中の小さい魔法たちに囲まれている。ケレンリといっしょに住んだら、と考えてみる。毎晩、彼女の足元にすわって、知っている言語をぜんぶ使って、なにを恐れることもなく、しゃべりたいだけしゃべる。彼女の苦苦しさのない純粋な笑顔を思い浮かべると信じられないほどの喜びが湧いてくる。そして恥ずかしくなる。そんなことを想像する権利などわたしにはないという気がしたのだ。

「時間のむだだ」オベリスクを見つめたままギャラットがつぶやく。わたしはびくっと身を縮めるが、彼は気づかない。「さあ。これだ。なぜケレンリがこれを見せたいと思ったのかわたしにはわからないが、これでもうおまえたちはこいつを見たわけだ」

われわれは指示されたとおり、それを愛《め》でる。「あの……もう少し近くにいってもいいですか？」とガエアがたずねる。仲間の何人かが大地を通して唸《うな》り声をあげる——足が痛いし、腹も減っている。しかし彼女は苛立ちをにじませて返事をする。ここにいるあいだにたくさん吸収するほうがいいわ。

ガエアの言葉に応えるかのようにギャラットが歩きだし、アメシストの根元につづく下り坂を進んでいく。アメシストは最初の成長媒体注入以来、そこにあるソケットにしっかりと留まっている。アメシストの破片のてっぺんは一度だけ見たことがあった。点々と浮かぶちぎれ雲に隠れ、ときどき〈月〉の白い光に縁取られていたが、根元を見るのははじめてだ。根元の近くに並んでいるのは転換パイロンで、アメシストのコアにある発力炉《はつりょくろ》から魔法の一部を吸いとっていると教わった。この魔法――〈プルトニック・エンジン〉が生みだせる信じがたいほどの量にくらべたらごく少量の魔法――は無数のコンジットを通じて都市ノード中の家庭やビル、機械類、車物給力ステーションなどに再配分されている。世界中、シル・アナジストの都市ノードではどこもおなじだ――破片はぜんぶで二百五十六ある。

ふいに妙な感覚に襲われていっきにそちらに気を取られてしまう――こんな奇妙なものを地覚するのは初めてだ。なにかが放散している……なにか近くのものが力を発していて、それは……わたしは首をふって足を止める。「これ、なんですか？」ギャラットがこんな気分のときにまた話しかけるのが賢いことかどうか考えもせずに、わたしはたずねる。

彼は立ち止まってわたしをじろりとにらむが、すぐにわたしの顔に浮かんだ困惑がなにを意味するのか理解したようだ。「ああ、かなり近づいたから検知しているんだろう。これはたんなる吸いこみラインのフィードバックだ」

「吸いこみライン？　なんですか？」わたしが氷を打ち砕いたのを機にレムアがたずねる。これを聞いてギャラットはまた少し苛立ちをつのらせて彼をにらみつける。われわれ全員が緊張する。

「邪悪な死」ついにギャラットが溜息をつく。「よし、説明するより見たほうが早い。ついてきなさい」

彼はさらに早足になる。低血糖と脱水がある上に足も痛むが、われわれは今度は文句をいわずに頑張る。ギャラットのあとにつづいていちばん下の階層にたどりつき、車物の軌道を横切り、ハム音を発する二つの巨大なパイロンのあいだを抜ける。

するとそこには……われわれは完全に打ちのめされる。

パイロンの奥にあるのは破片用の始動および変換システムだ、と指揮者ギャラットは苛立ちをあらわにした口調で説明する。そして細かい技術的な説明に入っていくが、われわれは吸収はするものの、じつは聞いてはいない。われわれのネットワーク――われわれ六人が話し合ったり、お互いの健康状態を査定したり、低く警告を発したり、慰めの歌で安心させたりするほぼ途絶えることのない接続システム――は完全に沈黙し、静まり返っている。これは衝撃だ。恐怖だ。

ギャラットの説明の要旨はこうだ――何十年か前に成長をはじめたとき、破片は自力で魔法を発生させはじめることはできなかった。結晶体のような生きていない非有機的なものは魔法にたいして不活性なのだ。したがって破片が発力サイクルを開始できるようにするには触媒として生の魔法が必須となる。どんなエンジンにも起動装置は必要だ。吸いこみラインの区画に入ると――吸いこみラインは一見、つる植物のようで、太くてふしくれだっていて、ねじれ、くねくねと曲がりながら破片の根元の周囲にまるで生きているかのように茂みを形成している。

そしてそのつる植物に絡めとられているのは――。

あしたになればわかる、いい、いいかい、みんなで会いにいくからと、ケレンリはいっていた。わたしがニース人はどうなってしまったのかとたずねたときのことだ。

かれらはまだ生きている、とすぐにわかった。かれらはつる植物の茂みのなかでじっと動かず寝そべっている（つる植物の上に横たわり、そのなかでよじれ、つる植物に包まれ、刺し貫かれている、つる植物がかれらの肉体を貫いて育っている）が、このニース人の手の細胞間を繊細な銀の糸が走るのを、あのニース人の後頭部の髪にそって銀の糸が躍るのを地覚せずにいるのは不可能だ。何人かは呼吸しているのが見てとれるが、その動きはひどくゆっくりしている。多くは長年月で乾燥腐敗し、ぼろぼろになった服を着ている――数人は裸だ。髪や爪はのびていないし、見えるような排泄物《はいせつぶつ》は出ていない。痛みを感じられないようになっていることも本能的に地覚できる――これは、とりあえず思いやりというものだろう。なぜそうしてあるかといえば、かれらが生きるのに必要なほんの一滴以外、すべての生命の魔法を吸いこみラインで奪い取るためだ。長く生かしておけばおくほど、多く発力させることができる。

これが茨の茂みだ。われわれが新たにデカントされたとき、まだ成長段階の途中でわれわれの脳に書きこまれた言語の使い方を学んでいた頃に、ある指揮者がもしわれわれがなにかの理由で働けなくなったらどこへいくことになるかという話をしたことがあった。仲間がぜんぶで十四人いた頃のことだ。彼女は、もし引退ということになっても間接的にプロジェクトに貢献できるといった。「とても平穏なところよ」とその指揮者はいった。はっきり覚えている。そのとき彼女はにっこり微笑《ほほえ》んでいた。「いけばわかるわ」

茨の茂みの犠牲者たちは何年もここにいるのだ。何年も、何十年も。見える範囲だけで何百人もいる。吸いこみラインの茂みがアメシストの根元をぐるりと取り巻いているのだとしたら、視界の外にはさらに何千人もいるにちがいない。それを二百五十六倍したら百万人規模になる。テトレアたちの姿は見えないが、かれらもここにいるのはまちがいない。まだ生きている、が、生きてはいない。

われわれが黙って見つめるなか、ギャラットが話を締めくくる。「だから発力サイクルが確立されてシステムの始動準備がととのったら、あとはときおり再始動するときに必要になるだけだ」彼は自分の声に飽き飽きして溜息をつく。われわれは黙って見つめている。「吸いこみラインはどんな必要が生じても対応できるよう多くの魔法を蓄えている。〈始動日〉には各シンクの貯蔵量は約三十七ラモタイア貯蔵されていなければならないが、それは……」

彼が言葉を切る。溜息をつく。鼻柱をつまむ。「こんな話をしてもしょうがない。これでは彼女の思うつぼだ」まるで彼はわれわれが見ているものを見ていないかのようだ。まるでこの構成部品化され、貯蔵された生命が彼にとってはなんの意味も持っていないかのようだ。「もういい。全員、施設へもどる時間だ」

われわれは家に帰る。

そして、ついに、計画を立てはじめる。

§

殻竿《からざお》で打ちまくれ

一列に並べろ
冬小麦に混ぜちまえ！
突き固めろ
黙らせろ
ほら、ほら、すぐ終わる！
口を封じろ
目をつぶらせろ
泣くまでやめるな
なにも聞かない
なにも見ない
それが勝利への道だ！

——前サンゼ時代のユメネス、ハルトリー、ニアノン、ユーチ各四《よ》つ郷《ごう》で広く歌われていた童歌。発祥は特定できず。類似のもの多数。これは基本形と思われる。

11 あんたはもうすぐ家へ

あんたやカストリマの住人たちが降灰のなかからあらわれたとき、ノード・ステーションの護衛たちは戦えると思ったようだ。実際、多くは灰まみれで酸でぼろぼろになった服を着てガリガリに痩せているから、珍しく大規模な侵略者集団に見えてもふしぎはないとあんたは思う。イッカはまずは話し合って説得するつもりでダネルをいかせようとするが、相手はそれより早くクロスボウで攻撃してくる。あんたたちにとっては幸いなことに、相手は腕が悪い――が、あんたたちにとっては不幸なことに、平均の法則（望ましくないことがつづくと、そのあとに望ましいことが起きるという根拠のない法則）は相手に味方する。カストリマの住人三人が倒れてはじめて、あんたはイッカが円環体を楯《たて》として使う技を習得していなかったことに気づく――が、気づいたからといって自分にはそれができないことも思い出す。やれば重大な結果を招くことになってしまう。そこであんたは大声でマシシに指示する。マシシはすばらしい精度でやってのけ、飛んでくる太矢は引き裂かれて木片まじりの雪に変わる。あの最後の日、あんたがティリモでやりはじめた方法と大差ない。

彼の技術はあのときのあんたほどではない。円環体の一部は彼のまわりに残っている――彼は円環体の前方の縁をのばし、形をつくりなおしてカストリマとノード・ステーションの大きな岩滓製《がんさい》の門とのあいだに防壁をつくっている。幸い、彼のまえには誰もいない（あんたがそこからどけと叫んだあとは）。そして彼が運動量の向きを調整し、最後のひと押しを加えると、門がばらばらになりクロスボウの射手は凍りつき、放たれた円環体は回転しながら進んでいく。カストリマの〈強力《ごうりき》〉たちが押し入ってやるべきことをやりはじめると、あんたはマシシのもとへ向かう。マシシは荷馬車のベッドで大の字になって荒い息をついている。

「びしょ濡れじゃないの」といいながらあんたは彼の手を取って自分のほうに引き寄せる。両手でこすって温めてやることは叶《かな》わないが。四枚重ね着していても彼の肌の冷たさが伝わってくる。「円環体を少なくとも十フィート離れたところに固定しておくべきだったわね」

彼は低く唸《うな》って目を泳がせ、閉じる。体力が完全に錆《さ》びついてしまっているが、それは飢えとオロジェニーの相性がよくないせいだろう。「この二年、人を凍らせるだけで、それ以外のしゃれたことをする必要はなかったからな」そういうと彼はあんたをにらみつける。「きみにはなんでもないことだったろうけどね」

あんたは力なく微笑《ほほえ》む。「あなたならできるとわかっていたから、たのんだのよ」あんたはそういうと荷馬車のベッドから氷のかけらを払い落とし、戦いが終わるまですわっていられる場所をつくる。

戦いが終わると、あんたはぐっすり眠っているマシシを軽くポンポンと叩《たた》いて立ちあがり、イッカを捜しにいく。イッカは門の内側にいて、エスニとあと二人の〈強力〉といっしょに狭《は》い囲いのなかを驚きの眼差《まなざ》しで見つめている。囲いのなかには山羊が一匹いて、干し草を食みながらなんの関心もなさそうな目でかれらを眺めている。あんたが山羊《やぎ》を見るのはティリモを出て以来はじめてだ。

しかしまずやるべきことをやらねば。「ひとりでも二人でも医者がいたら殺さないようにみんなにいって」とあんたはイッカとエスニにいう。「たぶんノードの保守要員といっしょになかに閉じこめられていると思う。レルナは保守要員の扱い方を知らないはず――特別な技術が必要なのよ」あんたは一拍、間を置く。「あなたたちがまだこの計画でいいと思っているのならね」

イッカはうなずいてちらりとエスニを見る。エスニがうなずいてべつの女を見ると、その女は若い男をじっと見る。男は走ってノードの施設に入っていく。「医者が保守要員を殺してしまう可能性は？」とエスニがたずねる。「慈悲の心で殺してしまうってことはない？」

あんたは、慈悲は人にたいして生じるものよ、といいたくなる衝動を抑えこむ。たとえ苦い思いを伴っているとしても、そんな考え方には終止符を打たねばならない。「まずないわ。降伏する者は殺さないとドア越しにいってみて。もし効果がありそうなら」エスニがその任務を託してまたひとり施設内に送りこむ。

「もちろんまだこの計画でいいと思ってるさ」とイッカがいう。灰のあとを残しながら顔をこすっている。灰の下にあるのはまた灰。肌にしっかり染みこんでいる。もとの肌がどんな色だったか忘れてしまいそうだし、あのアイメイクをしているのかどうかもわからない。「つまりね、いまではあたしたちは子どもでさえ揺れをある程度制御できるようになっているけれど……」彼女は空を見あげる。「ほら。あれがあるからね」あんたは彼女の視線を追うが、なにが見えるかはわかっている。これまでずっと見ないようにしてきた。誰もがそうしてきた。〈断層〉。

メルツ砂漠のこちら側では空は存在していない。もっとずっと南のほうでは〈断層〉が吐きだす灰が大気中を上昇していっていくらか薄まり、この二年近く見てきたとおり、空を支配するさざ波のような雲をつくりだすだけの時間があった。しかしここでは。ここでは上を見ようとすると視線が空に届く前に目に入るのは北の地平線を見渡すかぎり覆う赤と黒のゆっくり沸き返る壁のようなものだ。火山ならば見えるのは噴煙柱といわれるものになるはずだが、〈断層〉はただの単独の火道ではない。スティルネス大陸の一方の海岸線から反対側の海岸線まで途切れることなく一千もの火山が一直線に並んでいるのだ。トンキーは前から、あんたが見ている現象を正しい名称で呼べとみんなに説いていた――火災積雲、灰と火と稲妻の巨大な嵐の壁だ。しかしあんたはみんながべつの名前で呼んでいるのを耳にしている――単純に〈壁〉。これが定着するだろうとあんたは思っている。じつをいえば、もし一世代か二世代あとまで生きのびてこの〈季節〉に名前をつける者がいるとしたら、〈壁の季節〉とでもするのではないかとあんたは思っている。

かすかだが絶え間なくつづく音があんたには聞こえる。地中でゴロゴロいう音が。中耳に間断なく響く低い音。〈断層生成〉はただの揺れではない――あたらしくできた断層線に沿った二つの構造プレートの力の発散で、いまも進行中だ。最初の〈断層生成〉の後揺れは何年もつづくだろう。あんたの地覚器官《ちかく》はここ何日か騒ぎっぱなしで、あんたに踏んばれとか逃げろとか警告し、地揺れの脅威をなんとかしようとピクピクひきつっている。あんたは分別を失っていないが、ひとつ問題がある——カストリマのオロジェンは全員、あんたとおなじことを地覚している。反応したいというピクピクひきつる衝動を感じているのだ。だがフルクラム仕込みの精密な技を使える高位指輪持ちで、絶滅都市の遺跡の古代ネットワークを作動させる前にはほかの高位指輪持ちと軛《くびき》でつながり合うことができるほどの者でもないかぎり、なにかすれば命を落とすことになる。

だからイッカは、あんたが片腕が石になった姿で目覚めたときに悟った真実をいま甘受しつつある——カストリマがレナニスで生きのびていくためにはノード保守要員が必要だ。となるとかれらの面倒を見なければならない。そしてノード保守要員が死んだときには、カストリマはどうにかしてその代わりを見つけなければならない。この最後の部分についてはまだ誰もなにも口にしていない。まずははじめの一歩からだ。

しばらくして、イッカが溜息《ためいき》をつき建物の開いたドアのほうを見やる。「どうやら終わったようだね」

「そのようね」とあんたはいう。静寂がつづく。彼女の顎の筋肉がこわばる。あんたは、「いっしょにいくわ」といいそえる。

彼女はちらりとあんたを見る。「こなくていいよ」あんたははじめてノード保守要員を見たときのことを彼女に話していた。彼女はそのときのあんたの声にいまだ古びない恐怖を聞きとったのだ。

しかしそうはいかない。アラバスターにやり方を教わった以上、もう彼があんたに課した義務を回避するわけにはいかない。あんたは保守要員の頭を横向きにしてイッカに後頭部の傷痕を見せ、傷ができた経緯を説明することになる。針金だと褥瘡《じょくそう》が最小限ですむことも説明しなければならない。なぜなら、もし彼女がこれを選択するつもりなら、自分が――そしてカストリマが――どんな代償を支払わねばならないか知っておく必要があるからだ。

あんたはそれをやることになる――彼女にすべてを見せ、自分でもふたたびすべてと向き合う。なぜならこれがオロジェンとは何者かを示す真実のすべてだからだ。スティルネスがあんたたちを恐れるのにはもっともな理由がある。それはたしかだ。しかしあんたたちを崇敬すべきもっともな理由もある。そしてスティルネスはそのうちのひとつだけを選んだ。誰にもましてイッカは、そのすべてを聞かなくてはならないのだ。

顎はこわばっているが、彼女はうなずく。エスニは興味津々という顔であんたたち二人をじっと見ているが、やがて肩をすくめて踵《きびす》を返し、あんたとイッカは二人してノード施設のなかに入っていく。

§

ノードには備蓄品がみっしり詰まった貯蔵室がある。コム全体用の補助貯蔵場所なのではないかとあんたは推測する。腹を減らしたコム無しのカストリマでも食べきれないほどの量だし、赤や黄色の乾燥果物、野菜の缶詰といった誰もが欲しいと思いつづけていたものまである。イッカはこれが即興の宴会騒ぎにならないようにとみんなを制する——まだこの先〈地球〉のみぞ知る長期間もちこたえるために貯蔵しなければならないのだからと諭す——が、コムの住人の多くがお祭り気分になるのは避けられない。みんな何カ月ぶりかで腹一杯食べられる夜だからな。

イッカはノード保守要員がいる部屋の入り口に護衛を立たせる——「あたしたち以外の連中にあんなものを見せる必要はない」と彼女は断言し、それを聞いたあんたは彼女がコムのスティルたちにはなにひとつ知られたくないのだろうと考える。護衛は貯蔵室にも配置される。山羊にはその三倍の護衛がつく。農業コム出身の少女がひとりいて、その子は山羊の乳の搾り方を考えろと命じられ、なんとか搾ってみせる。砂漠で家族のひとりを亡くした妊婦が最初に搾られた少量の山羊の乳を口にする。もしかしたらこれは意味がないかもしれない。飢えと妊娠は相性が悪いし、妊婦はここ何日か赤ん坊が動いていないといっているのだ。もし赤ん坊を失うことになるのなら、もしかしたらいまここで失うほうがいいのかもしれない。ここでならレルナも抗生物質や滅菌した道具が使えるから、少なくとも母体は助かるだろう。それでも妊婦は山羊の乳が入った小さなポットを受け取り、まずさに顔をしかめながらも飲み干す。彼女の肚《はら》はしっかり決まっている。チャンスはある。肝心なのはそれだ。

イッカはノード・ステーションのシャワー室にも監視員を配置する。護衛というわけではないが見張りを立てる必要があるのは、カストリマの住人の多くは中緯度地方の田舎の小さなコムの出身で、屋内の給排水設備の使い方を知らないし、ともすると迸《ほとばし》る湯の下に一時間以上も突っ立って、灰や砂漠の砂が酸で乾燥した肌から剝《は》がれ落ちるあいだすすり泣きつづける者までいたからだ。いまは十分たつと監視員がそっと押してやりながらシャワー室の両脇にあるベンチに連れていき、そこで気が済むまで泣かせて、そのあいだにつぎの者がシャワーを使っている。

あんたもシャワーを浴びるが、感情はまったく動かない。ただ清潔になったというだけだ。ステーションの食堂――数百人がひと晩、灰に降られずに寝られるよう、テーブルや椅子は片付けてあるんだが――その食堂の片隅に居場所を確保したあんたは寝袋の上にすわり岩滓製の壁にもたれて、あてどなく思いをさまよわせる。まうしろの石のなかに山が潜んでいるのを意識せずにはいられないが、あんたは彼を呼びだしたりはしない。カストリマの住人はホアに警戒心を抱いているからだ。彼はいまだに近くをうろついている唯一の石喰《いしく》いであり、住人は石喰いが中立の無害な一党ではないということを忘れていない。しかしあんたはうしろに手をのばして壁をポンポンと叩く。山がわずかに動き、あんたは腰のくびれのあたりになにかを感じる――固いもので押される感覚を覚える。メッセージが届き、返事がきたのだ。この密《ひそ》かな一瞬のやりとりがなんと心地よいことか、あんたも驚くほどだ。

目のまえで展開されている何十ものささやかなドラマを眺めながら、感情を取りもどさなければとあんたは考える。二人の女がコム分配品の乾燥果物の最後のひとつをどちらが食べるかでもめている。その向こうでは二人の男が小さなやわらかいスポンジ――赤道地方人が排泄《はいせつ》後によく使っているもの――を手渡ししながらひそひそ話をしている。誰もが運命が与えてくれたささやかな贅沢《ぜいたく》を楽しんでいる。いまはコムのオロジェンの子どもたちの訓練を担っている男、テメルは子どもたちのなかに埋もれて寝袋の上でいびきをかいている。彼の腹のところで丸くなっている男の子がいるし、彼の首筋に押しつけられているのはペンティの靴下をはいた足だ。部屋の反対側にはトンキーがフジャルカといっしょに立っている――というか、フジャルカがトンキーの手を取ってゆったりしたダンスを踊ろうと口説いていて、トンキーはじっと立ったままただ目をぐるりと回してにやけないようにしている、という感じだ。

イッカがどこにいるのか、あんたにはよくわからない。たぶん彼女のことだから外の小屋かテントでひと晩すごすつもりなのだろうが、きょうぐらいは誰か恋人のひとりといっしょであって欲しいとあんたは思う。彼女には順番で彼女の相手をする若い男女の一団がいた。ほかのパートナーとタイムシェアしている者もいれば、イッカのストレス解消のためにときどき呼ばれるだけとわかっていてもべつに気にしない独身者もいる。イッカにはいまストレス解消が必要だ。カストリマは女長《おさ》の面倒を見てやらなければならない。

カストリマが、そしてあんたがやらなければならないこと、そんなことを考えていると、どこからともなくレルナがあらわれて、あんたの隣に腰をおろす。

「チータの命を絶たなければならなかった」と彼が静かにいう。チータはレナニス側のクロスボウで傷ついた三人の〈強力〉のひとりだ――皮肉なことに彼女も元はレナニスの住人だった。

ダネルといっしょにレナニス軍に徴兵されたのだ。「ほかの二人はたぶん助かるだろうが、チータは太矢が腹を貫通していた。このままではゆっくりと苦しみながら死んでいくことになっただろう。しかしここなら鎮痛剤が大量にある」彼は溜息をついてゴシゴシと目をこする。

「あなたは見たんですよね、あの針金椅子のなかの……ものを」

あんたはうなずき、躊躇《ちゅうちょ》し、そして彼の手を取る。彼はとくに情熱的というタイプではない。そうとわかってあんたはほっとしていたのだが、それでもときには態度で示してやる必要がある。彼はひとりではない、すべてが絶望的なわけではないということを思い出させてやるのだ。そのためにあんたはこういう――「わたしがうまく〈断層〉を閉じることができれば、ノード保守要員は必要なくなると思うわ」ほんとうにそうなるかどうか確信はないが、そうであって欲しいとあんたは願っている。

彼はあんたの手を軽く握る。彼があんたと接するときにけっして自分から動くことはないとわかったとき、あんたは思わずうっとりしたものだ。彼はあんたが動くのを待ち、あんたがその素振りにこめた力の強さ弱さにぴったり呼応する強さ弱さで反応してくれる。あんたの鋭く尖《とが》った一触即発の限界を尊重してくれる。長いつきあいなのに、あんたは彼がこれほど観察力のすぐれた人間とは知らなかった――が、気づいていて当然といえば当然なのだ。何年も前のことだが、彼はあんたを見ているだけであんたがオロジェンだと察していた。イノンもきっと彼を気に入ったにちがいない、とあんたは確信する。

と、まるであんたの思いが聞こえたかのようにレルナがあんたのほうを見る。その目には不安が浮かんでいる。

「あなたにいえないことがあって、それがずっと気になっているんです」と彼がいう。「というか、あなたはたぶん気にしないようにしていることがあって、それを指摘できずにいることがひっかかっていて」

「開会の辞としてはお粗末ね」

彼は少し微笑んで溜息を洩《も》らし、握っているあんたの手に目を落とす。微笑みが消えていく。すばらしいひとときが色褪《いろあ》せていく――あんたのなかで緊張が高まる。まるで彼らしくない。だが、ついに彼がささやく。「最後に生理があったのはいつですか？」

「最後って――」あんたは言葉に詰まる。

くそ。

く、そ。

あんたが黙っていると、レルナは溜息をついて壁に頭をもたせかける。

あんたは頭のなかでいいわけをひねりだそうとする。飢え。尋常でない体力の消耗。もう四十四歳――だろうと思うし。いま何月なのか思い出せない。カストリマが砂漠を無事、通り抜ける可能性より、こっちの可能性のほうが低い。しかし……これまでの人生では生理はつねにきっちりとしっかりとやってきていた。一定期間なかったのは三度だけ。大きな出来事に先立つ期間だけ。だからフルクラムはあんたを繁殖用に選んだのだ。中緯度地方人らしいりっぱな腰つきの、半人前ながらそこそこちゃんとしたオロジェニーの持ち主であるあんたを。

あんたはわかっていた。レルナのいうとおりだ。ある程度は、あんたも気づいていた。そして気づいていないふりをする道を選択した。なぜなら――。

レルナはあんたの隣で無言のまま、くつろいでいるコムの住人たちを眺めている。あんたが握った手は力が抜けたままだ。やがてとても静かに彼がいう。「わたしはあなたが一定の時間内にコアポイントでの仕事を終わらせなければならないんじゃないかと考えているんですが、それで合っていますか？」

ずいぶんと堅苦しい口調だ。あんたは溜息をつきながら目を閉じる。「ええ」

「すぐの話なんですか？」

ホアは近地点――〈月〉がもっとも近づくとき――は数日後だといっていた。そのあとは〈地球〉を通りすぎて速度を増し、スリングショット効果で遠くの星々のあいだだかどこだか、これまでいたところにもどっていってしまう。いまつかまえなければ、あんたがつかまえられるチャンスは二度とこない。

「ええ」とあんたはいう。あんたは疲れている。あんたは……傷ついている。「ほんとうにすぐよ」

あんたはこれまで彼とこの話をしたことはない。二人の関係を考えれば、しておくべきだったのかもしれない。だがあんたは話す必要があるとは思っていなかった。なんともいいようがなかったからだ。レルナがいう。「前にオベリスクをすべて使ったら、あなたの腕はそうなってしまった」

あんたは必要もないのに切り株のような腕を見やる。「ええ」彼がこの話をどこへ持っていきたいのかはわかっているから、あんたはあいだを飛ばして結論へ持っていくことにする。「あなたは、〈季節〉をどうするつもりだとわたしに聞いたわよね」

彼は溜息をつく。「あのときは腹が立っていたから」

「でも、まちがってはいなかった」

あんたの手に重ねた彼の手がほんのわずかピクッと動く。「それはやめてくれといっていたらどうしました？」

あんたは笑ったりしない。もし笑っていたら苦笑いになっていただろうし、それは彼にたいして失礼だ。その代わりにあんたは溜息をついて横になり、彼をしっこくつついておなじ姿勢をとらせる。彼のほうがあんたより少し背が低いから、あんたが大きいスプーンだ。こうすると当然、あんたの顔は彼の灰色の髪に埋まることになるが、彼もシャワーを浴びているから気にはならない。いい匂いがする。健康的な匂いが。

「あなたはそんなことはいわない」彼の頭皮に向かってあんたはいう。

「でも、もしいっていたら？」疲れがにじむ冷めた声だ。本気ではない。

あんたは彼のうなじにキスする。「『わかったわ』と答えて、それから三人になって、三人いっしょに灰肺《はいばい》で死ぬまでいっしょに暮らすでしょうね」

彼がまたあんたの手を取る。こんどはあんたがリードしたわけではないが、かまわないとあんたは思う。「約束ですよ」と彼がいう。

そして彼はあんたの答えを待たずに眠りに落ちてしまう。

§

四日後、あんたたちはレナニスに到着する。

いいニュースはもう降灰に悩まされずにすむこと。〈断層〉があまりにも近く、〈壁〉が軽い粒子をせっせと上へ運んでくれるので、もう二度と降灰の心配をする必要はないのだ。その代わり定期的に突風が吹くのだが、その突風に火山礫《れき》がまじっている――火山性物質の小さなかけらで、簡単に吸いこんでしまうほど小さくはないがまだ燃えている状態で降ってくる。ダネルの話ではレナニス人はそれを閃光雨《せんこうう》と呼んでいて、ほとんど無害だが、なにかの上に落ちてくすぶってしまう場合に備えて、要所要所に予備の水筒に水を入れて置いておく必要があるという。

しかし閃光雨より劇的な光景は、街の地平線上空で躍る稲妻だ。〈壁〉にこれだけ近いとそれはたいした見物だ。〈革新者〉たちは大興奮で、トンキーはしっかりした稲妻ならじつにさまざまな利用法が考えられるといっている。（そういったのがトンキーでなかったら、あんたはそいつを穴の開くほど見つめていたことだろう。）しかしどれも地面には落ちない――落ちるのは高い建物だけで、高い建物には以前の住人たちの手で例外なく避雷針が設置されている。だから害はない。慣れればいいだけだ。

レナニスはあんたが思っていたのとは少しちがっている。ああ、たしかに巨大な都市だ——いたるところで赤道地方様式が見てとれるし、水力発力《はつりょく》系統はまだ機能しているし、充分に濾過《ろか》された水がとどこおりなく流れているし、高い黒曜石《こくようせき》の壁にはこの都市の敵がどうなるかを描いた恐ろしげな図柄が一面に刻まれている。建物はユメネスのものほど美しくも印象的でもないがユメネスは赤道地方最大の都市だったし、レナニスはそれにはほど遠い存在だ。「たった五十万人だぞ」と、前の人生で誰かがせせら笑いながらいっていたのをあんたは覚えている。だがもうひとつ前の人生ではあんたは中緯度地方のつましい村の生まれだったから、ダマヤの名残の部分にとってはレナニスはいまだに目を奪われるりっぱな都市だ。

　かつては何十万人もが住んでいた都市にいまいるのはあんたたちだけだから千人にも満たない。イッカは全員に、都市の緑地のひとつ（ぜんぶで十六もある）のそばにある小規模な複合ビル群を接収しろと命じる。都市は〈断層生成〉で無傷ではすまなかったから、元の住人たちは構造強度がひと目でわかるよう強度を色で示すラベルを建物に貼っていた。緑色のXがついた建物は安全。黄色のXは損壊部分があり、とくにふたたび大きな揺れに見舞われると倒壊の危険あり。赤は見た目にも損壊があきらかで危険そうだが、人が住んでいた形跡がある。灰出《はいだ》されるよりはどんなところでも雨風をしのげるところにいたいと思ったのだろう。緑色のXの建物はたくさんあってカストリマの住人全員が入ってもまだまだ余裕があるので、各世帯、家具付きでしっかりした、水力エネルギーも地熱エネルギーも完備したアパートメントのなかから好きなのを選べる。

あたりには鶏の群れがいくつも走りまわり、山羊はそれ以上にたくさんいる。繁殖させていたのはまちがいない。しかし緑地の作物は全滅している。あんたがレナニスの息の根を止めてからカストリマがここにくるまでの何カ月間か、水も与えられず、手入れもされず、枯れてしまった。とはいえ貯蔵されている種にはタンポポをはじめタロのような赤道地方の主要産物など低光量にも耐えられる食用植物がいろいろ含まれている。一方、都市の貯蔵庫には貯蔵パンやチーズ、点々と脂が入ったスパイシーなソーセージ、穀類、果物、ハーブや葉物の油漬け、などなどがあふれている。鮮度の高いのは略奪軍が持ち帰ったものだろう。総量はカストリマがこの先、十年間、毎晩宴会を開いても食べきれないほどだ。すばらしい。だがいくつか罠がある。

ひとつめはレナニスの水処理設備はカストリマのものより複雑だということ。機械は自動で動いていていまだに故障してもいないが、もし故障したらどう動かせばいいのか誰にもわからないのだ。イッカは〈革新者〉に命じて、万が一、設備が壊れた場合に備えてメカニズムを解析するなり、代替システムを開発するなりしろと命じ、作業を開始させる。トンキーは大いに困惑して、「わたしは下水をきれいにする方法を学ぶために第七大学で六年も勉強したわけ？」と愚痴をこぼすが、それでも作業に取り組みはじめている。

二つめはカストリマは都市の壁を守ることができないという単純な事実だ。都市はとにかく巨大なのに、あんたたちの人数は圧倒的に少ない。いまのところは、よほど切羽詰まらないかぎり誰も北にこようとはしないという事実があるから安全だが、もし征服する気でくる者がいたら、コムと征服者とのあいだを隔てるのは壁だけだ。

この問題には解決法がない。さすがのオロジェンも、オロジェニーが危険なものになってしまうこの〈断層〉の影のなかでは軍事面でできることは限られてくる。レナニスの余剰人員で構成されていたダネルの軍隊は、いま中緯度地方の南東部で沸騰虫《ふっとうむし》の大集団の餌になっている――いや、あんたはべつにかれらにここにいて欲しいと思っているわけではない。いればあんたたちは侵入者として遇されることになるのだから。イッカは〈繁殖者〉たちに活動を人口補充水準レベルまで増やすよう指示するが、たとえ補助要員として健康なコムの住人をひとり残らず参加させたとしてもコムを確実に守れるだけの人数にするには何世代もかかる。できることといえば、とりあえず都市の、いまコムの住人がいる部分だけでも全力で守ること、それしかない。

「そしてもしべつの軍隊がきたら」とイッカがつぶやくのをあんたは耳にする。「招き入れてひとりひとりに部屋を与える。それで手打ちだ」

三つめの、そして論理的にとはいわないまでも経験的に最大の罠がこれだ――カストリマは征服した相手の屍《しかばね》に囲まれて生きていかねばならない。

そこらじゅうに彫像がある。アパートメントのキッチンに立って皿を洗っている彫像。ベッドに横たわった彫像。ベッドは石の重みでたわんだり、壊れたりしている。見張りの任務を交代するために壁の上にのぼる階段を歩いている彫像。共同調理場で椅子にすわってとっくの昔に干からびてしまったお茶をすすっている彫像。みんなそれなりに美しい。ぼうぼうの紫水晶の長い髪、なめらかな碧玉《へきぎょく》の肌、トルマリンやトルコ石、ガーネット、黄水晶の衣服。かれらの表情は微笑んでいたり、目をぐるりと回している途中だったり、退屈そうにあくびをしていたり——〈オベリスクの門〉のパワーの衝撃波が慈悲深くかれらを素早く変容させたからだ。かれらには恐怖を感じる暇すらなかった。

最初の日はみんな彫像のそばにくるとじりじりと進み、すわるときは彫像の視線を避けてすわるようにしている。そうしないと……失礼な気がするからだ。とはいえ。カストリマはこの人々がはじめた戦争に勝ち、さらにその戦争の難民として生き抜く戦いにも打ち勝った。この真実を罪悪感で曇らせてしまうのはカストリマの死者にたいして失礼ということにもなるだろう。だから一日、二日たつと、みんな彫像を……ただ受け入れるようになる。実際のところ、ほかにどうしようもないのだ。

しかしあんたはなにかがひっかかったままだ。

ある晩のこと、あんたはふと気づくと外をうろついている。複合ビル群からそう遠くないところに黄色のXがついた建物がある。正面につる草や花のモチーフが刻まれ、一部は剝がれかけているものの金箔《きんぱく》までほどこされた美しい建物だ。あんたが動くと金箔が光を受けてキラキラと輝き、反射の角度が変わると建物全体が生きた、動く植物に覆われているような錯覚を覚える。この建物はレナニスの大半の建物より古い。なぜかはわからないが、あんたはこの建物が気に入っている。あんたは屋上へ向かう。途中は彫像が住むごくふつうのアパートメントだ。屋上に出る鍵つきのドアは開けっぱなしになっている——たぶん〈断層生成〉が起きたとき、誰かが屋上に出ていたのだろう。あんたはもちろん避雷針がちゃんと立っていることを確認してからドアをくぐる――この建物は都市のなかでも高いほう、といってもたったの六、七階程度だ。（たったの、とサイアナイトはせせら笑う。たったの？　とダマヤは驚く。ええ、たったの、とあんたはぴしりといい、二人を黙らせる。）屋上にあるのは避雷針だけではない。空っぽの貯水塔もあるから、その金属の表面に寄りかかったり避雷針の間近にいたりしないかぎり、死ぬことはないだろう。たぶん。

そしてここで、まるでこの建物の花柄モチーフが完成したての頃からそうしているかのように北のほうを向いて〈断層〉の雲の壁を眺めながらあんたを待っているのは、ホアだ。

「ここの彫像の数、本来あるべき数より少ないわ」そういいながらあんたはホアの隣で足を止める。

あんたはホアの視線を追わずにはいられない。ここからでもまだ〈断層〉そのものは見えない――どうやらこの都市と怪物とのあいだには死んだ多雨林といくつかの起伏の多い山脈が横たわっているようだ。それでも〈壁〉の脅威は凄《すさ》まじい。

実際に存在する恐怖のほうが、そうでないものより直面しやすいのかもしれないが、あんたはここの人々にたいして〈オベリスクの門〉を使い、細胞間の魔法をねじって細胞の微細な構成物質を炭素から珪酸塩《けいさんえん》に変換してしまったことを思い出している。ダネルはレナニスは人が多くて混み合っているといっていた――生き残るためにほかのコムを征服する軍隊を送りださねばならないほどだったのだ。しかしいま、都市には彫像があふれているというほどではない。

が、以前はそうだったというしるしは見てとれる――熱心に話し合っているようすの彫像があるのに相手がいないとか、六人用の食卓に二人しかいないとか。緑色のXが貼られたかなり大きい建物の一室には全裸の彫像が一体だけベッドに横たわっていた。口を開け、ペニスは永遠に固くなったまま、腰を高く突きあげ、両手はまさに誰かの足首を握った位置にある。だが、男はひとりきりだ。おぞましい病的な冗談としか思えない。

「わが同類は好機と見れば食べまくるのでね」とホアがいう。

ああ、まさに聞かされるのではないかとあんたが恐れていた言葉だ。

「相当お腹をすかせていたようね。ここには大勢の人がいたのに、そのほとんどが消えているようだから」

「われわれも、あとあとのために余剰資源はとっておくんだよ、エッスン」

あんたは残された片手でゴシゴシ顔をこすり、どこかにある石喰いたちの巨大な食料庫に色とりどりに輝く彫像がみっしり詰めこまれている光景を想像しないようにするが、うまくいかない。「邪悪な地球。だったらどうしてわたしにかかずらっているの？　わたしはかれらみたいに――お手軽に食べられるわけじゃないのに」

「わが同類でも弱小なやつらは自分を強化する必要があるんだ。わたしは必要ない」ホアの声がほんのわずか変化している。あんたはもうホアのことはよくわかっている――いまの声には侮蔑がにじんでいた。彼は誇り高き生きものだ（彼自身もそう認めるだろう）。「やつらはできがお粗末で弱くて、獣とそう変わらない。われわれは若い頃はとても孤独で、自分がなにをしているのかまったくわかっていない。飢えたやつらはわれわれの不器用さのあらわれだ」あんたは動揺する。そんなことは知りたくなかったからだ……が、あんたはもう何年も前から臆病者ではなくなっている。だからあんたは肚を決めて彼のほうを向き、こういう。「あなたはいまもう一体つくろうとしているのよね。そうでしょう？　この――このわたしから。もしこれがあなたにとって食べものの問題ではないというのなら……再生の問題ということになる」もしそれが人間の石化による死に依存しているのだとしたら、恐るべき再生だ。そしてそこには単に人を石に変えるという以上のものがあるにちがいない。あんたは道の家でのカークーサのこと、ジージャのこと、そしてカストリマであんたが殺した女のことを思い出す。あんたはどう彼女を倒したか考える。ユーチェ殺害を思い起こしたくないばかりに、その女は罪を犯したわけでもないのに、あんたは魔法で女を仕留めた。しかしアラバスターは、最終的には、あの女とおなじ姿ではなかった。彼女はきらきら輝く色とりどりの貴石の集まりだった。彼は醜い茶色い岩塊だった――といってもその茶色い石は繊細に精密に、注意深くつくられていたが、それにひきかえ女のほうは美しいのは表面だけでその下は無秩序な混乱状態だった。

ホアはあんたの問いかけにたいして沈黙を通している。その沈黙が彼の答えだ。そしてあんたはやっと思い出す。あんたが〈オベリスクの門〉を閉じた直後、魔法で傷ついてよろよろと眠りに落ちていく前のアンチモンのことだ。彼女の横にもうひとり石喰いがいた。妙に真っ白で、なにか胸騒ぎを覚えるような親密さがあった。ああ、邪悪な地球、知りたくない、が――「アンチモンはあれを使った……」あまりにも小さな茶色い岩塊。「アラバスターを使ったのね。

彼を原料にして——ああ、錆び、石喰いをつくった。彼にそっくりの石喰いを」あんたはアンチモンへの憎しみを再燃させる。

「彼は自分でその形にすることを選んだ。われわれはみんなそうだ」

この言葉であんたの怒りの悪循環は断ち切られる。あんたの胃がキュッと縮まる。こんどは嫌悪感からではない。「それは——じゃあ——」あんたは深呼吸しなければならない。「じゃあ、それは彼なの？　アラバスター。彼は……彼は……」あんたは肝心の言葉を口に出すことができない。

さっと、ホアがあんたの顔を見る。表情には憐《あわ》れみがにじんでいるが、なぜか警告しているようでもある。「エッスン、格子はつねに正確にかたちづくられるとはかぎらない」と彼がいう。口調は穏やかだ。「たとえ正確につくられたとしても、かならず……データのロスは生じる」

これがなにを意味するのかまったくわからないのに、あんたは震えている。なぜだ？　あんたはわかっている。あんたの声が大きくなる。「ホア、もしそれがアラバスターなら、もし彼と話せるのなら——」

「だめだ」

「どうして錆び、だめなの？」

「まず、それは彼の選択にゆだねなければならないからだ」こんどは厳しい声になっている。叱責だ。あんたは思わずたじろぐ。「もっと大事なのは、ほかの生まれたての生きものとおなじで、われわれも最初はもろいということだ。われわれは、われわれという存在は何世紀もかかるんだ……冷えて落ち着くのに。たとえどんなささいな圧力でも――たとえばあんたが彼を、彼の望みどおりにではなく、あんたの望みどおりの存在になるようにもとめるとか――そういうことでも彼の人格の最終形にダメージを与えることになる」

あんたは一歩あとずさる。そしてそのことに驚く。自分が彼のまえにしゃしゃりでていたことにはじめて気がついたからだ。あんたはがっくりと肩を落とす。アラバスターは生きている、が、生きてはいない。石喰いのアラバスターはあんたが知っている血肉のある男と多少なりとも似ているのだろうか？　完全に変容してしまったいま、そんなことに意味があるのだろうか？

「つまりわたしは彼をまた失ってしまったということね」とあんたはつぶやく。

ホアは最初まったく動かないかに見えるが、あんたの横でさっと風が吹いたと思うと、硬い手があんたのやわらかい手の甲をそっとつつく。「彼は永遠に生きる」とホアがいう。彼の虚《うつ》ろな声ではこれ以上やさしくなれないというほどやさしい響きだ。「〈地球〉が存在するかぎり、彼であったもののなにがしかも存在しつづける。あんたの場合はまだ失われる危険性がある」

彼は少し間を置く。「しかし、もしあんたがわれわれがはじめたことを途中でやめるといったとしても、それはそれで理解できる」

あんたは彼を見あげる。たぶん二度めか三度めでしかないが、あんたは彼が理解できたような気になる。彼はあんたが妊娠していることを知っている。あんた自身が知るより先に知っていたのかもしれないが、それが彼にとってどんな意味を持つのかあんたには見当もつかない。

彼はあんたのアラバスターにたいする思いの下になにが横たわっているのかもわかっていて、こういっている……あんたはひとりではない、と。あんたにはなにもないわけではない、と。あんたにはホアが、イッカが、トンキーが、もしかしたらフジャルカも含めて、あんたが怪物のようなロガだと知ったうえであんたを受け入れてくれている友だちがいる、と。それにレルナもいる——静かに要求してくる情け容赦ないレルナ、けっしてあきらめず、あんたのいいわけを許さず、愛があれば痛みを阻めるというふりをしないレルナ。彼は美しくなるであろう子どもの父親だ。これまであんたが産んだ子どもたちはみんな美しかった。美しくて、力強かった。あんたは悔恨の念に抗して目を閉じる。

だがそのとたん、都市の音が耳に入ってくる。あんたは風に乗って流れてきた笑い声に驚く。地上から届くほど大きな笑い声。共同焚《た》き火のひとつからあがっているのだろう。その声を聞いてあんたは、あんたが望むならあんたにはカストリマもあることを思い出す。信じられないことだが、いまだにいっしょにいる不愉快な連中の集まりであるこの奇妙なコム。あんたはこのコムのために戦い、コムは不承不承とはいえそれに応えてあんたのために戦った。あんたの口の端《は》が自然とあがって微笑みになる。

「いいえ」とあんたはいう。「必要なことはやり抜くわ」

ホアはあんたをじっと見つめる。「本気のようだな」

もちろんあんたは本気だ。なにひとつ変わっていない。世界は壊れていて、あんたはそれを直すことができる——アラバスターもレルナもそうしろとあんたにもとめた。カストリマもさらなる理由だ。それにいつまでも臆病風に吹かれていてはいけない。もうナッスンを捜しにいくべきときだ。たとえ彼女があんたを憎んでいようと。たとえあんたが彼女をたったひとり過酷な世界に置き去りにしたのであろうと。たとえあんたが世界一ひどい母親であろうと……あんたはあんたなりに最善を尽くしたのだ。

もしかしたらこれはあんたがほかのなによりもわが子のひとりを——生き残れる確率がいちばん高い子を——優先するということを意味しているのかもしれない。しかし時の夜明け以来、あらゆる母親はそうせざるをえなかった——みんなよりよき未来を願って、現在を犠牲にしてきたのだ。もし今回の犠牲がまれに見る過酷なものだったとしても……。かまわない。それならそれでいい。けっきょくのところこれは母親の仕事でもあるのだし、あんたは錆び十指輪だ。あんたはしっかりやってのけるつもりでいる。

「で、わたしたちはなにを待っているわけ?」とあんたはたずねる。

「あんたを」とホアが答える。

「そう。時間はあとどれくらいあるの?」

「あと二日で近地点《きんちてん》だ。コアポイントへは一日で連れていける」

「わかったわ」あんたは深々と息を吸いこむ。「みんなにさよならぐらいいわないとね」

静かに、完璧なさりげなさでホアがいう。「ほかの者たちもいっしょに連れていける」

なんと。

あんたはそれを望んでいる、そうだろう? 最後はひとりでいたくない。うしろにはレルナの静かなる強情な存在があって欲しい。トンキーはもし置いていかれたら、コアポイントを見る機会を奪われたといって烈火のごとく怒るだろう。トンキーだけ連れていけばフジャルカは激怒するにちがいない。ダネルは赤道地方の伝承学者だったというから、きっと世界の変容を記録に留めたいと思うだろう。

しかしイッカは――。

「だめ」あんたは冷静になって溜息をつく。「また利己的になりかけている。カストリマにはイッカが必要だわ。かれらはもう充分に苦労してきたんだから、これ以上は」

ホアはただあんたを見ている。石の顔で錆びどうやってこれほど感情を伝えることができるのか？　たとえその感情があんたの自己犠牲的なたわごとにたいする乾いた懐疑心だとしても。あんたは笑い声をあげる――一度だけ、錆びついた笑い声を。久しぶりのことだ。

「思うんだが」ホアがゆっくりという。「誰かを愛するなら、相手があんたにどんな愛を返してくるか選んだりしてはいけない」

この言葉の地層にはじつに多くの層が含まれている。

ならば、いい。わかった。これはあんただけの問題ではない。最初からずっとそうだった。〈季節〉になるとすべてが変わる――そしてあんたのなかに孤独で復讐心《ふくしゅうしん》に燃える女の物語はもうたくさんという気持ちが生まれつつある。帰る家を見つけてやるべき相手はナッスンひとりではないのかもしれない。そしてたとえあんたといえども、ひとりで世界を変えようとするべきではないのかもしれない。

「じゃあ、みんなに聞いてみるわ」とあんたはいう。「それからあの子のところへいきましょう」

§

イェーター〈革新者〉ディバースへ
アルマ〈革新者〉ディバースより

あなたへの資金提供が打ち切られたことをあなたに知らせるよう依頼されました。極力、費用のかからない方法でただちに大学にもどるようにとのことです。

あなたのことはよくわかっているので、旧友よ、ひとことといわせてください。あなたは論理に信を置いている。尊敬すべき同僚たちは偏見や政治とは無縁で、厳正なる真実と向き合っていると思っている。だからあなたはどれほどたくさん修士号を取ろうと資金配分委員会から一マイルの範囲には入れないのよ。わたしたちの資金の出所は古サンゼ。全大学が所有しているものより古い書籍がかれらのコレクションにはある。それほど古くからつづく家系です――そしてかれらはわたしたちがそのコレクションに触れることをけっして許さない。イェーター、かれら一族はどうやってこれほど長いこと生き残ってきたのだと思う？　なぜサンゼはこれほど長いこと生き残ってきたのだと思う？　石伝承のおかげではないわ。

そういう人たちにロガを英雄にするような研究事業に資金提供して欲しいなんていえるわけがないのよ！　絶対に無理です。そんなことをしたらかれらは卒倒してしまう。そして気がついたら、あなたを始末させるにちがいない。これまでかれらの暮らしや先祖の遺産にとって脅威になるものがあればかならずそうしてきたように、かれらはあなたを破滅させる。あなたがそんなことをしているつもりがないことはわかっています。でも、そうなの。

それでも足りないというなら、あなたでも納得のいく論理的な事実があります——守護者たちから問い合わせがきはじめているの。理由はわかりません。あの怪物どもの行動の理由など誰にもわからない。でもたとえあなたに嫌われることになろうと委員会で多数派に賛成票を投じることにしたのは、それがあったからです。旧友のあなたには生きていて欲しい。黒曜石の短剣を胸に突き立てられて裏路地で死ぬようなことになって欲しくないのです。ごめんなさい。

無事、帰還できますように。

12　ナッスン、ひとりではない

コアポイントは静まり返っている。

ナッスンは惑星の反対側から乗ってきた車物《しゃぶつ》が目的のステーションに着いたときからそのことに気づいている。このステーションがあるのは、コアポイントの中心にある巨大な穴をぐるりと囲む奇妙な傾斜した建物群のひとつだ。彼女は大声で助けをもとめる。誰か、と叫び、泣き、開いた車物のドアからシャファを引きずりだす。シャファはぐったりしていてまったく反応しない。その身体を引きずって静まり返った廊下を、静まり返った道路を進む。彼は大きくて重いので、彼女はその重量を引きずるのになんとか魔法を使えないものかといろいろ試してみる——が、うまくいかない。魔法はこういう大雑把《おおざっぱ》で局所的なことに使うためのものではないし、いまは彼女の集中力も弱くなっている。彼女は建物群から一街区かそこらいったあたりで疲れ果てて倒れてしまう。

§

某錆《さ》び年、某錆び日。

これらの本、発見。白紙だ。といっても紙製ではない。もっと分厚い。簡単には曲がらない。たぶんいいものなのだろう。そうでなければとっくに塵《ちり》になっている。わたしの言葉を永遠に残せるぞ！　ハッ！　わが錆び正気より長く。

なにを書けばいいのかわからない。イノンなら笑って、セックスのことを書けというだろう。そうだな、では——きょう、わたしはAに引っ張られてここへきて以来はじめて自慰にふけった。真っ最中に彼のことを思い浮かべたが、いけなかった。年のせいなのか？　サイアンならそういいそうだ。まだ彼女をへとへとにできると知ったら、彼女は怒り狂うだろう。

イノンがどんな匂いだったか忘れかけている。ここではなにもかも海の匂いがするが、ミオヴの海の匂いとはちがう。べつの海なのか？　イノンはあそこの海の匂いがした。潮風が吹くたびに、彼を少しずつ失っていく。

コアポイント。大嫌いだ。

§

コアポイントは正確には廃墟《はいきょ》ではない。荒廃してはいないし、誰も住んでいないわけではないのだ。

どこまでもひろがる広大な海の上にあるこの都市は建物が集まってできている異形《いぎょう》の存在だ

——建物は、最近失われてしまったユメネスやもっとずっと昔に失われてしまったシル・アナジストのものとくらべると、それほど高くはない。しかしコアポイントは過去、現在のさまざまな文化とくらべても唯一無二の存在だ。コアポイントの建造物は、世界のこちら側を支配しているハリケーン並みの潮風にしばしば襲われてもなんの影響も受けない錆び知らずの金属と奇妙なポリマーなどでできている。遙《はる》か昔につくられた公園には、コアポイントの建造者たちが好んだ美しい、遺伝子操作された温室育ちの植物はほとんど生えていない。コアポイントの木々は——もともとコアポイントに生えていた木の交雑種や野生種の子孫だが、その木々は——巨大な木本《もくほん》植物で、風の力で芸術的な形にねじ曲がっている。みんな遠い昔にきちんと並んでいたはずの苗床や容器から脱出して、いまは圧縮ファイバーの歩道の上でうねっている。シル・アナジストの建造物とはちがって、ここのものは風の抵抗を最小にするため鋭角の部分が多い。

だが、この都市には目に見えている以上のものがある。

コアポイントは海面下の巨大な盾状《たてじよう》火山の頂上にあって、その中心に開けられた穴の上から数マイルほどは、火山をくりぬいてつくられた住居区画、研究所、工場などの複合施設が内壁に並んでいる。この地下施設は最初はコアポイントの大地魔法学者や遺伝子技学者用につくられたものだったが、まったくちがう目的に転用されて久しい——じつは、コアポイントのもうひとつの顔はワラント、〈季節〉と〈季節〉のあいだに守護者がつくられ、住まうワラントなのだ。

このことについてはまたあとで話そう。

コアポイントの地表は午後も遅い時間で、はっとするほど輝かしい青空にはまばらに雲が浮かんでいる。〈スティルネス大陸ではじまった〈季節〉がこちら側の半球の気候に深刻な影響をおよぼすことはめったになく、影響が出るとしても少なくとも数カ月あるいは数年後のことになる。〉通りで奮闘しすすり泣くナッスンのまわりには、快晴の日にふさわしく大勢、人がいるが、誰も助けにきてくれない。ほとんどはまったく動いていない——かれらは石喰《いしく》いだからだ。紅水晶のくちびる、キラキラ光る雲母《うんも》の目、黄鉄鉱《おうてっこう》や透明水晶の編みこみの髪。かれらは何万年も人間の足が触れていない階段に立っている。石や金属の窓台に腰かけている。その窓台は何十年も加わったままの信じられないほどの重量の圧に耐えかねて変形しはじめている。ある者は地面に腰をおろして木に寄りかかり、両膝を立てて腕を膝にのせ、交差させている。その女のまわりには根が盛りあがり、女の上腕と髪には苔《こけ》が生えている。女は目だけ動かしてナッスンを見ているが、その目には好奇心らしきものがうかがえる。

かれらはみんな、なにもせず、ただこのちょこまか動く騒がしい人間の子どもを眺めている。その子は潮風に向かってすすり泣き、疲れ果て、やがてその手をシャファのシャツにからめたまま、その場にうずくまってしまう。

§

同（？）年、べつの日。

イノンとコランダムのことは書かない。もう触れないことにする。

サイアン。彼女はまだ感じることができる——地覚《ちかく》するのではなく、感じる。ここにはオベリスクがある。スピネルだと思う。接触、接続すると、スピネルに接続されているものすべてを感じられる気がする。アメシストはサイアンのあとを追っている。彼女は知っているのかどうか。

アンチモンはサイアンは本土にたどりついて~~きめよ~~さまよっているという。だからわたしもさまよっているような気がするのだろうか？　残ったのは彼女だけだが、彼女は殺——くそっ。

ここはおかしなところだ。アンニモンのいったとおりなのか？　制御台なしで〈オベリスクの門〉の引き金を引けるところなのか？　（オニキス。パワーありすぎる、リスクとれない、整列の引き金を引くのが早すぎることになる、二度めの軌道変更は誰がやる？）だが、あれをつくった錆び野郎どもはなにもかもいまいましい穴に詰めこんだ。Aが少し話してくれた。とんでもないプロジェクトだ。しかし見ないほうがいい。この錆び都市全体が犯罪現場だ。ラッパ吹いて歩きまわって海底に巨大なパイプが走っていることがわかる。~~巨~~**巨大**なやつ、なにかを穴を通して大陸に送りこむためのもの。アニモンがいう、魔法がほんとうにそんなに必要だったの？？？？？？　〈門〉以上だわ！

きょう、チニモンに穴のなかへ連れていってくれとたのんだら、だめだといわれた。穴のなかになにがあるんだ、うん？　穴のなかになにがある。

日暮れ近くになって、ひとりの石喰いがあらわれる。優雅な装いの色彩豊かな石喰いたちのなかにあっても、灰色一色、上半身裸の姿はかなり目立つ――スティールだ。彼はナッスンを見おろしたまま数分間、黙って立っている。彼女が視線をあげて自分に気づくのを待っているのだろうが、彼女はまったく気づかない。やがて彼がいう。「海の風は夜になると冷たいぞ」

静寂。シャファのシャツをつかんでいるナッスンの手がこわばり、ゆるむ。痙攣《けいれん》しているわけではないようだ。ただ、彼女は疲れている。〈地球〉の中心部からずっとシャファをかかえたままだったのだから。

§

太陽がじりじりと水平線に近づいていく。しばらくしてスティールがいう。「二ブロック先の建物のなかにちゃんと住めるアパートメントがある。そこに貯蔵されている食糧はまだ食べられるはずだ」

ナッスンがいう。「どこなの？」彼女の声は嗄《しわが》れている。水が必要だ。彼女の水筒にもシャファの水筒にも水が入っているが、彼女はまだどちらも開けていなかった。

スティールが姿勢を変えて指さす。ナッスンは顔をあげて指の先をたどり、道路に目をやる。不自然なほどまっすぐで水平線までずっと舗装されているようだ。ナッスンは疲れを押して立ちあがり、シャファのシャツをつかみ直すと、ふたたび彼を引きずって歩きだす。

穴のなかには誰がいる、けっきょくなにがある、どこへ通じている、わたしはこれまでなのか？

§

石喰いたちはきょうはいい食べものを持ってきた。わたしがあまり食べていないからだ。世界の反対川から持ってきた特別な、しーーんせんな食べもの。種を乾燥させて植えよう。Aに投げつけたトマトを忘れずにきれーーに平らげること。

本に書かれている言語はどうやらサンゼ基語のようだ。文字が似ている？　それより前か？　いくつかわかりそうな単語もある。一部は旧エターピック、一部はフラッダク、レグウァ前王朝も少し。シナシュがここにいてくれたらなあ。永遠より古い本にわたしが足をのせているのを見たら、悲鳴をあげるだろうな。ちょっとからかうと、いつも見事に反応してくれた。彼に会いたい。

みんなに会いたい、あの錆びフルクラムの連中にも（！）みんなの錆び口から出てくる声が聞きたい。サイアナイトならわたしに食べさせることができただろうな、しゃべる岩とはちがって。サイアナイトは、こんなどうでもいい世界を直せるかどうかとは関係なく、わたしを気にかけてくれた。サイアナイトはわたしといっしょにここにいるべきなんだ、彼女がここにいてくれるならなんでもさしだすいや、彼女はわたしのことも〈ノ〉ミオヴのことも忘れるべきだ。いっしょに眠りたいと思う退屈な馬鹿野郎を見つけるべきだ。退屈な人生を送るべきだ。彼女はそれに値する人だ。

§

夜の帳《とばり》がおりる前に、ナッスンはその建物にたどりつく。スティールは位置を変えてその奇妙な左右非対称の建物のまえに出現する。それはくさび形の建物で、先端が風上に面している。傾斜のついた屋上の風下側には育ちすぎてねじ曲がった草がふぞろいに生えている。屋上には大量の土がある。何世紀もかかって風が運んできただけとは考えられないほどの量だ。植物も、育ちすぎているとはいえ、植えられたもののようだ。しかもナッスンはごちゃごちゃの植生のなかに誰かがわざわざつくった庭があるのに気づく。最近つくられたものだ――植えられた植物はやはり育ちすぎているが、土に落ちた果実や手入れされずに枝分かれしたつる植物からは新芽がのびている。雑草がそれほどのびていないこと、植生の列がまだ崩れていないことを考えると、この庭は一、二年前まで誰かが手入れしていたのにちがいない。〈季節〉がはじまって、そろそろ二年になる。

しばしのち。建物のドアはナッスンが近づくと自動的に左右にスライドして開く。そして彼女がシャファを充分奥まで引きずりこむと自動で閉じる。スティールもなかに移動して上を指さす。ナッスンはシャファを引きずって階段のところまでいくが、そこで震えながら彼の隣に倒れこんでしまう。疲れ果てていて、考えることも先に進むこともできない。シャファの胸を枕にしながら、彼の心臓はまだ力強く脈打っている、と彼女は考えている。目を閉じれば、彼が彼女を抱きかかえている姿が浮かんでくる。けっしてその逆ではない。爪の先ほどの慰めでしかないが、それでも夢のない眠りに落ちるには充分だ。

§

世界の反対側には

穴の反対側の出口がある。

そうだろう●

§

朝になり、ナッスンはシャファを引きずって階段をあがる。ありがたいことにアパートメントは二階にある——階段をのぼるとドアが開き、そこからすぐに部屋になっている。なかにあるものは彼女にとっては見知らぬものばかりだが、使い道はわかる。カウチがある。ただ背もたれがうしろではなく座面の片端にだけついている。椅子もあるが、斜めになった大きなテーブルと融合している。絵を描くためのものかもしれない。つづき部屋にあるベッドはいちばん見慣れない形をしている——大きな幅の広い半球体でシーツも枕もない。だがナッスンがおずおずと横になると、ベッドは身体に合わせて驚くほど快適な形になっていく。そして温かい——寒い階段の下で寝ていたときの痛みが消えるまで、彼女の下でせっせと彼女を温めていてくれる。彼女はわれ知らず魅了されてベッドを探り、それが魔法に満ちていること、そして自分も魔法にすっぽり覆われていることに気づいて衝撃を受ける。銀の糸が彼女の身体の上を動きまわり、彼女の神経に触れて不快かどうか判断し、打ち傷やすり傷を治していく。ほかの糸はベッドの微粒子を鞭打《むちう》ってその摩擦でベッドを温めている。さらにほかの糸は彼女の肌を探って微細な乾いた皮膚片や乾いた塵をこすりとっていく。彼女が自分で銀を使って傷を治したりものを切ったりするのとおなじだが、なぜかこれは自動でやってのけている。魔法を使えるベッドなどいったい誰がつくったのか、彼女には想像もつかない。どういうことなのかさっぱりわからない。誰がどうこの銀たちにいいきかせてこんなすばらしいことをさせているのか見当もつかないが、これは実際に起きていることだ。オベリスクをつくった人々が毛布をかけたり風呂に入ったりする代わりや傷や病気を治すのに銀を使っていたとしたら、大量の銀を必要としていたとしてもふしぎはない。

ナッスンはシャファが失禁していたことに気づく。服を脱がせて浴室で見つけた伸縮する布で洗ってやるのには恥じらいもあったが、汚れたままほうっておくほうがよほど恥ずかしい。彼がまた目を開けたが、彼女が汚れをふいてやっているあいだもまったく動かない。彼の目は昼間は開いていて、夜になると閉じるのだが、いくらナッスンが話しかけても（起きてと訴えても、力を貸してとたのんでも、彼が必要なのだといっても）反応しない。

彼女は彼をベッドに寝かせて、むきだしの尻の下に分厚い布を敷いておく。そして水筒の水をほんの少しずつ口に入れてやり、二つの水筒が空になるとキッチンにある奇妙な水ポンプから水を入れようと慎重に試みる。レバーもハンドルもないが、蛇口の下に水筒を持っていくと水が出てくる。ナッスンはまめな子だ。まず避難袋から粉末を出してその水で茶碗《ちゃわん》一杯分の安全をつくり、汚染物質が入っていないかどうか調べる。安全は溶けるが白く濁ったままなので、ナッスンは自分でそれを飲み、水をシャファのところへ持っていく。シャファは待ちかねていたようにゴクゴクと飲む。喉が渇いているということだろう。水に浸した干しぶどうを口に入れてみると、ちゃんと嚙《か》んで飲みこむ。あまり勢いはなく、ゆっくりとだが。彼女はこれまで彼の面倒をちゃんと見てきたとはいいがたい。

これからはもっとちゃんとやる、と彼女は決意し二人分の食料を収穫しようと庭に出ていく。

§

サイアナイトが日付を教えてくれた。六年。六年もたってしまったのか？　彼女があれほど怒っていたのも無理はない。あまりにも長すぎたから穴に飛びこめといわれた。彼女はもうわたしに会いたいと思っていない。まさに鋼の心。彼女には、すまないと詫《わ》びた。わたしのあやまちだ、なにもかも。

わたしのあやまち。わたしの〈月〉。きょう、スペアキーを回した。（視線、力線、三×三×三？　よくできた小さな結晶格子のような立方体の配列。）鍵《キー》で〈門〉を解錠する。しかし、あまりたくさんのオベリスクをユメネスに持っていくのは危険だ――そこらじゅうに守護者がいる。あっというまに捕えられてしまうだろう。オロジェンでスペアキーをつくるほうがいいが、誰が使える？　充分な力があるのは誰だ？　サイアンはだめだ。いいところまできているが、適任ではない。イノンはだめだ。コランダムならそれだけの力はあるが、見つけられない。どちらにしろ、まだ赤ん坊だし、やはりだめだ。赤ん坊。たくさんの赤ん坊。ノード保守要員は？　ノード保守要員だ！

いや。かれらはもう充分に苦しんできた。代わりにフルクラムの上級者を使おう。

それともノード保守要員か。

どうしてここでやらなければいけないんだ？　穴を塞げ。あそこでやれ、たとえ……。ユメネスを仕留めろ。フルクラムを仕留めろ。守護者どもを仕留めろ。おい、がみがみいうのはよせ。イノンのところへいって、してくれとでもいうんだな。きみはいつもセックスできないと怒りっぽくなる。わたしは明日、穴に飛びこむ。

§

もう毎日のルーティンになっている。

午前中はシャファの面倒を見て、午後は外に出てあちこちうろつき、必要なものを手に入れる。もうシャファの身体を洗ってやったり、排泄物《はいせつぶつ》の始末をする必要はない——驚いたことにベッドがそれもやってくれるのだ。だからナッスンはあいた時間、シャファに話しかけ、起きてとたのみ、どうしたらいいのかわからないと訴えている。

スティールはまた姿を消してしまうが、彼女は気にしていない。

しかし、ときどきほかの石喰いが姿を見せたりする。その存在の圧力を感じることもある。彼女はカウチで寝ているが、ある日、目を覚ますと毛布がかかっている。灰色のなんということはない毛布だが暖かくてありがたかった。避難袋のなかのロウソクが少なくなってきたのでソーセージを崩して脂を取りだし、獣脂をつくろうとしていると、階段のところに石喰いがいて、指を曲げて招くようなポーズをとっている。彼女がついていくと奇妙な記号がたくさんついたパネルのまえで立ち止まる。石喰いがひとつの記号を指さす。ナッスンがそれに触れるとその記号が銀で生き生きと輝き金色に光って糸を送りだす。糸は彼女の肌の上でなにか探るように動いている。石喰いはナッスンにはわからない言語でなにかいって消えてしまうが、彼女が部屋にもどると部屋が暖かくなっていて、頭上にやわらかな白い光が灯《とも》っている。壁の四角いものに触れると、明かりが消える。

ある日の午後、彼女が部屋に入っていくとひとりの石喰いがうずくまっていて、そのそばにどこかのコムの貯蔵庫のものとおぼしきものが山積みになっている——根菜やきのこや乾燥果物が詰めこまれた布製の袋、大きな円形の匂いの強い白いチーズ、ペミカン（干し肉や乾燥果物を動物性脂肪で密閉凝固させた保存食）が詰まった革袋、乾燥米と乾燥豆が入った肩掛けかばん、そして——貴重な——塩が入った小さな樽がひとつ。ナッスンがその荷物の山に近づいていくと石喰いは消えてしまったので、礼をいうこともできない。彼女は荷物ひとつひとつの灰を吹き飛ばして片付けていく。ナッスンは、アパートメントも庭とおなじで最近まで使われていたのではないかと思うようになっている。あちこちにほかの人間の暮らしの破片がある——たんすのなかの彼女にはあまりにも大きすぎるズボン、その横の男物の下着。（ある日、それがナッスンにぴったりの大きさのものに置き換えられる。またべつの石喰いがやったのか？　あるいはアパートメントの魔法が、彼女が思うより遥かに洗練されているのかもしれない。）ある部屋に積んである本の多くはコアポイントのものだ——彼女は独特な清潔感のあるどこかしら人工的なコアポイントのものを見分けられるようになってきている。だが数冊はよく見慣れたひび割れた革の装丁で、頁《ページ》はまだ薬品と手書きのインクの匂いがする。何冊かは彼女の知らない言語で書かれている。海岸地方語のものもある。

しかし一冊だけ、コアポイントの素材でつくられているのに白紙の頁にサンゼ基語で手書きされたものがある。ナッスンはこの本を開き、腰をおろして読みはじめる。

§

入った

にいてくれたらどんなにいいか、たのむ、やめてくれ

中を見守っていてくれ、わたしはきみの背中を見守る、きみほど強い者はいない、きみがここ

たのむ、サイアン、やめてくれ、愛している、すまない、わたしを守ってくれ、わたしの背

葬り去らないでくれ

やめてくれ

穴のなかに

§

コアポイントは静物画のなかの都市だ。

ナッスンは時間の感覚を失いはじめている。石喰いたちはときどき話しかけてくるが、かれらの大半は彼女の言語を知らないし、彼女のほうはかれらの言語を聞く機会が少ないからなにも覚えられない。彼女はときどきかれらを観察しているが、何人かは仕事をしていることに気づいて心を奪われる。彼女は風に揺れる木々のまんなかに立っているマラカイトグリーンの石喰い女をじっと見ているうちに、遅まきながら彼女が一本の枝を斜め上へ持ちあげて特定の方向にのびるようにしていることに気づく。風に吹かれたように見えるが少し劇的すぎたり、傾きや曲がり方が少し芸術的すぎたりするものはすべてこんなふうに造形されているのだ。きっと何年もかかることだろう。

そうかと思うと都市の端近く、端から海中へ突きでているスポーク状のもの――桟橋ではなく、なんの意味もなさそうな、まっすぐのただの金属製のもの――のそばに毎日、片手をあげて立っている石喰いもいる。ナッスンがたまたま近くにいるときのこと、その石喰いがぼやけたと思うとしぶきがあがり、つぎの瞬間にはさしあげた手で暴れる魚の尻尾をつかんでいる。自分の身長とおなじくらい大きな魚だ。石喰いの大理石の肌が濡れてキラキラ光っている。ナッスンはこれといっていくところもないので、腰をおろして見守る。しばらくすると、海獣が都市の端ににじり寄ってくる。ナッスンは海獣の話を聞いたことがあった。魚のように見えるが空気を呼吸している生きものだ。そいつは皮膚が灰色で筒のような形をしている――口にはずらりと鋭いが小さな歯が生えている。海面からぬっと出てきた姿を見て、ナッスンはそいつがかなり年老いていることに気づく。そしてなにかを探す頭の動きで、そいつは目が見えないのだと察する。額には古傷もある――なにかに手ひどくやられたのだろう。そいつは石喰いをつつくが、もちろん石喰いは微動だにしない。するとつぎの瞬間、そいつは石喰いが持っている魚に食らいつき、ガツガツと大きな塊《かたまり》を嚙み切っては飲みこんでいく。やがて石喰いが魚の尻尾から手をはなすと、それもきれいにたいらげる。すべて食べ終えると、そいつは複雑な高音を発する……さえずり、だろうか？　それとも笑い声か。そして海にすべりこみ、泳ぎ去っていく。

石喰いがちらちらっと動いてナッスンのほうを向く。好奇心をくすぐられてナッスンは彼に話しかけようと立ちあがるが、立ちあがりきらないうちに石喰いは姿を消してしまう。

彼女が学んだのは――ここには、この人々には、ちゃんと暮らしがあるということだ。彼女が知っている暮らしでも、真似したい暮らしでもないが、それでも暮らしは暮らし。シャファが、大丈夫、安全だといってくれる存在ではなくなってしまったいま、そう思えることは慰めになる。彼女は、自分にはこういうことが必要なのだとはじめて気づいた。

§

決めた。

まちがっている。なにもかもまちがっている。壊れ方がひどくて直しようがないものもある。ならばそれは叩《たた》き潰して瓦礫《がれき》を取っ払い、一からやり直すことだ。アンチモンも賛成してくれている。石喰いの一部も。そうでないのもいる。

そんなやつらは錆びてしまえ。かれらはわたしを武器にするためにわたしの人生の息の根を止めた。だからわたしは武器になってやる。みずからの選択で。みずからに命じて。ユメネスでやる。指令は石に刻まれている。

きょう、サイアンの安否をたずねてみた。なぜ気になるのかわからない。だがアンチモンはずっと彼女の動きを追っている。(わたしのためか?) サイアナイトは南中緯度地方のなんとかいう(名前は忘れた)ちっぽけなくそコムに住んでいて託児院の教師をしているという。しあわせな小市民のスティルを演じているという。結婚して子どもが二人。あれはどうなのか。

娘のほうはよくわからないが、息子はアクアマリンを引き寄せている。

驚いた。フルクラムがきみをわたしの相手に選んだわけだ。そしていろいろあったものの、われわれはすばらしい子どもをもうけた、そうだろう？　わが息子を。

きみの息子がかれらに見つかるようなことがあってはならない。わたしが阻止するからな、サイアン。かれらがきみの息子を連れ去って脳を焼き、針金椅子にすわらせるようなことは絶対にさせない。もしきみの娘がわれわれと同類なのだとしたら、あるいは守護者としての能力を持っているのだとしたら、絶対にかれらには渡さない。わたしが仕事をし終えれば、もうフルクラムは存在しなくなる。そのあとはひどいことになるが、それは誰にとってもおなじことだ――金持ちも貧乏人も、赤道地方人もコム無しも、サンゼの血筋も北極地方人も、みなおなじように思い知ることになる。どの季節も、われわれにとっては〈季節〉。永遠に終わることのない大厄災だ。かれらはちがう種類の平等性を選ぶこともできたはずだ。われわれがみんな安全に快適に、ともに生きのびる道もあったはずなのに、かれらはそれを望まなかった。こんどは安全でいられる者はひとりもいなくなる。そうなればついにはかれらも状況を変えなければならないと気づくかもしれない。

つぎにやるのは、閉じて、〈月〉を元のところにもどすことだ。（最初の軌道修正でわたしが石になってしまうことはないはずだ。過小評価していないかぎりはそんなはずはない。）なににしろわたしはなにをやらせてもそつがないから。

そのあとは……きみしだいだ、サイアン。よりよいところにしてくれ。たしかに、そんなことは不可能だときみにいったことはある。世界をよりよいところにする方法などないと、わたしはいった。しかしわたしはまちがっていた。まちがっていたから破壊するんだ。やり直させるんだ、きみは正しかった、変えるんだ。きみの子どもたちにとってよりよい世界にするんだ。コランダムがしあわせに暮らしていけるような世界に。われわれのような者が、きみやわたしやイノンやわれわれの子ども、われわれの美しい子どもが、無傷ですごせる世界に。アンチモンは、わたしがそういう世界を見られる可能性はあるという。いずれわかるだろう。錆びごとだな。先延ばししているだけだ。彼女が待っている。きょう、ユメネスにもどる。おまえのために、イノン。おまえのために、コランダム。きみのために、サイアン。

§

夜になり、ナッスンは〈月〉を見ている。

最初の夜、外を見て都市の街路や木々が奇妙な淡く白い光に縁取られているのに気づき、見あげると空に大きな白い球体があった。ぞっとする光景だった。彼女の目にはそれは巨大なものと映る——太陽より大きく、星よりも遙かに大きく、ひと筋、かすかな光輝の尾を引いている。その光輝がなんなのか彼女は知る由もないが、それはここまでくる途中で月面に付着した氷から排出される気体だ。その白さにナッスンは心底驚く。〈月〉のことはよく知らない——知っているのはシャファから聞いたことだけだ。〈月〉は衛星で、〈父なる地球〉の迷子になってしまった子どもで、太陽の光を反射しているのだとシャファはいっていた。だから黄色いのだろうとナッスンは思っていた。それがまるでちがっていたことに彼女は当惑した。

彼女がさらに当惑したのは、〈月〉のほぼどまんなかに穴が開いていることだ――目のなかにぽつんとある瞳孔のように、大きな黒い闇が口を開けている。小さすぎてよくはわからないが、長いことじっと見つめていたら、その穴を通して〈月〉の向こう側にある星が見えるのではないかとナッスンは思う。

なぜかそうにちがいないという気がする。大昔、なにが原因で〈月〉が迷子になってしまったにしろ、それはさまざまな面で大変動を引き起こしたにちがいない。もし〈地球〉が〈破砕〉に見舞われたのなら、〈月〉が傷を負ったとしてもまったくふしぎはないという気がするのだ。ナッスンは親指で手のひらをこする。その昔、母親に骨を折られたてのひらを。

それでも屋上の庭に立って長いこと見つめているうちに、ナッスンは〈月〉は美しいと感じはじめる。まさに氷白《ひょうはく》の目だ。ナッスンには氷白の目にたいして悪感情を抱く理由はなにひとつない。カタツムリの殻のようなもののなかで渦巻く銀に似ている。シャファを思わせるものがある――彼なりのやり方で彼女を見守っているような――そう思うと孤独感が薄れる。

そのうちナッスンは〈月〉を感じとるのにオベリスクが使えることを発見する。サファイアは世界の反対側にいるが、ここの海の上には彼女の呼びだしに応えてほかのオベリスクたちが集まってきている。オベリスクたちの力を借りて、彼女は〈月〉がもうすぐいちばん近い地点にくることを感じとる。(地覚しているのではない。)彼女がそのままいかせてしまえば、〈月〉

は〈地球〉を通過して急速に小さくなっていき、やがて空から消えてしまうだろう。一方、彼女は〈門〉を開いて〈月〉を引っ張り、すべてを変えてしまうこともできる。冷酷に現状を維持するか、すべてを忘れて慰めを得るか。どちらを選ぶか、彼女にとってはわかりきったことだ……が、ひとつだけ気になることがある。

ある晩、ナッスンは腰をおろして大きな白い球体を見あげながら、声に出していう。「わざとなんでしょ？　シャファがどうなるか、わたしにいってくれなかったのは。彼を厄介払いするためね」

ずっと前から近くにいる山がわずかに動いて、彼女のうしろに移動する。「きみに忠告しようとはした」

彼女はふりむいて彼を見る。彼女の表情を見て、彼はそっと自嘲気味の笑い声を洩《も》らす。だが、彼女の言葉を聞いて、笑い声はぴたりと止まる。「もし彼が死んだら、わたしはこの世界よりもっとあなたのことを憎むわ」

これは消耗戦だ、と彼女は気づきはじめている。そして自分が負けることになりそうだということも。コアポイントにきて何週間（？）か、何カ月（？）かのうちにシャファの容体は目に見えて悪化し、その肌はぞっとするほど青白くなり、髪は艶を失い、もろくなってきている。人が一週間もずっと動かず、まばたきするだけでなにひとつ考えずにいるのは尋常なことではない。彼女はその日、彼の髪を切らなければならなかった。汚れはベッドがきれいにしてくれているが、べとつきが気になるし、最近もつれるようになってきていた——その前の日のこと、彼女が彼をよいしょとうつ伏せにしたときに、髪が彼の腕にからみついてしまったのだが、彼女はそれに気づかず、血流が滞ってしまった。(ベッドが温度を保っていてくれるからほんとうは必要ないのだが、彼女は彼にシーツをかけてやっていた。裸で威厳に欠ける姿は見るにしのびなかったからだ。)けさになってはじめて、彼女は問題が起きていることに気づいた。腕が蒼白《そうはく》に、そして少し灰色になっていたのだ。からみついていた髪をゆるめ、こすって温めてみたものの血色はもどらなかった。もし彼の腕がほんとうにまずいことになってしまったらどうしたらいいのか、彼女にはわからない。こんなふうに少しずつ、ゆっくりとしかし確実に彼を失っていくことになるのかもしれない。彼女が、この〈季節〉がはじまったときはもう少しで九歳、いまやっと十一歳になろうかという子どもだというせいで、託児院では誰も病人の看病の仕方を教えてくれなかったせいで、彼は少しずつ死んでいくことになるのかもしれない。

「彼は、もし生きられるとしても」とスティールが無彩色の声でいう。「この先、苦しみと無縁でいられるときは一瞬たりとないぞ」彼は言葉を切る。灰色の目はひたとナッスンに据えられたままだ。ナッスンの心に彼のひとことひとことが鳴り響く。彼女は自分で否定しながらもスティールは正しいのかもしれないという恐ろしい考えに心を乱されている。

ナッスンは立ちあがる。「わたしはど、どうしても彼を治す方法を知りたいの」

「無理な相談だ」

ナッスンはぐっと拳を固める。何世紀ぶりかというほど久しぶりに、彼女の一部が周囲の地層に手をのばす。つまりコアポイントの下にある盾状火山に手をのばすのだが……彼女がオロジェニーで〝つかむ〟と、驚いたことに火山はどういう方法でか、しっかり固定されている。そのことに気を奪われながらも、彼女は知覚を銀に切り替える――と、そこにあったのは火山の基盤に打ちこまれて火山をその場にとどめている堅固な煌《きら》めく魔法の柱だった。火山はまだ活動しているが、何本もの柱のせいで二度と噴火することはない。そのまんなかに開いた穴は〈地球〉の心臓部にまでつながっているにもかかわらず、基岩さながらに安定している。

彼女はこんなことは理屈に合わないと頭からふりはらい、この石喰いたちの街ですごすようになってから少しずつふくらんできていた思いをついに口にする。「もしも……もしもわたしが彼を石喰いに変えたら、彼は生きていける。もう苦痛を感じることはなくなる。そうよね？」スティールは答えない。沈黙がつづき、ナッスンはくちびるを噛む。「だから、教えて、どうすれば――どうすれば彼をあなたみたいにできるのか。〈門〉を使えば絶対にできるわ。あれを使えばなんでもできる。ただ……」

ただだ。〈オベリスクの門〉は細かいことはできない。ナッスンは、〈門〉は彼女を一時的に全能の存在にしてくれると感じ、地覚し、知っているが、同時にひとりの人間を変容させるためだけに使うことはできないということもわかっている。もしシャファを石喰いにしたら……惑星上の人間すべてがおなじように変容してしまう。あらゆるコム、あらゆるコム無しの集団、あらゆる飢えた放浪者の群れ、一万人どころか十万人のスティルが暮らす都市。世界中がコアポイントのようになってしまう。

だが、それはそんなにひどいことだろうか？　みんなが石喰いになってしまえば、もうオロジェンもスティルもいなくなる。死ぬ子も、子どもを殺す父親もいなくなる。〈季節〉がこようが去っていこうが関係ない。もう二度と誰も飢えることはない。世界中をコアポイントのような平和な場所にできる……それは親切というものではないだろうか？

目は彼女を見ながらも〈月〉の方向を向いていたスティールの顔がゆっくりと回転して彼女のほうを向く。彼がゆっくり動くさまはいつ見てもいらいらする。「永遠に生きるというのがどんな感じか、わかるか？」

ナッスンは驚いてまばたきする。けんかになるものと思っていたからだ。「え？」

月の光がスティールを薄暗い庭を背景にした白と墨のこの上なくくっきりした影に変身させている。ほとんど快活といえそうな声で彼がいう。「永遠に生きるというのがどんな感じかわかるか、と聞いたんだ。わたしのように。きみのシャファのように。彼が何歳なのか、なんとなくでもわかっているのか？　気にかけているのか？」

「それは――」気にかけているといいかけて、ナッスンは口ごもる。嘘だ。一度も考えたことがない。「それは――それはぜんぜん――」

「ざっと見積もって」とスティールはつづける。「守護者はふつう三、四千年は生きるようだ。それだけの時間を想像できるか？　この二年間のことを考えてみるといい。〈季節〉がはじまってからのきみの暮らしのことを。それがもう一年つづくと想像するんだ。それならできるだろう？　このコアポイントでは一日が一年に感じられる、というかきみの同類はそういっている。さあ、その三年間をひとくくりにして、その千倍と考えてみるんだ」〝千倍〟という言葉をスティールは鋭く、はっきりと発音する。ナッスンは思わず飛びあがってしまう。

だがその一方で、なぜか……考えてしまう。彼女は年を取ったような気がしている。ナッスンは十一になるかならないかという年で厭世《えんせい》的な気分を味わっている。家に帰って弟が床に倒れて死んでいるのを目にした日から、あまりにも多くのことがあった。いまはもう別人になってしまっている、ナッスンではなくなってしまっている——ときどき、まだナ、ッ、ス、ンという名前なのだと気づいて驚くことがある。これからの三年で自分はどれくらい変わってしまうのか？　十年後は？　二十年後は？

スティールは彼女の表情に変化があらわれるまで沈黙している——表情の変化は彼女が彼の話に耳を傾けている証《あかし》になるのだろう。そして彼はいう。「だが、シャファは大多数の守護者よりずっとずっと年を取っていると思う。根拠はちゃんとある。まさに第一世代というわけではない——第一世代はみんなとっくの昔に死んでしまった。持ちこたえられなかった。しかしそれでも彼はごく初期の世代のひとりだ。いいか、言葉だ——言葉のことを考えればわかる。たとえ生まれたときにつけられた名前を忘れてしまっても、言葉はけっして忘れない」

ナッスンはシャファが地球横断車物の言葉を知っていたことを思い出す。シャファはその言葉が使われていた時代に生まれたのだと思うと、奇妙な感じだ。彼はきっと……彼女には想像することさえできない。古サンゼ帝国は七〈季節〉前、いまの〈季節〉も勘定に入れれば八〈季節〉前に生まれたと考えられている。約三千年前だ。〈月〉が姿を消し、またもどってくる周期はそれよりずっと長いし、シャファはそれを覚えている、ということは……そうだ。彼はすごく、すごく年を取っている。彼女は眉をひそめる。

「そこまで長生きできる守護者はめったにいない」とスティールは先をつづける。彼の話しぶりはごく自然で気取りがない――まるでジェキティにいた頃のナッスンのお隣さんの話でもしているような調子だ。「ほら、コアストーンはかれらをひどく苦しめるだろう？　だからみんなうんざりして、愚痴をこぼしはじめる。そうすると〈地球〉はかれらの望みどおり、かれらを汚染して蝕《むしば》んでいく。そうなると、ふつう先はあまり長くない。〈地球〉は、あるいは同僚の守護者たちは、そいつを使えるだけ使い、いよいよ使いものにならなくなったら、どちらかがそいつを殺す。シャファがこれほど長く持ちこたえているということは、彼が強いという証だ。あるいは、なにかほかのことの証なのかもしれない。いいか、ほかの連中はふつうの人間がしあわせになるのに必要なものをひとつずつ失っていって死んでしまうんだ。どういうことか想像してごらん、ナッスン。きみが知っている大好きな人たちが死んでいくのを見守ることになるんだぞ。故郷が死ぬのを目の当たりにして、あたらしいのを見つけなければならなくなる――何度も、何度も、何度も。あえてほかの人間には近づかないようになってしまう状況を想像してごらん。友だちは絶対につくらない。かならず先に死んでしまうからな。ナッスン、ひとりぼっちで寂しいか？」

ナッスンの怒りはどこかへ消えてしまっていた。「ええ」否定するという考えが浮かぶ前に、彼女は答えていた。

「永遠にひとりぼっちだと想像してごらん」彼の口許《くちもと》にかすかな笑みが浮かんでいるのをナッ

スンは見てとる。笑みはしばらく前から浮かんでいた。「このコアポイントで永遠に暮らすと想像してごらん。話し相手はわたししかいない——しかもわたしは気が向いたときに答えるだけだ。どんな感じだと思う、ナッスン？」

「ひどすぎるわ」と彼女はいう。こんどは静かに。

「そのとおり。そこで、わたしの理論だ——きみのシャファは預かりものを愛することで生きのびてきた。きみやきみの同類が彼の孤独を癒やしていたんだ。彼は心底きみたちを愛している——そのことで彼を疑ってはいけない」ナッスンは上がってきた鈍い痛みを呑《の》みこむ。「だが彼はきみたちを必要としてもいる。きみたちは彼に幸福をもたらしている。きみたちは彼を人間の域にとどめている。きみたちがいなければ、時の流れが彼をなにかべつのものに変えてしまっていたはずだ」

と、スティールがまた動く。非人間的に見えるのは安定しすぎているからだと、ナッスンははじめて気づく。人は大きく動くときは動きが速くて、細かく調整しながらゆっくりした動きに移っていく。ところがスティールはなにもかもがおなじペース。彼が動くのを見るのは、銅像が溶けるのを見ているようなものだ。スティールは、わたしを見ろとでもいうように両腕を大きくひろげて立っている。

「わたしは四万歳だ」とスティールがいう。「数百年程度の誤差はあるが」

ナッスンは彼を見つめる。車物がしゃべっていたわけのわからない言語を聞いているような気分になってしまう——なんとなくわかるが、ちゃんとは理解できない。非現実的だ。

それにしても、いったいどんな感じなのだろう？

「〈オベリスクの門〉を開ければ、きみは死ぬことになる」さっきいったことをナッスンが充分に吸収できるよう間を取ってから、スティールがいう。「そのときすぐにではないとしても、いずれ死ぬことになる。数十年後か数分後か、どちらにしてもおなじことだ。きみがなにをしようが、シャファはきみを失う。〈地球〉が彼の意思を喰い潰そうとやっきになっても彼を人間の域にとどめていた、たったひとつのものを失うことになる。あらたに愛を注ぐ相手を見つけることもできない――ここではな。そして、あえてふたたび地球深部ルートを通るという危険を冒さないかぎり、スティルネス大陸にもどることもできないだろう。つまり、彼がなんとか回復しようが、きみが彼をわたしの同類に変えようが、彼はたったひとりで、二度と手に入らないものを永遠にもとめつづけて生きていくしかないんだ」ゆっくりと、スティールの腕がおりていく。「それがどういうことか、きみには絶対にわかるまい」

と、突然、衝撃的な唐突さで、彼がナッスンの目のまえにいる。ぼやけもせず、なんの警告もなく、ただパッとそこにいる。腰をかがめて彼女と顔をつきあわせているのだが、距離があまりにも近い。彼が押しだした空気を風として感じたほどだ。土の匂いもするし、彼の目の虹《こう》彩《さい》に何層もの灰色の筋が入っているのが見える。

「だが、わたしはわかる」と彼が叫ぶ。

ナッスンはよろよろとあとずさって悲鳴をあげる。だがスティールは、まばたきする間に元の位置にもどっている。両腕をおろしてまっすぐに立ち、口許には笑み。

「だから慎重に考えることだ」とスティールがいう。彼の声はまるで何事もなかったかのようにふつうの会話の調子にもどっている。「子どもっぽいわがままは忘れて、しっかり考えるんだ、ナッスン。そして自分にたずねるんだ――いまはきみの養父代わりになっているあの支配的で残虐な見下げ果てたやつをきみが助けるのに、わたしが力を貸すことができるとしても、なぜわたしはそんなことをする必要があるんだ？　わたしの敵でさえそんな悲運には値しないぞ。値する者などいるものか」

ナッスンはまだ震えている。が、勇気をふるって口に出す。「シャ、シャファが生きたがっているかもしれないから」

「かもしれないな。しかし生きるべきなのか？　誰にしろ、永遠に生きるべきなのか？　そこを考えるんだ」

彼女は無窮の年月の計りようのない重さを感じて、筋ちがいながら子どもであることを恥じる。だが、彼女は芯のところで思いやりのある子どもだから、スティールの話を日頃からの彼にたいする怒りと切り離して聞くことはできない。彼女はくいっとそっぽを向く。「それは……ごめんなさい」

「残念だ」いっとき、静寂が流れる。その静寂のなかでナッスンはゆっくりと気持ちを落ち着かせていく。ふたたび彼に焦点を合わせると、彼の笑みは消えている。

「きみがひとたび〈門〉を開けてしまったら、わたしにはきみを止めることはできない」と彼がいう。「わたしはたしかにきみを操ったが、けっきょくは選択権は依然としてきみのものだ。

しかし、よく考えるんだ。ナッスン、〈地球〉が死ぬまで、わたしは生きつづける。それが〈地球〉がわれわれに課した罰だった――われわれは〈地球〉の一部になった。運命共同体だ。〈地球〉は背後からナイフで刺したやつのことは忘れない……われわれの手にナイフを握らせたやつのことも忘れない」

ナッスンは、われわれという言葉を聞いて目をしばたたく。だがその思いも、シャファを治すことはできないと気づいてしまった悲嘆の大きさのまえでは泡と消えてゆく。これまで彼女は心のどこかで、スティールは大人だから癒やしのようなものも含めてあらゆることに答えを持っているという不合理な希望を温めていた。いまはそれは愚かな希望だとわかっている。子どもっぽい希望だと。彼女はやはり子どもなのだ。そしていま、彼女がたよることのできたたったひとりの大人が、裸で、傷だらけで、無力のまま、さよならをいうこともできずに死んでいこうとしている。

もう耐えられない。彼女はどさりとしゃがみこみ、片手で膝を抱え、片手で頭を抱える。スティールに泣いているのを見られないようにするためだ。たとえスティールがそうと気づいていようと見られたくないのだ。

彼はこのようすを見てやわらかな笑い声を洩らす。意外なことに、残酷な響きはない。

「われわれのうちの誰かを生かしつづけようと思ったら、きみはなにも達成できない」と彼がいう。「残酷さが必要だ。ナッスン、われわれ怪物をこの悲惨な状況から救いだしてくれ。〈地球〉、シャファ、わたし、きみ……みんなだ」

そして彼は姿を消す。ナッスンは若芽のようにふくらんでゆく白い〈月〉の下、ひとり残されている。

シル・アナジスト：0

ふたたび過去のことを話す前に、現在のことを少しだけ。

熱せられ、煙をあげる影のなか、名もない場所の耐えがたい圧力のもと、わたしは目を開ける。わたしはもうひとりではない。

石のなかから、もうひとりわたしの同類が押しだされてくる。彼女の顔は貴族のように角張っていて、涼しげで、いかにも彫像にふさわしい優雅さをそなえている。ほかのことは脱ぎ捨ててしまっているが、青白い色だけはもとのままだ——わたしはそのことに何万年もたってやっと気づく。思い出すと郷愁を覚えた。

その証《あかし》に、わたしは口にする。「ガエア」

彼女がほんの少し動く。認めたというしるしか？　それとも驚いたしるしか？　われわれはそういう動きでなにかを表現するのだが、その動きに近い。われわれはかつて、きょうだいだった。友だちだった。そのあとはライバルに、敵同士に、知らぬ者同士に、伝説になっていく。最近は慎重に距離を置いた味方同士だ。気がつくとかつての自分たちがどんなだったか考えていたりするが、すべて覚えているわけではない。わたしの記憶には欠けている部分がある。彼女もそうだった。

彼女がいう。「それがわたしの名前だったの？」

「ほぼそんな感じかな」

「ふうん。で、あなたは……？」

「ホア」

「ああ。そうよね」

「きみはアンチモンのほうがいいの？」

またかすかに動く。肩をすくめるのとおなじ意味の動きだ。「わたしには選択権はないわ」

それはわたしもだ。いいや、とわたしは思うが、それは嘘《うそ》だ。以前の名前を聞いて思い出すことへのオマージュでなければ、つづりがちがうだけで発音がおなじ〝ホア〟という名前をつけたりはしない。しかしそのときのわたしはなにもかもうわのそらだったからな。

わたしはいう。「彼女は変化に全力を注いでいる」

ガエア、アンチモニー、誰だろうがなんだろうが、とにかくいまの彼女が、「わかっていたわ」と答える。そして間を置く。「あなた、自分でしたことを後悔しているの？」

ばかげた質問だ。あの日、われわれはみんな、それぞれのかたち、それぞれの理由で後悔していた。しかしわたしは、「いや」と答える。

なにか返事があるかと期待するが、これ以上いうべきことはなにもなさそうだ。彼女がかすかな音をたてて岩のなかに入る。居心地よさそうに落ち着く。ここで、わたしといっしょに待つもりなのだ。うれしい。ひとりで向き合わないほうがうまくいくこともある。

§

アラバスターがあんたにはいわなかったことがある。彼自身のことだ。

わたしが知っているのは、彼のことを研究したからだ――けっきょく彼はあんたの一部だからな。しかしすべての師が卓越した技術を身につけるまでの道のりでどんなつまずきがあったかすべての弟子に教える必要はない。そんなことをしてなんの意味がある？　誰だって、一夜にして、いまの自分になったわけではない。社会の裏切りにもいくつかの段階がある。人はちがいの発見によって、偽善によって、不可解な、あるいは不条理な仕打ちによって、自己満足に浸っていられる場所からふり落とされる。そのあとにつづくのは混乱だ――人は真実だと思っていたものを捨て去る。そしてあらたな真実にどっぷり浸る。そのあとは決断しなければならなくなる。

運命を受け入れる者もいる。プライドを呑《の》みこみ、ほんものの真実を忘れ、自分の全存在をかけて偽りを抱きしめる――なぜなら自分はたいした存在ではないと自分で決めてしまったからだ。もし社会全体が服従させることに全力を注いでいたとしたら、運命を受け入れるのもしかたのないことなのか？　たとえそうではないとしても、反旗を翻《ひるがえ》して戦うのはあまりにも苦しく、勝てる見込みなどあるはずがない。受け入れてしまえば少なくとも、ある種の平和は得られる。

もうひとつの選択肢は不可能をもとめることだ。正しくない、とかれらはささやき、嘆き、叫ぶ——かれらへの仕打ちは正しくない、と。自分たちは劣ってなどいない。そんな扱いを受けるいわれはない。だから変わらねばならないのは社会のほうだ。この選択でも平和は得られる。ただし、戦いのあとでだ。

出だしでひとつ二つのあやまちもなしに、いまの地点にたどりついた者はいない。

若い頃のアラバスターは、惚《ほ》れっぽくて、なんのてらいもなく人を愛していた。ああ、その頃もよく怒っていた——もちろんそうだ。たとえ子どもでも、公正に扱われていなければちゃんとわかる。しかし彼はとりあえず協力する道を選んだ。

彼はフルクラムから命じられた任務の遂行中に、ある男に、ひとりの学者に出会った。アラバスターはすぐにその気になってしまった——その学者、たいした美男で、アラバスターが誘いをかけると恥ずかしげな反応を見せ、それがじつにチャーミングだった。もしその学者が古代伝承の貯蔵庫と判明した遺跡の発掘で多忙を極めていなかったら、この話はあっさり終わってしまっただろう。アラバスターは彼を愛し、おそらく後ろ髪を引かれながらもたいして辛い思いをすることもなく彼のもとを去っていたはずだ。

ところがその学者はアラバスターに発掘したものを見せてくれた。石伝承の銘板は三つだけではない、もともとはもっとたくさんあった、とアラバスターはあんたにいった。そして銘板その三はサンゼによって書き換えられたものだ、とも。じつはそれはサンゼによってふたたび書き換えられたのだ——実際にはそれより前に数回、書き換えられている。銘板その三にはシル・アナジストのこと、そして〈月〉が迷子になったいきさつが書かれている。この知識は、さまざまな理由で、何千年にもわたってくりかえし容認しがたいものと考えられてきた。とある傲慢な自己の利益にとらわれた人々が錆《さ》び惑星を鎖でつなごうとしたせいで世界がいまのような状態になってしまったという事実とは、誰しも面と向き合いたくないものだ。しかもこの混乱の解決策はただひとつ、そのために生まれてきたオロジェンを生かし育て、かれらに課せられた仕事をさせることだけ、という事実を受け入れるのは誰にとってもむずかしいことだった。

アラバスターは伝承貯蔵庫に残されていた知識に圧倒されてしまった。だから逃げだした。過去に起きたことすべての知識をまるごと受け止めることはとうてい無理だった。自分が虐待された人々の末裔《まつえい》だということも、その人々の先祖も虐待されていたということも、彼が知っている世界は誰かに隷属を強いることなしには機能しえないということも。当時の彼はその循環に終わりを見いだせず、社会に不可能なことを要求するすべもわからなかった。だから壊れ、逃げた。

もちろん彼の守護者は彼を見つけた。任務でいるはずの場所から三つの四つ郷《よごう》を隔てたところだった。彼がどこへ向かおうとしていたのかは、まったくわからなかった。彼の手の骨を折る代わりに——アラバスターのような高位の指輪持ちにたいしては、かれらはちがう技を使うのだが——守護者レシェットは彼を酒場に連れていって一杯おごった。アラバスターはワインを飲みながらすすり泣き、いまの世界をこれ以上受け入れることはできないと彼女に告白した。甘んじて受け入れようとし、嘘を抱きしめようとしたが、それは正しいことではないと思う、と打ち明けた。

レシェットは彼をなだめすかしてフルクラムに連れ帰った。フルクラムはアラバスターを立ち直らせるため、一年の猶予を与えた。その間に彼に課された規則と彼のためにつくられた役割をふたたび受け入れろということだ。彼は満ち足りた一年をすごしたようだ――とにかくアンチモンはそう信じているし、この時期の彼をいちばんよく知っているのは彼女だからな。彼は落ち着きをとりもどし、期待どおりに仕事をこなし、子どもを三人つくり、高位の指輪持ちの子どもたちを指導すると申し出たりもした。しかし彼が指導に取り組むことはなかった。守護者たちが、逃げようとしたアラバスターになにかしら罰を与えずにすませるわけにはいかないと決めていたからだ。彼が黄柘榴石《エッナイト》という年上の十指輪と出会って恋に落ちると――。かれらは高位の指輪持ちにたいしてはべつの技を使うといったよな。

わたしも一度だけ逃げたことがある。ある意味、逃げたんだ。

§

ケレンリの調律任務から帰った翌日のことだ。わたしはそれまでとはちがう自分になっている。線虫窓《せんちゅうそう》から紫色の光に照らされた庭を見ても、もう美しいとは思えない。チラチラ瞬《またた》く白い星花《ほしばな》は、わたしたちは遺伝子技学者によってつくられ、都市のパワー・ネットワークにつながれて少量の魔法を供給されているのだと告げている。それ以外どうやってあの瞬きが生まれるというのか？　まわりの建物を飾る優雅なつる草細工を見ても、どこかで生物魔法学者がこの美しい装飾から何ラモタイアの魔法が収穫できるかデータを表にまとめているのだろうと思ってしまう。シル・アナジストでは生命は聖なるもの――聖なるものにして、富をもたらすもの、そして役に立つものなのだ。

そんなことを考えていやな気分になっているときに、下級指揮者が部屋に入ってくる。スターニンという名前の指揮者で、彼女のことは、そこそこ好きだ。彼女はまだ若いので、経験豊富な指揮者たちの最悪の習慣を身につけるところまではいっていない。そしていま、ケレンリが開いてくれた目を彼女に向けると、これまでわからなかったことに気づく。無愛想な顔立ち、口の小ささ。指揮者ギャラットの氷白《ひょうはく》の目とくらべればずっと目立たないが、それでもここにいるのはジェノサイドのほんとうの意味を理解していなかったシル・アナジスト人の子孫のひとりだ。

「きょうの体調はどう、ホア？」笑顔でそうたずねながらちらりとノートボードを見て、部屋に入ってくる。「メディカルチェックに耐えられそうかしら？」

「歩きたい気分です」とわたしはいう。「庭に出ましょう」

スターニンは驚いて目をぱちくりさせる。「ホア、わかっているでしょう。それは無理よ」かれらの監視態勢が甘いことはわかっていた。われわれのバイタルをモニターするセンサー、動きをモニターするカメラ、音を記録するマイク。われわれの魔法の使用量をモニターしているセンサーもいくつかある——がそのどれも、どれひとつとして、われわれがほんとうに使っている量の十分の一もとらえてはいない。われわれが劣っているということがかれらにとってどれほど重要なことか知らないままだったら、侮辱された気分になっていたにちがいない。劣っている生きものには高品質のモニターなど必要ない、そうだろう？　シル・アナジストの魔法学の産物がそれを上回る能力を持つはずがない。考えられない！　筋が通らない！　ばかなことをいうんじゃない。

上等だ。侮辱された気分になってきた。スターニンの上品ぶった保護者気取りの態度にはもう耐えられない。

だからカメラにつながっている魔法の線を見つけると、その貯蔵結晶につながっている魔法の線で絡ませてひとくくりにする。これでカメラ映像のモニターには過去数時間に録画されたものだけが映しだされることになる——ほとんどがわたしが窓の外を見ながらじっと考えこんでいる映像だ。音響装置にもおなじことをして、スターニンとのさっきのやりとりを慎重に消す。すべて意思のひとふりでできてしまう。なぜならわたしは高層建築物サイズの機械に影響をおよぼせるようにつくられているからだ——カメラなど無に等しい。ほかの連中に冗談をいおうと手をのばすときのほうがもっと多くの魔法を使っている。

だがほかの連中はわたしがしていることを地覚《ちかく》している。ビムニアがわたしの気分を察してすぐほかの連中に警告する——わたしはふだん、いいやつだからな。わたしはつい最近まで

〈大地奥義〉を信じている口だった。いつもならレムアが怒りだすところだ。しかしいま、レムアは冷たく沈黙を守り、これまでわれわれが学んできたことをうだうだ思い返している。ガエアも静かだ。理解しようのないことを理解しようとして絶望している。ダシュアは慰めをもとめてみんなを抱きしめ、サレアはまだ寝ている。ビムニアの警告は疲れ果て、挫折し、自分の考えにとらわれた耳に届き、無視される。

一方、スターニンはわたしが本気だと気づき、その顔から笑みが消えはじめる。彼女は態度を変え、腰に両手を当てる。「ホア、ちっともおもしろくないわ。外出の機会があったことはわかっているけれど——」

わたしは彼女を黙らせるのにいちばん効き目がありそうな手を考える。「指揮者ギャラットは、あなたが彼を魅力的だと思っていることを知っているんですか？」

スターニンは目を大きく見開いて凍りつく。彼女がのは茶色いが、彼女は氷白の目が好きだ。前はあまり気にしていなかったが、わたしは彼女が氷白の目が好きだ。ギャラットをどんなふうに見ていたか知るていた。いまはどうでもいいことだと思っている。彼女に魅力を感じるのはタブーに近いことなのではないかと思う。ギャラットであれスターニンであれそういう特殊なものの見方をしているとなったらきびしく糾弾されるにちがいない。ギャラットはそんな話を耳にしたら、すぐさまスターニンを解雇するだろう——たとえそれがわたしからの告げ口であっても。

わたしは彼女に近づいていく。彼女はわたしの生意気な発言に顔をしかめて、少したじろいでいる。われわれは自己主張しない、われわれ、組み立てられたものは。われわれ、道具は。わたしのふるまいは、報告に値するほどの異常なものだが、彼女が心配しているのはそこではない。「そのことは誰にも話していません」とわたしはとても穏やかにいう。「この部屋でいま起きていることは誰も見ることができませんから、安心して」

彼女の下くちびるがほんの少し震えている。彼女をそこまで動揺させてしまったことに少し心が痛む。彼女がいう。「あまり遠くまではだめよ。ビタミン欠乏症があるでしょ……。あなたも、ほかのみんなも、そういうふうにつくられているから。特別な食べもの――わたしたちが提供している食べもの――がないと、あなたたちは数日のうちに死んでしまうのよ」

わたしはここにきてはじめて、スターニンはわたしが逃げるつもりなのだと思っていることに気づく。

そしてはじめて、逃げる、ということを考える。

いま指揮者から聞いたことはけっして越せないハードルではない。食べものを盗みだすのは簡単だ。しかしそれが尽きたら死んでしまう。短い一生ということになってしまうだろう。しかしいちばん問題なのは、どこにもいくところがないということだ。世界はすべてシル・アナジストのものなのだから。

「庭です」とわたしはくりかえす。それがわたしの大冒険、わたしの逃避行になる。笑おうかと考えるが、感情がないように見せる習慣がものをいって、思いとどまる。本音をいうと、じつはどこにいきたいわけでもない。たとえいっときでも自分の人生を自分でコントロールしている感覚を味わってみたいだけだ。「五分、庭を見たい。それだけです」

スターニンは暗い顔で、右足から左足へと体重を移す。「わたしはいまの地位を失うことになるかもしれないわ。とくに上級指揮者の誰かに見られたら。刑務所いきになる可能性だってある」

「きっと庭を見渡せる素敵な窓をつけてくれるでしょうね」とわたしはいう。彼女は縮みあがる。

そして、ほかに選択肢がないので、彼女はわたしを連れて独房から出ると、階段をおり、外へ出ていく。

紫色の花が咲き乱れる庭は、この角度から見ると見知らぬ場所のように感じるし、近くで星花の香りを嗅ぐとまったくの別世界になる。奇妙な香りだ――妙に甘くて、まるで砂糖のようで、どこか下のほうでしおれたり潰れたりした花が発酵した匂いもかすかに感じられる。スターニンは落ち着きなくあたりをキョロキョロ見まわしているが、わたしは彼女がいっしょでなければいいのにと思いながらゆっくりと歩いてまわる。しかし事実はこうだ――わたしはひとりで敷地内をぶらついてはいけないことになっている。もしいま護衛なり付き添い役なりほかの指揮者なりがわたしたちの姿を目にしたら、スターニンが公務でわたしを連れて歩いていると思うだろうから、わたしがなにか問われることはない……彼女が黙っていさえすれば。

しかし、わたしは軽やかに動くクモノキの手前で突然、立ち止まる。スターニンも立ち止まる。なにが起きたのかといぶかしみ、顔をしかめている――そして彼女もわたしが目にしているものを見て、凍りつく。

ずっと向こうにケレンリがいるのだ。施設から出てきて渦巻く茂みのあいだ、白薔薇《しろばら》のアーチの下に立っている。彼女のうしろから指揮者ギャラットも出てきた。ケレンリは腕組みをしている。ギャラットはケレンリの背中に向かって怒鳴っている。なにをいっているのか遠すぎてわからないが、口調からして怒っているのはまちがいない。かれらの身体は地層のようにはっきりと状況を物語っている。

「ああ、だめ」スターニンがささやく。「だめ、だめ、まずいわ。早く――」

「静かに」とわたしがささやくと、彼女はおとなしく口をつぐんだ。

われわれはそこに立ったまま、ギャラットとケレンリの争いを見守る。彼女の声はまったく聞こえない。と、そこでわたしは気づく。彼女は彼にたいして声を荒《あら》らげることはできない――それは彼女の安全を脅かすことなのだ。ところが彼が彼女の腕をつかんで強引にふりむかせると、彼女は反射的に自分の腹に手をやった。一瞬の素早い動きだった。ギャラットは彼女の反応と自分の暴力に驚いたようすですぐに彼女の手をはなし、彼女はその手をすっと身体の横にもどす。彼がわれわれの存在に気づいたとは思えない。二人はまた口論しはじめ、こんどはギャラットがなにか申し出るかのように両手をひろげる。嘆願しているようなポーズだが、背中は硬直しているのがわかる。彼はなにか懇願している――だが内心ではそうすべきではないと思っている。懇願が通用しなければ、べつの手を打つつもりにちがいない。

わたしは目を閉じ、ついに、ついに、真実を悟り、痛みを覚える。ケレンリは根本的なところでは、あらゆる面でわれわれの同類なのだ。ずっとそうだったのだ。

だがゆっくりと、彼女は緊張をゆるめていく。ひょいと頭をさげて、しぶしぶ条件つき降伏に応じるような態度を見せて、なにか返事をする。これは本心ではない。大地には彼女の怒りや恐れ、不本意な思いが響きわたっている。それでもギャラットの背中からはいくらか硬さがとれている。彼は微笑《ほほえ》み、動きも寛容になっている。彼女に近寄り、腕を取り、やさしく話しかけている。彼女が彼の怒りを鎮める手際はじつに見事で、わたしは驚きを禁じ得ない。彼が話し話しているあいだ彼女の視線がすうっとさまよっていってしまうことにも、彼が彼女を引き寄せたときに彼女が積極的に応じていないことにも、彼は気づいていないようだ。彼がなにかい、彼女が微笑む。しかしそれがパフォーマンスであることは五十フィート離れていてもわかる。彼にもわかって当然だろう？　だがわたしは、人は実際に見えているもの、触れているもの、地覚しているものではなく、自分が信じたいものを信じるということもわかりはじめている。

というわけで彼はすっかり和《なご》んだようすで去っていく――ありがたいことにスターニンとわたしがいま潜んでいる道ではなく、庭から出ていくべつの道のほうへ。彼の姿勢はすっかり変わっている――見るからに気分がよさそうだ。喜ぶべきことだ、そうだろう？　ギャラットはこのプロジェクトを率いている。彼がしあわせなら、われわれはみんな安全だ。

ケレンリは彼の姿が見えなくなるまで彼を見送っていた。そして彼女はくるりとふりむき、まっすぐわたしを見る。隣にいるスターニンが、ウッと息が詰まったような声を出す。愚かな女だ。もちろんケレンリはわれわれのことを報告したりしない。するわけがないだろう？　さっきのパフォーマンスはギャラットに向けたものではなかったのだから。

そして彼女もギャラットが去っていった道をたどって庭から出ていく。

それが最後のレッスンだった。わたしにもっとも必要なレッスンだったと思う。スターニンに独房まで連れて帰ってくれというと、彼女は安堵《あんど》して呻《うめ》くような声を出す。独房にもどってモニター設備の魔法をほどき、スターニンにばかなことはしないようにとやんわり釘を刺して帰らせたあと、わたしはカウチに横になって、あらたに手に入れた知識についてじっくりと考える。その燃えさしはわたしのなかにどっかりと腰をおろし、まわりのものすべてをいぶし、煙で包んでいく。

§

そしてケレンリの調律任務から帰って数夜すぎた頃、われわれ全員のなかで燃えさしにボッと火がつく。

一泊旅行から帰ってはじめて全員が顔を合わせたときのことだ。われわれは冷たい石炭層のなかで存在をからませ合う。レムアがひび割れのなかでギシギシきしむ砂のようにヒス音をみんなに送ってきているから、場所としては妥当だろう。向斜《こうしや》（あたらしい地層が中心側にきている褶曲構造）の音／感触／地覚だ、茨《いばら》の茂みは。そしてまたわれわれのネットワークのテトレアやエンティア、アルアたちがかつて存在していた静的な虚空のこだまでもある。

かれらに〈大地奥義〉を与えてしまったら、われわれはここへいくことになるのか？　と彼がいう。

ガエアが、そのとおりと答える。

レムアがまたヒス音を発する。彼はあの一泊旅行以来、日に日に怒りをつのらせていた。だが、それをいえばわれわれ全員がそうだ――そしていま、不可能なことをもとめるときがきたのだ。かれらにはなにひとつ与えてはいけない、と彼が宣言する。彼の決意が鋭さを増し、悪意を帯びるのを感じる。いや、われわれはかれらに奪われたものを取りもどすべきなんだ。気持ちと行動の不気味な短音階のパルスがさざ波となってネットワークにひろがる――ついに計画ができあがる。不可能をもとめることはできないというなら、つくってしまう方法が。ここぞという瞬間――破片が打ち上げられたあと、〈エンジン〉が勢いを失ってしまう前――に適切なパワー・サージを起こす。破片のなかに蓄えられていた魔法――何年分もの、ひとつの文明を支えられるほどの、何百万もの生命に値するほどの魔法――がシル・アナジストのシステムにいっきに逆流する。それはまず茨の茂みとその憐《あわ》れむべき作物を焼き尽くし、ついに死者を安らかに眠らせてやることができる。つぎに逆流した魔法は壮大な機械のいちばんもろい部品であるわれわれを吹き飛ばす。そうなればわれわれは死ぬが、かれらがわれわれにしようとしていたことより死ぬほうがましだから、それで満足だ。

われわれが死ねば〈プルトニック・エンジン〉の魔法は都市のすべてのコンジットに無制限

に押し寄せて修理不能なまでに焼き尽くす。シル・アナジストのすべてのノードは機能を失うだろう――予備のジェネレーターがなければ車物《しゃぶつ》は動かなくなり、照明は消え、機械類は停止し、家具やさまざまな機器類や表面装飾から近代魔法学がもたらした無限の利便性が失われる。〈エンジン〉の結晶の破片はおなじ数の巨大な石になり、砕けて焼けて無力化する。〈大地奥義〉にそなえて何世代にもわたって積み重ねられてきた努力は水泡に帰す。

われわれはかれらほど残酷になる必要はない。われわれは破片に人口密集地を避けて落ちるよう指示することができる。われわれはかれらがつくりだした怪物、いやそれ以上のものだが、死ぬときはなりたい種類の怪物になって死んでいく。

ではみんな賛成なんだな?

賛成。レムア、怒りに燃えて。
賛成。ガエア、悲しげに。
賛成。ビムニア、あきらめて。
賛成。サレア、正義感をみなぎらせて。
賛成。ダシュア、疲れた顔で。
そして鉛のように重い心でわたしはいう。賛成。
全員、賛成だ。

心の目にケレンリの顔が浮かび、わたしは密《ひそ》かに思う、反対、と。しかし、ときには、きびしい世界に生きているときには、愛はそれ以上にきびしいものでなければならない。

われわれに栄養物が与えられる——プロテインに新鮮な甘い果物とうまくて人気があるという飲みもの。この飲みものは安《あん》といって、いろいろなビタミンのサプリメントが入ると、さまざまな美しい色に変化する。特別な日のための特別な飲みものだ。粉っぽくて、わたしは好きではない。やがて〈ゼロ地点〉へいく時間になる。

§

〈打ち上げ日〉。

ここで〈プルトニック・エンジン〉がどういう働きをするのか簡単に話しておこう。

まず、われわれが破片を目覚めさせる。破片は何十年ものあいだそれぞれのソケットに収まった状態でシル・アナジストの各ノードを通じて生命エネルギーを流しつづけてきた——そして茨の茂みを通じて強制的に集められた分も含め、後日使用するために一部を貯蔵してきた。しかしいまやその貯蔵量も産出量も最大限に達し、それぞれが自立した奥義エンジンになっている。そうなった状態でわれわれが招聘《しょうへい》すると、破片たちはソケットから飛び立つ。われわれは破片たちのパワーを合流させて安定したネットワークをつくり、魔法を反射器に当ててさらに増幅し凝集させてから、そのすべてをオニキスに注ぎこむ。オニキスはそのエネルギーをまっすぐ〈地球〉のコアに向ける。すると過剰な流れが生じるので、オニキスはそれをシル・アナジストの飢えたコンジットに流してやる。その結果、〈地球〉も巨大な〈プルトニック・エンジン〉になり、ダイナモとなったコアは沸き返り、注ぎこまれたより遙《はる》かに多くの魔法を生みだす。そこから、システムは永続的に機能するようになる。シル・アナジストは永遠に惑星の命そのものを糧として生きていけるのだ。

（このことにかんして、無知という言葉はあてはまらない。事実、当時は〈地球〉が生きているなどと考える者はひとりもいなかった――しかしわれわれはそう推測してしかるべきだった。魔法は生命の副産物だ。〈地球〉のなかに魔法があるということは……。われわれみんな、そう推測してしかるべきだった。）

いままでわれわれがやってきたことはすべて練習だった。〈地球〉では、完全な〈プルトニック・エンジン〉を動かすことはできなかった――角度の傾き、信号の速度や抵抗、半球のひずみ等々、複雑な要素が多すぎたからだ。けっきょくのところ、われわれの標的は〈地球〉だ――視線、力線、そして引力。惑星というものは、そうきれいな球体というわけではないのだ。けっきょくのところ、われわれの標的は〈地球〉ではない。われわれが〈地球〉にとどまっていたら、われわれが影響をおよぼすことができるのは〈月〉だけということになる。

だから〈ゼロ地点〉は〈地球〉にはなかった。

かくして、われわれは朝もまだ早いうちに特殊な車物に乗ることになる。まちがいなくバッタの系統かなにかから遺伝子技学で生みだされたものだろう。ダイヤモンドの翅《はね》がありながら大きな炭素繊維の脚もあって、コイル状に貯蔵されたパワーがみなぎっている。指揮者たちにせかされてこの車物に乗るときに、もう一台、発進態勢に入っている車物が見えた。この壮大なプロジェクトがついに完結するのをその目で見るために、大勢が同行するのだ。わたしはいわれた座席にすわり、全員ストラップを締める。なぜなら、車物の推力はときに大地魔法学的慣性力を……ううむ。打ち上げにはいくらか危険が伴うから、とだけいえば充分だろう。生きている、沸き返っている破片のなかに飛びこむのとくらべればなんということはないが、たぶん人間は荒々しい、たいへんなことだと思っているのだろう。一行がペチャクチャしゃべっているなか、われわれ六人は目的を持って静かに冷ややかに座席にすわっている。そして車物は〈月〉に向かって跳びあがる。

〈月〉には月長石《げっちょうせき》がある――虹色の輝きを放つ巨大な白いカボションカットの破片で、〈月〉の灰色の土に浅く埋めこまれている。破片のなかで最大のもので、シル・アナジストのノードそのものとおなじくらいの大きさがある――〈月〉全体が、そのソケットだ。その縁にはぐるりと複合建築物が配置されていて、どれも空気のない暗闇に抗して密閉されているが、見た目はわれわれがあとにしてきた建物群とさして変わりはない。ただ〈月〉にあるというだけだ。ここが〈ゼロ地点〉、歴史がつくられることになる場所だ。

われわれがなかに通されると、〈ゼロ地点〉常駐スタッフが廊下にずらりと並んでいて、まるで精密につくられた機器を見るように、誇らしげな賞賛の眼差《まなざ》しでわれわれを見ている。われわれは揺り籠のところへ連れていかれる。毎日、練習で使っているのとまったくおなじ揺り籠だ――が、今回はおなじ敷地内にあるひとりひとりべつべつの部屋に設置されている。それぞれの部屋に隣接しているのが指揮者たちがいる観察室で、透明な水晶の窓をはさんで揺り籠の部屋とつながっている。仕事中、観察されるのは慣れている――が、観察室そのものに入るのは慣れていない。きょうがはじめての経験だ。

わたしはそこに立っている。背が低くて簡素な服装のわたしが、背が高くて手の込んだ服を着た人々に囲まれて立っているのだ。居心地がいいはずがない。ギャラットがわたしを、「ホア、もっとも優秀な調律師です」と紹介する。この紹介の仕方だけで、指揮者たちはわれわれがどう機能するのかまったくわかっていないか、ギャラットが神経質になっていて言葉を選んでいるかどちらかだということがわかる。両方なのかもしれない。ダシュアが微細な揺れを段階的に放つ。笑っているのだ。〈月〉の地層は薄くて塵《ちり》が多くて死んでいるが、〈地球〉のとさほど変わらない。わたしは期待されているとおりに愛想よく挨拶する。それがギャラットの言葉が意味していたことなのかもしれない――わたしは指揮者のばかげた発言をもっともらしく聞くふりをするのがいちばんうまい調律師だ。

しかし、紹介が終わってちょっとしたやりとりがあり、適切なタイミングで適切なことをいうのに集中している最中に、わたしはあることに気づく。ふりむくと、部屋のいちばん奥のほうに均衡柱が一本ある。それ自体のプルトニック・エネルギーで瞬き、かすかなハム音を発しながら、なにかをしっかり保持するフィールドを発生させている。そしてその水晶の切断面の上に浮かんでいるのは――。

部屋にはほかの誰よりも背が高く、誰よりも凝った服を着た女がいる。その女がわたしの視線を追い、ギャラットに向かっていう。「かれらは試掘穴のことを知っているのかしら?」

ギャラットはビクッとしてわたしを見る。そして均衡柱を見る。「いいえ」と彼がいう。彼は女の名前をいわないし肩書も口にしないが、口調には強い敬意が感じられる。「かれらには必要なことしか話していません」

「あなたたち一同にとっても全体の状況把握は必要なのではないかと思いますが」

われわれとひとまとめにされてギャラットは怒り心頭だが、口答えはしない。女は見るからに楽しげだ。彼女は腰をかがめてわたしの顔をのぞきこむ。わたしはそこまで背が低いわけではないのに。「あれがなんなのか知りたい、小さな調律師くん？」

わたしはたちまち彼女が嫌いになる。「はい、教えてください」とわたしはいう。

彼女はギャラットが止める間もなくわたしの手を取る。不快ではない。彼女の肌は乾燥している。彼女は均衡柱の上に浮いているものがよく見えるよう、わたしの手を引いて柱のそばまでいく。

最初、わたしはそれがただの球形の鉄の塊《かたまり》ではないかと思った。均衡柱の上数インチのところに浮かんで下から白い光で照らされている鉄の塊。たしかにただの鉄の塊で、表面に斜めの縞《しま》模様のヒビが入っている。隕石《いんせき》の破片か？　ちがう。わたしは球が動いていることに気づく――球はわずかに傾いた南北方向の直線を軸にしてゆっくり回転している。柱の縁にある警告記号を見ると、高熱と高圧を示すマークがあり、均衡フィールドを破らないようにという注意書きもある。マークは、フィールドの内側ではその物体が生まれた場所の環境が再現されていることを示している。

誰もただの鉄の塊のためにこんなことはしない。わたしは目を細めて知覚を肉体感覚と魔法感覚に調整したとたん、あとずさる。灼熱《しゃくねつ》の白い光がわたしを燃やし、通り抜けていったのだ。鉄の球は魔法に満ちている――魔法が凝集し、パチパチ音を立て、糸の上に糸が重なり、なかには表面から外へ……遠くへのびていくものもある。部屋から外へ延々のびていく一本は、わたしも追い切れない――わたしの感覚で追える範囲を超えてしまっている。だが、糸がなぜか空に向かってのびているのはわかる。そして小刻みに震えながら進んでいく糸から読み取れるのは……わたしは思わず顔をしかめる。

「怒っている」とわたしは口にする。そして、馴染《なじ》みがある。いったいどこでこういうのを、この魔法を見たのだろう?

女が目を細めてわたしを見る。ギャラットが小さく唸《うな》る。「ホア――」

「待って」女が片手をあげてギャラットを黙らせる。彼女はまたわたしに視線を向ける。こんどはじっと興味深そうに見つめている。「いまなんといったの、小さな調律師くん?」

わたしは彼女のほうを向く。彼女はまちがいなく重要人物だ。ふつうなら恐れてしかるべきだろうが、わたしは恐れを感じない。「あれは怒っています」とわたしはいう。「怒り狂っています。ここにいたくないのです。どこかほかから持ってきたんですね?」

部屋にいる全員がこのやりとりに気づいていた。指揮者ばかりではないが、みんないかにも不安そうな困惑した表情で女とわたしを見ている。ギャラットが息を呑む音が聞こえる。

「そうよ」ついに彼女が答える。「ある南極のノードで試掘穴を掘ったの。そしてコアのいちばん深いところまでプローブを送りこんで、それを採取した。それは世界そのものの心臓部のサンプルなのよ」彼女は誇らしげに微笑む。「コアの部分の豊潤な魔法こそ、〈大地奥義〉の成就を可能にするものなの。その試掘のためにわたしたちはコアポイントをつくり、破片をつくり、あなたたちをつくったのよ」

わたしはふたたび鉄の球に目をやり、彼女があまりにも近くに立っていることに驚く。そいつは怒っている、とわたしはふたたび思う。なぜそんな言葉が浮かんでくるのか理由はわからないのだが。そいつはしなくてはならないことをするだろう。

誰が？　なにをするのか？

わたしはなぜか苛《いら》立《だ》ちを覚えて首をふりギャラットのほうを向く。「もうはじめたほうがいいのではありませんか？」

女が満足げに笑う。ギャラットはわたしをにらみつけるが、女が上機嫌だとわかるとほんのわずかリラックスする。それでも彼はいう。「そうだな、ホア。わたしもそう思う。あなたさえよろしければ――」

（彼は女の役職と名前を口にするが、わたしは時とともにどちらも忘れてしまう。四万年後、覚えているのは女の笑い声と彼女がギャラットをわれわれと同列に考えていたこと、そして彼女が純粋な悪意を――そして〈ゼロ地点〉にある建物をすべて破壊できるほどの魔法を――放射していたあの鉄の球体のあまりにも近くに立っていたことだけだ。

そしてわたしは、なにが起きることになるのかいくつも警告は発せられていたのに、わたしもまたなにひとつ重くとらえずにいたことを、のちに思い出すことになる。）

ギャラットに連れられて揺り籠部屋にもどり、指示にしたがって針金椅子にすわる。手足をストラップで固定されるが、なぜそんなことをするのかいまだに理解できない。アメシストのなかにいるときは手足を動かすどころか身体があることさえほとんど意識していないのだから。安を飲んだせいでくちびるがピリピリする。興奮剤が入っていた証拠だ。そんなものは必要ないのに。

わたしはほかの連中に手をのばす。みんな花崗岩《かこうがん》のような固い決意に満ちている。よし。目のまえの視聴壁に映像があらわれる。青い地球の全体像と揺り籠にすわったほかの五人の調律師それぞれの姿、そして上空にオニキスが浮かんで待機しているコアポイントが映しだされている。ほかの調律師たちは映像のなかからわたしを見つめている。ギャラットが近づいてきて針金椅子の接触部分を型どおりにチェックする。測定値を生物魔法学部門に送信するためだ。「ホア、きみは、きょうはオニキスを保持することになる」

〈ゼロ地点〉のほかの部屋でガエアが驚いて小さくピクリと動くのを感じる。きょうのわれわれは非常に強く同調しあっているのだ。わたしはいう。「オニキスはいつもケレンリが保持しています」

「いや、もうちがうんだ」ギャラットはうつむいたままそういい、必要もないのに手をのばしてストラップをチェックする。わたしは庭でケレンリを引きもどそうと彼が手をのばした場面を思い出す。あのときとおなじ手の動きだ。ああ、いまになってわかった。彼はずっと彼女を失うことを恐れていたのだ……彼女がわれわれの側へきてしまうことを。彼の上司たちから見れば彼女も道具のひとつになってしまう、それを恐れていたのだ。上司たちは〈大地奥義〉が成就したあとも彼女を彼の手元に残しておくだろうか？ 彼は彼女も茨の茂みに放りこまれてしまうことを恐れているのだろうか？ そうにちがいない。そうでなければ人類史上もっとも重要なきょうという日にこんな重要な配列変更をおこなうはずがないだろう？

まるでわたしの思いを裏打ちするかのように彼がいう。「生物魔法学者は、きみが必要な時間より長く接続を維持できる融和性を示しているといっている」

彼はわたしを見つめている。わたしが反論しないことを期待している眼差しだ。わたしは突然、反論できるのだということに気づく。きょうはギャラットの指示のひとつひとつに注目が集まっているだろうから、もしわたしがあたらしい配列はよい考えとは思えないとでもいえば、上司たちも気がつくだろう。わたしはただ声をあげるだけでギャラットからケレンリを奪うことができる。彼がテトレアを破滅させたように、彼を破滅させることができる。

だが、それは愚かで無意味な考えだ。彼女を傷つけずに、どう彼に力をふるえるというんだ？ それでなくても〈プルトニック・エンジン〉をそれ自身に向けてやろうといういま、わたしは充分、彼女を傷つけようとしているのに。彼女は最初の魔法の変動には耐えられるはずだ――たとえその変動が流れこむ機器に接続していたとしても、彼女ならフィードバックをほかへ流し去ってしまうくらいのことはできる。それだけのスキルを持っている。その結果、彼女は生存者のひとりになり、おなじ苦しみを味わうことになる。彼女がじつは何者なのか、誰にもわかるまい。もし彼女の子どもも彼女とおなじなら——われわれとおなじなら——その子が何者なのかも誰にもわかるまい。われわれは彼女を自由の身にし……ほかの者たちとおなじように生き残るために苦闘を強いられる境遇に置くことになる。しかしそれは金メッキの籠のなかの幻想にすぎない安全よりはましだ、そうだろう？

いや、いや、いや、いや、いや、いや。

あなたが彼女に与えてきたものよりはましだ、とわたしはギャラットを見ながら思う。

「わかりました」とわたしはいう。彼がほんのわずかリラックスする。

ギャラットはわたしがいる部屋から出て、ほかの指揮者たちがいる観察室にもどる。わたしはひとりになる。いや、わたしはけっしてひとりではない——ほかの連中がいっしょにいる。

息が詰まるような一瞬があり、はじめろという合図が出る。いよいよだ。

まずネットワーク。

われわれは同調しているから、われわれの銀の流れを転調し、抵抗を打ち消すのはたやすく楽しい作業だ。レムアが軛役《くびき》になっているが、誰かをつついて全員の共鳴の高低を調整したり、ペースをそろえたりする必要はほとんどない——われわれはきれいに同調している。われわれ全員の望みどおりだ。

われわれの上、たやすく手が届く範囲にある〈地球〉もハム音を発しているように思える。まるで生きているようだ。訓練の最初の頃、われわれはコアポイントへいったりきたりしていた——マントルを抜ける旅だったから惑星のニッケル鉄のコアから壮大な魔法の流れが沸き返りながら上昇していくのを目にしていた。その底なしの源泉に蛇口をつけることができれば人間最大の偉業になるだろう。以前ならわたしも誇りに思っただろう。いまのわたしはこの考えをほかの連中と共有し、苦い喜びをにじませた灰青色の雲母薄片の微光がさざ波となってわれわれのなかを駆け抜ける。かれらはわれわれのことを人間だと思ったことはないが、われわれはきょうの行動でただの道具以上のものだということを証明してみせる。たとえ人間ではないとしても、われわれは人だ。かれらはもう二度とこれを否定することはできなくなる。

浮ついた気分はここまでだ。

まずネットワーク。つぎに〈エンジン〉の破片を招集しなければならない。われわれはアメシストに手をのばす。〈地球〉上の、われわれにいちばん近い場所にいるからだ。遠く離れてはいても、われわれがその奔流に飛びこむと貯蔵基盤にエネルギーがあふれて輝き、低く保持された音を発しはじめるのがわかる。すでに根元の茨の茂みから最後の一滴を吸収し終えて自立した閉鎖系になりつつある——もうほとんど生きているかのように感じられる。われわれがなだめすかして静止状態から共鳴活動へと変化させると、アメシストは脈動しはじめ、やがて神経伝達物質の発火か蠕動《ぜんどう》運動の収縮のような生命体を思わせるパターンでチラチラ光りだす。

実際、生きているのか？　わたしははじめてそう思う。ケレンリの授業がきっかけで生まれた疑問だ。あれは高エネルギー状態の物質でできている物体だが、同時にその形に似せてつくられた高エネルギー状態の魔法でできているものとも共存している——そしてかつては笑い、怒り、歌っていた人々の身体から取られたものとも。アメシストのなかには、いくらかでもかれらの意思が残されているのだろうか？

もしそうなら……ニース人は、かれらをカリカチュアした子どもであるわれわれの計画に賛成してくれるだろうか？

いまさらそんなことを考えている時間はない。もう決断は下されたのだ。

だからわれわれはこのマクロレベルの始動シーケンスをネットワーク全体に拡大する。われわれは地覚器官を使わずに地覚している。われわれは変化を感じている。骨の髄でわかっている――なぜならわれわれは人類最大の驚異の部品だから、この〈エンジン〉の一部だから。

〈地球〉では、シル・アナジストのすべてのノードの心臓部で、そして都市全体にクラクションが鳴り響き、警告パイロンが遠くからでも見えるよう真っ赤に輝き、破片がひとつまたひとつと脈動しはじめ、チラチラ光りだして、ソケットからはずれていく。それぞれの破片のなかで共鳴し、荒削りの石から結晶がはじめて剝《は》がれるのを感じ、魔法の状態変化によってわれわれ自身が輝き、脈動しはじめるのを感じて呼吸が速くなり、破片が上昇していき――

（この高揚した瞬間にはほとんど気づかない程度のひっかかりもある。記憶のレンズを通して凝視してはじめてわかることだ。破片のいくつかはソケットからはずれるときにほんの少しだがわれわれを傷つけてしまう。われわれは、そこにあってはならないはずの金属とこすれるのを感じる。水晶の肌を針でひっかかれる感触だ。ふっと錆びの匂いがする。痛みは一瞬だし、すぐに忘れてしまう。ふつうに針でひっかいたのとおなじだ。あとになって思い出して嘆くことにはなるが。）

――上昇していき、ハム音を発し、回転する。ソケットとその周囲の建物群がどんどん下へ遠ざかるのを見ながら、わたしは深く息を吸いこむ。シル・アナジストはバックアップ・パワー・システムに分流を注ぎこむ――それで〈大地奥義〉が成就するまでもつはずだ。しかし見当ちがいのこともある、こういう日常的な事柄には。わたしは流れ、飛び、突進する光のなかへ、上へ、落ちていく。その光は紫、藍、藤紫、金、スピネル、黄玉《トパーズ》、ガーネット、サファイア――あふれる色、あふれる光！　パワーがみなぎり、生き生きしている。

（生き生きしている、とわたしはふたたび思う。するとこの思いがネットワーク全体を震わせる。ガエアもダシュアもおなじ思いを抱いていたからだ。そしてレムアが横ずれ断層さながらにピシリとわれわれを仕事に引きもどす――なにをやってるんだ、集中しないとみんな死ぬぞ！　そういわれて、わたしはこの思いを消し去る。）

そして――ああ、そうだ、獲物をにらみつける目のようにスクリーンに映しだされ、われわれの知覚の中心にあるのは――オニキスだ。ケレンリが最後に命じたとおり、コアポイントの上空に位置している。

わたしはびくついてなどいないと自分にいいきかせて、オニキスに手をのばす。

オニキスはほかの破片とはちがう。オニキスとくらべれば月長石さえなにも活動していないようなものだ――けっきょくのところ月長石は鏡にすぎないのだから。しかしオニキスはパワフルで不気味で得体が知れない底なしの闇だ。ほかの破片はこちらからもとめて積極的にかかわっていく必要があるが、オニキスはわたしが近づくや否やわたしの意識をひったくり、その激しい銀の対流の奥深くへわたしを引きずりこもうとする。前に接続したときにはオニキスは、ほかの連中にもつぎからつぎへとそうしたように、わたしを拒否した。シル・アナジスト最高峰の魔法学者たちもその謎は解けなかった——しかしいま、わたし自身をさしだすとオニキスはこれは自分のものだという。わたしは突然、悟る。オニキスは生きている。ほかの破片では疑問だったものが、ここではっきりした——それはわたしを地覚している。突如として確実なものとなった存在がわたしに触れ、わたしを知ろうとしている。

　そしてわたしがこのことに気づき、こうした存在はわたしのことを、かれらの遺伝子とかれらを破滅させた者たちの憎しみとの融合からつくられた哀れな子孫をどう思っているのかと恐る恐る考えだした、そのとき——

——わたしはついに、ニース人でさえ理解することなくただ受け入れていた魔法学の秘密に気づく。これはけっきょく、科学ではなく、魔法なのだ。この先も誰にも解けない謎の部分は残りつづけるだろう。だが、いまわかったことがある——生きていないものに充分な魔法を注ぎこむと、生きたものになる。貯蔵基盤に充分な生命を注ぎこむと、その生命たちは一種の集団意思を保てるようになる。かれらは、かれらに残されたもの——なんなら魂《たましい》といってもいいもの——で恐怖と残虐行為を記憶している。

　だからオニキスはいま、わたしに服従している。わたしもまた痛みを知っていることを感じとったからだ。わたしはずっと、わたし自身にかかわる搾取や権利剥奪《はくだつ》に目を向けつづけてきた。もちろん怖いし、怒りを感じているし、傷ついてもいるが、オニキスはこうしたわたしのなかの感情を軽蔑したりはしていない。だが、なにかを探している。なにかべつのもの、なにかそういった感情以上のものを。そしてついに見つけた。オニキスが探していたものは、わたしの心の奥の小さな燃えるこぶのなかに宿っていた――決意だ。わたしはこのまちがいだらけの世界で、なにか正しいものをつくりだそうと決心していたのだ。

オニキスが望んでいるのはそれだ。正義だ。そしてわたしも正義をもとめているから――。

わたしは目を開ける。「制御カボションと連動しました」とわたしは指揮者たちに報告する。「了解」と、生物魔法学者がわれわれの神経奥義をモニターしているスクリーンを見ながらギャラットがいう。見ている人々のあいだから喝采が巻き起こると、ふいに軽蔑心が湧きあがってくる。かれらのお粗末な機器と単純な地覚器官がやっと現実をとらえたのだ。われわれにとっては呼吸とおなじくらいわかりきったことなのに。〈プルトニック・エンジン〉が起動した。

すべての破片が打ち上げられ、それぞれ上昇してハム音を発し、チラチラ光りだして二百五十六の都市ノードおよび地揺れエネルギーに満ちた地点の上空に浮かんだところで、われわれは強化シーケンスを開始する。破片のなかでも淡い色の流量緩衝装置を起動させ、そのあとジェネレーターのなかでも濃いめの色の宝石をアップサイクルする。するとオニキスはシークエンスの初期設定を認識して一度だけ大音声《だいおんじょう》を発し、その音で半球海全体にさざ波がひろがる。

わたしの肌はピリッと引き締まり、心臓に鈍い衝撃を受ける。どこか、べつの存在場所で、わたしはいつのまにか拳を固く握っていた。われわれ全員、六つのべつべつの胴体と二百五十六の手足、そしてひとつの偉大な黒い脈打つ心臓がほぼ一体となって、そうしていたのだ。わたしの口が開き（われわれの口が開き）、オニキスが、遙か下で露出しているコアのたえまなく沸き返る大地の魔法を分岐すべく、位置を完璧に調整する。われわれはこの瞬間のためにつくられたのだ。

いまこそ、われわれはこういうべきなのだろう。いまここで接続すれば、われわれは惑星のできたての魔法の流れを人類に奉仕する永遠のサイクルに閉じこめることができると。シル・アナジスト人はまさにこのためにわれわれをつくったのだ——ある哲学を主張するために。シル・アナジストでは生命は尊重すべきものだ——都市は栄光を維持するために生命を燃料にしているのだから、尊重せざるをえない。その胃袋に収められたのはニース人が最初だったわけではない。多くのなかで最新の、そしてもっとも悲惨な例だったというだけだ。しかし搾取の上に建設された社会にとって、抑圧する相手がいなくなるほど恐ろしいことはない。そしていま、もしなにもしなければ、シル・アナジストはふたたび人々をいくつかの集団に分断し、互いに争い合う理由をつくりださねばならない。もう植物や遺伝子技学で生みだした動物の魔法だけでは足りないのだ——大勢が贅沢《ぜいたく》を享受するためには、誰かが苦しまねばならないのだ。

それならば大地を、とシル・アナジスト人は考えた。痛みを感じず、異論も唱えない巨大な意識のない物体を奴隷にするほうがましだ、とかれらは考えた。〈大地奥義〉のほうがましだ、と。しかし、この論理にも欠点がある。シル・アナジストは究極の持続不能な社会になってしまっている。寄生虫のようなもので、魔法を一滴むさぼるたびに、つぎの魔法を欲しがってしまう。〈地球〉のコアの魔法も無尽蔵ではない。五万年はもつとしても、いずれその資源も尽きる。そしてなにもかもが死ぬ。

われわれがやっていることは無意味だし、〈大地奥義〉なんて嘘《うそ》っぱちだ。もしシル・アナジスト人がこの道を進みつづけるのに手を貸したら、われわれは、われわれにたいしてなされたことは正しくて当然で避けられないことだった、といわされることになる。

いやだ。

だから。いまだ、とわれわれはいう。いまここで接続する——淡色の破片を濃色に、すべての破片をオニキスに、そしてオニキスを……シル・アナジストに。われわれは月長石を回路から完全にはずす。これで破片に貯蔵されていたすべてのエネルギーが都市を破壊することになる。〈プルトニック・エンジン〉が死ねば、シル・アナジストも死ぬ。

それは指揮者たちの機器類が問題をとらえるよりずっと前にはじまり、終わってしまう。われわれ全員が落ち着き、みんなわたしと合流して旋律も止《や》み、フィードバックが襲いかかるのを待つあいだ、わたしは満足感を覚えている。ひとりで死ぬのではないと思うと心がなごむ。

§

しかし。

いかい、しかし。

忘れてはならない。その日、反撃する道を選んだのはわれわれだけでなかったということを。

これはわたしがずっとあとになって、シル・アナジストの廃墟《はいきょ》を訪れ、空っぽになったソケットをのぞいてその壁から鉄の針が突きでているのを見たときに気づいたことだ。これは、ある敵のことだ。わたしが平伏し、その足元でつくりなおされてはじめてわかった敵のことだ……が、あんたにはいま説明しておこう。わたしが受けた苦しみからあんたがなにか学べるかもしれないからな。

前に、それほど昔ではないが、〈地球〉とその地表にいる生きものとの戦いのことをあんたに話したことがある。敵の心理はこうだ——〈地球〉にとっては、われわれのあいだになんのちがいもない。オロジェンもスティルも、シル・アナジスト人もニース人も、未来も過去も——〈地球〉にしてみれば人類は人類。そして、たとえほかの誰かの命令でわたしが誕生し進化したのだとしても、たとえ〈大地奥義〉が指揮者たちが生まれるずっと前からのシル・アナジスト人の夢だったとしても、たとえわたしは他人の命令にしたがっているだけだったとしても、たとえわれわれ六人が反撃するつもりだったとしても……〈地球〉にとってはどうでもいいことだった。われわれは全員、有罪なのだ。全員、世界そのものを奴隷にしようとしたという罪で裁かれるべき共謀犯なのだ。

われわれ全員に有罪を宣告すると、〈地球〉は刑罰をいいわたした。ところがそれは、少なくとも、われわれが懸命によきふるまいをすることを信じているかのような内容だった。

これがわたしが記憶し、のちに断片をまとめ、まちがいないと信じていることだ。しかしこれは戦いのはじまりにすぎないことを忘れてはならない——けっして忘れてはならない。

われわれはまず機械内のゴーストとして崩壊を知覚する。

われわれのそばにいる、われわれのなかにいる、われわれのなかにいる、巨大な存在。断固たる、どんどん侵入してくる、巨大な存在。そいつは、なにが起きたのかわからないうちにわたしの手からオニキスを払い落とし、え？とか、なにかおかしいとか、どうしてこんなことが？というわれわれの驚きの声を地話《ちわ》の衝撃波で沈黙させる。やがて〈断層生成〉のときにあんたを驚かせることになる、あの衝撃波だ。

§

やあ、小さな敵。

指揮者たちがいる観察室ではやっと警報が鳴りはじめる。われわれは針金椅子のなかで凍りつき、叫び声をあげ、なにか理解できないものから返ってきた答えを聞いているだけだから、問題に気づいたのは生物魔法学者だけだ。〈プルトニック・エンジン〉の九パーセントにあたる二十七の破片が突然、オフラインになったのだ。わたしはギャラットが息を呑んでほかの指揮者や来賓たちと顔を見合わせるところを見たわけではない——彼のことだからそうするだろうと推測するだけだ。彼はある時点で制御卓に向き直り、打ち上げを中止しようとしただろう。そしてかれらのうしろでは鉄の球が脈動し、ふくらみ、砕けて均衡フィールドを破壊し、針のように鋭い熱い鉄片となって観察室にいる人々全員に襲いかかったにちがいない。わたしはそれにつづく悲鳴をたしかに聞いた。鉄片が動脈、静脈を焼きながら突き進んでいるのだ。やがて不気味な静寂が訪れるが、この特別な瞬間、わたしには解決しなければならないわたし自身の問題がある。

レムアが、いちばん機転の利くレムアが、なにかべつのものが〈エンジン〉を制御しているとわれわれに気づかせてくれる。われわれはハッとして、たちまち衝撃から立ち直る。誰が、なぜと考えている時間はない。ガエアが、どうやって制御しているかを知覚し、半狂乱で信号を送ってくる――〝オフライン〟になった二十七の破片はまだ活動している。実際、サブネットワークのようなものが構成されている――スペアキーだ。それを使って、なにかべつの存在がオニキスの制御権を無理やり奪ったのだ。いまやすべての破片が、〈プルトニック・エンジン〉のパワーの大部分を発生させ包含している破片たちが、敵意ある異質の存在に制御されている。

わたしは芯のところでは誇り高い生きものだ――こんなことは耐えがたい。オニキスはわたしが保持するよう、わたしに与えられたものだ――だからわたしはふたたびオニキスをつかみ、もぎとって〈エンジン〉を構成している接続回路にもどし、偽の制御者を追い払う。サレアがこの暴力的な混乱で生じた衝撃波を叩《たた》き落とす。さもないと衝撃波が〈エンジン〉全体を水切り石のように跳びまわり、その反響が――そういう反響がどんなことを引き起こすのかじつは誰も知らないのだが、悪いことにちがいない。わたしは現実世界では歯を剝《む》きだし、同胞が最初の大変動の余震のなかで叫び、わたしに向かって怒鳴り、喘《あえ》ぐのを耳にしながらこの反響を乗り切る。なにもかもが混乱している。血肉の領域では、われわれの部屋の照明が消えて部屋の縁にぐるりと並んだパネル型の非常灯だけが灯《とも》っている。警告クラクションが鳴りつづけ、〈ゼロ地点〉のどこかほかのところからは、われわれがシステムに過剰な負荷をかけたせいで機器類がガタガタ動いたりパチッと割れたりする音が聞こえてくる。観察室で悲鳴をあげている指揮者たちにはわれわれを助けることはできない――もともとかれらはわれわれに力を貸しようがないのだが。いったいなにが起きているのか、わたしにもよくわからない。わかるのは、これは戦いだということ、すべての戦いがそうであるように一瞬一瞬が混乱に満ちているということ、そしてこの先どうなっていくのか読みようがないということだけだ――。

われわれを攻撃してきた未知の存在が、制御権を取りもどそうと〈プルトニック・エンジン〉を激しく引っ張る。わたしは言葉ではなく間欠泉さながらに沸騰し、マグマをも引き裂く怒りを叩きつける。消え失せろ！　わたしは怒り狂っている。われわれに手を出すな！

はじめたのはおまえたちだ、とそいつがまたしても〈エンジン〉を引き寄せようとしながら怒りをこめて地層のなかへささやきかける。しかし引き寄せに失敗すると、そいつは苛立たしげに怒鳴り――〈エンジン〉を引き寄せる代わりに、なぜかオフラインになってしまった二十七の破片とがっしり嚙《か》み合ってしまう。敵意ある存在の意図を感じとったダシュアが二十七のうちのいくつかをつかもうとするが、破片はまるで油でも塗ってあるかのように手からするりと抜けてしまう。比喩的にいえば、まさにそのとおりなのだ――なにかが破片を汚して簡単にはつかめないようにしてしまっている。全員で力を合わせてひとつひとつつかもうとすればできないことはないかもしれない――が、時間がない。その前に敵が二十七の破片すべてを保持してしまう。

膠着《こうちゃく》状態だ。われわれはまだオニキスを保持している。ほかの二百二十九の破片も保持している。この破片たちはシル・アナジストを破壊するフィードバック・パルスを放つ準備ができている――そしてわれわれ自身も。しかしわれわれはそれをあとまわしにしていた。問題をこのままにしておくわけにはいかないからだ。この怒りに満ちた恐ろしく強力な存在はいったいどこからきたのか？　保持しているオベリスクでなにをするつもりなのか？　逃げ場のない静寂のなかで時間がすぎてゆく。わたしはほかの連中を代表して、というわけにはいかないが、ついに、もうこれ以上の攻撃はないのではないかと思いはじめる。わたしは昔からそういう愚か者なのだ。

静寂のなか、われわれの敵の楽しげな、悪意に満ちた挑戦的な言葉が聞こえてくる。魔法と鉄と石のなかでギシギシと生みだされた言葉が。

燃やせ、わたしのために、と〈父なる地球〉がいう。

§

そのあとのことについては、これだけの年月、答えを探しつづけてきたにもかかわらず、まだ推測するしかない部分がある。

当時はなにもかもがほぼ一瞬のうちに起きて混乱と破壊の極みだったから、これ以上つぶさに語ることはできない。〈地球〉は徐々に変化していくものだが、ある日突然にそうではなくなる。いったん反撃に出ると、徹底的に反撃してくる。

前後関係を話しておこう。あの試掘穴の掘削は〈大地奥義〉プロジェクトの口火を切るものだったが、同時に人類が〈地球〉を制御しようとしていることを〈地球〉に知らせる警報ともなった。その後、何十年かのあいだに〈地球〉は敵のことを学び、われわれがなにをしようとしているのか理解しはじめる。金属は〈地球〉の道具であり味方だった——だから金属を信用してはならない、ということになる。〈地球〉は地表にみずからのかけらを送りだし、ソケットに入っている破片のことを調べさせた。なぜなら、少なくとも結晶のなかには、非有機的物質からなる存在ならば理解できる——けちな生きものには不可能な方法で理解できる——生命が蓄えられていたからだ。〈地球〉は少しずつ少しずつひとりひとりの人間を制御する方法を学んでいったが、そのためにはコアストーンを媒体にする必要があった。一方、われわれはいかにもちっぽけな、つかむのもむずかしい生きものだ。そんなどうでもいい害獣だが、ときとして自分たちを危険なほど重要な存在にしてしまうという嘆かわしい傾向がある。しかしオベリスクはかなり役に立つ道具だった。簡単にわれわれのほうに向けることができるのだ。不用意に武器を構える者は、そういうことになる。

焼き尽くせ。

アライアを覚えているか？　あれを二百五十六倍にした厄災を想像してみてくれ。スティルネス大陸のあらゆるノード・ステーションに、地揺れが頻発する地域に、そして海にも、穴が穿《うが》たれるさまを想像してみてくれ――何百ものホットスポットやガス溜《だ》まり、油溜まりが破れてプレートテクトニクス構造全体が不安定になる。これほどの破滅的大変動をいいあらわす言葉はない。惑星の表面は溶け、海は蒸発し、マントルより上にあるものはすべて滅菌されるだろう。世界は――われわれはもとより、将来〈地球〉に害をなすようなものに進化する可能性のある生きものにとっての世界は――終わる。しかし〈地球〉そのものはすこやかなままだ。

われわれはそれを止めることができた。止めようと思いさえすれば。

ひとつの文明の破壊か、惑星上のあらゆる生きものの絶滅か、どちらを容認するかの選択に直面したとき、迷いがなかったとはいうまい。シル・アナジストの運命は封印された。まちがえてはいけない――われわれは封印したつもりだったのだ。〈地球〉が望んだこととわれわれが望んだこととのちがいは、たんにスケールの問題にすぎなかった。しかしどちらが世界の終わりということになるのか？　われわれ調律師は死ぬことになるだろう――あのとき、わたしにとってはちがいなどどうでもいいことだった。これ以上失うもののない相手にそんな質問をするのは、およそ賢明とはいえない。

ただし。わたしには、じつは失うものがあった。あの永遠につづく瞬間、わたしはケレンリと彼女の子どものことを考えていた。

かくしてネットワーク内でわたしの意思が先行することになる。もし疑っているのなら、はっきりいおう――世界をどんなふうに終わらせるか、選んだのはこのわたしだ。

〈プルトニック・エンジン〉の制御権を取ったのはこのわたしだ。われわれは〈焼尽〉を止めることはできなかったが、シーケンスに延期指令を挿入してエネルギーの最悪部分の方向を変更することはできた。〈地球〉が手出ししてきたあと、パワーが不安定になって、最初にわれわれが予定していた量をシル・アナジストに注ぎ返すことができなくなってしまった――それができていれば〈地球〉が望んだとおりになったわけだが。その分の運動エネルギーをどこかほかの場所で消費しなければならない。しかし、人類を生き残らせようと思ったら、惑星上にはそんな場所はない――が、ここには、いつでもこいと待ち受けているかのような〈月〉と月長石があるではないか。

わたしは急いでいた。考え直しているひまはなかった。月長石にパワーを反射させるわけにはいかなかった。本来はそれが月長石の役割なのだが、それでは〈焼尽〉のパワーが増してしまう。だからわたしはほかの連中をひっつかんで力尽くで手伝わせた――みんなそうしたいと思ってはいた、ただのろかっただけだ――そしてわれわれは月長石カボションを粉々に砕いた。

つぎの瞬間、パワーは砕けた月長石を直撃し、反射しそこなって〈月〉を噛み砕きながら奥へ奥へと進みはじめ《はじ》た。これで一撃の威力は和らげられたものの、衝撃は凄《すさ》まじかった。〈月〉を軌道から弾きとばしてしまうほどに。

ここまで〈エンジン〉を誤用すれば、その反動でわれわれはあっさり死んでいて当然だったが、〈地球〉は、機械のなかのゴーストは、まだそこにいた。われわれが断末魔の苦しみに身《み》悶《もだ》えし、〈ゼロ地点〉のありとあらゆるものがわれわれの周囲で砕けていくなか、〈地球〉は制御権を取りもどしていた。

　わたしは、〈地球〉はその暗殺を企てたのはわれわれだと考えていた、といった――が、どういうわけか、たぶん長年研究した結果なのだろうが、われわれは誰かの道具にすぎない、自分の意思でやっているのではないと了解してもいたのだ。もうひとつ忘れてはならないことがある。〈地球〉はわれわれを完全には理解していない。人類を観察した結果、人類は短命でひ弱な生きもので、かれらが依存している惑星とは物質的にも意識の面でも不可解なほどちがっていて、自分たちが〈地球〉にどんな害をおよぼそうとしているかわかっていないと考え、その理由は、たぶんかれらが短命でひ弱で無関心だからだろう、と解釈する。そこで〈地球〉は、〈地球〉にとっては意味があると思われる、ある罰を科すことにした――われわれを〈地球〉の一部にしたのだ。錬金術の波がつぎからつぎへとわたしに作用し、わたしの肉体を一見、石のように見える、なんの加工もされていない生きた魔法の固まりに変えていくあいだ、わたしは針金椅子のなかで悲鳴をあげていた。

　だがわれわれよりひどい目に遭った者たちもいた――〈地球〉をいちばん怒らせた連中だ。〈地球〉はそのいちばん危険な害獣たちをコアストーンの破片を使って直接、制御することにした――しかしこれは思ったほどうまくはいかなかった。人間の意思は肉体より気まぐれで予想がつきにくい。そもそも移ろいやすいものだったのだ。

　変化したあとに感じたショックと困惑については、話すつもりはない。どうやって〈月〉から〈地球〉にもどったのかと聞かれても答えようがない――覚えているのは無限に落ちつづけ、焼かれつづける悪夢だけだが、あれは譫妄《せんもう》状態に陥っていたからなのかもしれない。生まれてからずっと同類たちに歌いかけてすごしてきたわたしが急に自分はひとりきりで旋律とは無縁の存在になってしまったと気づいたとき、どんな気持ちだったか、想像してくれというつもりはない。それは正当な裁きだった。わたしは受け入れている――自分の罪を認めている。だからなんとか償おうとしてきた。しかし……。

　まあいい。いまさらなにをいってもしかたがない。

　われわれは、変容する寸前、かろうじて二百二十九の破片への〈焼尽〉指令をキャンセルすることができた。そのストレスで破片のいくつかは砕け散った。またいくつかはその後何千年かのうちに基盤がなにとも知れぬ不可解な力で砕かれて死んでいくことになる。が、大半は待機モードに入り、もはやかれらのパワーを必要としなくなった世界の上で何千年も漂いつづける――あるとき、地上にいる、とあるひ弱な生きものが、困惑しきったあてどない接続要請を送信してきたとおぼしき現象が起きるまでは。

　われわれは〈地球〉が掌握していた二十七の破片を止めることはできなかった。しかし指令格子に延期を挿入することはできた――百年、延期させたのだ。物語がまちがっているのはタイミングの部分だけだ、そうだろう？〈父なる地球〉の子どもが盗まれて百年後、二十七の破片はたしかに惑星のコアに突入し、その肌一面に恐ろしい傷痕《きずあと》を残す。〈地球〉がもとめていたようなすべてを焼き払う炎ではなかったが、それでも最初にして最悪の〈第五の季節〉を引き起こした――いわゆる〈破砕〉と呼ばれているやつだ。人類は生きのびた。〈地球〉にとって、いや人類の歴史にとってすら百年など無に等しいが、シル・アナジストの崩壊を生きのびた者たちにとっては充分に準備をととのえられる時間だった。

〈月〉はその心臓部を貫く傷から砕片を血のように滴らせながらひと月とたたないうちに姿を消した。

そして……。

それ以来、二度とケレンリとその子どもの姿を見ることはなかった。わたしはあまりにも恥ずべき怪物になりはてていたから、二人を捜すこともしなかった。しかし彼女は生きていた。ときどき彼女の石の声がギシギシ、ゴロゴロと聞こえてきたし、数人の子どもたちが生まれたときにはその声も聞いた。かれらは完全に孤立していたわけではなかった――シル・アナジストの生き残りは、その最後の魔法技術を使ってさらに数人の調律師をデカントし、かれらを使ってシェルターや緊急時対応計画、警告や防備のシステムをつくっていた。しかしこの調律師たちは役割を終えて、あるいは〈地球〉を激怒させたのはかれらだと非難されて、やがて死んでしまう。ただケレンリの子どもたちだけは、目立たず、その力もふつうの見た目に隠されたかたちで綿々と血筋を受け継いでいく。そしてケレンリの遺産だけが集落から集落へと渡り歩く伝承学者によって残されていく。伝承学者は各地をまわってやがて大惨害が起きると警告し、ニース人の生き残りとどう力を合わせ、順応し記憶すればいいかを教えた。

しかし、すべてうまくいった。あんたたちは生き残っている。それもわたしがしたことだ、そうだろう？　わたしは最善を尽くした。できるかぎり手を貸した。そしていま、愛《いと》しい人よ、二度めのチャンスが訪れた。
あんたが世界をいま一度、終わらせるチャンスが。

§

二五〇一年：ミニマル－マキシマル間の断層のずれ：大規模。衝撃波は北中緯度地方なかばから北極地方までおよんだが、赤道地方ノード・ネットワークの外縁で止まった。翌年、食料価格が高騰したものの飢餓《きが》は避けられた。

――イェーター〈革新者〉ディバースの事業記録

13　ナッスンとエッスン、世界の暗黒側で

ナッスンが世界を変えようと決心するのは日暮れの頃だ。

彼女は日中ずっと、シャファのいまだに灰まみれの服を枕にして彼の匂いを嗅ぎ、ありえないことを夢想しながら、彼の横で丸くなっていた。やっと起きあがって、つくりおきの野菜スープの残りを慎重に彼に飲ませる。水も大量に与える。〈月〉を衝突軌道にのせても、〈地球〉が砕け散るまでには数日かかる。そのときシャファにあまり苦しい思いはさせたくない、と彼女は思っている。なぜなら、そのとき彼のそばにいて助けてやることはできないからだ。

（彼女は、芯のところでは、ほんとうにいい子だ。怒らないでやってくれ。彼女は限られた経験のなかで選択しなければならないのだし、その経験の多くが悲惨なものだったのは彼女の責任ではないのだから。それよりも驚くべきは、彼女がなんと簡単に、なんと徹底的に人を愛するかだ。世界を変えるほどに愛するとは！　彼女はこれほど愛するということをどこかから学んだのだ。）

彼のくちびるからこぼれたスープを布きれでぬぐいながら、彼女は手をのばして彼女のネットワークを活性化させはじめる。ここコアポイントではオニキスなしでできるが、起動には少

し時間がかかる。

「〝指令〟は石に刻まれています」彼女は厳粛な面持ちでシャファに告げる。つまり変えようがないということだ。ふたたび彼の目が開く。まばたきする。たぶん、声に反応したのだろう。だがその反応にはなんの意味もないと彼女はわかっている。

この言葉は奇妙な手書きの本に書いてあったものだ――その本には、オベリスクの小規模なネットワークを〝スペアキー〟として使って、〈門〉にたいするオニキスのパワーに打ち勝つ方法が書かれていた。これを書いた男はたぶん頭がおかしかったのだろう。ずっと昔、ナッスンの母親を愛していたらしいから、それが証拠だ。ふつうではない、どうかしていると思うが、なぜか驚きはない。世界は大きい、と同時にとても小さい、と彼女は気づきはじめている。おなじ物語が何度も何度もくりかえされている。おなじ終末がくりかえされている。おなじあやまちが永遠にくりかえされていく。

「直しようがないほど壊れているものも、たしかにあるのよね、シャファ」彼女はなぜかジージャのことを考える。そしてその痛みでしばし沈黙する。「わたしは……わたしはなにもよくすることができない。でも、悪いことを止めることだけはできるわ」そういうと彼女は立ちあがり、部屋から出ていく。

そのときシャファの顔が〈月〉が影のなかに入るようにすうっと動いて彼女の姿を追っていたのを、彼女は見ていない。

§

あんたが世界を変えようと決断するのは夜が明ける頃だ。あんたはレルナが黄色いX印のついた建物の屋上まで持ってきてくれた寝袋のなかでまだ眠っている。あんたとレルナは貯水塔の下で〈断層〉の絶え間なくゴロゴロいう音とときおり落ちる雷の音を聞きながら、ひと晩すごしていた。もう一度セックスしてもよかったのかもしれないが、あんたの頭には浮かばなかったし、レルナもほのめかしたりしなかったから、まあ、それはそれでいい。どちらにしろ、セックスにかんしてはあんたはもう充分、厄介事を抱えている。中年だからという理由も、避妊具がないという理由も関係ない。

彼はあんたが立ちあがって身体をのばすのをじっと見ている――賞賛の眼差《まなざ》しで。あんたはいつまでたってもそこが理解しきれなくて、居心地が悪い。彼といると、自分が実際よりもいい人間のような気がしてくる。だからあんたは彼の子どもが生まれるまでここにいるわけにはいかないことを一度ならず後悔する。いくら後悔してもしきれないほどだ。レルナの確固たる毅然《きぜん》とした善良さは、なんとしてもこの世界に残さねばならないものだ。ああ、悲しきかな。

あんたは彼の賞賛に値したことなど一度もなかった。だが、そうなりたいと思ってはいた。

あんたは階下に向かいかけて立ち止まる。前の晩、あんたはレルナに加えてトンキーとフジャルカ、そしてイッカにも、そのときがきたと告げていた――朝食をとったら旅立つと。かれらもいっしょにくるかどうかは、たずねずじまいだった。向こうからいくといってくるなら、それはそれでいいが、あんたは自分からは聞かないつもりでいる。こんな危険な旅にいっしょにくるように圧力をかけることなど、まともな神経ならできるわけがない。それでなくともかれらの行く手には、ほかの人間たち同様、充分、危険なことが待ち受けているのだ。

階段を下りて黄色いX印のある建物のロビーに着くまで、あんたはまさかその全員が顔をそろえているとは思ってもいなかった。全員がそこにいてあわただしく寝袋を丸めたり、あくびをしたり、ソーセージを焼いたり、誰かが錆《さ》び茶をぜんぶ飲んでしまったと大声で文句をいったりしている。ホアはあんたが階段を下りてくるのが見える場所にいる。完璧な位置取りだ。彼の石のくちびるにはいくらかおつにすました笑みが浮かんでいるが、あんたはべつに驚きはしない。が、ダネルとマシシには驚かされる。ダネルはロビーの片隅で格闘技の練習のようなことをしているし、マシシは追加のジャガイモを刻んでいる。平鍋で炒《いた》めるつもりなのだ――そう、彼はロビーで焚《た》き火をしている。コム無しはときどきそういうことをする。窓がいくつか割れていて、煙はそこから外に出ていっている。フジャルカとトンキーにも驚かされる――二人ともまだ大量の毛皮にくるまって寝ている。

しかしあんたはまさかイッカがつかつかと入ってくるとは、ほんとうに、まったく、夢にも思っていなかった。かつてのように完璧なアイメイクをほどこして、ある種、猛々《たけだけ》しい雰囲気をまとっている。彼女はロビーを見渡して、ほかの連中とともにあんたを視界にとらえると、腰に手を当てる。「錆び野郎のみなさん、悪いときにきちゃったかな？」

「そんなわけないでしょ」とあんたは思わず口にしている。うまく話せない。胸が詰まる。なんとイッカが——あんたは彼女を見つめる。邪悪な地球、彼女はまたあの毛皮のベストを着ている。あんたは、カストリマ地下に置いてきたものとばかり思っていた。「あなたはきてはいけないわ。コムがあるんだから」

イッカはそのドラマチックに化粧した目をぐるりと回す。「は、ご挨拶じゃないの。でもあんたのいうとおり。あたしはいかないよ。あんたと、誰だか知らないけどあんたといっしょにいく連中を見送りにきただけ。どうせこうやって灰出《はいで》ていくのなら、あんたたちを始末させておけばよかったけど、いまはあのちょっとした専門技術、みんなも大目に見てくれるんじゃないかな」

「え？　わたしたち、帰ってこられないの？」いきなりトンキーがいう。彼女はやっと起きあがったが、まだシャキッとしていないし髪がとんでもない角度に傾いている。フジャルカは起きるときには呪いの言葉をつぶやいていたが、マシシが炒めたジャガイモを盛った皿をトンキーに渡してやっている。

イッカがトンキーをじろりと見る。「あんた？　あんたはこれから巨大な、完璧に保存されたオベリスク建造者の廃墟《はいきょ》にいくんだ。もう二度とあんたに会うことはないだろうね。でも、あんたがもどってこられる可能性はたしかにある。もしフジャルカがあんたを正気にもどすことができたらね。とりあえず、彼女は必要だから」

マシシが大あくびをして全員の注目を集める。彼は裸なので、やっと前よりましになったことがあんたにも見てとれる──まだほとんど骨と皮という感じだが、いまはコムの住人の半分がそんな状態だ。それでも咳《せき》は少なくなったし髪は前よりふっさりしてきたが、いまのところ灰噴き髪《はいふ》が生えそろってしっかり重い灰をふり落とせる状態になる前の瓶洗いブラシの段階だ。布に包まれていない切断された足を、あんたははじめて目にする。そして遅まきながらその切断面がコム無しの侵略者が弓のこで切ったのにはほど遠い、あまりにもきれいなものだということに気づく。まあ、彼にもいろいろあったということだろう。あんたは彼にいう。「ばかなことはしないでね」

マシシは少し困惑したような顔でいう。「いかないさ、もちろん。でも、いく可能性はあった」

「いいえ、錆び、なかった」イッカがピシリという。「いっただろ、ここにはフルクラム仕込みのロガが必要なんだって」

彼は溜息《ためいき》をつく。「はいはい。でも見送ってはいけない理由はないはずだ。さあ、質問はもうおしまいにして、こっちへきて食いものを取れよ」彼は服に手をのばして着はじめる。あんたはなにか食べようと素直に焚き火に近づいていく。けさはまだつわりの吐き気が襲ってこない──これはちょっとした幸運だ。

あんたは食べながらみんなを見ているうちに、自分が感きわまっていること、そしてまた少しだけ不満を覚えていることに気づく。もちろんみんながこんなふうに別れを告げにきてくれて感動している。とてもうれしい──うれしくないふりなど、しろといわれてもできない。いつこんなふうに旅立ったことがある？　一度でも、堂々と、暴力とは無縁で、笑いのうちに旅立ったことがあるだろうか？　いまの気分は……どんな気分なのか、あんたにはわからない。いい気分なのか？　あんたは自分の気持ちを持てあましている。

しかしあんたは、もっと何人かここに残ると決めてくれればいいのにと思っている。このままだとホアは錆びキャラバンを引っ張って地中を通り抜けることになる。

だがダネルを見たとたん、あんたは驚いて目をぱちくりさせる。彼女はまた髪を切っていた——長いのはとことん嫌いと見える。両脇は剃《そ》りたてで……くちびるを黒くしている。そんなものをどこで見つけたのか〈地球〉のみぞ知るだが、もしかしたら木炭と脂で自分でつくったのかもしれない。だがそのせいで急に〈強力《ごうりき》〉の将軍には見えなくなってしまった。いや、もともとそうだったわけではない。赤道地方の伝承学者が後世のために記録したいと思うような運命に自分は直面しているのだと思うと、なぜかなにもかもがちがって見えてくる。これはただのキャラバンではない。錆び、探求の旅だ。

そんな考えが浮かんだとたん、あんたは思わず自虐的に笑ってしまう。それを聞いた全員が手を止めてあんたを見つめる。「なんでもないの」と手をふりながらあんたはいい、空になった皿をわきに置く。「ただ……くそっ。さあ、じゃあ、きたい人はみんなきて」

レルナの荷物は誰かが持ってきていて、彼はあんたを見ながら静かに荷物を背負う。トンキーは悪態をつきながら大急ぎで準備をととのえ、フジャルカはそれを辛抱強く手伝ってやっている。ダネルはぼろ切れで顔の汗をぬぐう。

あんたはホアに歩み寄る。彼は皮肉な笑いを浮かべてたのしんでいるような表情をつくっていて、あんたはその隣に立ち、一同の騒ぎを見ながら溜息を洩《も》らす。「こんなに大勢、連れていけるの？」

「わたしと接触しているか、わたしと接触している者に触れているかすれば大丈夫だ」

「ごめんなさいね。まさかこんなことになるとは思っていなかったのよ」

「ほんとうに？」

あんたは彼を見るが、そのときトンキーが——まだ口をモグモグさせて荷物を無事なほうの腕で肩にかけながら——彼の上にあげた手をつかむ。そしてふっと動きを止めて露骨に興味津津という顔でその手をじろじろ見ている。これで、微妙な瞬間はすぎさってしまう。

「それで、どういうことになるんだい？」とイッカがいう。腕組みしてみんなを見ながらゆっくり歩きまわっている。あきらかにいつもより落ち着きがない。「そこへいって〈月〉をつかんでちゃんとした場所に押しこんで、そのあとは？　なにか目に見えるような変化があるの？」

「〈断層〉は冷えていくわ」とあんたは答える。「でも短期間でというわけにはいかない。空気中の灰が多すぎるから。〈季節〉はこのままつづくでしょうね。なにがあろうといまよりひどくなるのはまちがいない。もしかしたら〈月〉のせいで、よけいひどくなるかもしれない」あんたはすでに〈月〉が世界を引っ張るのを地覚《ちかく》している——ああ、もっとひどくなるとあんたは確信している。だがイッカは黙ってうなずく。彼女も地覚しているのだ。

しかし、長期的にどうなっていくのかはあんたにもはっきりとはわからない。「でも、もしうまくいったとして、うまく〈月〉を取りもどせたとして……」あんたは困惑気味に肩をすくめてホアを見る。

「そうなれば交渉の余地が生まれる」と彼が虚《うつ》ろに響く声でいう。全員が動きを止めて彼を見つめる。そのたじろぎ方で、誰が石喰《いしく》いに慣れているか、誰が慣れていないか、はっきりわかる。「そして休戦協定を結べるかもしれない」

イッカがしかめっ面でいう。「〝かもしれない〟？　じゃあ、あたしたちはこれだけのことをやってきたのに、二度と〈季節〉がこないようにできるかどうかわからないっていうの？　邪悪な地球」

「ええ」とあんたは認める。「でもこの〈季節〉は止められるわ」それだけは、あんたも確信している。それだけは。それだけでも価値がある。

イッカは黙りこんでしまうが、ときどきぶつぶつひとりごとをいっている。彼女もいきたくてしょうがないのだ。あんたにはその思いがひしひしと伝わってくる――が、どうやら自分を納得させてくれたようで、あんたは心からうれしく思う。カストリマには彼女が必要だ。そしてあんたには、あんたがいってしまったあともカストリマはここにあるという確信が必要なのだ。

ついに全員の準備がととのう。あんたは左手でホアの右手を取る。あんたにはレルナにさしだしてやれるもう一方の腕がないから、レルナはあんたのウエストに腕を巻きつける――あんたがちらりと見ると、彼は落ち着いた、決意あふれる表情でうなずく。ホアの左手のほうにはトンキーとフジャルカとダネルが手をつなぎ合って鎖のように連なっている。

「吹っ飛んじゃったりしないの？」とフジャルカがたずねる。一行のなかで不安そうな顔をしているのは彼女だけだ。ダネルは穏やかな空気を漂わせている。ついに心の平安を得られたのだろう。トンキーはかなり興奮していて、にやにや笑いが止まらない。レルナはただあんたに寄り添っている。いつものようにしっかりと。

「するかもね！」とトンキーが軽く飛び跳ねながらいう。

「これって、すばらしくひどいアイディアだと思うけどね」とイッカがいう。彼女は腕組みしてロビーの壁に寄りかかり、みんなが体勢をととのえるようすを眺めている。「だって、ほら、エッシーはいかなくちゃならないけど、あとのみんなは……」彼女は首をふる。

「もし女長《おさ》でなかったら、いっしょにいくつもりでしたか？」とレルナがたずねる。静かな口調だ。彼はいつもこんなふうに静かに唐突に、この上なく大きな岩を落とす。

イッカは顔をしかめて彼をにらみつける。そしてあんたに用心深そうな、少し困ったような眼差しを投げると、溜息をついてグイッと壁を押し、壁から離れる。だが、あんたにはわかっていた。また胸が詰まる。

「ねえ」とあんたは彼女が逃げださないうちに声をかける。「イーク」

彼女はじろりとあんたをにらむ。「その呼び方は大嫌いなんだけどね」

あんたはそれを無視する。「前にセレディスを隠してあるっていってたわよね。わたしがレナニスの軍隊を撃退できたらいっしょに飲むはずだったお酒。覚えてる？」

イッカは目をしばたたき、やがてその顔に笑みがひろがっていく。「あんたは昏睡《こんすい》状態とかなんとかだったから、あたしひとりでぜんぶ飲んじゃったよ」

あんたは正直、腹を立てている自分に驚きながら、彼女をにらみつける。彼女は臆面もなく笑っている。デリケートな別れの場面には、あんまりな反応だ。

が……まあいい。なんにしても、いい気分だ。

「目を閉じて」とホアがいう。

「冗談じゃないのよ」とあんたはみんなに警告する。だが、自分は目を開けたままだ。世界が暗く、見慣れぬものになる。あんたは恐怖は感じていない。あんたはひとりではない。

§

もう夜だ。ナッスンはコアポイントの街の緑地だと思っている場所に立っている。が、そこは緑地ではない――〈季節〉がない頃につくられた都市にはそんなものは必要なかったのだ。そこはコアポイントの心臓部である巨大な穴のそばのなんの変哲もない場所だ。穴のまわりにはシル・アナジストで見たパイロンのようなおかしな傾き方をした建物が建っている――が、大きさがまるでちがう。ここの建物は巨大だ。高層で、一棟一棟の間口が一ブロックほどもある。ここの建物には見たところドアも窓もないが、近づきすぎると警告文が出るということをナッスンは学んでいた。鮮紅色の文字と記号で、ひとつが数フィートの大きさ。都市の上空で燃えるように輝いている。それよりいやなのは街路中に響き渡る低く耳障りな警告音だ――大音量ではないが、しつこくて、歯が浮くような、むずがゆいような感じになる。

（それでも彼女は穴をのぞきこんだ。それは地下の都市にあったものとくらべると、ずっと大きかった――円周が何倍もあって、ひとまわりするのに一時間以上かかりそうだった。が、その壮大さにもかかわらず、また人類が大昔に失ってしまった工学技術のすばらしさを示す証拠を目の当たりにしているにもかかわらず、ナッスンの心はなぜか動かない。穴は空腹を満たさないし、灰や攻撃を避けるシェルターにもならない。彼女は怖いとさえ思っていない――もっとも人を怖がらせてどうなるものでもないのだが。地中の都市を抜け、世界のコアを抜ける旅を終えてシャファを失ったいま、そしてこの先も、彼女には怖いものなどない。）

ナッスンが見つけた場所は穴の警告半径を越えてすぐのところにある完全な円形の地面だ。一風変わった地面で、触感は少しやわらかくて弾力があり、彼女がこれまで触れたことのあるどの素材とも似ていない――だが、このコアポイントではそんな経験は稀《まれ》ではない。この円のなかにはほんものの土はない。円の縁に風で吹き寄せられたものが少したまっているだけだ――そこには海草が数本、根をおろし、何年か前に吹き飛ばされるまで頑張っていた若木の干からびたひょろ長い幹が残っている。それだけだ。

彼女が円のまんなかに立っているうちに周囲に何人かの石喰いが姿をあらわしていた。スティールの姿はないが、道路や四つ角には階段に腰をおろしたり、壁に寄りかかったり、二、三十人の石喰いがいる。彼女が通りかかると顔や目を向ける者も数人いたが、彼女は無視していたし、いまも無視している。たぶんかれらは歴史を目撃するためにここにきたのだろう。なかにはスティールのように自分たちのぞっとするほど際限のない一生に終止符を打ちたいと思っている者もいるだろう。これまで彼女を助けてくれた石喰いは、みんなそう思っていたのかもしれない。ただ退屈だからという者もいるだろう。最高にエキサイティングな場所というわけではないからな、コアポイントは。

いまはなにも気になるものはない。夜空以外は。その夜空には〈月〉が昇りはじめている。低く水平線にかかった〈月〉は前の日より大きく、大気でひずんで横長の楕円《だえん》に見えている。白くて奇妙で丸くて、その不在が世界が被った痛みと苦闘との象徴とはとても思えない。とはいえ――それはナッスンのなかのオロジェンの部分をぐいぐい引っ張っている。世界全体を引っ張っている。

こんどは世界が引っ張り返す番だ。

ナッスンは目を閉じる。いまやすべてがコアポイント周辺にそろっている――スペアキー、彼女が過去数週間で触れ、飼い慣らし、説得して近くの軌道に乗せた三×三×三、ぜんぶで二十七のオベリスク。彼女はまだサファイアを感じることができるが距離があるので見えてはいない――だからサファイアを使うことはできないし、呼び寄せるとしても彼女のもとにくるには何カ月もかかってしまうだろう。だが、ここにあるものだけで足りる。生まれてからずっと、どんなときでも見えているオベリスクはひとつだけ――あるいはゼロ――だったから、空にこれほどたくさん集まっているのを見ると奇異に感じられる。もっと奇異に感じるのは自分がそのすべてと接続していることだ。それぞれがほんの少しずつちがう速度で単調な音を出し、パワーの井戸の深さも少しずつちがっている。色が濃いほうが深い。なぜなのかは見当もつかないが、その差ははっきりしている。

ナッスンは両手をあげて指をひろげる。無意識のうちに母親そっくりのポーズになっている。非常に慎重に、彼女は二十七のオベリスク同士の接続を開始する——ひとつとひとつを接続し、つぎにそれぞれが二つに接続するようにし、それをくりかえしていく。彼女は視線や力線、そして彼女には理解不能の数学的関係が欠かせない奇妙な直覚力に服従させられている。それぞれのオベリスクは構成されていく格子を維持しようとしている。格子をバラバラにしたり壊したりするような動きはない。いわば馬車を引く馬たちに馬具をつけていくようなもので、一頭を自然に素早くすませてしまえば、もう一頭はゆっくりでいい。こっちは二十七頭の神経質な競走馬……だが、原理はおなじだ。

そしてすべての流れがナッスンに抗《あらが》うのをやめて密集行進に移行した瞬間は、それはすばらしい感覚だった。彼女は息を吸いこみ、〈父なる地球〉がシャファを破壊して以降はじめて喜びを感じて、思わず笑顔になる。怖くて当然なはずだ、そうだろう? 凄《すさ》まじいパワーなのだから。彼女は灰色や緑や藤紫や純白の奔流のなかを上へ上へと落ちていく——なんと呼べばいいのか彼女にはわからないが、彼女のなかのある部分が二十七の部品の舞踏のなかを移動し、調整している。ああ、なんて美しいんだろう! もしシャファが——。

待て。

ナッスンのうなじの毛が逆立つ。いま集中力が途切れてはまずいから、彼女は懸命にひとつひとつのオベリスクに順序よくつぎつぎと触れていき、なだめて、一種のアイドリング状態に持っていく。ほとんどはこれを受け入れてくれるが、オパールが少し逆らって跳ねあがり、静止状態に持っていかなければならない。やっとすべてが安定すると、彼女は慎重に目を開けてあたりを見まわす。

一見したところ月光に照らされた黒と白の街路は前のままだ――彼女の仕事ぶりを見ようと集まった石喰いの一団がいるだけで、しんと静まり返っているし、なんの動きもない。（コアポイントでは、大勢のなかでも簡単に孤独を感じられる。）そのとき彼女は……動きをとらえる。なにかが――誰かが――影から影へとよろよろ動いていく。

ナッスンは驚いてその動く人影のほうへ一歩、踏みだす。「あ、あのう？」

人影は小さな柱のようなもののほうへよろよろと近づいていく。その柱のようなものがなんなのかナッスンにはまったくわからないが、どうやら都市の角ごとに立っているようだ。人影はなかば倒れこむようにしてその柱をつかみ、支えにしている。そして彼女の声にビクッと顔をあげる。影のなかから氷白《ひょうはく》の目がナッスンを刺し貫く。

シャファだ。

目覚めている。動いている。

ナッスンはなにも考えずに早足で歩きだし、やがて駆けだして彼女のあとを追う。心臓が口のなかにある。そういういい方を聞いたことはあったが、べつに深く考えたことはなかった――

ただの詩的な、ただのばかげた表現だと思っていた——が、いまはその意味が理解できる。口のなかがカラカラで、心臓の鼓動が舌を通して感じられるのだ。目のまえがぼやけてくる。

「シャファ！」

彼は三、四十フィート先にいる。コアポイントの穴を囲むパイロンのような建物のひとつのそばだ。彼女を認識できる距離だ——それなのに彼の眼差しには彼女が誰なのかわかっている気配がない。それどころか——彼はまばたきすると、ゆっくりと冷たい笑みを浮かべる。それを見て彼女は肌がムズムズするような不安を覚え、つまずきそうになりながら立ち止まる。

「シャ、シャファ？」彼女はもう一度、呼びかける。静寂のなかに、ひどくか細い声が響く。

「やあ、小さな敵」とシャファがいう。コアポイント全体、そしてその下の火山、さらにはその周囲一千マイルの海に響き渡る声だ。

そして彼はくるりと背後のパイロンのような建物のほうを向く。彼が建物に触れると、高さのある細長い入り口があらわれる——彼はよろよろとおぼつかない足取りでなかへ入っていく。彼が入ると同時に入り口が消える。

ナッスンは悲鳴をあげ、身を躍らせて彼のあとを追う。

§

あんたは世界を半分通り抜けてマントル下部深くにいるとき、〈オベリスクの門〉の一部が起動するのを感じ取る。

というか、あんたの頭はまずそういうふうに解釈するが、あんたはすぐに自分のなかの警報音を制御して自分がなにを感じているのか確認しようと手をのばす。が、むずかしい。地中深くのここには大量の魔法があふれている——そのなかを移動しながら地表でなにが起きているか知ろうとするのは、すぐそばで百の滝が轟音《ごうおん》をたてているなかで遠くの小川のせせらぎを聞こうとするようなものだ。ホアがあんたをさらに深い場所へ連れていけばいくほどむずかしくなり、ついに〝目を閉じ〟るしかなくなると、魔法を知覚することを完全にやめざるをえなくなる——近くになにか凄まじく明るく輝いてあんたを盲目にしてしまうものがあるからだ。まるで地下にある太陽のように白銀に輝き、信じられないほど密に凝集した魔法が渦巻いている……が、あんたはホアがこの太陽を大きく迂回《うかい》して進んでいくのを感じてもいる。旅にかかる時間が必要以上に長くなってしまうにもかかわらずだ。あとで理由を聞かなければ、とあんたは思う。

この深みでは激しく沸き返る赤以外、見えるものはほとんどない。どれくらいの速さで進んでいるのか？　目安になるものがないので、まったくわからない。ホアは、ごくたまにちらりと見る機会があると、あんたの横で赤のなかに途切れ途切れにあらわれる影になってちらちら瞬《またた》いている——だが、どうやらあんた自身も瞬いているようだ。彼は地中を力業で進んでいるのではなく、大地の一部となっている。自分自身を構成している粒子が大地の粒子の周囲を通過しているのだ。彼は、あんたが音や光や熱とおなじように地覚できる波形になっている。もし彼があんたにもおなじことをしているという事実がなければ、まさかと思うところだ。あんたは彼の手からのかすかな圧とレルナの腕から伝わる緊張らしきもの以外、なにも感じていない。つねに聞こえているゴロゴロいう音以外なんの音もしないし、硫黄の匂いもなんの匂いもしない。自分が呼吸しているのかどうかわからないし、空気の必要性も感じない。

だが遠くで複数のオベリスクが目覚めた事実にあんたは混乱し、ホアから離れてそっちに集中したいという気持ちになってくる。たとえその結果——愚かにも——あんたはただ死ぬだけでなく灰になり、その灰は蒸発し、その蒸気に火がついて消滅することになるとしても。「ナッスン！」とあんたは叫ぶ、いや叫ぼうとするが、言葉は低い轟音にかき消されてしまう。あんたの叫びを聞く者はいない。

たったひとりを除いては。

あんたの周囲でなにかの位置が変わる——いや、とあんたは遅まきながら気づく。なにかにたいするあんたの位置が変わっているのかもしれない。あんたはとくにそのことを考えるわけでもないが、またおなじことが起きてレルナがガクッと動くのを感じる。あんたはやっと仲間たちの身体の銀の糸を見てみようと思いつく。とりあえずあんたの周囲の濃密な赤い物質を背景にしたかれらの姿が確認できる。

あんたの手とつながった人間の形の強烈な輝きがある。あんたの知覚には山のように重く感じられるその輝きは徐々に上へ上へと進んでいく——ホアだ。しかし彼の動きがおかしい。周期的に右へ左へと位置を変えている——さっきあんたが察知した動きだ。ホアの横に繊細に食《しょっ》刻《こく》されたかすかにちらつくものがある。そのうちのひとつは片腕の銀の流れがあきらかに滞っている——トンキーにちがいない。髪や体格といった細かいところはよく見えないのでフジャルカとダネルは見分けがつかない。そしてレルナの向こうを——

なにかがぱっと光って通りすぎていく。山のように重くて魔法でまばゆく輝いていて人間の形をしているが人間ではないやつ。そしてホアではないやつ。

また閃光《せんこう》が走る。なにかがあんたたちと直角を成す軌道を描いて閃光のように飛び去っていく。しかしほかにもいくつもやってくる。ホアはまた素早く横へ動いて閃光を避ける。しかしぎりぎりのところだ。あんたの横でレルナがビクッと動いたような気がする。彼にも見えるのだろうか？

見えていませんように、とあんたは心の底から願う。なにが起きているのか、あんたにはわかっているからだ。ホアはひらりひらりと身をかわしている。あんたはなにもすることができない。なにも。ただホアが、あんたを彼から引き離そうとする石喰いたちから守ってくれることを信じるだけだ。

だめだ。こんなに怯《おび》えていてはうまく集中できない——自分が惑星のマントルの高圧で半固体になった岩に溶けこみ、自分がこの探求の旅でしくじったら愛する者たちすべてが死んでしまうという状況で、これまで見たことがないほど強力な魔法の流れに囲まれ、凶悪な石喰いどもに攻撃されていては、集中するのはむずかしい。だが。あんたは無駄に子ども時代を命の危険にさらされながら力を発揮するすべを学んですごしたわけではない。

ただの魔法の糸くらいでは石喰いを止めることはできない。あんたが使えるのは地中をうねうねと走る魔法の川だけだ。そのひとつに手をのばすと意識が溶岩チューブに潜りこんでいくような感覚を覚え、ふと、ホアが手をはなしたらこんな感じになるのかと考えて気持ちが乱れる——一瞬の凄まじい熱と痛み、そして忘却。あんたはその考えを脇へ押しやる。と、ある記憶がよみがえってくる。ミオヴ。崖に氷のくさびを打ちこみ、絶妙のタイミングで崖を崩して守護者を満載した船を粉々に砕いた記憶——。

あんたは意思をくさびの形にしていちばん近い魔法の奔流に、活気に満ちて進んでいく魔法の乱流に副木《そえぎ》のように当てる。うまくいったが、あんたの腕が暴れてしまう——魔法がそこらじゅうにまき散らされ、ホアはまた身をかわさなければならない。ただしこんどはあんたの苦労の成果からだ。くそっ！　あんたはいまは地中にいる。暗くて温かいところではなく赤くて熱いところに。だがそのちがいはなんなのか？　あんたはまだるつぼのなかにいる。ただしモザイクで表現されたものではなく、文字どおりのるつぼのなかだ。あんたはここにくさびを打ちこんで、それをあそこに、人の形をしたちらちら瞬く山に向けなければならない。そいつはあんたとおなじ速度で動きはじめ、あんたを殺そうと突っこんでくる——

——その瞬間、あんたは純粋な強烈に輝く銀の流れをまっすぐその進路に向ける。当たらない。あんたはいまだに当てるのがへただ。だが、魔法が石喰いの鼻先をかすめて、石喰いが止まるのがちらりと見える。この深紅の世界では表情まではわからないが、相手は驚いただろう、警戒心を持ったかもしれない、とあんたは想像する。そうであって欲しい。

「つぎはあんたにお見舞いするわよ、いけすかない人喰いの錆び野郎！」とあんたは叫ぼうとするが、いまのあんたは純粋な物理空間にいるわけではない。音と空気はここにはない。あんたは頭のなかで思い浮かべて、錆び野郎にこの思いが届くようにと祈るだけだ。

しかしそれですいすい素早く飛びまわる石喰いたちの動きが止まるとは想像もしていなかった。ホアは進みつづけるが、それ以上の攻撃はない。ならば、よし。少しは役に立ててよかった。

邪魔が入らないので、彼は速度をあげて上昇している。あんたの地覚器官が深さをまた合理的な計測可能なものとして認識するようになる。濃い赤が濃い茶色に変わり、やがて冷えて真っ黒になる。そして――。

空気。光。固体の感触。あんたはまた実体のある存在になる。ほかの物質と混ざっていない血肉を得て、夜空の下、オベリスクよりも大きい奇妙なつるんとした建物のあいだの道路に立っている。知覚がもどった衝撃は深く大きい――が、空を見あげたときの衝撃にくらべれば無に等しい。

あんたはこの二年間、さまざまな灰に覆われた空のもとですごしてきたから、いまのいままで〈月〉がもどってきていると考えたことがなかったのだ。

それは黒を背景にした氷白の目、星々の綴《つづ》れ織りの上に大きく禍々《まがまが》しく書かれた不吉な予言。それがなんなのか地覚しなくてもあんたにはわかる――巨大な丸い岩だ。広大な空に浮かんでいると小さく見えるが、だまされてはいけない――完全に地覚するにはオベリスクが必要だ、とあんたは思うが、表面のクレーターらしきものは肉眼でも見える。あんたは〈地球〉のクレーターを横断したことがある。〈月〉のクレーターはここからでも見えるほど大きいから歩いて横断しようとしたら何年もかかるにちがいないし、それはつまり〈月〉がとてつもなく大きいということを示している。

「くそっ」ダネルがそういうのを聞いて、あんたの目は空から引き離される。ダネルは四つん這《ば》いになっている。まるで地面にしがみついてその固さをたしかめているかのようだ。この任務を選んだことを後悔しているのか、それともこうなるまで伝承学者になるのは将軍になるのとおなじくらい恐ろしくて危険なことだとしっかり理解していなかったのか。「くそっ、くそっ」

「あれがそうなのね」とトンキーがいう。彼女も〈月〉を見あげている。

あんたはレルナの反応を見ようと、ふりむく――。

レルナ。あんたの隣の空間、彼があんたにつかまっていた場所は空っぽだ。

「まさか攻撃されるとは思わなかった」とホアがいう。あんたは彼のほうを向くことができない。レルナがいるはずの空っぽの空間から目を離すことができない。ホアの声はいつもの抑揚のない、虚《うつ》ろなテノールだ――が、震えている？　ショックを受けているのか？　あんたは彼にそんなふうになって欲しくない。彼には、しかし全員、無事に連れてくることができた、レルナはあそこにいる、心配はいらない、といって欲しい。

だが、彼はいう。「考えておくべきだった。平和を望まない一派が……」声が小さくなり、消えてしまう。言葉を失ったふつうの人間とおなじだ。

「レルナ」あの最後の揺れ。あんたはあれはニアミスだと思っていた。起きてはならないことだ。あんたこそが世界の未来のために気高くその身を犠牲にする人物。彼は生きのびるはずだった。

「彼がどうしたの？」フジャルカだ。立っているが、吐こうかどうしようか考えているかのように両膝に手を当てて、まえかがみになっている。トンキーはそれで助けになると思っているのかフジャルカの背中の下のほうをさすっているが、フジャルカの関心はあんたに向いている。彼女は顔をしかめているが、やがてあんたがホアと話していたことの意味を悟ってその顔に驚きがひろがる。あんたはその表情の変化をじっと見ている。

あんたは……なにも感じなくなっている。いつもの、なかば彫刻になりかけていることからくる無感覚ではない。これはちがう。これは――。

「彼を愛していたなんて思いもしなかった」とあんたはつぶやく。

フジャルカは少したじろぐが、すぐにしゃんと背筋をのばして深々と息を吸いこむ。「わたしたちみんな、これは片道の旅になるかもしれないとわかっていたんだから」

あんたは首をふる。困惑している……のか？「彼は……彼はずっと年下だから……だったから」あんたは彼が自分より長生きするものと思っていた。そうなるはずだった。あんたは彼をあとに残し、お腹のなかの彼の子どもを殺してしまうことに罪悪感を覚えながら死んでいくはずだった――。

「ちょっと」フジャルカの声が鋭くなっている。だが、その表情がなにを意味しているのか、あんたにはわかる。〈指導者〉の顔、というかあんたがこの一行のリーダーだということを思い出させてくれる顔をしている。そのとおりだ、そうだろう? あんたはこのささやかな遠征隊を率いている存在だ。あんたはレルナにも、ほかの連中にも、あとに残れとはいわなかった。黙ってついてこさせた張本人だ。もし誰も傷つけたくなかったら、すべてひとりでやるべきだった。だがその勇気がなかった。レルナが死んだのはあんたの責任だ。ホアの責任ではない。

あんたはかれらから顔をそむけて、無意識に切り株のような腕に手をのばす。納得できない。あんたは戦いで受けた傷に、火傷《やけど》の痕《あと》に、なにかレルナを失ったことを示すものに触れるのを期待していた。だが、なにもない。あんたは無傷だ。あんたはほかの連中に視線をもどす——全員、無傷だ。石喰いとの戦いはただ肉体に傷を負って帰ってこられるようなものではないのだ。

「これ、戦前のだわ」あんたがあとに残されてしまったという思いを噛《か》みしめて立ち尽くしているあいだに、トンキーは半分フジャルカとは逆の方向を向いていた。いまのフジャルカはトンキーがたよりだからこれは問題で、フジャルカはブツブツ文句をいいながらトンキーの首に腕を回してどこへもいかないようにしている。トンキーはそれにも気づかないようすで目を大きく見開いてあたりを見まわしている。「邪悪な、すべてを蝕《むしば》む〈地球〉、見てよ、ほら。完全に無傷じゃないの! 隠してあるわけでもないし、防衛構造でもないし、カモフラージュもしていない、でも自給自足できるほどの緑地もない……」彼女は目をパチパチとしばたたく。「生きていくには船で定期的に食糧を補給しなければならなかったはずだわ。ここは生きのびるためにつくられた場所じゃない。ということは、〈敵〉以前からあったということよ！」またまばたきする。「ここの人たちはスティルネス大陸からきたにちがいない。なにかまだ見ていない輸送手段があるのかもしれないな」彼女はひとりごとをつぶやきながら考えにふけり、かがみこんで地面の素材を指でこすっている。

あんたにはどうでもいいことだ。しかしレルナの死を悼んだり自分を憎んだりしている時間は、いまは、ない。フジャルカは正しい。あんたにはやるべき仕事がある。

あんたが空で目にしたのは〈月〉だけではなかった――何十かのオベリスクがかなり近くに、かなり低い位置に浮かんでいる。エネルギーに満ちているが、あんたが手をのばしてもどれひとつとしてあんたを認識するものはない。どれもあんたのものではないのだ。しかし、どれもしっかり準備がととのっていて軛《くびき》につながれているにもかかわらず――あんたはこの状態を知ったとたん〝悪いニュース〟と受け止めるのだが――なにもしていない。待機状態になっている。

集中。あんたは咳払《せきばら》いする。「ホア、あの子はどこ？」

彼を見ると、あたらしい姿勢をとっている――無表情で身体をわずかに南東方向に向けている。彼の視線を追うと、ひと目で畏怖の念を覚えるようなものが目に入る――六、七階建ての建物群だ。くさび形で、なんの特徴もない。角度の問題ではっきり見えているわけではないが、その建物群が円を描いていることはすぐにわかるし、その円の中心になにがあるのかは容易に推測がつく。アラバスターがいっていただろう？　都市はその穴を維持するために存在している、と。

喉が詰まって息ができない。

「ちがう」とホアがいう。よかった。あんたは意識して息を吸いこむ。彼女は穴のなかにはいない。

「じゃあ、どこにいるの？」

ホアがふりむいてあんたを見る。ゆっくりとした動きだ。目が大きく見開かれている。「エッスン……彼女はワラントに入っていってしまった」

§

コアポイントは上に、ワラントは下にある。

ナッスンは黒曜石《こくようせき》を掘った通路を走っている。狭いし天井が低いので閉所恐怖に襲われそうだ。地下は暖かい――うっとうしいほどではないが、なにしろ熱源が近くてそこらじゅうにある。火山の熱が心臓部から古い岩石を通して放射されているのだ。ここがどんなふうにつくられたのか、ナッスンはその反響を地覚できる。使われたのが魔法ではなく、オロジェニー、ただし彼女が見たことのないほど精密で強力なオロジェニーだからだ。だが、彼女にとってはそんなことはどうでもいい。彼女はシャファを見つけなければならないのだ。

通路はがらんとしていて、地下都市で見たのとおなじ奇妙な四角い照明が灯《とも》っている。ほかの部分は、あの都市とは似ても似つかない。あの地下都市は余裕を感じさせるつくりになっていた。あのステーションには建設の各段階でじっくり構想を練って、ひとつひとつ、徐々に展開させていったことを思わせる、ある種の美しさがあった。ワラントは暗い、実用性だけを考えたつくりだ。斜路を下へ下へと走っていくと会議室や教室、食堂、ラウンジなどがあったが、どこも空っぽだ。この施設の通路は盾状火山《たてじょう》を叩《たた》き、ひっかいて何日か何週間かで——理由はわからないが大急ぎで——つくられたものだ。ナッスンには、彼女自身、驚いているのだが、なぜかここが急いでつくられたものだということがわかっている。壁に恐怖が染みついているのだ。

しかしそんなことはどうでもいい。シャファはここにいる。この建物のどこかにいる。何週間もほとんど動けなかったシャファが、自分の心ではなくなにかべつのものに身体を動かされて走っている。ナッスンは彼の銀を追っている。地上で彼が入っていったドアを開けようとすると頑として開かなかったので、彼女は銀を使ってドアを引き裂くしかなかったのだが、たったそれだけのあいだに彼がこれほど遠くまできているとは驚くべきことだ。しかしいま、前方に彼がいる——

——そして、ほかにも。ナッスンは急に不安になって立ち止まる。肩で息をしている。大勢いる。何十人……いや、何百人も。みんなシャファとおなじで銀がか細く、妙な具合で、どこかから補給を受けている。

みんな守護者だ。ではここが、〈季節〉になると守護者がいくという場所にちがいない……

っていた。

しかしシャファは自分は〝汚染されている〟から、いけばかれらに殺されてしまうだろうとい

でもそんなことはさせない。彼女はぐっと拳を握る。

（自分も殺されるという考えは、彼女の頭には浮かばない。いや、浮かんではいても彼女の現実の範囲ではかれらの存在はそれほど大きなものにはならないのだ。）

ナッスンが短い階段の上のドアを駆け抜けると、狭い通路の先に突然、幅はないが奥行きが非常に深くて天井が高い部屋があらわれる。そしてこの部屋の壁全体に、床から天井まで奇妙な四角い穴が整然と並んでいる。何十、何百という数だ。彼女は、形はちがうものの、スズメバチの巣を思い浮かべる。

そしてそれぞれの穴には人が入っている。

シャファはもう少し先にいる。この部屋のどこか、あと少し進んだあたりに。不安がシャファを見つけたいという衝動をついに圧倒し、ナッスンは足を止める。あまりの静寂に肌がピリピリする。恐怖を覚えずにはいられない。スズメバチの巣のようという比喩が頭を離れず、彼女は心のどこかで、穴をのぞくとなにか生きものの（人の）死体の上になにかの幼虫が寄生していて、そいつがこっちを見つめ返すのではないかと恐れている。

彼女はついうっかりいちばん近くの穴に目をやってしまう。穴の幅は、なかにいる男の肩幅よりわずかに大きいだけだ。男は眠っているように見える。比較的若いほうで、髪は灰色。中緯度地方人で、バーガンディの制服を着ている。かれらがそういう服を着ていることはナッス

ンも聞いたことがあったが、実際に見るのははじめてだ。男はゆっくりとだが、呼吸している。その横の穴にいる女もおなじ制服を着ているが、ほかの特徴はぜんぶちがう――東海岸地方人で肌は漆黒、髪は頭皮からきっちり凝った編みこみになっていて、くちびるは暗い赤。そのくちびるにうっすら笑みが浮かんでいる――まるで眠っていてもその習慣が捨てられないかのようだ。

眠っているが、ただ眠っているのではない。ナッスンは穴にいる人々の銀をたどってみる。かれらの神経系や循環系を感じ取ると、みんな一種の昏睡《こんすい》状態にあることがわかる。だが、これはふつうの昏睡状態ではないかもしれない、と彼女は思う。誰も怪我《けが》人にも病人にも見えないのだ。それにどの守護者のなかにもあのコアストーンの破片が入っているのに、シャファのなかの破片のように怒りに燃えてはいない。みんな静かだ。奇妙なことにそれぞれの守護者の銀の糸はその周囲の守護者のところにのびている。互いにつながってネットワークをつくっている。もしかしたら支え合っているのか？　オベリスクのネットワークのように、なにか仕事をするためにエネルギーを補給し合っているのか？　ナッスンには知りようがない。

（かれらはずっと存続すべくつくられてはいなかった。）

そのとき、アーチ形の部屋のまんなか、たぶん百フィートほど奥へいったところから機械がウィーンと唸《うな》るような鋭い音が聞こえてくる。

ナッスンは飛びあがって、転びそうになりながら穴のそばから離れ、いまの音で穴のなかの住人が目を覚ましたのではないかと怯えた視線を走らせる。誰も身じろぎひとつしていない。

彼女はぐっと唾を飲んで静かに呼びかける。「シャファ？」

答えは、天井の高い部屋中に響く、あの耳に馴染《なじ》んだ低い唸り声だ。

ナッスンは息を詰めてよろよろと前に進む。彼だ。部屋のまんなかに奇妙な装置がずらりと配列されている。それぞれ銀色の針金の柱や環を複雑に組み合わせたものと、それに据え付けられた椅子とからなっている――彼女は見たことがないものだ。（あんたはある。）それぞれの装置は人ひとりが充分収まるくらいの大きさだが、ぜんぶ空っぽだ。そして――ナッスンは近寄ってのぞきこみ、震えあがる――どの装置の隣にもぞっとするほど複雑なメカニズムを持つ石の柱が寄り添っているのだ。小さなメスやいろいろな大きさの繊細な鉗子《かんし》のようなアタッチメントその他もろもろがいやでも目に入る。どれもこれもあきらかに切ったり穴を開けたりするための道具だ……。

どこか近くでシャファが唸っている。ナッスンは切るだの削るだのを頭から追いだして先へ進み――

――その部屋でたったひとつふさがっている針金椅子のまえで立ち止まる。

その椅子はなぜか調整がすんでいた。シャファはそこにすわっているが顔は下を向いていて、身体は針金に支えられ、ぶっつり切られた髪が首まわりにひろがっている。椅子のうしろのメカニズムは起動していて、彼の身体の上にのびてきている。ナッスンには餌を狙う肉食獣のように感じられる。しかしそのメカニズムはナッスンが近づくうちにも、すでに元の位置に引っこみはじめている。血のついた器具がメカニズムのなかに消えていく――するとさっきより静かなウィーンという音が聞こえてくる。たぶん洗浄しているのだろう。だがひとつだけ、ピンセットのようなアタッチメントが残っている。ピンセットの先にあるのはシャファの血でまだうっすら濡れている戦利品だ。小さな金属片。不規則な形で、黒い。

やあ、小さな敵。

シャファは動いていない。ナッスンは震えながら彼の身体を見つめる。彼が生きているのかどうかたしかめるために銀の糸か魔法を使いたいのに、知覚を切り替えることができない。彼のうなじの上のほうにある血まみれの傷はきれいに縫い合わされている。ナッスンがいつもふしぎに思っていた古い傷に重なる位置だ。まだ出血してはいるが、傷が素早く開かれ素早く閉じられたことはあきらかだ。

ベッドの下に怪物がいませんようにと祈る子どものように、ナッスンはシャファの背中や脇腹が動きますようにと念じる。

すると背中と脇腹が動く。彼が息を吸いこんでいる。「ナ、ナッスン」と彼が嗄《しわが》れ声でいう。

「シャファ！　シャファ」ナッスンは身を投げだすようにしてひざまずき、針金の装置にすり寄って彼の顔を見あげる。彼の首の横と顔からはまだ血が滴っている。彼の目は、美しい白い目は、半開きだが――こんどこそまちがいなく彼の目だ！　それを見たとたん、彼女の目に涙があふれてくる。「シャファ、大丈夫？　ほんとうに大丈夫なの？」

彼の話しぶりはゆっくりしていて、発音もはっきりしない。なぜなのか、ナッスンは考える気になれない。「ナッスン。わたしは」言葉よりさらにゆっくりと彼の表情が変わっていく。

はたと理解できたのだろう、眉間で起きた海底地震から気づきの津波が顔全体にひろがる。目が大きく見開かれる。「ない。なんの痛みも」

ナッスンは彼の顔に触れる。「あれ——あれが取りだされているわ、シャファ。あの金属のものが」

彼が目を閉じ、彼女の胃がキュッと縮まるが、彼の眉間からしわが消えていく。彼がふたたび微笑《ほほえ》む——ナッスンが彼と出会って以来はじめて見る、なんの緊張も偽りもない微笑みだ。彼は自分の痛みや相手の恐怖をやわらげるために微笑んでいるのではない。彼の口が開く。歯がぜんぶ見える。弱々しくだが、彼は笑っている。と同時に安堵《あんど》と喜びですすり泣いてもいる。彼女がこれまで見たなかでもっとも美しい光景だ。彼女は彼のうなじの傷を気遣いつつ両手で彼の頰を包み、彼の額に自分の額を押しつける。彼の穏やかな笑いに合わせて彼女も揺れる。彼女は彼を愛している。ただただ深く愛している。

そして彼に触れ、彼を愛し、彼の望み、彼の苦痛に寄り添い、彼をしあわせにしたいと思うがゆえに、彼女の知覚はするりと銀に切り替わる。そうしようと思ってしたわけではない。彼女はただ、彼女を見つめ返す彼の顔を愛《め》でるために目を、彼の肌に触れる感触を味わうために手を、彼の声を聞くために耳を使いたいと思っているだけだ。

しかし彼女はオロジェンだから視覚、聴覚、触覚とおなじように地覚を長いこと遮断しておくことはできない。だから彼のなかの糸のネットワークがすでに消えはじめ、彼が死にかけていることをもはや否定できないと悟った瞬間、彼女の笑みはこわばり、喜びは消える。

ゆっくりとだ。いま残されている力で数週間、あるいは数カ月、いやもしかしたら一年近くもつかもしれない。だが、あらゆる生きものがふとしたことで自分の銀を沸き返らせている場所、銀が流れたり、ぎごちなく進んだり、細胞間の働きをだいなしにしたりしている場所で、銀がほんの滴り程度しかない、それがいまの彼だ。彼のなかに残された銀のほとんどは神経系を流れていて、地覚器官の、かつてネットワークの核になった場所はいやに目立つ大きな空隙になっている。彼が警告していたとおり、コアストーンなしでは長くはもたないのだ。

シャファの目がふっと漂って閉じる。彼は眠ってしまう。弱った身体を引きずってここまでやってきて疲れているのだろう。だが、それをやったのは彼ではない、そうだろう？　ナッスンは彼の両肩に手を置いたまま震えながら立ちあがる。彼の重い頭が彼女の胸に押しつけられる。彼女は苦々しい思いで小さな金属片を見つめ、なぜ〈父なる地球〉が彼にこんなことをしたのか瞬時に悟る。

〈地球〉は彼女が〈月〉を破壊しようとしていること、そしてそれは〈破砕〉以上の厄災をもたらすことを知っている。〈地球〉は生きたいのだ。〈地球〉はナッスンがシャファを愛していること、そしてこれまでシャファに安らぎを与えるには世界を破壊してしまう以外、方法がないと思っていたことを知っている。しかしいま、〈地球〉はシャファをつくりなおし、いわば最後通牒《つうちょう》として彼をナッスンにさしだしているのだ。

いまや彼は自由だ、と〈地球〉が言葉ではなく態度で、痛烈な皮肉をぶつけてきている。いまや彼は死とは無縁の平安を得ることができる。彼に生きていて欲しいなら、小さな敵よ、取るべき道はただひとつだ。

スティールは、できないとはいわなかった。しないほうがいいといっただけだ。スティールはまちがっているのかもしれない。シャファは、石喰いとして、永遠に孤独と悲しみを抱いて生きていくことにはならないかもしれない。スティールは意地が悪くていやなやつだから誰もいっしょにいたがらないのだ。しかしシャファはやさしくて親切だ。愛すべき誰かを見つけられるにちがいない。

世界中、誰も彼もが石喰いならなおさらだ。

人類でシャファの未来が買えるなら安いものだ、とナッスンは思い定める。

§

ホアがあんたにナッスンは地下へ、守護者たちが横たわっているワラントへいってしまったと告げる。あんたは恐怖を覚えて口のなかに酸っぱいものを感じながら、穴のまわりを早足で歩いて、なかに入る方法を見つけようとする。直接、彼女のところへ運んでくれとホアに頼むことはあえてしない——灰色の男の仲間がそこらじゅうに潜んでいるのだ。レルナの二の舞になるのは目に見えている。おぼろげな記憶だが、あんたは二つの山が稲妻のようなスピードでぶつかり合い、片方が弾《はじ》きとばされるのを見ている。しかし〈月〉の問題が片付くまで、〈地球〉の内部に入るのは危険すぎる。あんたは石喰いがひとり残らずここにいるのを地覚している——一千の人間サイズの山がコアポイントとその下にいて、何人かはあんたが娘を捜して街路を駆けまわるのを眺めている。かれら全員の古代からつづく派閥争い、そして個人的争いが、今夜、なんらかの形で重大な局面を迎えるのだ。

フジャルカたちはあんたのあとをついてくるが、あんたほど速くはない——彼女たちはあんたとちがってそれほどの恐怖を感じていないからだ。ついにあんたは入り口が開いたパイロンのような建物を見つける。入り口が開いているというより巨大なナイフで切り取ったように見える——三回、大雑把《おおざっぱ》に切りつけて、切り取った部分が手前に倒れた感じだ。厚さは一フィートもある。しかしその向こうは幅が広くて天井が低い通路で闇のなかへと下っている。

だが、誰かが下からあがってくる。入り口のそばまできていたあんたは、つまずきそうになりながら立ち止まる。

「ナッスン！」とあんたは口走る。あがってきたのがナッスンだからだ。

入り口に縁取られた少女は、あんたが覚えているより数インチ背が高い。髪ものびている。二つに分けた三つ編みで、肩のうしろに垂れている。だいぶ印象がちがっていて、へたをしたら彼女とわからないほどだ。彼女はあんたを見て足を止める。眉間に困惑したようなしわがかすかに浮かぶ。彼女のほうもすぐにはあんたとわからないらしいとあんたは思う。やがてあんただと気づいた彼女は、まさかここであんたに会うとは夢にも思わなかったといいたげな顔であんたを見つめる。当然の話だ。

「どうも、母さん」とナッスンがいう。

14　わたしは長い日々の最後に

わたしは、以下のことの目撃者だ。目撃者の話として聞いてくれ。

わたしはあんたとあんたの娘が苦難の深淵をはさんで二年ぶりに顔を合わせるのを目撃する。あんたたち二人がどんな経験をしてきたか、知っているのはわたしだけだ。少なくともいまのところ、あんたたちは互いをその風貌、行動、そして傷痕で判断するしかない。あんたは――ナッスンが託児院をさぼろうと決心したあの日、最後に見た母親よりずっと痩せている。砂漠の旅であんたの肌はガサガサになった。髪は酸の雨で脱色して前より薄い茶色になり、白いのも増えた。身体から垂れさがっている服も灰と酸で色褪《いろあ》せ、シャツの空っぽの右袖は結んである――あんたが息をつくとブラブラ揺れて、空っぽなのは一目瞭然だ。そしてもうひとつ、ナッスンから見た〈断層生成〉後のあんたの第一印象の一部になっているものがある――あんたのうしろに立ってナッスンを見つめている連中だ。なかには警戒心をあらわにしている者もいる。しかしあんたが見せているのは苦悩だけだ。

ナッスンは石喰《いしく》いのように動かない。〈断層生成〉以降、背は四インチのびただけだが、あんたには一フィートのびたように見える。思春期の兆しも見える――まだ早いが、低栄養のときにはそういうことが起きる。身体は安全と豊かさが手に入るときには、それを目一杯、利用するようにできている。ナッスンにとってはジェキティでの数カ月がまさにそれだった。そのまま充分な食事がとれていれば、たぶん翌年には生理がはじまっていただろう。だがいちばん大きな変化は精神的なものだ。彼女の眼差《まなざ》しに宿る用心深さは、あんたが覚えている内気で恥ずかしがり屋の雰囲気とは似ても似つかない。姿勢は——肩を張り、足をしっかり踏んばっている。あんたは背中を丸めるなと口うるさくいっていた。そして、そう、こうして背筋をのばして立っていると、いっそう背が高く力強く見える。見事なまでに力強い。

彼女のオロジェニーは世界の上に置かれた重しのようにあんたの意識の上にずしりと載っている。岩のように安定していて、ダイヤモンド・ドリルのように精密だ。〈邪悪な地球〉、とあんたは思う。彼女はあんたとおなじように地覚《ちかく》している。

これははじまる前に終わっている。あんたはそのことを、彼女の強さを地覚するのとおなじくらい確実に、感じ取っている。そしてそのどちらも、あんたを絶望の淵に追いやるには充分だ。「ずっとあなたを捜していたのよ」とあんたはいう。あんたはいつのまにか片手をあげていた。指が開き、ひきつり、閉じ、また開く。なかばなにかをつかみ、なかば訴えているような動きだ。

ナッスンの眼差しに影が射《さ》す。「父さんといっしょにいたの」

「知ってるわ。あなたを見つけられなかった」どう考えても、いわずもがなのことだ——あんたはくどくどしい自分がいやになる。「あなたは……大丈夫なの？」

ナッスンが困ったような顔で視線をそらし、あんたは彼女が心配している相手があきらかにあんたではないことを悟って戸惑う。「わたしは……。わたしの守護者が、助けが必要なの」

あんたの全身がこわばる。ナッスンはシャファから彼がミオヴの前はどんなふうだったか聞いていた。彼女はあんたが知っているシャファと彼女が愛しているシャファはまったくべつの人間だとちゃんとわかっている。フルクラムがどんなところか見たことがあるし、収容者をどうゆがめるかも知っている。あんたがバーガンディ色のものをちらっと見ただけでいまのように全身をこわばらせていたことも覚えている——そしてついに、この世界の果てで、その理由も悟った。いまの彼女は、これまでにないほど深く、あんたのことを理解している。

とはいえ。彼女にとってシャファは自分を襲ってきた連中から守ってくれた人、そして父親から守ってくれた人だ。彼女が怖がっているときには恐怖をやわらげ、夜にはベッドに寝かせてくれた。彼女が必要としている親になるために、彼自身の残忍さと、そして〈地球〉と戦う姿も見てきた。ありのままの自分を愛するすべを教えてくれた。

母親は？　あんたは。どれひとつしていない。

そしてその封印された瞬間、あんたがイノンが粉々に砕け散る記憶やいまはもうない手の骨が折れるときの焼けるような痛みの記憶と戦い、頭のなかにはわたしに向かって二度とそういう口をきくんじゃない、オロジェンには、いや、という権利はない、という言葉が鳴り響いている刹那、彼女は直観している、あんたがいまのいままで否定していたことを——

希望はないということを。あんたと彼女はスティルネス大陸と〈季節〉とがつくりあげたものだから、あんたたち二人のあいだにはなんのつながりもなんの信頼も存在しないのだということを。アラバスターがいっていたとおり、あまりにもひどく壊れてしまって直せないものもあるということを。そういうものはただ慈悲の心で破壊してしまうしかないのだ。

あんたがひきつった顔で立ち尽くしていると、ナッスンが一度だけ首をふる。そしてそっぽを向く。また首をふる。肩が少し落ちてまえかがみになる。気持ちがゆるんだからではない。疲れ切っているからだ。彼女はあんたを責めはしないが、かといってあんたになにか期待しているわけでもない。そしていま、あんたは彼女の正面に立っている。

だから彼女は斜めの方向へ歩きだす。それを見てあんたは、はたとわれに返る。「ナッスン?」

「彼には助けが必要なの」と彼女はくりかえす。うつむき加減で、肩に力が入っている。立ち止まらずに歩きつづけている。あんたはあわててあとを追う。「わたしは彼を助けなくちゃならないの」

なにが起きているのか、あんたにはわかっている。あんたはずっと前から感じていた。恐れていた。うしろから、ダネルがほかの連中を止める声が聞こえる。あんたと娘とのあいだに距離が必要だと思っているのだろう。あんたは連中を無視して、ナッスンのあとを追って駆けだす。そして彼女の肩をつかんでふりむかせようとする。「ナッスン、なにが――」彼女が肩を揺すってあんたの手をふりはらう。あんたがよろめくほど強く。あんたは片腕を失ってバランスが悪くなっているし、彼女は前より力があるからだ。彼女はあんたが倒れそうになるのも気づかずに、どんどん進んでいく。「ナッスン！」彼女はふりむきもしない。あんたはなんとかして彼女の注意をひきたい、反応させたいと必死に考える。なにかないだろうか。なにか。あんたはあれこれ探った末に、彼女の背中にこう呼びかける。「わたしは――わたしは知っているのよ、ジージャのことを」

彼女がふらついて足を止める。ジージャの死は彼女のなかではまだ生々しい傷なのだ。シャファが洗って縫ってくれはしたが、まだしばらくは癒えない。自分がなにをしたかあんたが知っているとわかって、彼女は恥ずかしさに背を丸める。あれは仕方のないことだった、自分を守るためだった、という思いが挫折感を呼びおこす。あんたがいま彼女にこれを思い出させたことで、彼女の恥辱感と挫折感が怒りに傾く。

「わたしはシャファを助けなくちゃならないの」と彼女がふたたびいう。彼女の肩がぐっとあがる。あの間に合わせのるつぼですごした百もの午後に見た、彼女が二歳で、いやという言葉を覚えた頃に見た、あの肩のあげ方だ。どういうときにこの動きが出るのか、彼女にはまったくわかっていない。もう言葉ではどうしようもない。行動のほうが意味を持つ。だが、いまどんな行動をとればあんたの苦しい思いを彼女に伝えられるのか？　あんたはどうしようもなくなって、ほかの連中をふりかえる。フジャルカは進もうとするトンキーを押さえている。トンキーの視線は空に、あんたも見たことがないほどたくさんのオベリスクが集まっている光景に釘付けになっている。ダネルは二人から少し離れて、うしろ手で黒いくちびるを動かしている。自分が見たこと聞いたことをなにひとつ変えずに吸収するのを助ける、伝承学者としての記憶補助の技なのだろう、とあんたは推測する。レルナは――。

あんたは忘れていた。レルナはここにはいない。だが、もしいたら、とあんたは考える。彼はあんたに警告していただろう。彼は医者だった。家族の傷は彼の仕事の対象ではない……が、この傷口が膿《う》んでいることは誰が見てもはっきりしている。

あんたはふたたび早足で彼女のあとを追う。「ナッスン、ナッスン、錆《さ》び、こっちを見なさい！　わたしが話しているときはこっちを見なさい！」彼女はあんたを無視する。顔をひっぱたかれたようなものだ――が、それで頭がはっきりする。といっても戦う気になったわけではない。いいだろう。彼女にはあんたが……シャファを助けるまであんたの話を聞く気はないのだ。あんたはこの考えを押しのけるが、死骸だらけの泥のなかを一歩一歩進むようで、なかなかうまくいかない。いいだろう。「わたしにも、わたしにも手伝わせて！」

これが功を奏してナッスンの足の運びがゆっくりになり、止まる。ふりむいた彼女の顔は疲れている。ひどく疲れている。「手伝う？」

あんたは彼女の向こうに目をやり、彼女がべつのパイロンのような建物をめざしていることに気づく――その建物は横幅が広くて、傾斜した側面に手すりのある階段がついている。てっぺんからの空の眺めはさぞかしすばらしいだろう……。彼女をあそこにいかせないようにしなければ、とあんたはわけもなく結論する。「ええ」あんたはふたたび手をさしのべる。お願い。「なにが必要なのか教えて。わたしは……ナッスン」もう言葉が出てこない。彼女もあんたが感じているのとおなじことを感じていますようにとあんたは祈っている。「ナッスン」

ならないの」

が、祈りは通じない。彼女は石のように硬い声でいう。「〈オベリスクの門〉を使わなくちゃ

あんたは思わずたじろぐ。わたしはこのことを何週間か前にあんたにいった。しかしあんた

はまるで信じていなかった。「え？　それは無理よ」

あんたは考えている――そんなことをしたら死んでしまう。

彼女の顎が引き締まる。「やるわ」

彼女は考えている――あなたの許可は必要ない。

あんたはにわかには信じられずに首をふる。「なにをするために？」だが手遅れだ。彼女は

もう心を閉ざしてしまっている。あんたは力になるとはいったものの躊躇《ちゅうちょ》していた。彼女は心

の奥底では、シャファの娘でもある――地球火《ちきゅうび》、二人の父親とよりによってあんたとで彼女を

つくったのだ。いまの彼女ができあがってなんのふしぎもないではないか。彼女にとって躊躇

するということは、いやというのとおなじことだ。彼女は人に〝いや〟といわれるのが嫌いだ。

だからナッスンはふたたびあんたに背を向けて、いう。「母さん、これ以上ついてこないで」

もちろんあんたはすぐに追いかける。「ナッスン――」

彼女がさっとふりむく。彼女は地中にいる。あんたはそれを地覚する。彼女は空中にいる。

あんたは魔法の糸を見ている。と突然、二つが編み合わさる。どうやって編み合わさっている

のか、あんたには理解すらできない。コアポイントの地面の物質、金属や圧縮された繊維やあ

んたには名前すらわからないものからなる、火山岩の上に層状に重なっている物質が、あんた

の足元で隆起する。何年間か自分の子どもの突発的なオロジェニーの発露を抑える暮らしをしていたあんたは、その習慣がものをいって、ふらつきながらもすぐさま反応し、彼女のオロジェニーを打ち消せる円環体を地中につくる。が、うまくいかない。彼女が使っているのはオロジェニーだけではないからだ。

しかし彼女はそれも地覚している。目を細めている。あんたの灰色の目だ。そしてつぎの瞬間、あんたのまえの地面から、都市のインフラの金属や繊維を引き裂いて黒曜石《こくようせき》の壁がいっきに立ちあがり、あんたと彼女とのあいだに道路幅いっぱいの障壁ができてしまう。

その隆起の力であんたは弾《はじ》きとばされ、地面に転がる。視界から星が消えてほこりがおさまると、あんたは呆然と壁を見あげる。あんたの娘がこれをやったのだ。あんたにたいして。

誰かにぐいっとつかまれて、あんたはたじろぐ。トンキーだ。

「わかっているかどうか知らないけれど」と彼女があんたを引っ張って立たせながらいう。「あなたの娘はあなたの気性を受け継いでいるみたい。だから、あまり強気に出ないほうがいいんじゃないかな」

「あの子がなにをしたのかさえわからないのよ」茫然《ぼうぜん》自失状態であんたはつぶやくが、立ちあがらせてくれたトンキーにはうなずいて感謝する。「あれは……わたしには……」あんたはナッスンにフルクラム式の基礎を教えたのに、いま彼女がやったことはフルクラム式の精密さとは無縁のものだった。あんたはうろたえて壁に手をつく。壁をつくる物質のなかにまだチラチラと魔法が残っていて、粒子から粒子へと踊るように飛びまわりながら消えていくのが感じられる。「あの子は魔法とオロジェニーを混ぜ合わせているのよ。こんなの、見たことがない」わたしはある。われわれはそれを調律と呼んでいた。

一方。あんたに邪魔されなくなった彼女は空中で踊る真っ赤な警告記号に囲まれている。コアポイントの穴からはかすかに硫黄の匂いがするそよ風が立ちのぼり、三つ編みのほつれ毛がふわりと持ちあがる。〈父なる地球〉は彼女を操って命を長らえることができるとわかって、ほっとしているのだろうか、と彼女は考える。

彼女が世界中の人間を石喰いに変えれば、シャファは生きられる。大事なのはそれだけだ。「まず、ネットワーク」と空に視線をあげながら彼女はいう。二十七のオベリスクは彼女が再発火させると一斉に固体から魔法へと明滅しはじめる。彼女は身体のまえで両手をひろげる。

あんたは下の地面で、二十七のオベリスクが電光石火の早業で起動するのを地覚し――感じ――同調して、たじろぐ。オベリスクはいま、ひとつのものとしてふるまい、力強く脈打っている。歯がムズムズするほど強烈な脈動だ。なぜトンキーがあんたほど顔をゆがめていないのか、あんたはふしぎに思うが、それはトンキーがただのスティルだからだ。

しかしトンキーはばかではないし、これは彼女が人生を賭けて研究してきたことだ。あんたは畏怖の眼差しで娘を見つめているが、トンキーは目を細めてオベリスクを見ている。「三の三乗」と彼女がつぶやく。あんたは黙って首をふる。あんたの頭の回転の悪さに苛立《いらだ》って、彼女はあんたをにらみつける。「いい、もし大きな結晶ひとつに匹敵するものをと思ったら、わたしなら小さな結晶を立方形の格子に配列するわ」

そう聞いて、あんたはやっと理解する。ナッスンは大きな結晶すなわちオニキスに匹敵するものをつくろうとしているのだ。〈門〉を開けるには鍵が必要――アラバスターはあんたにそういっていた。アラバスターがいわなかったのは、まったく役に立たないやつめ、鍵は何種類もあるということだ。スティルネスを引き裂いて〈断層〉をつくったときに彼が使ったのは、彼の近くにいるノード保守要員を総動員して構成したネットワークだった。オニキスを使うとたちまち石になってしまうとわかっていたからだ。ノード保守要員はオニキスより品質の劣る代用品――スペアキーだ。あの最初のとき、あんたがカストリマ地下のオロジェンたちを軛《くびき》でつないでネットワークをつくったとき、あんたは自分がなにをしているのかわかっていなかったが、彼は当時のあんたではオニキスを直接つかむのはむずかしいとわかっていたんだ。あの頃のあんたにはアラバスター並みの柔軟性や創造性がなかった。彼はあんたに、より安全な方法を教えたんだ。

しかしナッスンは、まさにアラバスターがもとめていた生徒だ。彼女はこれまで〈オベリスクの門〉に接続することができなかった――それはあんたの役割だった――しかしあんたが驚きと恐怖のうちに目の当たりにしているとおり、彼女はスペアキー・ネットワークの先のものに手をのばしている。ほかのオベリスクをひとつひとつ見つけて、結びつけていっている。オニキスを使うより時間はかかるが、充分、成果はあがっている。うまくいっている。燐灰石《アパタイト》は接続され、ロックされた。紅縞瑪瑙《サードニクス》は視界の外、どこか南の海の上空からかすかにパルスを送ってきている。翡翠《ひすい》は――。

ナッスンは〈門〉を開けるだろう。

あんたはトンキーを乱暴に突きはなす。「わたしからできるだけ離れて。みんなよ」

トンキーはつべこべいって時間を無駄にするようなことはしない。目を大きく見開いたと思うと、踵《きびす》を返して駆けだす。彼女がほかの連中に大声でしゃべっているのが聞こえる。ダネルが反論しているのが聞こえる。あんたにはもう彼女たちのことを気にしている時間はない。

このままではナッスンは〈門〉を開け、石に変わり、死ぬ。

ナッスンのオベリスクのネットワークを止められるものはひとつしかない――オニキスだ。しかしまずはあんたがオニキスに手をのばさなければならない。そしていまオニキスは遙《はる》か彼方《かなた》、惑星の反対側にある。カストリマとレナニスのあいだ、あんたが置いてきた場所にそのまま残っている。ずいぶん昔のことになってしまったが、かつてカストリマ地上で、オニキスは自分専用の相手としてあんたに呼びかけてきた。だが、ナッスンが〈門〉の部品を着々と制御下に置いているいま、あんたはオニキスが呼びかけてくるのを待つというのか？　あんたはまずオニキスとつながる必要がある。そのためには魔法が必要だ――あんただけでは足りない量の魔法が。だがここにはあんたのものといえるオベリスクがひとつもない。

緑柱石も、赤鉄鉱も、アイオライトも――。

あんたがなにかしないと、彼女はあんたの目のまえで死ぬことになる。

あんたは死に物狂いで意識を地中に投げこむ。コアポイントは火山の上にあるから、もしかしたら――。

いや、待て。なにかあんたの注意を火口のほうへ引きもどすものがある。地下だが、ずっと浅いほうへ。この都市の下のどこかにネットワークがあるのをあんたは知覚する。魔法の線が織り合わされ、支え合い、深く根ざしてさらに多くを吸いあげ……。かすかだ。ゆっくりしている。そしてそのネットワークに触れると、あんたの心の奥のほうで聞き覚えのある耳障りなブーンというバズ音が鳴り響く。バズ音がいくつもいくつも重なっている。

ああ、そうだ。あんたが見つけたネットワークは守護者のそれだ。千人近くいる。錆びまちがいない。あんたはこれまで意識的にかれらの魔法を探したことはなかったが、ここではじめてそのバズ音がなんなのか理解する――アラバスターの教えを受ける前から、あんたは心のどこかでかれらのなかの魔法がどこか異質だと感じてはいた。ネットワークの正体を認識したとたん、鋭い、全身を麻痺《まひ》させてしまうような恐怖の槍《やり》があんたを貫く。かれらのネットワークは近くにある。簡単につかめる。だがもしあんたがそれを手にしたら、その守護者たちが、壊された巣から飛び立つ怒れるスズメバチのようにワラントから沸き立って出ていくのを止められるものはあるのか？　問題が多すぎるのではないか？

建物のてっぺんでナッスンが唸《うな》り声をあげる。あんたは彼女を見てぎくりとする。〈邪悪な地球〉、彼女のなかの、彼女のまわりの魔法が油を塗ったたきつけに放たれた火のようにメラメラと燃えあがるのが見えるのだ。あんたの知覚は彼女を燃えているものとしてとらえている。世界にかかる彼女の重さがどんどん増していく。藍晶石、正長石、柱石――。

と、突然あんたの恐怖が消える。あんたの可愛い子どもがあんたを必要としているからだ。あんたは行動を開始する。守護者のだろうがなんだろうが、見つけたあのネットワークに手をのばす。あんたは歯を食いしばってすべてをわしづかみにする。守護者たち。かれらの地覚器官から地下深くへのびる糸、そしてそこから出てくる魔法をできるかぎり大量に。〈邪悪な地球〉の意思の小さな保管所である鉄片そのものも。

あんたはそのすべてを自分のものにして、しっかりと軛につなぎ、軛をつかむ。

地下のワラントでは守護者たちが目覚めて悲鳴をあげ、それぞれの穴のなかで頭を抱えて身《み》悶《もだ》えしている。あんたがひとりひとりに、かつてアラバスターが彼の守護者にしたことをしているからだ。それこそ、ナッスンがシャファにしてやりたいと切望していたことだ……が、あんたのやり方には思いやりのかけらもない。あんたはかれらを憎んでいるわけではない。ただ、そんなことは気にしていられないだけだ。あんたはかれらの脳から鉄をひったくり、細胞のあいだの銀色の光を根こそぎもぎとる――そしてかれらが結晶化して死んでいくのを感じているうちに、ついに間に合わせのネットワークからオニキスに手をのばすのに充分な魔法を確保する。

オニキスは遙か彼方、スティルネス大陸の灰に覆われた大地の上に浮かんでいて、あんたが触れたとたんに耳を澄ませる。あんたはそのなかに落ちていく。闇のなかにしゃにむに飛びこんで自分のいい分を伝える。お願い、と訴える。

オニキスはあんたの要求を吟味している。これは言葉や感覚とは無縁。あんたはただオニキスが熟考しているとわかるだけだ。つぎにオニキスはあんたを吟味する――あんたの恐怖、あんたの怒り、物事を正したいというあんたの決意を。

ああ――この最後のところで共鳴が起きる。あんたは自分がもう一度、より詳しく、懐疑的な目で調べられていることを察する。あんたの前回の要求がなにか取るに足らないもののためだったからだ。（ただ都市をひとつ叩《たた》き潰すだけ？　あんたはそんなことのために〈門〉を使う必要などなかった。）しかしこんどオニキスがあんたのなかで見つけたのは、以前とはちがうものだ――家族を思っての恐怖。失敗することへの恐怖。あらゆる避けがたい変化に伴う恐怖。そしてそのすべての下にある世界をよりよいものにしたいという、やむにやまれぬ思い。

オニキスが大地を揺るがす低い爆音を轟《とどろ》かせてオンラインになると、どこか遠くで無数の死にかけているものたちがブルッと震える。

建物のてっぺん、オベリスクの群れの脈動のもとで、ナッスンは遠くでアップサイクルしていく闇を警告として感じ取る。だが彼女はオベリスクの召喚に没頭している――オベリスクの数があまりにも多くて、それだけで手いっぱいだ。ほかのことに注意を払っている余裕はない。

そして残る二百十六のオベリスクがつぎつぎに彼女に服従していくなか、彼女は目を開けてこれから〈地球〉に触れることなくふたたび遠くへ飛び去らせようとしている〈月〉を見つめ、〈月〉の代わりに強大な〈プルトニック・エンジン〉のパワーをすべて世界にぶつけて、かつてわたしが変容したように世界中の人々を変容させようと準備を進めながら――

――シャファのことを考えている。

こんなときに自分を惑わせるのは不可能だ。世界を変えられるほどのパワーが頭や心や細胞のあいだの空間を水切り石のように飛び跳ねているときに見たいもののひとつだけを見ることなど不可能だ――ああ、わたしはあんたたち二人よりずっと早くにそのことを学んだ。ナッスンはシャファと出会ってかろうじて一年、彼の多くが失われてしまっていたことを考えれば、彼をほんとうに知っているなどといえるわけがない。彼女が彼にしがみついているのは、ほかにしがみつけるものがないからだということはわかりきっている――。

しかし、固い決意の隙間に疑いが見え隠れしている。それ以上のものではない。まとまった考えにすらなっていない。だが、そいつがささやきかける。ほんとうにほかになにもないのか?

この世界でシャファ以外におまえを気にかけてくれる者はいないのか?

わたしはナッスンが躊躇する姿を見つめる。〈オベリスクの門〉が完成形へと織り合わされていくなか、彼女の指が丸まり、小さな顔がしかめっ面になる。わたしは理解不能のエネルギーが彼女のなかで整列しはじめ、震えるのを見つめる。わたしはそのエネルギーを操る力を何万年も前に失ってしまったが、いまだに見ることはできるのだ。奥義化学格子――あんたたちがただの茶色い石だと思っているもの、そしてそれを生みだすエネルギー状態――が、見事に形成されつつある。

わたしはこれを見ているあんたのことも注視していて、どういうことなのかすぐさま理解する。あんたは娘とのあいだに立ちはだかる壁を唸り声をあげて打ち砕く。自分の指が石に変わってしまったことにも気づいていない。あんたはパイロンのような建物の階段の下まで駆けていって大声で呼びかける。「ナッスン！」

そのとき、あんたの突然の、生々しく、論争の余地のない要求に応えて、爆発的な勢いでどこからともなくオニキスが上空に出現する。

その音は——低い、骨が震えるような耳障りな音は——まさに爆音。その出現で起きた爆風であんたもナッスンも倒れてしまう。ナッスンは悲鳴をあげて階段を数段、滑り落ち、集中力を削《そ》がれてあやうく〈門〉を手放しそうになる。あんたはその衝撃で自分の身に起きたことに気づき、悲鳴をあげる。あんたの左腕は石だ。鎖骨も石だ。左の足首から下も。

だがあんたは歯を食いしばる。もうあんたのなかに痛みはない。あるのは娘を案じる苦しい思いだけだ。必要なのはたったひとつ。彼女は〈門〉を手にしているが、あんたはオニキスを手にしている——あんたはオニキスを、そして〈月〉を見あげる。〈月〉はそのどんよりした半透明の光の奥から、黒い強膜の海のなかの氷白《ひょうはく》の虹彩《こうさい》の奥から、あんたをにらみつけている。それを見ながらあんたはなにをすべきかを悟る。

オニキスの力を借りて、あんたは惑星を半周したあたりに手をのばし、世界の傷にあんたの意図の支点《フルクラム》を打ちこむ。あんたがその熱と激しく沸き返る動きのすべてを要求すると〈断層〉は震え、その凄《すさ》まじいパワーのもとであんたも震える。一瞬、それが溶岩の柱になってすべてを焼き尽くしながらあんたの口から吐きだされるのではないかと思うほどだ。

しかしいまはオニキスもあんたの一部になっている。あんたが痙攣《けいれん》を起こしていることなど

——あんたは地面とともにガタガタ揺れ、口から泡を吹いているんだ——そんなことなどおかまいなしに、オニキスは、あんたも謙虚にならざるをえないほどやすやすと、〈断層〉のパワーのバランスを取りつつ流れを変えていく。そしていかにも都合よく近くにあるオベリスク、つまりナッスンがオニキスのレプリカとしてつくったネットワークに自動的につながる。しかしオニキスとちがってレプリカにはパワーがあるだけで意思はない。ネットワークにはなんの計画もない。オニキスは二十七のオベリスクを自分のものにすると、すぐさまナッスンのほかのオベリスクのネットワークも喰《く》い進めていく。

ところがここで、オニキスの意思は至高のものではなくなってしまう。ナッスンがオニキスを感じている。そして戦っているのだ。彼女はあんたとおなじように固く決意している。おなじように愛に突き動かされている——あんたは彼女への愛に、彼女はシャファへの愛に。

わたしはあんたたち二人を愛している。これだけのことがあったんだ、愛さずにはいられないじゃないか。けっきょくのところ、わたしはまだ人間で、これは世界の命運を賭けた戦い、ということだ。これほど目撃する甲斐《かい》のある壮絶で壮大な出来事があるだろうか。

だがこれは魔法の線一本一本、巻きひげ一本一本の戦いだ。〈門〉の、〈断層〉の、膨大なエネルギーがあんたたち二人のまわりで鞭《むち》のようにしなり、震えている。あんたたちはエネルギーと色彩が織りなす北極光の円筒形のなかにいる。その光の波長は可視光から目に見えないものまでさまざまだ。（エネルギーは、すでに配列が完成しているあんたのなかでは共鳴し合っているが、ナッスンのなかではまだ振動している——が、彼女の波形は崩れはじめていた。）

これはオニキスと〈断層〉対〈門〉、あんた対彼女の戦いだ。その双方の力でコアポイント全体が震えている。ワラントの真っ暗な通路で、守護者たちの宝石と化した死体のまっただなかで、壁が唸りをあげ、天井にひびが入り、ほこりと石のかけらがバラバラ落ちてくる。ナッスンは〈門〉に残っている魔法を引きだしてあんたやほかの連中そしてその彼方にいるすべての人々に打ちおろそうと必死になっている——そしてついに、ついにあんたは悟る。彼女はすべての人々を錆び石喰いに変えようとしているのだと。一方、あんたはもう充分なものを手にしている。〈月〉をつかまえて、おそらくは人類に第二のチャンスを与えられるだけのものを。だが、あんたたちどちらにとっても、それぞれの目的を達するためには〈門〉とオニキスの両方が必要だ。そして〈断層〉が供給してくれる補助燃料も。
早急に解決しなければならない膠着《こうちゃく》状態だ。〈門〉はいつまでも接続することはできないし、オニキスは〈断層〉の混沌《こんとん》を際限なく抱えこんでいられるわけではない——そして二人の人間は、いくら力があって意思が強いとはいえ、そう長い時間これほどの魔法に耐えられるわけではない。

　そしてあることが起きる。あんたはある変化を感じて、なにかが突然、整列しはじめるのを感じて、叫び声をあげる——ナッスンだ。彼女をつくっている物質の魔法が完全に整列している——彼女の結晶化がはじまっているのだ。あんたは絶望しながらも純粋な本能に突き動かされて彼女を変容させようとしているエネルギーのいくばくかをつかみ、投げ捨てるが、それも避けがたい結果が出るのを遅らせるだけだ。コアポイントにごく近い海では火山の安定装置も吸収しきれないほどの深く激しい振動が起きている。西のほうでは海底からナイフのような形をした山が激しく振動しながら隆起する。東のほうでも生まれたての山がシューシュー蒸気を吹きながら盛りあがっていく。ナッスンは挫折感にまみれて唸り声をあげながら、あたらしいパワーの源泉として二つの山をつかみ、その熱と猛《たけ》る力を引っ張りだす――二つの山はひび割れて崩れ去る。安定装置は海面を平らに保って津波の発生を防ぐが、それ以上のことはできない。こんなことを想定してつくられているわけではないのだ。これ以上のことが起きれば、いくらコアポイントでも崩壊はまぬがれないだろう。

「ナッスン！」苦悩に満ちた声であんたはふたたび叫ぶ。彼女には聞こえない。しかし、いまあんたがいるところからでさえ彼女の左手の指があんたのとおなじように茶色く石化してしまっているのがわかる。彼女はそれに気づいている、となぜかあんたにはわかる。彼女は自分でこれを選択した。死は避けられないと覚悟していたのだ。

あんたはちがう。ああ、〈地球〉、あんたはまたひとり自分の子どもが死ぬのを黙って見ているわけにはいかない。

だから……あんたはあきらめる。

あんたの顔を見て、わたしは痛みを感じる。アラバスターの夢――そしてあんた自身の夢――をあきらめるということがあんたにとってどういうことか、わかるからだ。あんたはナッスンのために、なんとしてもよりよい世界をつくりたいと思っていた。だがそれよりなにより、この最後にひとり残った子どもに生きていて欲しい……だからあんたは選択する。このまま戦いつづければ二人とも死んでしまう。勝利への道はただひとつ、これ以上、戦わないことだ。残念だよ、エッスン。とても残念だ。さようなら。

ナッスンがはっと喘《あえ》いで目を開く。あんたの〈門〉への圧力――あんた自身に向かってくる凄まじく変容する魔法の巻きひげをすべて引っ張っているあんたの、彼女への圧力――が突然ゆるむのを感じたからだ。オニキスが猛攻撃のさなかに動きを止め、掌握してきれいに整列させたオベリスクともども明滅している――オニキスは使い尽くさねばならない、絶対に使い尽くさねばならないパワーに満ちている。だが、それがいま動きを止めている。安定装置の魔法の働きでコアポイント周辺の沸き返る海がやっと静まる。この封じこめられた一瞬、世界は張り詰めた空気のなか微動だにせず待っている。

彼女がふりむく。

「ナッスン」とあんたはいう。ささやき声だ。あんたは建物の階段のいちばん下の段にいて、彼女に向かって手をのばそうとしているが、どうあがいてものばしようがない。あんたの腕は完全に固まってしまっているし、胴体も固まりかけている。石に変わってしまった足先が滑る素材をむなしくこすり、足首から上も石化していくにつれてまったく動かなくなる。まだ生身のほうの足で身体を押しあげるが、石化した部分の重さたるや――なんとか這《は》い進もうとしてもほとんど進まない。

彼女が眉をひそめる。あんたが見あげると、彼女の姿が目に飛びこんでくる。あんたの可愛い娘。ここに、オニキスと〈月〉のもとに立っている娘はとても大きい。とても力強い。とても美しい。あんたは我慢できない――その娘の姿に、どっと涙があふれてくる。あんたは笑う、が片方の肺がすでに石になってしまっているから、出てくるのは笑い声ではなく低いゼイゼイいう音だけだ。なんと錆びすばらしい、可愛い娘。あんたは娘の強さに屈したことを誇りに思っている。

彼女が大きく息を吸いこむ。自分の目が信じられないとでもいうかのように、両眼をかっと見開いている――母親が、あの恐ろしい母親がそこにいる。石の手足で這い進もうとしている。顔は涙で濡れている。微笑んでいる。あんたはこれまで一度も、一度たりと、彼女に微笑《ほほえ》みかけたことがなかった。

と、そのとき変容の線があんたの顔にまで移動してきて、あんたは逝ってしまう。

ただしそこにはある物体が残っている。階段のいちばん下のほうに凍った茶色い砂岩の塊《かたまり》がある。くちびるにごくかすかに笑みの名残が見える。涙もまだ残っていて、石の上できらきら光っている。彼女はそれを見つめている。

彼女はそれを見つめて長々と虚《うつ》ろに息を吸いこむ。なぜなら突如として、彼女のなかにはなにも、なにひとつなくなってしまったからだ。彼女は自分の父親を殺し、母親を殺し、シャファは死にかけていて、なにも、なにひとつ残らず、世界は彼女から奪って奪って奪ってなにひとつ残さず――。

だが彼女はあんたの乾きつつある涙から目が離せずにいる。

なぜなら世界はけっきょくあんたからも、奪って奪って奪ってきたからだ。彼女はそのことを知っている。そしてさらに、彼女自身、絶対に理解できないだろうと思っているなんらかの理由で……あんたが死の間際にも〈月〉に手をのばしていたからだ。

そして彼女に手をのばしていたからだ。

彼女は悲鳴をあげる。両手で頭を抱えこむ。片方の手はもう半分、石になっている。まるで惑星全体がのしかかってきたかのような深い悲しみの重さに押し潰されて、彼女はがっくりと膝をつく。

オニキスが、忍耐強いくせに気が短く、関心を持ってはいても冷淡なオニキスが、彼女に触れる。彼女は機能する補完的意思を持つ、ただひとつ残された〈門〉の構成部品だ。彼女はオニキスとの接触を通じて、確定し照準を定めてはいるがまだ実行されていないコマンドというかたちであんたの計画を知覚する。〈門〉を開け、それを通して〈断層〉のパワーを注ぎこみ、〈月〉をつかまえる。〈季節〉を終わらせる。世界を直す。これがあんたの最後の望みだと、ナッスンは地覚し／感じ／知る。

オニキスが、その言葉によらない重々しい手段で、たずねる――実行：イエス／ノー？

そして冷たい石の沈黙のなか、たったひとりで、ナッスンは選択する。

イエス。

コーダ　わたし、そしてあんた

　あんたは死んだ。しかしあんたではない。

〈月〉の再捕獲は、その下に立っている人々から見るとけっして劇的なものではない。トンキーは、ほかの連中といっしょに避難しているアパートメントの屋上で古代の筆記具を使って——遙《はる》か昔に乾ききっていたが、その先端に唾と血を塗って——一時間ごとの〈月〉の動きを追おうとした。しかし正確な計算ができるほどさまざまな変化を観測できていなかったし、彼女はどう考えても馬車馬のように働く天体学者ではなかったから、これは役に立たなかった。おまけに彼女はフジャルカに窓際から引きはがされる寸前、あの揺度《ようど》五か六の揺れが起きた瞬間の位置測定がちゃんとできていたかどうか、自分でも自信がなかったという事情もある。

「オベリスク建造者の窓は割れたりしないのに」と彼女はあとになって文句をいう。

「わたしの錆《さ》び忍耐は粉々に砕け散るけどね」とフジャルカが応じると、それで議論は終わる。はじまる前に終わっている。トンキーは健全な関係を維持するためには妥協が必要だということを学びつつある。

　しかし〈月〉はたしかに変化していたことが、日を追うごとに、週を追うごとにはっきりしてくる。消えないのだ。最初のうちは不合理なパターンで形や色が変転するものの、幾夜すぎても大きさが変わらない。

〈オベリスクの門〉の解体のほうがいくらか劇的だ。その持てる能力すべてを使って〈大地奥義〉に匹敵するほど壮大なことを成し遂げた〈門〉は、決められたとおりにシャットダウンの手順を進行させていく。ひとつひとつ、世界中に散らばっている何十ものオベリスクがコアポイントに向かって漂ってくる。ひとつひとつ、オベリスクは——いまやすべての量子状態が位置エネルギーに昇華されて完全に非物質と化しているのだが、それ以上のことはあんたは理解する必要はない——とにかくオベリスクはひとつひとつ漆黒の深い淵のなかに落ちていく。これが完了するまで数日かかる。

しかしオニキスは、最後にして最大のオベリスクは、深淵には落ちずに海のほうへ漂っていき、ハム音を低く深いものに変えながら高度を下げていく。そしてダメージが最小限になるようあらかじめ設定されていたコースで静かに海に入る——ほかのオベリスクとはちがって、オニキスは物質的存在を維持しているからだ。これで、遙か昔に指揮者たちが意図したとおり、オニキスは将来、必要となったときのために保存されることになる。そしてまたこれで、ニース人の最後の名残がついに深い海の底の墓で眠りにつくことにもなるわけだ。

われわれとしては、将来、どこかの若い大胆なオロジェンがこれを見つけて引きあげたりしないよう祈るしかないだろう。

パイロンのような建物に駆けつけてナッスンを見つけるのはトンキーだ。午前もなかばをすぎた、あんたが死んでから何時間後かのことで、灰のない青空に太陽が明るく暖かく輝いている。この空をふと、驚きと憧れの眼差《まなざ》しでうっとり見つめると、トンキーは穴の縁にある建物の階段にもどる。ナッスンはまだそこにいて、階段の下のほうの段にすわっている。隣にはあんたの茶色い塊《かたまり》がある。ナッスンは膝を立て、頭《こうべ》を垂れ、完全に固まってしまった手――〈門〉を起動させるときに大きく開いていたその形のままで凍りついてしまった手――はぎごちなく階段に置かれている。

トンキーはあんたをはさんでナッスンの反対側に腰をおろし、長いことあんたを見つめる。ナッスンはほかの人間があらわれたことに気づいて顔をあげるが、トンキーはただ微笑《ほほえ》んで、かつてはあんたの髪だったものにぎごちなく手を置く。ナッスンはごくりと唾を飲み、乾いた涙の跡をごしごしこすって、トンキーに向かってうなずく。二人はともに、あんたといっしょにすわって、しばし嘆き悲しむ。

そのあと、ナッスンといっしょにシャファァを捜しに地下の巣穴、ワラントの死の闇のなかへ入っていくのはダネルだ。まだ体内にコアストーンが入っていたほかの守護者たちは宝石に変わってしまっている。ほとんどは横たわっていた場所でそのまま息絶えたようだが、なかにはのたうちまわっているうちに穴から落ちてしまった者もいて、きらきら輝く死体が不自然に大の字で壁にはりついていたり床に転がっていたりする。

まだ生きているのはシャファァだけだ。彼は自分が置かれた状況もよくわかっていない状態で、弱っている。ダネルとナッスンで支えて陽光のもとに連れだすと、ぶっつりと切られた髪にすでに白いものがまじりはじめている。ダネルはうなじにある縫われた傷を気にしていたが、出血は止まっているし、シャファ自身、痛みを感じてはいないようだ。彼を死に追いやろうとしているのはその傷ではない。

そんな状態にもかかわらず、彼はひとりで立てるようになって陽光を浴びたせいか少し頭がはっきりしてくると、ひしとナッスンを抱きしめる。あんたの名残の横で。ナッスンは泣かない。感情がほとんど麻痺《まひ》しているからだ。トンキーとフジャルカがダネルと合流し、シャファとナッスンとともにその場に立ち尽くしているあいだに、太陽が沈み、ふたたび〈月〉が昇ってくる。これは黙禱《もくとう》を捧《ささ》げる儀式なのかもしれない。あるいはただあまりにも大きくて異様な出来事を理解するのに時間と仲間が必要なだけなのかもしれない。わたしにはわからない。

コアポイントのほかの場所、雑草に覆われて久しいとある庭で、わたしとガエアはレムアと――スティール、灰色の男、どんな名前でもいいのだが――彼と対峙《たいじ》している。空には欠けはじめた〈月〉がかかっている。

彼はナッスンが最後の選択をしたときからここにいる。彼がやっと話しはじめ、わたしはその声を聞きながら、ずいぶん細い、疲れた声だなと思っている。かつては皮肉な鋭いユーモアをまじえた地話《ちわ》で、まさに岩が震えてさざ波が立ったものだ。それがいまはずいぶんと年取った声に聞こえる。何千年も途切れることなく存在しつづければ、人はそうなって当然だ。

彼がいう――「わたしはただ終わらせたかったんだ」

ガエアが――アンチモンでもなんでもいいが――いう。「わたしたちはそのためにつくられたわけじゃない」

彼がゆっくりと顔を回して彼女を見る。彼のこの動きは見ているだけで疲れる。まったく頑固なやつだ。彼の顔には長い年月がもたらした絶望が見える。ひとえに、人間になる方法はひとつだけではないことを認めようとしないからだ。

ガエアが手をさしだす。「わたしたちは世界をよりよくするためにつくられたのよ」彼女の視線が、応援しろといいたげにわたしのほうにすっと動く。わたしは内心、溜息《ためいき》をつくが、休戦をもとめて手をさしだす。

レムアはわれわれの手を見ている。どこかに、たぶんこの瞬間を見ようと集まってきた同類たちのなかに、ビムニアもダシュアもサレアもいる。かれらは自分が昔、何者だったか忘れてしまっているか、ただ、いまの自分のほうがいいと思っているかどちらかだろう。過去のものをいくらかでも持ちつづけているのはわれわれ三人だけだ。これはよくもあり、悪《あ》しくもある。

「疲れたよ」と彼は白状する。

「少し昼寝でもすればいい」とわたしはいってみる。「けっきょく、オニキスはそのままあるわけだし」

ほうら！　昔のレムアが少し顔を出す。わたしとしてはあんな目つきで見られるのは心外だが。

しかし彼はわれわれの手を取る。われわれ三人は――そして世界は変わらねばならない、戦いは終わらせねばならないということを理解するに至ったほかの者たちも――そろって、沸き返る深みへとおりていく。

世界の心臓部はいつもより静かだ。周囲に陣取ったわれわれは、まずそのことに気づく。よい兆候だ。怒りを爆発させてわれわれを追い返そうとはしていない。そうされたとしても対応としてはましなほうだ。われわれは相手をなだめる反響の流れで言葉をつづる――〈地球〉はそれ自身の生命魔法を維持しているし、われわれ残った者もなんの支障もなく生命魔法を維持できている。われわれは〈地球〉のために〈月〉を取りもどし、誠意を保証するものとしてオベリスクを投げ入れた。しかしその見返りとして〈地球〉は〈季節〉を終わらせねばならない。

静寂がつづく。あとになってわたしはそれが数日間だったことを知る。が、そのときは千年にも感じる。

やがて、唐突に重力がぐらりと揺らぐ。承諾した、ということだ。そして――なによりの吉兆として――〈地球〉はこの時代に入って取りこんできた無数の存在を解き放つ。それらはくるくる回りながら遠ざかって魔法の流れのなかに消えていくが、そのあとどうなってしまうのか、わたしにはわからない。死後の魂《たましい》がどうなるのか、わたしには永遠にわからないだろう――というか、あと七十億年かそこら、〈地球〉がついに死ぬ、そのときまではわからないだろう。

考えると怖《お》じ気《け》づいてしまうが、じっくり考えなければならないことだ。これまでは挑戦つづきの四万年だった。

逆にいえば……これからは上にあがっていくだけだ。

わたしは彼女たちのところへもどる。あんたの娘とかつての敵と友だち二人のところへもどって、この知らせを伝える。わたしも少し驚いたのだが、そのあいだに数カ月が過ぎていた。彼女たちはナッスンが暮らしていた建物に落ち着いて、アラバスターがかつて使っていた庭で獲《と》れる作物とわれわれがアラバスターとナッスンのために運びこんでいた補給品とで暮らしている。もちろん長期的に見れば足りないが、彼女たちは即席の釣り糸で魚を釣り、鳥を捕まえる罠をつくり、食べられる海藻を乾燥させて、不足分を見事に補っていた。海藻にかんしては、トンキーが海辺で養殖する方法を編みだしていた。まったく最近の人たちは機略縦横だ。とはいえ、もし生きのびたければスティルネス大陸に帰るしかないことは日に日にはっきりしてくる。

§

ナッスンはまたひとりでパイロンのような建物のところにすわっている。あんたの死体はまだそのままあんたが倒れたところにあって、誰かが残った手に摘みたての野の花を持たせていた。その横にべつの手がある。あんたの切り株のような腕のそばに供物のように置かれている。あんたのにしては小さすぎるが、殊勝な娘だ。彼女はわたしがあらわれてしばらくたっても口をきかないが、気がつくとわたしはそれを好ましく思っている。彼女の同類はどうもしゃべりすぎる。しかしそれにしても長い。わたしでさえ少しいらいらしはじめるほどだ。

わたしは彼女にいう。「きみがスティールと出会うことは二度とない」それが心配なのかと思ってそういってみる。

彼女はわたしがいるのを忘れていたかのように少しビクッとする。そして溜息をつく。「ごめんなさいって伝えて。どうしても……できなかったの」

「彼もわかっている」

彼女はうなずく。そして――「きょう、シャファが死んだの」

彼のことは忘れていた。忘れてはいけないはずなのに――彼はあんたの一部だったからな。しかし。わたしはなにもいわない。彼女もそのほうがよさそうだ。

彼女が深々と息を吸いこむ。「あのう……。みんなから聞いたの、あなたがみんなや母さんをここに連れてきたって。わたしたちを連れて帰ることもできるの？ 危険だということはわかっているけれど」

「もう危険はない」彼女が眉をしかめるので、すべて説明してやる――休戦のこと、人質がすべて解放されたこと、直接的敵対行為の休止が成立したこと、つまりもう二度と〈季節〉はこないということ。ただしそれで完全に安定したわけではないこと。プレートテクトニクスはプレートテクトニクスとして存在しつづけること。〈季節〉に似た災害は今後も起きるが頻度は減ること。そしてわたしはこういって話を締めくくる――「車物《しゃぶつ》を使ってスティルネスにもどることもできる」

彼女がぶるっと震える。わたしは遅まきながら彼女が車物でどんな経験をしたか思い出す。

彼女はこうもいう。「わたし、あれに魔法をあげられるかどうかわからないの。わたしは……わたしはたぶん……」

彼女は石で覆われて切り株のようになった左の手首をあげる。それではじめてわたしは気づく――そうだ、彼女のいうとおりだ。彼女は完全な整列状態になっている。一生そのままだ。彼女のオロジェニーは永遠に失われてしまった。あんたの仲間になりたいと望むなら話はべつだが。

わたしはいう。「車物にはわたしがパワーを供給する。一度、供給すれば六カ月程度はもつ。それまでに出発するんだ」

わたしは位置を変えて階段のすぐそばに立つ。彼女は驚いてあたりを見まわし、わたしがあんたを抱えているのを見る。わたしは彼女のかつての手も拾いあげていた。われわれの子どもたちはつねにわれわれの一部だからだ。彼女が立ちあがり、わたしは一瞬、彼女が不快に思っているのかと案じる。だが彼女の顔に不幸の色はない。あるのはあきらめだけだ。

わたしは彼女があんたの遺骸になにか言葉をかけるのではないかと、しばらく、一年とも思えるが、待つ。だが彼女はこういう。「わたしたちはこれからどうなるのか、わからないんだけれど」

「〝わたしたち〟？」

彼女は溜息を洩《も》らす。「オロジェン」

ああ。「いまの〈季節〉は〈断層〉が鎮まってもしばらくつづくだろう」とわたしはいう。

「生きのびるには、いろいろな人々が協力し合う必要がある。協力し合えばチャンスが生まれる」

彼女は眉間にしわを寄せる。「チャンス……なんの？　あなたは〈季節〉はこれが最後だといったわ」

「そのとおりだ」

彼女はいかにも不満そうに両手を、いや手と切り株をあげる。「かれらはわたしたちが必要ないときでもわたしたちを殺し、わたしたちを憎んだわ。いまは必要でさえなくなってしまったのよ」

わたしたち。もう大地に耳を澄ます以上のことはできなくなってしまったのに、彼女はまだ自分をオロジェンだと思っている。わたしはそれは指摘しないことにした。そしてこういう。

「もうきみにとってもかれらは必要ないんだ」

彼女は、混乱しているのだろう、黙りこんでしまう。もう少しはっきりさせるために、わたしはこうつけ加える。「〈季節〉が終わって守護者が死に絶えると、オロジェンは、もし望むなら、スティルを征服することも排除することも可能になる。以前は、どちらも相手の助けなしには生きのびることができなかったんだが」

ナッスンは喘《あえ》ぐ。「そんなの、ひどいわ！」

ひどいからといってそれが真実ではないということにはならないが、わたしはあえてその言葉を呑《の》みこむ。

「もう二度とフルクラムはできないのね」彼女はそういって視線をそらせる。困惑しているようだ。たぶんフルクラムの南極地方支所を破壊したときのことを思い出しているのだろう。

「あの人たちは……まちがっていると思うけれど、ほかにどうしたらいいのか……」彼女は首をふる。

わたしは彼女が一カ月、いや一瞬かもしれないが、とまどって口をつぐむ姿を見つめる。

「フルクラムはまちがっている」

「え？」

「オロジェンを閉じこめることが、唯一、社会の安全を確保する方法だなどということはありえない」わたしが意図的に間を取ると、彼女はまばたきしてなにか考えている。たぶんオロジェンの親ならオロジェンの子どもを惨事を招くことなく無事に育てられることを思い出したのだろう。「リンチが唯一の選択肢ではなかった。ノードが唯一の選択肢ではなかった。すべて、あえてその方法が選ばれただけだ。ほかの選択肢はつねにあった」

彼女は、あんたの可愛い娘は、深い悲しみを抱えている。いつか自分がひとりぼっちではないと気づいてくれるといいのだが。ふたたび希望を持つ方法を学んでくれるといいのだが。

彼女が視線を下げる。「かれらはきっとほかの方法は選ばないわ」

「きみがほかの方法を選ぶようにしむければ、選ぶさ」

彼女はあんたより賢いから、お互い寛大になれと強要するようなことをいっても渋い顔はしない。問題はどんな方法を採るかだけだ。「わたしにはもうオロジェニーはないわ」

「オロジェニーは」彼女の注意をひくように、わたしは鋭くいう。「けっして世界を変える唯一の方法ではなかった」

彼女はじっと見つめている。わたしはいえることはすべていった気がして、わたしの言葉をじっくり考えている彼女をあとに残し、その場を去る。

そして都市のステーションを訪れて車物にスティルネス大陸にもどれるだけの魔法を注入する。ナッスンたち一行が南極地方からレナニスにもどるには、何カ月もかかるだろう。一行が旅しているあいだに〈季節〉はまだ悪化する可能性が高い。〈月〉がもどってきた影響があるからだ。それでも……彼女たちはあんたの一部だ。わたしは彼女たちが生きのびてくれることを願っている。

彼女たちが旅立ったあと、わたしはここに、コアポイントの下にある火山の心臓部に、やってきた。あんたの世話をするために。

このプロセスを開始するにあたって、これが唯一の正しい方法、というものはない。〈地球〉は――良好な関係を保つために、わたしはもう〈邪悪な〉とはいわない――〈地球〉は一瞬でわれわれを再調整して、いまではわれわれの多くがかなり短い懐胎期間でその再調整を複製する技術を身につけている。しかし期間が短くなると、さまざまな結果が生じることがわかった。アラバスター、とあんたは呼ぶことになるだろうが、彼は何世紀かは――もしかしたら永遠に――自分のことを思い出せないかもしれない。だが、あんたはそうならないようにしなければ。

わたしはあんたをここに連れてきて、あんたを構成している生の奥義物質を組み立て直し、あんたという存在の決定的真髄を保存していたはずの格子を復活させていた。あんたは記憶の一部を失うことになるだろう。変化すれば、かならず失われるものがある。だがわたしはあんたにこの話をした。もとのあんたをできるかぎり保持するために、あんたの名残をすべて注ぎこんだ。

いっておくが、あんたを特定の型にはめるつもりはない。ここからはあんたは自分がなりたいものになれる。自分がどこへいくか知るには、どこからきたか知っておく必要があるだろうから、こうしたまでだ。わかってくれるかな？

もしあんたがわたしのもとを去ると決めたら……わたしは耐える。もっと辛いことをくぐり抜けてきたからな。

だからわたしは待つ。時が過ぎていく。一年、十年、一週間。時間の長さは関係ないが、ガエアは徐々に興味を失って彼女自身の関心事に専念するために去っていく。わたしは待つ。願わくば……いや。わたしはひたすら待つ。

そしてやがてある日、わたしがあんたを置いておいた割れ目の奥底で、ひとつの晶洞《しょうどう》にひびが入り、シューッと音を立てて二つに割れる。あんたはそこから立ちあがり、あんたをつくっている物質は活動の速度をゆるめ、自然な状態へと冷えていく。

美しい、とわたしは思う。碧玉《ジャスパー》のドレッドヘア。目尻と口元に笑いじわのような線が入り、服のひだが層状に刻まれた、筋目入りの黄土色の大理石の肌。あんたはわたしを見つめ、わたしはあんたを見つめ返す。

あんたは、かつてのとそっくりな声でいう。「あなたの望みはなに？」

「あんたといっしょにいることだけだ」とわたしはいう。

「どうして？」

わたしは姿勢を調整して、うつむいて片手を胸に当てた謙虚そうなポーズをとる。「それが永遠を生きのびる方法だからだ」とわたしはいう。「いや、数年でもおなじことだ。友だち。家族。かれらと進む。まえに進んでいく」

前にわたしがこれとおなじことをいったのを覚えているか？　あんたが償いようのない害をおよぼしてしまったと絶望していたときのことだ。たぶん。あんたの姿勢も変わる。腕組みして、疑《うたぐ》り深そうな表情だ。よくこんな表情をしていた。わたしは期待して完全に裏切られるのだけは避けたいと思っている。

「友だち、家族」とあんたがいう。「あなたにとって、わたしはどっちなの？」

「両方。そしてそれ以上のものだ。われわれはそういうものを超越している」

「ふうん」

わたしは心配はしていない。「あんたの望みは？」

あんたはじっくり考えている。わたしはこの地中深くで火山の絶え間ない咆哮《ほうこう》に耳を傾けている。やがてあんたがいう。「わたしの望みは、世界がよりよいところになることよ」

わたしは、喜びの雄叫《おたけ》びをあげて跳びあがれないことをこれほど悔しいと思ったことはない。その代わりにわたしは片手をさしだして、あんたのほうへ移動する。「では、いっしょによりよいところにしていこう」

あんたはおもしろがっているような顔をしている。あんただ。まさにあんただ。「そんなに簡単にできるの？」

「時間は少しかかるかもしれないが」

「わたしはあまり我慢強いほうじゃないんだけど」しかしあんたはわたしの手を取る。

我慢するな。絶対に我慢するな。こうしてあたらしい世界がはじまるのだ。

「わたしもだ」とわたしはいう。「だからさっそくはじめよう」

補遺1　サンゼ人赤道地方併合体の創立以前および以後に起きた〈第五の季節〉一覧

（最新から最古へ、の順）

〈窒息の季節〉……帝国暦二七一四年―二七一九年。直接的原因：火山の噴火。場所：南極地方のディヴェテリス周辺。アコック山の噴火で半径五百マイルの範囲が、肺や粘膜で凝固する細かい灰の雲に覆われた。南半球では五年間、陽光が遮られたが、北半球はそこまでの影響は受けなかった（二年で回復）。

〈酸の季節〉……帝国暦二三二二年―二三二九年。直接的原因：揺度《ようど》十以上の揺れ。場所：不明。大陸から遠く離れた海底。突然のプレート移動でジェット気流主流の通り道に火山の連なりが生じ、ジェット気流が酸性化して西海岸地方へ、その後スティルネス大陸のほぼ全土に流れこんだ。海岸地方のコムのほとんどは津波の第一波で壊滅。残るコムも船や港湾設備が被害を受けて漁業が成り立たず、消滅したり移住を余儀なくされたりした。雲による大気への影響は七年間におよび、海岸地方のpH値異常はその後さらに何年もつづいた。

〈沸騰《ふっとう》の季節〉……帝国暦一八四二年―一八四五年。直接的原因：湖底地下のホットスポットからの噴出。場所：南中緯度地方テカリス湖四《よ》つ郷《ごう》。この噴出によって何百万ガロンもの蒸気や微粒子物質が大気中に放出され、大陸の南半分では三年間にわたって酸性雨が降り、陽光の遮蔽状態がつづいた。しかし北半分はこれといった影響は見られなかったため、この状態を〝真の〟〈季節〉と呼べるかどうか、古代学者のあいだでは意見がわかれている。

〈息切れの季節〉……帝国暦一六八九年―一七九八年。直接的原因：鉱山事故。場所：北中緯度地方、サスド四つ郷。まったくの人的要因で生じたもの。北中緯度地方北東部炭田の端にあった炭鉱で起きた火災が引き金となった。当該地域以外ではときおり陽光が射しこみ、降灰や大気の酸性化も見られなかった比較的穏やかな〈季節〉で、〈季節令〉を発令したコムはごく少数だった。ヘルダインでは当初の天然ガス噴出と火炎に包まれたすり鉢状の穴の急速な拡大により約千四百万人が死亡したが、帝国オロジェンが穴の縁を密閉、沈静化し、それ以上の延焼を防ぐことに成功した。封じこめられた火災はそれ以降、百二十年間にわたって孤立したまま燃えつづけた。この火災の煙は卓越風にのってひろがり、当該地域では数十年にわたって呼吸器疾患を引き起こし、ときに大量の窒息者も出た。また北中緯度地方の炭田が失われたことにより暖房用燃料コストが高騰すると同時に地熱や水力の利用が大幅に採用され、土技者《どぎしゃ》ライセンス制度の創設につながった。

〈歯の季節〉……帝国暦一五五三年―一五六六年。直接的原因：海底の揺れが引き金となって起きた超巨大火山の破局噴火。場所：北極地方の亀裂群。海底の揺れの余波で、それまで知られていなかった北極点近くのホットスポットからマントルが上昇し、これが引き金となって破局噴火が起きた。噴火の音は南極地方でも聞こえたという証言がある。灰は超高層大気まで上昇し、急速に地球全体にひろがったが、もっとも大きな影響を受けたのは北極地方だった。前回の〈季節〉から九百年以上たっていたため、当時は〈季節〉は伝説にすぎないという考え方が一般的で備えがおろそかになっていたコムが多く、被害が増大した。この時期、食人風習が北から赤道地方までひろまったと伝えられる。この〈季節〉の末期にユメネスでフルクラムが創設され、北極地方と南極地方に支所が置かれた。

〈菌類の季節〉……帝国暦六〇二年―六〇六年。直接的原因：火山の噴火。場所：赤道地方東部。モンスーン期に火山の噴火が相次いだことによって湿度が高くなり、大陸の二十パーセント以上の地域で六カ月間にわたって曇天《どんてん》がつづいた。その点では〈季節〉としては穏やかなほうだったといえるが、噴火のタイミングがモンスーン期だったことで菌類の繁殖に最適な条件が整ったため菌類が赤道地方から南北中緯度地方へとひろがり、当時、主要作物だったミロック（現在は絶滅）を駆逐していった。その結果、収穫が激減して、飢饉《ききん》が解消するのに四年（菌類による胴枯れ病が蔓延《まんえん》するのに二年、農業システム、食料配給システムの復旧に二年）の歳月を要した。影響を受けたコムのほとんどは備蓄食料で乗り切ることができたため、帝国の救済策、〈季節〉対策計画の効力が実証されたかたちとなったうえ、帝国はミロックに依存していた地域に備蓄していた種を惜しみなく分け与えた。その結果、中緯度地方および海岸地方の多くのコムが自発的に帝国に参入し、勢力範囲が倍に拡大して帝国は黄金期を迎えることとなった。

〈狂気の季節〉……帝国暦紀元前三年―帝国暦七年。直接的原因：火山の噴火。場所：キアシュ・トラップ。古い超巨大火山（これより約一万年前に〈二連の季節〉を引き起こしたのとおなじ火山）の複数の火道からの噴火により、暗緑色から黒色の普通輝石が大量に大気中に排出された。その結果、闇に閉ざされた状態が十年間つづき、通常の〈季節〉がもたらす破滅的被害に加えて、精神疾患の発症率が上昇した。サンゼ人赤道地方併合体（通称、サンゼ帝国）は、ユメネスのヴェリシェ将軍が心理作戦を駆使して病的状態にある複数のコムを征服したことにより生まれた。（第六大学出版部刊行『狂気学』参照のこと。）ヴェリシェ将軍は、ふたたび陽光が射した日に、みずから皇帝を名乗った。

〔編纂《へんさん》者注記：サンゼ帝国建国以前の〈季節〉にかんしては矛盾する、あるいは確証のない情報が多い。下記の〈季節〉は二五三二年の第七大学古代学会議において是認されたものである。〕

〈放浪の季節〉……帝国暦紀元前八〇〇年頃。直接的原因：磁極の移動。場所：立証できず。この〈季節〉の到来によって当時の主要交易作物数種類が絶滅した。また真北が移動したことで花粉媒介者が混乱をきたし、二十年間にわたって凶作がつづいた。

〈風向変化の季節〉……帝国暦紀元前一九〇〇年頃。直接的原因：不明。場所：立証できず。未知の原因により卓越風の向きが変わり、正常にもどるのに長年月を要した。陽光の遮蔽は起きていないが、かなりの規模の（そしておそらくは大陸から遠く離れた海底での）地殻変動的事象以外に原因は考えられないため、これは〈季節〉であるとのコンセンサスが得られている。

〈重金属の季節〉……帝国暦紀元前四二〇〇年頃。直接的原因：不明。場所：南中緯度地方、東海岸近辺。火山の噴火（イルク山と思われる）により十年間、陽光が遮蔽されると同時にスティルネス大陸の東半分に水銀汚染がひろがって被害が増大した。

〈黄海の季節〉……帝国暦紀元前九二〇〇年頃。直接的原因：不明。場所：東海岸地方、西海岸地方、および南極地方までの海岸沿いの地域。この〈季節〉については赤道地方の廃墟《はいきょ》で発見された遺物に書き記されているだけで、それ以外の資料などは存在しない。未知の原因によりバクテリアが広範囲にひろがり、海の生物のほとんどが毒性を帯び、海岸地方で数十年にわたって飢饉がつづいた。

〈二連の季節〉……帝国暦紀元前九八〇〇年頃。直接的原因：火山の噴火。場所：南中緯度地方。当時から伝わる歌謡や口承伝説によると、あるひとつの火口からの噴火で三年間、陽光が遮蔽されたという。それが解消しはじめた頃、最初のものとはべつの火口が噴火し、陽光遮蔽はさらに三十年間つづいた。

補遺2　スティルネス大陸の全四つ郷《よごう》で一般的に使われている用語

安全……交渉の場、敵対する可能性のある二者がはじめて相まみえる場、その他、公式の会合で昔から供されている飲みもの。植物の乳液が含まれていて、あらゆる異物に反応する。

石喰《いしく》い……肌も髪も、全身が石のように見える知的ヒューマノイド種属。その姿はめったに見ることができない。どのような存在なのかはほとんどわかっていない。

打ち工《く》……石、ガラス、骨などで小型の道具類をつくる職人。大規模なコムでは機械を使うなどして大量生産もおこなっている。金属をあつかう打ち工、あるいは腕の悪い打ち工は俗に錆《さ》び屋と呼ばれる。

造山能力《オロジェニー》……熱、運動などにかかわるエネルギーをあやつって地震事象をあつかう能力。

造山能力者《オロジェン》……訓練されているいないにかかわらず、オロジェニーを持っている者。蔑称：ロガ。

海岸地方人……海岸地方のコム出身者。海岸地方コムで、帝国オロジェンを雇って暗礁《あんしょう》などを高く引きあげ、津波からコムを守るだけの資金のあるところはごくわずかなので、海岸地方の都市は再建をくりかえさざるをえず、その結果として資力に乏しいところが多い。大陸の西海岸地方人の多くは肌の色が白く、直毛で、ときに目に蒙古《もうこ》ひだのある者がいる。東海岸地方人の多くは肌が黒く、縮れ毛で、ときに目に蒙古ひだのある者がいる。

カークーサ……中型の哺乳類《ほにゅうるい》で、ペットとして飼ったり、家や家畜の番をさせたりすることもある。通常は草食性だが、〈季節〉の期間中は肉食性になる。

〈革新者〉……一般的に知られている七つの用役《ようえき》カーストのひとつ。〈季節〉の期間中、技術的問題、論理的問題の解決を担えるだけの創造性と応用力に富む知性の持ち主が〈革新者〉に選ばれる。

〈季節令〉……コムの長《おさ》、四つ郷知事、地方知事、もしくは権利ありと認定されたユメネスの〈指導者〉が発令する戒厳令。〈季節令〉が発令されているあいだは四つ郷および地方の統治権は一時的に停止され、コムが独立した社会政治的単位として機能するが、帝国の方針で、近隣のコム同士が協力しあうことが強くもとめられている。

金属伝承……錬金術や天体学同様、第七大学が否認した信用のおけない似非《えせ》科学。

粗粒砂岩《グリット》……フルクラムで基本的な訓練を受けている段階の、まだ指輪を授かっていない子どものオロジェン。

〈強力《ごうりき》〉……一般的に知られている七つの用役カーストのひとつ。〈季節〉の期間中、身体強健で重労働や保安を担える者が〈強力〉に選ばれる。

コム……共同体《コミュニティ》。帝国統治システムにおける最小社会政治的単位で、通常、ひとつの都市、ひとつの町がひとつのコムということになるが、大都市の場合は数コムが含まれる。コムの構成員として容認された者には貯蔵品を使う権利、保護される権利が与えられる代わりに、税を納めるなど、なんらかのかたちでコムに貢献することがもとめられる。

コム無し……どのコムにも受け入れてもらえない犯罪者などの好ましからざる者。

コム名……大半の市民が持っている第三の名前。当人がコムにたいする忠誠の義務と各種権利を有していることを示す。通常、成人に達したときに授けられ、当人が共同体《コミュニティ》の有用な構成員になると見込まれていることを示す。コムへの移民はコムへの受け入れを要請し、受け入れられれば、そのコムの名を自分の名にすることになる。

サンゼ……もともとは赤道地方の一国家（帝国紀元前の政治システムの単位だが、当時は軽視されていた）で、サンゼ人種の母体。〈狂気の季節〉が終わったとき（帝国暦七年）、サンゼ国は廃止され、皇帝ヴェリシェ〈指導者〉ユメネスの統治のもと有力なサンゼ人コム六つからなるサンゼ人赤道地方併合体となった。〈季節〉の余波が残るなか、併合体は急速に勢力を拡大し、帝国暦八〇〇年頃までにはスティルネス大陸の全地方を包含。〈歯の季節〉の頃には併合体は一般的には古サンゼ帝国、あるいは単に古サンゼと呼ばれるようになった。その後、〈季節〉の際には（ユメネスの〈指導者〉の助言のもと）各地方で統治するほうが有効と考えられるようになったため、帝国暦一八五〇年の協定をもって、併合体は公式に消滅した。実際には、ほとんどのコムが依然として帝国の統治、金融、教育等々のシステムを継承しており、ほとんどの地方知事はユメネスに敬意を表して税を納めている。

サンゼ基語……サンゼ人が使う言語で古サンゼ帝国の公用語。現在はスティルネス大陸のほとんどの地域で使われている共通語。

サンゼ人……サンゼ人種の構成員。ユメネスの〈繁殖者〉基準では、サンゼ人の典型はブロンズ色の肌、灰噴《はいふ》き髪、筋骨型もしくは肥満型の体型で、成人の身長は最低六フィート以上とされている。

私生児……用役カーストなしで生まれた者。そうなる可能性があるのは、父親不詳で生まれた男児だけ。ただし優秀な者はコム名をつける際に母親の用役カースト名をつけることを許される場合もある。

守護者……フルクラム以前からあるとされる体制の構成員。スティルネス大陸内でオロジェンを追跡し、保護し、導く。

新コム……最新の〈季節〉以降に生まれたコムの俗称。少なくとも一度以上〈季節〉を生き抜いたコムは、その有効性、強さが証明されたということで、一般的には新コムよりも暮らしに適しているとみなされている。

不動人《スティルヘッド》……オロジェンがオロジェニーを持たない者にたいして使う蔑称。略して〝不動《スティル》〟ということが多い。

赤道地方……赤道周辺の地域。海岸地方は除く。赤道地方のコム出身者は赤道地方人と呼ばれる。気候が穏やかで、大陸プレートの中央にあることから比較的安定しているため、赤道地方のコムは富裕で、政治力も強いところが多い。かつては古サンゼ帝国の中核をなしていた。

セバキ人……セバキ人種の構成員。セバキ人の国セバクはかつては南中緯度地方の一国家（帝国紀元前の政治単位だが、当時は軽視されていた）だったが、古サンゼ帝国に征服されて四つ郷システムに組みこまれた。

〈第五の季節〉……地震活動あるいは大規模な環境変化によって引き起こされる、長期間――帝国の定義によると六カ月以上――にわたる冬。

〈耐性者〉……一般的に知られている七つの用役カーストのひとつ。飢餓《きが》や疫病に抗して生き残る力を持つ者が選ばれる。〈季節〉の期間中、衰弱した者の面倒を見、死体の処理をすることがもとめられる。

第七大学……地科学と石伝承の研究で知られる大学で、現在は帝国の資金で運営されている。所在地は赤道地方のディバース市。前身に当たる大学は複数あるがいずれも民間で共同事業として運営されていた。なかでも有名なアム・エラットの第三大学（帝国暦紀元前三〇〇〇年頃）は当時は独立国家とみなされていた。小規模な地方大学、四つ郷大学は第七大学に上納金を支払い、その見返りに専門知識や物資を得ている。

託児院……大人たちがコムで必要とされる仕事をしているあいだ、まだ仕事のできない幼い子どもたちの面倒を見るところ。事情が許せば学習の場ともなる。

断層……地中の亀裂が激しい揺れや噴きを起こす可能性の高い場所。

地科学者……岩石について、また自然界で岩石が存在する場所について研究する者。科学者全般を指す。とくに力を入れて研究しているのが岩石学、化学、地質学だが、スティルネスではこれらは別々の学問分野とは考えられていない。オロジェニー学――オロジェニーとその影響を研究する学問――を専門に研究している地科学者はごく少数しかいない。

地覚《ちかく》……大地の動きによって生じる感覚。大地の動きを感じとる器官が、脳幹にある地覚器官。動詞：地覚する。

地方……帝国統治システムの最上位。帝国が承認しているのは、北極地方、北中緯度地方、西海岸地方、東海岸地方、赤道地方、南中緯度地方および南極地方。各地方に知事がいて、各四つ郷から報告があがるシステムになっている。各地方知事は公式には皇帝が任命するかたちだが、実務上、ユメネスの〈指導者〉によって、ユメネスの〈指導者〉のなかから選ばれるのが通例。

中緯度地方……大陸の中緯度地帯――赤道地方と、北極地方あるいは南極地方とのあいだ――に位置する地方。この地方の出身者は中緯度地方人と呼ばれる。スティルネスでは発展の遅れた僻地《へきち》とされているが、この世界で必要な食料、原材料、その他必需資源の大半の供給源となっている。北中緯度地方と南中緯度地方がある。

貯蔵品……貯蔵してある食料や物資。コムは〈第五の季節〉の到来にそなえて、つねに護衛つき鍵つきの貯蔵所に必要物資を蓄えている。貯蔵品を分与される権利があるのは承認されたコムの構成員だけだが、成人は未承認の子どもなどに物資を分与できる。個々の家庭も物資を貯蔵していることが多く、家族以外の者からまもる手立ても講じている。

帝国道……古サンゼ帝国の革新的技術の産物のひとつである幹線道路（徒歩あるいは馬に乗って移動する際に使う高架道）で、主要なコムおよび大規模な四つ郷同士をつないでいる。土《ど》技者《ぎしゃ》と帝国オロジェンのチームが建設したもので、オロジェンが地震活動地域内のもっとも安定した経路を決定し（あるいは安定した経路がなければ地震活動を鎮め）、土技者が〈季節〉期間中に旅がしやすいよう河川などの重要資源を道路の近くに配した。

伝承学者……石伝承と失われた歴史の研究者。

土技者《どぎしゃ》……土工事――地熱エネルギー施設、トンネル、地下インフラ、採鉱など――をおこなう技術者。

南極地方……大陸のもっとも南に位置する地方。南極地方のコム出身者は南極地方人と呼ばれる。

ノード……地震活動を減らしたり鎮めたりするためにスティルネス全土に配置された帝国が管理するステーションで、ネットワークを形成している。フルクラムで訓練されたオロジェンは希少なため、多くが赤道地方に配置されている。

灰噴き髪《はいふ》……サンゼ人種の特徴的形質で、〈繁殖者〉用役カーストの現行ガイドラインでは、なにかと都合がよいので選択淘汰《とうた》において有利とされている。灰噴き髪は著《いちじる》しく硬くて太く、通常、上に向かって火炎のようにのび、ある程度までいくと垂れて顔や肩にかかるかたちになる。耐酸性で水に浸してもほとんど水を含まず、極端な環境でも灰を浸透させないフイルターの役目を果たすことが実証されている。大半のコムでは〈繁殖者〉ガイドラインで承認されているのは質感のみだが、赤道地方の〈繁殖者〉は望ましい要素として天然の〝灰〟の色（出生時の色がスレート色から白）であることもとめられるのが一般的。

破砕地……激烈かつ／あるいはごく最近の地震活動で破壊された土地。

〈繁殖者〉……一般的に知られている七つの用役カーストのひとつ。健康で均整のとれた体型の者が選ばれる。〈季節〉の期間中、選択的措置によって健全な血統を維持し、コムないし人種の改良に寄与することがもとめられる。〈繁殖者〉用役カーストの生まれでも許容基準に満たない者は、コム名をつける際、近親者の用役カースト名をつけることが認められている。

避難袋……必需貯蔵品を詰めた持ち運びしやすい小型の袋で、大半の家庭で、揺れなどの緊急事態に備えて用意している。

噴き……噴火のこと。海岸地方のいくつかの言語では火山のことも指す。

沸騰《ふっとう》……間欠泉、温泉、蒸気噴出口のこと。

フルクラム（てこの支点の意）……〈歯の季節〉のあと（帝国暦一五六六年）、古サンゼが創設した準軍事的組織。本部はユメネスにあるが、大陸全土を最大限カバーするため北極地方と南極地方に支所が設けられている。フルクラムの訓練を受けたオロジェン（帝国オロジェン）は、訓練を受けていない者が使えば違法とされるオロジェニーの技能を、守護者の監督のもと厳格な規則にのっとって使うことが法的に許されている。フルクラムは自主的に運営され、経済的にも独立している。帝国オロジェンは黒の制服を着用するため、俗に〝黒上着〟と呼ばれる。

北極地方……大陸のもっとも北に位置する地方。北極地方のコム出身者は北極地方人と呼ばれる。

道の家……すべての帝国道および多くの一般道に一定の間隔で置かれている施設。どの道の家にも水源があり、耕作地や森、その他有用な資源の近くに設置されている。多くは地震活動がごく少ない地域にある。

メラ……中緯度地方の植物。赤道地方でとれるメロンの近縁種。地上を這《は》う、つる植物で、通常は地上に実をつける。〈季節〉の期間中は地中に塊茎《かいけい》状の実をつける。一部の種は花を用いて昆虫をつかまえる。

指輪……帝国オロジェンの階級を示すために用いられる。階級のない訓練生は、初指輪を得るために一連の試験に合格しなければならない。最高位は十指輪。指輪はすべて準宝石を磨いたもの。

揺れ……大地の地震性の動き。

用役名……大半の市民が持っている第二の名前。その人物が属している用役カーストを示す。承認されている用役カーストは二十あるが、古サンゼ帝国以来、現在も一般的に使われているのは七つのみ。有用な資質は同性の親から引き継がれることが多いという理論に基づき、用役名は同性の親のものを承継する。

四つ郷……帝国統治システムの中間位。地理的に隣接する四つのコムで構成される。各四つ郷に知事がいて、各コムの長から報告があがるかたちになっている。四つ郷知事はその報告を地方知事に伝える。四つ郷内で最大のコムが首都とされ、大規模な四つ郷の首都同士は帝国道でつながっている。

緑地……石伝承の忠告にしたがって大半のコムのなか、あるいは壁のすぐ外に確保されている休閑地《きゆうかんち》。コムの緑地は〈季節〉でないときには、農地や家畜の飼育場、あるいは公園として使われることもある。個々の家庭でも個人的に菜園や庭を維持していることが多い。

謝辞

フーッ。なかなか手強《てごわ》かったでしょう？

わたしにとって本作は、ただの三部作の最後という以上の意味を持つものになっている。さまざまな理由で、本作執筆期間はわたしの人生にとってとても大きな変化の時になったからだ。わけても大きい変化といえるのは、二〇一六年七月に勤めを辞めて専業作家になったことだろう。人が人生の成人期における重要な転換点で健全な決断ができるよう——あるいは少なくとも、そういう決断ができるときまで命を長らえることができるよう——手助けする仕事が、わたしは好きだった。わたしの作品が心に響いたというようなお手紙やオンラインメッセージをいただくと、作家としてもどなたかの力になっているのだろうとは思う。しかし元の勤めでは仕事自体も、そこから生じる苦悩もご褒美も、もっと直接的なものだった。いまはそれがとても恋しい。

ああ、誤解しないで——これはわたしの人生にとって必要な、よい変化だったのだから。わたしの作家としてのキャリアはなにもかも最善のかたちで炸裂《さくれつ》したし、けっきょくのところわたしは作家という仕事も大好きなのだ。ただ、なにか変化があると、一度ふりかえって、得たものと同時に失われたもののこともしっかり認識したい性分なもので。

この変化の推進剤になったのは、わたしが二〇一六年五月にはじめたパトレオン（アーティスト向けのクラウドファンディング・プラットフォーム）キャンペーンだった。もっとまじめないい方をすれば……このパトレオンで得た資金のおかげで、二〇一六年終盤から二〇一七年序盤にかけての母の人生最後の日々、わたしは母のことだけを考えて過ごすことができた。わたしの場合、公《おおやけ》に個人的な事柄を話すことはあまりないが、〈破壊された地球〉三部作がいくつかあるテーマのなかでも母親との葛藤に力点を置いていることはお気づきの方も多いと思う。本作上梓《じょうし》までの数年間、母はむずかしい状態にあった。思うに（ふりかえってみると多くの拙作の土台になっていることがはっきりわかるのだが）、わたしは心のどこかで母の死がそう遠いことではないと考えていたような気がする——自分で心の準備をしようとしていたのかもしれない。とはいえ、実際にそうなったときにはなんの準備もできていなかった……が、それをいえば誰でもそうだ。

というわけで、わたしはこの出来事を切り抜けるのに力を貸してくださったすべての人々に感謝している——わたしの家族、友人、エージェント、パトレオンの支援者の方々、あたらしい編集担当者および以前のスタッフたちを含めたオービット社の方々、ホスピスのスタッフの方々、すべての人々に感謝します。

旅や入院やストレスや、親の死後、日々の暮らしで経験した官僚主義的な役人どもの無数の無礼にもかかわらず本作を期限内に仕上げようと必死に励めたのは上記の方々のおかげだ。本作執筆中、わたしはけっしてつねにベストな状態だったとはいえないが、これだけはいえる——本書内での痛みは現実のほんものの痛み、怒りは現実のほんものの怒り、愛は現実のほんものの愛。あなたたちはわたしとともにこの旅をまっとうしてくださったのだから、わたしが得た最上のものは、つねにあなたたちのものだ。母もそれを望んでいると思う。

解説

池澤春菜

※本解説は『第五の季節』『オベリスクの門』の結末に触れています。

第一作目、『第五の季節』の最後の章を読んだ時の衝撃を今もって鮮明に覚えている。スレた本読みなので、大概のことには驚いてやらないぞ、と思っている。「ほうほう、ふふん、これは叙述トリックっぽいね」とか「お、これはきっとここに繋《つな》がるよね?」とか。作者が一番嫌がるタイプの、斜に構えた悪い読者。

だけど『第五の季節』の結末は完全に予想外だった。前だけ見ていたら隕石《いんせき》が後頭部にヒットしたくらいの衝撃。頭の中の情報が再構成されて、今まで別々の絵だと思っていたものが重なって立体となって見えてくる。自分の認識が2Dから3Dに切り替わる、あの瞬間の驚きと快感は、今まで読んできたたくさんの本の中でも随一だった。

三部作完結編である本書『輝石の空』では、あなたの見る世界は4Dになる。物語は時間的・空間的スケールを増し、重層的になる。後書きから本書を読み始めている人は心して欲しい。

ジェミシンは、越えてくる。

ここまでのおさらいをしておこう。

《破壊された地球》三部作の舞台は、スティルネスと呼ばれる巨大な単一大陸を持つ惑星。数世紀ごとに、〈第五の季節〉と呼ばれる壊滅的な天変地異に襲われ、文明は何度も途絶している。大地は不安定で、人々は脆《もろ》い地殻の上に身を寄せ合って生きている。

スティルネスの社会はさまざまな制度や人種、民族によって分けられている。コムと呼ばれる共同体があり、そこに所属しない者はコム無し、はぐれ者として排斥される。コムの中には〈強力《ごうりき》〉〈耐性者〉〈繁殖者〉〈革新者〉〈指導者〉などの用役《ようえき》カーストがある。このカースト制度は、〈第五の季節〉を乗り越えるための歴史の知恵であり、社会の中に強固に根付いている。個人の幸福より、社会の存続を優先せざるを得ない状況なのだ。

さらに、人々の中には造山能力者《オロジェン》、地震を起こし、鎮めることができる能力を持つ者がいる。オロジェンが大地と繋がるためにはエネルギーがいる。時にオロジェンはそれを他の生き物の体や大地から熱として取り出すため、意図せず（もしくは意図して）力の及ぶ範囲にいる生き物を殺してしまうことがある。それ故、オロジェンは蔑称でロガと呼ばれ、畏れられ、憎まれている。もし子供のうちに能力の片鱗《へんりん》が見られれば、その子は殺される。生き延びた場合も、フルクラムというオロジェンを訓練する施設に送られ、厳しく管理される。黒い制服を身につけ、能力の強さによって一～十の指輪をつけた彼らは、飼い慣らされた存在として辛うじて許容されている。

もう一つ、この世界には石喰《いしく》いと呼ばれる種族がいる。見た目は人とあまり変わらないが、岩の中を移動することができ、岩と同じくらい長寿。全てが謎に包まれた存在だ。

一作目『第五の季節』では、物語は三人の女性の視点を行き来しながら進む。読み進めていく内に、この三人は生きている時期も場所も違うことがわかってくる。

二人の子供の母であるエッスンは、オロジェンであることを隠して生きていた。だが、あるきっかけで夫は息子がオロジェンだと知り、殺してしまう。残る娘を連れ去った夫を追って、エッスンは旅に出る。

同じくオロジェンであり、家族によって虐待され、監禁されていた少女ダマヤ。彼女は〈守護者〉に引き取られ、フルクラムに行くこととなる。

サイアナイトはそのフルクラムに所属する若いオロジェン。四指輪のまぁまぁな力を持つ彼女に、十指輪のアラバスターが指導役としてつく。アラバスターは比類無い力を持つが、非常に気まぐれで何をするのか予想がつかない。サイアナイトに与えられたもう一つの使命は、アラバスターと関係し、その能力をより安定した形で引き継ぐ子供を身ごもること。

三者三様の旅。ある者は復讐《ふくしゅう》と大事なものを取り戻すため。ある者は未《いま》だ定まらぬ自身の人生を求めて。そしてある者は能力の本質を知り、自分自身を知るため。

共通しているのは、三人が女性であること、オロジェンであること。そしてその二つの理由によって、社会的弱者の立場に置かれ、差別され、虐げられているということ。

『第五の季節』の最終章、実はエッスン、ダマヤ、サイアナイトの三人が同じ人物の人生の三つの段階であったことが明かされる。冒頭の繰り返しになるが、ここの衝撃たるや。三枚の絵が重なり、それぞれの考え方や思想信条、そして生き方が繋がる。

二作目『オベリスクの門』。この巻の視点人物の一人、エッスンの娘ナッスンは父親に連れられ、オロジェニーを消すことができると噂のコムに辿《たど》り着く。そこでエッスンのかつての守護者であり、前巻の最後の出来事によって記憶を失ったシャファと出会う。ナッスンを追うエッスンは、様々な事情により、オロジェンとオロジェニーを持たない人々（スティル）が共存して生きる新しい形のコム、カストリマの一員となる。母娘《おやこ》のそれぞれの道を描きながら、この世界の成り立ちや理《ことわり》が明らかになっていく。

そして本書『輝石の空』。三部作の最後で、明らかになる様々な謎。レイヤーを一枚ずつ剝《は》いでいくように、奥へ奥へ、より深いところに物語はわたしたちを連れて行く。

なぜ〈第五の季節〉は訪れるのか。なぜこの世界には月が無いのか。空に浮かぶ巨大なオベリスクとは何か。石喰いとはどういった存在なのか。なぜこの世界は、こんなにも歪《いびつ》で危ういものになってしまったのか。

長い長い物語の最後に待っているのは、ジェミシンだから、そしてSFだからこそ描ける答えだ。

本書の刊行直前に行われたアメリカの書店バーンズ&ノーブル（以降B&N）のインタビュ

ーがとても興味深かったので、抜粋してご紹介する（訳：筆者）。

B＆Nに「このシリーズの出発点となったのは、「女性が私に向かって歩いてくる。その後ろを進む山と共に」という夢だったんですよね？」と聞かれ、ジェミシンはこう答える。

「（実際の作品では）まぁ、山は浮かんでいませんが。

どう人々が山を投げ合うのか、うまい設定が見つけられなくて。あの光景に夢の中では畏敬の念を抱いたし、アニメだったら映えるかもしれない。でも、実際書いてみたらあまりドラマティックにはならなかったんです。その分エッスンは、そうですね、書いていく内にどんどん良くなっていきました」

また、《破壊された地球》三部作のファンタジーとハード・サイエンスの境界線をまたぐ試みに関しては、こう述べている。

「十分に体系化された魔法は科学と区別がつかない、というクラークの法則の帰結を少し試してみたくなったんです。数年前に「でも、でも、でも、なぜ魔法に理屈を求めるの？」というブログ記事を書きました。その中で魔法の要点は、論理や再現性など科学的なものに抵抗することだと主張しました。

だけど、魔法自体に論理性を求めようとする世界を書いてみたくなっちゃって。それはある意味うまくいったと思います。スティルネスの空に浮かぶオベリスクから、遠い過去のある時点で、人々は『魔法』の理屈を解明していたことがわかります。だとしたらどこからが魔法で、どこからが科学なのか。それが、このシリーズが取り組んできたコンセプトのひとつです」

またジェミシンはこれをポストアポカリプス小説ではないと言っている。

「日常が失われたのではなく、〈季節〉が彼らの日常なんです。だから、基本的にはパラノイアと執着心が正当化されたプレッパーたちの社会。彼らの、大災害に対しても備えることができるんだ、という考え方を壊してみたかったんだと思います。

あまり書いていませんが、誤った備えをしたために、〈季節〉の間、多くのコムが悲惨な死を遂げています。コムは頑丈な壁を持っているかもしれませんが、メンバーの一部が利己的だったり権力を濫用したりすれば、内部から弱体化する可能性があります。

アメリカの思想は(他の場所でもそうかもしれませんが、とりあえず私が最もよく知る文化として)社会ダーウィニズムを前提とする傾向があります。確かに、生存とは最もタフであること、最も非道徳的であること、あるいは最も多く奪うことだと多くの人が考えています。しかし、災害を生き延びた人々の実際の記録から分かるように、最もうまくいくのは、適応し、協力することなんです。ですから、私はうさんくさい優生学への賛歌ではなく、現実的な生存志向の社会を書こうとしました」

ここで出てくるプレッパー、prepperとは自然災害や原発事故、パンデミック、黙示録の預言にある世界の終末(もしかしたらゾンビも含まれるかもしれない)に備える人々のこと。これは何も小説や映画の中だけの話ではなく、実際にアメリカには数百万人のプレッパーがいるらしい。

ジェミシンは《破壊された地球》三部作シリーズを書くにあたり、プレッパーを取り上げたテレビ番組を見たり雑誌を購入したり、またプレッパーたちのオンラインフォーラムを覗《のぞ》いてみたりしたそうだ。けれど、そこで見たプレッパーたちの考え方には共感できなかったと言う。それよりも、いつ火山が噴火するかわからないホットスポットの上に住んでいるハワイの人々の方から多く学んだそうだ。災害に本当に備えることはできない。だからこそ恐怖や不安の中で生きるのではなく、技術や昔からの知恵を大切に、そしていざその時が来たら、できることをする。

「変化に備える一番いい方法は、ただ自分の人生を生き、必要に応じて変化できるようにすること」

日本語で言うなら「人事を尽くして臨機応変に天命を待つ」かしら？

人称についての回答も面白かった。一作目から語り手がわからないまま、物語が進んでいく。叙述トリックのようなこの構成は、このシリーズの大きな特徴であり、魅力となっている。

「新しい小説を書き始めるとき、私はよく時制や視点を変えた「テスト章」を書いて、どれが一番うまく進められるか試してみるんです。なぜ二人称が思い浮かんだのかはわかりませんが、テスト章（『第五の季節』のプロローグ）を書いてみたら良い感じでした。なので、そのまま続けてみたんです」

わたしはSFの役割の一つに、未来への備えがあると思っている。

あり得たかもしれない未来、そして過去をフィクションの形で提示し、それを受け取ったわたしたちに「もし」「だったら」を考えさせる。

このシリーズの刊行がアメリカではじまったのが二〇一五年。そして二〇一九年末から、世界はパンデミックを迎えた。未だに続く病との戦い、そして思わぬ形で人々を分断することとなった恐れや不安、無知や偏見。本書の言葉を借りるなら、わたしたちはこの危機を「よい時期を少しでも長く保ち、予測し、過酷な時期を少しでも短くする」。多少悪い状態に甘んじることで、より過酷な状態になることを防」ぎながら乗り切ってきた。

日本に住むわたしたちにとって、地震の恐怖や、それがもたらす被害を想像することは難しくない。わたしたちは、自然災害による文明や技術の破綻を経験してきた。それによって社会や人々がどう変わるかも。

だけど、わたしたちの生きる世界には心や尊厳を脅かす危機も存在する。コムのような閉鎖された集団、社会を存続させるために必要だとされている犠牲や抑圧、意図的に生み出される不均衡。

エッスンたちがより良い世界を望んだように、わたしたちもそれらの問題に向き合い、問い続けなければならない。誰かの犠牲や抑圧の上に成り立つ社会は、正しいのか。直接不均衡に加担しないまでも、従順な共犯関係を受け入れてしまっていないか。子供と親、家族、集団、守るものと守られるもの、導くものと継いでいくもの、問い続けなければ、その関係は歪で間違ったものになるかもしれない。

恐怖と不安を理由に間違った備えをするプレッパーたちになるのではなく、学び、備え、自分の人生を歩んでいくこと。次の世代に、子供たちに、愛と安全、平和に満ちた世界を贈るために。

――わたしはこのまちがいだらけの世界で、なにか正しいものをつくりだそうと決心していたのだ。

検印
廃止

訳者紹介　1951年生まれ。青山学院大学文学部英米文学科卒業。訳書に、アシモフ『夜来たる［長編版］』、クラーク『イルカの島』、ジェミシン『第五の季節』『オベリスクの門』、ウィアー『火星の人』他多数。

輝石の空

2023年2月10日　初版

著　者　N・K・ジェミシン

訳　者　小《お》野《の》田《だ》和《かず》子《こ》

発行所　（株）東京創元社
代表者　渋谷健太郎

162-0814／東京都新宿区新小川町1-5
電　話　03・3268・8231-営業部
03・3268・8204-編集部
URL　http://www.tsogen.co.jp
DTP　萩原印刷
暁印刷・本間製本

乱丁・落丁本は、ご面倒ですが小社までご送付ください。送料小社負担にてお取替えいたします。

ISBN978-4-488-78403-4　C0197